Emilio Castelar

El suspiro del moro
Leyendas, tradiciones, historias
referentes a la conquista
de Granada

Barcelona **2024**
Linkgua-ediciones.com

Créditos

Título original: El suspiro del moro.

© 2024, Red ediciones S.L.

e-mail:info@red-ediciones.com

Diseño de cubierta: Michel Mallard.

ISBN tapa dura: 978-84-1126-579-9.
ISBN rústica: 978-84-9816-018-5.
ISBN ebook: 978-84-9897-673-1.

Sumario

Brevísima presentación

La vida

Emilio Castelar y Ripoll (1832-1899). España.

Nació en Cádiz y estudió derecho y filosofía y letras en la universidad de Madrid (1852-1853). Actuó en la vida política defendiendo las ideas democráticas; fundó el periódico La Democracia, en 1863, y apoyó el republicanismo individualista. A causa de un artículo contrario a Isabel II, fue separado de su cátedra de historia de España de la universidad central, lo que provocó manifestaciones estudiantiles y la represión de la Noche de san Daniel (10 abril 1865). Castelar conspiró contra Isabel II y se exiló en Francia, donde permaneció hasta la revolución de septiembre (1868). A su regreso fue nombrado triunviro por el partido republicano junto a Pi y Margall y a Figueras. Diputado por Zaragoza a las cortes constituyentes de 1869, al proclamarse la I república ocupó la presidencia del poder ejecutivo. Gobernó con las cortes cerradas y combatió a carlistas y cantonales. Tras la reapertura de las cortes, su gobierno fue derrotado, lo que provocó el golpe de estado del general Pavía (3 enero 1874). Disuelta la república y restaurada la monarquía borbónica, representó a Barcelona en las primeras cortes de Alfonso XII. Defendió el sufragio universal, la libertad religiosa y un republicanismo conservador y evolucionista (el posibilismo).

Emilio Castelar murió en 1899 en San Pedro del Pinatar.

Parte I

Capítulo I

Los señores de Solís vivían gozosos en el castillo de la Higuera, cabeza de feraces territorios, allegados por sus progenitores a fuerza de combates y de victorias, que las crónicas recogieran con cuidado en sus sencillos capítulos y los poetas cantaran con arte y armonía en sus cadenciosos romances. Fosos anchos y ceñudas torres a su defensa y resguardo servían; salones decorados por mudéjares artífices a su aposento; siervos fáciles de congregar por el pendón y la caldera señoriales a su defensa; huertas y jardines inacabables a su recreo; y correrías de varía fortuna pero de verdadera gloria magnitud, a su engrandecimiento y a su gloria. Eran los señores aquellos representantes de la conquista cristiana en la incomparable Andalucía; y sus propias preeminencias les obligaban con privilegios, cebo de su soberbia y de su valor, al combate continuo, tan vistoso y regocijante, dados los tiempos aquellos de guerra, como los desafíos, los torneos, y demás fiestas militares de las usadas, antes que por pedirlas el tiempo y la necesidad, por entender el deseo cómo sin ellas no era la vida posible, ni fácil aquel imperio incontrastable, de antiguo ejercido por las añejas costumbres.

La paz volvía después de la guerra en sociedad tan batalladora, como viene después del invierno la primavera en el año, es decir, a modo de una estación alternativa y regular, engendrada por el tiempo y su movimiento continuo, que todo lo cambia y lo transforma. Desde los reyes primeros castellanos, que superaron las empinadas crestas de Sierra Morena y cayeron, como una tormenta sobre las llanuras andaluzas convertidas en edenes de los árabes, podía el menos previsor anunciar el desquite y la reconquista, como legado de unas generaciones a otras generaciones, por la natural solidaridad y perpetuidad irremediables en la duradera vida de los pueblos. En cuanto, al comienzo de la centuria decimotercia, los cristianos alcanzaron la victoria inmortal de las Navas, pudo asegurarse que serían suyas Córdoba, Jaén, Sevilla, y lo fueron a fines del mismo siglo; exaltado es el recuerdo patrio con tales conquistas y con sus compañeras y complemento, Jaén, Murcia, Mallorca y Valencia. Si la debilidad irremediable del principio monárquico, muy quebrantado por la prematura revolución que para fortalecerlo

11

intentara fuera de sazón el rey Sabio, lo consintiera, no pasara tan ilustre siglo sin coronar el cobro de las dos sultanas del Guadalquivir con el cobro de la sultana del Darro. Pero los elementos aristocráticos y su pugna con los elementos municipales entrecogían al general verdadero de la cruzada constante, al monarca, en los remolinos de dos corrientes contrarias y lo paralizaban para el común esfuerzo y para mayores empresas. Sin embargo, ese mismo siglo decimotercio había visto al fantaseador de la incomparable Alhambra confundirse con los cortesanos de la victoria cristiana para respirar a su placer en Granada; y el siglo siguiente había visto más, llegar bajo las enseñas del onceno Alonso a las puertas de África la nación castellana por virtud y merced de la gloriosa victoria del Salado.

No importaba. Puede asegurarse que aquí acabó, en el Salado, la carrera tomada con soberano empuje por Castilla desde su triunfo gloriosísimo en las Navas. Don Pedro el Cruel no se curó sino de combatir con la nobleza capitaneada por sus hermanos los infantes de Trastamara, ensangrentando, más que fortaleciendo, el principio monárquico, en su durísimo reinado de verdadero terror. Muerto en los campos de Montiel, murió de la misma puña-lada que lo penetró en el corazón, aquella causa del predominio monárquico, enterrada en la política, impuesta por la usurpación y por el fratricidio, a don Enrique, política de complacencias con la nobleza y de mercedes a su pecu-lio y a sus privilegios. Así, desde mediados del siglo decimocuarto, a fines del siglo decimoquinto, solo dos guerras se mantuvieron por los cristianos con Granada, guerras, que más bien pueden llamarse, relampagueantes correrías sin resultado alguno, como esas noches eléctricas de estío, en que las chispas culebrean por los horizontes, y no retumba el estampido de un trueno, ni cae una gota de agua. Fue la primera de tales inútiles y lujosas correrías la emprendida por don Álvaro de Luna, cuando privaba con don Juan II, terminada con el combate y triunfo de la Higuerita; fue la segunda la emprendida por, don Enrique IV, limitada en término último a un simulacro, donde apareció el rey de Castilla como un pobre comediante, haciendo de cetro y espada miserables arreos en la representación de una farsa.

Por fin llegaron los reyes Católicos al que podía, llamarse, desde aquel entonces, verdadero trono de nuestra España, por asentarse ya en la unidad indispensable del suelo nacional. Don Fernando parecía traer aquella política un tanto doble, por sus predecesores allegada en Italia, que no excluía de ningún modo el heroísmo; y doña Isabel aquella inquieta y gloriosísima índole de los grandes reconquistadores castellanos, que no excluía la prudencia en ellos. Con los reyes Católicos, debía dilatarse la gente española, después de haber puesto en las torres Bermejas la cristiana cruz y en las altísimas Alpujarras el castellano blasón, por las tierras bañadas del Tirreno en Italia y por las tierras bañadas en Occidente del misterioso inexplorado Atlántico. Así el propósito firme de la reconquista uniría entonces con su empuje soberano los dos cetros, que reunidos, iban a ser como el eje, sobre cuya línea giraba nuestra patria. Los pobres y humildes montañeses confinados por las vencedoras tribus del desierto en los picachos de las cordilleras pirenaicas, después de haber probado suerte tan varia en Clavijo y Calatañazor, en Toledo y Alarcos, acercábanse al deseado logro de seculares anhelos bajo las enseñas de doña Isabel y de don Fernando.

En 1478, concluidas las dificultades varias de estos reyes con Portugal, por la victoria de Toro, al espirar la tregua que los granadinos habían pactado con el rey de Castilla don Enrique IV, y decidirse la guerra de nuevo, por la resolución deliberada en los reyes Católicos de reconquistar el hermoso reino, de su corona separado, comienza esta nuestra leyenda. El castillo de la Higuera cercano a Martos, por Jaén, ardía en regocijo, porque aguardaba el arribo de la vistosa y pujante embajada, desde las riberas del Guadalquivir a las riberas del Darro expedida por los reyes Católicos, y personificada en don Juran de Vera, comendador de Santiago, quien había escogido tan grande habitación, palacio y fortaleza, para pernoctar en su viaje desde Sevilla a Granada. Veíanse por doquier las gentes labriegas adornadas con sus trajes de fiesta, dando vivas repetidos que atronaban los aires a la puerta del castillo; y bajo la torre del Homenaje, los guardias con sus relucientes armas realzadas por el resplandor arrebolado del vespertino crepúsculo; entre las almenas los pajes y las damas señoriales con sus brocados y preseas; mientras, camino adelante, venían los caballeros de Santiago, jinetes en sus caballos cubiertos de hierro; con el manto de su orden sobre las espaldas, que dejaba entrever las damasquinadas armaduras; los cascos por plumajes varios rematados a la cabeza; los signos de su altísima dignidad en la mano; resplandecientes todos ellos de riquezas materiales, como cumplía en aquel acto a tan excelsos señores; y rebosantes de satisfacción moral por los agasajos de sus huéspedes apercibidos a recibirles, cuya grande alegría se manifestaba por salvas y campaneos, difundiendo a largas distancias los ecos alegres de la fiesta. Y cuenta la tradición que allí el embajador Vera prometió por su honor a una dama pronunciar en voz alta, entre grandes loores, el nombre de la Virgen Madre María, bajo los artesonados maravillosos de la musulmana y oriental Alhambra.

Los cristianos, puestos por, decisiones de la voluntad o por mandatos de la suerte, allá en las fronteras árabes, como la familia Solís, gozaban de grande crédito y autoridad entre sus compatricios, a causa de su guerrear continuo y de su continuo padecer, en territorios azotados por un eterno combate. Así el trigo, que sembraban, veíase a las talas expuesto en cuanto resplandecían las maduras espigas con áureas reverberaciones; las parras a los álamos ceñidas, y las pomposas higueras, no podían cargarse de frutos sin caer las manos expoliadoras del husmeador enemigo, dado a imponer, en alardes y encuentros sempiternos un morodeo devastador incesante; no estaba seguro el borrego en su redil ni el buey en su establo, aun después de haber pastado entre vigilantes y centinelas, por el rondar perdurable de aquellos lobos carniceros; con solo mirar a las torres y adarbes y ladroneras de los castillos veíanse las cicatrices en sus superficies abiertas por la guerra; pues, así como tenían los enemigos halcones y buitres aparejados y apercibidos para devastar los palomares y los gallineros del contrario, tenían fronterizos armados para sostener la perdurable guerra. De aquí los cargos conocidos con el nombre de adelantados, y tan dignos y honrosos para los valientes, sus mantenedores, como dignificados y honradísimos por los reyes y por los pueblos. De aquí los adalides, o sean, las sendas vanguardias de los combates eternos mantenidos por los pueblos contrarios en orígenes y en creencias. De aquí los honores dispensados, los territorios concedidos, las riquezas dispendiadas entre quienes mantenían, vigilantes centinelas, guerreros incansables, a la puerta de cada nación, el empuje de las conquistas, en guisa del escollo gigante, combatido a la continua por los férvidos oleajes, y que ofrece a la industria humana bases donde oponer sus contrafuertes y sus muelles a los furores del mar. No debe, pues, maravillarnos la copia de títulos y la copia de riquezas vinculadas en el rico mayorazgo de los señores de Solís. Y bien lo merecían desde los cuidados por los árboles crecidos entre tormentas indecibles hasta la vigilancia por las almenas ahumadas de pólvora y heridas de balas; bien lo merecían desde la indispensable atención al siervo, amenazado de pasar del terruño al calabozo, hasta la defensa de aquellas ricas hembras amenazadas de pasar desde los salones a los serrallos. Todo mostraba, en aquel recinto la guerra, todo, las murallas adustas, los torreones soberbios, las patrullas diligentes de día y noche, los trabajadores con sus mosquetes al lado de sus azadas, los caballeros armados hasta los dientes, el cuerpo de guardia siempre apercibido, el vigilante incrustrado en la entrada del puente levadizo, los centinelas a los pies y a las cimas del torreón donde se prestaban los homenajes, las bocas de fuego abiertas entre las almenas, los cuervos al husmeo de la matanza reunidos, el convento bajo cuyas bóvedas los monjes oraban por la paz o por la victoria, las recatadas rejas y celosías tras las cuales vegetaban las ricas-hembras nacidas y criadas allí para extender la bienandanza producida por unos sonrosados labios de mujer entre las nubes de humo y los vapores de sangre.

Cómo debía contrastar con todo el curso y carácter de aquella vida la hora y coyuntura de santa y universal alegría, por acercarse Vera con su comitiva de gran embajador a pernoctar en aquel asilo, para levantarse al siguiente día temprano e irse hacia Granada, en observancia fiel a las órdenes e instrucciones recibidas. En los lindes, adonde alcanzaban las posesiones señoriales de los Solís, por el Mediodía, veíanse los mozos más apuestos de la familia que aguardaban, y se unían, caballeros en brutos andaluces, al pomposo cortejo. A la puerta del castillo estaba Solís, de todo lujo, con todas sus insignias, como noble que debe recibir la persona del rey. En cuanto desmontaron de sus cabalgaduras y recibieron el abrazo de hospedaje los recién llegados, invitóles el señor de la fortaleza feudal a pasar al convento contiguo, encerrado dentro de los mismos muros del almenado palacio, para que dieran gracias a Dios, en el sacro templo, por la felicidad hasta entonces del comenzado viaje, y le demandaran auxilio para continuarlo y concluirlo en gloria de la Monarquía y de la Iglesia. Efectivamente, bajo los arcos góticos, de cuyos florones pendían arañas y lámparas cuajadas de luces, destacábase la Virgen Madre, sobre su peana compuesta por áureas alas de ángeles; entre ramos de flores bien olientes realzadas por el fulgor de los cirios; ceñidas las sienes de aureolas recamadas por pedrería, de tal trasparencia en sus facetas, que la luz en chispas de colores, quebraban; cargados los hombros con manto azul, de áureas estrellas sembrado, como las que ya comenzaban a lucir por los cielos; calzada de la Luna; y bendecida por los acordes místicos de un órgano, acompañando la salve; por las voces de todos entonadas con tal fervor, que parecía oírse allí mismo el concierto de los bienaventurados, al desprenderse un alma justa de un cuerpo sin mancha para volar y perderse por las cerúleas esferas del Empíreo. El embajador se postró de hinojos ante las aras con la humildad y la humillación de un muerto que pide asilo a la tierra, y después de haber orado, se levantó, como rejuvenecido por el soplo de una resurrección, y centelleante de vívida esperanza. En aquella edad cíclica de combates, cuando cada caballero llevaba la guerra eterna como un deber interior sobre su alma y conciencia, veíase la muerte tan cerca, y se pasaba de este al otro mundo con tanta facilidad en los súbitos y continuos encuentros, que la vida tomaba tintes religiosos como los prestados por natural indeclinable ley a los espíritus, cuando sondean los insondables abismos del sepulcro. Vera juró, a fuer de caballero español, delante de la Virgen Madre, consumar en aquel viaje de honor y de peligro, alguna de las muchas hazañas propias de su tiempo y de su temperamento, en loor y en homenaje a la Virgen Madre.

Capítulo II

Concluida la ceremonia, pasaron todos a los salones interiores del castillo.

—Mi buen primo.

Dijo Solís a Vera, volviendo de nuevo a estrecharle con trasportes de amistad entre sus brazos.

—Más dijeras hermano.

Exclamó Vera en correspondencia fiel a tantas pruebas de cariñoso afecto.

—No podías distinguirme con mayor honra que la de tu presencia, primero por quien representas, después por quien eres.

—Nuestros reyes me mandan a Granada.

—Dios los bendiga.

Exclamaron los presentes, en coro al oír pronunciar tal nombre.

—El ambicioso y altivo Hacem, desde que reina por nuestro mal allí, se ha olvidado del pago de los tributos y hay que recordárselo —dijo Vera.

—Ya lo creo. Tengo tal demanda por menester de justicia para nuestra seguridad —añadió Solís.

—¡Ah! —exclamó Vera.

—Preves una guerra próxima.

—Ya lo creo.

—Nosotros, como vivimos en su fuego, no echamos de ver alteración ninguna, cuando tales empeños se aproximan; más bien nos creemos seguros que inseguros en tal zozobroso estado —observó Solís.

—Aquí no pasa día sin algún encuentro por cualquiera de los cuatro punto del aire —dijo Vera.

—Ni noche sin algún desvelo; pues, cuando no tenemos provocación, tenemos emboscada —dijo Solís.

—Sí, estos árabes se parecen a los leones en audaces, y a los zorros en precavidos, mi buen Solís.

—Habíamos dejado crecer mucho la mala hierba, mucho, amigo Vera.

—Si exceptuamos la toma de Antequera, y el triunfo de la Higuerita ¿qué acción loable habíamos dejado nuestros antecesores en los últimos cien años? —preguntó con amargura el embajador.

—Es verdad. Empleamos en guerras civiles cuantas fuerzas debimos emplear en guerras santas —observó Solís.

—Pero nuestros reyes, libres de las grandes dificultades que les traía el desasosiego, engendrado por la diferencia con Portugal, se darán ahora, en alma y cuerpo, al empeño de lanzar allende el Estrecho a los infieles, que marchan su tierra y asombran su corona.

—Ya era tiempo, en verdad. El reinado último hizo creer a los infieles que tenían seguro y perdurable dominio sobre la tierra española; como si el valor aquí se hubiera extinguido y los Pelayos y los Cides no intercedieran por nosotros con Dios allá, en los cielos.

—Pero decaímos de nuestra pujanza en los tiempos últimos. ¿Cuántas desgracias no hemos visto? Tratamos a un Venegas, y hasta por embajador lo recibimos, cuando mozo engendrado por santa mujer y rico-hombre de Córdoba, criado en el temor a Dios, e hijo de la Iglesia, trocara su religión por la pagana y agarena, so pretexto de haber entrado a los ocho años en cautiverio, como si no llevara el bautismo en la frente con la doctrina en el alma. Y para mayor ignominia, se unió a princesa descendiente de los Abderramanes, como si la gloria y grandeza de tamaño linaje no recordaran sangre cristiana vertida en los campos de batalla y agravios hechos a nuestra fe y a nuestra patria.

—Justo. Y todo el mundo sabe amigo Verá, cómo fue circunciso esposo de una terrible agarena, y habitador de palacios elevados por cautivos, españoles, que al trabajo forzaran los chasquidos, de las fustas y en el trabajo los mantuviera la pesadumbre de sus cadenas. Y de aquellos sitios regados por sangre de los nuestros hizo un caballero español y cristiano por todos sus cuatro costados nada menos que un edén como los pintados en el Corán, y de su princesa nada menos que una hurí como las prometidas por Mahoma.

—Pero junto a estos funestísimos ejemplos —dijo Solís —hánse dado muchos otros de verdadera virtud, que ahora mismo recuerdo. La cristiandad toda guardará con agradecimiento la memoria de aquel adelantado de Rivera que a sangre y fuego entró por las florestas de Alora, cumpliendo mandatos sacratísimos. El Sol rebotaba en las peñas, que parecían cubiertas por laminas de bronce, como a fuego doradas. El aire matinal y puro, extraía de las plantas balsámicas esencias que convidaban a todos los placeres de la vida. Uníanse con las albas guirnaldas de azahar los rojos ramilletes del granado cuyas ramas se entrelazaban, formando, cual dicen los árabes, un lecho de hadas. Tan oriental campiña más bien hablaba de amor que de muerte. Y sin embargo, al acercarse, como un mártir, el Adelantado para pelear entre tantos reclamos de la vida por su monarca y por su fe hasta la muerte, los dardos despedidos desde las fortalezas moras, lo cubrieron todo el cuerpo y le dejaron en tierra, tendido y exánime, recibiendo así aquel bautismo de sangre, aquel martirio, por cuya virtud quedan las almas tan limpias como después del bautismo sacramental, y entran de un vuelo en el Empíreo, ni más ni menos que las almas de los niños más puras e inocentes. ¿No es verdad?

—Y bien habíamos menester tales ejemplos, pues las mejillas se sonrojaban de vergüenza, cuando los ojos veían con asombro al postrer monarca, seguido de aquellos moros que habían degollado a los Abencerrajes cerca del Patio de los Leones, paseándose por las vegas andaluzas en voluptuosa molicie, como, si en vez de aventuras belicosas, corriera cañas y lazos y sortijas en una zambra perpetua.

—Contádmelo a mí, que fui convocado por los Girones, los Toledos, y los Manriques, mis parientes, a una conjuración premeditada, con ánimo de castigar a quien así escarnecía su corona. Se salvó el cuitado, y se puso en salvo, por haber huido de Jaén a Córdoba, y de Córdoba a Sevilla, y de Sevilla a Madrid, escapándose al furor de unos vasallos, corridos todos al ver tanta culpa en su monarca, y en ellos tanta ignominia.

—Justo. Y mientras crecían los árabes decrecíamos nosotros. Su odio más bien parecía mofa. Hacem, aunque todavía no lo sombreaba en los labios el bozo, corría sobre sus caballos del desierto como sobre las resistentes alas de rápido aguilucho y despreciando las sedas orientales, encerraba su cuerpo juvenil en armadura de hierro, damasquinada por hábiles artífices, y enrojecida por el Sol de los combates. Así, al presentarse audaz en Granada, mi predecesor, Ayora, con lucida embajada, requiriendo el pago de antiguas atrasadas parias, contestáronle que dos años antes dieron hijo y damas; pero entonces, conocida la debilidad castellana, creíanse con fundada razón y sobrado motivo en aptitud bastante para no entregar a Castilla, ni en rehenes, ni en parias, prenda ninguna. Cobrámonos de tal insulto, con peleas bien reñidas y paces bien ajustadas. Pero, al poco tiempo, aquel valerosísimo Zúñiga, prelado de Jaén, más conocedor del estoque y del arcabuz que de báculos y cruces, acompañado por el conde de Castañeda, cayeron a una en cautiverio, tanto más doloroso, cuanto que movió la cólera de Hacem y lo incitó a nuevas y más arriesgadas aventuras, en desdoro de nuestro valor y en mengua de nuestro territorio.

—No ha podido aún borrárseme de la memoria el insulto inferido a nuestro noble oficio militar por aquella voluptuosa corte del impotente y desalmado Enrique. Paréceme ver aún la farsa, en que se maldecía de nuestros sacrificios, y se denostaba con falsificaciones de comedia los esfuerzos heroicos de nuestros incansables brazos. Hízose un alarde aparatoso y mentido, como en las funciones y fiestas de cómicos errantes. Unas damas de la corte representaron la caballería pesada, y otras la caballería ligera. Llevaban aquellas, sobre las tocas, plumajes; y éstas, almaizares. ¡Ah! Le habían tomado al infiel sus gasas listadas de colores, cuyos rapacejos y grecas sobre las espaldas caían, para fingir mejor nuestras carrilleras y nuestros cascos. Viose a la reina, vestida de tisú, montada en caballo ceñido por deslumbradoras gualdrapas, tirar a la fortaleza de Cambrill falsos arpones en aquella ensayada comedia, más fecticia y menos real que las compuestas por nuestro Marqués de Santillana, en ornato de las letras y recreo de los ánimos. No hubo más heridas allí que las abiertas en los corazones de los cristianos rendidos por la gentileza y hermosura de las damas; ni más suspiros y ayes de batalla que los suspiros y los ayes de amor. Así las puertas de los castillos moros se abrieron y las fronteras de nuestro reino se franquearon por aquel entonces, no a huestes en armas, sino a embajadas de arreos deslumbradores que llevaban para el rey monturas a la jineta indicándole que se divirtiera eternamente, y para la reina menjuís, y estoraques y algaria indicándole que se compusiera y adobara como su flaca y decaída monarquía, más propia para las delirantes sensualidades del placer que para las saludables asperezas de la guerra.

—Pero, Solís, no hay que desesperar de Castilla. Si avivamos la memoria, caeremos con facilidad en la cuenta de que aún existen héroes como Rodrigo Ponce de León, a quien parece haber trasmitido desde sus tumbas Fernán González y el Cid alientos y tizona. Cuando lo veo caballero en su alazán, metido y forrado en hierro, con el cuento de su lanzón fijo en el pie derecho, y por el deslumbrador guantelete de hierro con vigoroso esfuerzo asido, el vigor de su rostro, picado por los hoyos de pasadas viruelas, me recuerda el genio vivo de las batallas y de las guerras. No le llaméis a ese con el reclamo de las flautas y dulzainas acordadas para las alegres danzas; llamadlo con el estruendo levantado por los atabales unidos a los cañones; y le veréis surgir, de todas armas armado, relampagueantes los ojos, y cayéndole aquella colorada cabellera sobre los espaldares de acero, como manojos de rayos. No le recreéis con romances de amor, porque le gusta oír el relato de las vidas ilustres inmortalizadas por varones de guerra y en viejos pergaminos escritas. A los agoreros, que le presagien aventuras contenidas en imaginarios horóscopos, preferirá los matemáticos que le prueben cómo se aplican los cálculos a la guerra y cómo se trazan figuras geométricas en las campañas y en los campamentos. Diez y siete años tenía cuando ya suspiraba por las peleas y ya soñaba con rendir a la cruz ciudades sometidas por la cimitarra. Una tarde, sin que nadie lo viera, cuando su familia le creía entregado por los patios del castillo a los juegos de la pelota y de la barra, entróse airado en la feudal armería de sus mayores, ciñóse las armaduras abolladas aún por los fuertes cintarazos, y cogiendo inquieto caballo, cuyas narices se abrían al hedor de la sangre; y embrazando luciente rodela, en cuyo fondo brillaba alado león de áureas guedejas; salió a la plaza de Marchena, y convocó en torno suyo a cuantos quisieran pelear y morir en abierta guerra con la envalentonada morisma. El valor es de suyo contagioso. Las chispas lanzadas por los ojos del apuesto doncel y las voces de su garganta por los aires difundidas, inmediatamente suscitaron guerreros numerosos a imagen suya, por lo arriesgados, y lo apuestos. Cien lo acompañaron, y con ellos se dirigió camino de Osuna, donde sabía que aparejaban defensas angustiosas sus habitantes amenazados por las oleadas morunas. Una defensa, no cuadraba, no, al ímpetu y al arrojo caballeresco de Rodrigo; quería combatir, pero acometiendo; y a este objeto dijo que los reunidos lo siguieran al campo, donde se mezclaban ya las avanzadas granadinas con los centinelas cristianos en parciales y cruentos combates. Al ver los riesgos que corría tan gentil mancebo, a quien sus mocedades inspiraban olvido fácil de la muerte por el exceso de la vida, el viejo alcaide mayor de Osuna, le conjuró a permanecer en defensiva, y a no dejarse llevar de los ardores naturales a su temprana juventud. «Si no tengo barbas, exclamó el mancebo, tengo corazón», y corrió al sitio donde relampagueaban los primeros amagos de la próxima lucha. Bien pronto pudo encararse con Hacem, al pie de un cerro conocido con el nombre de Madroño, y coronado por una fuerte atalaya, cuyos pies lamía el torrente de las Yeguas. Bien pronto la victoria se declaró por los nuestros. Los infieles, que arremetieron como tigres, huyeron como gacelas. Picóles don Rodrigo la retaguardia, persiguiéndolos y acosándolos, con furor. Mas, en estas, sintió que su adarga, cuyos aceros apartaba el maltrato recibido de la carrera y de la lucha, se le desceñía del brazo, gastadas las correas; y desmontando para ceñirse y fijar defensa tan fuerte como aquella, viose rodeado de moros, que se habían escondido a su valor en los jarales, cercanos, y que se lanzaban sobre él, reanimados, por los accidentales tropiezos del invencible adversario. Mas él, alentado como todos los guerreros por la inminencia y la grandeza misma del peligro, abandonó el caballo, soltó la enorme lanza, descuidó la fuerte adarga, y parando con el brazo izquierdo una cuchillada, que se le metió profundamente por venas y carne, asestó con el brazo derecho tales tajos a las cabezas de sus enemigos, que cercenándolas de un golpe, hízoles huir alborotados, y creyendo como aquel héroe disponía para su defensa de la guadaña que lleva y empuña la muerte. Así, al poco tiempo, en compañía del duque de Medina Sidonia, conquistó la plaza por donde Tarik entrara para vencer en Guadalete, la plaza de Gibraltar.

—Pero ninguna conquista de tanto ímpetu como la conquista de Archidona —dijo Solís después de oír el elocuente relato de Vera.

—Referidla, referidla, primo —dijo Vera— para que cobren alientos los mozos, mis compañeros en esta empresa, y entiendan cuántos sacrificios ha costado a los suyos, a los héroes, que les precedieron y a los que todavía les acompañan hoy en vida, el vasto ensanche de nuestro territorio y la dilatación de nuestra fe.

—Si queréis —repuso el buen Solís— contadla vos que me aventajáis en conocimiento y experiencia.

—No, vos habéis de ser —dijo Vera con grandes encarecimientos al caballero Solís.

—Sea en buen hora, Vera. Estad atentos, jóvenes, que bien lo merece la historia.

Capítulo III

Y en efecto, Solís dijo así:

—Los reyes de Granada podían dormir en paz, mientras tuviesen guardado su reino en la parte vecina de Antequera, con fortaleza tal, como Archidona. Tres sierras, que parecen como tres lenguas de fuego, cuando las tiñen y arrebolan los ocasos del Sol, celan el camino a Granada; y estas tres sierras, por Dios separadas, veíanse juntas, y por fuertes muros ceñidas, que las encerraban en una especie de gigantesco haz resplandeciente allá en los cielos inmensos, a modo de constelación astronómica. Estos muros, cortados a cada paso por altos y formidables torreones parecidos a gigantescas estatuas, erigidas en las cumbres, entraban con sus dentadas almenas por las regiones superiores del aire y relucían como trasparentes y lustrosos ámbares. Dentro del espacio cercado por las tres montañas y guarecido por las inexpugnables fortalezas, tendíase una hoya fresca, y por los árabes comparada, en sus canciones, a los más tranquilos oasis. El aire puro esparce por las venas el deseo de vivir; las aguas desatadas en manantiales copiosos que así arrullan el oído, como festejan la vista, son prodigiosas; crecen los pastos en praderas inacabables y brotan los vergeles en peñascos parecidos a gigantescas macetas; junto al caballo, trisca el cordero y el toro muge; mientras la tórtola y la paloma conciertan sus unísonos arrullos con el zumbido de las abejas, como formando un acorde bajo y profundo para que se levante sobre sus oscuros tonos, las escalas cromáticas de las demás canoras y alegres avecillas diseminadas por las celestiales alturas. Distiuguíase, allá, entre los riscos, la torre del Sol, así llamada, porque la perlada lumbre del alba y los arreboles postreros de la tarde relucen y reverberan en sus rosáceas almenas. Una colonia de palestinos, se había en tales sitios asentado largo tiempo, llenándolo con recuerdos de los desiertos del Jordán y con ecos de las canciones de Syria. Era tal fortaleza inexpugnable, porque a sus pies se abría un tajo, tan liso como una pared inmensa y tan profundo como un abismo insondable. En estos tiempos infelices del reinado de Enrique IV, la poquedad de nuestro rey desdichado, excitara con las esperanzas, las cóleras de todos los alcaides morunos, y especialmente de Ibrahim, el fortísimo alcaide de Archidona. Su furor era tanto, que repetía en los oídos de todos los que, por aquella sazón, le circuían y escuchaban, cuán seguro se creía de recabar Antequera conquistada por el infante don Fernando y arrancarla pronto al soberbio dominio de Castilla. Desde la torre del Sol atisbaba el alcaide a los viandantes, como el buitre a los cadáveres, o como el milano a los pajarillos. No podía levantarse nube de polvo en los suelos, o nube de niebla en los aires, no, sin que se creyese obligado él a salir del castillo para hacer presa en la llanura. ¡Cuántos cautivos encadenó en sus húmedos calabozos! ¡Cuántos pastores colgó en las copas de las encinas! ¡Cuántos viandantes inmoló al filo de sus cimitarras! Muchas veces, desde lejos, veíanse por los cielos azules y serenos círculos negros en torno de las rosadas almenas, y eran compuestos por los cuerpos de los cuervos, idos en tropel a picotear las cabezas cristianas pendientes de los adarves como trofeos de cien victorias, bien fáciles para guerrero, que se descolgaba de tales alturas y se volvía pronto, después del haber pasado por el llano con la rapidez de un huracán, a sus inexpugnables seguros. No tuvieron los moros hombre tan cruel en sus males manchados de sangre, como el alcaide Ibrahim.

—Pero contad, primo, contad a estos mancebos, de suyo enamoradizos, las causas ocasionales de tan terrible furor. Pues Ibrahim fue por Dios bien desgraciado en su hogar.

—Mas no sabemos cuánto contribuyó a la propia desgracia el propio furor.

—Cierto. Cuéntalo de todas suertes.

—Lo contaré.

—Ya estamos atentos y con el dedo en la boca.

—Oídme. Tenía Ibrahim una hija de toda hermosura. Jamás la raza, de los árabes dio de sí muestra tan gallarda. Sus cabellos se parecían a la noche, y sus miradas a la Luna, y sus sonrisas al cielo, y sus palabras a melodías incomparables, y toda su persona esparcía en torno suyo tal regocijo, que los poetas la comparaban exaltados, en sus canciones amorosas, al sándalo de las orientales selvas. Ibrahim había prometido la incomparable prenda, ornato de su hogar y de su familia resumen, al viejo alcaide, gobernador y cuasi rey en la riscosa fortaleza de Alhama. Reunidos por este lazo de amor ambos gobernadores, proponíanse perseverar más y más en la defensa de sus tierras, así como acometer más y más a los perros cristianos. La hija de Ibrahim no sentía otros afectos que un respeto religioso por el viejo moro, a quien la destinaba el fatalismo musulmán, representado en la persona de su padre. Pero cierto día pasó por allí el rey de Granada llevando consigo a su ministro Hamet, joven apuesto, galán, enamorado, ardentísimo, y de tanta belleza en su sexo como en el suyo la hija de Ibrahim. Aquellas dos almas habían sido emparejadas por el cielo y solamente quien las emparejara podía desparejarlas. Viéronse casi a hurtadillas; y con solo verse una vez, ya se comprendieron para siempre. Y ya comprendidos en el mismo pensamiento, no podían separarse ni en el seno siquiera de la muerte. Ibrahim requirió a la mora para que se uniese con el viejo alcaide. Más la mora se arrojó a las plantas de su padre; y abrazándole con efusión las rodillas, contóle cómo no podía obedecerle por tener cautiva de otro amador, más digno de su cariño, y más propio de sus años, la voluntad, que le demandaba su padre, para un viejo, del cual tristemente la repelían y apartaban todos sus deseos. Enfurecióse Ibrabim y juró por el Profeta no tolerar jamás aquel matrimonio. Una mañana de Abril, en que las flores, cargadas de rocío, unidas en bien olientes ramilletes, y las aves resonantes de arpegios en coros infinitos, convidaban a vivir y amar, salió la joven hija de Ibrahim por los vergeles y praderas en requerimiento de algún alivio y lenitivo a sus amores dolorosos. Sentada se veía y cerca de un rosal y junto al borde marmóreo de alberca transparente y cristalina, oyendo piar a las aves en concierto con el susurro de los arroyos, cuando se presentó, caballero en alazán de los desiertos, el mancebo amante, y la convidó a rápida fuga para llegar al feliz logro de su amor o al infeliz malogro de su vida, pues, nada tan doloroso, en verdad, para ellos, como las separaciones y las ausencias. Saltó la joven a la grupa del caballo y se dieron los dos enamorados a correr, como sobre las alas del viento, en busca de la frontera vecina, tras cuyas líneas estaba guardada la libertad, indispensable a sus almas para consagrarse al culto fervoroso del amor. No habían corrido largo trecho, cuando apareció tras ellos Ibrahim, seguido, como una fiera, de su manada; con la centelleante cimitarra en las manos, espumas de verde hiel en los labios, roncos gritos en el pecho, conminándolos a detenerse y a rendirse, con el imperio de un demonio que husmea su víctima o de un bruto que coge y desgarra su presa. Los jóvenes enamorados comprendieron que la mano aleve, sobre sus frentes extendidas, iba, de un golpe, a separarlos; y juraron juntarse y confundirse allí mismo, en el seno de la muerte. Nada más fácil. Cerca, muy cerca, el abismo abría sus fauces; y en las entrañas de aquel abismo estaba la eternidad. El caballo se iba rápidamente acercando a su borde; y ambos a dos amantes, entrelazados, ceñidos, confundiéndose sus alientos y sus almas, por esas armonías misteriosas entre la muerte y el amor, sentían una voluptuosidad increíble y placentera por extremo, en arrojarse por la sima y morir confundidos en abrazo y beso, que contuviera y encerrara toda la eternidad de su amor. Acercábase ya el padre tirano a ellos con rabia, cuando el caballo, sumiso y obediente al mandato del querido jinete, llega ciego al borde oscuro de la sima y se precipita en el abismo. Cuando el padre llegó, ni siquiera puedo ver los dos cuerpos, devorados por las tinieblas y rotos en fragmentos contra los riscos; pero si oyó el suspiro postrero que subía, expresión del último estertor, en el cual iban como envueltas sus dos almas enamoradas, heridas, pero satisfechas de haberse juntado en el seno de la muerte. Tamaña desgracia enardeció aún más en las voraces llamas del crimen y sus infiernos, al desalmado Ibrahim, que prometió nuevos asesinatos, nuevos exterminios, incendios nuevos, cazas de hombres, talas de campos, aniquilamiento de ciudades en los torbellinos de su dolor y entre los sacudimientos epilépticos de su desesperación. Pero las almas tiernas y sencillas, que lloran con todos los que lloran, y padecen con todos los que padecen, eternamente llamarán al abismo por donde se precipitaron aquellos dos jóvenes. La Peña de los enamorados, envolviéndola en ether de poesía que produzca y engendre plañideras canciones, como las sublimes entonadas siempre por el amor, cuando se junta y desposa con la muerte.

—Triste y luctuosa historia —exclamó Vera— que cuentan a una los andaluces cristianos y los andaluces musulmanes a sus respectivas familias en sus invernales veladas. Pero continuad, Solís, refiriendo la conquista de Archidona, para que todos estos jóvenes aprendan a una en el ejemplo por sus predecesores presentado, cómo se combate y cómo se muere por la religión y por la patria.

—No podía —dijo Solís comenzando su narración de nuevo —la cristiandad tolerar sin grave detrimento de sus intereses y mengua de su nombre, los tenaces retos y los continuos combates del porfiado Ibrahim. Ni las mercancías del mercader viandante llegaban al mercado, ni la yunta del labrador afanoso abría el surco, ni el rebaño pastaba en el prado y dormía en el redil a sus anchas, sin exponerse a las depredaciones continuas de tamaña fiera insaciable. Parecían sus mílites errantes dotados de la ligereza del gamo, de la increíble agilidad del tigre, de la soberbia del feroz león y del doblez y astucia de la redomada serpiente, con algo de sobrenatural además como los fantasmas que surgen de las tinieblas o como las ánimas que vuelven a este mundo terreno del triste purgatorio. El clamoreo de los andaluces llegó hasta el ánimo de prócer tan ilustre y animoso como don Pedro Girón, quien podía llamarse rey según la espléndida corona que se había cortado para sí en los fragmentos de la monarquía rota por las debilidades y los vicios del cuitadísimo don Enrique IV. Era de ver aquel ejército pasando por estos mismos sitios, al congregarlo en torno suyo el pendón glorioso de los altivos Girones. Aquí, los caballeros de Calatrava en la vanguardia con todas sus armas y armaduras cargados; allí, los advenedizos de diversas gentes y naciones a nuestras puertas llegados en demanda de alistarse y combatir dentro de las cruzadas españolas, ya que un hado fatal interrumpiera las cruzadas de Oriente; allá, el celebrado conde de Cabra, con las huestes levantadas en los surcos de sus propios terruños y los antiguos siervos convertidos en libres y peleadores soldados; acullá los comendadores de Santiago con su caballería, los fronteros de Écija montados en briosísimos potros, los alcaides de Osuna, de Morón, de Arjona, y cerrándolo todo a retaguardia, el Comendador don Fadrique por mil voces cantado en populares y poéticos romances, de los que se oyen en las puertas de las tiendas y acompañados por las guzlas de trovadores y juglares, a la hora de la velada, en los alegres campamentos. No bien había columbrado el alcaide moro desde sus altos y erguidos torreones el penacho rojo que al viento volaba, el centelleo vario de la luz en los damasquinados petos, descendió del monte al llano con todo el ímpetu de sus feroces instintos y todo el arrojo de su indomable valor. Conocedores los nuestros del número de sus enemigos y del terreno donde iban a pelear, burlaron la furia mora que retrocedió, espantada por la vista de tantas fuerzas, al seguro de sus castillos y torres. Situáronse unos cristianos en la parte meridional de la campiña para cortar las aguas de los claros manantiales e impedir que se surtiesen los cruzados de ellas y situáronse otra parte en los riscos cercanos a los alcázares para evitar que por las montañas y bosques de Cantaril pudiesen saltearles inesperada sorpresa. Pero un sitio que contase con apurar por hambre y sed a quienes guardaban tantas provisiones como los precavidos moros de Archidona, resultaría un sitio capaz de probar hasta paciencias más sufridas que la escasa paciencia de los guerreros andaluces. Reíanse los sitiados ya de los sitiadores; mientras el mayor número de éstos murmuraba de sus jefes. No hubo remedio. La necesidad impuso el combate. Mucho costó llevar por aquellas enriscadas cumbres los instrumentos de más activo asedio; pero ningún obstáculo desconcertaba el valor de los nuestros, empeñado en tal atrevida empresa. La sierra del Conjuro dominaba un poco, pero al fin y al cabo dominaba un tanto a la sierra del Sol, y allí pusieron los nuestros sus piezas de batir que disparaban audaces, acompañando los disparos con gritos y clamores a la Virgen. Cuando los sitiados oían estas invocaciones a la Madre del Verbo, burlábanse de los nuestros y les decían que no estaba mal invocar en aquellos trances auxilios de mujer, porque la femenil intervención podría trocar las lanzas en husos y las espadas en ruecas, a cuyas gracias respondían los cristianos lanzando, estopas encendidas, alquitrán ardiente, bombas innumerables, y otros devastadores proyectiles: «ahí van, y de prisa, nuestros copos hilados.» Bien puede asegurarse que aquellos moros se asemejaban a las incombustibles salamandras puesto que vivían sin recelos en medio de las llamas. El incendio consumió con tal y tanta voracidad la población, que sus hogares quedaron reducidos a montes de rescoldo y a cordilleras de cenizas. Ya les aquejaba mucho la sed producida naturalmente por aquel infierno, y para templarla, salían a tiro de ballesta con zeques y odres bien apercibidos y a riesgo y ventura de correr tremendas zalagardas. No había otro remedio sino intentar el asalto y lo intentaron los nuestros. Diríase que tenían alas según montaban por los muros. Jamás cayeron los lobos en rebaño, los leones en caravana, los milanos en palomar, como los nuestros en Archidona. Girón dio ejemplo acercando al frente de la más atrevida columna su escala propia con la derecha mano al muro entre nubes de piedras y lluvias de flechas que llovían la muerte. Un peñasco desprendido por aquellas furias de las altas almenas que parecían deshacerse todas a una sobre sus salteadores, un terrible peñasco tocó en la frente a Girón y le dejó sin sentido. Pero aquel desmayo de su general no hizo más que alentar a sus soldados, los cuales, subiendo sobre los mismos cadáveres hacinados, entraron en las fortalezas, arremetieron ciegos con sus defensores, y los pasaron todos a cuchillo. El alcaide se lanzó por las simas donde habían muerto sus víctimas desapareciendo en los abismos cual un diablo que volviera de grado a los infiernos.

—Y eso —dijo Vera— que tales empresas de inolvidable memoria se llevaron a término y cima cuando la monarquía castellana se desmembraba y se perdía casi en las guerras civiles.

—Como que teníamos —añadió Solís— dos reyes, el reinante don Enrique y el proclamado por una parte considerable de la nobleza, don Alonso.

—Y las divisiones de los nobles —dijo Vera— se recrudecían más a medida que eran más numerosos y estaban más seguros de su fuerza.

—Tan cierto es cuanto decís que aquí no podíamos vivir en medio de tantos desórdenes.

—Ya lo creo.

—Los Fajardos apoyados por los Manriques combatían con los Yáñez en Murcia y Cartagena. Él rey daba desde su trono autorizaciones para entrar a sangre y fuego en las tierras de sus contrarios y Alonso Carrillo por mandato —real corría por ellas a saco cual pudiera el más redomado bandido. Luchaba el Sr. de Albudeyte, allá en los campos de Lorca, cual si no hubiera ni rey ni autoridad alguna sobre su corona.

—Pues, ya se ve. Cazorla puesta bajo la mitra de Toledo, no reconocía la corona de Castilla, ni más ni menos que si fuese tierra de moros. La fortaleza de Segura estaba en manos del maestre Juan Pacheco, tan ufano y soberbio como un monarca. Y si Jaén se sostenía fiel a Enrique por obra del condestable Iranzú y del prior Valenzuela y del obispo Acuña, Girón vino de Castilla ensoberbecido a contrastarlos con ejército de mil caballos y diez mil peones.

—Y en verdad que obispo y noble combatieron a una con más furor que moros y cristianos. Los caminos se velan robados por bandas insurrectas; las mieses encendidas por teas asoladoras; las doncellas, violadas y los jefes de familia ya entrarán en la lucha, ya quedarán en paz, asesinados; combatieron los Benavides y Valenzuelas todo un día en las calles y plazas de Baeza, convirtiendo sus tranquilos hogares en otros tantos fortines de guerra. Entonces cayó preso el obispo y fue conducido sacrílegamente al castillo de Baños después de haberlo como a un vulgar criminal maniatado. Los sacerdotes del Señor se trocaron por todas partes en régulos y capitanes de facciosos. Los Molinas se declararon por los Girones en Úbeda, pero los Cabras, que ocupaban a Baeza con cuatrocientas lanzas y los Montemayores que ocupaban Alcaudete declararon una indiferente neutralidad, considerada por los Girones como un verdadero crimen. Pululaban al impulso de tales conflictos hordas de señoriales ejércitos a guisa de siervos sueltos y desbandados, esparciéndose por do quier en la más terrible anarquía. Carmona cayó en manos de tales facciosos que combatían con el enemigo común solo para tener luego la satisfacción de combatir a su vez ellos entre sí mismos. Los caballeros árabes formaban bajo los pendones de los marqueses de Villena que venían a significar el saqueo y la matanza.

Las aguas del Guadalquivir se tiñeron con sangre de los caballeros de San Juan.

—¡Ah! Como que sucedió entonces una de las mayores aventuras que guarda la memoria.

—¿A cuál os referís? ¡Pasaron tantas en estos tiempos de feudal anarquía!...

—Me refiero a la célebre de Antequera.

—Contadla.

—No, vos la contaréis mejor. Contadla, pues.

—Sea en buen hora. Reclamado por el estruendo de tanta guerra, llegó el rey don Enrique a la perturbada y triste Andalucía. Incapaz de tener la independencia que debe todo monarca, se puso bajo la tutela de los Villenas y de los Aguilares. Conjuráronle ambos magnates a que les entregase Antequera y dirigióse allá con animo de arrancársela por fuerza si era preciso al buen Hernando de Narváez hijo del famoso Rodrigo, en cuyas manos depositara el infante don Fernando el gobierno de aquella tan preciada conquista. Presentóse a la puerta el monarca demandando para sí hospitalidad y para toda su comitiva. Pero Narváez conociendo que Aguilar buscaba el gobierno de la plaza y no la comodidad del monarca, admitió a éste con una docena de sus criados y dijo a las gentes de armas que se quedara en los arrabales de Santa Catalina donde tendrían seguro alojamiento.

—Bien hecho.

—Entró el monarca, y aún no había entrado, cuando echó el rastrillo Narváez, como si estuviera en ciudad sitiada, dejando fuera con desdeñoso desprecio a sus mortales enemigos exacerbados por la codicia propia y por la vecindad cercana de su querida presa.

—¡Cuántas ambiciones se desencadenan abajo, siempre que se aflojan arriba los fortísimos resortes del poder y caen los reinos en menosprecio por los reyes!

—Ya en los muros de Antequera, viose rodeado el rey de monjes y conducido a la Iglesia del Salvador en procesión aparatosa.

—Donosa industria, en verdad. Como que Narváez no tenía otro medio de intimidar al débil monarca, que como todos los tímidos, se rendía tan solo al peso de las amenazas y no al influjo de la razón y de la justicia.

—El templo donde habían conducido al rey, estaba ornado con todos los trofeos, de la victoria. Allí reposaban las cenizas del padre de Narváez, en ausencia de la del primer conquistador don Fernando de Castilla, quien dormía ya el sueño de la muerte bajo las bóvedas de los regios panteones de Aragón.

—¡Asilo de tantos muertos gloriosos!

—Hernando sacó de la sepultura el cuerpo momificado de su padre y lo puso en negro túmulo bajo el crucero de la Iglesia, con tal arte, que daba horror a los ojos, espanto a los ánimos, y parecía llegado del otro mundo para traer sobre los menguados, que desgarraban el reino, maldiciones divinas y castigos infernales. Aumentaban el horror de aquella escena, las negras colgaduras caídas desde las techumbres al suelo en guisa de inmensos paños fúnebres; las calaveras, por cuyos huecos ojos centelleaban luminarias siniestras parecidas al mirar de aves nocturnas, y los huesos, en cuyos extremos relucían vacilantes fuegos fatuos; las pinturas que retrataban círculos del purgatorio y abismos del infierno, entre cuyas indecisas llamaradas veíanse padecer legiones varias de múltiples almas en tormento y en pena; el resplandor amarillo de los cirios que solo daban desde los toscos candelabros, la claridad suficiente para ver mejor la espesura de aquellas tinieblas, entre las cuales, se veían levantarse las losas de los pavimentos para dejar paso a los esqueletos recién erguidos; desprenderse de los aires nubes de murciélagos cuyos chillidos semejantes a las discordes voces de acosados ratones, tenían algo de fúnebres y discordantes voces; descender de los altares como sombras venidas de otro mundo, legiones de frailes encapuchados, con siniestras antorchas en las manos y terribles misereres y exorcismos en los labios; aparecer como brujas y hechiceras en Sábado mágico, vestidas de blancas túnicas muy semejantes a largos sudarios, fantásticas plañideras, quienes se mesaban el cabello suelto y prorrumpían en alaridos tales que hacían semejar todo aquello a un apocalíptico mundo engendrado por los ensueños de una pesadilla gigantesca. Varones curtidos en la guerra, esforzados temples de caballeros a la continua en armas, temblaron cual niños amenazados y cayeron en desvanecimientos y terrores cual mujeres flacas. Cuánta no sería la terrible pesadumbre del monarca, viendo que se movía el cadáver petrificado y agitaba en su mano la llave de Antequera, diciendo cómo no podía entregarla su hijo sin atraerse sus maldiciones sobrenaturales, que al mismo tiempo, eran las maldiciones de

Dios. A tantas amenazas, a tales conjuros, a horror tan extraño, nadie podía resistirse, y menos aún aquel temperamento débil y enteco del pobre amedrentado Enrique, víctima, tanto de las propias como de las ajenas pasiones. Trémulo, sudoroso, más frío que los cadáveres, creyendo verdad todo cuanto allí fingiera la industria de Narváez, tomando los murciélagos, las lechuzas, las calaveras, los esqueletos por cristalizaciones varias de sus propios remordimientos, tendió ambos brazos a lo alto como un náufrago, después de haber caldo de hinojos en el pavimento como un muerto, para jurar que nunca jamás arrancaría a los Narváez el gobierno de Antequera. Aún este juramento no se había comunicado a los aires, cuando las losas de los sepulcros se cayeron y cerraron. Ahuyentáronse los esqueletos horribles y las plañideras y los frailes fantásticos. El túmulo huyó cual si hubieran venido a recogerlo en sus alas invisibles los ángeles del cielo. Rasgáronse los velos espesos y los paños fúnebres. Como en Sábado de Resurrección, el retablo mayor ostentó sus místicas riquezas, y el órgano llenó las alturas con sus trompetas angélicas. Lluvia de flores cayó de lo alto y vapores de bien olientes esencias subieron de aquellas junturas donde antes hedía la muerte. Un coro de voces melodiosas parecido a los coros del Empíreo, llenó las bóvedas del templo y una turba de vasallas felices corrió hasta las plantas del rey para darle gracias por su espontáneo juramento. Todo fue regocijo la noble Antequera. No así los engañados del arrabal. Enterados de la feliz industria de Narváez, toma por afrenta de sus personas y desacato a la realeza. Poco sufrido el de Aguilar, amonestó a los antequeranos primero, los amenazó después y los combatió por último. Pero Narváez no se intimidaba, y tomando sus adalides, salió al campo para infligir derrota de tal importancia con sus huestes a las huestes enemigas, que los cañones y las armas de Aguilar pasaron a los castillos señoriales de Antequera.

—¡Y qué había de suceder! En tanto desorden, los granadinos cobraban ánimos; condes tan célebres como el de Cabra, ocupando villa tan fuerte como Alcaudete, permitían el paso a las huestes infieles. Las tierras de Martos eran a saco entradas y sus habitantes a cautiverio reducidos. Las iglesias de Santiago e Higuera, pueblos inmediatos a Porcuna, se vieron violadas en el momento de la misa mayor, y clérigos y laicos, asaltados por tan inesperada sorpresa, cayeron inmolados al pie de los altares. No arremeten los toros rejoneados y furiosos al paño de roja púrpura, como acometieron a las reliquias sagradas aquellos perros infieles. Sus alfanjes descabezaron las imágenes, como si de feroces enemigos encontrados en el combate se tratara. Chorrearon sangre las aras cual pilas de carnicería. Aquellos pies, enrojecidos de pisar cuerpos humanos, como los pies de quien pisa en él lagar las uvas, bailaron sobre las reliquias. No quedó varón a vida. La crueldad mahometana ¡oh! no perdonó ni a los niños de teta en los brazos de su madre. Si las pobres mujeres fueron perdonadas, más les valiera no serlo, porque maniatadas, para cautivas salieron, tristemente transportadas a los harenes y serrallos de aquél vencedor que acababa de asesinar a sus esposos y a sus hijos.

—No se repetirá, no, esta horrible tragedia hoy, porque tenemos reyes como don Fernando y doña Isabel, resueltos a vencer la morisma y rematar el rescate feliz de nuestra España.

—Dios lo haga, que por eso he tomado sobre mis hombros la pesadumbre de tan importante como peligrosa embajada —dijo el buen caballero Vera.

—Dios la prospere —añadió Solís— y lo dé cuanta felicidad le pedimos para corona de tanta empresa todos los viejos cristianos. Y a fin de poner todos los medios, acordémonos, mi buen pariente, de que no somos solamente puro espíritu, de que habemos menester también el pan pedido por cada día y vamos en gracia y compaña de Dios a cenar juntos en nuestra mesa.

—No haré tal, sin ver antes a vuestra esposa e hija, de quien tengo por la fama lisonjeras noticias y a cuyos pies quiero de grado rendirme como cumple a mi corazón y a su belleza.

—Veréislas en seguida, ya que tan vivo deseo mostráis de ello, aunque no superior en viveza e intensidad al que sienten ellas por saludar al famoso caballero de quien la fama les ha traído a la memoria tantas y tan gloriosas empresas, consagradas todas así al culto de Nuestro Señor Jesucristo, como al culto de nuestra honra y de nuestro nombre.

—Véalas yo en buen hora, que nunca el valor del valiente pudo en mérito compararse con la hermosura de la hermosa.

—Veréislas, pues.

Y dando una señal Solís, salieron varios pajes, y al poco tiempo entraron, precedidas en procesión por los mismos que habían ido a buscarlas, dos mujeres, ambas jóvenes, aunque de madura edad la mayor de temprana la menor, cada cual en sus y años, deslumbradora de belleza.

Capítulo IV

La de Solís vestía el traje vistoso y elegante, que llevara el genio de período tan estético, cual este período del Renacimiento, a toda Europa. De su cabeza pendía largo velo, el cual realzaba su majestad severa de esposa y madre. Traje muy plegado y compuesto de terciopelo y raso con bordaduras de colores, dejaba ver toda la prestancia de sus formas. Una camiseta de transparente lino se ceñía por botones de oro a la garganta, y pasando bajo los tirantes de un jubón que ornaba rica pedrería, formaba las mangas, al puño y al codo ceñidas por brazaletes, pulseras y lazos, en cuyos ornamentos entraba mucho del sabor oriental, prestado por los mudéjares, o sean, los árabes residentes en tierras cristianas, a todas nuestras artes, y con especialidad, a las artes de la joyería y de la vestimenta. Y así como en las ciencias cristianas relucían, a cada paso, los tesoros científicos allegados por nuestros predecesores en las escuelas de Córdoba o Sevilla; y así como en las catedrales góticas solía verse con frecuencia el alicatado árabe con sus guirnaldas y sus estrellas, de todo signo católico privado, y con las alharacas musulmanas brillante, para ornar el nicho de un doctor litúrgico y la caja de un sepulcro eclesiástico; y así como entre las perlas de nuestros romances caballerescos e históricos, se hallaban los romances moriscos, en las tapaderas del devocionario, en las blondas del alba, en las basquiñas y sayas de la mujer cristiana, veíanse las preseas y adornos orientales, mucho más cuando esa mujer habitaba, como la esposa de Solís, territorios fronterizos al brillante postrero reino de los moros.

Más sencillamente, pero no con menos gracia, iba Isabel, su hija, y la hija del castellano, ataviada y ceñida. Pero todos sus atavíos quedaban ofuscados en la belleza propia de su extraordinario natural, por la juventud más florida realzado y embellecido. Ningún traje, ni aunque hadas lo bordaran, podía compararse al aire graciosísimo de aquel cuerpo, proporcionado y armonioso como el correcto conjunto de líneas que dibuja y compone una clásica estatua. Ningún rubí ni esmeralda, ninguna perla ni zafiro, podían competir con las riquezas de sus cabellos negros, de sus dientes blanquísimos, de sus ojos deslumbradores que tomaban todas las tintas de sus ideas como toma el mar todos los esplendores del cielo. Nada le había regateado la naturaleza, empeñada en hacerla trasunto de todas las perfecciones que puede prestar a sus criaturas; ni la gracia seductora, ni el aire modesto, ni la mirada imperiosísima y humilde al mismo tiempo, ni la tranquilidad serena de una diosa, que para reunir todos los contrastes se modifica pronto y con la mayor facilidad; ora fuerte, como el mármol penthélico en que vaciaban los antiguos escultores sus divinas obras, ora delicada, como los pétalos de una flor o como las antenas de una mariposa. Un sordo murmullo de admiración corrió entre los circunstantes al ver tan extraordinaria beldad, y bien puede asegurarse que su presencia superaba en eficacia para excitar los empeños amorosos a la eficacia de los relatos hechos por Solís y Vera en las conversaciones con los jóvenes caballeros de Santiago, para excitar a los empeños heroicos. Así, aquella comitiva, compuesta de gallardos mozos, que habían estado como inmóviles y mudos, oyendo la épica historia de las hazañas anteriores a la guerra que iban a iniciar con su embajada, mientras departieron Vera y Solís de añejas historias, levantáronse todos a una y circundaron a la bella Isabel, dirigiéndola, ardorosas miradas y no menos ardorosos suspiros que contenían elocuentísimas expresiones, aunque recatadas y mudas, tanto de asombro y admiración, como de férvido entusiasmo y verdadero amor.

—Bien podéis, Solís —dijo Vera— ufanaros de tal familia, cuyas gracias solo con vuestras proezas en mérito y número pueden compararse.

—Acepto, mi buen primo, los encarecimientos que me dirigís por ellas dos, aunque no pueda en modo alguno aceptar los que dirigís a mí personalmente, obra de vuestra amistad y de vuestro parentesco.

—En Dios y en conciencia os digo, primo mío, que no comprendo cómo los moros no han tomado mil veces el castillo para cautivar tantas beldades y llevarlas, como huríes del Edén escapadas, al seno de sus serrallos.

—Lo han muchas veces intentado; pero hemos puesto confianza, tanto en Dios como en nuestro brazo y no han conseguido su intento.

—Precaveos ahora, pues, o yo mucho voy a engañarme, o yo de mi embajada traigo una guerra nacional; y entonces volverán las correrías por estos sitios y los peligros para esta casa, que debe tener muchos sitiadores y muchos asedios, en verdad, según las riquezas atesoradas bajo sus techos.

—Estamos de tal suerte connaturalizados con la guerra continua, que no suele hacernos gran mella el anuncio fatídico de nuevos empeños y encuentros. Dormimos como el viejo mareante, a pierna suelta, sobre las olas y bajo los huracanes, que tales son las fuerzas del hábito. Logremos Granada, rematando así nuestra nacional epopeya, e impórtenos un ardite los peligros de nuestras personas y de nuestras casas. Dios proveerá en su misericordia.

—¿Y quién —dijo uno de aquellos mozos, expresando con verdad el sentimiento que a todos los suyos embargaba en presencia de la hermosa Isabel —y quien no se sacrificaría por tal beldad y no derramaría su sangre gustoso en cien desiguales batallas por defenderla y por salvarla, muriendo a sus plantas y en su presencia?

—Señores —dijo Solís un tanto corrido en su cariño paternal por los requiebros asestados a su hija, y deseoso de cortarlos —señores, ya es hora de cenar, que estómago llevan piernas. Vuestra embajada nos anuncia la guerra, confortémonos para sustentarla y hacernos dignos de la victoria.

Cenaron todos en familia con buen apetito, y al eco de dulzainas y chirimías, que alegraban al escogido concurso con sus regocijantes acordes. Concluida la cena, quiso el buen Solís que saludaran al huésped los habitadores de sus diversos feudos, tantos en número, que se dilataban por todas las regiones de nuestra España. Pasaron, pues, en procesión inacabable campesinas de Toledo con sus tocas asemejadas a turbantes; campesinas de Vizcaya, cuyos delantales parecían cuadros, según la riqueza de sus bordaduras multicolores; muchachas del reino de Jaén con sus peinados a la florentina; labradoras andaluzas, vestidas con pantalones bombachos como las moras; siervos de tierra extremeña, con capas portuguesas, llevando todos en las manos algún presente, más o menos valioso, que ofrecer a quien representaba las personas mis más reales en aquella embajada extraordinaria. Acabado el desfile, Vera quiso tratar, siquier fuese brevemente y en conversación privada y particularísima, empeñando curioso diálogo, a la joven Isabel, cuya prestancia y hermosura tanto le habían cautivado como a los mozos que le acompañaban, avivando hasta en él, maduro ya en años, y en desengaños curtido, el antiguo rescoldo de no bien apagadas pasiones.

—Hanme dicho —exclamó dirigiéndose a la joven y tuteándola como cumple a buen tío con su sobrina —que tu valor tan alto raya como tu hermosura.

—Señor —contestó Isabel —así como vuestro mirar amistoso, descubre desde luego ventajas en mí, que yo no tengo; amistosas noticias os han participado cualidades mías, que yo no siento, y en que yo no creo.

—Pues la fama, resonando hasta en los palacios de nuestros reyes, ha dicho, y con sobrado fundamento, según mi sentir, cómo habías alentado, más que reprimido, a los nuestros en todas las irrupciones de infieles con que ha querido el cielo probar a estas tierras y a sus valerosos moradores.

—Mi padre lo explicaba eso, no ha mucho, con claridad y exactitud, al decir cómo nos acostumbramos los nacidos en guerras a los combates, cual se acostumbran al huracán los nacidos en barcos.

—No tanto, no tanto —dijo Vera— que yo he visto palidecer y temblará milites de profesión y a héroes de pujanza, criados todos en el azar continuo de la guerra.

—¡Ah! Estaba yo en la cuna, y mi madre, recién parida, en la cama, cuando cayeron a nuestra presencia, salpicando tapices con su sangre, varios moros, tan audaces, que habían podido asaltar la fortaleza y entrarse con arrojo por nuestras mismas habitaciones. Cómo queréis que no me habitúe a la guerra y sus empeños, hasta connaturalizarme con su crudeza.

—¡Oh! La complexión cobarde rasga con facilidad el hábito. La gacela nace y crece allá en los desiertos, entre los silbos de la serpiente y los rugidos de los leones; sus orejas debían estar acostumbradas a tales estruendos de guerra, y, sin embargo, no puede oírlos y corre y corre desalada en su natural timidez, huyendo y esquivándose al peligro. Los gamos y los ciervos han oído mil veces los tiros del cazador que frecuenta sus guaridas, y no se han acostumbrado al fragor, pues viven huyendo. Sobrina mía, eres valiente, porque tienes en las venas heredada sangre de verdaderos valientes.

—No, no está el valor nuestro en la debilidad propia del sexo, cobarde y tímido naturalmente, como la gacela que habéis nombrado; está en la fuerza y vigor que nos da nuestra fe ayudada por la gracia de Dios y por las oraciones con que la constreñimos y forzamos a sostenernos y ampararnos en los trances terribles de una guerra continua.

—De modo que tu fe religiosa es la fortaleza principal de tu alma.

—Lo es y mucho.

—En ello me huelgo y por ello te alabo.

—Yo he dicho siempre que las tierras fronterizas, probadas por eternos combates, debían hallarse compuestas de campamentos, donde trabajaran los hombres en guerreros ejercicios, cuando no peleasen, y de monasterios donde oraran siempre las mujeres. A Dios rogando y con el mazo dando, enseña el refrán castellano en su natural y sencilla filosofía. Pues bien, los varones deben dar con el mazo aquí de continuo para tenerlo ejercitado y apercibido, mientras las hembras debemos vivir en oración perpetua para tener a Dios importunado y vencido, a fin de que nos acorra en tanto y tanto trance como a cada paso nos aflige y en los cuales hemos de menester su divina misericordia.

—Eso de reducir a monjas todas las mujeres, paréceme cosa todavía más difícil que la de reducir a soldados todos los hombres. Fácilmente pueden quedar baldías las tierras por falta de trabajo, mas no tan fácilmente pueden quedar los hogares desiertos por falta de familia.

—Imposible regir estas tierras por leyes análogas a las que rigen otras tierras.

—¿Pues cómo?

—Pues muy fácilmente.

—Habla, que me place ver en tan cortos años tanta ciencia, como en tan tímido sexo tanto valor.

—Mi reflexión tiene tal sencillez, que no se necesita ciertamente haber aprendido y practicado en Salamanca el derecho y la teología para, después de aseverarla, comprenderla.

—Habla de todas suertes, pues no sabes cuánto recreo me procura la belleza de tus ideas unida con la melodía de tu voz.

—Gracias, señor mío, gracias, por tantos elogios como prodigáis, desde que sois, por embajador, a guisa de rey, con real munificencia.

—Que me place y encanta, Isabel, hasta el modo que tienes de recoger femenilmente los elogios con apariencias de rechazarlos.

—Pero no hablábamos de mí, hablábamos del estado de nuestras tierras y de la condición de sus habitantes.

—Sí. En verdad, ibas diciendo...

—Pues...

—Que...

—Perdonadme; me había distraído.

—Sigue.

—Pues iba diciendo...

—Que no pueden regirse por las comunes leyes tierras como las vuestras y te apercibías a probarlo.

—De sobra lo sabéis.

—Gústame de tus labios oírlo, porque las ideas más universalmente sentidas revisten formas varias según quien las expresa y sostiene.

—Pues volviendo al objeto de nuestra conversación digo, que aquí, en la frontera, toma la vida encrespamientos y zozobras que no puede tomar allá, donde nunca jamás aparecerán vencedores nuevamente los fuertes agarenos. Contamos nosotros feudos y señoríos, en Jaén y en Toledo y en León y en Vizcaya y en Galicia, por unir a la sangre de Solís, sangre castellana, la sangre de los Haros, sangre vizcaína. Pues bien; el castillo de las tierras donde la paz domina, y solo hay las competencias civiles entre familias cristianas, parecen palacios, cuando se los compara con el castillo artillado, puesto en vigilancia perdurable, apercibido para la defensa eterna en estas tierras fronterizas. No vive la paloma con igual descanso allí donde su instinto le avisa que no ha de temer al milano, como allí donde su instinto le avisa que al beber un poco de agua, puede morir entre las uñas enemigas. Los pobladores de todas estas tierras han menester franquicias que no exigen otros campos más tranquilos y menos probados por la guerra, como las pobladoras a su vez han menester clausuras que no necesitan allí, donde la intercesión diaria y continua con Dios no se hace de suyo tan necesaria como aquí, donde alternan en solo un día, el Miserere de la penitencia con el Te-Deum de la victoria y el Te-Deum de la victoria con el Dies irae, consagrado en las misas de Requiem al martirio y a los mártires. Vamos, creedlo, aquí hemos de vivir entre las llamas, entre los naufragios, unas veces ahogándonos, otras veces consumiéndonos; y necesitamos, pero mucho, demandar con oraciones continuas a quien todo lo puede, la indispensable misericordia.

—Voy viendo, que la vida del claustro priva en tus preferencias y que de buen grado, abandonarías el mundo por la soledad en casa de Dios.

—No digo que no.

—Lo adiviné, desde que comenzamos a departir.

—¿Lo adivinasteis?

—Justamente.

—Pues, adivinasteis el interior de mi alma y el secreto de mi corazón.

—¿De veras?

—De veras.

—¡Hola, hola!

—¿Os maravilla?

—Seguramente.

—¿Pues cómo?

—Os diré.

—Veamos. No se acoge niña de tu edad al claustro sin alguna razón, si no superior por su naturaleza, superior por su eficacia y por su virtud para mover el ánimo a los motivos religiosos.

—¿Sospecháis eso?

—Lo digo sin rebozo. Me asalta, y con fundamento y con razón, tal sospecha.

—Pues debo deciros, con toda ingenuidad, que os engañáis.

—¿Que me engaño?

—Seguramente.

—Joven tan hermosa, que regocija el corazón y exalta la fantasía ¿no ha de haber tenido múltiples amadores?

—No diré que no.

—Pues o amores desgraciados o amores correspondidos, han de seguiros. Si correspondidos, no comprendo el claustro. Solamente le comprendo, si desgraciados e imposibles.

—Perdonad, perdonad, señor, pero ni lo uno ni lo otro.

—¡Bah, Isabel, no creo tal, aunque me lo jures! No acababas de presentarte, cuando ya tendías cadenas a los gallardos mozos de mi comitiva. ¿Y habrás crecido en gracias diariamente para no inspirar afecto ninguno de amor, cuando tantos y tan varios has inspirado siempre de asombro y de admiración?

—No diré que no haya inspirado algún amor, pero sí diré que yo no lo he compartido. Y el amor, que no se comparte, no prospera.

—Sabes, Isabel, filosofía y religión; pero sabes aún más de amor, cuando tales cosas dices a tus años.

—Nosotras, las mujeres, no sabemos nada, y casi, casi, lo adivinamos todo. Lo que os enseña fácilmente a vosotros el tiempo, el raciocinio la experiencia, el mundo, la vida, nos lo revelan a nosotras el presentimiento y la inspiración.

—Por manera, que no hay cosa de amor en tus propensiones al claustro.

—¡Oh! No. La vida tiene tales sirtes que toda pena excede, pero en mucho, a nuestras figuraciones, bien al revés de lo que sucede con todas las alegrías. No hay esperanza, que llegue a lo esperado, ni temor que no exceda en mucho a lo temido. En largos días de tempestad, solo hay unas cuantas horas, y esas mermadas, de ventura. Los bienes más preciados, la salud, la mocedad, la hermosura, la gloria ¡oh! apenas se comprenden ni se sienten, porque la costumbre de poseer todas esas, felicidades oscurecen la comprensión, embotan el sentimiento; y las recibís y las guardáis, con tal indiferencia, que no las poseéis apenas.

—Solís, Solís —dijo Vera volviéndose al castellano— ¿dónde diantres habéis educado a vuestra hija que parece una doctora de la Iglesia? Ni Santa Catalina de Sienna en verdad, ni Santa Clara de Asís podrían emularla en puro misticismo y en conocimiento claro de la vida y sus dolores, de la religión y sus consuelos.

—En verdad —respondió el buen Solís— en verdad hay para maravillarse oyéndola, pues desde niña le dio el naipe por las cuestiones religiosas.

—Yo lo atribuyo —añadió la señora de Solís, terciando en la conversación— a mis devociones por Santa Catalina de Sienna. Llevaba mi buena madre este nombre, porque fue nacida bajo la inefable advocación de tal Santa. Y yo se lo hubiera dado a mi unigénita si no se llega su padre a emperrar en que la llamáramos Isabel. Mas, a la hora de su nacimiento y en lo más acerbo de mi parto, invocaba yo con tal intensidad a Santa Catalina de Sienna, que cuando perdía la luz en los ojos corpóreos brillaba la Santa con resplandores indecibles a los ojos del alma. Y lo cierto es que Isabel se llama Isabel de Solís, cuando realmente debiera llamarse Catalina de Sienna por su apego al estudio de las cosas santas, por sus devociones exaltadas, por su caridad ardiente, por su propensión a los monasterios y a las oraciones, por su espíritu teológico.

—Madre, por Dios —dijo Isabel, ruborizada verdaderamente a los elogios que sin tasa el amor maternal en aquella ocasión solemne y extraña le dirigía.

—Esto proviene —dijo Solís, abundando en el sentido de su mujer— esto proviene de no haber tenido más que a Isabel en nuestro ya largo matrimonio. Así, la hemos educado, su madre, como se educa naturalmente a una hija, y yo, como si educara a un muchacho. Por ende, cose dentro del hogar como cualquiera de las más caseras muchachas; y luego tira el venablo, monta el caballo, coge la sortija de los juegos en la punta de las lanzas como cualquiera de los imberbes guerreros que ahora os acompañan.

—¿Eso más? —preguntó Vera.

—Señor —dijo Isabel avergonzada— señor atribuid al amor natural en padre y madre por su hija única, todo cuanto ahora os dicen.

—Y luego —siguió diciendo Solís, inatento a las excusas de Isabel— como aquí tenemos además de castillo, un monasterio, en sus aulas y celdas se ha industriado para las cosas del otro mundo por tal extremo, que parece una doctora de la Iglesia y sabe tanto latín y tanta teología como el primero de los mitrados. Hay que oírla disertar sobre la gracia de Dios, como cualquier eclesiástico de ciencia o experiencia, y verla rezar de rodillas horas y horas como cualquier penitente milagroso.

—Pero venid aquí, primos míos, y sacadme ahora mismo de dudas. ¿Como guardáis en vuestra casa joya de tal precio?

—Pues muy fácil. Metida en sus libros, en sus disertaciones, en sus ejercicios religiosos, no lo ha quedado tiempo ni voluntad para prendarse de aquellos jóvenes próceres que me han pedido su mano y a quienes yo la tenía destinada desde su nacimiento, como cumple un buen padre y necesita el esplendor de una familia. Más idle con esas a mi buena hija. Un diptongo la interesará más que un amante.

—Yo, con perdón sea dicho de mi respetado padre, creo necesario al bien del mundo y salud sobrenatural del alma, la consagración completa de varios seres a un culto divino y a una intercesión constante con el Eterno padre, para desarmar su justicia airada por nuestras culpas y poner de nuestro lado su misericordia.

—Lástima grande, mucha lástima —exclamó Vera— que no haya de predicadoras orden como hay de predicadores, pues en tal caso, tendría la Iglesia en Isabel una de sus lumbreras, por lo perspicuo de la inteligencia y lo abundante de la palabra, según demuestra en todos estos coloquios.

—Si nos priváramos —dijo la madre— de nuestra hija tan fácilmente como ella quiere privarse de sus padres, ya estaría en el cenobio entre oraciones y penitencias, y nosotros en este hogar abandonado, nido sin hijuelos, entre dolores y tristezas.

—Es verdad —añadió el señor de Solís— no sabéis cuánto hemos debido hacer para evitar su entrada en un convento.

—La religión —dijo Isabel— aparece aquí, entre nosotros, a la frontera de reino infiel y enemigo, con los resplandores relampagueantes y sublimes de una continua tempestad. Aquí la vemos combatida por hambrientas cimitarras, y, por combatida, la queremos, como no pueden quererla jamás aquellos que la gozan tranquilos y que se hallan ciertos de verla, consagrando su sepulcro cual consagrara su amor. Notad que por los bordes y orillas del mar se levanta mayor número de santuarios que por las tierras interiores, y estos santuarios relucen con mayor número de ex-votos. Y sucede así, porque la ola hinchada, la tabla combatida de continuo, la jarcia rota fácilmente, la tempestad desencadenada en los aires y que bate las férvidas honduras, inspiran el sentimiento religioso; pues si los horizontes se cierran, si los mares se turban, si los oleajes se levantan uno sobre otro para devorar la nave, no queda otro asidero al náufrago sino la confianza puesta en Dios y en el divino socorro. Igual acontece aquí. A cada paso el incendio devora las cabañas, el asalto acomete los muros, la tala yerma los campos, la irrupción y la guerra ensangrientan los ríos, la campana suena el rebato, la familia se merma con una víctima nueva trastrocada en mártir, el altar de la oración se ve profanado y convertido en pesebre de los caballos del Profeta; y solamente, nos queda, en tal dolor, el recurso de un llamamiento a los cielos. Si, como el náufrago, lanzado a la orilla por un milagro, sube descalzo en penitencia por los riscos al santuario donde los fieles invocan la estrella de los mares, la Virgen Madre que les ha socorrido en tal angustia, nosotras, las pobres mujeres de todas estas comarcas, nacidas y criadas sin saber si al venidero día seremos esclavas del infiel y del extranjero, necesitamos recurrir a Dios y en Dios poner toda nuestra confianza, y a Dios importunar con todas nuestras oraciones antes de ocurrir al establecimiento de una familia que al fin al cabo solo serviría para la continuación y la perennidad casi, casi, de nuestras desdichas.

—En verdad que tiene razón —dijo Vera.

—Sobre todo, señor, no sabéis cómo aquí el culto a María se aviva y exalta. Tres veces la invocamos diariamente: cuando raya el alba, cuando viene, la noche y cuando el Sol toca en su cenit. Y al invocarla, vémosla sobre sus nubes argentadas por la Luna, entre sus ángeles que baten las áureas alas, con su corona de místicas estrellas, con su celestial arrobamiento; y le decimos todas las letanías que levantan al cielo las cosas creadas e increadas y la llamamos con todos los nombres que puede inspirar el amor.

—¡Ah! Isabel, pues me sucede a mí lo propio. María es la compañera de mi alma. No me sobrecogerá el sueño ningún día, sino después de haberle rezado todas mis oraciones habituales. Y fío en Dios que no me sobrecogerá la muerte, sino con el Ave María en la última espiración de mi pecho y con el Ave María en el postrer latido de mi corazón.

—Imagináos, Señor, lo que yo pensaba.

—¿Qué pensabas?

—Pues apenas me atrevo a decíroslo.

—Decidlo, pues.

—Pensaba en la gran tristeza que tendréis mañana seguramente al veros en tierra donde no se adora por ningún mortal a la Virgen.

—¡Ah! —exclamó Vera.

—¡Qué pena tan grande sentiré al pasar por las mezquitas donde se adora un falso Dios y se presta un culto aborrecido y aborrecible! ¡Cómo vuestros ojos habrán de cerrarse para no leerlas blasfemias entalladas en piedras y cubiertas con esmaltes orientales junto a las estrellas de marfil y oro, bajo las grecas y encajes empapados en iris misteriosos.

—¡Oh! Cuánta razón tiene, Isabel —dijo el embajador—. ¡Qué pena para un católico rancio, como yo, ver la tierra de nuestros padres profanada por los sectarios del Profeta!

—¡Dios mío! —exclamó Isabel exaltada por las palabras del viejo embajador—. ¡Dios mío! apiadaos de vuestros siervos.

—Isabel, te prometo —exclamó Vera— que allí mismo, a la puerta de las mezquitas y de los serrallos, junto a los santones más respetados por el pueblo infiel, cuando suene la voz del muezin equivalente a las campanadas de nuestras oraciones, así en presencia de Hacem el sultán me halle, invocaré a gritos el nombre de María, ofreciéndome por víctima del musulmán fanatismo, a ver si mi cuerpo, con su inmolación y sacrificio, enciende la guerra y si mi alma entra de un vuelo, al separarse de su cuerpo, en el Empíreo.

—Invocad el nombre de María, ya que para ello tenéis en el alma fe y en el cuerpo aliento; invocadlo, y desde las albercas en los patios, hasta las sultanas en los harenes, palpitarán seguramente como si algo misterioso y sobrenatural se hubiera difundido en los aires. Y no temáis: que nosotros encenderemos las velas de los altares, y puestas de hinojos ante las aras en oración perpetua, pediremos a Dios que preserve de la infidelidad vuestro espíritu, esmaltado con virtudes nuevas, y de la muerte vuestra vida, todavía indispensable a la religión y su grandeza. Que Dios prospere, le pediremos, y Dios prosperará vuestra embajada. Y su eficacia será grande. Por virtud de vuestro viaje, comenzará una serie tal de actos, que los infieles, venidos aquí a manchar la tierra y asombrar el cielo, se tornarán de nuevo a sus africanas guaridas, de donde salieron un día para nuestro castigo.

—Con tales oraciones —dijo Vera —el cielo no podrá, no, abandonar nuestra causa.

—Mas ¿olvidáis —dijo Solís— que para todo eso habéis menester descanso y la noche avanza y el sueño nos solicita?

—Recojámonos en buen hora, para proseguir mañana temprano este viaje.

Capítulo V

De aquella embajada, solo podía surgir la guerra, como brota la chispa naturalmente del choque rápido entre el hierro y el pedernal. Codiciaban los reyes Católicos la corona ceñida por Muley-Hacem, que, a un tiempo mismo, completaba la reconquista y servía en sus creencias para entrar después de muertos en el cielo y unirse como por propio derecho con las jerarquías angélicas. Todo los incitaba, todo, a la guerra, desde aquel amor primero que se siente por el suelo patrio, hasta los intereses más positivos de su política y los cálculos más matemáticos de regias y soberbias grandezas. Por su España, querían a Granada; por su religión, querían a Granada; por su corona, querían a Granada. Dominábales aquella idea de la unidad del

Estado, que cerraba la Edad Media y abría la Edad Moderna. La sobreposición del poder monárquico a todos los poderes, idea puesta en fórmulas extrañas, por don Alfonso X a la cabeza de su colosal obra legislativa; idea defendida por don Alfonso XI, y en parte realizada por sus esfuerzos guerreros y por sus reformas legales; idea exagerada en aquel terror de don Pedro el Cruel, verdadero revolucionario de su tiempo; el predominio, iba diciendo, del poder monárquico sobre todos los poderes, imponía la guerra como una necesidad inevitable para reunir, bajo la mano del monarca en los campamentos, a los nobles y disciplinarios y someterlos y reducirlos a la obediencia ciega en el ejército de la monarquía. Los Trastamaras habían interrumpido en mitad del siglo XIV la obra, que comenzara en mitad del siglo XIII don Alonso X, al resplandor de un ideal progresivo, solo entrevisto por algunas almas privilegiadas desde las alturas, del trono y desde las aulas de la Universidad y del colegio. Este abandono de la idea, que inútilmente quiso corregir don Álvaro de Luna, descabezado al fin por tanto noble, patricio, señor o infante, que tenía interés en debilitar la monarquía; este abandono llegó a sus últimos extremos bajo don Enrique IV, en cuyas manos se disolvía por completo el principio monárquico. Así, cuando los nobles, por su propio impulso y guiados del interés natural a sus ambiciones desapoderadas, por el interés de agrandar sus feudos, salían a su arbitrio por los campos andaluces en demanda de conquistas, los reyes Católicos, veían con dolor cómo su gloria eclipsaba la gloria de los monarcas y sus conquistas, convertidas en feudos, aparecían como muros y contrafuertes opuestos a su poder y a su autoridad, tanto más de cultivar con esmero, cuanto que representaban, como el espíritu en el cuerpo, la unidad interior de nuestra patria. Por consecuencia, la idea progresiva de la unidad del Estado, llevábales al necesario logro de dos indispensables objetos, la destrucción del poder agareno en sus últimas guaridas del montañoso reino granadino y la expulsión también de todas las razas que no participaran de sus católicas creencias. Era, pues, la conquista, el remate de la unidad religiosa y de la unidad nacional, era una guerra de patriotismo, pero también una guerra de religión.

Y casualmente se hallaba encabezando el reino granadino un hombre de fuerza y de violencia como Muley Hacem, que lejos de contener, precipitaba la catástrofe. Tal es el triste destino de todos aquellos que representan y personifican las irresistibles decadencias en el juicio de la historia. Lo mismo les da, lo mismo, igual resultado, la violencia que la flaqueza, desastrados y destituidos de todo buen auspicio. Si llegan a resignarse, atribúyese a debilidad la suerte suya nefasta; y si llegan a combatir, atribúyese a su violencia: que nada exime, nada, ni el valor más probado, ni el esfuerzo más titánico, de las responsabilidades que llevan consigo, sino ante la conciencia, de seguro ante la opinión las grandes y nefastas desventuras por involuntarias que parezcan. Vencedores, suelen por donarse así el crimen como el error; vencidas, parecen criminales e ignorantes la virtud y la ciencia. Hacem nació con cualidades propias de aquellos que fundan y mantienen reinos; pero nació por su mal en adverso período y de bien triste decadencia. Sus ambiciones y sus ensueños de conquista no conocían límites y se dilataban hasta donde podían dilatarse los impulsos del deseo. Desde los picos de las Alpujarras que le mostraban a un lado el África y a otro lado España, el árabe inquieto, sintiendo la caldeada sangre de Alhamar en sus venas, prometíase a sí mismo restaurar el imperio musulmán aquí, en la península, de sus mayores y más envidiadas grandezas. El mundo helénico, la Iglesia bizantina, la península donde se levantan las Termópilas, el territorio donde radican Macedonia y el Epiro, aquella Constantinopla, solio de los Césares, templo de los cruzados, Sede augusta de los patriarcas, con la basílica de Constantino y de Justiniano, cuyas cruces griegas parecían como astros conteniendo la luz de las ideas cristianas en los cielos de Oriente; aquel compendio de la religión griega y de la escultura europea, con todos sus recuerdos, con todos sus prestigios, se había rendido y entregado al Corán y a los más bastardos y menos legítimos entre los adoradores de Alah. ¿Qué mucho, pues, qué mucho, si él, Hacem, suspiraba por una empresa igual en Occidente? Aquella Granada lucía entonces, como bello trasunto y compendio de todo lo que agigantara en la historia y en el mundo, a la heroica raza de los árabes. Allí, los que habían llevado sobre sus hombros el califato de Damasco, cuyo poder temporal y espiritual fuera un día la luz y el calor de toda la gente mahometana en el período providencial de su mayor poderío; allí, los fundadores ilustres de aquel imperio cordobés, que con su ciencia esclareciera toda la tierra y con su grande Aljama eclipsara el sacro recuerdo de la Meca y sus santos templos; allí, los herederos de aquellos abdibitas que levantaran la Giralda de Sevilla y de aquellos almamunes que levantaran la Galiana en Toledo para estudio y contemplación de los astros anotados en sus tablas como notas músicas; allí, los últimos continuadores de tantas revelaciones científicas al mundo comunicadas por las madrisas andaluzas, ricas en retortas que descomponían la materia, en astrolabios que investigaban el cielo, en fórmulas algebraicas que contenían cálculos e ideas; allí, los destronados de tantos solios, los expulsados de tantas ciudades, los príncipes de tantas dinastías, los herederos de tantos héroes, contándose unos a otros, en su poético lenguaje, las hazañas inolvidables extendidas desde las tierras de Syria y Arabia, en combates sin fin, hasta los campos de Poitiers y las costas de Sicilia; resueltos, en esta última hora de su dominación y con el vigor que da un postrer empuje a todas las fuerzas del cuerpo, y con el resplandor que da un último destello a todas las ideas del espíritu, resueltos indudablemente a recomenzar su historia épica, sin comprender como se ocultaba y extinguía tras los cerros de la oriental Alhambra, en los rojos matices de un inevitable ocaso. Tantas y tan grandes aspiraciones como en el pecho de los musulmanes latían, productos de siglos y siglos, tomaban forma humana, condensándose y personificándose a una en aquel rey último de Granada, conocido con el nombre de Hacem.

Así, pues, la embajada, que iba por la Vega, con sus banderolas en que relumbraban viejos signos heráldicos, y con sus armaduras que relucieran al Sol de las batallas, y con sus mantos, en cuyas hombreras se destacaba la cruz, y con sus cascos, sobre los cuales campeaban ricos y varios plumajes, podría tomarse por la representación del mundo católico y sus cruzadas, yendo en pos de los orientales ensueños, y las islámicas ambiciones que se retorcían allá en los edenes de Granada con propósito firme de hundirlos y aplastarlos bajo el peso de sus victorias. Vera, el embajador, tenía tras de sí todo el mundo cristiano, que demandaba un esfuerzo; el heleno, recién sometido a la media Luna de los fuertes ostmanes; el húngaro, amenazado a la continua, en sus santuarios y en sus hogares; los habitantes de las islas y archipiélagos mediterráneos, quienes, a cada paso, creían encontrarse con los piratas berberiscos; el forzado en las galeras turquesas, el cautivo en los calabozos de Orán, Túnez y Argel; mientras Hacem tenía tras sí el África y el Asia, creídas aún, por aquellos tiempos, cuando el espíritu europeo florecía en el Renacimiento, de poder desarraigarlo y sustituirlo con la fe viva en el Corán y la dominación espiritual de su Profeta. Los vencedores de Constantinopla, los santones de la Meca, los soldanes de Persia y Egipto, los árabes andaluces, diseminados por las plazas de África, y que guardaban las llaves de sus casas de Córdoba y Sevilla, pedían con clamores continuos al reino granadino y a su rey Hacem, que sostuviese aquí, en la península, donde más ha brillado la causa del mundo musulmán e islámico en sus competencias con el mundo cristiano. Así, Hacem, guerrero por naturaleza y por educación, jinete ágil, montado en su caballo del color de los cuervos, cuando, en aquellas guerras civiles y religiosas continuas, iba, como en alas del viento, por las altas Alpujarras, y descubría desde cimas, bajo las cuales muchas veces tronaba la tempestad, al son de los torrentes y de los aludes, el vecino Mediterráneo y el África, notando cómo las dos orillas de los dos continentes aún estaban a la sazón aquella unidos por el musulmán alfanje y por el sublime Profeta, juraba componer una confederación musulmana, como la de almohades y almorávides, e ir presidiéndola y encabezándola al rescate de la grande Aljama de Occidente y al desquite de la horrible rota de las Navas. Por consecuencia, la embajada, que iba camino de los palacios árabes, tenía, no un carácter diplomático, un carácter guerrero, y llevaba en sí, no un tratado, un reto, el cual debía recoger y sustentar hombre como aquel Hacem, a quien los hados confiaran la representación del imperio árabe-hispano en los días últimos de su terrible ocaso.

Éstos y otros muchos pensamientos embargaban el espíritu de Vera, conforme iba con paso parecido a vuelo, dirigiéndose hacia el cerro de la Alhambra y acercándose a su codiciada sombra. ¡Qué alegría derramaba la vida oriental allí por todas partes! ¡Cómo relumbraba el aire azul, purificado en la noche por el frío de los ventisqueros eternos, y tan trasparente y diáfano en aquella mañana que trasmitía la luz del Sol, espléndida e intensa, como si no lo pudiese oponer ninguna resistencia en su nativa pureza! La vista menos enamorada de los espectáculos con que brinda la creación, embóbase allí, hasta el punto de arrojarse y desprenderse de todo cuanto no fuera una contemplación continua y extática. Las sierras de Loja parecían grandes turquesas, como las de Alpujarras encendidos rubíes; y el contraste artístico entre los conos violáceos de las extinctas lavas que coronan las cumbres de la estéril Elvira con los brillantes de nieves eternas que al otro lado relucían, ese contraste único aumentaba en grandeza y en hermosura con la luz del día y la trasparencia del aire. ¡Ah! Nada que recree la contemplación, como aquellas colinas, las cuales parecen puestas adrede allí por un paisajista inspirado para dar mayor realce y majestad a las sublimes cordilleras y a los dentados picachos relucientes por las reverberaciones del cielo. Diríase que no reinaba por ninguna porción de la tierra el mal, viendo aquella riente naturaleza, tan dulce como las mieles destiladas por los troncos de sus árboles y por las corolas de sus flores y tan melodiosa como las auras mecidas en sus prados y en sus florestas. Entre cortinas de yedra, rodeadas de cármenes donde sus bases tienen pintados engarces, junto a las verdi-negras palmas, levántanse las torres bermejas, los minaretes blancos, las rotondas azules y argentadas, los kioscos rematados por tejas áureas, y a trechos, macetines de porcelanas brillantes en cuyo fondo radican rosales y jazmines entrelazando pintorescas guirnaldas. Aquellas enriscadas cumbres, además, parecen como urnas, de cuyos senos brotan desatados en arroyos cristalinos los manantiales que llevan a una en sí la fecundidad a las plantas por las laderas de los grandes bancales, entre las hebras del heno y de la alfalfa, el rojo pétalo de la encendida amapola en cuyo cogollo brillan los estambres negros y lucientes de sedosa finura y de metálicas reverberaciones. Los trigos se coronan de crasas espigas que amarillean doradas por el estío y las parras de pámpanos y de tallos verdes y fresquísimos que se trasparentan como cristales. En todos los vergeles se mezclan las flores con los frutos, y encuentran recreos el ánimo, esencias y aromas el olfato, música las orejas, colores y cuadros la vista. Son de ver por el campo los jornaleros afanosos y por las eminencias el centinela vigilante y sobre las mezquitas el muezin absorto en sus plegarias. Lo cierto es que no ha encontrado el musulmán, habitante del Carmelo y del Líbano en que mezclan sus vibraciones los cedros y sus salmos los profetas; conquistador de aquel Bósforo, en cuyas orillas Europa y Asia se juntan y en cuyos lejos gallardean el Olimpo y el Parnaso; rey en el Cairo, a las orillas feraces del misterioso Nilo donde crecen palmas canoras como guzlas de poetas; dueño de las orillas del Tigris y del Eúfrates, no ha encontrado tierra ninguna para vivir y morir como esta tierra de los volcanes y de las nieves, fresca y abundosa cual una pradera virgen, de cármenes cortados en las peñas como los antiguos jardines babilónicos, de confluencias como las que forman el impetuoso Darro y el sosegado Genil, de torres gallardas circuidas por florestas con tales plantas que semejan edenes y coronadas por almenas de tales facetas que semejan piedras preciosas al bruñido del Sol y al esmalte de los aires. En cada recodo del camino, siempre que brillaba entre los ramajes una torre, del encendido color de los corales; una rotonda con todos los matices del oro; una extensión amplísima confundiendo en dilatado cuadro varios y hermosos objetos; Vera suspiraba de impaciencia porque la corona de Castilla, el yugo y las haces de sus reyes pudieran grabarse pronto en aquel encantado paraíso, donde los olivos de oscuro color y con álamos de cimbreantes ramas se unían con los granados de rojas flores; los limoneros cuajados de azahar; los palmerales de majestuosas oscuras coronas con las moreras de hojas lustrosísimas; y las adelfas en el fondo de los secos y pedregosos torrentes con los castañares en las altas laderas de los frescos riscos, componiendo admirables consonancias de rumores y de matices.

Capítulo VI

Codiciando cada vez más a Granada entraron Vera y su comitiva por aquellas puertas que les abrían las leyes del honor, y que por sí mismas se hubieran convertido, acostumbradas a la defensa del último seguro mahometano, en losas de sepulcros para los embajadores españoles. Las herraduras de los brutos; las piezas varias de los armazones, donde sus cuerpos iban encerrados; la reverberación natural de las armas al Sol y el giro de las divisas y banderolas al viento, atraían la triste mirada de los moros, henchida de relampagueantes odios. Con los dormanes oscuros, con los alquiceles albos, con los mantos y los albornoces de colores diversos, con los turbantes listados de sedas y gasas, con los rapacejos y bordaduras orientales contrastaban mucho aquellas férreas vestimentas de los embajadores castellanos, parecidos en su rigidez a figuras sacadas de las armerías, estatuas yacentes venidas milagrosamente a caballo, por la luz y el aire, desde la humedad y el silencio de sus fríos y oscuros panteones. Más que los enviados diplomáticos de reyes poderosos y vivos parecían, a la verdad, todos los de tal cortejo aquellos heraldos de piedra, con que la grande arquitectura de la época, el gótico florido y el incipiente plateresco, blasonaba los palacios de príncipes, magnates y reyes. Con la misma indiferencia majestuosa que se ponían a disposición de su rey, penetrando en la ciudad enemiga, fueran todos ellos a morir y ofrecerse como verdaderos holocaustos de grandes sacrificios, en las competencias bélicas y en las cruentas batallas. De paso para el palacio, hasta el cual un escuadrón de moros a caballo, desde las puertas, les seguían y escoltaban por las calles, pudieron advertir cómo crecía la ciudad en el número de sus centinelas, apercibidos con gran vigilancia y armados de todas armas por los altísimos torreones; en la frecuencia de tiendas bien aderezadas y provistas; en el esplendor de bazares, donde se veían los más raros artículos expedidos a sazón del Asia; en la muchedumbre de catalanes y de genoveses, los cuales afluían atraídos por las granjerías del comercio; en los ricos trajes de las recatadas moras que, tras las celosías brillaban con sus bordados de realces riquísimos y sus pedrerías relucientes como la noche orientales. Penetraron, por fin, allá en lo que podríamos llamar la ciudad especial de los reyes nazaritas por la puerta que abre paso a la pendiente conocida hoy con el histórico nombre de Cuesta de los Gomeles. En su lengua erótica, un tanto atrevida o temeraria, los árabes llamaban a las colinas donde se levantaba la oriental Alhambra el ombligo de la tierra. Y en verdad aquellos cármenes, que parecen cónicas macetas; aquellas umbrosas alamedas, a las cuales se dan cita los ruiseñores todos del campo cautivos en su hermosura; el desate y susurro de los manantiales corrientes en todas direcciones y descendidos en trenzas desde las cumbres del encantado cerro; las gotas de los surtidores prendidas como un rocío matinal a los pétalos y a las ramas; el encuentro de las rosáceas torres cortadas por ajimeces de bordados mármoles y por celosías; los arcos de herradura en competencia con los arcos de arte gótico que dan a tal estancia, tal jardín o tal castillo, ingreso; los paisajes que se descubren unas veces sobre los cristales de Sierra Nevada, otras veces sobre las floridas hondonadas del Darro y otras veces sobre la inmensa vega, divertían el ánimo de los embajadores hasta del profundo pensamiento que los embargaba, y casi casi les hacía creer haber llegado a un planeta distinto de nuestro planeta en su extraña correría. Hoy es, hoy mismo, después que los siglos han pasado con la fuerza de sus torrenciales años; después que los moros han huido al desierto africano; después que la incuria y el abandono de tristes siglos ha cegado mil fuentes y derruido mil camarines hermosísimos, reduciendo tantas maravillas a polvo, por lo menos afeándolos con la triste sobreposición de monumentos a ellas dispares; hoy, cuando entráis, os sobrecoge de tal suerte la magia propia del sitio encantador, que creéis ver las guzlas acompañando a las serenatas, ver los ojos de las sultanas convertidas en huríes tras de las celosías, y habitar aquel mundo extraño donde los caballeros juegan a la sortija en Bibarrambla, los muezines cantan allá sobre los minaretes de las mezquitas, y el postrimer ejército moro alardea en la vega; mientras el romance morisco resuena sobre los pavimentos de jaspe, junto a los surtidores que brotan de alabastrinas tazas, bajo techumbres de alerce cuajadas con varias incrustaciones de blanco marfil africano y estrellas relucientes de oro puro. Poned ahora con vuestra imaginación el árabe satisfecho de poseer tanta tierra; los cuerpos de guardias con sus soldados vestidos de varias túnicas y sus armaduras damasquinadas; las diversas tribus curtidas por el ejercicio de las batallas y por el Sol de los desiertos, y ágiles como quienes se acostumbran a continuas guerras; la diversidad de trajes, la copia de objetos raros y artísticos, la riqueza de bazares tenidos por los primeros del mundo musulmán a la sazón; el carmen de raras plantas orientales, el vario juego de surtidores por tazas de tanto brillo recogidos; los baños con la luz tibia que finge un crepúsculo de Andalucía y sus estrellas en la bóveda que fingen una noche de Oriente; las pajareras formadas con alambres de oro en cuyas redes y jaulas cantan las aves más canoras; el concierto de las dulzainas o de las chirimías en paz y de los atabales y clarines en guerra; las competencias propias para que los poetas cantasen, como a porfía, el amor y el heroísmo; los desafíos caballerescos, las zambras continuas, los torneos inacabables, la llegada de los emisarios idos a ofrecer sus presentes y a dar promesas de auxilio a los mantenedores del Islam en tierras de España; y decidme cómo resplandecería Granada, con qué brillo en esta última tarde, tan poética, de su historia, y en este último tinte y crepúsculo del ocaso de su vida.

Los emisarios de Isabel y Fernando no se cansaban de mirar la presa que creían tener ya entre sus manos, según la fe, que iluminaba y encendía sus corazones y sus conciencias. Sabedores de que se buscaba en aquel viaje antes motivo justo a una enemistad deseada que asiento de paz y concordia, erguíanse, no diremos con provocativos desdenes, pero sí diremos con aquel aire de orgullo satisfecho, que cuadra tanto al natural castellano.

Pero sigamos viendo los sitios por donde pasan los embajadores. A los dos o tres recodos encuentran gruesa torre de aspecto africano sombreada por altos álamos, cuyo follaje contrasta la ciclópea pesadez de las paredes con su alígero movimiento y su dulcísimo susurro. Llámase aquel monumento la Puerta Judiciaria. Sus arcos de graciosas herraduras, amplios en guisa de romanos medios puntos, hállanse colocados, uno tras otro, con tal conocimiento de los efectos producidos por la mezcla de luz y sombras a distancia, que fingen todos ellos con sus largas y hermosas perspectivas, fantaseadas galerías. Las brillantes lápidas de mármoles, proclamando los apellidos de los reyes nazaritas, mezclados con los nombres de Alah y su profeta; las puertas claveteadas de hierro y ceñidas en el dintel con arabescos de tierra cocida, bruñidos por barnices varios y semejantes a ricas porcelanas; la corona de almenas esmaltadas por la luz resplandeciente y destacadas en el cielo clarísimo; la llave y su mano, esculpidas sobre la mitad misma del arco, y que, además de simbolizar poderes históricos y políticos, simbolizaba religiosos amuletos contra la mala estrella y las naturales desgracias evocaban las creencias católicas en el ánimo de los caballeros de Santiago y los movían a murmurar oraciones capaces de poner en fuga inmediatamente a los demonios visibles por aquellos simulacros de la mahometana idolatría, tan aborrecida de un cristiano viejo. La Puerta Judiciaria franqueaba la primera línea de murallas, y la puerta, conocida hoy con el nombre, bien extraño, de Puerta del Vino, franqueaba la segunda línea de murallas, abriendo paso a un patio, en cuyo centro se veía olmo gigantesco, del cual ¡oh! las ramas, ofrecían saludables sombras al muftí para que, interpretando los textos del Corán, administrase la debida justicia. Ya estaba, después de tal patio, cerca del ingreso al palacio, cuando su vista quedó como embobada, estática en el espectáculo, por doquier ofrecido a la contemplación, que no podía permanecer tranquila, y se avivaba en soberano entusiasmo. A la derecha, y tras los alicatados, ornamento de las galerías y arcos, cual si en el mismo pie de Sierra Nevada se hallase, aquel Generalife misterioso entre cuyos escalonados bosques de cipreses y laureles relucían los miradores ceñidos y tachonados por multicolores porcelanas, que reflejaban los rayos del Sol y producían en plena lumbre y esplendor de un soberbio día deslumbradoras estrellas; a la izquierda, y de trecho en trecho, la legión de las torres en todas sus alturas por vistosos guardias ocupadas; en el fondo las colinas, puestas casi en gradería por la naturaleza y sombreadas por los cedros y por los pinos y por las palmas, colinas, a cuyos pies el rojo Albaicín, ceñido de aloes y de nopales, mostraba las estrechas calles, cuyo recato aumentaban las recelosas celosías, y los anchos patios, en que los mirtos y las adelfas y los limoneros y los naranjos entrelazaban sus ramas; cerca de aquel sitio la carrera del Darro, arrastrando sus impetuosas corrientes cargadas de oro entre florestas parecidas por su espesor y por su follaje a selvas, y allá lejos, sierra Elvira, con sus lavas violáceas concluidas por truncadas pirámides, poniendo un contraste necesario de aridez entre las varias manifestaciones de tanta y tan copiosa y tan exuberante vida, cuya savia parecía refluir en el corazón de los cristianos, y hacerles sentir y comprender cuánto había de costar a los árabes el desceñirse y apartarse de su predilecta misteriosa hurí, de la incomparable Granada.

Mucho complacen las vistas extensas en las orillas encantadoras del Darro y del Genil; pero aún complacen más, por lo extrañas, las abreviadas y reducidas en aquellos espacios fabricados por la increíble arquitectura de los árabes y embellecidos por sus soberanas artes de ornamentación. Acababan los embajadores de ver la bella Mezquita, que habían dejado a su derecha, fundada por el jefe de los antiguos monarcas nazaritas; cubierta de mosaicos resplandecientes en los cuales se reproducían las flores del campo y las estrellas del cielo; pintada toda ella de azul y oro; y bajo cuyos artesonados ardían lámparas de plata, nácar y concha, difundiendo luz, templada misteriosamente por rosadas gasas de seda finísima, en las cuales, todas sus galas para la ornamentación lucían los artífices de Oriente. Pues aun vistos y admirados semejantes edificios, quedáronse fuera de sí los emisarios, cuando las puertas se abrieron y tras largo pasadizo un tanto sombrío y oscuro, preparado para los grandes efectos de luz, penetraron allá en el patio conocido ahora con el nombre de los Arrayanes y conocido entonces con el nombre del Mesuar. Vistoso mosaico, de brillo semejante al de la pedrería, engalanaba las bases de sus airosas paredes; mostagueras vidriadas, azules y blancas, ornamentaban el suelo, tan brillante como la veneciana cristalería;

una grande alberca, por murmuradora fuente alimentada, retrataba en su alegre superficie los esplendores del aire aromados por las rosas y los azahares; guirnaldas de mirtos y arrayanes, contrastaban el claro color de los mármoles con el oscuro y metálico verdor de su follaje, despidiendo juegos maravillosos de aguas; innumerables puertas a cual más bien ornada, con marqueterías riquísimas, como se dice hoy, e incrustaciones de nácar, oro y marfil, abrían paso a misteriosas estancias y ornaban con sus primores, las paredes artísticas del patio; dos galerías brillaban al extremo Norte y Sur por maravilloso modo alicatadas, con cubos parecidos a iris, con rombos circundados de alharacas ligeras, con extrañas cintas que parecían flotar al aire, con hojas de una vegetación casi paradisiaca, con innumerables conchas tan variamente pintadas como las producidas por el mar, con piñas de pinares fantásticos: aquí, un arco semejante a los admirados en Córdoba y sus Aljamas; allí cartelas indias con animales alegóricos, recordando las orillas del Ganges junto a talladas de madera con letras karmáticas, expresión de leyendas, parecidas a las resonantes, así por las riberas del Eúfrates, como por las riberas del Nilo; y doquier, preciosas hornacinas ocupadas con vasos gigantescos de áureos esmaltes, columnas torneadas como los troncos de las palmas, sosteniendo archivoltas de proporciones armoniosas y arcos parecidos a joyas por sus adornos, alhamíes o sitios de descanso, especie de alcobas estrechas semejantes a capillas, con techumbres de ricas estalactitas lapis-lázuli, con cornisas alacenadas en las cuales se veían los vasos de colorado barro, las armas damasquinadas a maravilla, los candiles de bronce, los pebeteros de aromosas esencias, coordinado todo con tal arte, que hasta los más activos deseaban detenerse allí, entre tantas maravillas, y entregarse por completo a la contemplación del arte y sus milagros en una oriental soñolencia.

A pesar de que parecían verdaderamente agotadas así las riquezas del palacio como los afectos de admiración despertados en sus huéspedes, aún quedaba la maravilla de las maravillas, la sala de los embajadores, cuyas grandes proporciones tenían algo de los monumentos romanos, por su magnitud; y cuyas bóvedas tenían algo también de la singular belleza gótica por lo alígeras y lo complicadas. Imposible imaginar, ni con la fantasía más creadora, los mejuares con sus arcos de atarjas y sus filetes de jairas; los semicírculos bizantinos por ramas de misteriosa encina realzados; las impostas circundadas de letreros cúficos que rezan misteriosas poesías. Aquí, en leyendas incrustadas por las paredes y el friso de las bóvedas, el poeta compara la sala con una novia enriquecida de todas las perfecciones, y con un trasparente vaso lleno de todas las esencias; allí, confunde sus alharacas riquísimas con diademas de reinas, y las diademas de reinas con aureolas de Luna llena. En el alhamí abierto por las paredes, la noble alcarraza rebosante de agua fresca y a su pie los pebeteros lanzando nubes de aromas. En todas partes, incrustada la dulce palabra Beracá, la cual quiere decir, felicidad. En el techo, bóvedas alicatadas, que forman grandes polígonos, en cuyas líneas resaltan misteriosas estrellas. A la parte del Norte, tres balcones, que dan sobre las corrientes del Darro, y que ostentan preciosísimas labores. En un lado el Sevir-Almansud, o sea, el trono de los reyes de Granada; y en torno suyo, los magnates del reino, los walíes, los ulemas, los muftís, los alcaides y alféreces, rodeados todos de arqueros. Difícil resucitar tanta grandeza, ni con la imaginación más poderosa. Entre aquellas paredes, tan ligeras como los tapices persas, y empapadas en colores varios, y embutidas de cristalizaciones fantásticas por esmaltes orientales realzadas; bajo aquellas bóvedas, compuestas de alerce y ébano, sobre cuyos pardos y negros fondos brillan plata, oro, marfil, lapislázuli, nácar, hojas y flores en ramilletes increíbles, astros infinitos en constelaciones deslumbradoras; junto a los cojines y divanes de damasco, que pebeteros cuajados de pedrería perfuman y que bordadas telas envuelven; frente a las alacenas ocupadas por los damasquinados alfanjes y por las mayólicas que parecen reverberar una luz superior a la luz del cielo; respirando las auras perfumadas de la vega, que penetran por ajimeces y celosías; oyendo la música melodiosa, que sube de Granada y de sus cármenes y de sus bosques; mirando la palabra felicidad, unida con la palabra Dios y entallada por todas partes, los caballeros de Santiago, con sus armaduras y sus cascos frente a los últimos nazaritas con sus turbantes y sus alquiceles, se declaran una guerra, que ha de coronarse con la rota del árabe odiado y la completa unidad y la santa independencia de nuestra hermosa España.

Cuán opuestos sentimientos batallaban en aquella suprema hora, así dentro del corazón que latía bajo la túnica de Hacem como dentro del corazón que latía bajo el férreo peto de Vera. El rey granadino miraba desde su trono al aborrecido nazareno y no podía darse cuenta de las varias consideraciones y respetos bastante fuertes y coercitivos para impedirle aquello que le reclamaban todos sus instintos, lanzarse airado sobre los cristianos y allí mismo despedazarlos. Vera, comendador de Santiago, nacido por tanto para la cruzada perdurable, veía en las paredes hermosísimas de aquel santuario, donde campeaban el Dios y el monarca de sus enemigos, las leyendas más contrarias a sus creencias y los recuerdos más odiosos a su corazón que le movían e incitaban a declarar una guerra universalmente deseada por todos suscompatriotas. La cortesía natural en los asuntos internacionales, tratados entre reyes y embajadores, superó a todos los arrebatos del odio y le impuso un conveniente lenguaje al par firme y comedido. Recordó, con discreción castellana, los orígenes de la dependencia que Granada, desde los tiempos de San Fernando, debía por costumbre a Castilla y las parias convenidas en múltiples tratados. Corrió muy de ligero, como quien huye de un asunto enojoso y peligrosísimo, sobre los atrasos adeudados a la corona de su monarca y sobre la necesidad imprescindible de satisfacerlos y pagarlos pronto. Un rumor de mal contenido enojo corría en la corte de aquellos musulmanes, vencedores y vencidos tantas veces, según que hablaba Vera evocando antiguas humillaciones y derrotas, dolorosísimas para sus corazones de granadinos y para sus conciencias de creyentes. Hacem, por su parte, no podía contenerse. Parecíale un verdadero insulto aquella recordación de sus derrotas y hasta un reto aquella suavidad con que las contaba el comendador, como si de lo más natural y corriente se tratase. Por tanto, perdida la calma que había imperado en las palabras de su contrario, dio la siguiente respuesta:

—Volveos, y decid a vuestros soberanos cómo han muerto los reyes granadinos capaces de pagarles tributo, y cómo aquí no se bate moneda para sustentarlos, sino que se forjan alfanjes y lanzas para destruirlos.

Mucho imperio necesitó ejercer Vera sobre sí misino, para no desconcertarse y no redargüirle con palabras igualmente soberbias y guerreras. Contentóse con bajar la cabeza en signo de profunda cortesía y decir con los ojos todo cuanto callaban adrede los labios. Su pecho se había indudablemente agitado, con la vista de los ejércitos a quienes acometiera tantas veces y con la lectura de aquellas frases árabes talladas en los alerces y en los mármoles que decían las glorias del profeta y recordaban los triunfos de los constructores de aquel maravilloso alcázar y las faenas de los cautivos cristianos que aherrojados, habían puesto piedra sobre piedra en sus maravillosas paredes. Todas las iras de una raza guerrera se agolparon a su corazón, pero ninguna fue bastante poderosa y bastante fuerte a romper la natural clausura de sus labios. Callóse, pues, e indicó bien a las claras, con tal silencio, cómo iba en aquel momento a comenzar una furiosa guerra, quizá la última entre cristianos y moros.

De haber salido con otra persuasión, quizás callara lo que realmente le iba por los labios y le henchía el corazón, la promesa dada en el castillo la noche antes a Isabel, de invocar entre los esplendores del granadino Alcázar, las grandezas de María. Y en efecto, al volver por uno de aquellos patios y observar diversas maravillas en ellos aglomeradas, no pudo contenerse y dijo cómo era imposible que un cristiano viejo envidiase la dulzura de aquel clima, la belleza de aquel horizonte, las delicias de los innumerables vergeles y florestas, el esplendor de un palacio construido por las huríes y digno de ser habitado por la felicidad, cuando se acordaba, con recuerdo bien doloroso, de que allí no se oía por ninguna parte resonar el nombre más grato a los oídos cristianos, el nombre, de la Madre del Verbo, de la Hija del Eterno, de la Esposa del Espíritu, de la inmaculada María. Los musulmanes, que le acompañaban cortésmente, y que le iban mostrando todas las bellezas de aquellos sitios como si quisieran, ciegos e imprevisores, despertar su codicia, no pudieron, al oír la extraña expresión de Vera, contener un maligno asomo de burla y escepticismo. La idea que andaba por las mientes de todos, había de ser dicha por alguno. Y en efecto, un sabio ulema de los más industriados en las dos teologías enemigas, de los menos capacitados para comprender el misterio de la Encarnación, repulsivo a toda la raza semítica, observóle cómo en su concepto no cabía que tuviese padre ni madre quien era de suyo anterior al tiempo; y que cupiese dentro del vientre de una mujer quien jamás cupo ni puede caber en la inmensidad del espacio. Oír tal palabra Vera, y poner la mano sobre la empuñadura de su espada, obra fue de un solo momento; ver los musulmanes que acariciaba el comendador sus armas y requerir ellos cimitarras y alfanjes, fue obra también de otro momento; mirar a los árboles en actitud de guerra y apercibirse los castellanos al combate con impulsos de resistir unos y de acometer otros, también fue resolución instantánea de las que vienen como un relámpago al ánimo y estallan como una centella. En los tranquilos y encantados patios de aquel maravilloso palacio, hubiera comenzado la guerra, si Hacem, bien pronto instruido por algunos cortesanos de lo que sucedía, no sale a recordar el respeto debido al embajador y al huésped. En las puertas del mágico alcázar, tomaron los nuestros sus caballos, y saliendo pronto de Granada, se perdieron en la Vega, después de dejar con todo cuanto había ocurrido tras de sí, una guerra, que a la verdad acababa de comenzar en aquel supremo minuto.

Capítulo VII

La salida que tuvo esta embajada, necesariamente había de dar como resultado inevitable la guerra, y la guerra cruenta. Acabado por las palabras de Hacem todo el respeto debido a los antiguos compromisos y a los mutuos pactos, penetraba por las sendas fronteras alternativamente la furia propia de dos razas enemigas, empeñadas en destruirse y aniquilarse, alimentando una guerra sin tregua y sin término. El castillo de los Solís parecíase, por aquel entonces, en las comarcas afligidas de crueles irrupciones, al escollo, donde las olas alteradas se arremolinan, y a la cumbre donde se desatan y estrellan las tormentas. No había irrupción árabe que no diese por aquellas vegas y caladas, punto estratégico de primer orden, puesto que de sus líneas podían partirse los irruptores hacia Córdoba o hacia Sevilla con gran facilidad. En cuanto Vera volvió, y alojándose de nuevo allí en su regreso, indicó la ruptura entre los reyes Católicos y los príncipes nazaritas, Solís dispuso apercibirlo y prepararlo todo para una formidable defensa. Levantáronse pendones, y apercibiéronse calderas, como siempre que se debían reunir las tropas del señorío. Los vientres de los cañones se cargaron de proyectiles; y las torres y fortalezas se proveyeron de guarniciones; y los fosos se llenaron de agua; y los puentes levadizos, levantados todos, se opusieron a la comunicación exterior: el vigía subió por los montes más altos para dar las señales de próximo peligro; el escucha puso en tierra su oído para percibir los pasos; el centinela redobló la vigilancia, y el campanero tuvo que colocarse allá en las torres más altas para tocar a rebato y reunir con sus clamores a todos cuantos por aquellos sitios tenían el deber de pelear y morir por el señor de su tierra y por la religión de su patria.

Isabel mostró, en aquella suprema ocasión, todos los recursos de su genio y todas las riquezas, así morales como intelectuales, de su alma. Parecía ya un doctor, ya un general, ya un penitente. Ninguno de los guerreros avezados al combate continuo le aventajaba en el estudio y conocimiento de los sitios estratégicos más propios para el ataque y la defensa; ninguno de los monjes reunidos en el convento franciscano, que completaba el castillo, hacía con tanta diligencia sus oraciones diarias, ni rogaba con tanto empeño al Dios de las batallas una victoria en rezos incesantes como la piadosa Isabel. Ya se la veía montada en alazán de guerra inspeccionar los alojamientos militares; recorrer las guardias y los retenes; excitar al entusiasmo y al combate; o ya, cubierta con largo manto, de rodillas al pie de los altares, plegadas las manos, extáticos los ojos, dirigirse al cielo, estableciendo tal comunicación y tan estrecha con lo sobrenatural por medio de sus plegarias, que allegaba y tenía verdaderas místicas visiones, en las cuales se lo presentaban a una, con todo el relieve de la viviente realidad, los seres y los objetos sobrenaturales, a quienes enderezaba sus plegarias. Adorábanla, pues, todos en aquella tierra, donde bien puede asegurarse que la hermosa Isabel de Solís era, en peque-ño, lo que la grande Isabel allá en Castilla; una mujer, que sin renunciar a la delicadeza y a la ternura de su sexo, poseía las viriles virtudes indispensables allí donde reinaba con tanta fuerza y tanto imperio la guerra.

En cuanto Vera se alejó de Granada, reunió Hacem su Consejo, para que le asesorara y esclareciera en el plan de campaña que debía seguir contra enemigos tan formidables como los dos monarcas españoles. Desde que los empujes de la reconquista se detuvieron a las orillas del Salado por la heren-cia de guerras cruentísimas entre su hijo legítimo y sus hijos naturales, dejada por el Onceno Alonso, toda la táctica cristiana se había reducido a correrías e irrupciones por la vega y demás dominios granadino, cuyas correrías e irrupciones pasaban cual nubes de verano por el cielo y cual rápidas inunda-ciones por el campo. Solo allá, cuando la realeza debilitada podía rehacerse y cobrar en algunos momentos fugaz valor, acometíase por los reyes mismos alguna que otra empresa, como la coronada por el triunfo de la Higuerita, merced al empeño con que, don Álvaro de Luna en su reconocida provisión, había restaurado la política de los reyes anteriores a los Trastamaras, y teni-do así en respeto y en obediencia por un milagro rapidísimo a la inquieta y anárquica nobleza. En tiempo de su heredero Enrique IV, subido al trono después que los nobles habían alcanzado la entrega del Condestable a su voracidad; ya lo hemos dicho, las guerras con Granada se limitaban a meras correrías de una incertidumbre grande y de un gran desorden por carecer del plan maduro y unidad saludable, que solo un poder tan fuerte como el poder monárquico, levantándose sobre las contradicciones feudales, podía dar a esfuerzo tan gigante cual aquel indispensable para rematar la guerra de siete siglos y concluir la santa reconquista. Enrique IV había visto Granada por un capricho de su arbitraria voluntad, que le conducía de aventura en aventura ridícula, y por una complacencia de los reyes granadinos, que le creían actor, y no rey, más propio para representar una comedia que para iniciar una empresa. Los caballeros feudales, sí, los Girones, los Carrillos, los Medina-Sidonias, los Vinellas, los Ponces, arremetían por la vega, cuando se lo demandaba el gusto, y concluían hazañas, más o menos gloriosas, de superior empeño muchas, pero de muy escasa, utilidad al engrandecimiento común de nuestra patria y al arraigo en ella de una monarquía poderosa, y capaz de prestar la fuerza y la unidad necesarias al Estado, quebrantadísimo por las feudales tormentas.

Hacem, ducho en las artes políticas, tanto como maestro en las artes guerreras, comprendió que la suerte de su reino estaba en aprovechar la coyuntura plausible de un desorden sobreviviente al débil Enrique, y no bien dominado aún por sus débiles sucesores, para impedir a la monarquía rehacerse, y ya rehecha, caer sobre su corona con la pesadumbre de una recién adquirida grandeza. Así trajo de África tropas berberiscas, en las cuales el temple guerrero se aunaba con el furor contra la cristiandad; y las requirió y las aparejó, presentando a sus codiciosas miradas cuánto les convenía desquitarse de seculares afrentas y abrir camino a las esperanzas acariciadas por los expulsos, allá en el desierto, de recobrar su España, tan querida como llorada, por los que habían levantado a la sombra de Sierra Morena, sus aljamas, en la desembocadura del Guadalquivir sus giraldas, y en las orillas del Tajo sus madrisas, sus alcázares y sus mezquitas, esmaltando, como un templo del Profeta y como un mirab del Corán, toda la península. No le permitían, ni sus fuerzas, ni los tratados, una campaña en toda regla y con todo arte, pero si le permitían irrupciones parciales, y por su propia brevedad tan fuertes, intensas y asoladoras, como una gran catástrofe natural, de las que turban los cielos y talan las campiñas. Por una singularidad, propia de tan extraordinarios tiempos, en las treguas antaño convenidas, se habían puesto cláusulas, a la luz de una razón serena inexplicables, como, por ejemplo, la de que podían los dos reyes de Granada y de Castilla, cuando les pluguiera, entrar en cabalgata y correría por el territorio vecino, con tal de que no dieran al viento sus banderas ni sonaran sus añafiles y trompetas, ni sentasen reales, ni se mantuvieran por más de tres días en estos rápidos empeños; verdaderos relámpagos de combate. Así, pues, el Consejo advirtió a Muley Hacem su derecho de acometer a Castilla por donde le placiese, y debilitarla con golpes rudos aunque rápidos, y con irrupciones, cuya brevedad podía estar bien compensada con el empuje y con la fuerza.

No se lo dirían dos veces al audaz monarca. Puesto que antiguos pactos le facultaban para estas acometidas, cumplíralas a poco de pensadas. Estudió bien los lados flacos del enemigo y arremetió con ellos. Ninguno tan debilitado como Zahara, conquista de don Fernando de Antequera. En la extraña organización feudal habíanla dado en señorío los reyes a un Fernán Arias, y este Fernán Arias a su hijo Gonzalo. El donante, como todos los caballeros de tal edad, no se resignó al goce tranquilo de sus hermosos feudos, entre los cuales contaba con grande orgullo a Tarifa; rompió en correrías por un lado y por otro, viviendo a la continua del botín que le dejaban sus peleas incesantes, ni más ni menos que las fieras en los bosques. Los combates del rey Enrique IV con sus hermanos don Alonso y doña Isabel, así como los combates de los nobles castellanos entre sí, tentaron al indócil Fernán Arias, y le metieron en las trombas de las feudales guerras. Cabalgó como un ángel exterminador, destilando sangre de sus armas jamás satisfechas de matanza, por todos cuantos campos de batalla se podían ofrecer a su inquietud. Taló, incendió, saqueó, exterminó, como si fuera un ministro de la muerte; al cabo le volvió las espaldas la fortuna, y lo derribó por los suelos en aquellas frecuentes alternativas por que pasaban los bandos en sus luchas. El noble castellano debió a un esquife la salvación; y atravesando el Estrecho, fue a dar con sus rotas y con sus desgracias en África. Los aduares berberiscos, refugio de las razas infieles vencidas por sus padres, le vieron pedir limosna y alargar la mano para recoger un puño de dátiles salvajes y un vaso de cálida leche. Perdonado por los reyes Católicos, pero empobrecido por sus demencias, volvió a las lloradas tierras andaluzas, y se asiló dentro de un torreón solitario en el célebre Aljarafe de Sevilla. Un día, la tierra se abrió bajo sus plantas; y el torreón sacudido por los terremotos, se hundió sobre su cabeza. No le quedó a su familia más feudo que la gentil Zahara, por su hijo Gonzalo poseída; pero flaca y pobre y desgraciada, sin fuerza y sin recursos. Súpolo Hacem, y a la callada se lanzó con sus tropas sobre la población infeliz, del triste a guisa de tigre sobre caravana. Sirvióle de mucho una tempestad, cuyos furores hubieran detenido a otro más tímido que al postrero, quizá, sino de los reyes, de los héroes nazaritas. El relámpago deslumbraba sus ojos; el trueno ensordecía sus orejas; desgajaba el rayo los árboles circunvecinos, y las granizadas caían y rebotaban sobre las armaduras; mientras la inundación, en forma de torrente, le quitaba con furor bajo los pies la tierra. Nadie podía en la plaza española creer que a tal hora, y bajo tal tormenta, pudieran llegar los enemigos. Mas llegaron a una con la prontitud del relámpago; subieron a las almenas tan misteriosamente como suben las nubes a las alturas; sacaron las cimitarras, que a la luz de las centellas, parecían cometas caídos del cielo; y mezclaron los gritos de su victoria con los retumbos del trueno.

No hay para qué decir cuánto y cómo los berberiscos llegarían a cebarse, rabiosísimos de suyo, en las personas de los vencidos. La toma de Zahara se contará siempre por la historia entre las sorpresas más fáciles de un capitán afortunado, pero no entre sus glorias; porque la tremenda noche del inesperado asedio, y la ciega confianza del dormido zahareño, quitaron al triunfo material todo carácter de bien reñido y bien logrado combate. ¡Ay! en lo apartado del hogar, en lo inerte del sueño, en los descuidos inspirados por breñas inexpugnables, los granadinos sorprendieron a los cristianos, y, sin piedad alguna los pasaron a cuchillo. Pocos pudieron salvarse, y esos, arrojándose por los adarves a cuyos pies encontraron violenta muerte. Pero algunos huyeron de la matanza, cayendo en la esclavitud. Cuando los brazos se habían cansado del degüello dio Hacem un bando requiriendo a los sobrevivientes se presentasen todos en la plaza. Y se presentaron a una con el terror propio de numeroso rebaño sorprendido por los lobos. Una hueste berberisca los circundó, insultándolos después de humillados y rotos. Mujeres, niños, algunos varones, la población sobreviviente; desnuda, salpicada de sangre, transida de frío, descalza, llorosa, fue conducida por los vencedores a pie hasta Granada, cuyos aires alegres resonaban con el eco de zambras y torneos. Los granadinos, sin compasión alguna por el dolor de los zahareños, se lanzaban al pie del vencedor, celebrando su victoria. Pero la vista de aquellas gentes, sorprendidas y no domadas, llenas de postración, todavía tintas en la sangre de sus deudos, obligadas a correr como los caballos por los pedregosos caminos, dementes de dolor, su vista, decía, enfureció a un santón, quien, contrastando con los cortesanos adscritos a la fortuna, echó en cara elocuentemente, al ensoberbecido, Hacem, su crueldad, y le aseguró con palabras tristes como los gritos de melancólica cor neja, los desastres que habían de acompañar implacables al tercio último, de su vida y las ruinas que habían de caer precipitadas sobre su reino. Echáronlo de la presencia del rey los cortesanos; pero él, se lanzó por las calles. Y como las gentes sabían sus virtudes, sus ayunos, sus maceraciones, sus cilicios, y creían que tornaba de una gruta, bajo cuyas bóvedas había podido comunicarse con el cielo, al verlo venir, alto como una sombra, extático cual cumple a un penitente, con los ojos puestos en lo infinito y las manos en sacros amuletos gritando iay de Granada! gritaban como él, y le pedían su intercesión manifiesta para preservar al reino de la ira de Alah y su Profeta. Mas Hacem, satisfecho con su triunfo, no hacía caso de tales presagios, y se preparaba con tiempo a nuevas correrías, que aumentasen los cautivos cristianos y le diesen fama universal entre los árabes.

Capítulo VIII

Bien p ronto llegó la noticia de tales desastres al riscoso castillo de Solís y esparció el temor consiguiente. Los castellanos comprendieron que Hacem, escogería otro nuevo blanco para sus empresas e irrupciones, y que lo llamaba mucho el sitio, donde se alzaba, en las fronteras, su fortaleza. Contaban ya los señores de Solís algunos años muy prósperos en que habían llenado sus trojes de trigo, sus bodegas de aceite y mosto, sus desvanes de almendra y seda. Muchos ganados corrían y triscaban por sus colinas sombreadas de robustos encinares. Población densa y aumentada por las muchas cosechas y la necesidad de fecundar aquel suelo feracísimo, podía tentar el inquieto deseo de un guerreador tan grande y tan porfiado como Hacem. Al saber lo sucedido en Zahara, temblaba Solís por su mujer y sobre todo por su hija. Las mayores penas del mundo le parecían ligerísimas en comparación de la que podía traerle un desastre fácil, en el cual se perdiese aquella hija predilecta de su corazón, por quien diera mil veces la vida. El espectáculo de los horrores de Zahara prestaban natural pábulo ciertamente al terror profundísimo de Solís. Aquella hermosa criatura, nacida bajo escudos tan claros, educada en todas las grandezas, descendiente de cien cristianos abuelos, podía verse arrancada en medio de un furioso combate al castillo donde naciera y al templo donde orara, para ser luego conducida, entre los despojos de un bárbaro triunfo, al reino vecino, y de allí trasladada quizás a los bazares de Oriente, donde la venderían para ornato de un harén musulmán, que mancharía la pureza de su cuerpo y perdería para Dios y para el cielo su alma. Cuando tales pensamientos asaltaban la febril mente de Solís, corría un frío de muerte por todos sus nervios y trataba de contener su cabeza para que no estallase al impulso de tales terrores, cuya intensidad podía despojarle de la razón y sumergirle con grandísima facilidad en una súbita demencia. No sabía en su terror, a qué santo encomendar su dolor. Por fin se le ocurrió conjurar a la esposa y a la hija para que se retiraran a Córdoba y dejaran de hallarse así expuestas al furor de la gente granadina que podía caer sobre sus feudos de improviso cual había caído sobre la infelicísima Zahara. Encaminóse pues a su estancia donde las encontró muy atareadas en labores domésticas. El aspecto de Solís no debía ser muy tranquilizador cuando su esposa le preguntó al verle entrar tan alterado:

—¿Qué traes?

—Nada —contestó Solís muy distraído.

—Señor padre —dijo Isabel, nos había la expresión de vuestra faz aterrado.

—Y creíamos —añadió la madre— que los escuchas acababan de anunciar una irrupción a la vista.

—No, por ahora nada sucede.

—Pues ¿por qué tan demudado? Esposo mío.

—Porque puede suceder algún día.

—Dios y su Santa Madre nos preservarán de todo daño —exclamó Isabel con grande naturalidad, como quien tiene una fe viva en el cielo y una grande confianza en su amparo y protección.

—Sí, Dios y su Santa Madre nos ayudarán; pero algo debemos nosotros hacer también para que así sea.

—Pues no hemos hecho poco —dijo Isabel.

—No todo cuanto debiéramos —replicó Solís.

—¿Cómo? —preguntó a éste su esposa.

—Repito que no todo cuanto debiéramos.

—¿Qué falta? —preguntó Isabel.

—Mucho —respondió malhumorado su padre.

—¡Mucho! No atino con ello. Habéis agrupado vuestros siervos dándoles sus armas; habéis apercibido la defensa fortaleciendo muros y torreones; habéis cargado hasta la boca mosquetes y artillería; los vigilantes duermen sobre un pie; los escuchas, tendidos en el suelo, atisban el menor paso: todo está preparado para el combate; ninguna sorpresa como la sorpresa de Zahara puede temerse; de consiguiente no hay para qué ni por qué ahora echar nada de menos.

—Yo no hecho nada de menos; echo dos personas de más.

—¡Oh! Explícate —dijo la señora de Solís con precipitación, adivinando temerosa todo cuanto encerraba la proposición de su marido.

—No he menester explicaciones. Lo habéis comprendido todo. No puedo ni debo, ni quiero permitiros la estancia en este castillo, cuando se halla por todas partes amenazado de terribles asedios cuya salida no podemos adivinar fácilmente.

—Padre mío —dijo Isabel —por Dios no habléis de eso; no habléis de nuestra separación jamás; pero mucho menos cuando un peligro de muerte os circunda y os amenaza.

—Invoco mi autoridad incontestable de padre para la separación.

—Y yo para no separarme invoco mi amor intenso de hija.

—Otras veces, Isabel, os habéis de mí separado.

—Sí, cuando yo no tenía ni conciencia, ni pensamiento, ni voluntad.

—Pues hoy como entonces no debes tener ni más pensamiento, ni más conciencia, ni más voluntad, que el pensamiento y la conciencia y la voluntad de tu padre.

—Niña, pude ir donde tú me mandabas; pero mujer, no puedo, no.

—Pues debes —dijo Solís con arrogancia soberana.

—No has menester, no, recordarnos nuestros deberes para cumplirlos —dijo la madre. Pero no te niegues a oír nuestras reflexiones antes de tomar tu resolución.

—Dejadme, no escucho nada.

—¿Queréis matarnos, padre mío?

—Quiero salvaros como pedazos que sois de mi corazón.

—Mata —dijo Isabel con verdadero arrebato —el puñal o la cimitarra del árabe; mata de un golpe, misericordiosa y compasiva; pero la impaciencia, la incertidumbre, la zozobra, matan como una larga enfermedad y como una perdurable agonía.

—No hay remedio —exclamó Solís imperiosamente, y sacudiendo la cabeza como si quisiera negar a tales súplicas sus oídos.

—No digas que no hay remedio —exclamó suplicante su esposa. Óyenos por piedad; oye a tu hija por Dios, antes de condenarnos a castigo tan cruel como una separación.

—No, no, esposa mía, no puedo en este trance oíros. Me temo mucho a mí mismo; temo a la propia debilidad, y mucho más que a mí mismo y a mi propia debilidad, temo a vuestras voces, reclamos demasiado dulces para quien tanto y tan de veras os ama.

—Pero, padre, pensad que nos sacrificáis. Es más cruel vuestro cariño que la crueldad musulmana. ¿Cómo queréis que gocemos en paz otra residencia mientras aquí os amenaza la muerte? No saber a todos los minutos del día cuanto pasa en nuestro sitiado y triste hogar; no saber si cuando nos creemos felices habremos dejado de serlo por tu separación eterna. Prefiero presenciar la tala de nuestros campos, el incendio de nuestros bosques, la toma de nuestras fortalezas, a sentir el dolor continuo de tantos días zozobrosos y de tantas noches sin sueño. Una vez, una vez no más pueden venir los enemigos de nuestro Dios a esta comarca; mientras en la separación y ausencia, vendrán a todas horas, puesto que los veremos llegar en los terrores del ánimo a perseguirnos e inmolarnos con penas más terribles que toda cruel realidad. Quizá la cimitarra nos cercene de un tajo la cabeza y la muerte sea como relámpago que nos alce al cielo desde nuestro martirio, pues el bautismo de sangre borra todas las culpas tanto como el bautismo de agua ritual y sagrada. La incertidumbre de nuestra suerte allá en la separación, morderá más a nuestros corazones que los morderían cien alfanges hambrientos. Llamadnos rebeldes, padre, si queréis, pero creednos incapaces de vivir mientras vos peleáis y morís por nuestra defensa.

—Déjanos, déjanos aquí —decía, sosteniendo los ruegos de su hija en tal trance al esposo la esposa, completamente desolada.

—¡Dios mío, qué corazón tan débil! —Exclamaba Solís perplejo ya y próximo a rendirse de puro conmovido interiormente, y casi arrastrado por tantas súplicas a la resolución suprema de permitirles allí la estancia en tanto y tan proceloso peligro.

—Por Dios, por Dios —gritaba la señora de Solís con fuerza mayor a medida que más rendido veía en aquel trance a su perplejo esposo.

—Sí —decía Isabel a su vez— necesitamos de vuestra presencia; y vos, padre mío, necesitáis de la nuestra. Si no se pueden ir en la proximidad inmediata de tan alta empresa los que pelean ¡oh! tampoco, tampoco se pueden ir, creedlo, padre mío, los que rezan. Mientras nuestros vasallos combatan, nosotros, con las manos plegadas ante la Virgen del altar y los ojos embobados en la contemplación de su divina cara, lograremos desarmar la cólera divina y traer a tus pendones señoriales una inmarcesible victoria. Necesarias las fortalezas que defienden los hogares; y más necesarios aún los templos, por ser más fuertes, puesto que nada resiste a la voluntad omnipotente de Dios; y a su vez, la voluntad omnipotente de Dios no se resiste nunca jamás a la oración despedida y elevada de un alma sincera. ¿Para qué has erigido el monasterio que se levanta sobre nuestro feudal palacio y le tiende su sacra sombra como un árbol del cielo? Para que nosotras oremos. Y el alma de la mujer, cuando reza en el templo santo, se parece a los ángeles que rodean las pinturas místicas y que nadan en los vidrios de colores colocados en los rosetones y en las ojivas de nuestras iglesias. Dejadnos, pues, padre, rezar a vuestro lado.

—Yo bien os dejaría si me aseguraseis que íbamos a morir todos juntos. Pero no, no lo creo.

—Padre, moriremos.

—Temo, iah! temo mucho que la cimitarra musulmana perdone tu hermosura. Esta noche me ha despertado tu madre al sentir escaparse de mi pecho un grito tal, que hubiera fácilmente derribado la bóveda de la grande alcoba sobre nuestras cabezas.

—Es verdad. Terrible grito ha sido.

—Pues bien, soñaba que los moros habían venido aquí en alas de la tempestad como a Zahara, y que habían tronchado nuestras altas torres cual troncha el rayo los copudos cipreses. Todo este desastre me cogía impasible y resignado a la eterna voluntad de Dios. Pero de pronto, me dicen que te han hecho cautiva y que te llevan apresada con cadenas de oro al serrallo del vencedor. Entonces me apareciste despojada de tu fe, convertida en la manceba de nuestros enemigos. Te vi echada sobre sus lechos, bajo las bóvedas estalácticas de sus camarines e iluminada con la luz de sus celosías, aguardando el impuro beso de sus labios, como la última de sus esclavas. Y el dolor que me sobrecogió en sueños, asemejóse a una puñalada en mitad misma del corazón, arrancándome así estridente grito, cuyo eco llevaba en sí un verdadero infierno.

—Desechad, desechad, padre mío, esos siniestros presentimientos y creed que no puede venir hasta aquí, no, la terrible irrupción, sarracena. Creed más, creed que si viniera, la espada de nuestra familia, mantenida por vuestro fuerte puño y la oración de estas pobres mujeres, enderezada con sinceridad al cielo, conjuraría tamaña catástrofe, trayéndonos el iris de una paz verdadera y la seguridad completa de que no serían osados los implacables contrarios a desafiar y arrostrar el empuje de vuestro esfuerzo y la eficacia de nuestro rezo.

—Parece imposible que así tengas confianza, cuando mil veces has comparado, en feliz comparación, este nuestro castillo tan sólido, con la nave lanzada en alta mar a merced completamente del huracán y de las olas. No, no estamos seguros, y por no estar seguros tiene tanto mérito nuestra valerosa resistencia en este proceloso y tempestuosísimo sitio. Déjame, pues, que se cumpla mi voluntad, y apercibíos a salir inmediatamente con toda vuestra servidumbre particular para Córdoba, donde no pueden llegar en sus vuelos más rápidos y más audaces las nefastas enseñas granadinas que asombran este horizonte y flotan a la continua sobre los adarves de esta fortaleza.

—Por Dios, padre mío —exclamó Isabel, hincándose de rodillas ante su padre— no deis muerte así con vuestra crueldad a quien disteis vida con vuestro amor. Esta carne que viste mi alma os pertenece de derecho, puesto que, vos la formasteis, y ha de caer aquí exánime y exhausta de sangre a vuestras plantas en defensa del hogar vuestro, sino combatiendo, porque no se lo permite su debilidad, evaporándose como una nube de incienso en la llama de una oración continua y dicha bajo las bóvedas augustas del templo levantado por vuestra piedad y vuestra fe. No, padre mío, no me lancéis de vuestro lado. Prefiero morir, ya os lo he dicho, morir mil veces a encontrarme lejos de vuestros combates y expuesta, si morís mártir de vuestra fe, a no poder cerraros los ojos con mis manos y no poder deciros el rezo primero de difuntos. Por Dios, por Dios, padre mío, dejadme aquí, dejadme a vuestro lado, pues condenarme a terrible ansia, es tanto como condenarme a segura muerte.

—Por Dios —decía también a Solís su esposa desolada.

—No me habléis más. Vuestras súplicas no torcerán mi convencimiento.

—Padre, padre, piedad, piedad —gritaba Isabel.

—Hija, hija mía, mi deber, después de haberte dado la vida, está en conservártela. Y para cumplir este deber, hay que separarnos, brevemente, sí, pero que separarnos ahora mismo. Apercibidlo todo, porque no se habrá puesto el Sol de este día cuando estéis camino de Córdoba. Tal es mi deseo y tal vuestra obligación. Escuché como amigo, lo que no debí tolerar como padre. No hay más remedio que obedecer al superior mandato. Ya lo he dicho, y no lo revoco. Saldréis esta tarde del castillo, como yo salgo de la estancia.

Y en efecto, salió, dejando a las dos mujeres en la desolación más espantosa.

Las órdenes de Solís, dadas con premura, se cumplieron bien pronto con precipitación. Mulas cargadas de ricos equipajes, hacaneas apercibidas y aparejadas para recorrer una larga distancia, se reunieron a la puerta del castillo, y esperaron a las dos ilustres señoras y a toda su comitiva para conducirlas, sin detención de ningún género, al seguro de Córdoba. Inútil decir después de cuanto hemos visto y oído en el anterior diálogo, cómo resistirían hasta el postrer instante las dos amas de aquella noble casa, una separación inspirada por el amor mismo que inspiraban al señor y jefe de toda la familia. Pero la organización de esta santa sociedad se fundaba entonces, mas que ahora, en el principio de obediencia, y no podían, débiles mujeres, burlar el mandato de quien desempeñaba el poder supremo, dentro y fuera de la casa. No probaron ni un bocado las mujeres en su mesa. Gimieron mientras las vestían con los arreos de viaje. Se abrazaron dos o tres veces a las rodillas de quien tan imperiosamente, si bien por su salvación, las despedía de allí. Cayeron dos o tres veces en desmayos alarmantes para toda la familia. Hirieron al aire con sus quejas. Empaparon el suelo con sus lágrimas. Y no hubo más remedio que salir y apresuradamente, pues Solís experimentaba una grande impaciencia, temiendo la irrupción de los granadinos, nunca tan terrible y amenazadora como entonces en aquel esfuerzo último de los árabes, para romper el círculo férreo que debía oponerles con seguridad el restablecimiento de la salud del Estado en Castilla y Aragón, por la firme y previsora política de los reyes, Católicos. Cumplíanse ya las órdenes de Solís, y preparábanse a salir todos los enviados a Córdoba, cuando se cumplió aquel popular dicho, que muestra y enseña cómo el hombre propone y Dios dispone. Ya estaba la comitiva en marcha, bajando la cuesta del castillo, y de pronto los vigilantes dan la señal de que se aproximan los moros.

Capítulo IX

Habréis visto muchas veces en el campo, cerca de los palomares, las bandadas de palomas reunidas, bien para beber en los remansos del arroyo, bien para devorar el trigo y las semillas que próvida mano les ofrece; las habréis visto, sí en el descuido les asalta una sorpresa bastante a espantarlas, alzar el vuelo, batir las alas, y arremolinadas, en tropel, buscar un asilo en el sitio donde tienen sus guaridas y asiento. Pues bien; igual sucedió así que anunciaron el arribo de los árabes. Toda la comitiva se volvió en tropel y desorden al castillo, deseosa de un seguro contra la irrupción amenazante, cuyas avanzadas se veían ya por las colinas del Este requiriendo sus armas y provocando al combate.

Nada tan terriblemente bello como el aspecto que ofrece aquel sitio; las lanzas que brillan chispeando a los rayos del Sol de la tarde; los soldados berberiscos, de tez bronceada por los calores del desierto y envueltos en sus blancos alquiceles, que les dan aspecto de fantasmas; los soldados granadinos con trajes celestes, capacetes dorados, escudos gigantes de hierro, tras los cuales, como que se ocultan, y picas, y escalas, y todos los instrumentos del asedio en sus manos; los jinetes, caballeros en corceles árabes, que recorren toda la línea de combate saltando sobre las hondonadas y subiendo a las cumbres como si volaran; mientras, del otro lado, a la vista de tal grave peligro para los cristianos, la campana de rebato suena en las altas torres del castillo; los clarines difunden el terror bélico; las huestes corren a buscar sus armas; las cimas de los muros se coronan de defensores; y a los acentos, del órgano, que se mezclan con los retumbos precursores del horroroso, encuentro, los penitentes entonan a una en coro su cántico religioso, su salmo que pide compasión al cielo, y que parece como un celeste ángel tendiendo sus alas de los colores y de los reflejos del nácar sobre los horribles y pavorosos círculos de aquel encendido infierno.

Aunque tanto arreciaba el peligro, y tan terrible aspecto de súbito asedio tenía desde sus primeros instantes, Isabel sintió como un regocijo interior viendo que la Providencia, en sus designios inescrutables, la encerraba con todos los suyos dentro del castillo, sin necesidad ninguna de faltar al respeto debido por todos los buenos hijos a las órdenes y mandatos de sus padres. Pero, en cambio, Solís cayó, como herido de un rayo, en el primer sillón que topó al paso, sin ver ni el riesgo de su vida, ni la tala de su hacienda, ni la toma de su fortaleza, sino la probabilidad horrible de que una rota inevitable trajese aquel temido cumplimiento de un sueño, que le había con su horror atenaceado toda la noche, y aún le perseguía despierto. No estaba, no, en el ánimo de aquel guerrero castellano un desaliento incompatible con su natural fortísimo y con sus guerreras costumbres. Pasado el primer vértigo, comprendió cómo necesitaba justificar a sus propios ojos, para el caso de una desgracia, que nada se había perdonado, ningún esfuerzo, ningún sacrificio, ningún holocausto, en la defensa; y corrió a disponerla, resuelto con resolución inquebrantable a morir mil veces antes que presenciar el cautiverio de los dos seres a quienes tanto amaba, como esposo y como padre. Isabel, a su vez, sintió el deber que tenía de no debilitar la defensa con debilidad ninguna por su parte, y se puso a mover los combatientes al combate, con todos los aires de un joven cruzado, como aquellos puestos en las cumbres de la inmortalidad por la poesía caballeresca y cristiana de la Edad Media. En su arrojo, salió a una de las torres del castillo, y estuvo allí mirando las evoluciones del enemigo y sosteniendo el valor de los defensores; empeño en que no cejara ciertamente, si su padre, ido a buscarla, no le dice que se quitase de la vista del sitiador, para no excitarle más, enseñándole aquella hermosísima joya que podría encontrar en medio de los despojos de su triunfo.

No hay tiempo que perder. Los moros quieren después de haber tomado Zahara, tomar la fortaleza, palacio, castillo, cenobio a un mismo tiempo, donde pernoctara el embajador, que tan altivo se había mostrado en su embajada y tan resuelto a darle un sentido abierto de provocación y de reto. A mayor abundamiento en aquellas huestes por la toma de Zahara enardecidas, y esperanzadas como todos los que han probado el vino nuevo de una victoria reciente, se velan las huestes de los africanos expulsos, a quienes los cánticos de pasadas glorias y el eco de poesías elegiacas, en que se celebraban las bellezas incomparables de nuestra península, mantenían así en la creencia como en la seguridad completa de un próximo desquite. Con la fidelidad supersticiosa que ponían los árabes en el cumplimiento de sus pactos, no resonaban allí ni las trompetas ni los atambores, pero sí la estridente vibración de las armas, como si las agitara un aire misteriosísimo de tempestad y de muerte. Contábanse unos a otros los sitiadores, mientras el Sol de aquella tarde nefasta descendía majestuosamente a su ocaso en los encendidos cielos andaluces, cuántos y cuán tentadores despojos debían hallarse allí, en el palacio de un magnate como Solís, tan rico por sus continuos triunfos sobre Granada y el Islam. Indudablemente habría, no solo copia de ganados y de víveres que arrebatar al cristiano, sino perlas a celemines; joyas de rico precio traídas por sus antecesores de las tierras orientales y del imperio bizantino; reliquias, que ofender en nombre del Profeta y que atesorar en los espasmos primeros del apetecido saco; y sobre todo mujeres hermosísimas, vírgenes tal vez consagradas al Señor, y que no habiendo sentido el fuego de las pasiones humanas, ofrecían a las voluptuosidades propias de los árabes delicias comparables solo con las reservadas por las huríes del Profeta en las cumbres del Edén a los guerreros marcados con la predilección de Alah, y predestinados al eterno goce de la bienaventuranza.

Aunque aquellas tierras por irrupciones continuas estaban afligidas, ninguna, que tuviese tal aspecto de grandeza y solemnidad, como el cerco puesto por Muley Hacem mismo personalmente, al castillo de Solís. Veíase, que daba una grande importancia, en sus planes y en sus cálculos, a esta posición estratégica, verdadera clave de los caminos conducentes a las dos antiguas cortes andaluzas, a Córdoba y Sevilla. Mucho habían combatido allí, en choques fuertes e innumerables, las dos razas y las dos religiones enemigas. Hacem, el Sultán granadino, lo hacía observar así a cuantos le rodeaban, mostrándoles cómo cada piedra de aquellas colinas había sido empapada en sangre musulmana y había visto subir desde los suelos a los Edenes, en raudo vuelo, innumerables almas de creyentes. Así, no es aquella terrible aventura fácil correría de las intentadas con ligereza y cumplidas con rapidez, como veraniega tormenta; es, por el contrario, un cerco apretado y matemático, en cumplimiento de un propósito antiguo y maduro. Por ende, las tiendas del sitiador se levantan en grande número; las líneas del cerco se aparejan con reflexiva madurez; los grupos de sitiadores toman posiciones estratégicas para impedir las fugas y copar a todos los enemigos; el caballo árabe caracolea por doquier con su jinete soberbio sobre su enjaezado lomo; las intimaciones de ordenanza se cumplen; y el monarca, seguido de un gran cortejo, en el cual brillan todas las preseas orientales al Sol deslumbrador de una magnífica tarde andaluza, pasa revista con cuidado sumo a sus huestes, y las excita con fórmulas sacramentales de la islámica liturgia y del sagrado Corán, a mantener la fe de sus mayores, en lucha donde siempre pueden salir bien, puesto que les aguarda, si vivos, la victoria y el botín, y si muertos, la bienaventuranza y el Edén.

Imposible repetir la elocuencia empleada por el Sultán granadino en excitar el furor de los musulmanes contra los cristianos. Ellos tocarán, decía, sus campanas para evocar las iras del mundo y pedir los auxilios del cielo; pero las voces de nuestros muecines, mucho más fuertes que todos los campaneos de la idolatría, se levantarán sobre las estrellas del Empíreo y resonarán hasta en la peana del Altísimo. La tierra que descubrís, tumba fue de mártires, y puerta es de Edenes. Quien vacile, caerá en el fuego de los infiernos, que arden bajo nuestras plantas; y quien retroceda, en las garras, aceradas para recogerlo, del genio de las tinieblas. Jeques y varones santos, bendecidos todos por el Profeta y predilectos de Alah, esta noche tuve un sueño semejante al que tuviera Yusuf en la noche anterior al sublime triunfo de Alarcos. He visto, estando de rodillas en oración, descender, caballero en blanco y airoso corcel, un joven resplandeciente de hermosura, que llevaba verde bandera, cuyos pliegues envolvían casi el horizonte. Y como yo, embriagado por el olor de almizcle que a su paso dejara, le preguntase quién era, contestóme venía del séptimo cielo, por mandato de Alah, para decirme al oído el anuncio de la victoria. Creed, sí, en ella, porque mientras ven los enemigos en los aires su pagano general Santiago, tantas veces vencido por nuestras armas, nosotros vemos los ángeles, que dictaron el Corán al Profeta, y le prometieron el imperio y dominio de la tierra. No, a pesar de hallarnos reducidos al espacio que señorea Granada, no podrán prevalecer los paganos adoradores de tres dioses jamás sobre los ortodoxos adoradores del Dios único y supremo, Criador de todas las cosas. Habrán arrebatado al harén sus más hermosas mujeres, convertido las mezquitas en monasterios, reemplazado la voz angélica de los muecines con el tañido siniestro del las campanas, convertido, cual nube de langostas en desierto nuestras florestas, y hecho esclavas las ciudades más bellas del Ándalus, afeadas y tristes como las viudas ciudades del Anfranc; pero todo esto sucede por falta de fe religiosa en nuestras almas y por sobra de pecados en nuestra vida; y si recobramos las olvidadas virtudes, vendrá de seguro a visitarnos la victoria. Y los cuatro vientos, contarán a los cuatro puntos cardinales nuestro heroísmo. Y los astros, al salir por el Oriente, se bañarán a una en la luz de nuestros ojos, si quieren expresar la dicha. Y los ángeles bajarán de las esferas y subirán a las esferas, como suben las aves a las ramas después de haber descendido, para contar a los bienaventurados el triunfo muslímico. Y Alah, dispondrá en el cielo para nosotros sus delicias, mientras la Historia grabará en sus libros nuestros nombres. Para la jornada de la otra vida hemos menester provisión, de obras buenas; y ninguna superior a la pelea. Borremos las huellas del sacerdote cristiano en las losas de nuestras bendecidas Aljamas. Dios mismo nos acaudilla; y la sangre, que derramemos de nuestras venas aquí, será cambiada por el agua de los manantiales allí, a la sombra de los árboles del

Paraíso, bajo cuyas ramas descansa la prometida hurí; que ha de cicatrizar con los besos ardientes de sus rosados labios las tristes heridas de vuestros cuerpos. Creyentes fieles, vamos al asedio, seguros de hallar allí, en aquella torre sombreada por la maldita cruz, una esplendente victoria.

La noche vino sobre aquel campo de batalla, y la Luna clara vino sobre la noche. Las huestes de uno y otro ejército aprovecharon el espacio de iniciación y apercibimiento a la pelea para preparar instrumentos de guerra y exterminio. En el silencio de las altas horas nocturnas, oíanse con los gorjeos de algún ruiseñor, en cuyo seno derramaba la primavera sus fecundos amores, el grito de algún cuclillo, mezclado con las plegarias de los frailes en penitencia, y las voces de los centinelas vigilantes. Por fin, al asomarse la mañana, con las sonrisas de luz que se llaman aurora, comienza el tiroteo, que diezma sin piedad a los defensores del castillo y de la comarca, empeñados en una resistencia colosal, y tras estos primeros estragos de la tremenda lucha, el cañoneo, que mella los muros y prepara el momento de hallarse cuerpo a cuerpo los dos irreconciliables enemigos. Bien pronto los sitiadores creerán que tienen abierto el camino y que pueden a suarbitrio lanzarse, con esperanzas de victoria, sobre la presa palpitante. Mas no es así; aún hay quien, les dispute con empeño el paso y quien les enseñe cómo no se puede tal fácilmente obligar a un español y a un cristiano, empeñado en defender sus templos y sus hogares, morder el polvo y a declararse vencido. Del seno de aquellas fortalezas, verdaderos acuartelamientos de vasallos en armas, salen al eco de las trompetas feudales, resistencias verdaderamente insuperables por su fuerza y por su intensidad. Una batalla en toda regla; batalla cruentísima se empeña entre los dos ejércitos contrarios, que pelean a una con furioso encarnizamiento, como cumple a quien ve, tras el apetecido logro de una disputada victoria, intereses permanentes de su religión y de su patria.

Capítulo X

En lo más alto de la colina, donde se alza el castillo, como una de las coronas místicas, por la religión puestas sobre las cabezas de los guerreros litúrgicos, una iglesia franciscana con sus cúpulas, que penetran allá en lo infinito y de las cuales parece alzarse la oración a los cielos, como se alza de los incensarios el incienso. En altar, que reverbera todos los esplendores del Renacimiento, campea hermosa Virgen, tallada por diestras manos, y al pie de la Virgen, flamean como guirnaldas de astros, las velas encendidas por la piedad y por sus santas esperanzas. Mientras los mosquetes y los cañones hacen retemblar el suelo y asombran con sus nubes de humo el aire; mientras vibran los aceros en siniestros choques, a cuyo estridente ruido la sangre se cuaja en las venas; mientras los gritos de ira, los juramentos de despecho, las voces de guerra, los clamores de los combatientes, los ayes de los heridos, el estertor de los moribundos, se dilatan por todas partes, convirtiendo aquellas bienhadadas campiñas en verdadero infierno; dentro de la iglesia el órgano eleva en sus notas a las alturas los cánticos de los penitentes, de los cenobitas, de las mujeres, pidiendo, como náufragos, al Eterno que tienda su iris sobre aquella horrible lluvia de sangre y vuelva, como en las orillas del Mar Rojo, contra los nuevos Faraones que desconocen hasta su Providencia, el omnipotente brazo, a cuyo esfuerzo quedan los humildes ensalzados y abatidos los soberbios. Isabel de Solís, más desolada por los peligros y los riesgos de los suyos, que por las innumerables amenazas relampagueantes a la sazón sobre sus sienes, pide postrada de hinojos a María que no se olvide, por Dios, por su Hijo, del pueblo cristiano y no le abandone a la cimitarra del sarraceno en la deshecha borrasca, de tal suerte horrible y tremenda, que las altas cúpulas se tronchan como los palos de buque perdido en la borrasca, y los pavimentos sagrados se turban y estremecen como si los sacudiera terrible terremoto.

—«Virgen Madre —decía Isabel— por los dolores de ti sufridos ante la Cruz, acógenos so el manto, y no dejes huérfanos de divino auxilio a los soldados del Dios que llevaste en tus entrañas. Yo sé muy bien cómo el Criador permite muchas veces las victorias del mal sobre la bondad y la virtud, porque así conviene a la total grandeza de su Creación; pero sé también que algunas almas apocadas creeríanse huérfanas, o maldecidas, o réprobas, o abandonadas, si no las acorriese ahora, en trance tan supremo, tu misericordia, y se decidiera por nuestros enemigos y los tuyos este disputado combate. Mira, Madre mía, cómo perecen y en que desamparo, aquellos consagrados desde la niñez a saludarte cual la estrella de su vida y a dirigirte las más místicas oraciones en letanías sin fin, llenas de religioso estro, y tan hermosas como las flores suscitadas por tu aliento en la dulce primavera. Guarece, Madre mía, sobre todo, al anciano que me diera el ser, y que ha pasado su vida combatiendo por la salud espiritual de tu Iglesia y por el nombre sacrosanto de tu Hijo. Compadécelo, pues creo capaz a su alma de precipitarse, por desesperada, en la perdición eterna, si viese a esta pobre sierva tuya, que le debe ser y vida, en manos de los infieles. Todo el reino granadino se ha precipitado sobre nuestros hogares y amenaza con su pesadumbre aplastarlos, cual aplastaría un alud bajado de las montañas a pobres humildes nidos. Refugio de los tristes, consuelo de los afligidos, amparo de los abandonados, madre de los huérfanos, esperanza de los infelices, salud de los enfermos, seguro de los débiles, fortaleza de los humildes, torre de David, templo de Salomón, faro en las tormentas, estrella en las tinieblas, perdón que cae sobre todos los arrepentimientos, auxilio que acorre a todos los atribulados, iris en las tormentas, aurora en las noches del alma, Virgen Madre, no abandones a quienes se agarran, a tu manto y claman a ti, cuando el incendio sube hasta tus altares sacratísimos y el plomo de la guerra, fundido al fuego de los combates, cae, como asoladora lluvia, sobre tu ethérea corona. Socorro, piedad, María, nuestro escudo y nuestra Providencia.»

¡Ah! Los clamores de Isabel no debían oírse, no, entre los estruendos y los fragores del combate, porque las armas resuenan cada vez con estridor más fúnebre. Los caballos relinchan, y sus relinchos toman el acento siniestro de los maullidos del tigre; las gargantas, parecidas a los cañones, vomitan la maldición sobre la muerte; los heridos, desparramados por el campo, casi desconfían de Dios en su dolor; los cadáveres, todavía calientes, yacen aquí y allá diseminados; y los dos ejércitos se parecen y por el furor con que combaten, por el triste olvido y abandono de todo humano sentimiento, por la cólera que relampaguea en sus miradas, por el exterminio que sus armas siembran, por todos esos horrores, a las bestias salvajes, sin mas guía que sus carniceros instintos, y sin más fin que el ajeno aniquilamiento, para salud y conservación de su vida. Solís defiende hogar y templo con el antiguo valor castellano. Donde quiera que su pendón cruje, que su espada centellea, que su brazo combate, allí está presente la furia más encendida y más atroz de la cruel pelea. Sus enemigos se lanzan sobre su cuerpo vivo como las moscas sobre los cuerpos muertos. Mas, en su ira, creciente y aterradora, extiende alrededor suyo un siniestro círculo de cadáveres, que muestran la terrible pujanza de su esfuerzo. Y es todo este centuplicado valor obra del afecto que posee y que le domina, del terror intenso y horrible por la suerte de aquella hija, ídolo suyo, a la cual ve, si por su mal sucumbe, sierva del enemigo allá en los senos del serrallo. Así, a los empujes de tal idea, se toma por milagro, como un ser que rompiera las leyes incontrastables de la naturaleza y llegara en su furor a tocar con su frente los límites donde comienza lo imposible. Diríase, al verlo combatir, que las fuerzas de destrucción, repartidas por la naturaleza, le habían prestado algo de su nefasto poder de exterminio, pues según los muertos amontonados a su paso y por la pujanza de sus armas, creeríase que mata ese hombre con la vista. Y valor tal se halla movido por el recuerdo de todo aquello que guarece con su cuerpo y con su sombra el cuitado en la tremenda lucha. Sabe que si cae, aquel presentimiento, cuyos horrores tantas veces han desgarrado sus entrañas, aquella visión que le ha sobrevenido en horrorosos ensueños y ha tomado el triste aspecto de siniestra pesadilla, todos los terrores de su alma paternal, previsora y profética, se cumplen; y la virgen castellana, que lleva sangre del Cid en las venas, timbres de cruzados heroicos en el escudo y apellidos inmortales entre sus nombres; nacida para dar hijos, continuadores de la cruzada española en el hogar u oraciones propicias al cielo en el templo, va bien pronto a verse, como algunas otras castellanas de su origen y de su prosapia, manchada por los tigres del desierto, convirtiéndose de ángel celestial en triste impura manceba. Y como a esta idea el corazón se le salía del pecho, y golpeaba con sus latidos la fuerte armadura de hierro, la sangre le latía en las sienes, y le cegaba la vista; el dolor de la desesperación le trastornaba el seso, y le hacía perder el sentido; sucedíale, de seguro, lo que le sucede a los locos en las naturales sobreexcitaciones producidas por la tensión de sus nervios, que las fuerzas se le centuplicaban; y esparcía cadáveres y más cadáveres en torno suyo, como si aquel hombre, antes que un solo individuo, fuese, por la sobreexcitación de su natural ya valeroso, una fuerza, y una fuerza múltiple de la naturaleza.

Mas ¡ah! que no todos piensan como él; y no todos sienten lo que él; y no todos tienen una hija que disputar a la servidumbre y a la deshonra. Sus soldados han combatido con verdadero furor, pero no han logrado vencer la invencible fatalidad del número. Horas y horas, un día entero han resistido, pero las fuerzas humanas tienen su límite y no han bajado, no, del cielo aquellos milagros pedidos por Isabel con tantas instancias en sus oraciones a María. Las líneas cristianas han resistido el empuje cuándo se ha necesitado la resistencia; y han acometido el combate cuando de la terrible acometida se ha necesitado en los trances varios y en las varias alternativas de guerra tan feroz. Pero no hay, no, medio de avasallar y rendir a todo un ejército mandado por general como Hacem y nutrido por tantas fuerzas en campo abierto y sin más retirada posible que la de un castillo incapacitado de ofrecer largas resistencias a un empeñadísimo asedio. Toda la esperanza del defensor se libraba de suyo en el combate, a la vista de las fortalezas empeñado, para evitar el cerco. Si este combate no podía romper las huestes enemigas ni retirarlas al otro lado de las cercanas colinas, era, en verdad, la derrota hecho cierto, y no había más remedió que resignarse a una entrega más o menos tardía. Por esta razón potísima, Solís mantuvo más tiempo la inútil resistencia, aferrado a no retirarse tras los muros ya vacilantes de la fortaleza, sino después que hubiera perdido la esperanza. En efecto, según la feliz comparación de árabe cronista, los muertos hacinados aquí o allá en aquel campo de los terribles combates, parecíanse a los montones de yerba que dejan los segadores por do quier esparcidos en las segadas praderas. No había, no, remedio. Los últimos defensores de aquella comarca iban por fuerza incontrastable a recluirse dentro de los muros, último asidero a su esperanza. Al padre, desesperado solo se le aparecía una visión horrorosa en aquella lucha tremenda; su Isabel, vestida demo y encadenada en el serrallo. A esta visión, solo, se le ocurrió una cosa, pedirle al cielo que le preservara de la muerte, para volver al castillo y morir allí entre sus cuatro paredes. Y deseaba volver al castillo y deseaba combatir entre sus cuatro paredes todavía, porque dado su horror a la esclavitud horrible de Isabel, estaba seguro de tener tiempo para partirle por su propia mano el corazón y arrancárselo del pecho y lanzárselo a los bárbaros, mostrándoles cómo su padre mismo daba la muerte a la hija predilecta, por no saber, ni en la tumba, cavada por sus combates, el deshonor de aquella que habla sido como el regocijo de su vida. Y en cuanto, esta idea se le ocurrió, ya no quiso luchar más tiempo en campo raso, ni sostener una porfía, en la cual pudiera morir sin satisfacer este vivo deseo. Y en efecto, a tal idea, tocó a retirada y entraron los heroicos defensores en aquel castillo, donde solo, podían aguardar la derrota y la muerte. Mas, a pesar de tal apuro, como la triste naturaleza humana es así; como la esperanza brilla siempre hasta en los ocasos más oscuros de la fortuna; Solís se juró así mismo no apelar a este supremo recurso sino después de haber perdido toda probabilidad de salvación en su defensa. Y entraron los cristianos en la fortaleza, mientras los árabes, envanecidos con sus ventajas, se apercibían a recrudecer el combate y apretar el cerco.

Inútil resistencia la heroica resistencia de Solís. Un feudo, por grande que sea, no puede combatir con un Estado, por pequeño que parezca. Las fuerzas granadinas se han reunido para destrozar aquellos torreones señoriales, en cuyas ruinas dejaran los héroes que los defienden, cicatrices demostrativas a un tiempo mismo de su honor y de su infortunio. Cuando los moros ven retroceder, a los cristianos, lanzan clamores siniestros, en cuyos acentos se oyen mezclados odios, tales como aquellos que expresan los milanos al desprenderse sobre sus víctimas, los cuervos al husmear sangrientas matanzas, los tigres al ver cercana la presa, los leones al rugir exaltados por la carnicera fiebre.

Hacem se vuelve a los suyos para mostrarles el resultado feliz de su ardimiento y les dice cuánta más resistencia ofrecía la riscosa inexpugnable Zahara, que aquel castillo palacio dominador de amplia llanura fácilmente dominada. Los árabes recogen estas palabras con verdadero entusiasmo y se aperciben a rematar la pelea con los laureles del triunfo. No los cosecharán, a pesar de su fortuna, con tanta facilidad como ellos piensan. Los nuestros pedirán a la desesperación esa fuerza de resistencia, mayor que todos los seguros ofrecidos por las espesas murallas y las altas torres a los sitiados en horrible cerco. La sangre ya vertida, los cadáveres dejados en los tristes y luctuosos campos, les animan a vender cara la victoria. Pero no importa, porque los sitiadores redoblarán el empuje. Las balas, que desde los comienzos del día se han cebado en las paredes más o menos espesas del castillo, habrán abierto brecha por la cual los sitiadores intentan penetrar en el refugio último de los sitiados. Para ello tienen y llevan consigo todos los instrumentos necesarios al sitio. Si las escalas ceden, subirán a las almenas amontonando los muertos. En vano: por las grandes aspilleras estalla un fuego que parece volcánica erupción, y en vano las ventanas llueven lluvia de agua hirviente y encendido azufre. El ataque toma tanta intensidad como la resistencia, y los moros, envueltos en la espesa nube de humo formada por tantas bocas de fuego como vomitan plomo derretido, pelean ya cuerpo a cuerpo en lo alto de los muros, en la cima de los torreones, como si el odio les hubiera prestado alas de diablo.

En tal horror, la fortaleza no tiene más remedio que rendirse. Sus fuegos se apagan porque perecen hasta los mismos que sostienen y aplican las mechas. Todos han cumplido con su deber y todos han aceptado la muerte antes que dar un paso atrás, el cual pudiese desguarnecer un sitio, o abrir al árabe feroz un camino hacia el interior de la domada fortaleza. En cada punto, de los propios para la defensa, el defensor ha caído bajo el peso de la fatalidad y bajo la muchedumbre del mayor número. Los héroes en su vida, fueron mártires en su muerte. Y una vez más enseñaron a las generaciones venideras con qué holocaustos se redime y se rescata y se forma y se conserva el suelo de la patria. Ningún lazo de los que ciñen a la tierra el hombre con cadenas de flores, ninguno los detuvo.

Ante la esposa, ante la prometida, no lejos de la cuna de sus hijos, murieron todos en cumplimiento de un deber sagrado. Solís estuvo en la pelea, en lo más recio, en lo más peligroso, en los más sangriento, cual si tuviera cien vidas que dar por su honor y por su Dios. Solo cuando la tierra le faltaba completamente bajo los pies y el aire se volvía como irrespirable por el espeso humo de que lo había cargado el combate y las cortinas de las murallas se desprendían sobre sus tenaces defensores, solo entonces, magullada su armadura, cubierto de sangre, desde los pies a la cabeza, ennegrecido por la humareda infernal, corrió al refugio postrero de los vencidos, a la iglesia, que se levantaba sobre la universal batalla, como se levantan las copas de los árboles sobre las inundaciones. Y aun para ir a la cima de tal asilo fue de cara completamente al peligro y al combate, sin volver ni rostro ni espalda y movido por el deseo de inmolar a su hija, antes que consentir la deshonra presentida por su amoroso corazón de padre.

¡Oh! La iglesia, la iglesia, qué terrible. Sus vidrios de colores habían caído todos en menuda lluvia destrozados, ora por el estruendo no más, ora por el estallido terrible de los copiosos proyectiles. Los santos de los altares habían sido acribillados también como los defensores de la fortaleza. Las mujeres, los ancianos, los niños, todas las criaturas inútiles para la guerra, se habían refugiado allí en tropel, y con sus quejas, con sus ayes, con sus alaridos, con sus sollozos, daban a los rezos y a los salmos un eco tan siniestro, como si en una misa de Requiem se oyeran los clamores de los difuntos al tocar con sus espíritus las llamas del purgatorio. Algunos de los refugiados allí, como quiera que se hallase compuesto el pavimento por losas sepulcrales, tendíanse inertes sobre su frialdad mortal y demandaban a los esqueletos su helada compañía.

Uníase por necesidad en aquellos seres piadosos pertenecientes a tiempos de tan viva fe, uníase con el terror producido por los furores del combate y la seguridad del vencimiento, el terror producido por la próxima profanación del templo amenazado de saqueo. Isabel redoblaba sus oraciones a medida que se redoblaba el peligro. Su clara voz pidiendo piedad y misericordia, en concierto con sus compañeras las mujeres del castillo, evocaba el recuerdo de un coro de alondras que se bañaran a una en la luz de regiones donde no podían llegar los vapores del combate ni los asaltos de la muerte. Y sin embargo, sus oraciones, que comenzaron por pedir la victoria, concluyeron por pedir solamente la conservación de aquellas vidas indispensables a su propia existencia. Y ni en esto las oyó, ni en esto siquiera, el cielo sordo a sus clamores. Los vasallos más fieles y los deudos más queridos iban cayendo uno tras otro en las espirales tempestuosas del asolador combate. Para tener una idea de la situación de Isabel, imagináos el náufrago que clama y pide socorro a los cielos, al desasirse de la tabla última y encontrarse combatido por la deshecha borrasca entre los choques de los encrespados oleajes y los silbos de los horribles huracanes, sin que le conteste, cuando implora misericordia, ninguna otra cosa más que los centelleos del relámpago, los chasquidos del rayo, los retumbos del trueno y el paso entre las verdinegras espumas batidas por el viento, de los náufragos que ya cadáveres parecen convertidos en sombras tan nefastas como las que se ven por los senos entreabiertos de los abismos oceánicos. En uno de tales clamores, el fin de la catástrofe se presenta. Las puertas de la iglesia se abren y Solís entra preguntando por su hija con un puñal en la mano. Hállase la infeliz en la capilla mayor y al pie del altar donde brilla la Virgen, todavía rodeada de sus ángeles y de sus luces, sonriendo serena como en las mayores fiestas, entre los estruendos del bombardeo y los ayes del naufragio. Solís descubre a Isabel desolada y corre con su puñal vibrante y levantado en las manos a clavárselo en el corazón. Pero ¡ah! en aquel momento la puerta de la sacristía se abre, Hacem sale con varios de los suyos, y dirigiéndose al sitio por donde viene Solís, abalánzase a él y le cercena con su alfanje la cabeza. El cadáver cae desplomado en el crucero; y la pobre Isabel, dando un grito, se desmaya en el sitio mismo donde estaba arrodillada. Nadie la socorre, porque nadie se cura de sus semejantes en horas tan terribles y en momentos tan trágicos. Su misma infeliz madre acaba de morir a su lado sin que lo advirtiese Isabel, por que una bala perdida, que bien pudiera llamarse compasiva, ha dado en la sien de aquella. Los cortesanos del vencedor se reparten como despojo y botín de su victoria las mujeres encontradas en el templo, únicos seres vivos, porque todos los hombres, hasta los más ancianos, han muerto, ya en la pelea, ya en la matanza, y todas las cabezas de los niños, aun de los más inocentes y pequeños, han sido segadas por los alfanjes. Mientras Hacem, que ha dejado el castillo a merced de sus tropas, se retira en busca de reposo a una de las salas, no sin advertir antes que deben ser respetadas las mujeres, sus cortesanos las distribuyen y designan a Isabel para el servicio de la Sultana granadina, sin que la hubiese mirado ni visto el Sultán. Así pasó, así, el célebre cautiverio de doña Isabel de Solís.

Capítulo XI

Las victorias de Muley Hacem; tanto en la villa de Zahara como en el castillo de Solís, promovían grandísimo entusiasmo entre los aduladores cortesanos y grandísima inquietud entre los estadistas previsores. Al volver de unas y otras hazañas, cuando solo se descubría en lontananza, desde los muros y adarves granadinos, vistosa hueste acompañada por sus multicolores banderolas, semejantes desde lejos a las brillantísimas alas de regocijantes aves, el gozo público, asequible con facilidad a las imprevisoras muchedumbres, tronaba en mil estruendosos alaridos. Pero, tras el ejército vencedor venían los despojos de la victoria, y con los despojos de la victoria venían también inenarrables tristezas: caudillos humillados, siervos recientes, enfermos de dolor, desesperados, pretendiendo hasta en los hierros matar o morir, mujeres enloquecidas al terror del próximo harén y a las brutales sensualidades del vencedor, madres cuyos hijos habían muerto en sus brazos de mamar leche agriada por la pena y más ponzoñosa que corrosivo y fulminante veneno, en fin, todos los horrores de la guerra.

Entre tales despojos veíase, cómo la pálida Luna en triste cementerio sobre lápidas funerarias y verdinegros cipreses, el rostro angélico de Isabel, amarillo de pena y rociado de lágrimas. Muley había ordenado que las damas principales, presas y cautivas en el asedio, se destinaran a sus serrallos, y se dieran como en regalo a sus Sultanas, a fin de servir a estas después de haber ornado aquellos con el esplendor de su hermosura. Desde tal punto y hora, cumpliendo sus guerreros y vasallos, como divinas órdenes los mandatos del Sultán, quedaba Isabel de Solís ungida como un objeto sagrado y respetada como religioso ídolo por sus galantes y caballerescos vencedores. Así, escogieron para ella la mejor entre las cabalgaduras, y transportáronla todos, a porfía, entre religiosos respetos, como si transportaran, en procesión, una efigie. Isabel, deseosa de quedarse con sus pensamientos solitaria, y devorar las mudas lágrimas condensadas por sus terribles penas, hizo como que no veía de cuántas atenciones era objeto; y echándose tupido velo sobre su rostro, a guisa de moruna beldad, entregóse a toda la vehemencia de sus dolores y a toda la consideración de su adversidad. Aquel ánimo varonil apenas podía explicarse la derrota. Su alma, tan creyente que padecía de achaques místicos, interrogaba, en su desolación, con amargo interior acento al cielo, diciendo la tristísima palabra de Cristo en la cruz Padre mío, ¿por qué me habéis abandonado? Así pasó desde su castillo señorial y desde su convento cristiano al dorado alcázar musulmán, a las celadas pajareras de sus harenes, a las sombras de sus mezquitas, como por una terrible calle de amargura, clavándose, a cada paso y a cada minuto, espinas, que, no por invisibles y espirituales, dejaban de ser menos punzantes y agudísimas.

Seguíala un joven, cautivo también como ella, y que habiendo podido salvarse y ponerse pronto en cobro, después de la derrota, sin desdoro de su nombre, por haber combatido como un héroe y haber buscado aunque inútilmente la muerte como un mártir, prefería la cautividad, a cuyos horrores voluntariamente se diera y entregara como un suicida, sí, la cautividad con todas sus tristezas, a separarse de Isabel. Llamábase Illán Garcés el mozo apuesto y heroico a quien tal idea, le sugiriera la desgracia; y no hay necesidad alguna, tras lo dicho, de añadir que amor, y solo amor, podía explicar aquel increíble suicidio. En efecto, desde sus más tiernos años, amaba con verdadero arrobamiento Illán a Isabel de Solís. Deudo suyo, noble sangre discurría por sus venas, y cargado escudo emparejaba su apellido con los más ilustres de la nobleza castellana; pero segundo hijo, en aquellos tiempos de primogenituras y mayorazgos, necesitaba por su brazo ganarse lo que su hermano mayor adquiriera por su nacimiento. Ganoso de aventuras, ningún lugar podía ofrecerle tantas como la frontera granadina; y en la frontera granadina ¡oh! ningún magnate protegerle como su poderoso tío el caballero de Solís. Pero, en cuanto se presentó al palacio, y se alistó en la mesnada, como sucede a todos los fuertes, el amor invisible penetró por su férrea coraza, y se le clavó, como un dardo, en medio del corazón. Desde aquel punto no encontró reposo, tanto mas cuanto que ni le sonreía la fortuna, ni le presentaba la ocasión medio alguno de granjearse con glorias y con riquezas los timbres y los títulos indispensables para compartir la vida y suerte de tan rica hembra como Isabel de Solís. Sin embargo, aquel Marte solía tener debilidades varias de Narciso; y cuando se contemplaba, o en los espejos de las ricas estancias señoriales, o en las linfas de las claras fuentes campestres, echaba de ver que su apostura y gallardía, la color trigueña de su rostro vigorizada por naciente bozo, la espaciosidad clarísima de su frente realzada por negros cabellos y por arqueadísimas cejas, sus ojos de mirar profundo y ardorosísimo, podían valerle, a poco empeño puesto por su voluntad firme y constante, la conquista de un alma delicada y tierna. Por tanto, cuando se ponía sobre su traje de brocado las armaduras cinceladas y resplandecientes al oro luminosísimo de los deslumbradores damasquinados; o las cotas de malla aceradas que se veían por ambos costados chocando con las fuertes piezas de su traje militar; y se calzaba los férreos guanteletes, empuñando con ellos pesada tizona; y se adhería, sobre su casco áureo, aquella especie deturbante mudéjar; pesado círculo compuesto de brillantísimas escamas; caballero sobre su trotón gualdrapado hasta las pezuñas, y en cuyas gualdrapas iban resplandeciendo los blasones y timbres de su familia bordados sobre tisú en bordaduras de realce; creíase sin esfuerzo, como representante de la guerra, nacido para vencer y cautivar al amor. Y a todas estas prendas unía el poético estro, cuyas inspiraciones le sugerían romances castellanos, de tal propiedad y belleza, que, apenas salidos de sus labios, se decían o se cantaban por doquier, en calles y encrucijadas, al son de las guzlas y de las bandolinas, entre los poetas y los cantores del pueblo, cual sucede con todas las epopeyas vividas y armoniosas inspiradas por la universal fe y el universal sentimiento. Illán de Garcés había nacido indudablemente para esposo de Isabel. Y de resolverse la toma del castillo en fortuna, como para su mal se había resuelto en desgracia, ninguno de los combatientes mereciera como él, tanto premio, porque ninguno combatió con su destreza y con su coraje. Caídos los muros, destrozada la mansión que creyera en sus ilusiones y en sus ensueños nido sacrosanto de amor, Illán se redujo a cautiverio, pudiendo haber escapado a tanta desgracia, por compartir la suerte de Isabel. Con él no tuvieron los vencedores las consideraciones que con su amada; y a pie, insultado por la morisma en su derrota, jadeante de cansancio, apenado de profundísima tristeza, con las plantas desnudas y ensangrentadas en las piedras del camino, con las manos a sus espaldas atadas y ceñidas por férreas esposas, miraba desde lejos, a Isabel y veía en su imagen resplandecer aún los arreboles de su esperanza en el tristísimo y terrible ocaso de su fortuna. Mas cuál no sería su dolor, cuando, llegados todos a Granada, pasó la infeliz joven a los serrallos y él a las mazmorras. Pues allí en las mazmorras mismas, entre las espesas tinieblas, juró Illán salvarla y salvarse.

Absorto en tal idea decidió aprovechar cuantas circunstancias y coyunturas le depararan o la casualidad o el destino, para libertarse y libertar a su amada. Nada tan vario como la suerte de los humanos en las edades en que dos imperios enemigos pugnan supremamente para detener o acelerar los decretos de la Providencia, que ha dispuesto ya de su futura y definitiva suerte. En los choques entre aquel reino muslímico espirante y el imperio cristiano engrandecido, podían las circunstancias cambiarse con facilidad suma, como los férvidos oleajes en las tormentas del mar o como los soplos del viento en las tempestades del aire. La tarde misma de su llegada pudo Illán ver cambios como los ya indicados en las primeras líneas de este mismo capítulo. Mientras los granadinos vieron llegar el ejército vencedor, sintiéronse orgullosos de la victoria; pero cuando tras el ejército vencedor columbraron el rastro de lágrimas y sangre representados por los siniestros hormigueros de apenados cautivos, un presentimiento súbito les anunció la suerte reservada por el cielo a los muslimes en la desigual contienda con Castilla. Los jueces, los ministros, los ulemas, todos cuantos componían la corte del Sultán, corrieron al bello santuario del Alcázar y quemaron el incienso de la terrible adulación. Ni Dios en su trono guardado por los querubes; ni la sombra de Mahoma en su Caba por los peregrinos bendecida, resplandecen, cual resplandecía Muley Hacem en su Alhambra, rodeado de la lujosísima corte apercibida servilmente a lisonjearle y a decirle cómo el ángel de la muerte le había confiado su tajante segur, para descabezar cuerpos cristianos apilar las cabezas cercenadas en torno de su victoriosa Granada. Dijéronle loores los sacerdotes, que parecían suras arrancadas a las que consagra el Corán sacratísimo en alabanza de Alah; dijéronle cánticos los poetas, muy parecidos a los himnos cantados en el Yemen por los días más propicios al esplendor y al poder de las grandes familias y razas mahometanas. Todos a una, en coro de hipérboles orientales, encarecían el triunfo inenarrable, y profetizaban, ebrios de soberbia, no solamente la salvación de Granada, sino la reconquista de todo el español territorio.

Pero en esto, cuando más entregados se hallaban los reunidos en el hermoso alcázar a sus adulaciones, oyóse un rumor procelosísimo, que penetraba por las paredes mismas del fuerte palacio y ensordecía los aires. Era terrible rumor producido por la plebe, quien acompañaba en tropel a uno de los muchos santones musulmanes, de esos que consagran la vida en su totalidad a la contemplación de los misterios y al anuncio de las profecías. Estos hombres parecen de piedra; rígidos y fríos, como las estatuas, cuando se asientan por las encrucijadas en las piedras de los caminos, llegan a una grande absorción, hasta el extremo de no sentir ni los rayos del Sol sobre su turbante, ni las picaduras de los insectos sobre su rostro, ni las muchedumbres que pasan en torno suyo; y como seres abstractos, revestidos solo de las formas externas indispensables a expresar una idea, sublevan fácilmente a los pueblos, sobre todo a los pueblos de sangre hirviente y exaltadas creencias, si alguna vez se alzan y se mueven como la vida, y lanzan de sus labios yertos solemnes y religiosas palabras, tan resonantes como el trueno y tan abrasadoras como el rayo. Pues bien; uno de los muchos santones que había en Granada, el más querido, el más respetado, aquel en cuyas profecías y presentimientos más confianza pusieran los granadinos siempre, levantóse, después de haber visto en su rígida inmovilidad a los vencedores sin alegría y a los vencidos sin tristeza, levantóse, a guisa de yerta escultura que se acalorara con el contacto de un fuego celeste, o de muerto enterrado, que surgiera de su sepelio con recién recobrada vida, rugiendo rugidos de leones en los desiertos, fulgurando fulguraciones de tempestades en las montañas. Cuando vieron los fieles musulmanes animarse aquella muerte, y. encenderse aquella nieve, y hablar aquel silencio, creyeron que Dios mismo le movía con su mano poderosa, y por tanto, a ellos les tocaba tan solo seguirlo y reverenciarlo y obedecerlo. Viéronle dirigirse al palacio, y al palacio se dirigieron también; penetrar en los patios, y allí penetraron; lamentarse del Sultán, y del Sultán se lamentaron todos. Imagináos cuál no sería el asombro de Muley Hacem cuando vio profanado su santuario por la irrupción de aquellas muchedumbres, e interrumpido el coro de alabanzas por la explosión de aquellos anatemas.

—Hacem, Hacem, Dios y su Profeta quieren que te hable y te diga la verdad entera. Como, en el mudar y sucederse de todas las cosas, Alah tan solo queda perenne, allá en los cielos, aquí, en la tierra, entre los tránsitos de la muerte a la vida y de la vida a la muerte, queda tan solo perenne la justicia. Y vengo a declararte como te mienten estos cortesanos, viles cual sus adulaciones, cuando loan tus combates y encarecen tus victorias, ocultándote que un buitre inmenso, cuyas alas, más oscuras que la noche, cubren el granadino cielo, se avanza despiadado, con sus garras apercibidas a destrozar el vientre de tu imperio. Cayeron los reyes del Yemen, que brillaban como astros orientales; pasaron los que al Iran dieran sabias leyes; Hazum, vestido de púrpura y alojado en palacio de oro con pedrerías, enriquecido, se precipitó en las entrañas del desierto, al toque de la maldición de Moisés; frustráronse desde las ciencias de Salomón hasta las conquistas de Alejandro en las férreas puertas del destino; y tú no podías exentarte de la ley común, que ha derribado tales grandezas, después de haber cometido en tus desvaríos tantas tropelías.

Al oír estas palabras insolentes, los cortesanos se dirigieron al santón audaz con aire de amenaza, y hasta intentaron golpearlo en su arrogancia. Pero el pueblo, adicto a quien representaba tantas supersticiones y tenía en su palabra tantos consuelos para los dolores presentes como esperanzas de regocijos futuros, se interpuso entre la cólera de los grandes y la persona del Profeta, guareciéndolo y escudándolo. Hacem, por su parte, sabedor de como la cólera del pueblo podía, en aquel mismo sitio, aumentar la magnitud del desacato y exacerbar las generales desgracias, reflexionó que para reinar con acierto se necesitan muchos empujes en el combate y mucha calma en el consejo, por lo cual detuvo con un gesto a sus cortesanos y dejó hablar al gárrulo profeta, demostrando que una de las cargas mayores del imperio estriba en oír con resignación las ajenas impertinencias. No hubo menester más el exaltado predicador para proseguir su interrumpido sermón, escuchado por los grandes con desagrado, por los pequeños con éxtasis, por Muley con desdén.

—Pues qué, ¿no cayó la sin par Sevilla, coronada con su Giralda encantadora, donde los astros se habían posado tantas veces a contar en los oídos de nuestros sabios los secretos del cielo? Nuestros padres han visto rodar las piedras del Mirab, esmaltadas por los ángeles del cielo, en la grande Aljama de Córdoba; y no se levantaron a defenderla, ni la sombra de Abderramán que la fundara, ni la sombra de Almanzor que la concluyera. Todas las palmas en los desiertos del Magreb llevan por sus troncos, enhiestos como atrevidas columnas, nombres de pueblos ya perdidos para nosotros, y cuyas letras ha grabado allí el inútil puñal de los vencidos. Asómate a cualquiera da los miradores, y verás que así como las aguas del Darro buscan las aguas del Genil, y las aguas del Genil buscan las aguas del Guadalquivir, y las aguas del Guadalquivir buscan las aguas del mar, nuestros pequeños reinos, apenas resguardados en las altas montañas, corren, desprendidos del Islam, a perderse todos ellos en los reinos cristianos de Córdoba y Sevilla, que ayer nos pertenecían, y entrando en el Océano, a inundar hasta la tierra del África, la cuna de nuestros padres. Sordo estás, si no llegan hasta tus oídos las terribles elegías de tantas y tantas tribus errantes como se plañen allá en el desierto de haber perdido a España sin remedio, y de mirar ahora, con los ojos henchidos de lágrimas, cómo también se pierde y se derrumba irremisiblemente Granada. ¡Oh! Haced, haced penitencia, hijos míos, para que Alah, justamente indignado con todos nosotros, llegue, misericordioso, a compadecerse de su pueblo. Y tú, rey asentado sobre un trono vacilante, mira que se pierde tu corona, y después de haberte creído deslumbrador como un Sol, vas a ser enterrado como un perro.

Terrible rumor de amenaza en el pueblo contra el monarca, y en el monarca contra el profeta siguió a estas audaces palabras. Mas el pueblo no se atrevió a nada contra el monarca por un resto de supersticioso culto a la monarquía; y el monarca no se atrevió a nada contra el profeta por otro resto de supersticioso culto a la religión. Profundo silencio, causado por el enojo y el asombro, siguió al atrevimiento, y el predicador, entrando de nuevo en su habitual silencio tras aquel estallido de palabras amenazadoras y terribles, abandonó la estancia seguido de la plebe. Hacem, muy ducho en cosas tocantes al gobierno, comprendió cuánto le convenía no volver sobre aquel terrible desacato ya que no tuviera valor bastante a castigarlo, y alzándose de hombros como suele un cuerdo cuando se oye a un loco, torció la conversación a las cosas corrientes y habló de sus combates, de sus victorias, de las ventajas conseguidas y de los despojos acumulados, cual si no sucediera en torno suyo cosa ninguna y no hubiese dicho el profeta la menor palabra. Volvieron los cortesanos tras la breve arenga regia de nuevo a sus loores, mas el rey, aun oyéndolos tan amentados, no volvió de nuevo a su calma. Despidió, pues, a la corte, y encerrándose airado en lo más recóndito del harén, pidió a su memoria olvido y a su sueño reposo para descansar de las pasadas fatigas y divertir los terribles presentimientos.

Turbado el sueño fue como de quien halla en la victoria misma, fuente, para otros, de satisfacciones y placeres, motivos nuevos de dolores y de arrepentimientos. Así el triunfo sobre los dominios de Solís y sobre los muros de Zahara se trocó en algo desabrido y acre. ¡Oh! Tales amargores debían ser aún más amargos a paladar encallecido y empalagado por la sabrosa miel de adulaciones continuas. Ni siquiera movieron la villa de Zahara y el castillo de Martos una sola fiesta en la ciudad sensualísima de los regocijos continuos. Algunas se habían ideado y apercibido por los cortesanos, ganosos de holgarse; pero las frustró el grito de los santones, el disgusto de las muchedumbres, la pena misma del monarca y de los suyos, heridos con desabrimientos, solo guardados para la derrota, cuando creían aspirar el humo de los embriagadores holocaustos debidos a la victoria. Fatigosísimo sueño, cortado a cada instante por terribles pesadillas, fue, como hemos dicho, el sueño de Hacem. Así, muy temprano, dejó su alhami desapacible, su lecho parecido a tormentosa nube, las estancias áureas que semejaban sepulcros negros a sus espantados ojos, y subióse a una torre, desde cuyas cimas contempló con arrobamiento el espectáculo presentado todas las mañanas del año, al ánimo menos artista, por aquel edén esclarecido con la blanquecina luz de sonriente alba. Las nieblas disipadas por los primeros rayos del Sol, descubrieron todas las vías conducentes a Granada; que allí, en medio del verdor, entre alamedas y cármenes y ajarquías, brillaban como tortuosas serpientes de ricos y raros metales. Difícil fijarse mucho en punto cualquiera de tan deleitoso edén, cuando relumbran las sierras; esplenden, cargados de rocío, los cármenes; y semejan trasparentarse casi en rosadas torres como si estuvieran hechas de corales. Mas en el corazón estremecido, en el espíritu apenado, en la inteligencia sombría de Hacem, comenzaban a despuntar dolorosos presentimientos muy parecidos a los que había expresado el santón siniestro en sus nefastos sermones. A mayor abundamiento, en aquel riente paraíso, y a la hora desusada del amanecer, había visto una bandada de cuervos, que graznaban como si humeasen carne fresca o sangre hirviente, y que sobre la torre se detuvieron algunos minutos, como si la torre, donde se hallaba el Sultán, mandase a las alturas, donde aleteaban ellos, hedores de cadáveres. Así, en el punto y hora en que los cuervos desaparecieron del aire, Hacem volvió los ojos al suelo para ver si confirmaban tan tristes presagios, no sin murmurar las palabras dispuestas por la ley a conjurar los sucesos nefastos, y que dicen así a la letra: «Hijos somos de Dios, y a Dios volveremos seguramente después de nuestro áspero camino.»

Se conoce que la oración litúrgica de Hacem no había operado mucho en la voluntad omnipotente de Alah, pues, no bien dicha y pronunciada con todas las solemnidades requeridas, aparecieron unos jinetes en los caminos del Sudoeste, pero tan desordenados en sus agrupaciones y tan revueltos en su celeridad, que parecían fantasmas infernales, correspondientes a los cuervos agoreros que acababan de atravesar y hendir los aires. Hacem seguramente no les hubiera hecho caso, ni parado sobre ellos mientes en cualquier otra ocasión menos terrible; pero, a tal momento, y en su estado proceloso de ánimo lo rodeó de sombras, no tan siniestras, a pesar de imaginarias, como las efectivas aportadas por el confuso tropel. Mucha fue, pues, la pena suya en vista del nuevo augurio. Y eso que para conjurar tales penas, o mitigarlas a lo menos, contaba siempre con el auxilio y el empuje de su terrible soberbia. Nacido en época de adversidad y decadencia con todas las altas cualidades propias de las épocas de grandeza y heroísmo, la fuerza de su natural airado y arrogante precipitaba las catástrofes, que intentaba o detener o reparar, aun siendo irremisibles e irreparables. Así, al pronto frunció las cejas y cambió la color, pero luego, volviendo sobre sus primeros efectos, de súbito se querelló contra sí mismo por tamaña debilidad, y comenzó a decirse con imperio, con arrebato, hasta con elocuencia, departiendo consigo como si llevara dos seres en su ser, que cualquiera de las calamidades posibles en aquel entonces solo servirían para darle ocasión de motivar el esfuerzo de su brazo y el coraje de su heroísmo, destinados, no solamente a la redención de Granada, sino también a la reconquista de toda España en los inescrutable designios del destino.

Pero ¡ah! que la realidad le reservaba terribles sorpresas. Lo que sucedía en su reino, sobrepujaba en adverso a todo cuanto le ponía delante de los ojos la imaginación enardecida y alarmada. El tropel devoró con la rapidez del relámpago la distancia; entró por las calles de Granada inquieta, despertando nuevos recelos con su aire siniestro y su agitación procelosa; llegó a las puertas del Alcázar resollando como si no hubieran los atropellados recogido su aliento desde la serial de su partida; y demandaron ver a Hacem con el fragor de soldados en armas y en sublevación más que con el respeto de militares sumisos a su general y de vasallos sumisos a su monarca. Hacem, aunque la confianza en sí templaba muchísimo los efectos de tristeza o desaliento, se impacientó de suerte que, al aproximarse los jinetes, descendía del castillo al serrallo para enterarse más pronto y mejor de todo lo que pasaba en aquella hora siniestra, y asombrado por tales nubes relampagueantes. A una señal de su mano imperiosa las puertas del palacio se abrieron y penetraron por ellas los tristes mensajeros de terrible nueva. Parecían todos a una muertos resucitados, según lo torvo de su mirar, lo pálido de su color, lo desceñido de sus trajes, lo trágico de las diversas expresiones de sus semblantes oscurecidos todos ellos sin excepción por las sombras de un dolor sin ejemplo. Al descubrir a Muley Hacem subió de punto la terrible pena en ellos; y se lanzaron todos a sus pies como si los hubiera herido un rayo y derribádolos por tierra.

Capítulo XII

—¿Qué sucede? —preguntó el rey con anhelo a los despavoridos vasallos.

—¡Ay, ay! —gritaron todos, como si los hurgaran cruelmente con hierros candentísimos.

—¿Qué hay? —volvió a preguntar impaciente Hacem.

—¡Ay de mi Alhama! —gritaron algunos entre los acongojados clamores de todos.

—Alhama —dijo Muley-Hacem, pasándose la mano por la frente como si quisiera desvanecer un sueño.

—Alhama, Alhama —dijeron todos.

—¿Alhama sitiada? —preguntó con extrañeza el monarca.

—Perdida —respondieron los tristes y dolientes mahometanos.

—¡Perdida! ¿Qué decís? Imposible, imposible. No pueden llegar a ella ni las águilas del cielo.

—Pues han llegado —exclamó el jefe de la tropa— las armas de los Pinces.

—¡De los Pinces! Mentís. ¿Sois locos escapados de algún encierro? ¿Sois muertos venidos del otro mundo a engañarme por ventura en éste?

—No; somos vencidos en Alhama.

—¿En la bien cercada? —preguntó Hacem, que no podía sacudir su asombro.

—En la bien cercada —contestaron todos.

—Las aguas de receloso río circundan sus sierras y las crestas altísimas levantan a las nubes sus castillos.

—Pues allí —dijo el principal entre todos— allí ha llegado el marqués de Cádiz.

—No lo repitas —exclamó Hacem sacando puñal damasquinado del cinto áureo— no lo repitas, porque si vuelvo a oírtelo te remato ahora mismo.

—Máteme V. A. —contestó el caudillo— pues prefiero las sombras de una eterna noche a ver todo cuanto he visto.

—¡El marqués de Cádiz —exclamó Hacem, pasando de la rabia horrible al dolor profundo— el marqués de Cádiz!

—Yo lo he visto —añadió el caudillo— con sus adalides, muchos de ellos renegados nuestros.

—¡Oh! —exclamó Hacem, lanzando rugido tal, que se hubiera tomado por una fiera herida en los desiertos.

—Yo lo he visto —continuaba el caudillo— roja la cabellera, como si la hubiese teñido en la voraz lumbre del infierno; acribillado el rostro por la mezcla de las cicatrices inferidas en él por la guerra y de los hoyos abiertos por las viruelas; yo lo he visto encerrado en armadura que parecía parte de su cuerpo, y blandiendo una espada que le daba terrible semejanza con el ángel siniestro de la muerte.

—¿Será verdad o será sueño? ¿Estoy despierto en la posesión de mis sentidos o presa de una pesadilla causada por la fiebre?

—Estás en tu palacio y sin Alhama.

—Verdad, verdad —gritó Hacem, cayendo sobre los cojines de púrpura que tenía detrás de sí pegados a las paredes argénteas del patio de los Arrayanes, donde sucedía tal escena trágica.

—Un demonio salido del infierno celó nuestras guardias y estudió nuestras posiciones.

—Pero, vamos. Sí, deliro. No sé qué pregunto —murmuró Hacem, corrido bien pronto de su desmayo e irguiéndose como el árbol doblado por el viento que cobra su natural posición.

—Pregunte V. A. cuanto quiera —dijeron a una los adolorados vencidos.

—¿Llegó allí un espía del marqués?

—Llegó, por cierto que se llamaba Ortega, y tiene más combates y encuentros en su historia que días en su vida.

—¿Y cómo no le cogisteis y no le despedazasteis!

—¿Cogerlo y despedazarlo? ¡Cosa fácil! Debía tener pacto con Satanás mismo según era de invisible, aunque se metía por todas partes.

—¡Maldición! —dijo Hacem.

—Ya se arrastraba como un reptil por el suelo; ya se metía como un pez en las aguas; ya se enterraba como un muerto en las cavernas. ¡Oh! No tienen las zorras su oído para escuchar cuanto les conviene oír; ni los hurones su destreza para cavarse pasadizos varios por el profundo suelo; ni los buitres sus alas para subir arriba, más allá del término de nuestras fortalezas, y atisbarlas a vista de pájaro. Él ha medido los pasos de nuestros centinelas; él ha sondeado la densidad de nuestros muros; él ha puesto en su memoria y fijado las letras de nuestras consignas, para luego irse a Marchena y contar al marqués mismo en persona, cómo la plaza estaba desguarnecida y cuán pocos nosotros éramos, sus decididos y resueltos defensores.

—¡Oh! Tenéis razón. Yo he mermado su guarnición para tomar un punto como Zahara, inferior a mi Alhama, y para tomar una familia como la de Solís en el castillo de Martos, inferior a esa familia de los Pinces en su plaza de Marchena. Yo soy el más criminal de los reyes y vosotros los más infelices de los vasallos.

La furia de Hacem creció tanto a la narración de sus recién sabidas desgracias que, volviéndose a una próxima y brillante alhacena, en cuyos estantes relucía deslumbradora cimitarra, cogióla para cercenarse la cabeza de los hombros, cuyo propósito suicida consumara, de no impedírselo con violencia los mismos desesperados moros de la triste Alhama.

—Calma, señor, calma —gritaron varios de los circunstantes.

—Razón tenéis —dijo Hacem, cambiando, como todos los sanguíneos, con súbita mudanza, desde una cólera indecible a una indecible reflexión—. Si hemos de morir pronto, muramos por lo menos matando y en defensa de nuestra cara ciudad cautiva. Acabad presto de mostrarme, hasta en sus más recónditas entrañas, el abismo de mi desgracia.

—Aquel mago —prosiguió el narrador— después de haberse instruido en todos nuestros recursos, instruyó a los suyos, hasta el extremo de moverlos a una expedición, que sorprendiese con perfidia nuestra noble Alhama y la tomase con crueldad. Tres mil jinetes y cuatro mil infantes marcharon por la cadena inaccesible de Alcerifa y se vinieron a nuestro territorio, deteniéndose de día, para no suscitar sospecha ninguna, callados y silenciosos, cual si fueran una legión de santones, y caminando de noche cual si fueran una bandada de aves nocturnas, cuyas sedosas alas no suenan y cuyos ojos semejan los blanquecinos fuegos fatuos de triste cementerio. Baste decir que no encendían fuego por temor de que los delatasen las espirales del humo.

—¿Y pudieron llegar hasta vosotros sin que vosotros lo advirtierais? Continuad, continuad, porque, si a reflexionar me parara, perdería en este mismo punto la cabeza.

—Ni los malditos jefes cristianos se hallaban a la sazón aquella instruidos en el propósito y fin de la recatada correría. Juramentados a una en su fe maldita, no preguntaban palabra, ni se les ocurría siquiera una observación. Solo a media legua de Alhama supieron donde iban. El marqués les mostró cuánto importaba la reserva, encareciéndoles el bien ya granjeado; y les prometió rico despojo en las próximas alturas de la incomparable Alhama. Halagó el disimulo pasado a su perfidia, y excitó el botín venidero su codicia. Todos a una pidieron el combate, a pesar de lo difícil del esfuerzo. Las dos de la mañana eran cuando trescientos hombres se habían emboscado al pie de nuestros riscos en disposición de tomar la plaza o morir honrosamente. Puso la escala Ortega y ascendieron treinta hombres, tan sigilosos y callados que parecían sombras, armadas de armas espirituales, que ni relucían ni sonaban. Ortega encabezó a los asaltantes, siguiéndole detrás Martín Galindo, joven que había jurado matar al primer centinela con que topase o morir mártir de su fe católica en el castillo de Alhama. Dormíamos todos, fundados en que nadie podía tocar, por aleve que tuviera el ánimo y por largo el brazo, en la inexpugnable fortaleza de Alhama, cuando el centinela se vio sorprendido y el cuerpo de guardias tomado. Dormían los nuestros, y los despertaron las armas de los enemigos. Ninguno se atrevió con ellos, tomándolos por seres sobrenaturales, a quienes Azrael dirigía camino de la eternidad, cuyas puertas abre la muerte. Ni a uno solo de nuestros soldados quisieron perdonar. En sus camas perecieron todos, más indefensos e inmóviles e inermes que cuando estaban dormidos en el vientre de sus madres. Tras los treinta de la primera escalada, subieron trescientos, y con aquellos trescientos en las entrañas del castillo, no había medio de recobrarlo, porque todos, industriados en las sabidas industrias de Ortega, se habían puesto a la defensa, tomando contra nosotros las posiciones tenidas tantos años por nosotros contra ellos. Las armas resonaron al cruzarse, los resuellos del combate siguieron al choque de las armas, los gritos de los que avanzaban y de los que resistían se confundieron en babelescas algarabías, descorrióse todo el misterio tras cuya cortina se ocultaba el amenazador ejército cristiano, quien sonó sus atabales, sus clarines, sus arcabuces, en señal del propio regocijo: siniestro estruendo, que resonó en nuestras ensordecidas orejas como la trompeta del ángel que ha de llamar a los hombres al postrimer juicio. Aun los nuestros resistieron largo tiempo en el patio de la fortaleza, que hubieran salvado seguramente, a no haber sabido el taimado e hipócrita Ortega una puerta oculta y franqueado por ella seguro paso al marqués de Cádiz y a sus terribles soldados. Ni uno solo de los nuestros se salvó. Solamente la hermosa mujer de nuestro alcaide, apartado a la sazón de allí por haber ido a una boda en Velez-Málaga, fue respetada caballerosamente, gracias a su hermosura y su gracia. Todos los demás habitantes del castillo murieron inmolados a la terrible saña del soberbio vencedor.

En el momento de oír esto, la oración por los muertos asomó a los labios del Sultán de los vivos. Volvió, pues, su rostro hacia Oriente, hacia la Meca, y dijo, cómo presentaba los cuatro Tekires de la oración fúnebre a Dios, acreedor a todos los homenajes y a todas las obligaciones. ¡Oh! Dios mío, exclamaron todos en coro, recibe a tus pies el tributo de nuestras alabanzas. Solo Dios es grande. Acuerda el maná de tus bendiciones a estos muertos, como se lo acordaste a nuestros dos Profetas Abraham y Mahoma. Señor, tú solo eres digno de alabanza. Dios mío, acorre a los creyentes en ti, a los fieles, a todos los mahometanos, pequeños o grandes, hombres o mujeres. Vivan, Señor, en el Islamismo aquellos a quienes tú conservas la vida, y en el Islamismo mueran aquellos a quienes tú envías la muerte. Distingue a los muertos en Alhama que nosotros juzgamos con nuestro débil humano juicio, mártires de tu fe. Dales tu gracia para que tengan el debido reposo. Del número de los buenos deben ser cuando pelearon y murieron así. Mas perdona su perversidad si por culpas, de nosotros desconocidas, hubieran pertenecido al número de los perversos. Que no sea su huesa, después de muertos por ti, círculo del infierno, sino jardín del Paraíso. Que sus restos queden para pasto de los gusanos, pero que sus almas vayan, conducidas por las alas de los ángeles, a la compañía inmortal de los bienaventurados. Solo tú eres misericordioso. ¡Alah, Alah, Alah! Bien puedes acrecentar en todos nosotros la virtud de la fe y la sumisión a tus mandatos. Dios solamente merece nuestras alabanzas. Él da la vida y la muerte. El bien está todo entero en sus manos. Solo él es omnipotente. Dios mío, bendícenos en la hora de nuestra muerte; y después de nuestra muerte concédenos tu incomunicable bienaventuranza.

Concluida la oración, volvióse Hacem a los suyos y les dijo:

—Contadme, contadme por Dios cómo se rindió Alhama después de haberse rendido su fortaleza, porque aún quedaban muros, casas, brazos, pechos, corazones, para defenderse. Ya se ve, no se defendería. Las baños calientes, que acostumbraron a tomar en su molicie, les han debilitado las fuerzas; y las esencias, los aromas, los regalos granjeados por sus innumerables riquezas les han descolorido la sangre. No hay en ellos resistencia posible. Eran los más ricos y los mas afeminados de mi reino.

—Señor, deja de maldecirlos —dijo el enviado de Alhama la triste, al injusto monarca. Tus vasallos de Alhama habrán ya entrado todos en el Paraíso, porque todos son mártires. Nosotros, los últimos, los sobrevivientes de aquel naufragio, los rescoldos de aquel incendio, moriremos bien pronto sin remisión, porque si padres, nos hemos quedado sin hijos, o si hijos, nos hemos quedado sin padres. Hasta nuestras esposas, cuando no tenían leña con que atizar sus hogueras y hervir agua caliente para vertérsela por sus maldecidos cuerpos a los cristianos, que Alah maldiga y condeno, lanzaban al fuego sus más ricos muebles. Desde una hora antes de la señalada por Dios para que los muecines entonen sus alabanzas en el alba y hasta una hora después de la oración postrera, todos combatimos en las calles, en las encrucijadas, en los edificios, aun después de saber cómo nos había condenado el destino a una derrota sin apelación y sin remedio. Nosotros mismos, los que aquí tienes, hallámonos salvos por milagro ciertamente, pues, hemos combatido dentro de la mezquita sacratísima, nuestro postrer refugio; y nuestros perseguidores, nos han cercado en círculo de fuego que parecía el infierno. Solamente la mano de Alah, solamente su mano, ha podido traernos hasta los dinteles de tu palacio para pedirte venganza, y de no conseguirla pronto, caer exánimes a tus plantas.

—¡Ay de mi Alhama! —Exclamó el monarca.

Y este grito ¡ay de mi Alhama! recorrió toda la capital, desde un extremo a otro, despertando en tropel innumerables y encendidas pasiones condensadas en una horrible tormenta.

Capítulo XIII

Como un mar encrespado por el viento se alteró Granada en cuanto supo la fatal nueva de haber caído en nazarenas manos la ciudad inexpugnable donde sus banderas flotaban por los dominios de las águilas. Todo el mundo clamaba en calles y plazas, invocando el amparo de Alah contra enemigos tales como aquellos, bajados sin duda de las nubes, cuando habían podido tocar con sus plantas, cual ángeles exterminadores enviados por la divina cólera, el más alto presidio de la granadina gente. Los notificadores de la nefasta nueva se vieron, al salir del Alcázar, detenidos, asaltados por los tristes muslimes, ansiosos de preguntarles cómo había podido hacerse cosa tan grave de improviso, no habiendo hechicería o maleficio. Pero los mismos, que acababan de ver el asedio, y toma de Alhama, sorprendida en los descuidos y olvidos naturales al sueño, no sabían por qué caminos los sitiadores habían marchado, ni con qué género de guerra y con que casta de armas vencido, para desgarzar de diadema tan brillante como la diadema del nieto de Alhamar perla tan preciosa como la ciudad de Alhama. La figura del santón profeta se apareció a los ojos asombrados de todo el mundo, tanto más cuanto que había desaparecido como si cayera en misterioso abismo al peso de su dolor o le robaran del mundo para el Paraíso los ángeles divinos por su conocimiento y anunciación de la verdad. Como todos los pueblos probados por la desgracia y próximos a una catástrofe, ignoraban los granadinos a quién imputar su horrible suerte, si a cólera del cielo, si a propia culpa, si a propósito en los cristianos de no permitirles descanso y tranquilidad, si a las temeridades mismas de un monarca tan audaz como Hacem, quien, rodeado por doquier de poderosos enemigos, aún los exacerbaba con provocaciones como las dos victorias sobre la fortaleza de Martos y la villa de Zahara, donde había cosechado una gran copia de despojos, pero, también sembrado una gran copia de odios.

Hacem, por su parte, allá en lo más recóndito de su oriental serrallo, no hacía otra cosa más que rugir de rabia como el león herido y moverse de un lado a otro lado tropezando con todo como la gacela detenida por el cazador y encerrada con su congénita inquietud en estrecha jaula. «Me parezco, pensaba para sí, al Gebel Elbeira por cuyas enriscadas laderas solo se descubren soledades inmensas devastadas por triste desolación. Sobre los alcázares de la corona y sobre las alcarías de la Vega, magüer su formidable defensa por cinturas de fortalezas, aletean espíritus malignos, más que cristianas legiones, empeñados en perseguir y castigar a Granada, porque la mueve al combate un brazo como mi brazo, incansable de suyo para la guerra, cual conviene a un descendiente de aquellos fuertes conquistadores, que nos dieron el dominio supremo sobre todos estos preciadísimos edenes. ¡Oh! No vendrán, mientras yo aliente, no, los perros infieles a destronar los imanes y los morabitos en tus aljamas y en tus ermitas. Tus doce puertas, ¡oh Granada! se parecen a doce fortísimos escudos de acero damasquinado y las veinticuatro torres que las defienden a veinticuatro arcángeles armados y bendecidos por Alah. Tus Alcazabas se hallan guarnecidas de zenetes que parecen, por lo ardorosos, al africano desierto; y tus Albaicines poblados de moros andaluces que guardan la fuerza y la inteligencia de sus padres. Alhamar, abuelo mío, tú no consentirás que la corona forjada y enrojecida en el horno de cien victorias sea profanada por los infieles. No, Jucef, no podrás ver desde la serena bienaventuranza, donde habitas, cómo penetran soldados ebrios de profano vino en las estancias libradas por tus divinos artífices para santuario de las edénicas huríes. En la torre de Comares solo puede resonar el Corán y en el alabastro de las mezquitas erigidas por tu fe dentro de nuestros patios solo pueden reposar, nuestros huesos y esplender en letras de azul y oro nuestros nombres. En el Generalife, al son de las aguas despeñadas por los pasamanos de sus escaleras maravillosas, solo pueden resonar nuestras poesías acompañadas por las guzlas. A la sierra del Sol solamente le cuadra el llamarse peana del trono de nuestro Dios. En las Albercas de los Alijares alimentadas por surtidores de líquidos aljófares se mirarán eternamente las hijas de tus pueblos, ¡oh santísimo profeta! Tus vergeles son una breve reducida copia del edén, anticipado en el mundo a los que Alah ve pelear por él desde los cielos. Así nos daremos la mano con los excelsos parientes de Fez y nadie podrá en el mundo turbar ya nuestras alianzas, contra las cuales han de romperse y estrellarse los infieles. Jamás la dulce Sana del Yemen mereció tantos sacrificios por su belleza como esta vespertina estrella del ocaso, que parece perfumada con almizcle traído del puerto de Darin. Si cayera Granada, los creyentes imaginarían que aquel Isarafil, cuyos labios están desde la eternidad adheridos a la trompeta del Juicio, había sonado en ella, y herido con su toque de muerte al universo. Yo no quiero que los collares de oro ceñidos a las gargantas de mis hijos se conviertan jamás en cadenas de hierro amarradas a sus pies. Ya oigo las palabras de dolor que lanzan los muecines desde sus minaretes y las oraciones de penitencia que levantan los imanes, desde sus cátedras. Ya veo las lágrimas de horrible desesperación que surcan las mejillas del anciano fugitivo, llegado en su timidez hasta este nido, creyéndolo exento de las guerras. Ya siento las maldiciones despedidas por las madres al estrechar contra el seno sus hijuelos, sobre un monarca tan batallador como este Hacem, venido a salvar su Granada, y si no a perecer en la demanda traspasado por las armas nazarenas. Sí, debo combatir, y combatiré. Alhama no puede quedarse ahí en poder de los cristianos sin que su cobarde conformidad aparezca en los tribunales divinos, como una infame traición. ¡Ah de mi visir! ¡Ah de mi visir!»

—Hacem.

Dijo el visir apareciendo al llamamiento de su señor.

—Óyeme.

—¡Ay!

—También tú.

—¿Qué?

—¿También tú suspiras?

—Cómo no.

—Pues no es hora de suspirar como hombres, sino de combatir como fieras.

—Ordena y serás obedecido. El aire y el pensamiento no corren como corre mi voluntad en tu servicio.

—Deseo ponerme ahora mismo en marcha militar hacia nuestra invencible Alhama.

—¿Ahora mismo?

—Nada de vacilaciones.

—Hágase tu voluntad.

—Imposible que permanezcan allí mucho tiempo sus afortunados poseedores.

—Ya sabes lo que son.

—Aunque sean demonios del infierno.

—El marqués de Cádiz...

—El mismo Luzbel no podría guardar tal plaza.

—Pues hágase tu voluntad.

—Les faltan municiones y víveres.

—Verdad.

—Pues una marcha rápida, un cerco apretado, pondráles pronto en la imposibilidad completa de recibir socorros y tendrán que caer derribados de su orgullo a mis pies.

—Dios lo quiera.

—Mañana mismo debemos salir.

—¿Mañana?

—Sí, mañana.

—Imposible.

—¿Por qué?

—Porque no está aparejada la indispensable artillería.

—Nos iremos sin artillería.

—¿Cómo sin artillería?

—Ya comprendes que lo primero es caer sobre nuestros enemigos y aniquilarlos.

—Mas para caer sobre tales enemigos con fortuna, importa combatirlos con todas las armas por necesidad.

—¿Cuántos jinetes podemos reunir?

—Tres mil.

—¿Cuánta infantería?

—Cincuenta mil.

—Pues con tres mil jinetes y cincuenta mil infantes, debemos recobrar, no ya nuestra invencible Alhama, Córdoba y Sevilla, si en ello nos empeñamos.

—Comprende Hacem cuanto exige de ti la gravedad de los males que aquejan a Granada.

—Pues como lo comprendo apresúrome a remediarlos con fortaleza.

—No debes olvidar que un fracaso podría costarte hoy el trono en la exaltación a que ha llegado Granada.

—¡El trono! ¿Quién se atreverá en la tierra hoy a tocar, no, una perla de mi diadema, un cabello de mi frente?

—La fatalidad.

—Para eso están los alfanjes, para combatir, aunque sea con el hado.

—No blasfemes, Hacem, cuando tanto necesitas en tu angustiosa situación del auxilio de Alah.

—Tienes razón —exclamó Hacem arrepentido y mucho de haber quizás tentado al cielo con sus audaces palabras.

—Retén ¡oh! Sultán tu impaciencia y espera con tranquilidad el apresto de todas las armas.

—No espero.

—¿Cómo no? Medita; reflexiona...

—Lo he meditado todo. Si tardamos mucho tiempo en acorrer a la ciudad perdida, vendrán los caballeros cristianos en su auxilio, y nuestros esfuerzos habrán de resultar completamente inútiles.

—Cúmplase tu voluntad.

—La herida recién abierta duele más que la herida cicatrizada.

—Cierto; pero es más fácil curar a un herido que a un muerto.

—Alhama está cerca, y la proximidad de tal afrenta, mantendrá vivos los desórdenes continuos que aquejan a nuestra querida ciudad. Una rápida maniobra tan solo puede salvarnos. Intentémosla. En mí sé confunden pensamiento y acción. Comunica mis órdenes con la celeridad propia del relámpago. Quiero correr a mi Alhama para evitar que auxilien otros enemigos nuestros a sus audaces detentadores.

No iba equivocado Hacem. El marqués de Cádiz contaba entre sus amigos a uno de los mayores héroes andaluces, y este grandísimo héroe, llamado Alonso de Córdoba, preparábase para socorrerlo y auxiliarlo en aquella increíble hazaña. Todo lo audaz tentaba la naturaleza del ilustre andaluz, forjado para la guerra. Nadie tan maduro en los consejos, tan cauto en los preparativos, ni tan audaz en los combates, ni tan menospreciador de los peligros, ni tan pronto a todas las guerreras aventuras, ni tan atrevido en las empresas. Así que supo la victoria de su amigo, sonó el clarín y congregó en torno suyo las huestes de su pendón y su caldera. En el río de las Yeguas estaba ya, muy próximo a la ciudad que debía socorrer, del lado de Sevilla, cuando aparecieron, del lado de Granada, las huestes formidables del rey moro. Al saber la situación de éste y la situación de su valedor, sintió el marqués de Cádiz angustias terribles, no ciertamente por sí, por su amigo, y olvidado del propio riesgo, le diputó un mensajero, a fin de moverle para que se decidiese por la retirada y guardase a que una mejor ocasión le procurara medios de cumplir tan buena obra. Retiróse Alonso de Córdoba camino de Antequera, mas cuando las enemigas legiones pisaban ya su retaguardia y lo perseguían tan de cerca y con tal furia, que a no haberlo defendido la estrecha garganta y la serenidad de sus compañeros de armas, cayera, con todos los suyos, cautivo del terrible Hacem.

Volviéronse los burlados por la grande actividad del héroe cristiano, y toparon con el Sultán granadino, quien a su vuelta estaba entregado a la más funesta desesperación y despedía siniestras frases, comparables solo al maullido del tigre hambriento en los arenales africanos, o al roncar de la hiena cuando escarba las sepulturas y husmea los cadáveres. Los sacudimientos de tal agitación dimanaban de una causa bien triste. Al acercarse Hacem a su Alhama, con ansia de pronto desquite, había encontrado las campiñas y las cercanías de aquel codiciado lugar por innumerables cadáveres sembradas. Los perros venidos de lejos y los buitres y cuervos bajados de las regiones del aire, cebábanse a una en tales restos adorados por los muslimes, como deben adorarse por todos y siempre, las reliquias y despojos de los mártires a tal profanación, quiso contestar Hacem con violencias que mostrasen al mundo, y especialmente a los cristianos, toda la intensidad horrible de su furia; y como los suicidas, que se precipitan de cabeza en el suicidio sin atender a las resistencias que se les oponen ni a lo irreparable del crimen que van a perpetrar, aplicó las escalas a los muros y mandó que cayeran sobre su recinto los suyos, porque, dado el número, podían devorarlo como devoraban moscas, perros, cuervos y buitres aquellos cadáveres insepultos. En efecto, una inmensa muchedumbre se lanzó enardecida por el ardor de su monarca, en tropeles varios, sobre los muros altísimos, y ensordeció los aires con clamores tales de ira, cólera, desesperación, que parecía semejante jornada de horrores el término de toda vida en la tierra y los comienzos de la noche final del Universo.

No estaban desapercibidos aquellos cristianos a quienes el propio instinto de conservación y el conocimiento de sus enemigos mantenían despiertos contra todas las asechanzas y apercibidos a todas las defensas. Nubes de flechas, que hubieran podido oscurecer al Sol; cataratas de piedras, que se derrumbaban y caían con furioso estrépito; fuegos varios de los usados en aquella época para los sitios y parecidos al hervidero de las tempestades; sobre todo, el valor de los cristianos andaluces resueltos a morir antes que a soltar aquel emporio, moro, lograron a una conjurar el peligro e impeler atrás el oleaje hirviente de la cólera muslímica. Hacem el valeroso, en quien la tenacidad se compadecía con el entusiasmo, mandaba un destacamento tras otro destacamento, pero todos se rompían, tanto en las piedras que acababan de conquistar aquellos valerosos mílites de la cruz, como en la dirección previsora de su jefe, del marqués de Cádiz, a quien parecía esclavizada la victoria.

Hacem llegó a comprender un poco tarde cuanto le costaba no haber seguido el sabio consejo de su visir, quien le conjuró con repetidas instancias a no marchar de ningún modo hacia la bien cercada fortaleza sin la correspondiente artillería. Viendo el Sultán que sus soldados no volaban como las águilas, quiso que cavasen la tierra como los hurones, hasta minar los muros en sus cimientos y desarraigarlos cual se desarraigan los árboles por sus raíces. Comenzaron los trabajos, pero el fuego asolador de los cristianos derribó y enterró en los surcos abiertos por ellos mismos a los audaces trabajadores. Tres veces pusieron mano a la obra de abrir las profundas minas, y tres veces los detuvo la temeridad increíble de los nuestros en sus continuas y asoladoras salidas. Dos mil moros pusieron fuera de combate las armas de los cristianos. Entonces Hacem, al cual no detenía ningún obstáculo, persuadido por completo de las dificultades insuperables encontradas así para escalar como para minar la fortaleza, pensó en proyecto atrevido, como todos los suyos, en desviar el río y vencer por medio de la sed, tan aflictiva en los climas meridionales, a los terribles vencedores.

Bebían los alhameños del río, desprovistas como estaban sus casas de cisternas, cosa rara en los pueblos orientales. Así llamaban a la ciudad aquella de barios calientes y regaladísimos Alhama la seca, por tener todas las aguas necesarias a la vida, fuera de su recinto. Ver los nuestros la maniobra enemiga y acudir a impedirla, fue obra en la cual se unió la rapidez del pensamiento con la rapidez del propósito. El marqués de Cádiz mismo abandonó la ciudad, con sus fortalezas, donde su presencia era indispensable, y peleó en defensa propia y de los suyos, metido hasta la cintura en el río. Los moros lograron su intento en esto y divirtieron las aguas de su cauce natural, echándolas por otro cauce, no sin que antes las hubieran teñido de rojo las venas de los cristianos. La sequedad del río no fue sin embargo tanta que faltara el agua completamente por su cauce; mas las heces o residuos no podían recogerse y almacenarse para el pro común, si no saliendo fuera de la ciudad, y la salida costaba innumerables sacrificios y víctimas a los perseguidos cristianos. Morían abrasados los caballos; precipitábase la última hora de tantos y tantos heridos en las ardorosas fiebres de una sed terrible; algunos, anhelaban un sorbo del precioso líquido con tal anhelo que, al llevárselo a la boca, les ahogaba el contento, rematándolos como si fuera un dolor la vista del remedio. Cuentan las crónicas del tiempo, que menudearon las demencias causadas por la sed, y que los locos, al desvarío producido por aquellas enfermedades terribles, soñaban a una con lagos de agua dulce, clara y pura. Ya no había remedio en la tierra para los héroes de la Cruz o venía pronto el indispensable auxilio de fuera, o sucumbían mártires de su fe.

A la verdad el auxilio era cada vez más difícil. La monarquía estaba por esta sazón muy comprometida en cuestiones lejanas, y aunque mandara la embajada de Vera para buscar honroso motivo a la guerra, no contaba todavía con los medios indispensables a iniciarla y sostenerla. Por una desgracia bien comprensible, ¡ay! el feudalismo espirante había recobrado ciertas llamaradas de fulguración deslumbradora en sus instantes últimos y vertido lo que naturalmente se hallaba en sus tradiciones y en su naturaleza, la discordia, exacerbada por el reclamo de caza tan abundante y provechosa como las ciudades varias del reino granadino. Entre las rivalidades nobiliarias, ninguna tan atroz como la de antiguo existente allí, en Andalucía, entre la persona del marqués de Cádiz y la persona del duque de Medina-Sidonia. Era el duque de Medina-Sidonia entre los potentados andaluces quien más podía valer y apoyar al marqués de Cádiz, por el número de sus vasallos, por la cantidad de sus riquezas, por la extensión de sus dominios, si no lo impidiese la enemistad hereditaria, muy semejante a la enemistad que puede reinar entre dos Estados vecinos y rivales. Jamás hubiera pensado la cabeza del marqués de Cádiz en recurrir a su enemigo por juro de heredad el duque de Medina-Sidonia; pero lo que jamás hubiera pensado la cabeza del héroe, lo hizo el corazón de su mujer. Juzgando al rival por sí misma, por sus afectos generosos, por sus impulsos nobilísimos, por su abnegación, por su caridad, creyó que no podía negarse a la demanda de una esposa y de una cristiana poseída de supremas angustias, y envió un emisario a la fortaleza de Arcos, donde Medina-Sidonia residía, en busca del deseado auxilio, e invocando por suprema invocación la Cruz que todos adoraban y la tierra en que todos vivían. No la engañó su esperanza. El duque recibió al embajador como a un amigo y se propuso, una vez oída la embajada, correr al remedio de tanto mal y salvar al cumplido caballero cristiano; con abnegación completa de su propia persona y sacrificio del desquite próximo a sus rencores y a sus agravios. Seguidamente expidió las órdenes más apremiantes a los adelantados de sus fronteras, a los alcaides de sus villas, a los jefes de sus tropas, a los monteros de sus cacerías, a los jinetes de todos los contornos y aun a los voluntarios que quisiesen ganar prez en la tierra y bienaventuranza en el cielo, llamándolos a una cruzada, donde, asistidos de armas y provisiones, ganarían muchos despojos y muchas indulgencias, porque la pedían religión, patria, honor, en socorro de aquellos que sustentaban la Cruz de Cristo sobre los altos de la combatida y triste Alhama.

Capítulo XIV

Pocas veces había visto Andalucía ejército semejante. Mandábalo un duque tal como Medina-Sidonia, quien, para en todo asemejarse a los reyes, hasta escuadras dirigía. Estaban los principales caballeros andaluces a la cabeza de cada hueste. Erguíase don Alonso de Aguilar entre todos, aquel caudillo que a sus innumerables heredados señoríos, acababa de juntar las alcaidías de Alcalá y Antequera, el título de juez mayor entre moros y cristianos fronterizos, la dignidad del noble alguacilato de Córdoba. Por él debieron escribirse las romancescas frases repetidas en todos los libros caballerescos, de que su descanso era pelear. Su cama, cubierta de rica holanda, rara vez recibía en los mullidos colchones aquel su cuerpo metido en el hierro de su fuerte armadura, la cual era como parte integrante de su esqueleto, según lo fuertemente adherida siempre a su persona. Engendrado en la guerra; nacido para la guerra; puesto desde su niñez en condiciones de que la lucha fuese tan esencial a su vida como la respiración, peleaba en todas partes y a todas horas; ya en correrías contra los fronterizos, ya en batidas contra las fieras; según lo que demandaba de los nobles y de los grandes aquella inclemente centuria, en la cual moría el feudalismo y comenzaba la realeza. Con los Aguilares iban los Girones. Tampoco estos podían contar las plazas que asediaban, las batallas que mantenían a la continua. Diríase que tenían alas, pues más que subían, volaban por los escalamentos en los asedios. Temblaban los moros el tajo de sus espadas, como si sus espadas fueran rayos; pues no había cimera ninguna que resistiese al golpe de sus mazas, ni arnés impenetrable a sus puñales. Descendían de aquel caballero, que dio a un rey de Castilla su caballo, para que pudiera, en tremenda rota, salvarse, mientras él aguardaba la muerte. Los Girones, unidos a los cruzados alhameños, eran gemelos y tan hermosos, por lo blancos y por lo rubios, que les llamaban en todas partes los dos ángeles. Y en efecto, parecían recién venidos del cielo por su varonil dulzura, si no llevaran en el cuerpo alma tempestuosa forjada por el destino para los odios y las desolaciones de la guerra. Habíalos educado aquel marqués de Villena, cuyo conocimiento de las ciencias químicas y físicas, y cuya copia de letras, le habían valido el título de mago y hechicero en la rudeza propia de tales apartados siglos. El conde de Cabra, enlazado con la poderosísima familia de los Mendozas, a cuya cabeza estaba nada menos que todo un duque del Infantado, ese conde de Cabra, igual por su grandeza y por su poder a los marqueses de Cádiz y a los duques de Medina-Sidonia, llevaba pendones gloriosísimos en la empeñada contienda. No lucía menos la gallardía de su persona y el esplendor de sus divisas el alcaide de los Donceles, don Diego Fernández de Córdoba. Eran estos Donceles unos mozos destinados desde los tiempos de Alonso el onceno a servir la persona del Monarca en su cámara misma y acompañarle a la guerra, privilegio de que solo gozaban durante su mocedad. Los vasallos del señorío de Alcaudete iban dirigidos por su cuarto conde don Martín Alonso, y los que vencieron en los Alporchones, iban mandados por Garci-Fernández Manrique. Hasta el inquieto y célebre arzobispo toledano don Alonso Carrillo había mandado para que alcanzasen aquí en esta vida honra y en la otra gloria, sus sobrinos los condes de Buendía. El hecho alcanzó tal grandeza, el ejército número tanto, la reunión de los caballeros andaluces tan desmedida importancia, que los reyes Católicos, a la sazón detenidos por negocios del Estado en Medina del Campo, comprendieron como necesitaban personarse allí en aquel sitio y tomar la dirección de aquellas huestes, si no querían que la nobleza levantisca de las tierras andaluzas eclipsase la brillante luz y menguara el gran poder de su naciente Monarquía. La reina Isabel se veía imposibilitada por completo de acudir a tamañas empresas por su avanzadísimo estado de preñez; pero el rey, sin curarse de otra cosa que de su poder monárquico forzado a desceñirse de los férreos lazos feudales para fundarse con robustez sobre los cimientos de su autoridad propia, corrió a uña de caballo hacia su Alhama y tuvo que detenerse ya cerca del fin de su viaje y en tierras de Antequera por haberle a una los nobles expuesto cuantos riesgos corría de presentarse allí donde todo parecía estar en contra de la cristiandad y en favor de la morisma.

Mas la voluntad humana vence muchas veces al destino. Hacem debió comprenderlo así cuando, rota la escalada que había intentado; rechazadas las huestes que había dirigido a privar de agua y otros sustentos a los cristianos; frustradas todas las tentativas, a pesar de la inteligencia con que las concibiera y de la pericia con que las mandara, se halló completamente privado de recursos y a merced ¡oh desgracia! de que los cristianos mandaran auxilio a los suyos y le atacasen por uno cualquiera de los flancos, eventualidad en la cual no le quedaba salvación alguna posible. Pero en tales angustias ¿cómo retroceder sin que Granada fuese para él tan nefasta y tan adversa y tan enemiga, con ser de los árabes, como aquella inexpugnable Alhama, poseída ya por los cristianos? ¡Ah! No dormía ni descansaba el Sultán granadino. Según lo flaco y mustio, parecía sombra de sí mismo. En los arrebatos de su cólera los ojos le salían de las órbitas y las manos se le iban de suyo y por propio impulso a mesarle las barbas y el cabello. ¿Cuál no sería, pues, su arrebato de horrible desesperación, cuando lo dijeron sus avanzadas que se veía cerca de allí un ejército cristiano, cuyas banderolas podía columbrar con sus propios ojos, ejército innumerable? El despecho le hubiera roto el corazón, de no ser aquel hombre tan fuerte y no hallarse forjado para la triste adversidad por los incontrastables decretos del destino. Al Oriente aparecían las primeras banderolas de la vanguardia cristiana, cuando al Occidente desaparecían las últimas banderolas de la retaguardia ismaelita.

Imagináos cómo recibiría Granada, en aquellos nefastos momentos, al triste y humillado monarca. Mientras el campamento cristiano ardía en fiestas y semejaba un torneo regocijante, más que un campo de luchas y de sangre, Granada, como la Jerusalén del Profeta, se vestía con el saco de los penitentes y se precipitaba en la ceniza de los muertos, asemejándose aquella ciudad, ebria de goces en los primeros días del reinado de su señor, al cadáver de una hurí mahometana o de una bacante griega. Por todas partes resonaban los sollozos de la desesperación, porque por todos los cielos se veían relampaguear las amenazas de una próxima tempestad. Mientras en el campamento cristiano los dos grandes rivales hereditarios, el duque de Medina-Sidonia y el marqués de Cádiz, se abrazaban, jurando no separarse jamás y confundir sus banderas y sus almas en la común defensa de su adorada España; mientras estos propósitos de paz reinaban allí donde resplandecía la Cruz; en las calles granadinas veíanse dibujadas ya como en las obsesiones de fantásticos ensueños atravesados por terribles pesadillas, los bandos varios y los partidos opuestos, cuyas discordias y encrespamientos habían de dar al traste con la pobre moribunda monarquía de los desventurados muslimes. Hubo en el campamento cristiano algunas competencias por el reparto de tan crasos despojos como los recogidos en la victoria sobre una ciudad tan rica y de potentados tan excelsos y numerosos como Alhama; pero todo lo cortó la previsión y autoridad incontrastable de los jefes; mientras en Granada el odio, el desaliento, el terror producido por los recientes infortunios indisponía tribus con tribus, calles con calles, familias con familias, reinando por doquier la discordia.

No se podía ocultar al experto Hacem la terrible situación de su amada capital. Así, cuando al atravesar las calles granadinas, vio cómo las miradas, mas que las palabras, le pedían cuenta de los fieles, a sus ambiciones inmolados en los nefastos campos, y al entrar en su áureo y soñado alcázar, sintió cómo las paredes maravillosas de ligeros encajes y las bóvedas milagrosísimas de pintadas estalactitas resonaban con los quejidos del dolor, cayó en la cuenta de que no podía resignarse así de grado a su derrota y necesitaba volver nuevamente y con mayores bríos en pos de su Alhama para rescatarla y redimirla. En su astucia, porque tal cualidad acompañaba indudablemente a la valentía y a la fortaleza en Hacem, atribuyó la desgracia de su regreso al abandono en Granada de su artillería, proponiéndose acudir con todas sus fuerzas y con todas sus armas a la renovación del empeño, tanto más, cuanto que, los vencedores habían dejado tan formidables fortalezas con escaso presidio. Era imposible, de todo punto, en sentir suyo, oponer grandes resistencias a enérgicos y bien combinados ataques. Así, volvió a congregar poderoso ejército, dotándolo esta vez de todos los recursos y de todas las armas indispensables al buen éxito de tan porfiada empresa. Pregonó por doquier que la retirada de los cristianos y su repliegue al centro de las tierras andaluzas equivalía en el fondo a su verdadero abandono y se propuso lucir los aprestos de la guerra cruel como si fueran vistosos alardes para una parada o lujosos arreos de mentidas y fantaseadas justas. Una mañana citó a todos los granadinos para que pasasen a su lado revista de las tropas y a su lado se persuadiesen del número, de la calidad y del armamento a fin de que no dudaran jamás, como no dudaba él mismo de los resultados inmediatos que iban a conseguirse con la pronta y próxima reivindicación de su Alhama.

Pasó, caballero en su más preciado trotón de guerra, el cual parecía enorgullecido con sus áureos arreos sembrados de pedrería y con sus gualdrapas de púrpura y tisú que relumbraban como las reverberaciones del Sol al llegar su ocaso tras los montes de Loja en tarde serena de granadino estío. Los anchos estribos, sobre los cuales descansaban sus regios pies, valían dos coronas de las perdidas por los fieles al Islam en las tierras del Ándalus. Túnica de no menor precio; jaiquebordado por manos de huríes en el harén, botas curtidas en el reino de Fez y realzadas con sedas de mil colores; alfanje de Damasco, en cuyo mango los esmaltes más lucientes en matices varios y en líneas intrincadas, se mezclaban con la más rica pedrería; turbante blanco propio de los Califas, y sobre aquel turbante casco reluciente, propio de los reyes, uno y otro con leyendas del Corán y amuletos y preseas para conjurar los maleficios y traer el bien, adornaban de tal suerte a su persona, que parecía un ser sobrenatural salido de lejano santuario y revelado con tal esplendor a los mortales para que se avasallasen y rindiesen a su inteligencia divina y a su voluntad omnipotente. Por la carrera del Darro, frente a los manantiales que las ramas de umbrosos avellanos guarecen; al pie de aquellas torres bruñidas y pulimentadas por el Sol como corales gigantescos, extendíanse jinetes e infantes, asistidos con todos los arreos de la pelea, con arcos, arcabuces, picas, azadones, rodelas esmaltadas como el Iris, escudos grandísimos de hierro, cascos a la usanza cristiana, otros orientales, cimeras, plumajes, divisas, banderolas, lanzas, enseñas, que podían parecer a los ojos más pesimistas y conturbados por el dolor de la derrota, flores de una primavera que guardaban, allá en sus pétalos y en sus cálices, los prometidos y esperados frutos de una incontrastable victoria. Eran de ver los cerros coronados de infantes en vistosa formación; el campo denominado ahora los Mártires, pintada llanura, con sus africanos corceles, que piafaban y relinchaban de gozo, con sus jinetes vestidos de todos colores y armados de todas armas, como hemos dicho; era de ver todo aquello aparejado para que pudiese abrirse a presentimientos de felicidad y anuncios de ventura, el contraído y amargado corazón de Granada. Pero cuando los soldados más alardeaban, y las armaduras más relucían, y los añafiles, atambores y atabales más resonaban, oscurecióse de súbito la bóveda celeste como si el ángel de las tinieblas hubiese apagado el Sol o extinguido el día; y vínose con apresuramiento sobre las frentes mismas de los mílites regocijados en el fingido alarde, oscura nube, semejante a la que trajera en otro tiempo el diluvio universal a la tierra y ahogara según tradiciones comunes a todos los pueblos orientales en sus torbellinos tempestuosos a la misérrima humanidad. Hinchado el Darro por las cataratas del cielo salió de madre; y rebasando por doquier, llegó a las alturas mismas de las torres y ahogó en los lagos, en los torrentes improvisados, a muchos de los reunidos para ver el triste alarde rematado por una confusión espantosa de la cual quedó memoria en la entristecida Granada. Muchos de los que guardaban fidelidad a la religión tradicional del Profeta, se reunieron en aquella calamidad bajo las bóvedas de las mezquitas, y allí mezclaron las alabanzas al omnipotente Alah, con las imprecaciones al desdichado monarca.

Otro cualquiera hubiese retrocedido a este horrible presagio, pero no Muley Hacem, resuelto a forzar y violar la fortuna y a combatir con el Destino. Púdolo todo aquel hombre de férrea voluntad; reunir ejército sobrado en la mayor penuria; proveerlo de armas en los apuros de un tesoro exhausto; domar la cólera de Granada, rota en mil fracciones, y dividida en bandos innumerables; pero no pudo coger desapercibidos e inermes a los vigilantes defensores de Alhama. Ya que la otra vez, por falta de artillería no quiso acometer la empresa con el deseado empuje, llevó ahora gran número de lombardas, cuyas bocas vomitaron fuego espesísimo sobre la ciudad recién bautizada por las aguas del bautizo católico. Los tiros de artillería no hicieron mella en el muro de Alhama, ni en el ánimo de los nuevos alhameños. Así

Hacem intentó alcanzar por una conjuración y por una treta lo que le negaba un combate abierto y frente a frente. Corrido y avergonzado, allá en su interior, de la tardanza en reconquistar una ciudad cuyo rescate prometiera mil veces a los muslimes, Hacem se golpeaba la cabeza pidiéndola ideas, como el hierro le pide fuego al frío pedernal. Pero las ideas no sobrevenían de ningún modo en aquella noche de su inteligencia y en aquel agotamiento de su corazón. Por fin, cual supremo y último recurso, vínole a las mientes el sorprender a la inaccesible Alhama en su profundo sueño, cual había sido por sus enemigos sorprendida. Reunió, pues, con tal propósito, en su tienda con el mayor sigilo, a los adalides más probados, a los campeadores más valerosos y a los jóvenes más resueltos de su numerosísimo ejército, para proponerles una empresa de peligroso comienzo y de venturosa y bienhadada salida. Atentos y aun absortos los primates muslimes tenían sus oídos para escuchar las proposiciones y proyectos de aquel magno general, y se les cayeron a todos abatidas las alas del alma, sabiendo que, según su leal entender, no quedaba recurso alguno mas que los imposibles asaltos, para cuyo logro y feliz remate necesitábase cavar en la tierra como los animales que buscan las sombras y las tinieblas, o volar por los aires como las más audaces y más atrevidas aves. Pero mahometanos, y constreñidos por tanto a rendir su cerviz a la fatalidad; vasallos, e incapacitados por su vasallaje, parecido a servidumbre, de dar consejos o advertencias; soldados, y por soldados sujetos a toda la severidad terrible de una incontrastable disciplina ¡oh! ninguno entre todos ellos fue osado a decir que aquel proyecto solo podían sugerirlo, después de todo, cuanto había pasado, la demencia y la desesperación. Resignáronse, pues, a callar y obedecer y cumplir como buenos la imposible consigna.

Era de noche, muy de noche, y solo se oía de vez en cuando en la oscuridad y en el silencio los alertas de los centinelas, los ladrido de los perros, los gritos de las lechuzas y de los búhos, los castañeteos de las ranas. Una procesión de sombras, pues tal parecían los consignados al postrer asalto, dejaba el campamento moro, y se dirigía sigiloso a los codiciados adarves, fiando en la incuria del enemigo, que debía, por lo contrario, estar, y estaba realmente, muy apercibido y despierto. Llevaban estas sombras en sus manos las escalas, que aplicaron al punto más agrio en busca de la torre más enhiesta. Ningún defensor de Alhama, en aquel momento, podía imaginarse que viniese la inevitable arremetida por lado tan dificultoso. Había en la mitad matemática del camino, desde los abismos profundos a las altas almenas, un tajo, donde unas escalas podían terminar y otras apoyarse sin grande ruido capaz de despertar a los sitiados. A mayor abundamiento, el centinela de aquella parte, ataraceado por el exceso de fatiga que le procurara el exceso de trabajo, habíase dormido a pierna suelta cuando le despertó terrible puñalada, que le abriera honda herida en el pecho. Al grito de aquel desgraciado, un compañero suyo, que cerca dormía, se despertó y tuvo, al despertarse, por milagrosa intuición, conocimiento súbito del inesperado riesgo. Despavorido, se fue presuroso adonde había gente dispuesta, y le gritó que la ciudad acababa de ser acometida y entrada por sus mayores y más altos adarves. El cuerpo de cristianas guardias, avisado por el centinela, se lanzó a la calle; y de manos a boca dio con cuarenta campeadores granadinos, que blandían sus alfanjes y esperaban mayor número de combatientes merced a las bien apercibidas escalas. Dividiéronse los caudillos cristianos, cuya serenidad no pudo turbarse al golpe inesperado de la sorpresa, yendo los unos al sitio ya conocido del escalo, y sustentando los otros su porfía con los audaces llegados al seno de la plaza. Tal disposición, tomada con absoluto dominio de sí mismos en aquel amargo trance, decidió de la victoria. Las escalas fueron cortadas, y los que subían por ellas aplastados contra las piedras, como se aplastan los racimos en los lagares bajo los pies del vendimiador. Muley, si no pudo ver en las sombras de la noche los cuerpos precipitados desde las alturas a los abismos, en guisa de ángeles rebeldes caídos desde los cielos a los infiernos, pudo sí oír los aves de la desesperación suprema en la terrible agonía y los choques de los caídos desde contra las piedras y el descoyuntamiento de los huesos. Ya no había remedio. Los cuarenta llegados al centro de Alhama sucumbieron todos, y Hacem tuvo que retirarse herido en el corazón y desengañado de su estrella.

Capítulo XV

En granadina estancia hallábase, circuida de sus siervas, la sultana Aixá, la cual parece, por la dureza de sus facciones, por el imperio de su ademán, por la fuerza de su acento, más bien que reina y señora, general y pontífice.

116

Cartas militares, instrumentos matemáticos, pergaminos y papeles varios ocupaban las alfombras, sobre las cuales yacía tendida casi, apoyando el codo en cojín de rica púrpura, con el descuido de un militar en su tienda, la cabeza en la palma de su ancha mano, más propia para manejar los instrumentos del trabajo varonil que para hacer las delicadas labores reservadas por la naturaleza y por la sociedad al débil y bello sexo. La sala de su habitual residencia en la Alhambra era la sala de los Abencerrajes. Tras las cortinas, que ornaban su ingreso, veíanse las columnas del patio de los Leones, soportando su alicatado teñido de azul y plata; y tras las celosías, oíase, como suave música, el rumor de las aguas, que después de haber subido a las alturas como para dorar sus gotas en los resplandores del granadino cielo, despeñábanse por las tazas de mármoles y alabastros. Una luz misteriosa caía de los agimeces, sobre que campeaba la rotonda, y cuajábase como en rica pedrería por las pintadas estalactitas y por los caprichosos arabescos de sus paredes y de sus bóvedas. Sala terrible aquella sala poblada de sangrientos recuerdos. Como la tribu más guerrera de cuantas habitan Granada, la tribu de los abencerrajes se hubiese levantado en armas un día, el Sultán Aben Osmin llamó a sus jefes con halagos, los paseó por los ricos patios con cariño, y encerrándolos en aquel retiradísimo camarín del harén con perfidia, los entregó ¡traidor! a sus negros y a sus eunucos, quienes, armados de puñales y gumías, los descabezaron al borde del surtidor destinado a refrescar aquellos espacios, hasta teñir en sangre las claras aguas y dejar tendidos como en campos de batalla los yertos cadáveres, con las cabezas cercenadas del tronco y esparcidas por el siniestro pavimento.

Dada entonces Aixá, en alma y cuerpo, antes a los negocios de Estado que a los recreos propios de su sexo; siguiendo su natural ambicioso y sus aspiraciones inquietas, gustaba de recluirse dentro de aquel cuarto y meditar lo mismo sobre las ruidosas maniobras de los partidos que sobre la ingente autoridad de los monarcas. Dicen cuantos la conocen, cuantos la ven todavía erguida sobre un reino despedazado, que si la última posesión de los muslimes en España pudiera salvarse de los decretos del destino y del poder de los cristianos, salvaríanla el valor y la entereza de esa hembra. Mujer de sangre real, engendrada entre los sueños que suceden a las fatigas del combate, crecida en el fragor de las guerras, deparóle el cielo por esposo a uno de los hombres que más alientos guerreros han tenido en el mundo, el bravo e infatigable Muley Hacem, gloria espléndida de su raza, el cual, sin menospreciar las artes de la paz, vibra, como hemos visto, con la majestad de un Dios antiguo, los rayos de la guerra. No lleva ciertamente Aixá al ánimo de su real marido la dulzura y la poesía que necesitan los varones hasta para sus más gigantescos esfuerzos; pero en los estremecimientos de la agonía que sacuden a guisa de terremoto el reino granadino, quizá sus cualidades, inútiles en tiempos vulgares, sirven para prestar aliento de esperanza a la misma desesperación. Allí, donde ha llevado el comercio mil ideas católicas, y la cultura ha empobrecido la fe mahometana hasta entregarla con arte al raciocinio; y el frecuente trato con nuestra gente ha transformado las costumbres; Aixá permanece, como una estatua rígida, en su antigua fe, inaccesible a las emociones que embargan tantos ánimos y a los cambios que trae consigo el tiempo. Aborrecimiento al cristiano, amor al Corán, culto a la guerra, ambiciones de gloria, delirio por el poder, dureza en el mando, indocilidad en la obediencia; he ahí las calidades múltiples de tal reina, propensa de suyo a grandes empresas y condenada por el hado a representar irremisiblemente una irremediable decadencia, Gran consejero en los apuros de un reinado azaroso, gran teniente en los azares de una guerra varia, gran sostén para las vacilaciones del ánimo, no es, en realidad, lo que necesita su esposo, una compañera, en cuyos brazos reposar después de los combates y en cuyos coloquios obtener algún esparcimiento para el ánimo. Al verla austeramente vestida, con el Corán abierto ante sus ojos, con los astrolabios cerca de sus manos, acompañada de sus dos hijos, tendidos a su lado como dos cachorros, llena de arrugas la frente por la elaboración continua de las ideas, contraídos los labios con una amarga sonrisa, duras todas las facciones, diríais con seguridad que Aixá no era tanto una mujer como un compañero de Hacem. Nadie le sostenía como ella en sus empresas. Nadie como ella celebraba su arrogancia y su arrojo. Al verlo partirse, le conjuraba con frases elocuentísimas a preferir la muerte al deshonor; y al verlo volver, solamente le sonreía con agrado cuando le imaginaba victorioso. Así nadie ha celebrado como ella la altivez con que Hacem ha respondido a los reyes castellanos cuando, al requerirle y conjurarlo para el pago de ciertos tributos, les ha dicho que ya en su reino fidelísimo no se bate moneda para henchir las arcas de los cristianos, sino que se forjan lanzas y cimitarras para esgrimirlas en una constante campaña contra ellos. Hacem, que tenía mucho de belicoso, necesita junto a su mujer, que tuviera mucho de tierna. Por el amor buscamos el complemento de la propia naturaleza en cualidades y aptitudes diversas de las nuestras. Para eso lo ha inspirado próvidamente la naturaleza.

Los tiempos son de guerra, y busca la guerra el amor, como se buscan y se completan los sexos contrarios. Hacem no descansa un punto en las batallas. Y como no descansa un punto en las batallas, necesita los amores. Después de haber esgrimido muchas veces su alfanje y haber derramado muchas veces la ruina, el incendio, la muerte, aspira a más dulces afectos, como si el corazón le aconsejara oponer a las fuerzas destructoras las fuerzas creadoras de la vida. Pero ¿dónde hallar el amor? Una noche, fatigado de su continuo batallar, paseábase Muley Hacem solo por los encantados cármenes y las copudas alamedas de su Alhambra. La Luna estaba en el zenit, tan hermosa como el semblante de una virgen enamorada que palidece a la melancolía de sus amores. Su luz de plata, cayendo sobre las cúspides más altas de la sierra, que del Sol llamaban los antiguos, enaltecía y casi blanqueaba la nieve. Allá, en lo alto del cielo, resplandecían algunos astros, que lograban, a duras penas, atravesar con sus destellos las gasas de la Luna; y en los bordes de los arroyuelos, cuya linfa repetía los rayos del astro de la noche, extendíase, como una guirnalda de luciérnagas. Esas flores, tan frecuentes en el Mediodía, que guardan sus más finas esencias para la noche, perfumaban los aires con tales aromas que realmente podían trastornar los más firmes cerebros. Entre los juegos de luz y de sombras, sobre las ramas de los álamos dulcemente meneadas por las brisas, cantaba el ruiseñor, de suerte que sus gorjeos hubieran podido tomarse por la oda exhalada del amor universal. Muley Hacem comparaba, en su tristeza, este concierto amoroso de todas las cosas con la soledad de su vida; y pedía en sus adentros la nota correspondiente a sus aspiraciones en la armonía universal y el deseo que concordase con sus deseos en el coro infinito de todos los seres creados e increados que se hallan por la inmensidad esparcidos. Y al decir, al murmurar todo esto, alzados los brazos a la infinito para buscar las formas sin sombras correspondientes a las ideas sin expresión posible, oyó el acorde de una guzla, cuyas cadencias respondían mejor a la íntima interior tristeza suya que el rumor de los arroyos y el susurro de las hojas y el gorjeo de las aves en el sublime silencio de la noche. Aquella sí que era una melodía triste como la misma tristeza, y amorosísima como el mismo amor. Una hurí descendida del paraíso la entonaba sin duda para decir lo que no podían expresar ni la Luna con sus rayos, ni el cielo con sus resplandores, ni el bosque con su rumor, ni la naturaleza entera con sus aspiraciones instintivas a producir y a expresar una idea.

Y al son de la guzla siguió el son de un cantar producido por angélica voz de mujer, la cual en su dulzura, en su melodía, en su tristeza, formaba una de esas angélicas cadencias, cuyo origen hemos convenido, de común acuerdo, en poner allá, donde se acordaron, mucho antes de que comenzara el tiempo a fluir, las sinfonías que debían componer en susparábolas y en sus eclipses los astros. Oyó esto, y salió fuera de sí el alma de aquel hombre que suspiraba por las armonías angélicas en medio de las disonancias guerreras y de las pasiones políticas. El cantar estaba compuesto en romance; y producía amargas quejas engendradas por largo y pesado cautiverio. Cantaba, en efecto, una joven tierna, tristezas de esclava, embellecidas por esa propiedad de embellecerlo todo que siempre tuvo el dolor. Su voz se elevaba a la elegía plañendo el hogar de donde la arrancaron como a la planta de su tierra, como a la avecilla de su nido; el templo, bajo cuyas bóvedas se perdieron las oraciones de que estaba naturalmente impregnada el alma; la noche fatal en que vio asaltados los muros de su castillo y muertas las gentes de su familia; la comparación necesaria entre la vida que lo deparaba el amor de los suyos y la vida que le ofrecía su desamparo, huérfana de todo padre, viuda de todas las esperanzas; habiendo caído desde señora en esclava, sujeta en su dolor al palacio de una sultana, y constreñida por la fatalidad a la infame adoración de altares y de dioses, los cuales no eran ni los altares de su infancia ni los dioses de sus abuelos. Pena tal, guardaba tanta poesía que cualquiera hubiese imaginado oírle pintar algo más que esos cautiverios tan frecuentes en aquellos tiempos y con tal reciprocidad sufridos por unos y otros pueblos enemigos en los sendos casos adversos de la eterna guerra. Creeríase que cantaba la prisión a que yace sujeta el alma en este mundo y las dulces aspiraciones a otro mundo, iluminado, no por ese pálido Sol que al fin es una pavesa, sino por el ideal de luz inextinguible. Todas estas ideas y todas estas emociones conmovieron el alma de Muley Hacem, mientras cantaba la cautiva sus penas. Y allí le sorprendiera el alba con sus resplandores, a no haber cesado la voz en sus cadencias. Pero, al desesperanzarse de volverla a oír y recluirse en su alhamí para reconciliar el sueño y recapacitar los medios necesarios a encontrar y ver a la cantora, negóse el despierto cerebro a todo reposo, y mil figuras ideales, retratos fantásticos a los que debía corresponder la divina voz, vinieron en sueños a perturbarle y a decirle esas voluptuosísimas fantasías a cuyo soplo se enardece con facilidad en nuestras venas la sangre. Cuando más entregado se hallaba el Sultán a estos esparcimientos, vio un resplandor, que ahuyentaba las tinieblas y tras el resplandor, aparecer la siniestra figura de Aixá.

Envuelta en blanco cendal, con lámpara en la mano, los ojos extraviados, los labios contraídos, errante la mirada, podía confundírsela a primera vista con la imagen de uno de esos ensueños tétricos, que vienen a turbar la paz del alma en las largas y silenciosas noches. Efectivamente, Aixá no iba no a derramar el placer en torno de su marido, antes al contrario; por si acaso olvidaba cetro y espada en el sueño, iba triste a despertarle para decirle cómo se oscurecía el cielo en todas direcciones, y bajaban los ángeles del último juicio desde las nubes, y decaía sobre sus bases el imperio granadino, y vacilaba la corona de los nazaritas en la frente de sus últimos sucesores. El necesario olvido, el reparador reposo, el silencio de la idea, esa eternidad diaria llamada sueño, tan saludable así para el cuerpo como para el alma, ese no ser, a tanta costa conseguido y tantas veces demandado al espinoso lecho, quedaban a una interrumpidos, por la presencia de aquella mujer cuya voz, a manera de la trompeta apocalíptica, despertaba todas las penas de la vida, todos los terrores de la eternidad, y todos los remordimientos de la conciencia. Hacem, que soñaba despierto con la cautiva cristiana, y que se embebía en contar los medios de verla pronto y hablarla, recibió la terrible aparición de su esposa con desabrimiento, y renegó en sus adentros de la nefasta estrella, cuyo imperio así le ligaba, por tan estrechas ligaduras, con aquel ser extraño, siniestro, repulsivo, a todos sus deseos y a todos sus instintos.

—Desde las ventanas de tu palacio puedes ver los infieles, Hacem, y duermes. Ayer he recitado la oración de los muertos; he pedido a Dios por los méritos de los espíritus puros que rodean su trono, por los méritos del

Profeta Mahoma, por los méritos de todos los vivos enviados en todo el día a la noche de la tumba, que rociara cenizas frías con la lluvia de su gracia, y acordara por mansión a un ser querido de mi alma el encantado paraíso. —¿Y sabes quién era el muerto?— Pues era nuestro reino de Granada. Todo ¡ay! debe temerse ahora en estas tormentas continuas y en estos diluvios de sangre. Llegan los infieles, caballeros en sus trotones, hasta los pies de tu Alhambra, y no les ciega el esplendor de tus torres bermejas amasadas con sangre de cristianos. La hoja de sus espadas toledanas reluce a esta luz, solo repetida antes en los mahometanos alfanjes, tan temidos como nefastos cometas. No se corta el sueño en la callada noche sin oír algún relincho que indica la proximidad de un caudillo, el cual puede pasar entre las voraces llamas, puesto que ha pasado entre las muslímicas lanzas. Nuestro pueblo sabe de memoria los nombres de los Girones, de los Toledos, de los Manriques, de los Tendillas, de los Mendozas; y al mismo tiempo que sufre los botes de sus lanzas y las correrías de sus vasallos, admira tanto valor puesto a servicio de tan mala causa. Si un Garcilaso muere a las saetas de nuestras gentes, un Arias recoge de este joyero de ciudades la preciadísima Estepona. Muley, no niego tu destreza en cabalgar, tu certería en herir, tu fortuna en justar; pero ¡cuán lejos van estando los tiempos en que cautivabas Obispos y los traías presos a tu real de Granada! Entonces te apuntaba el bozo y ahora te apuntan las canas. ¡Cuántos héroes como Aliatar han muerto a manos de guerreros bisoños como el valeroso alcaide de Antequera, ignorado segundón de una ilustre familia! Pasaron los tiempos en que un rey débil celebraba la festividad de Santiago ciñendo armas de aparato más que armas de combate a ochocientos jinetes, que fingían inútiles alardes en sociedad con damas montadas sobre palafrenes enjaezados ricamente, y vestidas de guardabazos y almaizales para arrojar en su locura fingidos arpones a nuestras fuertes murallas. Entonces había en Castilla una reina que husmeaba nuestra algalia y nuestro estoraque; ahora hay una reina que solo husmea nuestra sangre. Tú mismo has presenciado la batalla del Madroño, en que un joven imberbe, llevando el nombre mismo del Cid, que Alah confunda, el nombre de Rodrigo, y ciñéndose armadura digna de gigantes, armadura completa, con el lanzón en la mano para arremeter furioso y en otra mano la rodela donde campea un león calenturiento, abatió los nuestros a sus pies, arrancándoles audaz las hondas y las armas a los cuales fiaban su salvación y su defensa. Poco después, aquella fortaleza de Archidona, fabricada en sitio a que ni las águilas pueden llegar fácilmente, cae so los freires calatraveños, presididos por su maestre el de Giron, tan fuerte en el ataque, tan audaz en el cerco, tan furioso en la acometida, que lo han creído hasta sus mismos enemigos, vista la imposibilidad de subir por los repechos erizados de muros donde ha plantado sus pendones, un siniestro ángel exterminador bajado del cielo como bajarán los encargados de preceder al último juicio, y depositario de la ira de Dios, con la cual ha consumido lugares que parecían inaccesibles a la cólera devastadora del hombre. No hay castellano que no haga el juramento de Ponce de León, prometiendo por el logro de una ciudad y por el triunfo en un combate, vestirse toda la vida de cilicio; y aguardar, cuando la vejez les impida combatir, su muerte en un convento. Así no alcanzan paz nuestras tierras, sino merced a vergonzosas treguas. Es verdad que tú has tomado a Zahara; pero también es verdad que un santón de esos cuya vida se parece a profecía continua, ha presagiado que solamente pueden sobrevenirnos males de tal victoria, cuando todos los granadinos, ufanados por la ventaja de un momento, cantaban en coro tus loores. Y bien pronto se supo la realización de este horóscopo, porque bien pronto resonó por toda la vega el grito doloroso: «¡Ay de mi Alhama!» declarando perdida para siempre la ciudad más preciada de nuestro reino. Así los ojos arrasados de lágrimas columbran con tristeza en los horizontes el triunfo de los cristianos. ¿Qué les contestaremos a nuestros parientes de África en esta vida y a nuestro Profeta Mahoma después de la muerte, cuando nos pregunten por nuestro Edén, ideado después del Celeste, para mostrar cómo la omnipotencia divina consigue hacer lo imposible? Hoy tenemos el más rico de los palacios en la más bella de las colinas y mañana tendremos un aduar en el desierto; hoy miramos las frentes de tantas ilustres tribus inclinándose en nuestra presencia y mañana solo miraremos, cuando queramos saber algo de nuestra vega, las sombrías alas de la golondrina que habrán rozado los adarves de las torres bermejas. Muley, tales tristezas habitan en tu palacio, se deslizan hasta tu lecho; y duermes todavía.

—Aixá, exclamó Muley Hacem esperezándose de fatiga tras la extensa aunque distraída atención que prestara al discurso de su mujer.

—¿Qué quieres, Hacem?

—Quiero un poco de compasión para mí.

—Tenla tú del reino, y si no del reino por cosa demasiado grande para encerrada en tan mezquino pecho, tenla de nuestros hijos.

—No puedo compadecer a nadie aquí en la tierra, cuando toda la compasión que podría consagrar a los demás, ¡oh! la necesito para mí.

—¡Ay! ¡Me insultas de esa suerte!

—¿Te parece poca desgracia no dormir en paz como duermen allá en sus mazmorras los esclavos?

—Tengo dos hijos, y desde la hora en que me sentí mujer desee tenerlos. Quiero para mis hijos dignidades, riquezas, coronas, como buena madre que soy, gracias a Alah. Y pues quiero, no para mí, para ellos, todos estos bienes, ya puedes suponer cómo veré al reino granadino cayéndose todo él en pedazos, sus vegas más hermosas taladas, sus hijos más valientes cautivos, sus predios más ricos incendiados, sus muros más fuertes ruinosos, sus ciudades más queridas sitiadas, su próximo fin anunciado por tantos y tan terribles anuncios como los que pudieran verse así en tierra como en cielo al acercarse ¡ay! el postrimer juicio.

—Aixá, dijo Hacem incorporándose en el lecho y dirigiendo miradas de odio a su impertinente mujer; tu esposo no ha consentido un punto de descanso a sus fuerzas. Tu esposo ha pasado por el mundo a caballo y cimitarra en mano. Tu esposo ha caído sobre las tierras cristianas como el rayo sobre el árbol, como el huracán sobre la selva, como la tormenta sobre el mar. Una humareda espesa y un rastro de sangre indeleble señalan su paso por todas las comarcas que recorre con su furia. Las victorias rebosan en nuestros anales, los timbres se aumentan en nuestros escudos, los cautivos se amontonan en nuestras mazmorras, los despojos crecen en nuestras porfías, el reino nazarita se salva del feroz empuje castellano. Solamente puede perderlo para siempre la intriga asesina deslizándose en nuestros palacios, la división artera en nuestras gentes, los facciosos traidores en nuestras huestes, los rebeldes a su reino en nuestro pueblo. Y tus quejas suscitan todos estos males en razas de antiguo mal contentas.

—Suprime tus errores y verás cómo suspendo mis plañidos.

—Estoy seguro de que dejo el reino íntegro a tus hijos; y estoy seguro también de que tus hijos lo perderán para siempre. Quieres destinarlos al trono y los encierras como viles mujeres en el serrallo. Quieres que aprendan a reinar y no los envías a combatir. Quieres que tomen el acerbo alfanje cuyo filo cercena las cristianas cabezas y los acostumbras a la punta que borda los femeniles brocados. Las gentes llaman a tu predilecto, a tu primogénito, a tu Boabdil amado, el chico y el sin ventura, como diciendo que al morir su padre, morirá con él también la última esperanza y la postrer fortuna de Granada.

—Injusta conmigo, Hacem, con tu mujer, con tu Aixá, con la madre de tus hijos. Apenas dejara el pecho de su nodriza cuando le caía en los labios acostumbrados a la dulce leche el amargor acerbo de la sangre. Las lanzas cristianas han herido su garganta en la edad en que solamente la habían tocado los besos ardientes de esta madre. Y lo injurias creyéndole indigno de una corona, que llevará con gloria, y de un reino que defenderá con heroísmo. Alah permita que le legues el reino con fortuna, pues ya lo conservará él con gloria. Así tuviera en la maestría del padre toda la fe que tengo en la estrella del hijo.

—Mira, Aixá, no me molestes así. En el coro de loores que a todas partes me sigue por haber defendido este reino nuestro con tanto brío, no lances tú la discordancia de tan agria voz y de tan importunos lamentos. Teme que algún día tu esposo te maldiga y te repudie.

—¿Esas tenemos? exclamó Aixá enfureciéndose como una herida tigre y dando a sus facciones duras y rígidas mayor rigidez y dureza con el aspecto de su cólera. ¿Esas tenemos? Pues no en vano amenazas, Hacem, a una mujer como yo, capaz de levantarse con brío en armas contra ti mismo y de ponerse al frente de un motín popular para arrancarte la corona de las sienes y del pecho el corazón. Granada es un hervidero de odios. Los fugitivos de tantas ciudades como nos ha robado la desgracia no pueden ver a las antiguas familias damasquinas, porque atribuyen a su molicie las más naturales desventuras. Los muchos renegados, que por todas partes pululan, atrevidos y cebados por inmundas logrerías, no pueden ver a los fieles, que los desprecian con justísimo desprecio como a traidores y apóstatas. El zeneta maldice del gomel, como el gomel del zegrí, como el zegrí del abencerraje. La división reina en nuestra propia familia. Tu valeroso hermano, a quien llaman las gentes el Zagal, aspira en su ambición a una corona imposible en reino tan recortado, cuyas últimas migajas pertenecen exclusivamente a mi Boabdil y a su hermano. De estos hijos tuyos no puedes fiarte, hallándose como hallan hoy ambos a dos en mis manos, y sabiendo ambos a dos, como saben, cuánto desprecio debe inspirarles el malaventurado que ha perdido su Alhama.

La cólera de Muley Hacem no pudo sufrir más tiempo tanto insulto, y estalló con estruendo. Como el león, que ha oído en el desierto sonar un arma, relampagueó su mirada, rugió su pecho, rechinaron sus dientes, erizóse su cabello, abriéronse sus garras. De un salto abandonó el mullido lecho, y de un tirón descolgó el cercano alfanje. Apenas descolgado, desenvainólo con espasmo de ciego furor; y apenas desenvainado, asestólo al cuerpo de su insolente mujer. El conocimiento que tenía ésta del natural violentísimo de Hacem, sirvióle para ponerse con rapidez en cobro y evitar tan feroz golpe, el cual dio en la puerta del harén, por donde huyera la Sultana, iracunda, terrible, imperiosa, guerrero en fuga, más que mujer en celo, pues ni lanzó un quejido, ni vertió una lágrima, metiéndose airada en su lecho, como pudiera meterse una leona en su caverna.

Capítulo XVI

Hacem quiso reconciliar el sueño, y no pudo lograrlo completamente. Las torres de Alhama, o lo aparecían fulgurantes en unas pesadillas y las palabras de Aixá le interrumpían el sueño reparador y le llamaban a las realidades amargas del mundo en otras pesadillas terribles. Así pasó toda la noche, así, entre tales, ya espectros, ya rumores, dañosos aquellos a su vista y estos a su oído; entre tales tristezas aborrecible, y el reclamo dulcísimo de la voz melodiosa, que, al presentarse allí su mujer a su estancia, le sacara de tino y le subiera como en éxtasis a las alturas y a las eminencias de un soñado idealismo en consoladoras esperanzas encendido y por ilusiones risueñas esmaltado. Hacem, como todas las naturalezas de temple fuerte, veíase atraído y solicitado por pasiones opuestas. Unas veces, el temperamento guerrero lo superaba todo en su naturaleza y le hacía propender a las penitencias y a las tristezas indispensables para prepararse y curtirse a los ásperos deberes y difíciles ejercicios del combate. Otras veces, la sangre, que por sus venas hervía, los fluidos que se condensaban rápidos por sus nervios, los hervores de su natural exaltado, inclinábanle así como a los goces de las grandes ambiciones, a las voluptuosidades y a los delirios del amor. Como hemos visto en su diálogo con Aixá, Muley Hacem no se creía ni aun después del desastre de Alhama, imposibilitado para dirigir aquella poderosa monarquía, ni mucho menos indigno del nombre y del esplendor que le habían legado sus ilustres padres. Pero, como buen musulmán, Hacem no dejaba de ser profundamente supersticioso, y de pagar a la religión de sus razas, a sus tradiciones, a sus costumbres, el debido tributo; y quería, por tanto, averiguar, si el destino le condenaba irremisiblemente a una derrota, para en ese caso, no empeñarse a sabiendas en pugnas completamente inútiles y consagrar el resto de su vida y el calor de su corazón a los ardientes placeres y a las vivas satisfacciones del sentido. Incierto entre ambos polos de la vida, entre las porfías del combate continuo y las porfías del amor exaltado, Hacem quiso consultar al cielo y leer en las estrellas su horóscopo. Si este le decía que todo empeño de guerrear era vano, Hacem, voluptuoso como buen oriental, consagraríase al placer; y si le decía que aún estaba en el caso de vencer a los cristianos y dilatar los propios dominios, consagraríase indudablemente a la guerra. Incierto entre sus dos propensiones quiso forzar las puertas que guardan los horóscopos y pedir a los cielos el enigma de su destino para el cumplimiento de cuyo fin llamó a uno de los santones tenidos en Granada por más sabios y por más escudriñadores de divinos secretos, hablándole, así que lo tuvo en su presencia, de la siguiente manera:

—Acércate, Sidi.

—Señor; Alah prospere tu días.

—Alabemos los dos juntos al autor de todas las criaturas.

—Alabémoslo.

—Quiero departir largamente contigo de lo pasado y de lo futuro.

—Tú eres mi señor; yo soy tu esclavo.

—Si no llevásemos delante del alma estos ojos de carne, veríamos la esencia de las cosas.

—Y si viéramos la esencia de las cosas, conoceríamos lo futuro, como conocemos lo pasado, porque la esencia de las cosas no está en el tiempo, está en la eternidad.

—Justamente.

—Pues bien, tú estás más cerca de tal esencia que yo.

—Señor, me humillas.

—Tú has roto los lazos del mundo, y desvestido los arreos lujosos, y apartado la vista de toda hermosura carnal, y cerrado los sentidos a toda voluptuosidad, y puesto las raíces de tu vida en el suelo de la penitencia para explayar tu alma en la gracia de Dios y en la contemplación de las suras por Dios mismo dictadas a su predilecto Profeta.

—Hacem, el Corán lo ha dicho: «las abstinencias son como las puertas del cielo; y el olor que exhala de la boca santificada por el ayuno es más aceptable a Dios que los aromas del ámbar y del almizcle.» Yo he rezado quince mil invocaciones al eterno Alah sobre las mil quinientas que me resultaban obligatorias y de rúbrica.

—Como que perteneces a la orden más ilustre del Islamismo, fundada por Thaiyeb en los desiertos del Magreb, por la misma Egira de nuestras mayores glorias y conquistas sobre la tierra de los rumíes.

—Es verdad. En cumplimiento de mis deberes he tomado el nudoso bastón de peregrino; y envuelto el cuerpo en los sacos de los faquires; y pidiendo limosna ido de unos en otros aduares a sembrar la palabra de Dios por el desierto sin curarme de donde iba ni quien la recogía, como no se cura la palmera de la dirección que toman las fecundas semillas cuando las deposita y las confía en alas de los vientos.

—Sí, ya te he contemplado en kheloguas o ermitas de los penitentes, tan absorto en la contemplación de los misterios, donde se perdía tu conciencia, que no me viste siquiera, delante de tus ojos, aunque anunciaban heraldos y clarines la presencia del rey de los creyentes.

—Señor, meditaba sobre las palabras que los edrisitas han sembrado en el desierto, y que nosotros debemos guardar en los corazones como un sacro depósito.

—Así has llegado a la santidad.

—Sí; por la gracia de Dios, he recorrido los lugares santos; y llorado las injurias inferidas por los infieles a tantas aljamas como han sido profanadas en las tierras del ocaso. Yo he dado siete vueltas a la Kaba; he tendido mi cuerpo sobre la cima del monte Arafat; he cumplido los paseos de rúbrica entre las colinas de Safá y las colinas de Meronqua; he bebido el agua de los pozos de Fen Fen, y he lanzado las siete piedras canónicas en el sitio mismo donde Abraham lapidó al Diablo, guardando así la palabra divina y sus sacrosantas tradiciones.

—Por eso indudablemente, Sidi, te revela Dios y te confía el secreto de todas las creaciones.

—En efecto, yo pregunto por qué las nubes lloran, la Luna crece y mengua, los flujos y reflujos del mar suben y bajan, los sauces del Egipto gimen, los granos de la granada brillan, la túnica de la anémona se rasga; y desde los ruiseñores en su nido de pajas, hasta las estrellas en su engarce de éther, entonan himnos incomunicables y dulces melodías.

—¿No es verdad, en confirmación de todo cuanto dices, no es verdad que así como el céfiro, soplando en la primavera del lado Norte, aviva la florecencia de los árboles; y en el estío, soplando del Oriente, madura los frutos; y en el otoño, soplando del Mediodía, los arranca del árbol ya casi pasados; y en el invierno, para el universal descanso, arranca las hojas amarillas de las ramas sin alterarlas, y condena el vegetal a la inmovilidad; en todo este tiempo, ya venga de un punto, ya del otro, enciende siempre nuestro pecho en divinos amores?

—No lo dudes ¡oh rey! Es verdad que la pasión domina en todo tiempo los humanos corazones; mas también es verdad que al amor solo parece propicia la juventud, como solo es propicia verdaderamente a la rosa la primavera. Y creedlo, Sultán, la castidad se parece, como todas las virtudes, a la rosa, cuyos pétalos compiten a una en fragancia y en voluptuosidad con la esencia de su aroma. Aseméjate al mirto, señor, que allá en su triste humildad perfuma los aires con los balsámicos olores que de sus ramas despide.

—Siempre creí, siempre, que las flores dicen con sus pétalos y con sus pistilos palabras misteriosas.

—Indudablemente, algo quiere decir el nenúfar, cuando levanta su dorado cáliz sobre las aguas, en cuanto las besa el día, y así que viene la noche, se repliega en su cáliz y se sumerge bajo las ondas como un pensamiento escondido y solitario.

—Tienes razón. Mientras del hermoso limonero, de las palmas sonoras, del olivo luminosísimo, de los árboles que nos sustentan y sirven para nutrirnos solo cuelgan aquellos frutos que nos alimentan un solo día, del egipcio sauce, del verdinegro ciprés, que carecen de todo fruto, colgamos religiosas plegarias eternos pensamientos.

—Sí; cada flor emplea un lenguaje misterioso y quiere decir un oculto pensamiento. El jazmín guarda una idea muy profunda con sus dos palabras que componen su nombre y que brotaron a las orillas del Yemen; sí, el jazmín dice que toda desesperación carece de fundamento y es mentira, porque cuando le falta un puerto a la esperanza en este mundo, lo encuentra en el otro. Cuentan los voluptuosos que todo jazmín les despierta el sentido a los amores profanos, y decimos nosotros que todo jazmín extrae con sus aromas y con sus esencias del fondo de nuestro ser como un verdadero incienso de grandes y nobles pensamientos.

—Sidi, hete llamado para que puedas referirme lo que guarda para mí lo porvenir.

—¡Oh! Si yo lo supiera, dígote, Hacem, que sería digno de colocarme junto a los Profetas y a los elegidos de Alah.

—¿De qué, si no columbras lo porvenir, te sirven, Sidi, tus plegarias continuas a los cielos y tus estudios e investigaciones de las ciencias?

—Dime, ya que me interrogas, cuanto hayas visto y oído en estos últimos días.

—He visto una mariposa que caía muerta bajo la saliva de un gusano.

—¿Y qué más?

—He visto un buitre persiguiendo a una paloma.

—¿Y qué mas?

—El pavo real, cuando me ha columbrado, ha erguido el pintado abanico de sus plumas teñidas y abrillantadas con tantos y tan deslumbrantes colores.

—¿Y qué más?

—La golondrina, piando, ha remontado su vuelo al verme, como si buscase nuevas tierras; y el murciélago ha venido en hora desacostumbrada, en punto de medio día, y ha rozado con sus alas silenciosas mi cabeza como si fueran las órbitas, donde mis ojos descansan, dos negros sepulcros.

—¿Qué más?

—El cuervo ha graznado en torno mío y mostrádome sus alas de luto.

—¡Ah! Señor, todas las felicidades tienen su término como todos los dolores. La voluptuosidad más intensa no dura un minuto, y vive, o en el recuerdo que la echa de menos, o en la esperanza mentida que jamás la logra. Toda paz se trueca en guerra, y todo dulzor o en ásperos empalagos o en acerbidad y amargura. La muerte cuelga todos los seres y todas las cosas de la inmensa telaraña del tiempo. Los hechos pasan como un río sin reposo. Cuántas veces los gorjeos del ruiseñor se mezclan a los graznidos del cuervo. Cuántas veces la rosa y el jazmín caen bajo la pelota formada por un escarabajo y compuesta de asquerosos excrementos. En la sura cuarta y verso septuagésimo noveno del Corán, Dios dice a Mahoma: «Ve y anuncia por todas partes que los goces del mundo son bien poca cosa.» Señor, el Sultán de los creyentes se parece al camello de los desiertos en qué, según el verso sétimo de la sura décima sexta del Corán, lleva sobre su lomo el peso y la carga de los demás.

—Pues por lo mismo, necesitamos saber la suerte personal nuestra, escrita con letras de luminosas estrellas en los azules libros del espacio. Nada me importa que los astros tengan ésta o la otra magnitud propia y estén a ésta u otra distancia de nosotros en la insondable inmensidad; nosotros no somos astrólatras, como nuestros padres los astrónomos de Caldea y los sabeistas de Persia y el Egipto. Cuando enderezamos a los cielos el revelador astrolabio, es para saber lo que allí dicen de nosotros las estrellas. Pues si la Luna influye con poderosa influencia en los cambios de la temperatura y en los latidos de los mares; si el Sol madura los frutos y colora las flores; si las ciencias médicas nos cuentan cómo la posición de las pléyades se relaciona con las enfermedades y sus crisis, ¿por qué no hemos de creer que los astros han escrito ya desde la eternidad las líneas expresivas de nuestros destinos y guardan los secretos de nuestro porvenir?

—Tienes razón, señor. Las predicciones astrológicas, si no pueden tener la exactitud y fijeza de las predicciones matemáticas, tienen una gran verdad, sobre todo, cuando se saben las fórmulas mágicas, a cuya virtud y eficacia suelen revelarse los divinos secretos.

—Pues bien, eso necesito yo, saber ahora mismo si lucho con el destino inútilmente, o si puedo prometerme todavía, en mis esfuerzos por salvar el reino, alguna lejana esperanza.

—Señor, yo haré lo que tú quieras. El Corán, mi ley religiosa, y todas las leyes políticas y civiles de mi reino, me ordenan a una obedecerte, cual obedece a la voluntad el brazo, y al brazo la piedra de nuestras manos lanzada.

—Pues entonces, en virtud, Sidi, en virtud y eficacia de tal obligación, dime pronto, por Alah, el secreto de mi porvenir.

—Señor, yo diré cuanto quieras, porque yo soy tu siervo; pero desearía recordarte que no es bien romper los velos puestos por Dios a las cosas; no es bien averiguar más de lo que Dios mismo quiere decirnos. La sabia ignorancia de lo porvenir quizás resulta lo único ¡ay! que nos resta del perdido Edén y de la pristina inocencia.

—Pues yo no quiero esa ignorancia. Saber, y saber mucho, me importa como Sultán y hombre.

—¡Alah, Alah, perdónale!

—E importándome tanto saber, interrogo en ti al sabio que conoce las leyes naturales y al asceta que conoce las leyes divinas.

—Manda, pues, ya que tanto empeño tienes en ello; manda, y yo te obedeceré.

—Ya conoces toda mi vida, y sabes con profundidad y a ciencia cierta todo mi temperamento. No ignoras el día en que nací, ni el astro y la constelación, bajo cuya influencia vivo. Por consiguiente, divide como puedas entre tu ciencia y tu virtud el tiempo; mas dime lo que yo necesito saber a toda costa.

—Señor, ya sabes que no puede improvisarse de modo alguno un horóscopo. Nosotros jamás nos acercamos, ni a los abismos terrestres, ni a los abismos celestiales, ya sea para conocer un secreto, ya sea para estudiar un misterio, sin que apelemos a las necesarias oraciones y a los ayunos necesarios para obtener una verdadera purificación del cuerpo, y con la purificación del cuerpo una vista más penetrante y más clara en las facultades del alma.

—¡Ah! Sidi, lo sé profundamente. Sé que no basta con la ciencia para conocer la verdad en lo futuro, y que se necesita la oración también. Por eso he decidido llamarte y oírte.

—Que nos oiga el cielo es necesario.

—Yo estudié, las ciencias ocultas en mi juventud, y adivino un tanto lo que dicen Luna, planeta y Sol en sus varias posiciones y a sus respectivas distancias. Mis maestros me han mostrado las doce casillas del cielo; y con exactos compases he medido los círculos de posición que forman los astros. Yo no quiero que interrogues a la casilla de las riquezas, porque hartas me dio mi nacimiento; ni a la casilla de los hermanos, porque harto conozco al Zagal y sus ambiciones desapoderadas; ni a la casilla de los parientes y antecesores, porque harto sé, cuánto vale y cómo arde la sangre de los Alhamares; ni a la casilla de la salud, pues la tengo perfecta; ni a la casilla del matrimonio, pues la he muy bien experimentado en la persona de Aixá; ni a la casilla de la religión, que mi alma profesa con toda verdad en todos sus misterios; ni a la casilla de los amigos, pues no creo en ninguno, y los que tengo, harto sé como los he ganado; el único sitioindispensable a mis escudriñamientos en el cielo, es la casilla de los enemigos, la duodécima; y si estos han de vencerme, frustrando todos mis esfuerzos, quiero, ahora mismo, darme por completo al placer. No mires, pues, al astro que tiene su trono en Tauro, ni al astro que tiene su trono en Sagitario, ni al astro que tiene su trono en Escorpión, mira el astro de los astros, el Sol, cuando se halle por completo en su trono; y dime, después de haber orado, cuanto quieras y como quieras, y después de haber recurrido a todas tus ciencias, si mi reino será respetado y engrandecido por la fortuna o empequeñecido y menguado.

—Señor, haré cuanto quieras y te diré cuanto me hayan dicho los cielos a mí.

—Pronto, pronto, por Alah.

—Refrena tu impaciencia, Muley, refrénala. Yo debo disponerme con mucho tiempo a decirte la verdad que me haya revelado el cielo. Días de ayuno, largas horas de oración, vigilias no menos largas, he ahí todo cuanto necesito para, después de haber observado las estrellas, arrancarles una revelación. Déjame, pues, orar, y ver, y meditar, a fin de que Dios me oiga y el cielo me ilumine.

—Sea en buen hora. Toma todo el tiempo que necesites, pues de tu horóscopo dependerá mi vida.

—Alah te guarde ¡oh Sultán!

—Alah te guíe ¡oh santo!

Y el Sultán se quedó completamente solo; y ya solo, púsose a reflexionar sobre todo cuanto había dicho y hecho en aquellas horas supremas. Naturalmente, razonaba como un perfecto musulmán. Dos fuerzas contrarias le atraían, el amor y la guerra. Si la guerra le resultaba inútil ¿por qué no consumir la vida en el amor? ¿Qué necesidad tenía de pugnas, esfuerzos, combates, derramamiento de sangre, sacos y talas y voraces incendios, puesto que había de ser el término de todo la derrota? Los pocos días que concede a los mortales el destino quería pasarlos en brazos de una felicidad sensual, que presta calor a la sangre y acelera los latidos del corazón. Así la vida, que le restaba, correría, no como el torrente que se precipita y despeña por saltos bruscos de quebrada en quebrada, como el arroyo de la feliz Alhambra, que susurra bajo una bóveda de azahares, jazmines, rosas, para entrar luego en los patios de alabastro, y subir en surtidores de perlas a las bóvedas de oro, hasta dormirse tranquilo y sereno en las albergas, mecido por los acordes melancólicos de las guzlas y por las cadencias voluptuosas de los romances, retratando en sus espejos deslumbradores, las bellas huríes del harén. Tal era el propósito de Hacem después de conocido su horóscopo. Y al trazarlo en la mente, al trasmitirlo de la mente a la voluntad, oyó de nuevo, en aquel aire perfumado por las esencias de los cármenes y por las nubes de los pebeteros el cántico voluptuoso de la ignorada cautiva cristiana, que, repitiendo su cantar melancólico, parecía invitarle al total olvido de la guerra y al culto del placer.

Capítulo XVII

Hacem conoció pronto el horóscopo leído por la penetrante mirada de Sidi en las estrellas. No había remedio: todos los anuncios del cielo, todos los dictados del Sol, todos los signos del zodiaco, todos los planetas en sus conjunciones, todos los círculos de posición presagiaban a una con verdadero concierto la rota y caída del imperio muslímico en España y la imposibilidad completa de conjurar tal catástrofe señalada por el destino en sus decretos inflexibles desde tiempos muy remotos para un año, en la sazón de nuestra historia, muy amenazador y muy próximo. Se necesita estar en la piel de un musulmán para comprender cómo desconcertaría el horóscopo todos los propósitos guerreros de Hacem y con qué sumisión lo entregaría, cual atado de pies y manos, a la terrible autoridad del destino. Imagináos un Dios destronado, y caído desde las etéreas sedes a los profundos abismos; imagináoslo, y alcanzaréis a vislumbrar el cambio en que Hacem se precipitaría desde las cumbres de su poder, donde las ambiciones, a su natural congénitas, habían visto centellear las esperanzas varias de tantas y tan fascinadoras victorias hasta el dolor de su desesperación. ¿Qué hacer contra el cielo? ¿Cómo quebrar en sus rodillas la férrea vara del destino que los pueblos obedecen y siguen como puede obedecer al pastor el rebaño? La notificación de la triste suerte de su reino, le aterró con gran terror; pero le sacó de un mal peor que todos los terrores, le sacó de la incertidumbre penosa en que por tanto tiempo se consumiera su alma. Decidió, pues, romper todos los lazos políticos que hasta entonces lo habían atado al carro de Granada y darse por completo al placer. Así, a la mañana siguiente de la terrible notificación, se levantó decidido a poner por obra su plan de vida nueva. Pero esto no debía obstar a que dijera una litúrgica oración, como cumple a todo buen musulmán.

—Las alabanzas son para nuestro Dios, y por Dios las buenas acciones. Salud y paz a ti, profeta de Dios. Que las divinas bendiciones caigan también sobre ti. Salud y paz a todos los servidores de Dios, justos y virtuosos. Confieso mil veces todos los días la fórmula sagrada de tu culto: «no hay más Dios que Dios y Mahoma es su profeta.» Prospera, Dios mío, el nombre de Mahoma en este y en el otro mundo. Haz por él, señor, lo mismo que has hecho por el nombre de Abraham. Si he faltado alguna vez a tu fe, perdóname todos mis pecados. Compadécete de mi ¡oh ser por excelencia santo y misericordioso! Compadécete.

Y luego, haciendo dos reverencias, una al lado derecho y otra al lado izquierdo, como para saludar a los ángeles de su guarda, remató la plegaria con estas palabras:

—Que la salud, la paz y la misericordia sean contigo.

Tales oraciones dirigió al cielo, y perdones demandó a Dios el Sultán, por haber tenido, en vértigo de rabia, no el propósito deliberado, el impulso ciego de matar a su mujer Aixá, quien al fin y al cabo le había en cierto modo anticipado cuanto le dijera el horóscopo en su triste y desnuda elocuencia. Cumplido el ritual de su oración, y satisfecha la justicia del cielo, tornóse a meter en cama, y trató de conciliar el sueño. Pero ¿cómo había de caer sobre los párpados cuando tantos y tan graves pensamientos le pasaban en la mente? Guerrero por condición, duro por naturaleza, empedernido en los feroces ejercicios de las peleas, cruel porque la crueldad se imponía a su vida y a su ministerio así en el empeño de debelar las tierras cristianas como en el empeño de someter los bandos muslímicos; su natural de campeador, y su oficio de monarca le imponían el buscar compensación, indispensable a tanta rudeza, en el alma tierna de una mujer, que le atase al hogar y le hiciese sentir la felicidad contenida en los afectos dulces y sencillos. Pero si Aixá tenía bien puesta su fama de honrada, pues, la Horra sus gentes la llamaban, en cambio no tenía ninguna de las cualidades necesarias para endulzar las ambiciones de un imperante y embellecer los azares de un soldado. Fea de rostro, fornida de cuerpo, dura de corazón, fuerte de temperamento, altiva de carácter, cruel de entrañas, austera de costumbres, experta en los secretos de Estado, capaz de las hazañas guerreras, antes aparecía como un compañero compartiendo el trono de Hacem, que como una esposa encantando su existencia. Y Hacem necesitaba en los tormentos de sus ambiciones un consuelo, en los conflictos de sus batallas un iris, en la hiel de sus odios un lenitivo, en las empresas de sus guerras una hurí, en los secretos del hogar una beldad, en toda su vida un amor. Las leyes de su culto le permitían muchas mujeres, muchas esclavas; pero no encontraba en esos pobres seres, que se daban al favor real como tímidas florecillas al ardiente Sol, aquellos esparcimientos de ánimo, aquellos coloquios de ternezas, aquellas inspiraciones de poesía, aquella dulzura de sentimientos, que constituyen los verdaderos hechizos de la vida y los verdaderos placeres del amor. A medida que llegaba tristemente a la madurez de su edad, ¡oh! despedíase de los ensueños de gloria naturales a la juventud, necesitando en compensación, y con mayor necesidad, de pasiones purísimas, y de una tierna mujer. El cielo milagrosamente le deparaba la esperanza de encontrar satisfacción a esta necesidad con el cántico misterioso, que parecía bajar del paraíso entreabierto a sus aspiraciones y a sus llamamientos. Aquella voz angelical acababa de penetrar en sus entrañas y de conmoverle los senos mismos del alma. No dormía pues, no podía dormir, si no hablaba pronto con la beldad misteriosa, que le trasmitió aquel fuego con su voz y le abrasó el pecho con su amor. Así es que, aún no asomaba casi la alborada, aún no relucían las nieves de las cordilleras, aún no entonaban sus primeros cánticos las los primeros rumores que al despertar produce la mañana, cuando ya Muley había recitado la sura consagrada por el Corán a la aurora, bendiciendo al Dios de la luz y rogándole que lo eximiera de los males anejos a la condición humana, de los maleficios subsiguientes a la Luna eclipsada, del soplo de aquellos que arrojan su aliento sobre los nudos de los dedos, y del negro proyecto que lleva siempre en mientes el envidioso contra el envidiado. Y después que hubo cumplido estos rituales de su culto, llamó al principal de sus esclavos nubios, negro como el ébano y vestido de blanco como el alba, cuyo cuerpo se destacó sobre el tapiz rojo iluminado por el doble resplandor de la lámpara que se apagaba y de la aurora que nacía.

—Alah te guarde —dijo.

—Él prospere tus días —respondióle Hacem.

—¿Órdenes? —preguntó el negro.

—Inmediatas —contestó el imperante.

—Cumplidas al par de dadas.

—¿Has oído cantar esta noche mientras velabas mi sueño un cántico de cautiva?

—He oído.

—¿De dónde provenía?

—Creo que debió salir de la torre del harén.

—¿No sabes quien cantó así?

—Lo sé.

—Dilo.

—Una joven cautiva.

—¿A quién pertenece?

—A tu hijo mayor.

—¡Oh! Un joven tan apuesto dueño de tan preciosa prenda... —exclamó Hacem rechinando los dientes de celos.

—No te enfurezcas.

—No.

—¿Pues cómo?

—Esclava de tu hijo, está segura si la ama el padre.

—¿Por qué?

—¡Y tú me lo preguntas!

—Boabdil es enamorado y gentilísimo.

—Pero, como los cristianos, ama a una sola mujer, a la hija de Aliatar, a la bellísima Moraima.

—¿De veras?

—Todas sus esclavas son meros adornos de sus estancias, meras aves de sus jaulas.

—Me tranquilizas.

—Está, además, adscrita al servicio de tu esposa, y ya sabes cómo las gasta Aixá.

—¡En el joyero de mi casa y no haberla conocido!

—Los que tenéis tantas riquezas, tomáis por despreciables vidrios los más preciosos zafiros.

—Vamos al harén.

—Toma algunas precauciones.

—¿Qué dices?

—No te lances desde tu trono sobre la cautiva como se lanza el águila desde su cielo sobre la presa.

—¿Por qué?

—Porque son de temer los celos y las venganzas de Aixá.

—No me importa.

—Debe importarte, si no por ti, por tu reino.

—Condúceme con seguridad y sin peligro. Pero no olvides que ardo en deseos, de ver a la muchacha; y después de verla ¡oh! arderé en deseos de mirarla; y después de mirarla, arderé en deseo de poseerla.

—Todavía la conoces solamente por la voz.

—Imposible que salga de un cuerpo deforme. El cuervo grazna; y gorjean el ruiseñor, el canario y el jilguero.

—Pues más hermosa que su voz es su persona.

—¿Cómo le llaman?

—Le han dado un nombre de estrella, la han llamado Zoraya.

—Estrella de mi fortuna será, estrella de mi alma, estrella de la mañana más feliz de mi vida, estrella de mis pasos.

—Pero si tú debes conocerla.

—¿Yo?

—Tú.

—¿Cómo así?

—Pues entre tus despojos ha llegado al harén.

—¿Qué me dices?

—Entre tus despojos.

—¿Entre cuáles? ¿Por ventura la cogí en Jaén cuando aprisionara en combate célebre a su obispo?

—No.

—¿Es una de las joyas encontradas en Zahara?

—No.

—¿Pues dónde alcancé tal victoria, superior a todas mis victorias?

—En el castillo de Martos.

—¡Ah!

—Zoraya es la hija misma del caballero Solís, inmolado por tus victorias sobre los mármoles de la iglesia de su castillo.

—¿Cómo se llamaba, pues, entre los cristianos?

—Se llamaba Isabel de Solís.

—¡Santo cielo!

—¿De qué te asustas y espantas?

—Pues me asusto y espanto de que la sangre de su padre y todos los suyos, la fe viva en la religión de su cuna y de su hogar pueden separarla con abismos insalvables del rey que inmoló a su familia y del sumo sacerdote de unos símbolos litúrgicos y de unos dogmas teológicos repugnantes, con repugnancia invencible a su alma.

—Y me han dicho que la echa de muy entendida en achaques religiosos, y que se encuentra realmente apegada por impulsos de su corazón a la fe de sus padres.

—¿Eso más?

—Eso más.

—¿Te acuerdas ahora del atrevimiento que tuvo el embajador cristiano Vera, cuando en las galerías mismas del patio de los Leones fue osado a maldecir de nuestra religión y a loar las idolátricas supersticiones de su culto?

—Vaya si me acuerdo. Como que si no empleo todo mi poder se arma terrible zafarrancho en mi propio alcázar.

—Pues dícenme que tal osadía se cometió en cumplimiento de solemne palabra dada por el embajador a la hermosa cristiana.

—No importa, cuanto mayor sea la resistencia, resultará mayor también la victoria. ¿Pero cómo no llegué a ver entre los despojos a esa preciada joya, la cual debía resplandecer como una estrella e iluminarlo todo con su lumbre si el rayo de su mirada se parece al dulzor y regalo de su voz?

—Pues no llegaste a verla porque los celos y recelos de la chusma cristiana que traías cautiva te debieron arrebatar a la vista un objeto de tan crecida estimación.

—Isabel de Solís, todavía no te han visto mis ojos y ya te adora mi corazón. Tú serás mía, o yo dejaré de ser. Guíame, pues, al sitio donde se halla tal tesoro.

—Vete, Sultán, por esa galería secreta de la izquierda y llegarás al tocador de la Sultana, tu mujer. Apenas el Sol haya dorado los miradores del Generalife, cuando habrá salido tu cautiva de su revatado alhamí a barrer y arreglar la regia estancia de su señora.

—¡Barrer! Su escoba debe ser celeste, y el polvo que levante debe convertirse en astros.

—Corre por ahí.

En efecto, el Sultán se personó en recatada tribuna del tocador de la reina, donde, tras las áureas rejas, veía sin ser visto. Ya el Sol doraba las cumbres del Generalife, y Muley decía la oración de la mañana, que empezaba con las palabras «Dios vivo», cuando salió Isabel de Solís, a quien llamaban los árabes todos Zoraya. El ciego de nacimiento, que ve la para él primera luz, no pasa la extraña emoción que pasó el alma de Hacem al sentir por vez primera en su vida el verdadero amor. Hubiéranse podido oír a un tiempo mismo los latidos de su corazón y de sus sienes, pues los sentimientos y las ideas pugnaban por romper su agitado cuerpo, que se estremecía como presa de un terrible accidente. Y no podía menos. La aparición era sobrenatural. La cabeza de Isabel tenía las más bellas proporciones. El negro cabello le tocaba las plantas y la envolvía como un manto. Bajo la espaciosísima frente centelleaban los profundos ojos con un centelleo celeste. Morena, derramaba en torno suyo el ardor que los desiertos y la poesía que una noche de Luna en el Oriente. Así Muley estuvo a punto de lanzarse desde la tribuna, como había dicho su esclavo nubio, como el águila real se lanza desde los aires solitarios, desde el éther lejano, desde el cielo altísimo, sobre su codiciada víctima. Pero la necesidad que sentía de contemplarla sin conmoverla ni interrumpirla ¡ah! le retuvo hasta el aliento.

Isabel comenzó por vestirse y arreglarse ella misma, creída de que nadie la contemplaba en aquel apartado retiro del nazarita alcázar. La túnica blanca se desprendió de sus hombros y quedó a los ojos del Sultán estático, tan hermosa y tan pura como Eva al despertarse en la inocencia sobre la tierra inmaculada del Paraíso. Hacem recitó involuntariamente allí, en el éxtasis de su alma trasportada a otro mundo, las oraciones llamadas en el Corán suras de Fátima y de Aichá, sin saber ni lo que hacía ni lo que decía, pues su alma estaba a los pies de Isabel como la misma blanca túnica que Isabel vestía.

Dios mío —dijo Hacem—; te suplico por la penitencia y el arrepentimiento de Eva, por la huida y las promesas de Agar, por la fe y el martirio de la mujer de Faraón, por la pureza y la virtud de la madre de Jesús, por la intercesión de Khadijá, por el amor al Profeta de Aichá, que me concedas pronto el favor de convertir esta esclava en sultana y de sublimarla desde su alhamí a mi lecho y desde su servidumbre a mi trono.

Isabel, entre tanto se apercibía perezosamente a vestirse, y se aderezaba por bien modesta manera. La camisa interior cayó sobre sus desnudas carnes como la nube sobre la Luna. El largo cabello se recogió en modesta red y medio se cubrió con un gorrillo carmesí, que resaltaba sobre su sedoso lustre como la nube arrebolada sobre las tinieblas nocturnas. El pantalón bombacho se prendió al círculo de su cintura y a la garganta de sus pies. El modesto almaizar ciñó su cuerpo, y ya así, miróse en la fuente que corre en medio de la estancia y se encontró hermosa. Muley, descendiera de la tribuna y la tomara en sus brazos hartando su pasión, si no lo moderara tales ímpetus el deseo de que semejante beldad amase en su persona, no al Sultán, sino al hombre. Esta consideración única le sirvió para no dejarse arrastrar de los ímpetus que le inspiraban aquel acceso de su fiebre amorosa y aquel hervir de su encendida sangre. Y se quedó contemplándola con el arrobamiento con que contempla el joven enamorado las gracias divinas de su primer amor.

¡Y tenía qué contemplar Zoraya! Lo primero que hizo después de vestida y arreglada fue irse a un escondite y sacar de allí primoroso cuadrito que representaba una imagen cristiana de la Virgen Madre, y besarlo mil veces, y consagrarle ferviente oración. Después encendió los pebeteros y quemó en ellos las esencias necesarias a embalsamar los aires. En seguida arrancó a los jarrones de metálico brillo las flores marchitas y los llenó de flores recién cogidas y abrillantadas con gotas de matinal rocío. Y hecho esto, dirigióse a la pajarera llena de aves cautivas como ella, que, al verla, aletearon fascinadas por el resplandor de sus ojos, y atraídas a tomar un grano de alpiste en el rosicler de sus labios. Luego abrió la celosía del ajimez y contempló ávida el pedazo de cielo que se divisaba por el cercano jardín, tras la cortina de jazmines y de la enramada que formaban entrelazándose, los naranjos y los granados, sobre los cuales subían al cielo las pirámides de los cipreses y desde el cielo se inclinaban sobre la tierra las coronas de palmas rematando el tronco enhiesto de las orientales palmeras. En aquella mirada dirigida por los expresivos ojos de la muchacha al cielo hubo una expresión tal que Hacem creyó descubrir aspiraciones a la libertad y al amor.

—Tendrás más que el amor —dijo entre dientes, sí, tendrás mi amor; y tendrás más que la libertad, tendrás mi trono.

Y apenas había dicho esto, citando apareció su mujer Aixá, imperiosa, adusta, con la sonrisa del desprecio en los labios, con la aureola del insomnio en los ojos, mal ceñida en descuidado traje; y retratando en todo su ser las inquietudes asesinas de la ambición tan opuestas a las vividas inquietudes del amor. Verla Hacem y salirse de la tribuna fue todo obra de un momento. Y salirse e idear el medio de arrancar su Isabel al dominio de Aixá obra de otro momento también.

Llegado, pues, del harén a Comares llamó a su esclavo nubio y le dijo:

—En ti pongo mi confianza.

—Yo en Dios, para que tamaño peso no me abrume.

—Necesito que Zoraya desaparezca de la servidumbre de Aixá y de Moraima.

—¿Un rapto?

—No.

—¿Pues qué?

—Una muerte fingida.

—¿Cómo?

—Mi médico te dará a la presentación de este pergamino un narcótico; y quedará la cristiana como muerta.

—¿Y luego?

—Di que un cristiano te ha ofrecido fuertes sumas por el cuerpo de su compatriota y quédate con ese preciado cuerpo.

—¿Querrá Aixá venderlo?

—Necesita mucho dinero para sus conjuraciones y lo venderá sin escrúpulo. Allí tienes mi tesoro. Mete la mano en su caja y coge todas las perlas y todos los zafiros necesarios al logro de mis deseos.

—Serás servido.

—En cuanto recibas el preciado cuerpo, sin que nadie lo advierta llevaráslo donde dice ese pergamino y lo tendrás en la estancia y en el lecho que rezan sus palabras.

—Tú mandas en mí como Mahoma en ti o como Alah en Mahoma.

—Que nadie sepa dónde el cuerpo ha ido y que todo quede terminado con el día. Cuando la Luna salga, esté Zoraya en el camarín designado y yo a sus pies.

—Tu voluntad es ley.

Y desapareció el nubio, quedando Hacem completamente entregado al juego caprichoso de sus pasiones y al curso vario de sus ideas en continuos íntimos callados soliloquios.

—Ambición —exclamó Hacem en cuanto estuvo solo— ¿de qué sirves a los humanos en el mundo? Andando alrededor de los objetos que desees, en continua carrera, nunca lograrás satisfacciones completas. ¿Adónde subirás en la tierra que no veas algo o alguien más elevado, siquiera ese algo sea el cielo y ese alguien sea Dios? Vencidos todos tus enemigos más encarnizados, rotos los reinos más rivales tuyos, aún no has destruido nada como no destruyas lo indestructible, tu propio deseo. Con todo el oro que ha arrastrado el Darro no puedes comprar un día de vida, ni detener un minuto del tiempo. Con toda la gloria que te deparen obras y hazañas inmortales no puedes impedir que perezca en el último juicio la tierra donde está contenido tu recuerdo y grabado tu nombre. Cuando miras mil frentes inclinadas no sabes si se inclinan también las conciencias que tras ellas laten. Cuando están mil rodillas en tierra no distingues si también se han arrodillado las almas. La corona más ligera pesa con abrumadora pesadumbre sobre la frente y con profundísima tristeza sobre el corazón. La ambición tiene por hermana inseparable a la envidia. Así, aún no has sentido sus mordeduras en el deseo, cuando ya te ha amargado el paladar, como que se riegan y crecen con hiel. Toda ambición se ha arrastrado alguna vez, y al erguirse, ha tenido que desquitarse de sus humillaciones con la crueldad y la venganza. Como el ambicioso es el más egoísta de los hombres, también es el más solitario y aislado, aunque se encuentre en medio de numerosas muchedumbres. La palidez de la muerte tiñe sus semblantes, la nieve de las canas cae sobre su cabeza, la fatiga de la ascensión continua destroza su pecho. Yo detesto la ambición y quiero el amor. En estrecho nido ignorado de los hombres, contemplando eternamente a mi Zoraya, moriré también, pero moriré como se muere en la tranquila casa, llorado, y no como se muere en el proceloso trono, aborrecido. Una de las mayores desgracias que caen sobre los poderosos consiste en ignorar si las gentes les siguen y les aman por ellos mismos o por las altas posiciones que ocupan. Yo ocultaré a mi Zoraya mi corona; y ella me amará solamente por mis naturales prendas. ¡Oh día larguísimo! ¡Cuándo fenecerá tu luz, y vendrá la noche propicia de suyo a los amantes!

Capítulo XVIII

Mientras Hacem, enardecido e impulsado por los arrebatos de su amor, pensaba en alzar a Isabel hasta su trono, y unirla con su persona en la misma religión y en la misma familia, por medio de un casamiento, celebrado según la usanza de los moros y las leyes del Corán; mientras esto pensaba el jefe de los creyentes musulmanes en Granada, poniendo, para evitar entro los suyos el escándalo de semejante matrimonio, todos los medios sugeridos por su astucia; Illán, el hidalgo castellano, joven y apuesto, que defendió con su espada en el castillo de Martos a la hermosa Isabel de Solís, y acompañóla, fidelísimo y enamorado, hasta las puertas del harén, solo pensaba en libertarla, romper sus cadenas de oro, extraerla del áureo cautiverio donde yacía, y conducirla de nuevo a la iglesia de su Dios y al palacio de sus mayores para que pudiese continuar, tras tantas desgracias y ruinas, la gloriosa tradición de una estirpe noble, guerrera y cristiana. Las canciones, entonadas por Isabel en los recónditos y misteriosos senos del serrallo, provenían de un convenio hecho con Illán al momento mismo de separarse ambos para ir, ella, como despojo codiciado en los harenes, al servicio de la Sultana, y él, como cautivo, aprisionado en guerras y asedios, al terrible grillete y al forzoso trabajo. Por una de las misteriosas coincidencias, frecuentes en la vida humana, aquel romance consagrado al mozo nazareno, que suspiraba por su preferida en las tinieblas de una negra mazmorra, se había ido a clavar en el corazón del déspota que lo venciera, inspirándole una pasión desapoderada y sensual, pasión impacientísima por próximos logros y voluptuosas satisfacciones. Dos sueños, engendrados en el amor y dirigidos a igual objeto, se apoderaban de la cúspide más alta y del más hondo abismo que puede haber en las sociedades humanas, del Sultán y del esclavo. Los dos a una soñaban despiertos con igual deseo. Quería el Sultán elevar a Isabel hasta su trono, y quería el cautivo conducir a Isabel hasta su hogar; quería el Sultán hacerla favorita de su corazón y privilegiada en su serrallo, mientras quería el cautivo conducirla con santa religiosidad al pie de los altares cristianos y darle, por medio de un juramento sacro y de una honrada palabra, el título santísimo de verdadera y única esposa, con la cual prometía y deseaba pasar la vida, y aun dormir, después de muerto, a su lado, el sueño de la eternidad. Por manera que la canción, elevada en el serrallo de los nazaritas, y que los rosales de aquellos cármenes cautivos aromaban y los coros de aquellas aves canoras, enjauladas en pajareras de oro, acompañaban; aquella canción triste de la cautiva, inspirada en las nostalgias de su ausente patria y de su ausente iglesia, engendraba voluptuosas sensaciones en la sangre de un Sultán y religiosísimas esperanzas en el alma de un cautivo.

Este, Illán, había con gusto aceptado su tristísima suerte, a la cual no hubiera en otro tiempo sobrevivido. Puesto entre los prisioneros de Estado, no hay decir cómo lo tratarían, con qué crueldad, en aquellos tiempos de la guerra y en aquellos imperios de la fuerza y de la conquista. Los alcázares más hermosos erguíanse por ley general entonces ¡ay! sobrelas mazmorras más terribles, como si gozaran los déspotas en acercar el edén de sus placeres al vorágine del horrible infierno donde bullían todos los dolores. Illán se vio, en la misma noche de su arribo, cargado como una fiera de cadenas, y metido en terrible y hondo calabozo, en el cual solo por triste aspillera, sobre los muros espesos de alto castillo perforada, y dando a hondísimo foso, recibía, durante las diurnas horas, una luz fría y pálida, que se asemeja de suyo al fosforeo de los fuegos fatuos producidos por los huesos helados en las noches de los cementerios. Los murciélagos se agarraban a las bóvedas en tanto número, que parecían como relieves horribles y animados, puestos allí por algún genio fantaseador de tormentos para el dolor, en daño del triste prisionero. Mas ¡ay! que si las techumbres húmedas y sombrías se animaban al aleteo de tales siniestros y asquerosos animales, animábase, a su vez, el suelo con ratas gigantescas y deformes, contra las cuales tenía Illán que valerse de todas sus fuerzas, y que armarse de todo su valor, pues le hubieran, según lo acometedoras y voraces, completamente devorado. Tal era la suerte del cautivo. Un traje de parda estameña ceñido a los riñones por tosca cuerda; un cántaro de rudo barro puesto a los alcances de su mano; un montón de paja, medio podrida por la humedad, para descanso, de su cuerpo; una larguísima cadena, clavada en la pared y ceñida fuertemente a su derecho brazo; he ahí el ajuar de un pobre cautivo cristiano en el encantado palacio de los reyes nazaritas, henchido por todos los placeres, y habitación y templo de una raza de dioses. Por fortuna para el enamorado Illán, la triste aspillera de su calabozo caía en línea recta bajo la dorada celosía del camarín de su Isabel. Arriba la mujer amada, prisionera, es verdad, cautiva, sierva; pero en ambiente perfumado, bajo techumbre de áureas estalactitas, entre paredes parecidas por lo alicatadas y aeriformes a ligeras gasas y a sedosos tapices, con el pebetero bien oliente a un lado, con el jarrón de metálicos reflejos a otro, la guzla en las manos, el cantar en los labios, el coro de las pajareras en los oídos, y bajo el cuerpo indolente y perezoso los mullidos almohadones de púrpura ornados con borlas de perlas; mientras, abajo, la luz propia del búho y de la triste lechuza, hedor asquerosísimo, el duro pavimento, la podrida paja, el tosco sayal, el duro pan, los grillos al pie, la cadena clavada en la pared y ceñida con toda su terrible pesadumbre al cuerpo medio descoyuntado, por el conjunto de todas aquellas penalidades y el dolor de la cautividad. Mas en uno y otro corazón, a pesar de la diferencia de ambiente, reinaba el mismo deseo por la libertad e igual nostalgia por la iglesia y por la patria separadas y ausentes. Uno y otro pensamiento volaban al castillo de Martos arruinado y se suspendían del altar en escombros, del santuario profanado y roto por los desórdenes brutales de aquellas cruentísimas victorias en que había caído el infiel sobre la tierra de los fieles como la tromba de un huracán o como los mares de un diluvio. Isabel se paseaba, en alas de sus recuerdos, por los sitios donde había visto la sonrisa y mirada de su madre, oído las advertencias y consejos del caballero perfecto a quien debía la vida, rezado la primera oración y presentido las primicias del primer amor. Su mente, por tales recuerdos inspirada, componía, en la lengua sencilla del romancero, melancólicos romances; y entregándolos a la cadencia monótona, pero sublime, de las canciones andaluzas y al pespunteo plañidero de la guzla, componía uno de esos cantares elegiacos parecidos, en su belleza y en su dolor, a los entonados por las mujeres de Jerusalén, cautivas en las riberas del Eúfrates y bajo los sauces de Babilonia. Y cuando los acentos apagados e inciertos de aquella elegía tristísima penetraban por el aire sepulcral de la mazmorra, Illán, a fuer de soldado, no sentía la misma resignación que aquellas cadencias expresaban a una; sentía, todo lo contrario, los ardores del odio, las propensiones al combate, la esperanza de taladrar con su esfuerzo y con su deseo aquellas piedras, y subir hasta el camarín de la cautiva, derribando cabezas de moro, como el segador espigas, hasta lograr coger en sus brazos al objeto de sus ansias, dueño de su corazón, a Isabel, y conducirla, sobre las ancas de su caballo cordobés al palacio de sus padres, donde oiría, de aquellos amorosos labios, al pie de los altares, un sí, que sellara la unión de sus dos enamoradas almas, y confundiera sus dos vidas, cual dos arroyos componentes de un mismo río, en el tiempo y en la eternidad.

Así, no dejaba Illán desaparecer de su mente una idea muy viva, muy arraigada, muy tenaz, una de esas ideas que se identifican por su vivacidad con todas las fibras de nuestra carne, con todos los átomos de nuestra sangre, y que llegan a componer como un cuerpo y un alma en nuestra persona, poseída por su absorción incontrastable. ¡Oh! ¡Cómo la esperanza queda siempre sobre todas las ruinas amontonadas por la implacable adversidad en los caminos del mundo! ¡Cómo sobrevive a las innumerables muertes de misiones, heladas que guarda nuestro pecho cual guarda el cementerio sus cadáveres! ¡Cómo tiñe de sus reflejos hasta las horas más terribles de la más natural y legítima desesperación! Aquel adalid castellano, vencido en desigual batalla por la inmensa muchedumbre de sus contrarios; aprisionado a los pies mismos de la mujer a quien amaba con todo su corazón; conducido al palacio de los sultanes, sus vencedores, y en el seno de las más terribles mazmorras encerrado, retenía, bajo la pesadumbre de su cadena y sobre los podridos montones de paja, la confianza de conseguir y recabar todo el bien perdido, y volver a su patria con la seguridad completa de fundar una familia y de dormir el último sueño en apartada capilla, bajo las altas bóvedas levantadas por la fe, y delante de un altar en cuyas aras diariamente se rezaría la misa de los muertos por su alma. ¿Y quién podría prestar pábulo a tamaña confianza? Por el aire solo aleteaban los murciélagos y por el suelo solo corrían las ratas. El horrible tragaluz abierto sobre la espesa muralla solamente le traía los resplandores necesarios para ver mejor toda la tristeza y toda la profundidad horrible de aquella negra mansión del dolor. De vez en cuando, por un agujero abierto en las graníticas moles de su calabozo, entraba, como por misteriosa mano movido, el pan bastante a mantener su dolorosa existencia; y algunas ráfagas de aire, que arreciaba su rostro palidecido a las tinieblas y al dolor, le traían por consuelo único el dulce acento de la cristiana canción acompañado por el melancólico pespunteo de la guzla mora. Y creía, levantar con sus brazos aquellas piedras; correr, ensanchando los estrechos espacios de aquel sepulcro; forjar, ¡él! que solo tenía los hierros de sus cadenas a mano, lanzas y espadas; romper las haces de todo un ejército; profanar los harenes de todo un Sultán; y coger de allí preciosa sierva, despojo y testigo de una gran victoria, para que alentase con la sonrisa de sus labios a los enemigos de Granada, congregados en formidable y asolador ejército, contra cuyo número y cuya energía apelaban los muslimes a sus últimos y más supremos esfuerzos. Francamente, más fácil parece arrancar una estrella del cielo inmenso donde luce y centellea, que arrancar una cautiva del encantado palacio donde muy pronto iba a hacerla sultana el amor o el capricho de un monarca. Pero ¿quién puede matar la esperanza en el corazón humano? ¿Quién puede arrebatarle al pensamiento su fe y a la voluntad su querer? ¿Quién puede a un soldado, aunque se halle recluido en oscuro calabozo, decirle que no volverá jamas al aire, al Sol, al combate, al triunfo? Illán había crecido en la guerra y había visto mil veces en los cielos de su vida sonreír la esperanza. El suelo patrio se había, merced a sus esfuerzos, agrandado; y el eco de su nombre se oía resonar ya en los asonantes de nuestro poema popular, el inmortal romancero, fabricado en siglos de siglos como las catedrales góticas por almas invisibles, cuyas inspiraciones se cuajaban a una en los sublimes círculos de la religión y de la poesía. Por consiguiente, no se le podía quitar a un héroe de aquel temple, ni la creencia en su derecho, ni la confianza en su destino. Tras las paredes oscuras y pesadas del calabozo veía resplandecer la Providencia que le mandaba consuelos fortificantes en vivas esperanzas.

Un día, cuando más entregado se hallaba Illán a sus meditaciones, y más decidido a procurarse una salida, siquier hubiese de arañar con las uñas el pavimento, vio que una piedra muy desgastada, se removía, y oyó, que un ruido extraño, como de llaves, resonaba tras aquella piedra. Su corazón, entristecido por los horrores de la servidumbre, saltóle con verdadero sobresalto en el pecho, pero al sobresalto se mezcló inmediatamente la esperanza. ¿Quién podía remover las piedras de aquel panteón, más propio para los muertos que para los vivos, como no fuera, o el carcelero encargado de su custodia, o algún ángel semejante al que removió la losa de la sepultura de Cristo en el día de la Resurrección? Illán, como bueno y animoso joven, enardecido por la sangre calorosa de sus venas y por la fe vivísima de su alma, sintió agolpársele todas las esperanzas juntas al corazón, y tras aquella piedra, fuertemente removida, llegó a columbrar la libertad y la patria. Engañábale, y mucho, su deseo. No eran libertadores aquellos que le buscaban y que removían las piedras de su sepulcro, eran sus propios carceleros que le buscaban por superiores órdenes para el cumplimiento de fines gratos al Sultán Muley Hacem, cuya voluntad y cuya idea no podrían estar jamás ociosas. En efecto, desde que resolviera cambiar la vida completamente áspera que llevara en los campamentos, por otra vida muelle y viciosa en los palacios, Hacem, deseoso de competir con aquellos antecesores suyos que inmortalizaran sus claros nombres en las cenefas y alharacas de los palacios nazaritas, emprendió gigantescas obras de hidráulica para erigir florestas y retiros cuyas delicias dieran una idea del Paraíso llorado por toda la humanidad en su desgracia. Y como para esta obra gigante había menester de muchos trabajadores buscábalos donde los había, y escudriñaba con celo y actividad los repliegues más hondos y oscuros de sus cárceles con tal de hallar brazos, y brazos fuertes, para la realización de sus ensueños. Así, cautivos cristianos de los más temibles, conjurados árabes de los más amenazadores y pertinaces, reos de muerte próximos a ser ahorcados, criminales de todas categorías y de todas procedencias, dejaban las cárceles a un mandato del rey, ni más ni menos que los muertos dejarán sus sepulcros en los días del juicio final a un mandato de Dios.

La ciclópea piedra se volvió al fin hacia uno de los lados y pudo dejar paso a un calabocero que penetró allí a gatas gritando:

—¡Fuera! ¡fuera!

—¿Qué hay? —preguntó Illán.

—¡Fuera! ¡fuera! —volvió a decir el esbirro.

—¿Me traes la libertad? —preguntó Illán verdaderamente receloso, pues prefería el cautiverio con la esperanza de redimir a Isabel a que lo alejaran de Granada solo y sin el objeto predilecto de su amor.

—¿La libertad? —me preguntas. El látigo es lo que te traigo.

—¿Cómo?

—Hacem ha resuelto emprender grandes obras.

—¿Y a mi, qué? —dijo Illán molestado porque no llegaba el siniestro embajador al término de su embajada.

—¡Oh! A ti, mucho, muchísimo.

—¿Pero, qué? —acaba con todos los diablos.

—No blasfemes, nazareno, porque te costará cara la blasfemia.

—Pero concluye tú por decirme a qué has levantado esa piedra y a qué has venido a este sitio.

—Pues he levantado esa piedra y he venido a este sitio porque me ha dado la gana.

—No me provoques —dijo Illán rechinando los dientes.

—Me gusta el mozo. Cualquiera diría que estaba en los altos de la fortuna y del poder.

—Acaba lo que debas decirme.

—Pues debo decirte que vas a salir con tu argolla en los pies para mayor seguridad, a trabajar por fuerza en los jardines del rey.

—Cuando quiera —dijo Illán, que respiró gozoso, al ver como aquel mensaje no le llevaba la libertad, que detestaba, si había de costarle una separación del sitio donde se hallaba Isabel, separación horrorosa para su corazón que pugnaba por la redención pronta del ser querido a quien había consagrado, todos sus afectos y todos sus pensamientos.

—Voy a descansar un poco —dijo el carcelero— pues entre remover las piedras de este calabozo y la del calabozo vecino, selladas como losas de sepulcros, que generalmente solo se abren para dejar paso a los cadáveres, he agotado mis fuerzas. Estas mazmorras en verdad, son como sepulcros de vivientes, y las dos más hondas y más terribles habíamoslas reservado para tu vecino y para ti, como pájaros de mucha cuenta.

—¿Quién es mi vecino? —preguntó Illán.

—Pues tu vecino es uno de los adalides que más han peleado en las últimas alteraciones de Granada contra mi señor y monarca.

—¿Hubo alteraciones en Granada? —preguntó, con regocijo Illán.

—Y no flojas —le respondió el esbirro.

—¿Por qué causa?

—¡Oh! Por el general disgusto que ha causado, en los muslimes la toma de Alhama por los infieles.

—¡Ah! —exclamó Illán en la imposibilidad completa de retener una indeliberada expresión de alegría.

—Ya se ve —dijo el calabocero soltando las riendas a su afán de hablar—. Ya se ve; había vuelto nuestro señor tan pagado y satisfecho de sí tras la toma de la villa de Zahara y del castillo de Martos!

Al oír este nombre último, el español no pudo reprimir un suspiro de tristeza, como al oír la reconquista de Alhama no había podido antes reprimir un suspiro de alegría.

—Todos creíamos —continuaba el esbirro como si hablase para sí— que había comenzado estrella nueva a regirnos, y hado propicio a cambiar la triste suerte de los muslimes. Pero al ver que tus gentes desalojaban a las nuestras de fortaleza tan formidable como Alhama, todos temimos, todos sin excepción, por nuestra suerte futura. Pero unos se callan por más que sientan mucho las adversidades, y otros hablan sin detenerse, a roso y belloso. Donde no hay harina todo es mohína, y al frío de la desgracia se generaron y nacieron muchos encontrados partidos y muchos encrespadísimos bandos. Y uno de estos bandos apostóse a la entrada de nuestra capital e insultó y amenazó al rey porque volvía sin su Alhama, como si el rey pudiese borrar lo que se halla trazado desde la eternidad en los libros del Destino y desobedecer lo que ha decretado en su incomprensible sabiduría el Eterno.

—De modo —dijo Illán— que mi vecino es un rebelde.

—Sí, un rebelde. Gezar se llama; y no dábamos por su vida un ochavo, cuando ha venido la orden de aprovechar hasta los reos de muerte para los trabajos forzosos, que pide una empresa como la intentada en los cerros del Sol por nuestro monarca, decidido a levantar allí, para su recreo, un edén verdadero. Ya ves cómo las gasta nuestro Hacem, que febril por nuevos placeres, capaces de ser como, beleños del olvido a sus disgustos recientes, alza pintados bosques y siembra flores aromosas por doquier, anhelante de levantar a los cielos su Granada, cuando parece más próxima, por decretos del hado, a su abatimiento y a su ruina. Prepárate, pues, y apercíbete a salir para el trabajo. Vas a ver el Sol, y a contemplar esta vega, con cuya reconquista y posesión te creo capaz de soñar hasta en el negror de tu triste calabozo. Hemos resuelto aparejaros y uniros por el mismo grillete a Gezar y a ti. Así picaréis las mismas piedras. Alégrate, porque habrás pasado muchas hambres, y ahora tenemos orden de alimentarte bien, a fin de que rehagas y recobres tus perdidas fuerzas, trabajando a gusto de nuestro Hacem.

Capítulo XIX

En cuanto vio Illán las nuevas disposiciones de Hacem, y el trabajo y oficio a que le destinaban, adivinó, como todos aquellos que acarician una idea fija, la coyuntura, que podía presentarle y ofrecerle, para cumplir el plan premeditado y preconcebido hacía tanto tiempo, el rapto de Isabel. Salir del sepulcro, donde lo habían enterrado en vida, era un comienzo de facilidad para sus propósitos. En cualquier otro no hubiera dejado este vulgar hecho ningún rastro; pero, en su naturaleza tan poseída del sentimiento ardoroso de una vivísima esperanza, sucedió todo lo contrario, avivó ardorosas llamas. Illán era uno de los antiguos guerreros castellanos en quienes jamás la derrota engendró la desesperación; un asomo, un comienzo de libertad, bastábale para llegar con sus presentimientos al término de sus deseos y verlos por completo conseguidos y logrados. Si algo más que su nueva situación podía en aquel momento halagarle ¡oh! era la doble noticia de que los granadinos se hallaban alterados por interiores discordias, y Alhama rendida por completo al pie de los cristianos. Bajo tales auspicios salía, siquier fuese con todos los caracteres y todas las tristezas de un siervo, salía Illán del calabozo para ir al trabajo. A mayor abundamiento, contaba con la compañía de un magnate granadino, a quien odios con el propio tirano, aborrecido de su corazón, habíanle arrojado en aquellas sepulturas y dádole afectos y sentimientos, análogos de todo en todo a sus propios sentimientos y afectos. Por consecuencia, las palabras del carcelero que celaba la mazmorra de Illán, cayeron sobre la triste alma de éste, como un rocío sobre la flor abrasada, reanimándola, e imbuyéndole impaciencias por la consecución de halagüeñas esperanzas, a las cuales no había renunciado ni un minuto siquiera en los mismos días en que tocara hasta en su fondo la desgracia y la desesperación.

El hábito de la oscuridad le había desacostumbrado a los resplandores de la luz. Así, cuando salió de la mazmorra y se halló entre los esplendores de aquella vivida naturaleza granadina, tuvo que llevarse la mano a los ojos, temiendo que pudieran quebrársele y perdérsele a la vivacidad increíble de tanto Sol. Pero la flexibilidad propia de los temperamentos nerviosos le devolvió bien pronto a la profunda retina el regular ejercicio, y sus ojos pudieron extasiarse ya sin peligro en la contemplación de aquel espléndido y maravilloso lugar delicias llamado Granada, y que por cualquier parte ofrece cuadros deslumbradores a la vista, y al oído dulces melodías. El primer movimiento de admiración por la naturaleza, análogo al que pudiera experimentar un muerto hacia la vida recién recobrada, este primer movimiento, natural y legítimo en quien acababa de abandonar las tinieblas, no le permitió fijarse por lo pronto en el compañero que le designara el esbirro y que se levantaba y erguía muy gallardamente a su lado. Era este Gezar, el perseguido por sus insultos y amenazas al monarca. Su apuesto cuerpo apenas podía sostenerse derecho sobre los menudos pies muy arqueados y de alto empeine. Su gallardía se asemejaba de suyo a la gallardía de las palmas en lo flexible y en lo majestuosa, de las palmas adscritas en todos los pueblos a representar los símbolos del triunfo y del martirio. Su rostro moreno y bronceado atestiguaba su origen y la raza de que procedía. La barba sedosa y puntiaguda, la nariz larga, los ojos negros y profundos como el abismo, la boca grande, acababan de caracterizar el tipo verdaderamente de los desiertos, la complexión verdaderamente de los beduinos. Gezar no dijo palabra ninguna en aquel momento, ni tampoco hizo ningún gesto, como es natural en gente que cree indigno el mostrar por nada ni por nadie maravilla o extrañeza. En cambio Illán, comunicativo de suyo, generoso, un tanto hablador, impetuosísimo, creyó rudimentario deber suyo el dirigirse al compañero destinado a compartir sus faenas y a estar ceñido al mismo hierro, y ocupado en el mismo trabajo y ministerio.

—Mi Dios te guarde —le dijo.

—Y el mío a ti —le respondió.

—Nacidos y criados para encontrarnos en los mismos combates, nos encontramos en los mismos hierros.

—¿Qué quieres? Así va nuestra Granada.

—¿Cómo te llamas?

—Yo me llamo Gezar.

—Y yo me llamo Illán —añadió éste, aunque Gezar no le había dirigido ninguna interrogación.

—Ya ves cómo regirá el Sultán Hacem su reino, cuando estamos ceñidos a igual hierro, tú hijo de los infieles; yo hijo de los beduinos.

—En verdad que nuestra situación de hoy es bien extraña, y no hay más remedio que darse las manos en vez de cruzar las espadas.

—¿Qué hacer sino? —preguntó el africano a sí mismo, como disculpándose de hallarse con redomado infiel a su lado y no haberlo ya muerto.

—¿Qué hacer? —dijo también Illán. Al fin y al cabo tenemos el mismo enemigo, aunque tú creas en el Corán y crea yo en el Evangelio.

Al oír la palabra Evangelio, demudóse un poco la faz de Gezar; más bien pronto borró la expresión de tal sentimiento penosísimo en la persuasión de que no podía sucederle otra cosa en el diálogo forzoso con su compañero cristiano.

—El esbirro me ha dicho quién eras y me ha contado tu historia. Yo sabía tu nombre antes de preguntártelo.

—Pues bien; el esbirro te habrá dicho que soy del África y que pertenezco a una tribu, la cual no reconoce más señor que aquel omnipotente y próvido y sabio, cuyo poder y autoridad rigen todo el universo.

—Mayor motivo para que te duelan las violencias de quien se imagina sustituir a Dios en el trono de Granada.

—En los africanos desiertos el más benéfico es el más poderoso. Aquel que más hace por su tribu, aquel manda. Los beneficios dispensados a los pobres y a los infelices forman los escalones de la escalera que sube hasta la cima del trono. Y así, deponemos al jefe que no sabe sostener su dignidad o que llega en todo evento a verse sobrepujado por cualquier otro beduino en fortuna y en grandeza.

—Ya comprendo, Gezar, el secreto de tu historia y el origen de tu infortunio. Has querido aplicar a Granada los sentimientos inspirados por los oasis del desierto.

—Nosotros, Illán —añadió Gezar, a quien el recuerdo de patria y tribu había prestado singular elocuencia— nosotros tenemos por nuestros hermanos, tal amistad que consideramos lo suyo nuestro, así el agravio como el honor. Ama tu tribu, ha dicho uno de nuestros mayores poetas, porque te unen a ella lazos más fuertes que los existentes entre la mujer y el marido en la familia.

—Así, Gezar, quiero yo también a mi patria.

—No te ofenderás, Illán, si lo dudo un tanto.

—¿Y en qué fundas tu duda?

—La fundo en el distinto carácter de nuestras dos religiones.

—Gezar, no hablemos de tal cosa.

—¿Por qué?

—Por una muy sencilla razón.

—Díla pues, Illán.

—Porque unidos al mismo hierro, justo será que hablemos de todo cuanto nos confunda y omitamos toda cuanto nos divida.

—¡Nos dividen por Alah tantas cosas!

—Pues nos junta un afecto común.

—Sí.

—El afecto de odio al tirano Hacem.

—Mas... ¿por qué razones tan diversas?

—Justo. Pongamos las cosas en su verdadero punto y demos a las palabras su verdadero sentido.

—Sea en buen hora.

—Tú deseas la ruina de Hacem; y yo deseo la ruina de Hacem.

—Verdad.

—Estamos, pues, convenidos.

—Pero por...

—Espera, espera; yo diré tu sentimiento y el mío.

—Habla pues.

—Yo detesto al tirano Hacem por el daño que nos hace; y tú lo detestas porque aun crees que tal daño resulta ligero, livianísimo, e inferior a lo que debiera esperarse de su valor y de nuestras provocaciones.

—Justamente.

—Pues bien; tratemos de arrojarlo, tú por causa y razón de ciertos motivos; yo, por causa y razón de otros motivos: sin curarnos para nada justamente de la diferencia de estos, cuando van unos y otros encaminados hacia el mismo fin.

—Sí; nosotros quisiéramos que Hacem os triturara con su cetro a todos vosotros los cristianos, como la piedra tritura el trigo.

—Sea en buen hora. Lo comprendo y no lo extraño.

—Mira, Illán; yo he pasado mi vida en el desierto, persiguiendo a la gacela y al tigre o pastoreando al cordero y al camello. La jebra no ha sido tan libre e indómita como yo. Y allí solo he aprendido una cosa; el odio a tu religión.

—¿Qué vienes a contarme? Lo mismo he aprendido yo entre los míos; el odio a tu religión.

—Recuerdo que una vez, como cierto cautivo cristiano se atreviese a departir con mi padre y señor, encareciéndole toda vuestra religión, y con especialidad, el sacrificio y la muerte de Cristo, vuestro Dios, no respondió mi padre una palabra y le citó para el día siguiente a una hora dada. Presentóse de nuevo tu paisano a esa hora, y volvió a encarecerle a mi padre la muerte de su Dios. Y entonces mi padre le dijo: «mira, esta noche me ha bajado en sueños, que son a todas luces verdad, una bien triste nueva desde los cielos.»

—¿Qué nueva? —Le preguntó el cautivo.

—Pues la muerte del Arcángel San Miguel.

—Imposible —replicó el cristiano.

—¿Por qué imposible? —Preguntó mi padre.

—Porque un Arcángel es inmortal —dijo nuestro teólogo.

—¿Cómo? —Exclamó despidiéndole mi padre.

—Tú dices que un Arcángel es inmortal y crees que Dios se halla sujeto a la muerte.

—¡Oh Te ruego, Gezar, no hablemos de estas cosas. La contradicción de nuestras creencias engendraría bien pronto la contradicción de nuestros afectos; y la contradicción de nuestros afectos traería en seguida un combate personal entre ambos, en que acaso uno y otro sucumbiéramos sin haber satisfecho nuestras comunes aspiraciones ni haber tomado nuestros necesarios desquites. Si quieres pelear por tu religión, yo también; si quieres morir por tu religión, yo también. Pero persuádete de una cosa; de que peleando cuerpo a cuerpo y rematándonos quizá mutuamente ambos en sendos y contrarios esfuerzos, nada por nuestra religión habríamos hecho al fin y al postre. Juremos trabajar, yo por tu libertad, tu por la mía; y citémonos luego, bajo los pabellones respectivos de nuestros dos pueblos para pelear y morir por algo mucho mayor que nosotros dos, por nuestras respectivas tribus, por nuestras contrarias creencias, como cumple a quienes han ¡vive Dios! nacido y se han criado para la guerra.

—Tienes, Illán, razón. Puesto que un odio común nos ha juntado aquí, poniendo en las gargantas de nuestros pies dos grilletes y atándonos con la misma cadena, pugnemos por quebrarla y luego, así que nos veamos libres, combatiremos el uno contra el otro, en cumplimiento de nuestros sendos deberes para con la religión y para con la patria.

—Sea en buen hora. Ya estamos convenidos en todo lo concerniente a nuestro pasado y en todo lo concerniente a nuestra situación. Pensemos hoy en solo un propósito, en el de recabar pronto, muy pronto nuestra perdida libertad y volver por la fe musulmana tú; yo por la pobre cautiva.

—¿Cómo has llegado tú al cautiverio?

—Prendiéronme; no las cimitarras de tus gentes, los ojos de una cautiva.

—¡Oh!

—Después de haber peleado hasta el fin como bueno, era indudablemente yo el único entre todos los cristianos cogidos por la victoria de los tuyos en el palacio de Martos que pudo haberse puesto en cobro, y llegado hasta los pueblos vecinos para levantar gentes con que perseguir a los tuyos sin piedad y penetrar sin descanso en la Vega de Granada, ofendiéndola con alardes, y talas, y correrías y asedios. Pero Isabel de Solís, señora y castellana de aquellos hermosos lugares, cayó cautiva en manos de Hacem; y yo, como cautivo de su hermosura y de su virtud, aunque sin habérselo dicho nunca, preferí a mi libertad ya inútil por apartado de ella, un cautiverio por duro y triste que resultase, prefiriendo a todos los goces hallarme próximo a su persona, en cualquier sitio donde, por lo menos, pudiéramos respirar el mismo aire.

—¡Cumplido y perfecto caballero! —exclamó Gezar a quien mucho, muchísimo había interesado la sinceridad y la franqueza del cristiano.

—Quedamos convenidos ella y yo en que mandaría desde su camarín, donde se halla recluida, cantares en lengua patria, consagrados a recordar las tierras y los lares ausentes. Y en efecto, ha cantado con dulce cántico desde la torre del serrallo al son de la guzla el romance caballeresco que retrata nuestra historia, y la he oído con el arrobamiento con que pueden oír los ángeles la palabra divina en el cielo y le he jurado morir aquí por salvarla y redimirla. He ahí por qué me hallo vivo en Granada. No me han cautivado los tuyos, no; heme yo cautivado a mí mismo; y si quieres, hanme cautivado los ojos de una beldad, por la cual vivo y ante la cual quisiera morirme, pues no concibo sin su presencia y sin su amor la vida.

—Envidia me dan ¡oh! nazareno, las causas de tu cautividad y las esperanzas que pones en tus porfías y el objeto a que consagras tus esfuerzos. Yo padezco por cosas menos gratas.

—Refiéremelas, como yo acabo de referirte cuanto me concierne.

—Pues óyeme, Illán:

—Habla.

—Nosotros los africanos creemos que la suerte del África está unida con la suerte de Granada.

—Y creéis bien.

—El día que Granada caiga y no exista esta especie de marca entre vuestra tierra y nuestra tierra, los reyes cristianos llegarán hasta nuestros arenales, y entrarán entre las tribus beduinas con el furor que los lobos entran en los mermados aduares y en los inocentes rebaños. Así como al conquistar los muslimes la tierra del Magreb conquistaron implícitamente la tierra del Ándalus, al reconquistar vosotros ahora esta tierra del Ándalus, reconquistáis el África, donde siempre habéis querido y necesitado tener avanzadas de vuestra nación y de vuestras razas, tanto en los tiempos del Imperio romano como en los tiempos del Imperio visigodo.

—Verdad.

—Pues bien; yo he venido con expreso encargo de mis gentes para sostener aquí la corona de los muslimes en las sienes de Granada con todas mis fuerzas, y heme hallado con una ciudad que apenas quiere pelear, y con un rey a quien acaban de arrebatarle muy en mal hora los cristianos su Alhama, clave del granadino reino, desde la cual podrán dirigirse con la misma facilidad hacia Málaga que hacia Loja, rompiendo el haz de nuestras provincias, y aislando con mayor aislamiento a Granada cada día en los senos de su vega y a la sombra de sus montes. Y ese rey, campeador incansable un día, se ha trocado al choque tristísimo con la fatalidad, en una especie de fiel y resignado vasallo de la desgracia, cuando sea cualquiera la suerte que nos reserven los hados, nosotros tenemos el deber de combatir siempre, y de combatir sin descanso.

—Es verdad, la vida resulta desde lo eterno, tomémosla como queramos, una guerra continua.

—Yo que libro a la conservación de Granada la conservación de mis tribus, llamé a todas las puertas donde pudiese hallar auxilio, contra vosotros los cristianos. Y ¡oh! ¡tristísimo infortunio! hallé que solo podía encontrar quien como yo sintiese y quien como yo pensase; ¡no vas a creerme! ¡ay! en el cuerpo y en el espíritu de una débil mujer.

—¿De veras?

—¿De veras? tal como te lo digo, Illán, de una pobre mujer.

—¡Caso extraño!

—Aixá, la esposa de Hacem, es la última en sostener la grandeza y el poder de nuestra fe musulmana en el asediado y mermadísimo territorio que todavía nos queda en esta idolatrada Península.

—Pues yo tenía entendido, Gezar, y te lo confío sin ánimo de atraerte a mi sentir, que Hacem brillaba mucho en el mundo por la valentía de su ánimo y por la fuerza de su brazo.

—Sí, hasta la noche horrorosa, en que volvió por última vez desesperado de Alhama, hasta aquella noche, ocaso verdadero de su estrella. Antes creía en la buena fortuna de su estirpe y de su reino, ora no cree ya el desgraciado, absolutamente, por su mal y por el nuestro, en cosa ninguna. La desgracia le ha echado en brazos de la indiferencia; y tendido sobre su lecho, solo aguarda que la fatalidad se cumpla y que la irrupción cristiana entre por las puertas de su palacio y todo lo inunde.

—Mas ¿qué hará, qué, la pobre Aixá?

—¿Qué? Aixá tiene todavía grandísimo interés en la conservación del reino, porque Aixá tiene dos hijos, y ama con exceso al mayor de los dos, a su Boabdil.

—Permíteme observar, hasta en daño mío, que un mancebo y una pobre mujer, no podrán sustituir jamás a un general del temple de Hacem.

—Creo lo contrario; creo que han de sustituirlo con ventajas. Esa mujer es una madre que, al ver amenazada la madriguera de su cachorro, ha de volverse con furia contra la mano aleve del infiel. Y ese joven Boabdil, en la flor de su edad, en la esperanza de prosperar sus días y de sostener su reino, debe, por fuerza indudable, por necesidad imprescindible, debe pelear como un héroe; y si no logra su intento, morir como un mártir, que tales son las tristes e imprescindibles imposiciones de la suerte inscrita en libros que Dios ha dictado y que guarda la eternidad.

—Antes loaste mi caballerosidad; y ahora, en justa correspondencia y pago, debo yo loar tu fe.

—Combatiremos, combatiremos, como sabe combatir mi tribu; y si caemos y sucumbimos ¡oh! imputárase la caída y la desgracia en el Magreb, a todo, menos a nuestra voluntad. Persuadido por completo de que Granada necesita una dirección más pujante, y su guerra continua un generalato más poderoso y más resuelto en otras personas que no sea la persona de Hacem, capitaneé, al volver últimamente de Alhama el rey, la turba levantada en armas para destronarle. Me prometieron muchos seguirme y me acompañaron pocos. Pero yo, cogiendo la rienda de su fatigado caballo y encarándome con su triste compungida faz, díjele al Sultán cómo debía dejarnos pelear y dirigir la pelea en estos instantes a quienes como nosotros, lo superábamos en fe y esperanza. Los amotinados, al ver mi audacia, retrocedieron; y al retroceder, me dejaron solo en manos del avieso enemigo, quien me sepultó en las mazmorras con ánimo de darme muerte. Pero Alah, que ve mis intenciones, ayuda mi propósito; y cuando ya contaba con la muerte próxima, encuéntrome con una tregua que pienso aprovechar para cumplir mi propósito y destronar al perverso. Que Alah me ayude.

—Pues bien; ayudémonos uno a otro. Pensemos que buscamos la misma presa: yo la cautiva, tú el déspota. Y juramentémonos para escarbar en las piedras durísimas, por el suelo de nuestro calabozo, y abrir con las uñas, si no tenemos ningún otro instrumento, minas y contraminas, que nos conduzcan al anhelado logro de nuestro impacientísimo deseo.

—Sí; me has comunicado tu ardor contagiándome con tus encendidas esperanzas.

Cuando estaban los dos jóvenes más entregados a tales proyectos ligerísimos y propios de su inquieta mocedad, aparecieron los esbirros y dándoles a cada uno de ellos un latigazo, distrajéronlos de la conversación y los forzaron a su triste y fatigosa obra.

Capítulo XX

Hacem creía a su esclavo nubio desempeñando con toda fidelidad el encargo que con respecto a Isabel de Solís habíale confiado con toda solicitud. Ya lo hemos dicho; de haberse propuesto el Sultán granadino un goce pasajero a sus exaltados sentidos, lanzárase desde la tribuna, donde había estado contemplando a la hermosa como el gavilán sobre la paloma; que nada tan fácil como arrancar a las mismas uñas de Aixá la criada del servicio y la cautiva del serrallo. Pero Hacem tenía propósitos encaminados a fines más duraderos y sólidos que las fugaces embriagueces del sentido: buscaba un corazón que latiera junto a su corazón; una inteligencia que brillase al par de su inteligencia; una fantasía que desplegase las dos alas en sociedad estrecha con su propia fantasía, como esas aves que van emparejadas y cantando por los espacios cerúleos; una belleza que tiñese de melancólicos reflejos, como la Luna en la noche, sus melancolías y sus dolores; un alma confundida e identificada con su alma; requería el monarca del corazón de Isabel, no una de las fugaces pasiones, que nacen y mueren como el relámpago; requería luz que durase como duran las ideas fundamentales en el alma y las almas en el otro mundo. De consiguiente, intentaba desorientar a toda su familia y a todos sus amigos, recogiendo a Isabel de modo que se perdiera su rastro y su pista, cosa, fácil en los misterios reinantes sobre los palacios orientales en todo aquello que a sus mujeres concierne, como recluidas, a manera de aves enjauladas en los retiros del serrallo. Así, diputó a su esclavo nubio para que se procurase del médico un narcótico y se lo propinara seguidamente a Isabel, a fin de que, una vez a los ojos de todos robada como los cadáveres, amaneciese de nuevo en su presencia y resucitara para él solo en una vida encantada continuamente por el amor y los placeres.

Pero el bueno del esclavo nubio tenía, si bien siervo, ideas propias y se curaba de la suerte apercibida por el destino a la religión de su alma; porque también era creyente, y mucho, en Alah, en Mahoma, en el Corán. Apenábale aquella horrible situación de Granada, en bandos diversos dividida, por toda suerte de dolores y penas desgarrada, rota en Alhama, próxima inevitablemente a suprema catástrofe; y deseaba sostener aquel postrimer asilo de la fe suya y de la fe oriental en las tierras occidentales de la Europa cristiana, tanto más, cuanto que las ventajas del mahometismo en Atenas y en Constantinopla infundían a las últimas muchedumbres sociales del Islamismo fortificantes y consoladoras esperanzas. Así es que, lejos de cumplir las órdenes dictadas por el Sultán, trató a toda costa de burlarlas, y sin dirigirse a las estancias donde residía el médico de cámara, como Hacem lo había mandado, torció el camino, y se fue a dar con Sidi, o sea el mago, cuyos horóscopos acreditaba el supersticioso Hacem con su real confianza. Entró, pues, en el químico laboratorio y dirigióse al astrólogo en estas palabras:

—Tú, solo tú, Sidi, puedes redimir a Granada.

—¿Yo?

—Tú, ciertamente.

—¿Estás por ventura loco?

—No, sino muy cuerdo.

—Explícate, porque aquí no ganamos para sustos.

—Tú, sabedor de por qué la Luna es llena y el limonar agrio; por qué tienen los piojos muchos pies y los caballos cuatro; por qué no se halla sangre en las ostras del mar ni en las hormigas del campo; por qué Alah hizo las piedras preciosas de colores diversos; por qué cierra el cuervo la boca cuando está cansado y ábrela sí descansa; por qué la cierva no tiene cuernos ni la leona guedejas, y la cordera pare un cordero, mientras la loba pare muchos lobos; tú, que sabes todas estas cosas y otras guardadas en los grandes libros del Oriente, díme algo para salvar el Imperio de los muslimes en esta tierra y la persona de Hacem, que ha menester de pronta y enérgica defensa contra sí mismo, inclinado por indestructible propensión a toda suerte de locuras y desórdenes.

—Infeliz, no hables así, pues pudiera costarte caro.

—No me importa la vida, cuando nos cercan por todas partes los turbios oleajes de la muerte.

—¿Qué puedo yo hacer?

—¿Tú? Salvar a Granada, granjeándote al mismo tiempo el cariño de Hacem, pues nada el enfermo agradece tanto ni aprecia tanto, después de su cura, como la medicina y el médico.

—Sí; a veces la medicina le repugna o, por lo menos, le incomoda, y va tras el médico persiguiéndole y acosándole.

—Algo se ha de arriesgar por Granada.

—Explícate de una vez, hombre, porque hablas como si yo estuviera dentro de tu propio pensamiento y anegado en las más íntimas honduras de tu alma.

—Pues diréte.

Y el esclavo nubio empezó nuevamente a respirar con zozobra e inquietud, como si acabase de dar una larga y prolongada carrera.

—Habla, pues, habla, después de haber un poco reposado tu cuerpo y tranquilizado tu ánimo.

—Pues te diré. Ha debido un genio malo coger a nuestro señor Hacem, y precisa devolverle aquella salud más difícil de cobrar, la precaria salud interior de su alma.

—¿Y para eso me buscas a mí?

—¿Pues a quién mejor que a ti? A ti, a ti, poseedor a un tiempo mismo de la santidad y de la ciencia.

—Acuérdate que fui a leerle su horóscopo, bien adverso, en verdad, para Granada, y se lo comuniqué, temblando y con mucho recelo, pues nadie como yo sabe cuán terribles suelen ser los caprichos del déspota y los horrores del despotismo.

—Pues hay que sacrificarse.

—Inútil sacrificio.

—La verdad es que Hacem quiere convertir en única esposa suya, nada menos que a una cristiana, conocida ya hoy enel harén granadino con el nombre de Zoraya, y ayer en la tierra cristiana con el nombre de Isabel.

—Cosa frecuentísima esa entre los árabes y los cristianos. Muza casó con Egilona, la viuda de Rodrigo; y Munuza casó con la hija de Eudes, aquel duque de Aquitania por sus esfuerzos vencido. El mismo rey Alfonso VI de Castilla, después de habernos tomado a la sin par Toledo, casóse con una princesa hija de los Abditas sevillanos; y si el infante Sancho no hubiera muerto joven, los reyes de Castilla, que ahora llaman a nuestras puertas, llevarían en el brazo con que mantienen el signo de su religión, la sangre más pura de los árabes andaluces próximos hoy a inevitable ruina.

—Pues, señor, prefiero no saber historia ni muchas de las otras cosas que tú sabes.

—¿Por qué?

—Muy sencillo; porque habiendo en tal curso de los tiempos acontecido tantas y tan diversas cosas, tenéis con los ejemplos varios que aducís, disculpas varias también para todos los errores y para todos los vicios.

—Duramente nos tratas.

—¿Pues no he de tratarte así, cuando ignoras que Aixá, ya ofendida con su marido, se ofenderá mucho más, y al impulso de tales ofensas producirá una tempestad, cosa fácil en el tormentoso cielo granadino, y al empuje de tamaña tempestad podrá su trono y sus Aljamas venirse a tierra con daño con vergüenza de todos?

—Ya lo veo.

—Pues, entonces, tu deber consiste, no lo dudes, tu deber primario, el que debía sugerirte con su clara voz la conciencia e imponerte con su imperio la voluntad, en ir hasta los oídos y el espíritu de Hacem para notificarle cómo va despeñado al abismo, pues los celos de la Sultana echarán plomo ardiendo en las venas de nuestra ciudad y harán que broten y estallen con estruendo, en los espacios, alteraciones formidables y bastantes a dar al traste con todo este reino, a tanta costa, y por tan maravillosa manera, conservado.

—Pues, mira; yo no me atrevo a decir todo cuanto deseas tú que diga; no me atrevo en modo alguno.

—¿De veras? ¿Y dejas perecer a Granada por no arriesgar un pelo de tu cabeza?

—¿Cómo un pelo? Mejor dijeras la cabeza toda.

—¿Tal crees?

—Tal creo.

—Pues mayor motivo para tentar tu heroísmo.

—Mal me conoces. Yo no he nacido para héroe.

—Pues, entonces, que me claven tu santidad en la frente.

—No comprendes los misterios de la vida. Puso naturaleza en todos nosotros, en todos cuantos ejercemos altas profesiones y somos por ende necesarios a nuestros semejantes, la cantidad de natural egoísmo indispensable a nuestra conservación, la cual tanto importa en este mundo al desarrollo del arte y del saber.

—Váyanse todas las artes y todos los saberes del mundo al infierno, si han de dar por único resultado el horror al sacrificio por la propia religión, por la tribu, por la patria, por la honra, por el nombre de los que fueron ayer y por la suerte de los que mañana serán.

—Creo, ademas, inútil todo esfuerzo cuando se trata de una pasión amorosa tan fuerte como suelen ser todas las pasiones de Hacem.

—He ahí por qué las castas perecen. Sus individuos más privilegiados no saben ofrecerse a tiempo en holocausto por todos los suyos. He ahí por qué los sabios no guardan para la ciencia todo el necesario prestigio, ni los imanes, ni los marabuts, ni los sacerdotes generalmente para la religión, todo el indispensable poder. Los cleros fenecen porque los ministros de los dioses no saben morir a tiempo cuando el hombre necesita de redentores, la existencia nuestra de continua redención, y Dios y el cielo de altares y aras donde corra eternamente y chorree sangre de víctimas aceptas a nuestro Alah. Ahora verán cómo muere un esclavo; ahora mismo vas a verlo con tus propios ojos. Quizá porque somos gusanos de la tierra tenemos en menos la vida que vosotros, las águilas del aire; pero por mucho tiempo que me reste ya de vivir, poco restará, en suma, siquier sea joven. Y sacrifico gustoso los años restantes y últimos a esta Granada, que no es mi patria, pero a cuyo seno vine de niño y en cuyo seno moriré contento devolviéndole con creces los días de felicidad procurados por su belleza incomparable a mi durísima servidumbre.

—Ya te digo que tu sacrificio es inútil y que no contarás el curso desasosegado y terrible de los sucesos nefastos ahogándote con esa irreflexión dañosísima en sus ondas turbulentas.

—Alah te guarde. Mientras tú diviertes los ocios que te procuran tus burdas magias y tus embusteras hechicerías, disertando en frases más o menos elocuentes acerca de todo aquello que te piden tus gustos y por que te da vena, yo voy corriendo a morir para gritar a mi dueño y señor dónde se hallan los escollos contra los cuales pueden hoy estrellarse las granadinas gentes, amenazadas por do quier de tan terribles tempestades.

Y en efecto, el esclavo nubio dejó al egoísta en su egoísmo, y se fue derecho a la estancia del Sultán. Hallábase devorado éste por una grande impaciencia en el anhelo de poseer a la beldad idolatrada que había incendiado su sangre y difundido por su alma como una especie de nuevo y vivificador espíritu. El acento de las canciones entonadas por la cautiva le halagaba el oído con seductor halago, el recuerdo de su hermoso cuerpo que había visto desnudo le llenaba los ojos con figuras que, difundidas por sus venas, llamaban al corazón y al sentimiento con repetidos golpes de voluptuosas tentaciones. Sediento de grandes emociones aquel hombre ardoroso su continua y grande actividad, cuando se le cerraban los horizontes de las soñadas victorias y le vacilaba en las sienes aquella diadema que había querido levantar su orgullo a las alturas, para los primeros nombres muslimes reservadas, explayábase, y sin poderlo remediar se iba por los cauces floridos, aunque ponzoñosos, del amor sensual y del placer intenso. Entrado ya en esas vías por los impulsos incontrastables de la naturaleza, el destino le procuraba joven de bien extraordinaria hermosura, destinada indudablemente por el cielo a su recreo y a su gozo. En su natural impetuosísimo, en su ardor febril, en la costumbre adquirida por su profesión propia y por la cultura que lleva esa profesión excepcional o singular consigo, no hay para qué decir cómo aquel rey, acostumbrado al cumplimiento de todos sus deseos así que le despuntaban por los espacios del alma, se veía de contrariado por la tardanza, que su propia prudencia le imponía, en la inmediata satisfacción de un amor tan exaltado y tan ardiente. Cuando más entregados se hallaban sus nervios a los estremecimientos producidos por la impaciencia febril de suyo, apareció ante sus ojos la figura del nubio, que mostraba en su andar vacilante, bien contradictorio con su aire cuasi atrevido, a fuerza de resuelto, una manifiesta incertidumbre. Pero Hacem, entregado de lleno a sus pensamientos y a sus ensueños, no debió ver la embarazosa postura del siervo, cuando le dijo en tono risueño y agridulce:

—Ven aquí, buena pieza; ven, que has tardado un siglo en dar ligerísimo paseo. Te merecías fuertes tirones de orejas o algún que otro puntapié; mas yo te perdono de grado, no por la facilidad y presteza, por la felicidad y acierto con que cumples todos mis encargos. Estoy seguro de que tienes ya concluido el que has comenzado con tanta madurez, y me traes noticias, no solo del narcótico por zumos varios compuesto, sino de todos los preparativos arreglados ya para que produzca una muerte aparente en Zoraya, y con la muerte aparente un comienzo para mí de verdadera vida. Vamos, despacha, bribón, y dime todo cuanto debas decirme, para mostrarme que has cumplido mis mandatos como cumplen todas las criaturas los mandatos del cielo. Desata esa lengua tan fluyente siempre que parece gárrula, y ahora tan callada.

El nubio, a pesar de las palabras del monarca, perseveraba en su profundísimo silencio, y parecía, según lo rígido y silencioso, una verdadera estatua de negro y bruñido mármol. Hacem, hecho de antiguo a ver en él un cumplidor mecánico de todas sus órdenes, apenas alcanzaba en aquel instante a comprender la inercia del esclavo. Aguardó algunos segundos más, y al advertir que no se movía, montó en cólera, y levantándose lo sacudió para que soltase las deseadas palabras, como sacuden los labradores al árbol para que suelte sobre la tierra sus frutos.

—¡Piedad! —gritó el nubio, cayendo de rodillas delante del Sultán.

—¿Qué ha pasado? —preguntó éste, dándole un empellón tan fuerte que lo derribó y tendió por tierra.

—Si acabas conmigo, Hacem, no sabrás lo que deseas saber.

—Observación de bueno y claro sentido —añadió el Sultán— que de haberla hecho a tu entrada, eximiérate de toda mi furia. No te mando que hables a gusto y a deseo mío, como era natural, sino que hables, y te has callado como un muerto, que Alah confunda.

—Si no sé por dónde comenzar.

—Pues principia por algún lado tu plática, si no quieres ver para siempre concluida tu existencia.

—Ya me había tragado por anticipación verdadera y con exacto presentimiento, allá para mis adentros, toda tu cólera.

—Te desconozco; pues no debías hacer otra cosa sino aquello que yo he dispuesto y que imperiosamente yo he mandado.

—Lo sé; pero desde la toma de Alhama, todo aquí va manga por hombro en esta desordenadísima Granada; y cuando los reyes se truecan de súbito en siervos, no es mucho que los siervos pierdan el seso y quieran a su vez trocarse los cuitados en reyes.

—Mira, estás probando mi paciencia, que no es mucha. Invocas nombres como el nombre de Alhama, que me trae la hiel hasta los labios. Vejas mi reino y te burlas de mi reinado. No me conozco a mí mismo, pues cierto de que me has desobedecido, todavía vives.

—Me mandaste a que compusiera un brebaje, y yo creí que habías olvidado, para componerlo, consultar como sueles el horóscopo.

—Pero díme: ¿quién te mete adonde no te llaman? ¿De cuándo acá el vil gusano puede preguntar al Sol por qué sale y por qué se pone, cómo resplandece con vívidos fulgores o se apaga en frías tinieblas? Y tú eres para mí todavía menos, mucho menos que los gusanos para el Sol.

—Pues bien; como tú consultas a Sidi, como lees los horóscopos de Sidi a la continua, yo he querido consultarlo también.

—Pareciéndote así al mono, que imita sin conciencia ni deliberación al hombre, convirtiendo sus gestos en ridículas muecas.

—Vamos, ¿quieres oírme?

—Lo que quiero es matarte.

—Bien; pero escúchame antes.

—De suerte que no has preparado el brebaje, y estoy ardiendo en mí, dentro de mí, sin que tú me hayas traído, tú, mi siervo, la gota de agua indispensable para extinguir esta sed abrasadora. Ahora mismo voy a llamar a mis guardias y voy a decirles que te arrojen vivo a mis fieras.

—Pero no lo hagas, no, sin oírme.

—¿Qué más he de saber, cuando ya sé, traidor, cómo has desobedecido a quien tanto te ha elevado hasta convertirte, sin méritos y sin títulos de ningún género, en confidente de sus secretos y cumplidor de sus mandatos?

—Pues mira, Sidi ha encendido siniestra mixtura, y al resplandor de sus llamas, entre amarillas y verdes, ha visto que por una mujer, por la Cava de Rodrigo, se perdió la España católica y visigoda; mientras hoy, por otra mujer, por esa Isabel de Solís, va indudablemente a perderse para siempre la España muslímica y árabe. Él no ha tenido valor para decírtelo, y yo te lo comunico, invocando, en justificación de mi audacia, el santo nombre de Alah y de su bendito profeta.

—¡Te burlas de mí! No lo harás dos veces. Cuando yo mismo acabo de mandarte a que procures aquellos bebedizos indispensables a mi felicidad, tomas otros caminos, te vas donde te da la gana y me traes protestas, observaciones sacadas indudablemente de tu caprichoso cacumen, y para mi persona, para mi nombre, para mi reino, vejatorias e injuriosas. No volverás, no, a ver nuevo día en tu vida; no volverás, no, a burlar mis órdenes y a reírte de mi persona. Pronto, muy pronto recibirás el castigo que mereces; pronto, muy pronto rechinarán tus huesos entre los dientes de las fieras. ¡Oh, me hallo circuido de traidores! Donde quiera que pongo mi planta surge a morderme y envenenarme una víbora. ¡Oh! Yo quemaré por todos los cuatro costados, como se queman las selvas, la habitación de los brutos para perseguirlos y extirparlos.

—Señor, ten piedad de tu siervo, que ha procedido así por puro amor a tu reino y a tu reinado.

—Calla; no me conocería, no, a mí propio, si dejara impune tu criminal petulancia. El día que volví de Zahara y de Martos, un santón se atrevió a lo que tú has hecho, a criticarme, a maldecirme, aunque no a desobedecerme.

Y por haberle perdonado vino sobre mí tanto desacato y sobre Granada tanta perturbación. Tengo jurado al profeta Mahoma y al omnisciente Alah el exterminio de todos cuantos desconozcan mi autoridad o la denuesten. Apercíbete, pues, a morir, porque no puedes exentarte de mi cólera.

—¡Piedad, señor, no de mí; piedad, señor, de ti!

—¿Eso más? ¡Ah de mis guardias!

Los guardias aparecieron y el Sultán les dijo:

—Coged ese hombre y arrojadlo a la jaula de mis tigres, para que hoy se alimenten bien mis fieras preferidas.

Los guardias del rey cogieron al nubio como si cogieran un saco, y llevándoselo en hombros se lo arrojaron a los tigres como hubieran podido arrojarles cualquier otro pedazo de carne.

Hacem llamó entonces al renegado cristiano Venegas, y el renegado cristiano se encargó de lo que no había querido encargarse el esclavo nubio.

Capítulo XXI

Las paredes mismas exhalaban voluptuosidad en el harén granadino. Hasta la diurna luz, bajada de las bóvedas, cernida por las celosías, rebotada en los alicatados, extendida como rayos y matices de Luna por los pavimentos de mármol que llenaban mil objetos fabricados en metales diversos, y por los surtidores de perlas, salidos en columnas líquidas, argénteas, movibles a las estalactitas azules, y vueltos produciendo concéntricos círculos a las albercas de alabastro; hasta esa luz resplandeciente de los meridionales cielos, dulcificábase por modo extraño en aquellos camarines de la sensualidad, y diluyéndose como un tibio crepúsculo, al par que disminuía el claror con sus tintas y matices de mil reflejos, aumentaba con la sombra del misterio el número y vivacidad de las sensaciones, cuya eficacia concluía por producir una especie de material éxtasis en el alma casi adormecida o debilitada por la voluptuosa languidez de los sentidos. Los cojines de seda en varias direcciones diseminados parecen lechos; pues más sirven que para tenderse para muellemente acostarse. Las mesillas incrustadas, cuáles en azulados nácares, cuáles en preciosas perlas, soportan redomas y vasos de oro dispuestos y apercibidos allí a contener y escanciar bebidas y filtros de los que dan sueño y con el sueño ensueños. El amuleto de ámbar pendiente a un rosario de corales y opuesto por la musulmana devoción a los maleficios del espíritu rebelde condenado a eternas llamas por Alah, cuelga de las cinceladas llaves que cierran los almarios y alhacenas de negro ébano recamado de plata y de marfil. Aquí se ve un pergamino cuyas letras iniciales de mil dibujos y cuyas letras ordinarias de oro puro contienen suras del Corán y versos de poetas célebres; mientras allí laúdes y guzlas de vibrantes cuerdas junto a pebeteros henchidos de orientales esencias que se difunden por la cabeza y sugieren tentadoras visiones a los ojos, vibración de besos a los labios, el calor de los placeres a toda la sangre.

En esta oriental decoración destacábanse los personajes siguientes, que tan gran papel representan a una en los anales de nuestra patria historia y en estos otros anales de la historia particular que nosotros estamos escribiendo. Veíase a un lado, absorta en leer piadosos libros de sus teólogos, versos de sus poetas, narraciones de sus historiadores, a la varonil Aixá, cuyo rostro durísimo y de facciones grandes, concordaba con la sencillez y severidad primitiva de su traje tosco y humilde, como un contraste artístico y un perfil de sombra, calculadamente puestos allí entre las innumerables y deslumbradoras riquezas. No lejos de Aixá, tendido perezosamente sobre lecho de púrpura, veíase la elegante y apuesta figura del joven Boabdil, vestido con toda la riqueza propia de quien se cree desde la cuna llamado a regir poderosa monarquía.

Parece que las razas árabes, al despedirse de nuestra España, se han empeñado en juntarse con todos sus rasgos y con todos sus caracteres naturales sobre aquella figura destinada, como la figura, de Augústulo, a rematar y concluir el fin y término de un vastísimo imperio. Grande su prestancia, elegante su apostura, el rostro atractivo por ovalado y hasta por seco, las manos y los pies de proporciones verdaderamente femeninas, nervudos y fuertes los brazos, largas y bien proporcionadas las piernas, los hombros anchos y la cintura estrecha, largo el cuello, sedosa y oscurísima la barba; largas las pestañas, de morado color las ojeras, cetrina y amarillenta la piel, encendidos los labios, blancos los dientes, negros los ojos, profundo el mirar, las cejas arqueadas, la frente ancha, Boabdil podía presentarse como el acabado perfecto tipo de su gente y de su raza en el humano linaje. Para completarlo, tenía junto a sí a la bella Moraima, la sultana favorita, o mejor dicho, la esposa idolatrada, la hija de Aliatar, a quien tenía su corazón unido como la yema primaveral se une a la rama del árbol. Moraima comenzaba en su juventud a sentirse aquejada de la especie de gordura que la inercia da naturalmente a las mujeres orientales encerradas en los serrallos y tendidas en los cojines, y que tanto atractivo sensual suele prestarles y que tanta espiritualidad y hasta tanta hermosura material y efectiva suele también robarles. Pero, aparte, y prescindiendo por completo de tal achaque muy disminuido por ser solo incipiente, Moraima mostraba en su persona cuantas ventajas ha dado el cielo a la hermosura oriental. Nada tan proporcionado como su cuerpo envuelto en sedas y gasas; nada tan turgente como su pecho adornado de rica pedrería; nada tan escultórico, a pesar de breve y menudo, como su pie calzado con babuchas de perlas; nada tan seductor como el coloreo de sus morenas mejillas y el brillo de sus ojos árabes; nada tan esférico, cual aquella cabeza ceñida con el rico turbante reservado a las sultanas andaluzas. Si añadís a esto las sonrisas sensuales y las miradas ardientes y la respiración perfumada y los movimientos atractivos y la voz melodiosa y las palabras amorosísimas, tendréis bien pronto averiguado el secreto de la seducción constante, o sea, del dominio absoluto por Moraima ejercido sobre Boabdil, su monarca y su esposo. Allá, lejos de las reales personas, en el ángulo contrario y opuesto de la estancia, veíanse varias siervas, ocupadas en labores propias de su sexo para ornato y encantamiento de aquel soñado alcázar. Habíalas de la Esclavonia, de la Circasia, de la Nubia, de la Grecia; blancas y rubias, negras como el azabache, morenas de tinte asiático y helénico, todas acabadas y perfectas. En sus aptitudes varias, revelaban sus complexiones y sus almas diversas. Todas, como hemos dicho, trabajaban, cual si fueran una especie de coro, en labores propias de su sexo; todas, menos una que leía y releía libros y libros castellanos. Inútil decir que se llamaba ésta en el mundo católico Isabel de Solís y en el serrallo musulmán la sierva Zoraya o sea el vespertino lucero.

Por la designación de los personajes veráse con facilidad el pensamiento que a cada cual embargaba en tal hora. La Sultana, esposa de Hacem, leía y releía, como el médico, embargado por la enfermedad desesperada de un cliente, lee y relee los libros de medicina en busca de un consejo y de un remedio. Para la viril Aixá, no tenía la vida mas objeto que salvar a Granada por medio de su hijo, sustituyéndolo, aunque fuese por triste rebeldía, y en vida, pronto, muy pronto, al fementido padre, el desleal esposo. Boabdil, por su parte, solo pensaba en soñar, en vivir, en querer, tendiéndose perezoso e inerte sobre su lecho de púrpura, mirándose con los ojos suyos, animados por los fulgores del desierto, en los ojos de Moraima, enardecidos por las revelaciones de amor, y respirando con todos sus pulmones y absorbiendo por todos sus poros aquella sensual atmósfera henchida de cantares amorosos, de sones voluptuosísimos, de ayes tiernos, de aromas embriagadores, compuesta por las esencias de las flores colocadas en los orientales jarros, por las bocanadas de azahar y de rosa, despedidas de cármenes vecinos, por los perfumes evaporados de los áureos pebeteros, por las notas escapadas de las pajareras y de las guzlas, por los suspiros exhalados de aquellos pechos, verdaderos volcanes donde ardía en llamas voraces el amor, por aquellos pechos de odaliscas y sultanas, comparables tan solo a las huríes del Paraíso. Los demás personajes de la escena correspondían también a su actitud. Moraima no hacía más que mirar a su Boabdil, e Isabel de Solís, o sea Zoraya, por cuyo nombre debemos desde ahora conocerla, no hacía más que leer y releer los libros históricos y religiosos recordatorios de la patria y de la Iglesia de sus padres, con las cuales a todas horas soñaba la cristiana cautiva.

Aixá estaba metida, no obstante su tierno sexo, en las más profundas y abstractas disquisiciones de la teología musulmana.

—La fe y el islamismo —exclamaba, leyendo los viejos rótulos de su volumen sacro— son una misma cosa.

—Madre, no descansas un punto —le dijo, Boabdil, después de haberle oído repetir cien veces aquella misma frase—. No descansas un punto y yo temo que tu alma se fatigue y tu cuerpo se gaste, cosa tristísima para tus hijos que te amamos tanto y para tu pueblo que tanto ha menester de tu dirección y de tu consejo.

—Sí, ¡oh sultana! —dijo Moraima— Boabdil tiene razón sobrada en reconvenirte por tu exceso de trabajo. Acuérdate un poco más de tus hijos y un poco menos de tus vasallos. Esos graves pensamientos de religión deben pesar con gravísima pesadumbre sobre tu erguida y poderosa cabeza.

—Creedlo —dijo Aixá— los reinos antiguos hoy de nuestras estirpes y se pierden a una en manos de nuestras razas, porque les falta la fe. Nadie se acuerda de que la verdadera religión consiste, no en confesar con la boca todo lo que Mahoma, Dios lo prospere, nos ha comunicado de parte del cielo, sino en creerlo de corazón y practicarlo en la vida. Basta para salvarnos creer en los artículos de la fe; mas para creerlos y adorarlos precisa reconocerlos. A quien desconoce la fe le basta con decir lo que dicen y con hacer lo que hacen los verdaderos creyentes. Aquel que ha cometido grandes crímenes puede salvarse, con tal de que confiese y diga en alta voz antes, cómo aquellos crímenes feroces ni eran buenos de suyo, ni estaban permitidos por la fe. Dios no impone jamás a sus criaturas obligaciones que éstas no puedan cumplir. Si le preguntan a un musulmán si es creyente, debe responder que sí es creyente. Mas en preguntándole si cree que, morirá en su fe, debe decir: Dios lo sabe; porque no está en aptitud de conocer y de saber lo porvenir, cuyos secretos se hallan reservados a Dios mismo. Más fácilmente perdonará Dios un homicidio que la infidelidad o el politeísmo. No digáis de ningún mortal que ha ido al Paraíso, porque si podemos asegurar esto de Abu-Beker, de Omar y de Alí, no podemos asegurarlo de los demás mortales. Pero tampoco digáis de tal o cual que ha muerto en la infidelidad o que se ha ido al infierno, pues si sabemos que se hallan en el infierno Satanás por haberse rebelado contra Dios, Abu-Laab por haber desconocido a su pariente Mahoma y haberlo condenado el Profeta en su Corán, capítulo III, Abu-Gehel por haber sido encarnizado perseguidor de nuestra fe, no sabemos nada de los demás mortales, pero absolutamente nada. Tal razón debe movernos a rogar por todos los muertos, buenos y malos, y después de haber orado por los muertos, debemos inclinar a los vivos a que hagan limosnas y a que lean el Corán.

Mientras Aixá decía todos estos dogmas y todos estos principios muslímicos, Zoraya, en el mismo serrallo de los infieles, murmuraba estas palabras:

—Bienaventurados los que lloran, porque ellos serán consolados; bienaventurados los que han sed y hambre de justicia, porque ellos serán satisfechos y hartos. Amar a los que os aman, ¡ah! no basta, porque eso también lo hacen los paganos; amad a los que os aborrecen; interceded con el cielo por los que os persiguen y os calumnian; buscad el reino de Dios y su justicia, que lo demás se os dará por añadidura. No curéis de lo que hayáis de vestir. Las aves del cielo ni siembran ni cosechan, y Dios las mantiene allá en los aires; los lirios del valle ni hilan ni tejen, y Salomón jamás ha llevado vestidura tan espléndida ni manto tan rico en su trono como aquellos pétalos, ni corona como su corona de rocío. Sed, pues, perfectos, como es perfecto nuestro Padre que está en los cielos.

Estos apotegmas del Sermón de la Montaña, dichos allí en los camarines orientales, bajo las estalactitas de aquel templo de la sensualidad, entre los aromas despedidos por el humeante pebetero y las notas soltadas de las vibradoras guzlas al compás de frases koránicas, y bajo las leyendas árabes en cintas de oro y plata grabadas con caracteres cúficos por los aéreos camarines, como que purificaban a un mismo tiempo el aire de aquellas estancias sobradamente recargado de perfumes, y el espíritu de aquellos fieles sobradamente recargado de supersticiosas creencias. ¡Ah! Si la pobre Sultana, resuelta por amor de madre tierna y por imposición de su nervioso temperamento a salvar la perturbadísima Granada, ora por la fuerza de sus armas, ora por los conjuros de su religión, hubiera podido advertir cómo pintores cristianos habían llegado a poner figuras profanas en las paredes mismas de su Alhambra, cómo trovadores cristianos a cantar trovas y romances encomiásticos de su fe católica y de su patria española bajo aquellas bóvedas espléndidas; cómo cautivas cristianas a leer y a murmurar allí el Evangelio de Cristo, cual entonces lo leía y lo murmuraba Isabel de Solís convertida en Zoraya por su nombre y apellido, mas no convertida por su fe al Islam, quizás hubiera comprendido qué de prisa venían las creencias cristianas a oscurecer las creencias koránicas, sin que nadie pudiera en el mundo remediar ya con sus medios y con sus esfuerzos individuales tamaña fatalidad que había decretado por irremisible modo la Providencia, llamada en su lenguaje musulmán el hado y el destino. Sin embargo, no pecaba de tan lerda la fuerte Aixá que no viera en algunos hechos profundamente instructivos los síntomas reveladores de la decadencia musulmana. Y así, contestando a la observación que le dirigía Boabdil, y que le corroboraba Moraima, expresábase de esta suerte, meneando con profundísima y siniestra melancolía su pensadora y grave cabeza.

—¡Ah! Me decís que pienso demasiado en esta nuestra religión.

—Te decimos —exclamó Boabdil— que piensas demasiado en todo.

—Y esto de pensar demasiado en todo, como dice Boabdil —añadió Moraima— puede, quebrantando tu salud, abreviar tus días y traernos a mal traer ¡ay! a todos los que te queremos y te reverenciamos.

—¡Oh! Vosotros no veis los presagios que yo veo en el cielo; vosotros no advertís los presentimientos que yo advierto en mi corazón.

—¿Qué ves? —preguntó Boabdil.

—¿Qué adviertes? —añadió Moraima, la cual hablaba siempre unísonamente con su real esposo.

—Pues yo veo, yo advierto cosas horribles.

—Di —exclamó Boabdil por decir algo, pues a él solamente le absorbía una idea, la contemplación del rostro de su esposa.

—Habla pronto —añadió Moraima tan solo por decir lo mismo que había dicho Boabdil, pues a ella no le importaban gran cosa ni la religión, ni la política, ni la ciencia, con tal que la dejasen mirarse recreándose ufana en los ojos de su marido.

—¿No sabéis lo que ha pasado ayer mismo en vuestro alcázar?

—No —dijeron a un tiempo Moraima y Boabdil.

—Pues ayer vuestro padre ha mandado arrojar su esclavo nubio predilecto a las fieras.

—¿Y se ha cumplido el mandato? —preguntaron a una, componiendo su dúo sabido y usual ambos príncipes.

—¡Pues no! Ya sabéis cómo vuestro padre las gasta.

—¡Qué horror! —dijeron a una Moraima y Boabdil.

—Preguntádselo a Zoraya, que me vestía cuando la horrible tragedia se representaba en los fosos mismos del harén.

—Zoraya —dijo Boabdil alzando la voz para que su sierva le oyese.

—Zoraya —dijo Moraima, para ser siempre un eco de la palabra de su esposo.

—Señor, señora —murmuró Isabel de Solís, dirigiéndose humilde al sitio donde se hallaban los sultanes, y al llegar, hincándose de hinojos, sin que por eso apareciese prosternada su alma ni humillado su mirar.

—Cuenta —díjole Aixá, lo que ayer viste.

—No vi nada —exclamó Isabel—; oí, pero me bastó con oír.

—Cuenta lo que oíste.

—Oí unos lamentos horrorosos, lamentos humanos, y unos rugidos de tigres, pero tan fuertes que hacían como bambolear el suelo bajo mis plantas, y tan terribles que ponían de punta el cabello sobre mi cabeza. Quiso la Sultana saber la causa del estruendo y llamamos al eunuco de guardia. ¡Cuál no sería nuestro terror al oír que Hacem había mandado arrojar su esclavo nubio como pasto a las fieras!

Boabdil alzó los hombros con oriental indiferencia, y solo Moraima dijo entonces:

—¡Horror!

—¡Horror! —exclamó Zoraya—; tienes razón, Sultana; horror verdadero. El mío fue tan grande, que caí como muerta en la entrada de la estancia; tanto, que creyó vuestra soberana madre no poder volverme a la vida.

—¡Y todo para qué! Para entregarle su confianza y quizás su sello regio a un renegado.

Al oír la palabra renegado se demudó el semblante de Zoraya. Vaciló su cuerpo como si un rayo lo sacudiera, y dos gruesas lágrimas rodaron por sus mejillas.

—Ese renegado será, sin duda, el célebre Venegas —dijo Boabdil.

—¡Venegas! —añadió Moraima.

—En verdad, en verdad —exclamó Aixá— los renegados resultan de suyo siempre tan sospechosos a los correligionarios que dejan como a los correligionarios que adquieren.

Al oír esta sentencia justísima de Aixá, Zoraya, que no se había movido del suelo, donde se hallaba como hemos dicho de hinojos, lanzó de su pecho adolorado otro terrible suspiro.

—Tienes razón, madre mía. Que Alah nos guarde por toda una eternidad en su gracia y nos preserve de contarnos entre los malditos apóstatas.

—¡Virgen Madre! —allá para sus adentros dijo mudamente Zoraya, plegadas las manos sobre su pecho y elevando los ojos a las alturas—; ¡Virgen Madre! Guárdame también tú en la única gracia que hay verdaderamente celestial, y en la única fe que hay verdaderamente revelada, en la gracia y en la fe de tu Hijo nuestro Dios y Señor, nuestro Jesús.

—¡Los renegados! ¡Oh! —continuó Aixá.

—Son verdaderamente aborrecibles —añadió Boabdil.

—¡Aborrecibles! —repitió Moraima, contemplando al pronunciar esta palabra de odio con más amor aún a su querido esposo.

—Quedan —dijo Aixá, que la echaba de sabia y erudita— paralelas tradiciones entre nuestros dos pueblos, el fiel y el cristiano, demostrativas del odio que los renegados engendran, así allende como aquende, nuestras respectivas fronteras, do quier hay almas piadosas y adheridas a la religión de sus padres.

—¡Líbrame, Dios mío, del pecado! —continuaba diciendo Zoraya para sí en aquella muda oración, que no pasaba de su mente a sus labios—; líbrame del pecado y de caer en el desconocimiento de tu doctrina y en el triste olvido de tu nombre. Antes que renegar quiero morir. Pero no, jamás renegaré, aunque todas las tentaciones del mundo me provoquen a este crimen, y aun cuando se me ofreciera por los enemigos de tu fe la misma corona de Granada.

Estas plegarias, dichas mentalmente, y no por calladas y ocultas menos sinceras y menos dirigidas a Dios, que no ha menester de la palabra para oír las ideas y escudriñar las conciencias, estas plegarias o eran hijas del recelo que toda piadosa naturaleza tiene al engaño, cuando se halla entre jurados enemigos de su piedad, o presentimientos certeros de los que sus sensibles nervios y sus intuiciones proféticas inspiran a las mujeres un tanto agoreras como las aves. Mientras Isabel de Solís, o sea Zoraya, decía todo esto mentalmente, continuaba la implacable Aixá con alardes varios de verdadera erudición hablando de los renegados. Y precisa decir, antes de copiar estas palabras, para mejor explicación de todo cuanto ha pasado, pasa y pasará en esta historia que vamos refiriendo, precisa decir cómo Isabel, aunque aceptara con resignación el nombre de Zoraya, y respondiera siempre al oírlo, no había renegado en modo alguno de su creencia y de su fe; antes, por el contrario, las practicaba en todo cuanto podía dentro de su camarín, compensando la falta de misa y de los demás sacramentos con lecturas de los libros cristianos que Aixá tenía en su biblioteca digna de aquella grande amiga de las letras, y con oraciones que volaban al cielo como nacidas de una fe profundísima y marcadas con el sello indeleble de una verdadera y profunda sinceridad. Por consiguiente, las palabras de Aixá dirigíanse, no a la pobre Zoraya, cuyo nombre solo por las mientes le pasaba cuando había menester de ella, sino al nuevo privado de su esposo, mejor dicho, a su esposo en persona, contra quien maquinaba de antiguo toda suerte de maquinaciones palaciegas con esas artes pérfidas muy cultivadas en los misterios del serrallo. Y seguía diciendo:

—Sí; el odio de los moros y el odio de los cristianos, persiguen con implacables persecuciones a todos los renegados. Ya sabéis la falsa leyenda de Teresa, que, si bien destituida de verdad, como todas las leyendas, manifiesta claramente las ideas de los pueblos creídos y pagados de ella como de cosa indudable y evidente. Cuentan los católicos que Alfonso V de Castilla, muy apenado por grandes contrariedades, y muy deseoso de contraer amistad con algunos reyes árabes, mandó en casamiento su hermana Teresa nada menos que al emir o monarca de Toledo. La infeliz resistió cuanto pudo a este increíble mandato de su hermano y señor; pero como los castellanos dicen que allá van leyes donde quieren reyes, no tuvo más remedio sino cumplir lo por autoridad superior dispuesto a irse de un monasterio católico, por ella tomado como un cielo, a una corte musulmana, creída por ella un verdadero infierno.

Zoraya oía sin pestañear el relato de Aixá, cuyo interés aumentaba en su ánimo, asaltado, no sabemos por qué, de misteriosos presentimientos.

—Llegada la infeliz, cuyos retratos pueden verse todavía hoy en los cartularios de Compostela, donde la presentan vestida de monja y ornada, sin embargo, de corona y de cetro, llegada, iba diciendo, a Toledo, no quiso entrar en las alcobas donde su lecho de matrimonio la esperaba, y dijo que jamás yacería, ella católica, con un príncipe pagano. Acostáronla por fuerza y profirió tales maldiciones contra el marido en la cama nupcial, que bajó Azrael, o sea el ángel de la muerte, y convirtió aquel sitio que había creído él de verdadera delicia, en su eterno sepulcro.

—¡Oh! —dijo Boabdil— leyenda, leyenda.

—Sí, leyenda —repitió Moraima, que solo veía por los ojos y solo hablaba por los labios de su regio marido.

—Sí, leyenda; pero todas estas leyendas nacen de algo verdadero, y la verdad aquí es que una Teresa, hija indudablemente de Bermudo II y hermana por ende a su vez del rey don Alfonso V, se casó nada menos que con nuestro grandioso Almanzor.

—¿De veras? —preguntaron Boabdil y Moraima.

—De veras —contestó Aixá.

—Sigue, sigue, que nos interesa la historia —dijo Boabdil a su madre.

—Mucho, mucho —añadió Moraima, completando como siempre los decires de su esposo.

—Sí; la contaré, pues veréis por ella cuán funestos resultan los perros renegados a los imperios musulmanes. Almanzor no se casó únicamente con Teresa, la hija de Bermudo; se casó también con Sancha, hija de un conde castellano. Y en esta esposa tuvo a su segundo hijo Abderramán, llamado Sanchol por irrisión y burla entre los nuestros.

—Sanchol —dijo Boabdil— ¡qué apodo tan feo!

—Feísimo —añadió Moraima.

—Y funesto al imperio de los fieles —dijo Aixá.

—Sigue —añadió Boabdil impaciente.

—Sigue —dijo Moraima también a su vez impacientísima.

—Dos hijos de Almanzor llegaron al Gobierno.

—Es verdad —observó Boabdil.

—Uno —continuó Aixá— llamado Modhaffar y otro llamado Abderramán. Modhaffar lo hubo en musulmana y Abderramán en católica. Pues bien; el primero, el musulmán de sangre, gobernó sin género alguno de inconvenientes; pero el segundo, el Sanchol, oyó las maldiciones de la poesía y de la historia. El poeta inmortal de aquellos tiempos maldijo a Hixem II, o sea el último de los omniadas, por haber querido nombrar heredero suyo aquel descendiente de cristianos. Aunque Almanzor lo circuncidó a la edad prevenida por nuestras costumbres, no le prestó la circuncisión musulmana, en el universal sentir de los fieles, aquello que no le habían dado por su parte la naturaleza y la sangre. De consiguiente, su ascendencia le atrajo a Sanchol todo género de feroces enemistades y estas feroces enemistades trajeron sobre aquel espirante imperio de los omniadas todo género de guerras. Ya veis como puede un renegado, el hijo, por lo menos, de una renegada, concluir con Imperios tan maravillosos y tan fuertes como el califato de Córdoba.

Cuando esta palabra salió de los labios de Aixá, un suspiro salió de los labios de Zoraya, en cuyo interior vagaba la siguiente oración:

—Virgen Madre, apiádate de mí. Que mi cautiverio me sirva de mérito para despertar después de mi muerte allá en el cielo. Interpón tus intercesiones entre la mísera criatura que te habla y su divino Criador. Pídele, pues, y ruégale, como yo a ti lo pido y ruego, que las asechanzas a cada paso asestadas contra la pureza y la fe de una doncella cristiana en esta corte de infieles, no puedan prevalecer jamás. Salga yo, Madre mía, del infierno donde me han arrastrado quizá mis culpas, purificada de toda mancha, indemne de todo castigo y digna de brillar como una estrella entre los coros de tus ángeles y sobre las cimas de tu gloria.

—Almanzor —decía continuando en su relato Aixá, mientras rezaba Zoraya en sus adentros— Almanzor fue la gloria de nuestra raza. Emprendió y remató setenta campañas por igual victoriosas; conquistó y sometió cien provincias por igual humilladas a su alfanje; arrancó los abrojos de la impiedad a innumerables corazones convertidos a la fe; ahuyentó, como en tiempos de Muza y de Tarich, los reyecillos cristianos a sus cavernas pirenaicas; trajo las campanas de Compostela en hombros de cautivos a nuestras santísimas Aljamas y las hizo lámparas de nuestro mirab; segó y amontonó como hierbas de las eras troncos y cabezas de infieles en sus triunfales caminos; impuso contribuciones y llamó tributarios a mil pueblos; rompió en mil pedazos la cruz, y no pudo apartar de la frente de su hijo, por ser también hijo de una renegada, las maldiciones del justísimo Alah y del profeta Mahoma.

—Verdad —exclamó Boabdil.

—Verdad —dijo Moraima.

—Y ahora un Venegas —exclamó Aixá—; un español sin patria; un cristiano sin iglesia; traidor a los suyos; enemigo de los nuestros por haberse desertado del bautismo y haber sufrido la circuncisión; nieto de cien caudillos que han asolado nuestras campiñas y puesto las cabezas de nuestros padres en los adarves de sus torres; un perro cristiano, más débil que esa pobre sierva, y señaló a Zoraya, priva, triunfa, reina, sustituyendo su capricho a la corona que solo puede pertenecer al Sultán Hacem y a su hijo Boabdil reemplazados a la vista de todos, por un usurpador taimadísimo y adversario jurado, aunque otra cosa diga y proclame, adversario jurado de nuestra religión y de nuestro imperio.

—¿Qué quieres hacerle? —preguntó Boabdil.

—¿Qué quieres hacerle? —preguntó Moraima también.

—Todo, menos resignarse. No me hables de resignación jamás. No digas cosa de la cual pueda yo inferir que te conformas con tu suerte y que dejas de grado el reino a tu padre, para que tu padre lo entregue a los caprichos de un cristiano. Si no hay otro brazo que mantenga erguido el glorioso alfanje de los nazaritas, lo mantendrá este brazo siquier pertenezca ¡desdichada de mí! al tronco de una débil mujer. Si no hay otro caudillo que subleve a las gentes de Granada y las lance contra la pereza de Hacem que puede perder este paraíso, yo seré, yo sola ese caudillo. Yo iré a la playa, tomaré un esquife, y pasando por delante de aquella Tarifa, donde nuestros padres desembarcaron para rendir toda España, llegaré hasta las tierras del Magreb y con mi aliento de fuego, más asolador que el mismo simoun, levantaré los arenales del África para lanzarlos como una tromba encendida sobre la corona de los castellanos, que ya se ha derretido mil veces al calor de tales brasas. Todo, Boabdil, todo, hasta la muerte misma, la muerte dada por manos de tu madre, todo menos mirarte ahí acostado en tu lecho, lánguido como el pétalo de una rosa, ebrio de suspiros voluptuosos, arrullado por las auras aromadas de azahares, sonando con la sultana y con la guzla, en medio de las tristes agonías de los tuyos, y en el minuto mismo en que todo cuanto nos rodea pide lanzas, alfanjes, arcabuces, cañones, combates, guerras, desolaciones, sangre, muerte, cuantos sacrificios sean por Dios impuestos para preservar a esta ciudad querida y bienhadada de todos cuantos peligros amagan su cabeza y amenazan desplomarla en el polvo. Te quiero, Boabdil, digno de tu madre, y por tanto resuelto a morir mil veces, antes que a resignarte, como si no tuvieras voluntad, a las legiones cristianas, dirigidas todas a una contra nuestro imperio.

Capítulo XXII

Mientras Aixá decía lo referido en el capítulo anterior, muy varios sentimientos pasaban por el corazón de aquellos a quienes podríamos llamar su auditorio. Boabdil, meneaba con dulce indolencia su cabeza, confirmando todo aquello que Aixá decía como un alma suspensa de otra, sobre todo en su voluntad yen su energía. Moraima en esto, no acompañaba por singular excepción a su real esposo. Enamorada con toda su alma de aquel regio garzón, compendiado todo su ser en el oficio y ministerio de adorarle, acostumbrada desde que le vio por la primera vez a contemplarse ufana en aquella su oscura y profunda retina, reducía todo el imperio al corazón del hombre a quien idolatraba, y con tener allí un trono seguro, prescindía fácilmente de todas las humanas grandezas. ¿Qué le iba en la dilatación de las fronteras granadinas con tal que lo quedase un estrecho espacio donde amar? Pues como el ave que tiene todo el cielo por suyo, merced a sus alas voladoras, ¡ah! se repliega y reduce al nido por amor, la bella Moraima se reducía por amor a los camarines de su harén y a las caricias de su esposo. Isabel, o sea Zoraya, experimentaba otros afectos. El recuerdo vivo de la tierra natal ausente, las creencias religiosas arraigadas en su alma, todos estos afectos juntos, constreñíanla con sus naturales impulsos a pedir, en mudas pero fervientes oraciones, al Dios de sus padres, la victoria, sobre los muslimes, de su nación y de su iglesia. Por lo mismo que los sentimientos provocados en aquellas diversas almas, resultaban de suyo contradictorios y opuestos con los dichos en el calor de su entusiasmo por Aixá, nadie le replicó ni podía replicarle. No le replicó Boabdil: primero por la pereza natural a su temperamento, y después por la conformidad en que vivía siempre con su madre. No le replicó Moraima por temor natural a contradecir al esposo, aunque del esposo disintiera en aquel supremo instante de su corazón enamorado. No le replicó Zoraya, porque la réplica hubiera equivalido a la muerte, y quería vivir para su religión y para su patria.

Así, después que hubo pasado cierto espacio entre la que podríamos llamar arenga bélica de Aixá, y el asentimiento más o menos forzoso de sus oyentes, la Sultana, que no podía estarse quieta, y que llevaba su actividad por mil encontrados caminos, exclamó, volviéndose a su regio vástago, con el acostumbrado imperio.

—Boabdil.

—Madre —respondió Boabdil con acatamiento.

—Harto hemos departido ya; y como conozco a ciencia cierta que no basta el valor, siquier se haya recogido como tú en la generación lo recogiste de cien abuelos ilustres, y se necesita de la ciencia también para gobernar y regir a los pueblos, te conjuro a que despidas todas las mujeres del harén y llames inmediatamente a tu maestro Caid, quien habrá de seguir industriándote, como desde niño en las ciencias históricas, teológicas y naturales, todas ellas indispensables a los soberanos sin excepción, pero entre los soberanos, a los que han de reinar sobre las hermosas tierras del Ándalus, ilustradas por tanto número de sabios inmortales y por tanta copia de luminosas ciencias.

—Madre —haré lo que tú mandes.

—Fuera todas las mujeres —dijo Aixá.

Y las siervas desaparecieron todas como si el pavimento se las hubiera tragado. Moraima se hubiera ido también de aparecer allí cualquier otro varón, pero pertenecía Caid a los eunucos del serrallo y entraba en su calidad excepcional de sabio y de maestro por donde le pedían el capricho y el gusto. Así es que, Moraima pudo quedarse allí en la sabia lección, mientras todas las demás mujeres tuvieron que irse para no distraer al monarca. En los primeros días de su matrimonio, la severidad incontrastable de Aixá, no permitía que Boabdil diese sus lecciones y tuviera sus conferencias, con el sabio moro sino a solas. Pero persuadida luego de que la separación entre los esposos, aunque fuera por un tabique, traíalos a mal traer y embargaba el ánimo de Boabdil, en manera tal, que no fijaba su pensamiento en las sabias lecciones, Aixá, implacable para todo el mundo y afectuosísima para su hijo, dejóle aquella compañía querida e indispensable a la tranquilidad completa de su alma. Por su parte Moraima, para no separarse ni un minuto del amado joven, reducíase a profundo silencio y tomaba las lecciones dadas a su marido con la constante aplicación propia de un verdadero estudiante. Permanecieron, pues, en la cámara que servía como de vestíbulo al harén, la madre y los dos hijos, que aguardaron bien poco tiempo a Caid, preparado para sus lecciones.

—Demos con vuestro permiso —dijo Caid— algún repaso de vieja literatura.

—Que me place —respondió Boabdil.

—Y mucho más a mí, Caid, a mí que gusto de aprovechar las lecciones dadas por tu saber a mi Boabdil.

—Cumplo religiosamente vuestras órdenes —dijo Caid— y obedezco todo cuanto vuestra regia voluntad ordena.

—Holgaríame —añadió Aixá— que le recordaras alguno de nuestros poetas, célebres por su enemiga implacable a los extranjeros y a los demás enemigos de nuestra religión y de nuestra gente.

—Para satisfacerte, Sultana, recuerdo ahora el nombre de un faquí excelente, hijo de la tribu de Todgib, llamado el tradicionalista por su empeño en difundir las tradiciones referentes al Profeta, de labios que manaban ciencia teológica en los retiros y en los desiertos.

—¿Y qué llegó a escribir ese poeta? —preguntó Aixá como si ella recibiera las lecciones del maestro y no su hijo Boabdil.

—Pues un poema contra los judíos; a consecuencia del cual cuatro mil de estos perros fueron degollados en una sola tarde, a pesar de hallarse protegidos por el Sultán, quien había nombrado a uno de ellos, conocido con el nombre de Joseph, nada menos que visir en su reino.

—Bien se necesitan, Caid, tales ejemplos, ahora que Hacem es osado a nombrar nazarenos, célebres solo por sus traiciones y por sus perjurios, nada menos que depositarios de sus secretos y visires de su reino. No hay en Granada ¡oh mengua! poeta que componga versos contra crímenes tales, ni brazos justicieros que los persigan y que los castiguen.

—Isahc fue uno de nuestros mejores poetas religiosos. Y hoy mismo los cantores en los entierros, los imanes en los sermones, pronuncian muchas de sus admirables poesías. Los verdaderos lobos, dice, con estro en ellas, no son más de temer que los falsos imanes. Cuando se dirige a quien han nombrado visir de los granadinos, la indignación llega y sube hasta el arrebato más elocuente por medio de frases vejatorias nunca igualadas en los idiomas árabes. Los monos, exclama, que apenas parecen hombres, han sido elevados a las alturas del poder y cuentan entre sus servidores a los musulmanes más nobles y más devotos. La religión padece mucho con que los hijos de la raza impura cabalguen como si pudieran llamarse caballeros, junto a los grandes señores de la corte. ¿Quién me dijera que nosotros habíamos de servir en Granada y ellos mandar; nosotros ofrecer los tributos y ellos cobrarlos; nosotros comer por un miserable dirhem y ellos en suntuosos banquetes; nosotros llevar usadas hardas y ellos magníficas vestimentas; nosotros pordiosear por las puertas y ellos al borde maravilloso de nuestras albercas dormirse hartos de carne inmolada según sus ritos al arrullo de nuestras guzlas y al vapor de nuestros pebeteros? Estas y otras palabras del poeta produjeron tal entusiasmo en los fieles contra los infieles que un sábado, día 10 del mes de Zafar, en el año 459 de la Hégira, 4.000 judíos fueron degollados en las granadinas calles, respirando a su sabor tranquilos después de tal matanza los verdaderos creyentes.

—He ahí —exclamó Aixá después de haber oído, estas palabras— he ahí lo que ahora necesitamos nosotros, unos poetas que tengan esas inspiraciones por la religión y por la patria, seguidos de unas muchedumbres bastante valerosas para lanzar fuera del edén granadino esos provenzales, catalanes, y hasta italianos, hijos infames de las tierras de Afrac, quienes arriban aquí tan solo para corromper nuestras costumbres y para extinguir nuestras creencias.

Boabdil, que no participaba del furor de su madre, y que tenía por demasiado arqueológica su rabia contra los infieles y sus creencias, no queriendo combatirla directa y manifiestamente, convirtió los sabios discursos del maestro, desde las letras a la geografía, y le pidió noticias curiosas acerca de las tierras granadinas y andaluzas. Abundando, pues, en la idea de distraer a su madre y divertirla un tanto de sus propósitos guerreros, se dirigió al sabio en estas palabras:

—Dime, Caid, ¿el nombre tan usado entre nosotros de Medina, quiere decir solamente ciudad, como algunos creen?

—Quiere decir, Boabdil, ciudad; pero también ciudad capital. Sucede con la palabra Medina, lo que sucede con la palabra Alcazaba, la cual no es solamente fortaleza, como muchos creen, si no también capital. Medina tiene tres significados: ciudad, capital y provincia.

—¿Quién dio el nombre de tierra del Ándalus a la región predilecta de nuestros padres?

—Nosotros los creyentes —respondió Caid—. Los autores cristianos jamás llamaron a la Bética de los romanos Andalucía; la designarnos nosotros así. Cuando Tarik llegó a Tarifa, encontróse con que tal sitio se llamaba la península del Ándalus, y de aquí el nombre de Andalucía.

—¿Crees tú que Granada sea la Iliberis antigua o que haya estado más lejos esta ciudad en remotos tiempos?

—Yo creo a Granada la célebre Iliberis. Si hay territorios cercanos a ella que lleven el mismo nombre, tal coincidencia proviene de que toda la región se llamaba como su capital. Cuando el jefe de los omniadas, Abderramán, venció al emir Yusuf, éste se refugió en Iliberis, llamada Granata o Granada en el habla popular, a causa de su hermosura, que la confundía o, por lo menos, asemejaba mucho a tan bella y purpúrea fruta, cuando por el estío se abre mostrando su corona partida y su seno fresco y oloroso y rosado como el cáliz de la primera y más aromosa entre las flores.

—Y el Genil, ¿por qué se llama de esa suerte?

—Llamáronlo Singuilis los romanos; Singilos, a su vez, los bárbaros; Chinnil, primero, nosotros, hasta quedar en la forma y en la pronunciación que damos a su nombre hoy en Granada.

—Y el Darro ¿cómo se llamó?

—El Darro se llamó primero Colzón, que quiere decir río rojo, nombre que le cuadra por su color, y más tarde se llamó Adarro. Así como el Genil proviene de Sierra Nevada, el Darro proviene de la colina designada con el apellido de los Mirtos, colina por estas plantas inmortales aromada.

—Caid —dijo Aixá —no desdeñes dar también algunas lecciones de ciencias naturales a Boabdil.

—Sea en buen hora —exclamó Caid— y para más en ella industriarle debo decirle, con algunos de nuestros sabios, para qué deben servir los animales al hombre y el hombre a los animales.

—Justo —dijo Aixá— conviene hablar y hablar mucho de todo esto por ser cosa curiosísima y en cuyos secretos importa que se halle industriado un joven príncipe, venido al mundo para llamarse monarca y dominar sobre todos los demás hombres, como seguramente dominará Boabdil, cuya vida prospere Dios, sobre Granada.

—Grande asunto en verdad —dijo Caid— el asunto de las relaciones del hombre con los demás animales, porque hasta la tierra necesita y pide mucho a la humana justicia.

Y en todo, en las esferas celestes y en las familias animadas, en todo, en contemplar el astro lejano y el polvillo que lleva la mariposa sobre sus alas, en todo, se aprende la difícil ciencia indispensable para la dirección y el gobierno de los hombres.

Pues bien; litigaron cierto día con abogados y todo, los seres racionales y los seres puramente animados respecto de lo que se debían unos a otros, entre sí. El abogado y vocero de los hombres comenzó a invocar el Corán sacratísimo, en cuyas páginas se dice que Dios formó al primero entre todos, a nuestro padre Adán, de una gota de agua y a nuestra madre Eva de una costilla de Adán, y en el capítulo XVI, en el XXIII y en otros, Dios dijo a la recién creada pareja que había hecho para ella los ganados y que a virtud de tal munificencia suya debían alimentarse con sus carnes y vestirse con sus lanas. Así encantan el desierto con sus esquilas y con sus balidos, cuando van por la mañana en busca del pasto y cuando vuelven por la tarde cansados dentro del aprisco. Y aún dijo más Dios: recorreréis la tierra sobre los lomos de los camellos como recorreréis los mares en los vientres de los barcos. Caballos, mulos, asnos, han sido hechos para cabalgaduras de los hombres: montad en sus espaldas y reconoced la misericordia de Dios. Naturalmente, como Dios está muy alto y es demasiado grande para entender en estas cosas pequeñas, había delegado uno de sus ángeles que presidiera el tribunal y escuchara el pleito. Y este delegado dijo, volviéndose al vocero de los animales: ved cómo el orador y vocero de los hombres apoyó sus pretensiones en textos claros del Corán. Ahora debéis hablar vosotros y decir cosas de tanta gravedad como las que acabáis de oír. Tomó la palabra el mulo y dijo. Loado sea el Ser único anterior a la Creación del mundo y superior al tiempo y al espacio. Dios crió la raza de Adán mandándola por aquí abajo para que cultivara y no para que destruyera la vida. Los animales son sus servidores, y por ende, ha de seguirlos, mas no tiranizarlos. Los versículos citados por el vocero de los animales han de compadecerse con otros versículos que yo quiero recordar también del Corán. Si en el capítulo XVI dice tan sacro libro que los rebaños se instituyeron o crearon para el hombre, también dice a su vez en el capítulo XXII, que los soles todos los astros se encendieron para el hombre. Y así como no puede apagar los astros, porque los haya encendido Dios para esclarecerlo, tan poco puede a su vez aniquilar los animales, porque los haya Dios traído a la vida para obedecerlo y para servirlo. No se veía un hombre para un remedio en los primeros días de la Creación, cuando ya triscábamos nosotros por montes y por valles. Si hay en toda grande antigüedad nobleza, nosotros somos verdaderamente mucho más antiguos y, por consecuencia mucho más nobles que los hombres. No existían estos cuando ya existíamos nosotros. Nuestros padres vivían felices antes de que Adán apareciese. Apareció Adán, y con su aparición el mal y la desgracia. Sus protervos hijos, multiplicados para nuestro mal, nos cogieron y nos tiranizaron. Dividieron nuestras pieles de sus huesos; asaron nuestras carnes; y les servimos, inmolados y muertos, dealimento. Pero todo esto se debe a su tiranía y no a su derecho: que nosotros fuimos criados, como todas las criaturas, para vivir y no para ser devorados por insaciable apetito de los déspotas. Nosotros dependemos del hombre, pero también el hombre de nosotros depende. Y la razón es clara. Nosotros podemos vivir sin el hombre y el hombre no puede vivir sin nosotros. Pues tengamos las consideraciones debidas a todos cuantos hemos de menester en este mundo.

—Bien está cuanto ahí dices, Caid, y bien muestras con estos ejemplos cómo el rey debe proceder en sus actos y en sus pensamientos, de suerte que atienda con esmero a los seres animados como a los seres inanimados, procurando, sobre todo, que los irracionales no dañen a los racionales, y que los irracionales a su vez no sean por los racionales tiranizados. Pero conviene más darle a Boabdil morales enseñanzas del modo cómo ha de portarse para con sus vasallos entenderse, dirigiendo por buen camino, y a puerto seguro, toda su gente para que su nombre sea bendecido en el tiempo y su alma recibida en el paraíso.

—Comprendo Aixá tu advertencia —dijo Caid un poco picado y ofendido en su interior de que la Sultana se metiese con su genio avasallador e imperioso hasta en las trazas por él apercibidas de luengos días al cultivo de aquella joven y perezosa inteligencia.

—Perdona Caid —añadió Aixá conociendo por lo expresivo de su gesto lo acerbo de su contrariedad— perdona si heme atrevido a darte algunas advertencias a ti, advertido de todo por ingenio peregrino y profundo estudio.

—Pues como advertido de todo —replicó el sabio— molestado nuevamente de que Aixá hubiera conocido su disgusto, y apenado de haberlo así puesto en claro, como advertido de todo, advierta el amor maternal tuyo con las ideas que te sugiere y con las impaciencias que te impone. Mas no lo dudes; a las imaginaciones orientales, el símbolo y el apólogo les cuadra mucho más y les va mucho mejor, y les enseña copia infinita de ideas que no llegarían por otros canales menos hermosos a sus inteligentes pero soñadoras almas.

—Sí; lo confieso —replicó Aixá—. El apólogo es la enseñanza más apropiada para la juventud, porque reúne a insondable profundidad en las ideas, indecible belleza en las formas.

—Huélgome, Aixá, de que así lo creas, y no solamente lo creemos nosotros, árabes, y por árabes, acostumbrados a contener las ideas en fábulas ingeniosas, lo creen también los cristianos. Alonso, conocido en Castilla justamente con el nombre de sabio, vertió al castellano en su libro de Calila y Dimna, las enseñanzas contenidas en otro famoso libro nuestro, en el Sendebar, traducido también por otro hijo de Fernando III, de aquel Fernando que nos robó Córdoba y Sevilla. Luego, su ilustre nieto el infante don Juan Manuel, puso todas estas enseñanzas en su libro de Patronio. Por manera que nuestros apólogos se hallan en la tradición consagrados a la enseñanza de grandes principios morales.

—Pues imbúyele tú esos principios —dijo Aixá con dulzura bien ajena a su temperamento— sea cualquiera la forma de tu enseñanza.

—Para saber cuánto conviene a los reyes la previsión, acuérdate del oriental cuento que voy a referirte.

—Habla Caid amigo —exclamó Boabdil por decir algo— que todo mi cuerpo se ha trocado en oídos.

—Pues oye. Sembraban unos labradores en la debida sazón semilla de lino; y advirtiólo con su perspicacia congénita la previsora golondrina. Y en cuanto lo notara, convocó y congregó las demás aves, para decirles cómo de aquellas simientes brotarían plantas, y de aquellas plantas se sacarían fibras, y de aquellas fibras hebras, y de aquellas hebras se urdirían redes, lazos y otras industrias para perseguirlas y cazarlas, por todo lo cual conveníales arremeter con sus picos las simientes y no dejar una sola en los bien cultivados y bien apercibidos hoyuelos. Riéronse las aves de tal provisión prematura y echaron a volar sin curarse de cosa que solo podía venir tras luengos meses. Las golondrinas, más sabias, viendo que no podían esperar provecho de sus compañeras, entendiéronse con los hombres y pactaron cordial alianza, ya que no pudieran hacer nada contra ellos y sus obras por medio de la guerra. El tiempo confirmó tal previsión. Crecieron las matas de lino y los labradores las segaron, las recogieron, las secaron, hasta trocarlas en guitas y de las guitas hacer redes, con que acecharon y prendieron a todas las aves, menos a las golondrinas, perdonadas por aquel entonces en todas las cazas. El sabio autor de tal apólogo ha querido enseñar con su doctrina y yo te lo reitero a ti, cuánto conviene la previsión a todos los mortales y con especialidad a los reyes.

—Por eso —dijo Aixá— le aconsejo yo, que procure con tiempo ahora evitar los males amenazadores en más o menos certero porvenir.

—Nunca, nunca, por muy afligido que te halles, y por muy desgraciado que parezcas; nunca debes creerte a ti mismo el más infeliz de los mortales, porque nadie ha podido agotar ni el bien ¡ay! ni el mal en este mundo.

—¡Cuán cierto es eso! —dijo Boabdil.

—¡Cuán cierto! —añadió Moraima.

—Un rico llegó a tal penuria que se alimentó por muchos días con miserables altramuces. ¿Habrá otro preguntaba que coma un manjar como éste a la boca tan áspero y amargo, a las entrañas tan pobre y desabrido? Mas en esto vio que otro infeliz devoraba las cáscaras de los altramuces que había él mismo arrojado con desprecio al suelo.

—Profundísimo apólogo —dijo Boabdil.

—Pues aún quiero decirte otro para que no te asustes de las trazas y de los engaños que suelen arbitrar los enemigos en la guerra.

—¡La guerra! —dijo Moraima, como temblando, en aquella profunda paz y en aquel resguardado retiro, por su Boabdil.

—En la guerra; sí —exclamó Aixá dirigiéndose con furioso ademán a su nuera—. Pues qué, ¿has creído que vas a tener cosido siempre a tu rapacejo el regio esposo?

—Sentirlo, madre, no es evitarlo.

—Justo, madre mía —añadió Moraima— lo mismo que Boabdil ha dicho sentía yo. Alah me guarde de impedirle por motivo ninguno, y menos por mi amor, el estricto cumplimiento de sus sagrados deberes.

Boabdil miró a su esposa con mirada en la cual se contenían las más sinceras manifestaciones de profundísima resignación.

—Continúa, Caid, continúa —dijo Aixá, mandando como siempre.

—Andaba un gallo por los alrededores amenísimos de una grande quinta y topó con astuto raposo. Al ver tamaño enemigo de su casta, subióse a un árbol, alongándose así del peligro. Mas el raposo, industriosísimo de suyo, comenzó a golpear con su rabo en el tronco, asustando al inexperto y candoroso gallo. Corrió este a otro árbol para mejor guarecerse, y al árbol aquel arremetió el zorro con la misma industria. De árbol en árbol fue volando el gallo para huir al raposo y de tronco en tronco fue corriendo el raposo para intimidar al gallo. Cansado a la postre y fin éste, por no ser grandemente volador, cual acontece a todos los gallos, cayó en las uñas de su astuto enemigo. No lo sucediera tal cosa, no, si en el árbol primero se quedara.

—Fábula instructiva en verdad.

—Pues cata otra —dijo Caid— que mucho te ha de placer.

—Oigámosla —contestó maquinalmente Boabdil.

—Los cuervos y los búhos andaban entre sí en desatada guerra. Inferían estos a los otros mucho daño, como suelen todas las aves nocturnas, que aprovechan el sueño de sus enemigos y se deslizan ¡taimadas! por las tinieblas en daño de todos. Los cuervos no podían vivir con la enemiga de las nocturnas aves; y uno, más experto entre ellos, aconsejó que lo pelaran sus propios prójimos para presentarse como víctima entre los enemigos, captarlos con perfidia y perderlos y destruirlos luego con seguridad. Admitieron los búhos al redomado enemigo y pagaron amargamente su confianza, pues cuando más descuidados vivían, les procuró el traidor a los suyos una emboscada en que cayeron los traicionados rotos y vencidos. No creas nunca jamás al que una vez llegó a engañarte, porque tirará siempre con sus habituales mañas a herirte y a perderte.

—Ya ves, Boabdil, cómo Caid te aconseja siempre la sabia desconfianza de los falsos amigos.

—Pero también le aconsejo que no desame ni se desavenga jamás de los verdaderos amigos. Dominaban a todas las alimañas el toro y el león unidos en una sincera concordia. Por medio de las uñas y de las quijadas del fiero león, dominaba el toro en todos los animales carniceros, y por medio de las grandes astas del bravo toro, dominaba el león en todos los animales hervíboros. Los dominados comprendieron que para poseerse a sí mismos y desligarse de la común dominación, habían menester una enemistad entre los dos fuertes reyes del reino animal. Y los carniceros tomaron como instrumento al feroz lobo y los hervíboros al cordero, privado éste del toro y privado aquél del león. Aceptaron ambos a dos el papel que les designaban los demás animales e indispusieron al toro con el león. Tras esta enemistad vino el que dejaran de ser uno y otro emperadores únicos de sus sendos semejantes.

—Yo aconsejo —exclamó Aixá, entendiendo que la lección se dirigía no tanto a Boabdil como a ella— yo aconsejo a mi primogénito la cordial amistad con su hermano menor, pero la implacable y eterna enemistad con aquel que le usurpa el gobierno, perteneciente ya de derecho a Boabdil, en Granada, y que le recluye aquí en el serrallo como padre de familia, cuando Alah en sus designios lo destina seguramente a padre de su pueblo.

Moraima no quiso decirlo, ni pudo ciertamente; pero, allá, en sus adentros, experimentó impulsos varios de afecto a su buen suegro, solo comparables con los impulsos que sentía de despego y desafecto hacia su terrible suegra. Inútil decir que a Moraima, en su amor, le gustaba más el destino de padre de familia designado por Hacem a Boabdil, que aquel otro destino designado por Aixá de padre de su Pueblo.

—Boabdil —dijo Caid— vas a ser mi señor y yo tu vasallo; pero entiende que no basta para el oficio de reinar, oficio dificilísimo, regodearse aquí en los camarines y estancias orientales con placeres más o menos sensuales y vanidades más o menos pasajeras. rey merecerás llamarte si añades algo a tu reino; y no lo merecerás, no, si algo le quitas o en algo lo mermas.

—Verdad, Caid —exclamó la Sultana madre—; verdad cuanto dices ahora. Si no merece llamarse rey quien merma la extensión de sus Estados y resta del número de sus pueblos, quitémosle con justicia ese inmerecido nombre a quien ha dejado perder la bella ciudad de Alhama.

—Un ejemplo, siguió diciendo Caid —como si no llegaran a sus oídos las frases de Aixá—; un ejemplo te industriará en cuanto acabo de advertirte. Hubo en Córdoba un Califa de inmortal nombradía, hijo de Abderramán III y destinado por Alah y el Profeta en sus designios a maravillosísima gloria. Mas en los comienzos de su reinado, acaso por su tierna mocedad, encendida en deseos la sangre y acalorada la mente de ilusiones, consagrábase por completo al ocio y al placer. Holgaba, bebía, cantaba, tañía, amaba, como si no tuviese que responder a Dios del inmenso reino y de los innumerables vasallos. Preguntábanse, viendo tal perezosa vida estos, en qué se conocía que por un Califa estaban regidos y mandados, pues ningún aumento recibiera de aquel príncipe su gloriosísimo y antiguo Califato. Alaquem, oyendo un día de zambras cierto instrumento llamado albogón, cayó en que no daba sonidos tan dulces como los por él deseados y añadióle un agujero. Y este agujero, única invención, de su cacumen, fue designado desde aquel entonces, con la sarcástica denominación del aditamento de Alaquem. Llegó a oídos del monarca la burla, y para desquitarse, aumentó con tal grandeza y maravilla la grande Aljama occidental. sus arcos de graciosas herraduras, sus columnas parecidas a los troncos de un bosque, sus capillas tapizadas de mosaicos, sus minaretes sombreados por las palmas, que desde tal obra llamóse a todo lo milagroso en Córdoba el aditamento de Alaquem.

—Grande y merecida lección le has dado, Caid, al heredero de la corona granadina. Suspendamos ya esta larga enseñanza y consagrémonos a rumiarla en la memoria, sacando con provecho de toda ella los jugos necesarios a la manutención y robustez de nuestro espíritu. Yo, después de todo cuanto he oído, aconsejo a mi Boabdil que lo reflexione y lo medite a su vez. El tiempo presente paréceme de prueba. Los cristianos, ensoberbecidos por la toma de Alhama, y disciplinados por monarcas muy superiores a los dos últimos desdichados monarcas, piensan derribar las puertas de nuestra ciudad y entrarse por sus calles en son de guerra y de conquista, sin parar hasta que hayan puesto su aborrecida cruz en nuestras bermejas torres. Tú, Boabdil, eres la última esperanza de una raza; tu corazón es el asilo último de nuestros templos, de nuestros reinos, de nuestros recuerdos. Tiéntalo y ve si es bastante grande para que puedan caber dentro de su seno tales y tantas grandezas. El clarín del combate ¡oh, Boabdil! te llamará con sus acentos mañana y tendrás que atenderlo y que seguirlo. Prepárate desde hoy a las tristes asperezas de la guerra para obtener los merecidos logros de la victoria, como se prepara el creyente y el ulema en repetidas penitencias a obtener la bienaventuranza. No hay hora segura, no, en tu reposo. Tendrás que dejar tu lecho y tu palacio y tu Moraima, y que ir al combate para buscar en la victoria una indispensable confirmación a tu frágil y decaída corona. Vuelve, pues, al camarín con tu esposa, recréate allí cuanto quieras, pero entiende, que no ha de ser muy larga tu holganza, pues de un lado los crímenes de Hacem y de otro lado los retos de Castilla, te impondrán la guerra. Tu madre, a quien los suyos denominan Horra porque jamás vaciló ni un minuto en el cumplimiento de todos sus deberes, no pudiendo por ti hacer otra cosa, enderezará su espíritu al cielo y diciendo que Dios solo es grande, pediréle comunique una parte mínima de su grandeza y de su poder, al mismo a quien ha dado una corona. Idos, pues, hijos míos a descansar. Vete a descansar, Caid, también. Y que Alah después de haber prosperado tu vida por largos días, crea deber darte cual mereces glorioso nombre aquí el la tierra y bienaventuranza eternal allá en el Paraíso.

El sabio, el príncipe y la princesa, después de saludar con todo respeto a la Sultana, fuéronse a sus habitaciones respectivas, pero la Sultana se quedó allí absorbida en proyectos de maquinaciones nuevas contra su esposo Hacem y a favor de su primogénito Boabdil.

Capítulo XXIII

—¿Qué? —preguntaba con grande impaciencia el Sultán Hacem al renegado Venegas, recién introducido en su presencia.

—¡Oh! —dijo Venegas, limpiándose de su frente ancha y espaciosísima el sudor que la bañaba.

—Deja fatigas a un lado e instrúyeme súbito en cuanto aquí pasa.

—No es tan fácil, Hacem, arrancarlo al serrallo su presa.

—Ya lo creo.

—Si tú o yo demandamos el cuerpo de Zoraya, ten por cierto que promovemos grandes sospechas en Aixá.

—Que Dios confunda —exclamó Hacem— de antiguo herido por el proceder y por la complexión de su esposa.

—He pensado... —y Venegas detuvo un poco su aliento al decir esta palabra.

—¿Qué has pensado? —le preguntó con grandísima impaciencia el Sultán.

—Pues, he pensado aguardar...

—¿Quién dice aguardar? —preguntó Hacem con rabia.

—Sí; aguardar la noche más propicia, porque sino hay necesidad ninguna de tomar precauciones, y de apercibir preservativos contra terribles y probables catástrofes, basta con que vayas al serrallo, entres en sus camarines, y arrebates a la hermosa cautiva, llevándotela con escándalo a cualquiera de tus palacios más públicos.

—No; eso no. Buena está Granada para empresas, y aventuras de tamaño linaje.

—Pues como has pedido precauciones, he tomado precauciones.

—Y has de convenir conmigo en que todas serán pocas, muy pocas, si deben corresponder a los peligros que corremos y a las tempestades que columbramos.

—Ya sabes quien es Aixá.

—¡Ah!

—Ya sabes cómo puede armarnos una guerra civil espantosa.

—Tienes razón. Para empresas de tal género se pinta sola en el mundo la terrible Aixá. Más quiero encontrarme con una selva de lanzas que con su siniestro mirar.

—Lo creo sin que me lo jures.

—Pero acaba por decirme lo que has pensado.

—Pues he pensado escoger propicia noche de cercana fiesta; y en ella, cuando las diversas esclavas se den a la bebida, soltar en la copa de Zoraya, por mano de un eunuco a quien tengo advertido ya, el beleño que tu médico ha procurado seguro de tus disposiciones.

—Tengo la seguridad, Venegas, de que la bebida producirá la muerte aparente sin producir ningún otro daño.

—Ya lo sé.

—Y luego...

—Luego... Ahí está la dificultad.

—No muy grande por cierto, si ofrecemos oro a la Sultana, que lo necesita para sus conjuraciones contra mí.

—Pero en ofrecer el oro y no suscitar sospechas consiste toda la dificultad.

—¿Y qué has arbitrado?

—Una industria muy buena.

—Dila.

—Pues he arbitrado lo único en verdad que puede sacarnos de tantas dificultades. Hay necesidad completa de comprar el cuerpo y hacer que sale por una puerta de la Alhambra para conducirlo por otra puerta prontamente a tus estancias. Si la dejamos enterrar...

—¡Oh! No digas eso. Daría yo mi corona y mi vida por salvarla.

—Y tendrías razón, porque la sierva es hermosísima.

—¡Incomparable!

—Pues he fingido que su poderosa familia castellana pide su cuerpo virginal para enterrarlo junto al cuerpo de sus padres.

—¡Buena traza en verdad!

—Y como no conviene dar mucho dinero a quien lo emplea contra ti, ya se regateará el rescate, pues no debe darse por un cadáver yerto, lo que podría ofrecerse por una joven llena de vida.

—¿Y qué tiempo emplearás en todas estas trazas y en todas estas industrias? —preguntó Hacem.

—Una semana por lo menos.

—¡Oh! Me parecerá un año esta semana de impaciencia terrible.

—¡Qué quieres! Para cosas menores ha menester el hombre mayor esfuerzo y más tiempo.

—¿Y cómo te arreglarás de suerte que puedas fácilmente saber la hora en que propinan a Zoraya el bebedizo, porque sus efectos no pueden durar mucho tiempo, si ha de despertarse tras algunas horas de fingida muerte sin detrimento ni mengua en su preciada salud?

—Ya sabes que se acerca una de las fiestas religiosas con que Aixá, muy ufana de sus recuerdos familiares, suele celebrar aniversarios importantísimos de sus diversos allegados y parientes.

—Sí; es verdad. No me acordaba.

—En ese aniversario resucita una costumbre de los antiguos reyes persas trasmitida por el tiempo a nuestros días y conservada en algunos serrallos orientales.

—Justamente; la costumbre de servir los reyes a sus vasallos juzgada por mí siempre como una humillación inútil, y por ende, nunca seguida en mi corte.

—No la juzga tan severamente Aixá; y la practica más bien por hábito que por gusto, mas la practica fielmente.

—Sí, añadiendo todavía la corruptela muy vejada y maldecida por nuestros imanes de servir y escanciar vino a las siervas de cristiana prosapia u origen extranjero.

—No habéis vosotros los árabes granadinos, a pesar de vuestros pujos de ortodoxia, sido muy escrupulosos en achaques de bebida, pues, aunque os prohíba el Corán beber vino, cuantas veces he visto en los versos de vuestros poetas comparar tus miradas con las del gallo encendido por avinados bizcochos y las miradas ardientes de tus odaliscas y sultanas con el oscuro licor que negrea en una copa de plata.

—Esta es costumbre antigua de todos los moros andaluces, conservada por los moros granadinos. Acuérdate de aquellos versos escritos por Daulá en los cuales alábase la color de purpurina mora que lucen las mejillas de una muchacha, comparable solo al rojo vino, que con sus morenas manos escancia para repartirlo entre los más fieles musulmanes. Acuérdate que los reyes hermanos nuestros de Sevilla, cuyos nombres lucen como luminarias de gloria eterna en los anales muslímicos, prescribieron, juntamente con una hora de rezo, una hora de bebida también. Acuérdate que allá, en la Ruzafa de Córdoba, lo mismo que en los huertos de la Sultanía en Sevilla, por todas las riberas del patrio Guadalquivir, bajo los palmerales asiáticos, en el embeleso producido por las bocanadas de azahar que se absorben hasta por el alma, cuando la noche serena brilla con los resplandores de la Luna suspensa entre la constelación del Águila y la constelación del Orión, los cantares despedidos por nuestras gargantas y acompañados por nuestras guzlas, todos a una, celebran el vino y el amor.

—Mas por eso dicen los santos de vuestra religión, los ulemas de vuestras mezquitas, los marabuts de vuestros desiertos, los sabios de vuestras madrisas que habéis perdido el dominio de Andalucía y habéis probado todos los horrores de la derrota en triste e irremediable adversidad.

—¡Ah! Crees tú que nuestros padres eran mejores, y yo creo, perdóneme Alah, que solo eran más afortunados.

—¡Qué sé yo!

—Ninguno entre todos ellos nació con el furor guerrero que yo siento en mi alma; ninguno había emprendido en menos tiempo más campañas. Pero. ¡qué quieres! después de haber pasado mi juventud cabalgando, con la cimitarra desnuda en la diestra, con los cristianos a mis plantas, con los clarines del combate y del exterminio delante de mis huestes y a mis espaldas el incendio y la desolación, convencíme de que la victoria no se guardaba para nosotros, y de que Dios, dándonos muchos triunfos parciales, no quería darnos un triunfo total, y bajé mi cabeza coronada de sangrientos laureles a la fatalidad y me conformé, de mal grado, pero me conformé al fin, Venegas, por no haber otros humanos remedios, con los decretos del implacable destino.

—¡Ah! El desierto, la penitencia quizás movieran a Dios y te granjearan otra suerte.

—¡Cómo se conoce, Venegas, tu origen católico y tu reciente iniciación religiosa en este culto y en este rito nuestro! ¡Cómo se conoce que no ves, por impedírtelo tu carácter de neófito, la decadencia, por lo menos la decadencia en España del culto que has abrazado! Mira; nuestros padres, los victoriosos, los felices, los conquistadores ¡ah! eran más fuertes, más valerosos, más sabios, más prudentes que nosotros, tan solo porque ¡ay! eran más bienhadados. Ellos cantaban el desierto, la soledad beatífica de sus cuerpos y de sus almas entre los inmensos arenales y los estrellados horizontes, la vida nómada sobre los lomos de los camellos, entre las manadas de las gacelas, con la tienda por todo abrigo, con el dátil por todo alimento, con el agua de los oasis por toda bebida, con la túnica de blanca lana por toda vestimenta, con la caza y la guerra por toda ocupación; ellos alababan esto, y sin embargo, erigían palacios recamados con todos los matices del iris, en cuyos aires, enardecidos por los ecos de los cantares, por los acentos de las guzlas, por los versos de las poesías, por el aroma de los pebeteros, por el choque de los besos, por el susurro de los suspiros ¡ay! se alababa así el vino como el amor y se apercibía el ánimo exaltado en el placer al sentimiento del odio y al ejercicio del combate.

—Volviendo, pues, Hacem, a nuestra conversación —dijo Venegas, al ver cómo el rostro de su amo se oscurecía con la comparación indeliberada entre las glorias pretéritas y las miserias presentes— volviendo a nuestra conversación, decíate...

—No íbamos tan descaminados, Venegas, de nuestra conversación como tú crees. Necesitaba en este diálogo contigo, justificar en voz alta y a los

199

ojos de mi propia conciencia, desvaríos de mi voluntad, descaminos de la ruta emprendida en mis primeros años, para justificarte por qué aquel guerrero, de ti conocido y admirado, que respondía con arrogancias dignas de los Abderramanes a embajadores como Vera, y tomaba ciudades como Zahara, y emprendía excursiones como la que asoló el poderoso castillo de la Higuera y venció a la noble familia de los Solís, este Sultán, cargado a la continua de despojos, hase convertido en una especie de sensual mozo, atento solo a extinguir sus pensamientos, sus aspiraciones, su ambición, la dolorosa remembranza de todos sus proyectos frustrados, en los venenosos olvidos que procuran al mísero mortal, desesperado en este nuestro mundo, el vino y el amor. Pues qué ¿había yo de requerir una sierva en vez de una ciudad; sitiar un serrallo en vez de sitiar una fortaleza; rendir eunucos en vez de rendir ejércitos; triunfar sobre un corazón de mujer y no sobre un campo de batalla; si los horóscopos me persuadieran a creer que aún podía luchar con el destino y vencerlo, si fuera el destino vencible? No, no; yo soy así, porque mi desgracia irremediable así me hizo. Pero cree, Venegas, que nací para otras empresas mayores, y si busco la voluptuosidad y el amor, es por no haber podido encontrar el completo logro de todas mis ambiciones y por no haber podido cosechar los laureles con que había soñado en mis primeras mocedades.

—Pues, ya que así lo dispones, pondremos todas las trazas conducentes a satisfacer tu deseo y compensar con el amor las tristes contrariedades de la guerra.

—¡Qué quieres! Así lo han prevenido los hados.

—Pero si no te molestaras diríate una cosa en son de súplica, pues no quiero que suene de modo alguno en son de advertencia.

—Di cuanto quieras, pues podrás no decir mucho allende lo que yo he dicho.

—Perdóname, Hacem.

—Estás por anticipación perdonado.

—Los que nacidos en otras tierras y en otras creencias las hemos dejado para seguir tu estrella, fiamos en Dios que no ha de faltarte la pujanza necesaria para detener la cruz al ingreso por lo menos de la Vega y salvar y sostener el poderoso imperio que aún te queda, brillando con singular brillo desde las rosáceas Alpujarras hasta los celestes mares.

—Dios lo quiera, Venegas; Dios todopoderoso, el único ya capaz de redimirnos y de salvarnos en estas grandes angustias. Mas corre, vuela, y despacha pronto mi encargo.

—No me llames importuno, Hacem, si te recuerdo que perdonará el cristiano a todos en el día de su victoria, menos a los que hemos huido a sus banderas y renegado de su Dios.

Hacem hizo un gesto, por el cual se conoció que deseando calmar el ánimo de su interlocutor, allá para sus adentros, reconocía la justicia con que los cristianos castigarían tales y tan desmedidas infamias. Así que desapareció Venegas y que se quedó a solas consigo mismo, como si oyera mejor la voz de su conciencia no turbada por las alternativas del diálogo, cayó Hacem de suyo en grande abatimiento. Pocas veces la desesperación ha dominado con tanto imperio un ánimo, idóneo naturalmente para la guerra, y puesto por dificultades insuperables en el caso de consagrarse tan solo al amor. Hacem había pasado ya del primero al segundo período de la desesperación. Cuando movía sus brazos con celeridad desde su regia silla de combate puesta en el artístico lomo de un corcel africano para esgrimir ya su lanza, ya su cimitarra, en la violencia de aquellos movimientos desordenados y en el frenesí de aquellas exaltadas pasiones, veíase que aún luchaba y reluchaba ciego con todas las fuerzas del destino y se prometía y esperaba vencerlas. Pero ahora, en su estancia, poseído por su mal de triste languidez, amarillado el semblante con el amarillor de la hiel, medio cerrados los párpados como para no columbrar las tristes realidades circunstantes, caída bajo el peso de pensamientos gravísimos la cabeza en el pecho como si al corazón se acercara para detenerlo en sus dolorosos latidos, incoloros los labios y demudado todo el gesto, cuya contrariedad se veía, no solo en cuanto acabamos de pintar, sino en el entrecejo fruncido, en las arrugas abondadas como surcos sobre la frente, en la respiración débil, en los suspiros profundos, en la sonrisa siniestra, en las manos crispadas, Hacem, semejaba a la imagen misma del dolor y esparcía en torno suyo esa melancólica nota elegiaca como los cantos fúnebres que despiden de antiguo en torno suyo la melancolía y la tristeza, especialmente cuando se apoderan de un temperamento fortísimo y más apropiado para los empeños de la guerra y sus porfías que para las resignaciones del desengaño y para la paz de una imposible conformidad con la desgracia. Seguramente, Hacem, hubiera sucumbido a los contratiempos últimos de no haber encontrado alguna compensación verdadera en las esperanzas y en las impaciencias del amor.

El día de sus grandes satisfacciones en que iba por completo a lograr su deseo, se acercaba con celeridad. Aixá, para quien las fiestas de familia en otros corazones menos ambiciosos y en otras mujeres menos exaltadas, verdaderas fiestas del sentimiento y del amor, trocábanse a una en festividades políticas, traía revuelto el harén de su nuera y preparaba un grandioso festival parecido a los festivales del Oriente cantados por los poetas muslímicos. Inventiva, fantaseadora, en su afán de prestar novedad a estos aniversarios, había ideado el vestir a sus esclavas diversas con arreglo al traje de sus respectivas naciones, dándoles un festín también arreglado a sus respectivas costumbres en caprichosa fiesta. Tal disposición tenía por objeto, no solamente conmemorar fechas religiosamente queridas y adoradas, sino también mostrar que toda la vida, bajo todas sus fases, del palacio, se retiraba poco a poco hacia ella, y en ella se iba poco a poco reuniendo y personificando. Así, los muslimes llegaban a saber que mientras el Sultán, a ello constreñido por las derrotas de Alhama, se recluía dentro de sus estancias y evitaba la vista de sus vasallos amenazadores y airadísimos, Boabdil, recogía en torno suyo la representación del reino, los sabios, los ulemas, los imanes, los predicadores, los poetas; y para que nada faltase de cuanto latía y se animaba en aquellos espacios, también los placeres. y las fiestas. Así, todos se acostumbraban paulatinamente a dirigirse hacia el Sol que relucía por el Oriente y a dejarse al Sol que tocaba en el ocaso. La juventud floridísima del nuevo príncipe; los encantos y seducciones de la sin par Moraima; el genio guerrero y político de la incomparable Aixá, concentraban toda la vida en aquel apartamiento de su Alhambra dejando por completo desiertas las antes henchidas habitaciones del rey. Este solo se ocupaba, por aquella sazón de su encrespada vida, en cazar con la paciencia de araña laboriosa que teje tela sutil una sierva, robándola, pérfido y avieso, al serrallo de su propio hijo y a la comitiva y compañía de su mujer. Las cuestiones teológicas dilucidábanse todas en los camarines de Aixá; los poetas decían sus versos en los oídos de Moraima; los guerreros trazaban los planes de campaña en presencia del joven Boabdil, esclavo de su madre; las esperanzas que preparan tanto lo porvenir, volaban por aquellos salones y por aquellos harenes como los pintados insectos que buscan mieles, aromas o matices por las primaverales florestas; y Hacem, el Sultán legítimo, contra cuyo imperio se dirigía y encaminaba esta conspiración pública, complemento verdadero de la conspiración secreta, Hacem, hallábase ya moralmente destronado, cuando aún conservaba la corona en las sienes, y en el pecho todo su nativo coraje.

Mientras las fiestas se iban así cuajando, entregábase Isabel de Solís, en los ratos de soledad que le procuraban algún vagar, a sus rezos piadosos y a sus místicas meditaciones. Absorta en su fe, por lo mismo que la veía negada y ofendida en todas partes, olvidábase de sí misma y de la vida y de la tierra, por contentar tan solo al cielo. En esta especie de nerviosa sobreexcitación, menospreciaba todos los objetos del mundo y entreveía una vida tal en la eternidad que llamaba con llamamientos indeliberados a la misma muerte. El amor traído a su ser por la primavera de sus años, por la tierna juventud y por la complexión ardorosísima de todo su ser que parecía refluir al corazón, el amor se disipaba como los destellos de las lámparas sacras, como las espirales del religioso incienso, como los vocablos de la mística plegaria en el divino seno, adonde fluyen las almas enardecidas por una fe ardorosa y exaltada. No le parecía imposible llegar hasta la visión material de Dios, porque no existe imposibilidad alguna para quien verdaderamente ama. Esta seguridad le daba paz profunda e interior tan dulce y regalada como si en libertad se hallase, porque su fantasía, con la fuerza que para ponerlo todo en relieve tienen las fantasías meridionales, dibujaba cuadros religiosos en aquellas paredes profanas y les dirigía continuas oraciones. Su devoción, mostrada tantas veces en los castillos de su padre y en el seno de la patria Iglesia, se había exaltado con la privación e ídose hasta los extremos del misticismo. Ella, tan móvil, impresionable y nerviosa, replegaba las grandes alas del alma dentro de sí misma, recluía todo afecto mundano en lo más hondo y más secreto del corazón, señoreaba todo lo que de terreno pudiera tener su complexión, y absorta, extática, fuera de sí, veía con material visión a su Dios y esperaba que por un milagro de su bondad infinita, la redimiese y sacase de aquel horrible cautiverio muslímico donde no temía tanto las tristezas de su vida de esclava como las asechanzas a la integridad de su fe y a la pureza de su alma.

Cuanto más Isabel a estos sentimientos y afectos se aferraba, más creía en la facilidad de un milagro en que pudiera el cielo intervenir, mostrando así cómo provee a las necesidades y a los ruegos de las más humildes criaturas. Con esa erudición religiosa que allá en sus primeras mocedades aprendiera, evocaba Isabel todos los ejemplos de ángeles libertadores que había en sus lecturas piadosas aprendido. El ángel que colgó de lo infinito la escala de Jacob, el ángel que anunció a Esther la próxima ventura de la raza escogida, el ángel que guió a la sacra familia en su viaje al Egipto, el ángel que habló con las santas mujeres de Jerusalén el día de la Resurrección, el ángel custodio que protege bajo sus alas todas las cunas donde duerme y sonríe la inocencia, el ángel purísimo de los primeros amores, todos los ángeles de la tradición litúrgica se lo aparecieron a una y le mostraron el puerto y el seguro de las más consoladoras esperanzas. Pero aún le sucedió más. Cuando estaba viendo todas estas visiones de su intuición, cátate que una melodía suavísima sube desde las honduras, donde radica el señorial castillo, a lo alto, donde se hallaba ella, y difunde una especie de melancólica poesía impregnada por santas esperanzas. Castellana canción acompañada por laúd propio de los antiguos trovadores asciende indecisamente a sus oídos y penetra en su alma, inundándola de gozo cual respuesta celeste a sus místicas plegarias. Esta canción, aunque no se atreve a nombrarla, va indudablemente dirigida desde los hondos calabozos a ella, prometiéndole, primero la libertad próxima, y, tras la libertad próxima, un amor al modo cristiano, un amor casto, puro, intenso, único, amor que duraría toda la vida y que se dilataría por su propia virtud allende la muerte hasta llegar al seno de la eternidad. Isabel comprendió bien pronto que aquella voz, de lo profundo salida y por la distancia entibiada, era la voz de Illán, el valedor de su desgracia en la hora de su aflicción suprema, el joven héroe que había preferido un cautiverio peor que la muerte y un calabozo peor que los sepulcros, al abandono y olvido de la mujer amada, siquier ese abandono y ese olvido pudieran compensarse con los goces del triunfo y con los esmaltes de un verdadero renombre. El amor ofrecido en aquella hora tristísima, sí, aquel amor, que jamás había osado expresarse por la timidez natural a los grandes afectos en la hora del perdido bienestar y de la llorada bienandanza, el amor entonces declarado por el cautivo a la cautiva no podía menos de ser por su intensidad y extensión, de toda el alma, por su fuerza y por su perpetuidad iah! de toda la vida. Y según que la canción oliente a incienso de la Iglesia perdida tras el combate, a terruño de la patria regado con sangre de los mártires, a esencia y aroma de la poesía natal, y según que la canción se iba dilatando por los aires y creciendo en pasión, Zoraya, la Zoraya del harén, se reconocía en su interior la Isabel de Solís, católica por su fe, rica hembra por su estirpe, castellana por su cuna, y por todo su ser destinada en providenciales decretos a regir castillos señoriales, reinar en cortes de poesía y en torneos de caballeros cristianos, viviendo con un solo esposo toda una vida para dormir el sueño de la muerte a su lado en el sepulcro de mármol erigido junto a los altares de su Dios y sobre los huesos de sus padres. La mujer cristiana pudo comparar en aquel momento, cuando el destino la ceñía y ligaba con lazos de flores a un serrallo donde su virginidad y su pureza se habían salvado por el desdén de sus señores, pudo comparar la madre de familia, la esposa única, la compañera de todo el ser y de todo el existir, la intercesora entre la tierra y el cielo, numen de la poesía, ornato de la sociedad, estrella de la vida, gala de los torneos, diosa del hogar, con aquellas pobres mujeres enjauladas como las aves de las pajareras y reducidas a viles instrumentos del placer como cualquier objeto placentero y voluptuoso, como los pebetes de mirra, como los pomos de aroma, como las guzlas de sonantes cuerdas, como las cosas voluptuosísimas y viles. Así, en el horror que le causaba la sociedad tristísima donde había caído, la canción aquella en tal momento, entonada y dirigida por labios purísimos a fines tan sagrados, le dio a entender que amaba con todo su corazón a Illán el cautivo, y que solo con Illán el cautivo podía unirse ya su alma en este mundo y en el otro. Así es que, tomando su guzla y pespunteando en ella suavísimo acompañamiento, entonó una canción de amor, que respondía de todo en todo a la canción del cautivo, como lacanción del cautivo respondiera también a sus oraciones místicas y a sus plegarias religiosas en aquel supremo instante. Buena ocasión había escogido para sus amores Hacem.

Capítulo XXIV

Por fin Aixá dio la fiesta tan esperada en que debía Venegas propinar el bebedizo a la codiciada cautiva por mano de un eunuco. Hemos dicho que daba el festival Aixá y no hemos d cho bien. Aunque bajo su nombre y advocación se urdiera y arreglara la fiesta, tenía en ella una parte nominal ciertamente la Sultana, que la dejaba celebrar por complacencias naturales con Moraima y Boabdil, inclinados, por razón de su mocedad, a todos los placeres, muy buscados y queridos en una inexperiencia incapacitada naturalmente de ver y presentir los males extendidos sobre sus personas y sobre sus reinos. Recordaban Moraima y Boabdil aquellas fiestas tan celebradas por su esplendor en la tierra del Ándalus, que idearon los reyes de Castilla Enrique IV y su esposa, fingiendo una corte mora y un alarde moro con todas las preseas, arreos, trajes, emblemas, joyas y armas de la morisma en general y especialmente de los moros granadinos. Para imitar y reproducir aquel vistosísimo hecho, idearon Moraima y Boabdil vestir a cada una de las siervas encerradas en el serrallo, es decir, a cada una de las mujeres nominales del príncipe, con los trajes propios de sus respectivas cortes y de sus altas clases, dándoles un festín aparatoso, en que se les sirvieran los manjares y los vinos de uso en sus respectivas natales regiones.

Inútil decir, cuánto lujo y esplendor reinarían por aquellos tiempos en la decadente corte de los decaídos muslimes. Todas las decadencias acostumbran a pagarse mucho de los esplendores prestados por la riqueza, ya que no por la inspiración, ausentes de todas estas nefastísimas crisis. Sin arte dramático los árabes, sin grandes pintores, aunque algunas pinturas se veían por las paredes maravillosas de su Alhambra, sin esculturas apenas, pues tal nombre no merecen los leones del conocido y admirado patio central en la torre de Comares, debían darse a la poesía lírica y al arte músico y a la decoración fantástica y milagrosa. El mahometismo no podía olvidar las tierras donde tuvo su principal teatro, las t erras del incienso y de la mirra que arden todavía hoy bajo los templos y ante los altares de nuestros Dioses. Así Mahoma dijo que después de la oración mística, nada le placía tanto en el mundo como las mujeres y los aromas. Así pasó bien pronto el tiempo de las austeridades musulmanas; aquellos primitivos califas, como el grande Omar, sencillo en su traje, severo en sus costumbres, que tiene por todo trono su ambulante camello y por toda provisión sus cestos de dátiles y sus odres de agua, menospreciador de las púrpuras y sedas recogidas en los despojos de las ciudades syrias, aquellos califas se ven reemplazados bien pronto por Omniadas y Abasidas que paseaban bajo doseles de brocado; seguidos por mílites, los cuales parecen, si a su lujo se atiende, sátrapas persas; rodeados de siete mil eunucos y tres mil nubios, cuyos trajes rojos contrastan brillantemente con sus rostros negros; habitadores de palacios que se dirían salidos del suelo a la evocación de una hurí bajada del Paraíso con su cetro mágico para producir aquellos santuarios donde los reales salones cuentan treinta y ocho mil piezas de tapicería, entre ellas doce mil recamadas de oro; y árboles de metales preciosos que llevan por frutas topacios, zafiros, perlas, esmeraldas; y fuentes de aguas aromadas; y bóvedas conteniendo músicas de tal modo sonoras y deliciosas que penetran por las venas y difunden una especie de sensual voluptuosidad, en la que parece como que se extingue la vida y como que, se acaba el alma de gozo y de placer. Pues todo esto se había llevado a sus últimos extremos en aquella tierra de Andalucía, según Muza, más fértil que todo el Yemen, más rica en flores y en aromas que toda la India, más abundosa en minerales riquísimos que todo el Ketan. Como Andalucía llegó a los árabes después que Syria, en la cual aprendieron las artes del lujo, como los romanos las aprendieran a su vez en el Asia, todos los reinos de Córdoba, Sevilla, Granada y sus anejos, resplandecían con tal resplandor que ofuscaban los antiguos imperios y los hacían desaparecer en el recuerdo de la humanidad como el Sol hace desparecer los otros astros en la inmensidad de los cielos al despedir por los espacios el día.

En la corte de rey sensual como Boabdil, de reina dulce y amorosísima como la incomparable Moraima, de poetas y artistas como los últimos árabes andaluces, corte donde se habían replegado todos los restos de la cultura hispano-arábiga, el brillo se asemejaba de suyo al que lanzan todas las luces en el instante supremo en que se avivan y abrillantan para extinguirse. Aquella noche de voluptuosidad y amor se asemejaba en sus delirios a los ensueños gozosos y a la vida exaltada que la fiebre presta en los podromos de sus primeras agonías a todos los tísicos, cuyas mejillas reanima el calor de una encendida sangre, antes que las hiele y amarillee la inevitable muerte. Resplandecían como nunca en aquella noche los patios iluminados con arte, de tal suerte maravilloso, que les daba los colores y los matices del iris; las puertas de marfil, nácar y plata que reverberaban las innumerables luces; los tapices trasparentes en cuyas sedas riquísimas resaltaban los ramajes de bordados arbustos y de pintadas flores; las lámparas de oro consumiendo aceites perfumados; los cojines tendidos por todas partes y compuestos de áureos tisúes indios en cuyo fondo resaltaban geométricas figuras de plata; las sartas de amuletos engarzados en piedras preciosas; los jardines vistosos por las celosías tan brillantes como las constelaciones del cielo, y las hermosas jóvenes del serrallo vestidas todas por maravillosa manera y rodeando en grupos deslumbradores al joven príncipe, que apenas las miraba, vueltos los ojos hacia la idolatrada Moraima en torno de cuyo turbante resplandecía oriental diadema, preciosísimo regalo de su boda.

Allí había mujeres traídas de la Escandinavia; rubias como la luz, de ojos vagamente azules y de alta y apuesta estatura; mujeres de la familia eslavona, de rostro aplastado, ojos pequeños, cabeza grande, nariz ancha, labios gruesos, figura varonil y fuerte; mujeres arrancadas a Morea, Mesenia, Taigetes y Georgia, con sus cabezas esféricas y su aire de bellas estatuas y sus trenzas negras y sus ojos grandes y su color moreno y sus labios encendidos y sus dientes blancos; mujeres líbicas, tan ardorosas como las arenas del desierto; mujeres egipcias, del color de la espiga, en cuyas facciones se mezclan la Grecia y el Oriente con todos sus atractivos; mujeres verdaderamente semitas, de largo perfil, de alto cráneo, de ojos profundos encerrados en largas pestañas, de color oscuro y brillantísimo; mujeres arameas cazadas en los desiertos de Asia y vendidas en los bazares de Syria, cuyo rostro casi redondo y cuyos labios gruesos no empecen a la belleza que les presta un cerebro de armoniosas curvas, unos ojos de voluptuosos centelleos y una larga nariz y una torneada garganta. Imagináoslas vestida cada cual según los usos de su tierra; las escandinavas, con trajes de armiño y coronas de flores y grandes hojas, coronas parecidas a las espesas que llevaban de pámpanos las bacantes antiguas; las cretenses con sus jubones blancos de mangas encarnadas, sus velos de lino bordados de sedas vistosas que les caen sobre las espaldas, sus cinturones de plata rematados por grandes cascabeles, sus collares de oro cargados con preciosos amuletos; las mujeres macedonias ornadas con sus colosales turbantes y ceñido el cuerpo con sus blancas y esculturales túnicas; las mujeres dálmatas, mostrando bajo sus pañuelos de seda las trenzas de azabache, envueltas en paños que parecen sedas, con perlas al cuello, y a los pies rojas medias y sandalias blancas; las mujeres etiópicas arrastrando sus colas dentadas, mal cubiertas por su manto de seda y por su velo celeste; las mujeres egipcias, con vestimentas de brocados rojos a rayas de oro, teñidas las uñas de carmín; las mujeres africanas con sus camisas de colores y de mangas perdidas, con sus capas o dormanes de azul oscuro, con sus brazaletes y sus esposas de oro, con sus collares de perlas, con sus arracadas que les caen desde las orejas sobre los hombros; las mujeres syrias con sus tiaras delicadísimas, con sus trajes de terciopelo recamado, con sus corsés de pedrería, teñidas de colores fuertes las mejillas y aromadas por toda clase de embriagadores perfumes; imagináoslas al resplandor de tantas luces, al eco de tales músicas, bajo aquellas bóvedas de pintadas estalactitas, sobre las alfombras de Persia, entre los jarros llenos de flores y los surtidores produciendo en la clara linfa de aquellos estanques dulces melodías; y decidme luego si algo puede compararse, aunque sea soñado, con esta viviente y deslumbradora realidad.

Lucía entre todas Zoraya, que por una excepción llevaba el riquísimo traje de los serrallos, sin duda porque sus dominadores no quisieron que recordara la vestimenta de Castilla, cuando los castellanos amenazaban con más furor y con apremio al reino granadino. Pero si no toleraron que llevara su traje patrio, toleráronle que bebiera en copas de origen español, aquellas bebidas más usuales a su patria y más gratas a su paladar. Pues en aquellas bebidas el eunuco por Venegas comprado, supo deslizar con arte y con oportunidad el bebedizo preparado por el médico de Hacem y que debía darle una muerte aparente. Bebiólo, pues, Zoraya sin experimentar ningún efecto en los primeros instantes y mucho menos sin presentir lo que bebía. Pero imagínese quien leyere cuál sería el terror de aquellas gentes, cuando vieron que un cadáver frío, más que frío yerto, arrojaba duelos de muerte sobre aquellos excesos de la vida. Nadie supo a qué accidente atribuir aquel inesperadísimo caso; pero todos los eunucos del serrallo expertos en medicina, declararon que Zoraya estaba muerta, completamente muerta. El bebedizo compuesto por la ciencia del médico de Hacem y propinado por la destreza de Venegas, produjo todos sus naturales efectos. La hermosa Isabel de Solís, conocida con el nombre de Zoraya en el serrallo, había muerto y muerto repentinamente amargando y enlutando la noche placentera de una fiesta oriental.

Capítulo XXV

Las compañeras de Zoraya vertieron abundantes lágrimas y lanzaron agudos sollozos. No satisfechas de estas manifestaciones de duelo, cogieron con ambas manos los rizos que les caían sobre las espaldas y se mesaron con furia las largas cabelleras. Distinguióse entre todas por su dolor la tierna Moraima, pues, segura del cariño de Boabdil, nunca creyó tener en las esclavas, ni moras ni cristianas, temibles rivales. En cambio la austera Aixá disertó sobre los desórdenes de la mesa y tomó pretexto de aquel inesperado caso para argüir muy largamente del olvido de las leyes koránicas y de la maldita manía de beber vino. Cautiva andaluza, la pobre Zoraya conservaba en su conciencia y siempre que podía en sus oraciones y prácticas religiosas, como hemos visto, el culto de sus padres; mas en el harén, sin que nadie la hubiese consultado, pasaba por renegada y mahometana. Así, no es mucho que sobre su cadáver frío recitara Aixá la oración muslímica por los difuntos; y volviendo su rostro a la Meca, dijera los cuatro tekbires necesarios para encomendar los muertos a la divina misericordia. En el primero, exaltó la gloria de Dios; en el segundo, le consagró largas alabanzas; en el tercero, le pidió para Mahoma las mismas bendiciones llovidas sobre Abraham; y en el cuarto le conjuró a que acordase a la difunta justicia, si había sido buena y perdón si había sido mala, convirtiendo su tumba en lugar de delicias y en pórtico del paraíso. Pero no había concluido esta plegaria religiosa, cuando llegó proposición de rescate, y con la proposición de rescate el propósito adivinado por Muley en Aixá de entregarla a cambio de tesoros muy buenos para alimentar las guerras civiles y conseguir el logro de todas sus desapoderadas ambiciones. Un delegado de Venegas cogió el cuerpo, y lo depositó a hurtadillas en la mágica estancia señalada por el enamorado Sultán.

Era de noche. Bien lo indican el canto del cuclillo en la llanura, del búho en la caverna, del ruiseñor en la floresta, de la rana en el estanque y del grillo en la hierba. Dentro de preciosa estancia yace sobre un lecho de damasco carmesí, el cuerpo de Zoraya, revestido de lino blanco como la nieve y coronado de flores recién cogidas en los encantados cármenes. El suelo de alabastro brilla como si fuera un pedazo de la Luna llena; las paredes, primorosamente alicatadas, ostentan todos los colores del iris, realzados por la hojarasca de plata y oro; la bóveda, compuesta de estalactitas varias, parece destilar esas gotas de luz que se llaman soles y estrellas; levántanse a las alturas surtidores de aromadas aguas que perfuman el aire, penetrando, además, por las venas como un sueño delicioso; y lejos, apagadas por la distancia, suaves melodías impregnadas de amor que a su vez embriagan el alma. Sobre sendos cojines, a los pies del lecho, se ven trajes orientales de la mayor riqueza y joyas tan preciadas que valdrían ellas solas un reino. La luz, a cuyo resplandor todos aquellos objetos están iluminados, guarda reflejos dulcísimos y extraños como si proviniera de otros cielos y astros enteramente desconocidos para los míseros mortales. Una klepsydra, puesta cuidadosamente a la cabecera del lecho, acaba de vaciar todas sus arenas, cuando Zoraya se incorpora dando un suspiro, y se lleva la mano derecha a la frente y la mano izquierda al corazón como queriendo sacudir un triste sueño y descargarse de una gran pesadumbre.

—¿Dónde estoy? —dijo— ¿qué es de mí? Muerta, muerta, y he debido llegar al otro mundo.

Y a esta reflexión se lanzó del lecho y recorrió la estancia.

—Dios mío —dijo—. ¿Me has enviado al, cielo, al infierno, al purgatorio? No lo sé. ¡Oh, madre, madre mía! El ángel de la guarda, con que tantas veces entretuviste mis insomnios y ocupaste mi pensamiento, no ha venido a recibirme aquí, en las riberas de la eternidad. Ni oigo las letanías sin fin que despiden los bienaventurados de sus labios, ni veo las palmas de luz que cimbrean en sus manos las mártires. La Madre de Dios, cuya sonrisa me bendecía en el crepúsculo, cuando la campana de nuestro castillo, desde la torre altísima llamaba los campesinos al reposo y a la oración, no ha derramado sus rosas místicas sobre mi cuerpo virginal y sobre mi alma inocente. Todas las esperanzas de mi cautiverio han marrado. Si sobreviví al rapto, si me resigné al harén, si pude vivir entre infieles como la rosa entre zarzas, fue con la esperanza de encontrar en mi paso desde este manto al otro por los cielos eternos de mi Dios las almas bienaventuradas de mis hermanos y de mis padres. Los vi caer defendiendo tu santo nombre; los vi expirar en la pelea con la mirada convertida a tu gloria; y se han perdido como el polvo levantado por sus corceles, y se han disipado como la sangre derramada de sus venas. El surco de los combates se tragó sus cuerpos y sus espíritus, confundidos con el terruño, como una capa de polvo puesta sobre otra capa de polvo. Y aquí, en el otro mundo, por cuyo logro suspiré tantas veces, se extienden las mismas líneas de los palacios árabes, se oyen las mismas melodías, se aspiran los mismos aromas, se ven sobre cojines de damasco las mismas deslumbrantes y despreciables joyas; de modo, que esta muerte, por la cual había suspirado, creyéndola el logro de mi libertad, se reduce a la prolongación de mi cautiverio. ¿Para qué todo eso, para qué, si aquí estoy sola? Dios mío, llamo y no me responden. Deben haberme enterrado viva en alguna de las estancias de Granada. Pero este sepulcro es horrible, este sepulcro en el cual ni siquiera se encierra el amor, lo único que puede consolar de la ausencia del cielo. Dos cosas he querido que no pienso lograr jamás, ¡oh hado implacable! después de la vida la bienaventuranza y en la vida el amor.

—Las tendrás —dijo Muley-Hacem abriendo unas cortinas y lanzándose a los pies de Zoraya.

—¡Ah! —gritó ésta con grito indecible como si hubiera recibido una herida.

—¿Tiemblas? —preguntó el Sultán.

—Sí.¡Qué miedo! —respondió Zoraya.

—¡Miedo cuando tienes a tus plantas un caballero!

Y clavó sus ojos con tanto ahínco en los ojos de Zoraya que sintió misteriosa fascinación la incauta joven.

—¿Por qué tiemblas?

—¿Por qué tiemblo? Porque es tan extraño todo cuanto me sucede aquí...

—¿Extraño?

—Incomprensible.

—Se comprende fácilmente; de sierva pasas a señora.

Y volvió a fijar con tal ardor sus ojos en Zoraya, que volvió Zoraya de nuevo a estremecerse.

—¿Por virtud de qué milagro? —preguntó la joven con anhelo.

—Por virtud del amor.

—¿Quién me puede amar a mí, a esta pobre cautiva?

—Yo.

—¿Y quién eres tú?

—No puedes saberlo.

—¿Eres algún mago, algún hechicero, que me ha detenido a las puertas del sepulcro y que me ha encantado con sus conjuros?

—No me conoce —exclamó para sí el Sultán—, no sabe quien soy. Gracias, Dios mío, gracias.

—Dime quien eres.

—¿Para qué necesitas saberlo? Soy un mortal que te amará hasta más allá de la muerte.

Y el fuego que despedía la mirada de Hacem, y el aroma que exhalaba su aliento, subían hasta la cabeza de Zoraya y la trastornaban más, mucho más, que antes la hubiera trastornado el narcótico.

—¿Amar? ¿Me amas? —preguntó.

—Como no puedes imaginártelo. Si fuera rey del cielo pondría a tus plantas el Sol, y si fuera rey de Granada, pondría a tus plantas el solio.

—No, no. Ni soles, ni solios. Lo que yo necesito es mucho más reducido, lo que yo necesito es un corazón.

Tales palabras exaltaron el ánimo de Hacem con una verdadera exaltación. El contraste entre esta sencillez propia de una mujer amante y las ambiciones de Aixá, que a la continua le atormentaban, fue para él como una revelación. Por vez primera sentía el amor en sí, el amor desprendido de todos los intereses terrenales, el amor puro y eterno. Por vez primera veía abrirse ante sus ojos extáticos un alma enamorada. Después de haber gustado la gloria, la ambición, el poder, gustaba el amor. Así es que no creía en tanta dicha. Así es que no se cansaba de absorber por su alma y por su cuerpo los efluvios de aquella nueva existencia nunca antes sentida. Parecíase otro a sí mismo y parecíale también otro el mundo que le rodeaba. En su éxtasis no se atrevía ni siquiera a tender una mano a Zoraya, temeroso de que aquella aparición se deslustrase y se perdiese en la realidad como entre nuestros dedos se pierden y se deslustran las tenues alas de las pintadas mariposas. Al resplandor de aquella luz, al choque de aquellas emociones, erguida la joven esclava pero fija en los pensamientos que iban despertándose por su alma, de rodillas aún el apuesto Sultán como un idólatra que adora una imagen, formaban pintoresco grupo, que inspirado pintor hubiera podido recoger de aquel centro de colores y matices para trasmitirlo a la posteridad.

—¿Amor sientes por mí? —preguntó Zoraya.

—Amor —dijo Hacem.

—¡Ah! No lo creo.

—¿Por qué?

—Porque vosotros sentís amor exaltado hacia la espada que os ha abierto paso entre vuestros enemigos; hacia el trotón que os ha devuelto a vuestro hogar, desde una peligrosa retirada; hacia el concepto que de vuestro valor han tenido los mismos que os han disputado el triunfo; hacia el timbre y el mote de un escudo forjado en fuego y teñido en sangre; hacia el laurel cosechado en los surcos de los combates; hacia la divisa lograda en los torneos; hacia las ambiciones del poder, y las competencias del gobierno; pero no hacia nosotras, eternas esclavas, queridas un momento con el deseo y abandonadas por una eternidad después del goce, que en cuanto bajamos a vuestras instancias y nos perdemos en vuestros brazos, somos como esas flores, arrancadas al tallo, olidas un momento con gozo, y luego arrojadas, al suelo con desprecio para desaparecer en olvido eterno.

—¿Quién te ha puesto en condición de maldecir del amor antes de haberlo sentido?

—He pasado por vuestros harenes y he departido con vuestras esclavas.

—Verdad.

—Y yo traía de mis tierras un sentimiento arraigadísimo, el sentimiento del amor único. Mi madre me destinaba a un hombre; y este hombre no podía tener otro amor sino el mío; ni unirse con ninguna otra mujer sino conmigo. Para mí el amor confunde dos almas en una sola vida, dos vidas en un solo hogar, y después de la muerte dos cadáveres en un solo sepulcro. Si no es así, tal como lo he aprendido en mi educación y en mi culto, no quiero el amor. Levántate, pues, ¡oh, moro! de mis plantas, pues no aguardes que caiga en tus brazos quien, al verte en el harén con otras mujeres, o se resignaría por indiferente, o se mataría, por celosa.

Hacem se puso de pie al imperioso mandato de la joven, pero no se movió del sitio donde al principio se arrodillara. Su cabeza, que superaba en mucho a la cabeza de la pobre niña, se inclinó instintivamente para recoger en los ojos aquella amorosa mirada y en los labios aquel embriagador aliento. Zoraya, por su parte, al verlo levantarse creyó que iba a partirse, y sintió un frío glacial, como si en una tempestad le rehusase su amparo el árbol, bajo cuyas ramas buscara refugio y salvación. Desde aquel mismo punto la sombra extendida por el cuerpo de su interlocutor era indispensable a su existencia, aunque todavía no supiera ella misma cuanto pasaba por las profundas interioridades de su propio ser, incierto entre aquella emoción reciente y la emoción que despertara en él otras veces los obsequios y los cantares del cautivo Illán, que no se acercaban aún a verdadera pasión. Así en vez de alejarse cuando Hacem se levantó, acercóse a él, le miró con una mirada celeste, de esas cuyos rayos dotados de penetración y de dulzura inexplicables, llegan al fondo del alma y levantan allí ideas tan inextinguibles como la conciencia, sentimientos tan duraderos como la vida. No se cimbrea y estremece la palma herida por un rayo; el cedro doblado por un huracán; la colina por un terremoto atravesada; como se cimbreó y estremeció el cuerpo de Hacem a la magia de aquella inexplicable y suprema mirada, en cuya expresión se contenía toda una vida de amor y todo un horizonte de esperanza.

—Si Granada me perteneciera con sus mil torres; si me perteneciera la Alhambra con sus cien estancias; si me perteneciera la Vega desde las cumbres de la sierra de Nieve hasta las cumbres de la sierra de Loja, daríalo todo por este solo instante; y aunque luego mendigara de puerta en puerta, sin guía ninguno, porque nadie se compadeciera de mí, bastaría el recuerdo de este minuto para endulzar la eternidad de mi pena. Podría vivir cien años, y al término de mi vida vendría trémulo a hincarme aquí, para besar el sitio donde se han posado mis rodillas y tus plantas. Podría morir, y al entrar en el Paraíso, despreciaría a todas las huríes, prefiriendo a contemplar su hermosura radiante de bienaventuranza, contemplar tu cuerpo rígido por el frío de la muerte y devorado por los gusanos de la podredumbre. Permíteme que enlace con este brazo mío, por toda una eternidad tu cintura flexible como la palma; permíteme que oiga al rumor de esa fuente la unísona melodía de tu voz por siglos de siglos; permíteme que beba como único licor tu suspiro embalsamado y que tome por único alimento tu sonrisa; y si lo quieres, arrojaré alfanje y sacerina, despediré yegua y trotón, tomando una guitarra

africana, rasguearé sus cuerdas y cantaré inmóvil a tus pies, como los ángeles a los pies de Alah, tu amor y mi ventura.

A este raudo arrebato de lirismo amoroso, respondió Zoraya con amarga
sonrisa y con tristísimo suspiro.

—¿Suspiras, bien mío?

—De tristeza.

—¿Cómo? ¿Por qué?

—Aún no has respondido cosa alguna a mi primera observación.

—¿A cuál?

—A la observación de que nosotras cristianas, solo podemos amar a un
hombre; pero a cambio de que este hombre ame a su vez una sola mujer.

—Zoraya, nosotros podemos tener muchas esclavas, pero casi todos los
musulmanes ilustres han preferido siempre a ese rebaño del harén el amor
casto de una sola mujer. El rey más preciado de nuestra tierra andaluza fue
el ilustre Ebn-Abed, tan grande por su ciencia como por su valor y por su
valor como por su infortunio. Y a pesar de tener el más hermoso serrallo de
Occidente, prefirió siempre la incomparable Romaiquiya, caprichosa beldad
que se entretenía en fabricar ladrillos con barro de canela molida y ámbar
pulverizado y almizcle en pasta y algalia y mirra del desierto, mezclado todo
con agua de rosas.

Zoraya meneó tristemente la cabeza como si aquellas palabras le hirieran
con mortal herida el corazón.

—¿Qué tienes? —preguntó el Sultán.

—Cuando dices tales comparaciones, tú debes ser o un rey o un príncipe,
o un visir, o un grande cualquiera de alta prosapia e inmenso poder.

—¿Y qué?

—¿Qué? ¿Lo preguntas cuando ya lo dije? No quiero amores con reyes y
magnates. La corona real me daría celos, por verla más cerca de ti que de
mis amantes brazos. Granada me parecería una rival muy temible. El tiempo
que pasares entre visires, alfaquíes, eunucos, guardias, cortesanos, esclavos,
lo robarías a mi amor. Y no recuerdo para nada el harén. Y no digo nada de
la guerra. Y no cuento los negocios de Estado. El poder ahoga el sentimiento. La gloria absorbe al fin y al cabo un corazón. Las ambiciones de la plaza
pública y del campo de batalla no dejan tiempo para pensar en la mujer y

en los hijos. Yo prefiero una dulce medianía. Me basta con un hogar y por todo reino un jardín. Me enamora más la tranquilidad de un matrimonio sin cuidados que la gloria de mi guerrero sin derrotas. Para consagrarse al amor, estorba todo lo que no sea el amor mismo.

Hacem no sabía qué responder a estas palabras tan estrechamente ligadas con todos sus afectos. Si de antemano lo hubiese dicho a Zoraya los medios necesarios para rendirle a su albedrío, no los dispusiera su propia razón como los disponía en momento tan oportuno el revelador instinto de su amada. A un brazo fatigado de pelear, a una mente gastada en las ideas y combinaciones políticas, a un corazón reñido con una esposa ambiciosísima, a un monarca hastiado, a una vida cansada del poder y sus tormentos, por mágica adivinanza, ofrecíales reposo en la tranquilidad de amor inextinguible y sereno. Hacem había encontrado, pues, el hogar de su alma y el centro de su vida. Hacem convenía, pues, en todo y por todo con su amada. Estaban sus deseos satisfechos. Una mujer de divina hermosura, ignorando quién era, le amaba por sí mismo con adoración exaltadísima e incesante. Su vida entraba en cauce por cuyos bordes mecíanse todas las flores de la tierra y en cuyo fondo se retrataban todos los matices del cielo.

—Dispón de este esclavo a tu antojo. Podrían coronarse de lirios los montes y cubrirse de mariposas los valles; si tú no estabas a mi lado parecéríanme tan tristes y tan adustos como el desierto y su sudario de hisopos y maleza. Podrían convertirse en oro fino los alicatados de este alcázar; en plata bruñida los pavimentos; en esmeraldas y zafiros las bóvedas; si tú no lo habitabas junto a mí, parecéríame más desnudo y más salvaje que las cavernas de las alimañas feroces. Podría surgir en la vega una aljama a cuyo lado fuera pobre la resplandeciente de Damasco y la profanada de Córdoba; no, la querría si tú no rezabas mis rezos y no leías en mi Corán. Si yo fuera rey, por una sonrisa tuya daría los Alijares; por una mirada, el Generalife; por una palabra, la Alhambra; por un beso, Granada; por una noche a tu lado, el reino entero desde Málaga hasta Almería y desde las cimas de la Alpujarra hasta las riberas que miran al Magreb. Importaríame poco el califato de Damasco reunido con el califato de Bagdad; la gloria de los Omníadas reunida con la gloria de los Abassidas; un imperio que se extendiera desde Constantinopla hasta Cádiz y desde Alejandría hasta Fez; si dominios tantos me distraían ni por un minuto de tu amor. Podría embellecerse más aún el paraíso prometido por Mahoma, y lo despreciaría si no lo gozaba por entero al mismo tiempo que tu divino amor. Pídeme, pues, cuantos sacrificios quieras, el mayor de ellos jamás llegaría, jamás, al menor galardón que tú puedes prometerme y yo esperar.

—¿De veras?

—¿No tienes otra cosa que decirme después de haberme oído?

—Yo soy nacida en la oriental Andalucía, pero oriunda de la vieja Castilla.

—¿Y qué quieres significar con eso?

—Quiero significar que jamás soltamos una palabra si no hemos de cumplirla.

—¿Dudas de las mías?

—No dudo.

—Manda.

—Oye.

—Di pronto.

—Moro, ¿tú crees en Dios?

—Creo en el inmenso, en el infinito, en el eterno, en el absoluto, en el omnipotente y omnisciente, en el infalible, en el inefable, en el perfecto; creo en Alah.

—¿Y no has oído alguna vez la campana repitiéndose en los riscos y llamando a la oración hasta las avecillas del aire? ¿Y no has visto la cruz bendiciendo los campos y sembrándolos con sus bendiciones de flores? ¿Y no has entrado a rezar al pie de los altares donde resplandece la Virgen Madre, y a decir en coro las santas letanías? ¿Y no has admirado en nuestros templos los pavimentos cubiertos de losas sepulcrales que guardan las generaciones pasadas, y las ventanas cubiertas de vidrios multicolores, en cuyos iris nadan los ángeles del cielo como reclamando nuestras almas para conducirlas a la bienaventuranza? ¡Sublime tu Dios! pero ha dictado un código de guerra a los hombres y ha recluido las mujeres en el serrallo, mientras el mío, más humilde, probado por el dolor y por la muerte, como el último de los humanos, ha impuesto la caridad y la paz entre nosotros, y nos obligaría a vivir los dos solos en matrimonio bajo el mismo techo y a dormir el sueño de la muerte en la misma sepultura. Moro, cree en mi religión y ama a mi Dios.

218

—Pedirme eso equivale a pedirme la muerte.

—Muramos.

—¿Ahora que tan dulce debe sernos la vida?

—Con el agua de esta fuente surgida del suelo puedo bautizarte, y con el filo de ese alfanje colgado a tu cintura, podemos abrirnos en este momento el camino a la eternidad.

—No digas esas locuras. Me invitas a cegar cuando no he visto ni en las estrellas luz como la que despiden tus ojos. Me invitas a ensordecer cuando no he oído en los aires melodía como la que produce tu voz. Me invitas a morir cuando solo desde este instante gozo con goce verdadero y pleno de la vida. Ven a mi lado tan inseparable de mí como el amor que siento, y no te vayas, cual tímida gacela, espantada por el ruido de tus propios pasos, y por la sombra de tus propias supersticiones. Déjame contemplar esa magia digna de una hechicera, esas pestañas negras como las sombras en torno de los astros, esa frente espaciosa como el horizonte, esos labios rojos como la adelfa, ese talle flexible como la palma, esas gasas que envuelven tus formas cual resplandores de la Luna llena, y esos pies que podrían caminar como las nubes sobre las espigas sin troncharlas nunca. Cree que toda esta embriaguez producida por tu aliento durará toda la duración de mi alma. Cree que besaré las huellas de tus plantas como besa el devoto las letras del Corán. Cree que llevas atado con cadenas junto a ti como un cautivo mi pobre corazón. Ya que tantas flechas me clavas con los rayos de tus ojos, cúralas con el bálsamo de tus promesas. Ya que tantas penas me causas con los dolores de este amor, alívialas con el consuelo de una esperanza. Beberemos en la misma copa como beben las palomas pareadas en la misma taza. Dormiremos en el mismo lecho como duermen las avecillas en el mismo nido. Que no crezca este amor, porque me abrasaría; que no mengüe, porque me helaría, como crece y mengua la inconstante Luna; sea, pues, desde esta hora suprema, lucero fijo y con luz igual. Ya conozco que no necesitas en el mundo de cosa alguna. Te sobra para dominar con el imperio de tu mirada, para lucir con el encanto de tus gracias, para cantar con el eco de tu voz; clávame tu cifra en la espalda como al esclavo, y tenme siempre rendido como un perro, con tal que me tengas en tu presencia.

—¡Dios mío! ¿Y mi religión? ¿Por qué no la sigues?

—Porque sería ir a la muerte; y necesito por ti, para ti, de la vida.

—Y me vas a obligar a condenarme.

—El hado, que es Dios mismo, te lanza a mis brazos.

—Por ti voy a olvidar a mi Dios, por ti voy a perder el cielo a que estaba destinada mi alma.

—Si tu religión nos juntara, yo la abrazaría en este mismo instante, porque todo aquello que me junta a ti, es divino; pero tu religión nos separa. Yo no puedo aceptarla sin morir en el acto.¿Me quieres muerto en la hora de ser feliz? Traspasa con este puñal mi corazón y vive por una eternidad para que sepas por tus remordimientos todo el mal que me has hecho.

—¡Ay! Dios mío, no soy libre, y colocada por el destino en la necesidad de optar entre él y tú, opto por él. Abrásame con tu cólera ¡oh moro! mas yo río puedo seguirte, no puedo quererte, no puedo aceptarte, porque me lo impiden, aquí en este mundo mi conciencia y en el otro mundo mi Dios.

—¿Cómo? ¿Qué dices?

—Digo la verdad por difícil que sea el decirla hoy por mis labios, por enojoso que sea el escucharla hoy a tus oídos.

—¡La verdad! No puede ser, no será por mi Dios y por mi Profeta lo que dices.

—Pues mira cómo ha de ser, yo estoy resuelta con irrevocable resolución a resistirte.

—No, no lo creo. Tus ojos desmienten lo mismo que afirman tus labios. El aliento en que van tus palabras envueltas, penetrando con su voluptuoso perfume hasta mi cerebro, me dice que no te crea, y no te creo, Zoraya. He seguido anhelante como el guerrero la victoria, como el asceta la virtud, como el trovador la inspiración, como el girasol al astro del día, como el acero al imán, he seguido anhelante de mil modos varios, por mil tortuosos caminos sembrados de zarzas, tras combates del alma en que ya he consumido casi mi total existencia, este momento, y no puedo retroceder y no retrocederé, aunque lo manden con sus férreos decretos a que no resisten las fuerzas todas del Universo, aunque lo manden la fatalidad y el destino.

—¡Oh! moro, me das verdaderamente miedo y espanto. Díjole Zoraya, que mientras tales ideas de repulsión expresaba con su palabra, tenía la mirada fija en sus ojos y lo enloquecía con los aromas de su aliento.

—¿Cómo? ¿He llegado a este instante como el náufrago al peñasco esponjoso que lo sirve de refugio y asilo contra los huracanes y los oleajes; he subido a esta grande altura de la vida como el mirabut que llega tras largas penitencias al ingreso en el Paraíso; tengo tu cuerpo todo entero ante mí, tu mirada recogida en los ojos, tu aliento derramado ya por mis venas, tu palabra encantada en los oídos absortos; y ahora que debo merecerte y que voy a lograrte, ahora te niegas cruel a mi deseo. ¡Oh! Abrasaré la tierra y en las llamas de mi furor quedará consumida toda la humanidad en holocausto a tus desdenes, traidora, cruel, ingrata.

Los ojos de Hacem relampagueaban a tales palabras con tanto furor; el rostro expresaba en la siniestra sonrisa de los labios, en el temblor nervioso de la barba, en el arqueo y fruncimiento de las cejas tal rabia; rechinaban sus quijadas como el golpear de las quijadas del león y del tigre produciendo tan extraño martilleo con el rechinamiento de sus dientes, que Zoraya, fuera de sí por natural espanto, retrocedió buscando alguna salida fácil en aquel desesperante infierno. Pero Hacem, la cogió por las manos con violencia y la trajo hacia sí para obligarla y constreñirla con esfuerzo a que con toda certeza en su rostro y en su persona, la realidad horrible de su intensísimo dolor.

—Si quieres, Zoraya, que muramos, dilo y moriremos. Nada me costará despedazarte y despedazarme. Nosotros somos como las aves carniceras que gustan del destrozo de la carne rasgada en tiras, de los huesos rotos y machacados, de la sangre hirviente, porque nosotros los guerreros árabes provenimos del desierto donde se crían las serpientes, los tigres, las panteras, los leones, y gustamos de la matanza y nos envolvemos gustosos al morir, como los ángeles del juicio final, en la polvareda que levantan los combates y en el humo que producen los incendios. Moriremos aquí tú y yo; caeremos juntos en la eternidad uno tras otro como caen juntas las menudas arenas de esa klepsydra; pero nadie podrá, nadie jamás en este mundo ya separarnos, porque bajo mis llaves te hallas, a mi dominio perteneces, mía eres materialmente y no te queda más recurso que lanzarte ahora mismo placentera y amorosa en mis brazos o morir descabezada por mi alfanje.

Zoraya comprendió que la fuerza no le dejaba recurso alguno contra las violencias de Hacem y que resistirse a sus intimaciones con la franqueza y la decisión que había usado hasta entonces, equivalía en puridad a provocarlo temerariamente y constreñirlo a cualquier atrocidad. Además, como joven, y hermosa y apasionada por temperamento, no veía aquella extraña situación solamente su fe y su raza, veía también el sincero y profundo amor que inspiraba, cosa nunca repulsiva, y ni aun desagradable, a su amoroso y delicado sexo. Así propúsose cambiar la negativa rotunda por atenuaciones de doble sentido, y la repulsa provocativa de una catástrofe por esperanzas que le permitieran algún vagar y algún respiro conducentes a imbuir en el ánimo, casi dementado y atroz del interlocutor, su creencia respecto a la imposibilidad completa de aquel extraño amor entre una cristiana de fe viva y un musulmán de ardientes y arraigadas creencias, acostumbrado a defender la causa de Alah y de su Profeta en cien terribles y cruentísimos combates. Con las facilidades que su natural flexibilidad sugiere a todas las hembras para un cambio, tanto de actitud como de lenguaje, Zoraya comenzó como a transigir y habló con más dulzura y más piedad al enloquecido y exaltado Hacem.

—Sentémonos —dijo— sentémonos, ya que toda esta conversación larguísima la hemos tenido de pie y yo me hallo fatigada.

—Siéntate, Zoraya.

Ésta cogió un taburete donde cabía ella sola, como si no echara de ver que Hacem le ofrecía un sofá donde cabían los dos.

—Meditemos, dijo Zoraya, después de haberse tranquilamente sentado.

—Meditemos, añadió su interlocutor, sentándose todo lo más cerca que pudo de su amada.

—Somos dos creyentes ¡oh moro! Tú crees en la religión de Mahoma, yo creo en la religión de Jesucristo.

—Pero yo creo ante todo y sobre todo en el amor que me inspiras.

—Cierto, cierto; mas no ha obstado este amor a que antes me hayas dicho cómo no puedes por mí cambiar en tus creencias.

—Entendámonos, Zoraya.

—Entendámonos, moro. No deseo otra cosa ciertamente yo, sino que alcances y entiendas la imposibilidad absoluta que hay de un matrimonio entre cristiana tan fiel como yo y mahometano tan fiel como tú.

—¿Ya vuelves a desesperarme?

—No, no; perdona.

—¿Pues no comienzas por decirme aquello mismo que no puedo volver a oírte sin matarte y matarme?

—No me dejas concluir.

—Tú trastruecas y tergiversas mis palabras.

—¿Pues cómo?

—Bien pronto, Zoraya, olvidas lo mismo que de afirmar acabas.

—¿Qué? Habla.

—Hasme dicho que prefería mi fe a tu amor.

—Porque antes lo habías dicho tú mismo.

—Sí, lo había dicho yo mismo.

—Pues si así lo reconoces ¿de qué te plañes?

—Me quejo de que no has recordado todo mi pensamiento.

—Vuelve a decirlo y habremos concluido.

—Escúchame con atención y no cierres de grado los oídos a mi sinceridad.

—Habla, pues.

—Nuestras dos situaciones resultan bien diversas.

—Tienes razón; muy diversas.

—Pues bien, atiende y verás cómo yo, perseverando en mi creencia, te busco; mientras que perseverando en la tuya, tú, me huyes y esquivas.

—¡Ah! —suspiró Zoraya.

—Yo debo decirte que solo deseo vivir para quererte.

—Moro, te creo.

—Y si renegara de mi religión, moriría en el acto.

—Morirías tú, ¿y no quieres que yo muera si reniego de la mía?

—No seas pérfida, Zoraya, y entiende bien lo que digo. No moriría, me matarían en el acto si renegara, y por consiguiente me apartarían de ti, es decir, de mi amor, de mi vida, de mi esperanza, de la fe que me anima, de la luz que me alumbra, del suelo que huello, del aire que respiro, de todo mi ser. Pero tú, Zoraya, tú, renegando en tierra de musulmanes, te acercas a mí, te unes conmigo, te desprendes amorosa del cielo cristiano, mas para caer en unos brazos que te convertirán la tierra toda en verdadero Paraíso y que te abrirán cielo en cuya comparación ¡oh! nada sea la triste y pálida bienaventuranza prometida por tu culto a los tuyos en el otro mundo.

—No blasfemes, moro.

—Hete dicho que por ti soy capaz de olvidar mi religión y renegarla, si a tal olvido no siguiera inmediatamente la muerte, y no me fuese odiosa esta porque nos; separa tristemente a los dos, y tal separación me costaría más, mucho más que la vida. Lo repito, el renegar tú equivale a venir hasta mí; y el renegar yo equivale a separarme de ti. En concepto mío no tiene Ya ningún otro sentido, ningún otro alcance, y no merece ninguna otra consideración este reparo, por ti dicho en primer término y por mí desestimado como importuno y baldío.

—¡Importuno! ¡Baldío! ¡Qué cosas dices, oh moro!

—Sí, lo repito.

—Pues repetirás aserto desmentido por todo cuanto ahora te rodea.

—Yo no veo más templo que los espacios por ti habitados; yo no veo más Dios que mi Zoraya. Los astros del cielo me parecen pálidos cuando a tus ojos los comparo y el aire me parece irrespirable cuando no está embalsamado por tu aliento.

—No blasfemes ¡oh moro! contra tu religión y contra la mía. No provoques las iras celestiales que guardan allá en lo profundo sus maldiciones terribles y sus asesinos rayos. Cualesquiera que sea el Dios de verdad, y yo tendré por tal siempre aquel revelado a mi espíritu por las enseñanzas y las doctrinas de mis padres, no lo provoquemos a manifestar sobre nosotros dos todo el terrible alcance de su infinito poder.

—Si me inspira esta pasión y luego me veda satisfacerla; si en mi corazón pone impulsos hacia ti, mientras en el tuyo repulsas contra mí, ¿cómo quieres que yo le aclame?

—¡Dios mío! exclamó Zoraya levantando sus ojos y sus brazos al cielo en ademán suplicante. ¡Dios mío! no escuches a quien así pierde sus facultades enloquecido por una ciega pasión.

—Yo, que avezado a la guerra, he podido mil veces tomar ciudades, rendir plazas ¿había de contenerme por escrúpulos religiosos, para contener y rendir tu corazón dentro de cuyos senos quiero grabar mi sello y mi nombre?

—¡Oh moro! Tú no puedes en tu caballerosidad aspirar a un triunfo efímero y fácil sobre las flacas fuerzas de una débil mujer. Tú no has de querer llevarte contigo un cuerpo, su espíritu y alma y conciencia y razón y sentimiento no le acompañan y siguen.

—Zoraya, me juzgas cual merezco. Yo aspiro a enseñorearme de todo tu ser y especialmente de tu alma. Pero faltarte de alguna manera, ofenderte, deservirte, no lo temas nunca de mí. Soy tu esclavo y puedes acabar conmigo a fuerza de menosprecios y desengaños; pero yo recibiré resignado la muerte y me parecerá dulce, misericordiosa, deleitosísima, puesto que al fin viene la muerte misma de tus manos.

—Pues cálmate y oye.

—Me calmo y oigo; mas compadécete de mí, Zoraya, compadécete de tu siervo.

—No des así con tanta facilidad llevado por tu pasión, los impedimentos religiosos a triste olvido. Acuérdate de cómo y de cuánto importan.

—Ya lo sé.

—Pues si lo sabes, recuerda cómo dividen los imperios; cómo lanzan unas contra otras las generaciones; cómo incendian los espacios; cómo perturban las almas; cómo enconan entre sí los ánimos; cómo hacen que los hombres con todos sus sentimientos de caridad y de amor se traten unos a otros cual no se tratan ni las fieras mismas en los bosques.

—Verdad, verdad. Porque ahora mismo cuando todo nos une, cuando todo nos llama con repetidos llamamientos a identificarnos en la misma suerte y confundirnos en el mismo amor, solo ese triste sentimiento se alza entre nosotros y nos separa por insondables abismos.

—Celebro que reconozcas la virtud de su eficacia, porque así reconocerás también la razón de mi resistencia.

—¿No he de reconocerla, cuando braman cerca del recinto que habitamos los alaridos de la guerra y estás ahora tú en su nombre oponiendo tales y tantos obstáculos a mi amor y a mi deseo?

—¿Por qué no decirlo todo?

—Dilo todo en buen hora, Zoraya.

—¿Por qué no decirlo? —Habla pues.

—Yo he sido educada en el odio a tu Dios y a su Profeta. Desde niña, solo han resonado en torno mío maldiciones y denuestos de todo aquello que tú crees y adoras. Empeñadas tu raza y mi raza en una guerra sin término, rugen a una entre nosotros odios provinientes, más que de las rivalidades y emulaciones entre naciones diversas, de contradicción profundísima entre apartadas y hasta hostiles creencias. Para mí erais algo más que los enemigos abortados por los horrores de la guerra; erais los genios del mal, hijos naturales del infierno. Yo he pasado mi juventud con los escuchas que atendían vuestros pasos y con los avizores que atisbaban los amagos de vuestra venida por los lejos del horizonte. Yo he pedido siempre al pie de los altares a mi Dios que ahuyentara vuestros pendones del cielo columbrado por mi vista y que hundiera vuestros ejércitos en las profundidades y en los antros del abismo que hay bajo nuestras plantas. No balbuceaba las palabras primeras, que apuntan, como capullos del pensamiento en la niñez, cuando ya enderezaba mis oraciones al cielo contra vosotros y maldecía de vuestro nombre y de vuestra sangre. Y confiesa que tuvieron razón los míos al inspirarme todos estos afectos, porque un día, bien triste y nefasto por cierto, día de horror, vuestras huestes aparecieron asoladoras por nuestros campos y echaron por el suelo como una encina secular, desarraigada por los huracanes, mi viejo castillo. ¡Ay! Yo he visto caídos mis servidores como haces en la siega; derribados los muros de nuestras fortalezas y rotas las piedras de nuestros hogares; por las llamas circuidos los altos y majestuosos torreones donde flotaba el pabellón señorial de mi familia; profanado el templo, y chorreando sangre cristiana el sagrado altar en cuyas aras había yo adorado a Dios y asistido al santo sacrificio; a mis ojos atravesado el corazón de mi padre, sí, de mi querido padre, al momento mismo en que corría rápido a inmolarme para que no cayese mi pobre cuerpo en vuestras aviesas manos; ofendido, negado, roto, puesto en prisión cuanto yo he amado so la capa del cielo y sobre la faz del mundo; y ahora quieres que todo lo menosprecie yo y olvide; que ahogue todos mis recuerdos en la memoria; que arranque todos mis sentimientos del corazón; que perdone a los enemigos de mi gente y de mi patria; que acepte gustosa el deshonor de mi familia, convirtiéndome en odalisca mora de rica-hembra castellana; que desconozca el nombre de Cristo y adore a Mahoma; que destrone a mi Dios y acepte como verdadero el tuyo; que declare mi fe sombra y mentira; que manche los huesos de mis abuelos y allá en la eternidad turbe, aleve, con esta mancebía el sueño eterno de mi padre, muerto por la pureza y por la santidad de su hija. ¡Oh! No aguardes tal cosa de mí. Quítate del pensamiento esa idea y del corazón ese propósito. Muy cerca, estamos ahora materialmente; corta distancia nos separa en este angosto recinto; pero si miras al lado supremo de todas las cosas, es decir, al lado moral, cree que nos separa la eternidad, el cielo, el infierno, la honra, la patria, la religión, Dios mismo. No te subleves contra la fatalidad inevitable; no forcejees bajo hierros que no puedes romper; ábreme la jaula donde me hallo recluida y me verás volar con el regocijo de las avecillas que van hacia sus patrios nidos. No quieras destruir y derribar lo hecho por Dios mismo. Nos apartan las respectivas cunas donde nos depositaran al nacer nuestros padres. Cree que si los juntaran y confundieran en el mismo sepulcro, no podrían vivir juntos y en paz nuestros huesos. Aquí me tienes, añadió, poniéndose de hinojos y plegando las dos manos; aquí me tienes rendida y suplicante. Yo te pido, por cuanto sobre la tierra puedas amar, yo te pido, por tus padres, por tu Dios, por tu familia, por tu religión, por la sangre que te anima, por el nombre que llevas, te pido la libertad para mí, así como para ti el saludable olvido de un amor, solo conducente a tu perdición y a tu deshonra. Si de veras me amas y crees en mí, libértame de tus brazos y de tus caricias, que solo pueden abrir a mis plantas ¡horror! las llamas del infierno.

—Zoraya, Zoraya, estamos peor que antes.

—¿Y cómo quieres ¡oh moro! que seamos y estemos si acaricias un verdadero imposible?

—Con que ha de ser posible un amor como el mío ¿y no ha de ser posible su debida satisfacción, su indispensable saciedad?

—No, no.

—Pues quien me ha inspirado tales afectos debe ocurrir a calmarlos y a satisfacerlos.

—Alguna vez hemos de vencernos a nosotros mismos.

—Yo ni siquiera lo intento, porque de sobra veo la seguridad indudable del fracaso.

—Prueba ¡oh moro! a dominarte.

—No pruebo. Inútil experiencia.

—Pues a mí no has de rendirme.

—Aún tengo fuerza y voluntad para ello.

—¿Qué dices?

—Lo que oyes.

—¿Y tus palabras de antes?

—¡Oh! mis palabras.

—Sí, tu palabra de caballero.

—Se la llevó el viento.

—Buena caballerosidad la tuya que un viento se la lleva.

—¿Y mi pasión?

—Ahógala.

—¿Y mi esperanza?

—Despídete de ella, como hay necesidad en el mundo siempre de separarse y despedirse de tantos objetos y de tantos seres queridos.

—Pues yo no puedo separarme de ti.

—Manda con resolución a tu conciencia que impere sobre tu voluntad, e imperará.

—Dile al agua que no moje y al fuego que no queme.

—Tenemos albedrío.

—No sé qué significa esa palabra.

—Pues si no sabes lo que significa esa palabra, no debes quererme, porque se quiere con la voluntad, y la voluntad es árbitra de sus actos.

—¡Ah! No creo cuanto estás diciendo.

—¿No crees en la voluntad?

—No.

—Pues entonces no me amas con el alma.

—¿Por qué?

—Porque para el amor el alma solo tiene una facultad.

—¿El sentimiento indeliberado?

—No, la voluntad reflexiva; y por eso queremos lo que queremos y desamamos lo que desamamos; por la voluntad.

—Poco sabes, Zoraya, de afectos.

—Menos sabes tú.

—¿Puedo yo querer el no quererte? ¿Y puedo no querer quererte?

—Sí.

—No, mil veces no.

—Sí, mil veces sí.

—Pues si yo pudiera dejar de quererte; si mi corazón obedeciese a mi voluntad sumiso y fiel; si mis afectos dependieran de mis mandatos, ahora

228

mismo ahogaría todos mis sentimientos en el corazón, como el corazón a su vez en las honduras del pecho, para no amarte, ingrata.

—Por Dios, por tu madre, por tu esposa, por tus hijos, si los tiene, por cuanto ames en el mundo, por cuanto esperes en el Paraíso, véncete y sálvame.

—No me venzo, no.

—Yo te lo mando.

—¿Quién eres tú, mísera esclava, para mandarme a mí?

—¿Pues no dices que me amas tanto?

—Sí, te amo con todo mi corazón.

—No hay amor si no ejerce algún señorío el ser amado sobre su amante.

—¡Pero si me pides que no te ame!

—Lo pido, sí.

—No puedo concederlo.

—Devuélveme mi patria, mi libertad, mi Dios. Así me demostrarás que me amas.

—Zoraya, voy perdiendo el sentido.

—Cálmate.

—Se me acaba la paciencia.

—Repórtate.

—Has de ser mía.

—Jamás.

—Te vencerá mi fuerza, ya que no pueda vencerte mi amor.

—¡Bárbaro! —No lograrás nada de un cadáver, pues yo sabré morir antes de rendirme.

—Ven a mis brazos.

Y Hacem se lanzó como un tigre, hacia donde se hallaba la pobre joven. Pero esta, retrocediendo súbito, y horrorizada con horror invencible, cayó en tierra como si estuviese muerta bajo un terrible desvanecimiento. Al verla de aquella suerte Hacem experimentó el verdadero amor puro, y toda la furia de su ira, se trocó en la ternura de profundísima compasión. Así las palabras de un imperio y de amenaza fueron sustituidas en sus labios con palabras de súplicas y amor. Diríase que aquel guerrero soberbio se había cambiado al impulso de sus afectos en dócil y tierno mozo dispuesto a decir y hacer cuanto quisiere la mujer amada. Llovían sus ojos lágrimas amargas que ningún rubor y ningún revelo refrenaban en aquella soledad y junto a su amada. Las frases más tiernas le murmuraba, en los oídos y las reconvenciones más amargas se dirigía repetidamente a sí propio juzgándose y creyéndose reo de aquella muerte. Allí, en el momento, juróle que haría cuanto ella quisiese, hasta, devolverle si era preciso la patria y la libertad, aunque hubiese de morir él en las tristezas de separación tan horrorosa. No fue mucho, pues, que al despertarse de su terrible sueño y volver de su desmayo Zoraya, viéndolo tan dispuesto a obedecerla, como antes se hallaba dispuesto a resistirla, ¡oh! le pidiese unas horas de separación y de recogimiento. En efecto, el Sultán la condujo a próxima estancia y la dejó allí sola.

—Por Alah —dijo— por Alah que no me conozco. Ignoro si le tengo amor o miedo. Tres horas, según dice la klepsydra, he estado junto a ella y no me he atrevido a darle ni siquiera un beso.

Así que Zoraya quedó sola en el hermoso camarín oriental donde la escena precedente pasara, concentrándose dentro de sí misma y reuniendo todas sus facultades en extraordinaria intensidad, por la grande sobreexcitación de sus nervios y de sus ideas, comprendió cómo necesitaba, en su estado, terrible, acudir a todos los medios naturales y sobrenaturales para defenderse, no tanto del Sultán, como de sí misma, conquistada, y conquistada fuertemente, por aquel amor tempestuoso en cuyos torbellinos su corazón se perdía contra los consejos de su conciencia, y las imposiciones y los mandamientos de su voluntad. Las naturales prendas de Hacem, la expresión ardentísima de su amor exaltado, los extremos y arrebatos con que acompañaba todos sus gestos y todas sus palabras cautivaron el inexperto corazón de la doncella, también atraída por lo singular del caso dramático, lo exaltado del cariño africano, lo misterioso de todo cuanto la rodeaba en aquellas dificilísimas circunstancias de su vida, por el destino arrancada de suelo castellano y puesta por el destino en manos de un musulmán cuya categoría y cuyo nombre ignoraba completamente, pero de cuyo amor no podía tener ni aun duda. No había caído la cortina, que separara de su persona la persona de Hacem, cuando ya estaba Isabel penetradísima en su interior de que las miradas del moro lo habían clavado los dardos agudos de amor intenso en la mitad del corazón. Al verse la infeliz en estado semejante pidió el socorro de la religión, cayendo de rodillas sobre la fría tierra y levantando en la desesperación del náufrago a las alturas etéreas el espíritu primero y después las manos suplicantes. Pero tras la oración columbraba la persona del moro como si el demonio se hubiese a Dios en su alma sustituido para perderla. Viendo que la religión carecía de fuerza en aquel momento, cuando tan grande la ejerciera y alcanzara en los demás momentos de su vida; volvió Isabel hacia el amor cristiano y legítimo el pensamiento, invocando la imagen querida de Illán. Y esa misma imagen de Illán, que le había parecido la personificación del amor, no ejerció sobre su ánimo el influjo de otras veces y pareció incolora y desvanecida cuando la comparaba con el profundo retrato que había dejado el moro en su ánimo. Al verse tan combatida y contrariada por sí misma exclamó:

—¿Será verdad? No lo creo. Pero si lo fuese, ¡ah! si yo amase a ese moro ¡ah! me arrancaría el corazón a pedazos y se lo daría, ¡Dios mío!, a los perros.

FIN DEL TOMO PRIMERO

Parte II

Capítulo I

Los amores con Zoraya de tal modo absorbían el perturbadísimo seso de Hacem, que no trabajaba en los asuntos públicos ni acometía ninguna bélica empresa; ¡él! tan activo allá cuando Dios quería, en los meses de su primera mocedad y en los comienzos de su proceloso reinado. Atento a las maniobras y manipulaciones cortesanas, que necesitara emplear para el deseado logro de su amor, no atendía el cuitado a las nubes que se aglomeraban sobre su cabeza, ni a los terremotos que se advertían ya bajo su trono. En todo el tiempo necesario a la preparación del rapto no había el Sultán asistido a la mezquita; no había revistado las tropas; no había puesto empeño alguno en las cosas y asuntos del gobierno. Después que Zoraya fue arrebatada por las industrias ya sabidas al serrallo de Boabdil, y al cariño de Moraima y al cortejo de Aixá, el Sultán solo había tenido tiempo, en su afán amoroso, para celar a la joven cautiva, cada día más enamorada en su interior, aunque resistente a las regias caricias, y más resuelta, sin comprender su fragilidad irremediable, a no aceptar aquellos nefastos amores y a sucumbir en brazos de la muerte antes que caer en brazos del mahometano. La inflexible repulsa de Zoraya, naturalmente, había sumido al desatinado Hacem y a todas sus facultades intelectuales en una especie de somnolencia rayana en exaltada locura. No hacía más que dar gritos por sus estancias solitarias y dolerse, como cualquier joven enamorado y en celo, de su adversa estrella, que arrebataba el objeto predilecto a su exaltadísimo amor. Solamente Venegas, el renegado, autor con él de todas aquellas aventuras, llegaba en tales días a su presencia y participaba de sus secretos y departía con él sobre la situación terrible y angustiosa de su perturbado espíritu. Los demás dignatarios de la corte nada sabían de Hacem y jamás eran llamados por aquellos largos meses de reclusión a la presencia del Sultán. Los imanes, que debían consultarle algún caso teológico; los ulemas, que debían recoger de sus labios algún consejo y advertencia para sus escuelas y universidades; los vizires, que debían someterle asuntos públicos de la mayor importancia, estaban lejos de su lado, sufriendo así todos los problemas de todas clases una irremediable tardanza, provocadora de quejas, disgustos y desabrimientos.

En tal estado, las imaginaciones orientales, cuya inventiva es proverbial, sobre todo cuando se trata de forjar fabulosas y extrañas narraciones, divulgaron por todas partes, que Hacem había desaparecido del mundo y se necesitaba, por ende, ocurrir a su reemplazo y sustitución, para que no cayese Granada en tristísimo abandono por aquellos días terribles de provocaciones cristianas y de inminentes guerreras luchas. Quién aseguraba que Azrael, o sea el alado genio de la muerte, había despedido su letal flecha sobre aquel monarca, derribándolo en las tinieblas eternas; quién decía que las injusticias del pueblo, poco pagado de la toma de Zahara y muy dolido de la pérdida de Alhama, esas injusticias, frecuentes en las decadencias de los imperios, habían hallado reprobación severa en el Paraíso que mandaba sus genios buenos a la cabecera del regio lecho de Hacem para recoger su alma y engarzarla, como un astro de primera magnitud, allá en la bienaventuranza y entre las constelaciones donde brillan las almas de los sultanes y califas. Todos daban ésta u otra explicación al apartamiento y ausencia de Hacem; pero nadie sabía, fuera de Venegas, lo extraño del caso y lo dulce del motivo. Mas, si no sabían la verdadera causa del singular alejamiento, sabían que

Granada se iba poco a poco deshaciendo, y que necesitaba de una dirección más segura y más firme, si había de responder a sus deberes históricos y salvar la última y principal ara del Corán en esta nuestra cristianizada península. Los árabes de Damasco, muy poderosos e influyentes, aunque de una indolencia y pereza verdaderamente asiáticas; los refugiados de tantas y tantas villas y ciudades como habían caído en ajenas manos, muy temerosos de cambiar los edenes granadinos por los arenales africanos; aquellos oriundos del Magreb, tan fuertes por su complexión y tan anhelosos de una próxima guerra; los varios bandos granadinos de gomeles, abencerrajes, zegríes; los muchos renegados católicos, a quienes la codicia o la sensualidad tentara incitándoles a cambiar de iglesia y patria, muy temerosos de caer bajo el dominio de sus antiguos correligionarios, que jamás les perdonarían su traición; todos estos factores de una ciudad y de una monarquía en descomposición, sublevábanse a una contra la indolencia de aquel que a todos los regía; y demandaban gobierno reciente y nuevo, ya que había desaparecido el antiguo. Mas no todos estaban acordes y unánimes en la sustitución de lo que creían acabado y perdido. Estos suspiraban por que Boabdil entrara pronto en la herencia de su reino y en el ejercicio de su soberanía real; aquellos preferíanle su hermano menor dirigido por la tutela y la regencia de Aixá, en quien admiraban grandes cualidades y virtudes para el difícil oficio de reinar; estotros votaban por el Zagal, hermano de Muley Hacem, dotado por el cielo de todas las cualidades brillantes del Sultán y sin ninguno de sus defectos y de sus vicios; no faltaban partidarios del bravo Aliatar, padre de la hermosa Moraima; y hasta en sacerdotes de virtud, en sabios de verdadera ciencia, en guerreros de temple, asomaba una idea muy singular: la de constituir, al modo de aquellas ciudades gobernadas por sus propios habitantes en la ruina del Califato cordobés, una especie de República, mandada por una fuerte y previsora oligarquía.

En esta situación en que todos los resortes del poder se aflojaron, creyéronse todos los dependientes de la real autoridad suprema completamente abandonados y próximos a un cambio del favor en que habían vivido y de la fortuna con que habían hasta entonces triunfado. Nada que muestre tanto la debilidad irremediable del gobierno, siempre arbitrario, de los déspotas, como la flaqueza que de todo Estado se apodera en los tránsitos forzosos de una dominación a otra dominación, o de un déspota y señor a otro déspota y señor. Proviniendo todo de arriba, no esperéis que abajo haya la natural aptitud para el gobierno propio y la previsión de quienes saben cómo las sociedades humanas tienen sus leyes propias y no pueden perecer, mientras quieran sostenerlas todos los que la componen y que se sienten ciudadanos y hombres. En la dejadez del Sultán, todas las esperanzas de sus enemigos, todas las ambiciones de sus émulos, todos los desordenados apetitos de sus vasallos, todas las intrigas y maniobras de sus harenes, todas las competencias de las diversas razas aglomeradas en el estrecho recinto del reino, cada día más mermado por las invasiones cristianas, todos cuantos males gangrenosos y crónicos se padecían allí, todos tomaban terrible carácter de gravedad, haciendo presentir a los menos precavidos y previsores la total ruina del imperio muslímico en España. Por poca experiencia que mis lectores puedan tener del mundo y sus achaques, no dejarán de advertir cómo en esta universal anarquía, en este abandono del poder por quienes más debían sustentarlo y defenderlo, en este quebrantamiento de los resortes que mueven todo Estado, la situación de Gezar y su compañero Illán habría por completo cambiado, no solo a sus propios ojos, sino a los ojos de sus antes vigilantísimos guardianes. Cuando las sociedades zozobran como el reino granadino zozobraba en aquella terrible coyuntura, no hay otro remedio, no puede haberlo, sino que recobre por una renovación la fuerza perdida el principio de autoridad, indispensable siempre para mantener la cohesión de los pueblos y el organismo de los Estados. Sucede, pues, en crisis tan graves como la de Granada, que los conspiradores, perseguidos y atormentados, hállanse muy cercanos a ser como árbitros y dueños de los mismos que los persiguen y atormentan. Así, pues, el espía que los cela, el esbirro que les echa la mano encima, el juez que los juzga, el carcelero que los aprisiona, recelan si el criminal de hoy pudiera trocarse mañana en Sultán y convierten, al recelo de un daño próximo para ellos, en atenciones y mercedes los antiguos cruelísimos rigores.

Imposible ni comprender ni explicar el cambio súbito en la situación de Gezar y de Illán, si no hubiéramos dado las previas explicaciones supradichas, porque tal cambio provenía del estado general de la sociedad granadina. Ya vimos a Illán por forzado de Hacem y a Gezar por conspirador

234

en contra de Hacem, amarrados a la dura cadena de lóbrega mazmorra y metidos en regiones que parecen solo reservadas en este mundo a los muertos. Ya vimos que tumba de ciclópeas piedras les servía de habitación, y que pan de terrible negror les servía de alimento, y que paja de asquerosa podredumbre les servía de cama, y que buhos y lechuzas y murciélagos y ratas en legiones siniestras les servían de compañeros por aquellas infernales tinieblas. Ya vimos cómo la voluntariedad caprichosa de Hacem, resuelto a levantar edenes en la edénica Granada para regalo y recreo de algún ser caro a su corazón había interrumpido el cautiverio de ambos jóvenes, aliviándolo con el aire y la luz, pero recrudeciéndolo con los trabajos forzados y continuos bajo la chasqueante fusta de los esbirros y en las mismas férreas y pesadas esposas. Durante los primeros días la insolencia de sus capataces, las largas horas de sus faenas, los tormentos inferidos a sus cuerpos por los latigazos y a sus almas por las injurias, el mismo emparejamiento en las cadenas de dos seres tan contrarios y opuestos, así por su cuna como por su religión, hacíanles desear con mucha viveza o un cambio próximo en su tristísima pena o un regreso a su antiguo estado: que tal es por necesidad irremediable la triste humana condición de voluntariosa y cambiante. Mas luego, en cuanto comenzó la misteriosa desaparición de Hacem y el rumor que atribuía este suceso extraño a causas diversas pero todas contrarias a la permanencia del Sultán granadino en su trono, comenzó, una verdadera flojedad en los guardianes de ambos jóvenes y un alivio verdadero de sus respectivos terribles cautiverios. Poco a poco, por indolencia de tantos y tan diversos oficiales como veían ya hecho pedazos el trono de su amo, cobraron costumbres de libertad Gezar e Illán, que les permitían así entenderse con las gentes granadinas a quienes tenían obligación o necesidad de dirigirse, como urdir el término y fin de su cautividad con la victoria y logro de su causa. Illán, recto y leal a fuer de viejo castellano, adhirióse con inquebrantable adhesión a la causa y a la persona de Gezar; no solo por cariño a éste, con quien había trabado fraternal amistad, por convicción de que, ayudando manifiesta y directamente las civiles guerras granadinas, ayudaba secreta e indirectamente los sagrados triunfos castellanos. Dotado el joven cautivo español de una prudencia solo comparable a su valentía y a su coraje, comprendió bien pronto que no le tocaba, por su estado y por los accidentes a su estado anejos, otra cosa más que servir al árabe y ayudarle con cuantas facultades y fuerzas recibiera del cielo en todos sus empeños y en todas sus empresas. El alivio de sus fatigas llegó a un extremo tal que pasaba los días enteros en el campo trabajando según sus gustos o no, y de noche volvía a sus prisiones donde, se comunicaba con los demás presos y se divertía en goces y esparcimientos del espíritu. Así pudo allegar preciosísima guzla y cuando todo en torno suyo dormía, ciudad, palacio, naturaleza, en brazos, de la noche, consagrar a su amada, recluída como él en aquellos torreones, romances, obra unos de su inspiración y por tanto expresivos de su amor, obra otros del pueblo y por tanto expresivos de recuerdos antiguos que despertaban y evocaban el culto religioso propio de todos los españoles a la iglesia de su Dios y a la patria de sus padres.

Esto explicará la canción amorosa oída por Isabel desde su camarín y a los pocos minutos con otra correspondiente contestada. Estas canciones del cautivo cristiano, a la verdad, se desemejaban mucho de las canciones amorosas árabes, en cuyas estancias prevalecía la voluptuosidad propia de una religión y de una raza completamente sensuales. Había en los cantares de Illán a Isabel aquellas invocaciones al Dios de sus padres y a la pura Virgen María, inspiradas por la más viva fe religiosa y al mismo tiempo aquel casto amor proviniente de una confianza completa en que las dos almas en una sola y en una sola también las dos vidas, habían de confundirse tarde o temprano, a pesar de su respectiva cautividad, bajo la directa protección del cielo, entrevisto por su consoladora esperanza, lo mismo desde las tinieblas de su oscura mazmorra, que en la peligrosa compañía de los infieles, sus eternos y ardientes enemigos. Cuando tras aquellas canciones despedidas de su alma como el susurro de los arroyos, como el aroma de las flores, como el resplandor de los astros; cuando tras aquellas canciones, sonaban otras en armonía con su letra y provinientes de Isabel, celebrando también el amor puro y cristiano, Illán dejaba sus propios afectos, sus íntimos recuerdos, su amor a la cautiva para volver su voz desde los senos de las mazmorras como una oración al poema épico de la patria llamado el Romancero, y que guarda en sus sonoras estancias, impregnadas de poesía, expresión adecuada, como a todas las glorias, a todos los infortunios de nuestra heroica raza. Y entonces, cuántos versos compuestos por ese anónimo poeta universal que se llama el pueblo, cuántos no había que celebrasen así los gozos del triunfo como los dolores del cautiverio, y así los nombres de los santos que imbuyeran a la nación un alma, como el nombre de los héroes que dilataran su sacro territorio.

Sobre todo, la situación de cautivos en que ambos a dos se hallaban, traíale a la memoria con viveza toda la poesía del cautiverio guardada en romances verdaderamente tristes y elegíacos. ¿Quién podrá en el mundo escuchar sin conmoverse la relación de aquellos amantes, que, adorándose desde su niñez, debían huir al patrio techo, porque sus padres les obligaban por motivos y razones bien distantes del amor, a enlazarse con quien de ningún modo podían ellos amar? Y cuando, una vez huidos al hogar y entrados en bosques inexplorables, después de haberse jurado mutuamente guardarse la debida castidad hasta que Dios y la Iglesia bendijeran su deseada unión, cobraban las playas, y en las playas las naves que los ponían en salvo, su adversidad no estaba concluida, pues una maldita galera argelina caía inesperadamente sobre aquellos infelices y los llevaba esclavos a las mazmorras de Argel. Y ya en Argel, enamorábase, del mozo la reina mora, de la moza el rey moro; y les ofrecían mutua y respectivamente sus sendos tálamos y sus deslumbrantes coronas, con tal de que renunciasen a su religión y a su amor. Mas como ellos no quisieran renunciar, pues el amor verdadero llenaba sus corazones y la religión verdadera sus conciencias, sacábanlos por calles y plazas, sobre carro-matos y ceñidos con cuerdas a grandes maderos, para descabezarlos entre muchedumbres no compadecidas en su fanatismo de tanta hermosura y no tocadas en su corazón por aquel cruento y terrible holocausto. A estos romances otros muchos seguían como los del mercader veneciano, que halló en Tunez a la princesa de Irlanda cautiva, y pudo rescatarla por haberla creído sus poseedores cadáver y cadáver judío, y haberla entregado así al reclamante, quien, a pesar de su amor, no pudo lograrla, sino tras mucho tiempo y mucho trabajo, pues el capitán lo arrojó al mar, y solo por un milagro se salvó encomendándose a los santos de su devoción y recibiendo, tras esta plegaria una tabla donde pudo arribar a puerto y desde allí al trono y al tálamo de su redimida en justo premio a la peligrosa y difícil redención.

Así pasaba el cautivo sus noches en la mazmorra, evocando recuerdos patrios a los sones de la guzla, y con recuerdos patrios, afectos amorosos en el corazón de su Isabel. Todas las noches después de haber terminado la canción amorosa, Illán esperaba la respuesta, que tardaba más o menos pero que sobrevenía indefectiblemente. Isabel, o Zoraya, como quiera llamarla el buen lector, expresaba en sus canciones un amor todavía más recatado, más dulce y más puro, que los afectos por Illán encarecidos en sus habituales canciones. La desdicha irremediable hace que consuelos mínimos tomen proporciones de placeres extraordinarios; y cuando allá en las tinieblas de una mazmorra, en el silencio de una triste noche, penetraba la canción amorosa de Isabel y su respuesta constante por los oídos de Illán, ¡oh! sentía éste tan vivas y profundas emociones que le transportaban de gozo, y le hacían ver todo aquel espacio de tristezas y de dolores teñido por los vislumbres y reflejos de las más consoladoras esperanzas. Así, cuando salía en la madrugada para sus faenas diarias desde las profundidades oscuras de su nocturno encierro, contaba las horas que habían de pasar y sucederse antes del regreso a la cárcel; y ni la vega con todos sus esplendores; ni los cármenes con todos sus vergeles; ni la roja Alhambra con sus torres de coral; ni el Darro y el Genil con sus arrullos; ni las trescientas poblaciones diseminadas por aquellos espacios; ni el Solair de la nieve con sus azules crestas; ni las catorce mil torres que resplandecían como estrellas de plata entre follajes de brillantísima esmeralda; ni las palmas sonoras; ni los miradores abrillantados por los azulejos parecidos a rica, pedrería, le agradaban como las cuatro notas de misteriosa guzla descendidas del harén y las cuatro cadencias de amorosas y cristianas canciones en que se confundían la fe y el amor.

Una noche, la noche del festín, sonó como todas las noches anteriores Illán las cuerdas del músico instrumento; entonó las endechas expresivas de su profunda pasión; y no tuvo ninguna respuesta. Cuando ya pasó algún tiempo de aguardar en vano, creyóse quizá en poca voz, creyó a la guzla enmudecida; y rasgó sus cuerdas con mayor empeño, y extremó su cantar con mayor esfuerzo en el justo deseo de ser escuchado y respondido por la mujer a quien idolatraba su ardiente corazón. Pero en vano; el silencio de los sepulcros respondió al llamamiento de sus cánticos abrasados en las impaciencias del deseo y en las tristezas que le causaba un caso tan desacostumbrado y tan adverso a su amor. Tres, cuatro veces cantó, subiendo cada vez más la voz en su febril impaciencia, y solamente le contestaron las consignas de los centinelas en vigilia, los ladridos de los perros por las huertas, la lúgubre y tristísima elegía de las aves nocturnas por las torres. El silencio de aquella voz idolatrada le trastornaba el seso, le rompía en mil pedazos el corazón, sugiriéndole, con las tristezas propias de tan terrible instante, las previsiones de mayores penas y angustias. Cuando cerraba los ojos, veía el cadáver de Isabel, muerta quizá como las heroínas de los romances, tantas veces cantados, al amor de algún torvo Sultán que la quisiera tener por su renegada y por su manceba. El cerebro se le abría y estallaba violentamente al impulso de tales previsiones; anudábasele con terrible nudo la voz en su garganta; negra noche venía sobre sus ojos a más andar; e imaginaba que su juventud y su valor y su paciencia y su tenacidad no tenían ya otra salida sino la muerte y la muerte violenta como corresponde al desastrado, al vencido, al siervo, al infelíz, al esclavo, al metido allí, después de luchar heroicamente contra la fatalidad, en tinieblas espesísimas, bajo piedras semejantes a losas sepulcrales, sobre suelos que parecían humedecidos de lágrimas, y donde le faltaba entonces hasta el melancólico y lejano cantar que tantas veces interrumpiera sus tristezas y endulzara sus penas.

Al día siguiente, salió Illán de su mazmorra, semejándose a un muerto que saliera de su tumba, según el amarillor de sus mejillas y el mortecino centelleo de sus miradas. Al verlo, su compañero Gezar, que la había cobrado en el recíproco y continuo comercio de sus dos almas un afecto idéntico al que por su parte Illán le profesaba, preguntóle si adolecía de alguna enfermedad súbitamente desplegada en las horas de su mutua separación.

Illán, que no guardaba secretos para el moro a quien mil veces dijera sus amores y sus esperanzas, contóle cómo había callado la voz de su amiga en aquella noche, cuando todas las noches anteriores sonara fiel, después de sus acostumbradas melodías. Trató de consolarle Gezar conjurándole a que aguardara la próxima noche, pues nada tan fácil como un fugaz y transitorio impedimento. Serenóse un poco el cristiano así con la comunicación de su pena como con los consuelos de su amigo, y aguardó a la noche próxima; pero aguardó en vano. Al mediar, según tenía por hábito, sonó convulso las cuerdas y entonó desesperado la canción; pero el silencio, solo el silencio, respondió a su inspirada y sonora voz. ¿Qué había sucedido? Imposible averiguar en los inmensos palacios orientales el secreto que guardan avarientos los serrallos. Imposible saber qué había sido en aquellas noches de la cautiva tan fiel antes a sus respuestas y ahora tan callada. Mil veces pensó el joven cristiano romper su cráneo contra las duras paredes, y mil veces desistió, a la esperanza de servir todavía en algo a la ventura de su amada. Cuando volvió de nuevo la riente aurora, y con ella la indispensable faena diaria, Illán parecía una sombra tras las dos noches de terrible insomnio. Ya no quedaba más remedio que intentar algo conducente a la indispensable averiguación de lo que allí hubiera sucedido, para privarle de su consuelo único. Y nada tan conducente a conseguir el objeto deseado, como acelerar los trabajos de conjuración, que Gezar emprendiera de antiguo con todos los granadinos malcontentos. Así es que Illán, acostumbrado en su amistad por Gezar, a sugerirle consejos de prudencia, comenzó desde aquel momento, en su cariño por Isabel, a sugerirle consejos inspirados en su heroica temeridad.

El moro, impacientísimo por su parte, pues a todas horas le llegaban fatales nuevas respecto al estado inquieto de los ánimos en Granada, precipitó cuanto pudo la terrible conjuración. Ya hemos dicho, que la noticia de la desaparición del Sultán aflojaba la fuerza de los esbirros en tales términos, que despojaron a los presos de sus cadenas y les permitieron una relativa libertad. La única precaución que sus guardadores tomaban para prometerse la vuelta de ambos a sus respectivos calabozos, consistía en exigirles su honrada palabra de no escaparse. Dábanla ellos y volvían a la hora de anochecer, cuando el muecín rezaba desde los altos minaretes la vespertina oración. Todo el día teníanlo pues libre, y estaba en su mano aprovecharlo para cuanto les pidiera el gusto y los asaltara su voluntad. Gezar había con grande arte anudado relaciones de los diversos bandos entre sí mismos, y relaciones de cada cual de ellos y de todos juntos con su persona muy ducha en el oficio y arte de conjurado. Así es que, oyendo los consejos de Illán, apresuró el término de sus maniobras y convocó los jefes de las tribus enemigas del Sultán a una caverna muy oculta, pero muy próxima del sitio donde trabajaban ellos, para levantar, como hemos dicho, nuevos cármenes y nuevas almunias en honor y para el gusto y el recreo de Hacem. Con el sigilo y disimulo propio de gentes habituadísimas a estas conjuras, fueron poco a poco reuniéndose para el día y el momento citados todos los varios jefes de aquellos granadinos bandos tan resueltos a una sublevación. Illán y Gezar, habían convenido en sostener su palabra honrada el día de fuga próxima, y captarse al mismo esbirro, su guardián, para que los siguiese y acompañase, pues preferían derrota y muerte a mácula en su honor. Mas cuando estaban ciertos de volver a su hora, no decían palabra y tomaban los caminos que les placían e iban a todos los sitios próximos, sin que nadie absolutamente les fuera de ningún modo a la mano y les celara sus habituales acciones.

Capítulo II

El día de la cita fuéronse ambos a dos, como siempre, y llegaron a la oculta caverna, en la seguridad completa de volver a su debida hora. Muy disimulada entre los riscos la boca de aquel extraño lugar; muy lata su capacidad, indudablemente abierta por obra y gracia del fuego creador; muy ornadas sus paredes por la calcárea gota llovida y destilada en siglos de siglos desde las bóvedas componiendo largos intercolumnios, arborizaciones gigantescas, rombos múltiples, que tomaban extraños aspectos al centelleo y humareda de las antorchas encendidas por los conjurados, y reflejadas, como en claros cristales, en los trasparentes laguillos de agua fresca y virgen, parecía creada por la naturaleza como propio teatro de tal escena. Al entrar los dos jóvenes, cabezas de aquel motín, un hurra extentóreo resonó bajo las bóvedas ciclópeas; y todos se apresuraron a darles con efusión la mano y a pedirles órdenes o consejos. Illán, reservadísimo de suyo, callaba siempre; y se remitía con empeño a cuanto dijese y mandase Gezar. Aunque los conjurados sabían su origen cristiano, al verlo tan de buenas con su compañero árabe, tomábanlo por verdadero renegado; cosa no desmentida ni afirmada por el español, quien ninguna necesidad tenía ni de afirmarla ni de desmentirla, dada la profundidad insondable de su porfiado silencio. En cambio Gezar, que imputaba una considerable parte de su influjo sobre los varios jefes granadinos, tanto al valor como a la elocuencia, díjoles, así que los vio reunidos y fieles a su cita, las siguientes palabras, muy propias para enardecerlos en sus ideas, confirmarlos en sus propósitos y persuadirlos a una inmediata y temeraria obra de sublevación, ya en su mente muy madurada y muy resuelta en su ánimo tras larguísimas reflexiones.

—«Que Alah prospere vuestros días, nietos de la oriental Damasco e hijos de la sin par Granada.

Y vosotros, yemenistas de Orce, Guadix y Almería, que la feliz Arabia, de donde provinieron vuestros padres, preste felicidad a vuestras acciones como a vuestros nombres. Y vosotros, los nacidos más cerca de los edenes granadinos como yo, vosotros, los zenetes, los benimerines, los gomeles, que Dios sea en vuestra guarda e interceda constantemente por el bien de todos vosotros la intercesión siempre oída por Dios de nuestro santo Profeta. Ya veis como las huríes del Paraíso han dotado con presentes celestiales a Medina-Granada, y el Solair de la nieve le manda frescas auras y sabrosas aguas, que refrigeran el caldeado cielo y fecundan la encendida tierra. Ya veis como la vega, ese chal del Oriente, mejor que los chales persas, caído sobre la tierra, del cuello de alguna peri, brilla con brillo extraordinario y toma colores que harían palidecer al Arco Iris. Ya veis esa Medina Alhambra, y sus, torres, parecidas a palmerales, y sus estancias que ponen del Edén olvido en cuantos las habitan. Ya veis los jardines del Generalife, los cármenes del Darro, la Fuente de las lágrimas, y el monte de Alfajar aromados todos por bien olientes esencias y reverdecidos siempre al beso de sonoros manantiales. Acordáos cómo la celebraron sus poetas y le dijeron que no tenía ni rival ni compañera en Egipto, en Syria, en el Irac mismo, pareciéndose a la mujer amada que por primera vez entra en la vivienda y se dirige al tálamo de su esposo enamorado. Cuantos ven a sus hijos, no saben qué apreciar más en ellos, si la prestancia o el valor, semejantes a las palmas, en las cuales no sabéis qué admirar más, si los troncos en forma de columnas, o las hojas que vibran, o los frutos que regalan y endulzan nuestras bocas. Vosotros, no tenéis mácula ni heregía. En el pelear sois incansables; en el obedecer sois dóciles y pacientes. Ningún peregrino se acercará jamás a vuestros hogares sin que lo troquéis seguidamente con amor en vuestro huésped. Habláis con pureza la sonora lengua de nuestros padres; y sabéis tañer como nadie las guzlas que han poblado de notas épicas los desiertos. Cuantos aciertan a veros vestidos de alquiceles persianos, sedosas almalafas, de mactás africanas, y de blancos almaizales, dicen que os parecéis al huerto lleno de almendros floridos y de amapolas encarnadas en la fecunda primavera. Quien os ve salir a la guerra tras vuestras gloriosas rayas, con las breves corazas al pecho, los aéreos cascos a la frente, los escudos de cuero y las agudas y delgadas lanzas, cree que Azrael os ha prestado sus armas a fin de que sembréis entre los perros cristianos la desolación y la muerte. Y si combatís en las peleas como héroes, gozáis en las fiestas como cumple a quienes han observado todos sus naturales deberes. No hay hogares como los vuestros, ni bebidas como las que refrigeran vuestra sangre. Los labios de las mujeres que amáis, huelen como pebeteros. Sus ojos brillan como las estrellas en los cielos de Syria y Egipto. Sus dientes blanquean en las rosadas bocas cual blanquean las nieves vírgenes en las encendidas Alpujarras. Nadie os gana en Almunias, en torres, en canales, en arboledas que juntan los arrullos de sus tórtolas y los arpegios de sus ruiseñores, con los cánticos de sus muecines. Yo la llamaría ombligo de la tierra, esmeralda caída de celestiales coronas, compendio del Edén recién criado, estrella matutina, diadema de la Luna llena, constelación de las noches arábigas, ara de salud, hurí del Islam, vaso de almizcle destapado, mirada de virgen amorosa, oasis en el desierto, consuelo de todas las aflicciones, envidia de los ángeles mismos y esfuerzo último de la divina creación. Pues bien, héroes sin tacha y sin miedo; un tirano ha cogido a nuestra sultana, a la sin par Granada, y ha osado con atrevimiento indeleble, no solo herirla, sino también ¡oh mengua! deshonrarla. Cuantos la ven a una tan hermosa, y por tales tiranías envilecida, pregúntanse confusos y desorientados, si es la reina de las ciudades o la meretriz del triste y degenerado nazarita que ha perdido por su culpa nuestra formidable Alhama y que se ha encerrado como en los senos de un misterio en los retiros de la Alhambra, maquinando desde allí nuestra muerte. Precisa pues, que juréis por Alah, con juramento al cual no podéis faltar sin por toda una eternidad condenaros, que juréis asistir con armas al sitio donde os cite yo, para ir y acometer las torres donde habitaba y colgarlo si es preciso de sus almenas, para escarmiento de futuros tiranos que intenten como él, oprimirnos y deshonrarnos en su soberbia.»

No hay para qué decir cómo todos aquellos jeques de las tribus granadinas jurarían a una tras este oriental discurso. La consideración que había detenido a Gezar para no acometer inmediatamente la sublevación, era el recuerdo religioso de la palabra empeñada con su fiel guardián, a quien caracteres enteros como el suyo, y voluntades como la suya, firmes y rectas, no podían de modo alguno faltar. Retiráronse al caer la tarde los dos jóvenes y se prometieron mutuamente que no pasarían sesenta horas sin acometer el ya reflexivo y madurado proyecto que debía dar en tierra con el poder de Hacem reemplazándolo por poder más activo. Naturalmente, Illán, por su lado, veía en todas estas maniobras tres grandes ventajas para sí; la rota y ruina del hombre que había tomado el castillo de Martos; la fortuna del amigo con quien había contraído un parentesco del alma; y la probabilidad, más o menos cierta, pero probabilidad al cabo, de ver a Isabel o averiguar su paradero. Así, en la natural impaciencia exacerbada por el silencio de la voz y de la guzla, que tanto, en otros tiempos más felices, endulzaban las noches de su cautividad, Illán impelía con fuerte impulso a Gezar para que se adelantase la ideada conjuración todo lo posible y fuesen los conjurados al palacio regio donde había de hallar o la presencia misma o las noticias ciertas y seguras de su amada. Llegó el suspirado día, y por escrúpulos justísimos de honradez, estuvieron muy abocados a malograrlo y perderlo. En el momento de pedirles su guarda la palabra honrada de volver, notificáronle cómo habían decidido alzarse aquella noche misma en armas y acometer el palacio de Hacem para castigar y deponer a éste dando mejor gobierno a Granada. En los primeros momentos parecía todo perdido por la excesiva delicadeza de los dos conjurados. El esbirro, fuera de sí, creyó que debía correr al palacio y difundir allí la nueva. Pero los dos jóvenes, con el ascendiente congénito a sus personas y con el poder misterioso de su elocuencia, rindieron pronto el ánimo vulgar de aquel hombre, que a mayor abundamiento creía por las misteriosas noticias difundidas en tal sazón como Hacem era quizá fugitivo, quizá muerto, de todas suertes inútil y baladí en Granada, a quien podía llamársele ya moralmente destronado. Así no le costó mucho esfuerzo, en la ceguera de conciencia contraída por el hábito de servir y obedecer a ciegas, irse con los dos jóvenes y tomar las armas contra los mismos a quienes antes idolatrara como dioses. Vencido este obstáculo, ya no quedaban para las conspiraciones y los conspiradores otra salida que la de acometer y consumar sus aventuras. El caudillo berberisco, probado por tantos sufrimientos y recluso en las mazmorras por su proceder, a consecuencia del desastre de Alhama, presentábase a los ojos de los suyos con la doble aureola de un probado heroismo y de un santo martirio. Si los tiempos aquellos no fueran ya en la tierra granadina tiempos de raciocinio y de cálculo; si la religión musulmana enseñoreara las voluntades y las conciencias como en otros siglos de mayor fe religiosa y de mayor estro poético; su palabra le hubiera granjeado a Gezar el título de Profeta, y sus partidarios hubieran sido, como en otras ocasiones de aquella historia, no solo soldados, procurando tras sus enseñas la victoria, sino creyentes, procurando con sus doctrinas la bienaventuranza. Reunidos los confabulados en gran número y con amenazador talante dirigiéronse resueltos y juramentados al palacio de Hacem.

Hallábase departiendo éste con Venegas, muy ajeno a todo cuanto sucedía, sin adivinarlo ni presentirlo y mucho menos precaverlo, en el abandono completo de su reino, a que había llegado por la triste absorción de todas sus facultades en los pensamientos y en los afectos propios de su exaltado amor. La conversación del Sultán granadino y del renegado favorito, rodaba sobre las tristezas de aquel por los desengaños que le trajera el despego y desafecto de Zoraya.

—¡Oh! Nunca lo hubiera creído.

—Impaciente Hacem eres.

—Lo declaro, lo confieso; impacientísimo.

—Tú, acostumbrado a los asedios de fortalezas más resistentes ¿cómo no comprendes los naturales desvíos calculados quizá para cautivarte mejor?

—No lo creas; opone una resistencia fundada en su fe religiosa y por lo mismo invencible por un hombre como yo, jefe nato de los creyentes musulmanes.

—Yo he visto corazones más apegados a la fe, conciencias más escrupulosas rendirse a caricias y halagos mucho menores que los tuyos y de mucho menos atractivo.

—No puedes imaginarte, Venegas, como hablaba, con qué furia, impropia de su sexo, al recordar la terrible tragedia de nuestro asalto al castillo de sus padres.

—Francamente aquel suceso no era para menos.

—Por fortuna mía, no me conoció, y yo estoy resuelto a ocultarle hasta después de rendirla y lograrla mi nombre y mi calidad.

—Harás bien; por más que una corona tiente mucho, y deslumbre mucho, y pueda mucho.

—Si le digo quien soy, de seguro me despedaza. En el estruendo tan horrible de aquel suceso tan trágico, Zoraya no me vio como yo no la vi a ella; y ahora me alegro, pues al verla quizá hubiera en mi empresa retrocedido y echádome a sus pies como un perro.

—Ahora conviene llevar hasta su término esta industria y no decirle quién eres.

—Pero ¿cuánto durará esta situación terrible? Ardo en deseos y me consumo sin lograr otra cosa más que la exacerbación de todos mis sentimientos, los cuales me hieren, maltratan, y atormentan, rebajándome a mis propios ojos y haciéndome hasta en mi propia estimación y conciencia indigno de la corona que llevo.

—Hacem, yo quisiera dirigirte una observación.

—Dirígeme cuantas quieras. Ya sabes que no hay posibilidad alguna de molestarme ahora después de la terrible molestia que me causa el despego y desvío de Zoraya.

—Pues como tú habías hablado francamente de la corona, yo de la corona quería también francamente hablar con tu permiso.

—¿Qué quieres decirme?

—Quiero decirte cómo no cumple a tu alto ministerio y a tu altísima dignidad este aislamiento en que te hallas recluído ahora.

—Pues no pienso alterarlo, mientras no logre la ventura que busco y no posea el bien que apetezco.

—Piensa ¡oh Hacem! piensa en la situación de Granada.

—Yo solo pienso en mi propia situación.

—Tu mujer...

—La enterraré viva si es preciso.

—Ya sabes cómo las gasta en su ambición Aixá.

—Nada me importa, después de lo que ahora me sucede.

—Tus mismos hijos, a quienes amas tanto, Hacem, desconocen sus naturales deberes y conspiran contra ti.

—Yo los descabezaré con la indiferencia con que descabezo en mi jardín una planta cualquiera.

—Tus walíes, en su mayor parte, no son de fiar.

—Célalos y dame noticia de aquellos que me falten.

—Pueden a lo mejor sublevarse.

—Ya los domeñaré con facilidad en una sola correría, cual he domeñado a tantos otros enemigos más terribles y más feroces.

—Los cristianos, por su parte, amenazan también.

—¡Oh! ¡Los cristianos! Todo el mal que hagan a mi reino con sus armas no puede compararse con el que han hecho a mi alma los ojos de su ingrata rica-hembra.

—Hacem, no puede continuar este aislamiento.

—Venegas, no puedo salir de aquí sino vencedor o vencido de Zoraya.

—Revista un pelotón de tropas; acude al más sacro templo de tu fe; recorre cualquier espacio de tu ciudad.

—No puedo; no tengo fuerzas que me ayuden para tanto. Aquí estoy aguardando la vida o la muerte de manos de esa ingrata.

—¿Pero durará mucho tiempo esta situación?

—Todo el tiempo que dure su desvío.

—Hacem, las murmuraciones...

—Murmuren cuanto quieran.

—Pero ya sabes el temperamento levantisco de tu gente granadina.

—Harto lo conozco.

—Pues si lo conoces, evita con molestia tan ligera que se condense una tempestad.

—¡Bah! —Respondió Hacem con verdadera indiferencia.

—Tus enemigos propalan la especie, ya de que te has fugado, ya de que te has muerto.

—Y en fuga y en muerte casi estoy; porque huyo de mí mismo al verme tan lacerado como la cautiva me tiene, y de pena me acabo, de pena espiro.

—Cobra un poco de resolución.

—Yo solo me resuelvo a querer a la fementida que no me quiere a mí.

—Piensa en tu corona.

—Yo no quiero más corona que su amor.

—Acuérdate de tu reino.

—Mi reino, a la verdad, no está en Granada.

—¿Dónde, pues, sino en Granada?

—Mi reino. En su corazón. Y su corazón, ¡bien lejos de mí!

—Cree y espera.

—Solo creo en mi desgracia y solo espero la muerte.

—Vuelve, Hacem, pronto en ti; vuelve pronto, pues nada más fácil que confiar y esperar en los cambios y en los metamorfoseos de un corazón de mujer que mengua y crece como crece y mengua la Luna.

—Luna bien adversa y bien triste aquella en que topé con una mujer, la cual ha sabido exasperar todos mis sentimientos y no satisfacer ninguno.

—Piensa que si acaba tu reino todo acaba para ti mismo.

—¿Y qué?

—No seas indiferente: que no está permitida la indiferencia en los altos tronos donde tú habitas, ni en el cúmulo de múltiples deberes que sobre ti pesan.

—Todo me sobra cuando Zoraya me falta.

—El día en que perdieras el reino, perderías con él toda esperanza de lograrla.

—Ya la tengo casi perdida, porque una resistencia sustentada en el sentimiento religioso es una resistencia invencible.

—Acuérdate...

—Si no me acuerdo, Venegas, de mis walíes, de mis mujeres, de mis hijos, de mi reino, de mi raza, de mi religión, de mi Dios, ¿cómo quieres que me acuerde, cómo, de ninguna otra cosa?

—Nosotros los renegados, nosotros seremos los primeros maldecidos; nosotros los primeros puestos en el tormento; nosotros los primeros exterminados; nosotros que dejamos una patria y una religión, las cuales nos defendían y nos amaban por otra religión y otra patria incapaces de amarnos y defendernos.

Cuando en esto se hallaban el Sultán y su favorito, entra despavorido un eunuco, diciendo cómo a las puertas del alcázar llama una muchedumbre innumerable, toda en armas, que profiere clamores de muerte y pide la inmediata deposición de Hacem. Al oír esto el rey, despertóse con toda viveza en su pecho el instinto militar, y dijo, volviéndose a Venegas.

—Ahora verás si tiene o no tiene rey nuestra Granada. Vamos a defendernos: que me basta para hundirlos de un golpe y exterminarlos a mis plantas, la fuerza de mi brazo y la protección de mi Dios.

Capítulo III

Para seguir el hilo de nuestra historia, precisa conocer, o mejor dicho, recordar el estado político de Granada en aquellas críticas circunstancias y en aquel tormentosísimo período. El reinado fuerte y vigoroso de Hacem, allá por sus comienzos, había con verdadera flaqueza enflaquecido tras la triste rota de Alhama. Empeñado en recuperarla el Sultán y no habiendo podido lograr tamaña recuperación, desplomóse como todos los ánimos audaces y temerarios en profundo abatimiento, arrastrado por la movilidad propia de los héroes muy parecidos en esto a los poetas y artistas, arrastrado por el curso de los acontecimientos como una rama seca desgajada por el huracán de añoso árbol y caída en rápido torrente. Hacem creyó ver, como buen ismaelita, pronósticos agoreros de su nefasta estrella en tales adversidades, y compensando con el ardor procurado por los sentidos en el placer los ardores procurados por la guerra en el combate, recluyóse dentro de su palacio para vivir y amar, dejando que marcharan al impulso de su propio interior ímpetu los tristes acaecimientos. No participaba de igual resignación su mujer Aixá, cuyo temperamento varonil ya conocemos y cuyo deseo de gobernar, ejerciendo efectiva tutela sobre su hijo, llevábala por todo extremo a la conjuración permanente. Así no había en todo el espirante reino ánimo alguno tan esforzado como el ánimo de Aixá, cual suele suceder en las angustias supremas de los imperios moribundos, pues trastrocado todo, los hombres tienen desmayos de mujer y las mujeres arriesgo y valor de hombres. La indolencia mostrada por Hacem, tras los esfuerzos infructuosísimos en Alhama, exacerbaron la natural impaciencia de Aixá y la condujeron a poner por obra todos los pensamientos de rebelión hirvientes en su férvido cerebro. Recordaba que una mujer, la viuda ilustre de Alhaken, la madre del último de los Omniadas, o sea de Hixem II, tomando en Córdoba las riendas del gobierno y poniéndolas en manos tan fuertes como las de Almanzor, había logrado reconquistar casi a España e ido como un cometa luminoso y sangriento de guerra en guerra y de victoria en victoria desde las cumbres de Sierra Morena, selladas por el moreno alfanje, hasta las cumbres del Pirineo, y desde las orillas del Guadalquivir hasta las orillas del Duero, del Ebro, del Tajo, y desde Sevilla hasta Zamora y desde Zamora hasta Compostela y desde Compostela hasta Barcelona, promoviendo y levantando por todas partes la gloria del Profeta, del Corán, del Dios muslímico y venciendo a los reyecillos cristianos, vueltos como en los días de Muza y de Tarik a sus montañosas guaridas en los desórdenes y atropellos de sus terribles derrotas. No se acordaba en sus desvaríos Aixá, de que aquella dominación femenil, mantenida por el brazo de Almanzor, se había venido a tierra en cuanto Almanzor volviera muerto a Córdoba y su espíritu se disipara de igual guisa que las polvaredas levantadas por el soplo de sus rápidos y fugacísimos combates. Enamorada por todo extremo de tal personaje y de tal período, proponíase no descansar un punto hasta obtener la dirección del reino granadino, nominalmente para su Boabdil y real verdaderamente para ella misma en persona. Dábale Hacem pretextos a tales maquinaciones con su indolencia, y aprovechábalos ella en sus desapoderadas ambiciones a maravilla. En la conspiración de Gezar, Aixá era como el espíritu y el pensamiento; en la grande aglomeración de tropas que llamaron con arrojo a las puertas del retiro donde se había recluido Hacem, el esfuerzo y el genio de Aixá entraba como primer motor en las ansias naturales a sus impaciencias de volcar por el polvo la indolente autoridad suprema del esposo y sustituirla con la más joven y más robusta, según ella, del adorado hijo.

Estaban ya los moros, como al fin de nuestro capítulo anterior hemos visto, sublevados y en armas a la puerta del palacio, resueltos a deponer y arrastrar al Sultán. Un ánimo de menos empuje y de menor fuerza que aquel ánimo de Hacem, en el que la indolencia no embotara la energía, un ánimo de menor fuerza, bien huyera por cualquiera de los pasadizos y subterráneos de aquel grande y laberíntico alcázar, bien contrastara el asedio guareciéndose tras muros o puertas y rehuyendo encuentros y combates frente a frente y cuerpo a cuerpo. Mas Hacem, varonil, arriesgado, guerrero de suyo, con todos los ímpetus y todas las temeridades del héroe, mandó abrir las puertas y fió al ascendiente natural de suánimo y de su mirada sobre los soldados, la salvación de su persona. Eran los dos jefes verdaderos de la insurrección Gezar e Illán; pero Gezar, buscaba en ella el encuentro con Hacem para derribarlo en el polvo, mientras Illán buscaba en ella el encuentro con Isabel para decirle y mostrarle su amor y su esperanza. Quiso la feliz y caprichosa casualidad, empeñada tantas veces en ser dramática, y tan fecunda en verdaderos incidentes de interés, que Gezar dividiese las amotinadas tropas en dos cuerpos, y dando la dirección de uno, del que debía entrar por la izquierda en los aposentos a Illán, y tomando la dirección él en persona de los soldados que debían penetrar por la derecha, completase tal evolución militar con la orden imperiosísima de penetrar y arremeter a todo trance. Los aposentos requeridos por Gezar, eran los aposentos de Hacem; y los aposentos requeridos por Illán, los aposentos de Zoraya. Illán lo presentía. Llamarán a esto los físicos modernos electricidad nerviosa o magnetismo animal, atribuiránlo a efluvios emanados por ley natural de las complexiones exaltadísimas y cargadas por la materia y sus fuerzas de fluidos misteriosos como la nube tonante; el impulso que mueve las imanadas agujas hacia el Norte, moverá los corazones amantes hacia los corazones amados; y si esta explicación materialista no puede satisfacer a quienes de otras más altas ideas se pagan y tienen mayor espiritualismo en sus doctrinas, habrá momentos en que se desceñirá el alma humana de su frágil cuerpo, y volando por lo infinito sin las cadenas de la pobre materia, sin la sombra de los sentidos, se alzará como los ángeles del cielo fuera y lejos del tiempo hasta llegar a la eternidad y ver desde allí por intuiciones milagrosas lo porvenir; será de esto lo que quieran filósofos de todas las escuelas, descifradores más o menos felices de todos los misterios; pero es lo cierto que Illán adivinó con presentimientos proféticos, naturales a su amor, que debía dar con su Isabel adorada en las líneas de aquella peligrosa correría y en los términos de aquel azaroso viaje. Así, con una previsión justificada por los resultados, adelantábase a las puertas y abría precavido y cuidadoso como si tras cada una hubiera de hallar lo que buscaba. Yendo siempre delante de los suyos, adelantándose a su paso Illán preveía lo que tras cada puerta le aguardaba y no quería que nadie le acompañase al punto y hora de penetrar en las diversas estancias. Por tal manera fue acercándose con tino al sitio donde se hallaba recluida Isabel y absorta en la meditación profunda y reflexiva sobre los varios sucesos que pasaran a su alrededor en aquellos críticos instantes.

Eran para meditados. Zoraya, en la plenitud completísima de su existencia, se había visto casi a los bordes oscuros del sepulcro, asaltada por una muerte aparente, que a ella misma le pareciera, en su despertar, muerte segura, efectiva, real. Una despierta Isabel o Zoraya, como nuestros lectores quieran llamarla, habíase hallado en camarín lujosísimo de imperial palacio con gallardo moro, cuyo perfumado cuerpo y cuyo espíritu centellante acusábanlo de noble origen y altísima prosapia, quien a sus plantas rendido le ofrecía un ardiente corazón. Brusco tránsito para Isabel pasar desde su blasonado castillo a profanos harenes y dejar su nombre tan castellano por el nombre tan árabe de Zoraya, y su iglesia, tan frecuentemente visitada, por los áureos alhamíes donde se leía y adoraba el Corán; brusco tránsito ciertamente, pero no tanto, ni tan rápido, como el paso, tras un sueño parecido a la muerte, desde aquellas estancias del harén granadino donde solo reinaba Moraima y todas las mujeres asemejábanse a las enjauladas avecillas congregadas allí para diversión de un señor contento con oír sus gorjeos y ver su plumaje con glacial indiferencia; el paso desde tal estado a un amor exaltadísimo, a un homenaje continuo, a la oferta de un corazón cariñoso, a las invitaciones para un amor eterno. Tales cambios aún resultaban mucho más incomprensibles y mucho más extraordinarios que la trasmutación, en aquellos tiempos no extraña, por causa de las guerras continuas y de los combates diarios desde princesa cristiana en oriental odalisca. La mujer vive para el amor, y en cualquier ocasión de la vida que se le ofrezca y presente, si no lo corresponde y lo paga, lo considera y lo examina, estimando las facilidades que lo allanan o los obstáculos que lo impiden con más exactitud que cualquier matemático examina y aprecia los datos componentes de importantísimo problema. Zoraya era por gallardo infiel requerida de amores, y si este requerimiento no había cautivado su corazón había cautivado ciertamente su amor propio.

El sitio donde se hallaba recluida Zoraya, parecíase a un recorte del Paraíso anunciado por el Profeta predilecto de Dios a sus fieles y a sus creyentes. Cuando veis de lejos un palacio árabe, diríais que solamente pueden habitarlo, por la tosquedad y adustez de sus paredes, hombres y hombres de guerra; pero cuando entráis en su seno y veis sus estancias, diríais que solo pueden habitarlo mujeres y mujeres sensuales y voluptuosas. Zoraya estaba recluida en mirador cuyas áureas celosías dejaban espacio bastante a que viera el campo y el cielo, pero impedían el ser vista desde fuera. Bóvedas de laureles, jazmines y rosales conducían a la puerta del camarín; juegos de agua, que parecían salir de los mirtos y arrayanes, refrescaban el aromado ambiente y cubrían el aire, ora de cristalinas gasas, ora de sonorísimas perlas que con su rocío cayendo sobre las hojas y sobre las albercas así encantaban la vista como acariciaban el oído. Un arco de antigua dentada herradura, por el corte de aquellos cordobeses que componían el Mirab, y empapado en rosáceos colores parecidos a los reflejos del ópalo, daba ingreso al santuario, cuyos recuadros llenos de hojas y flores, que parecían abrirse al tibio aliento de una eternal primavera; cuyas fajas azules donde letras cúficas y africanas componían entalladas en plata leyendas poéticas y versos maravillosos; cuyos ajimeces festonados de rientes y hermosos estucos por toda suerte de labores primorosas esmaltados en guisa de joyeles damasquinos; cuyos azulejos formando los frisos bajos de las paredes y pareciéndose a ricas porcelanas cubiertas de pedrería preciosa; cuyos pavimentos de alabastro tan brillantes como bruñidos espejos; cuyos techos de alerce incorruptible con oro y marfil embutidos, formando estrellas tan relumbrantes como las nacidas en las orientales noches; en fin, cuya totalidad maravillosa formaba singular sitio, como si fuera soñado por los poetas del Yemen y sostenido por los ángeles del Corán.

Las letras brillantísimas esculpidas en las fajas celestiales expresaban sonoros versos de antiguos poetas árabes. Unas veces la estancia parecía como una persona viviente hablar maravillosas palabras e inspiradísimos decires, comparándose ya con una esposa que se dirige al casto lecho de su esposo, ya con una esplendente aureola de las que ciñen los astros en sus elipses y en sus centelleos. Si por un lado se destacaban ardientes invocaciones al Dios airado de las batallas y al nombre inmortal de los héroes, por otro lado se oían susurrar palabras eróticas, suspiros embriagados de amor, llamamientos al sueño feliz y al placer intenso. Tal sentencia recordaba que quien adornara con tanto primor aquellas paredes brillantísimas, descendía de amigos fraternales del Profeta; y tal otra sentencia más triste y melancólica recordaba las lágrimas ardientes caídas de los ojos nublados por la triste adversidad. El poeta, ducho en hipérboles asiáticas, parangonaba el sitio aquel con los templos de cristal, nombre dado a los santuarios salomónicos de Jerusalén y sus pavimentos a los mares alterados y encrespadísimos por los embates del huracán. Loores a la suave luz; metáforas descriptivas del brillante color que por todas partes allí resplandece; comparaciones con las estrellas matutinas y con las flores primaverales; encarecimientos del agua que corre por los manantiales para encantar la floresta con sus susurros y

253

del agua que se para en las albercas para copiar y reflejar los esplendores del cielo; recuerdos de las áureas arenas africanas, del dátil cogido en el oasis, de la gota llovida por placentera nube, de la gacela en el desierto, de la tienda nómada, del corvo alfanje, del Yemen poético, de la media Luna enlazaban Granada con Damasco y decían a cuantos pasaban entre paredes tan esmaltadas y bellas, cómo los reyes nazaritas no podían olvidar las ramas genealógicas de su estirpe y los imperecederos recuerdos de su historia.

En aquel sitio, que parecía propio tan solo para las evocaciones de los poemas orientales, en aquel sitio meditaba Isabel como si estuviese allá en la iglesia de su castillo y al pie de sus antiguos confesores sobre los abismos que separaban su alma cristiana, cada vez más adherida de suyo al dogma católico, del alma infiel que, jurándole amores sin cuento, le prometía goces sin medida. Las dos religiones batallaban por dominar al mundo; y no era ella, por más que la llamasen Zoraya sus terribles perseguidores, que si le arrancaron el nombre de pila, no pudieren arrancarle la fe de Cristo, no era ella, hija de mártires, educada en los templos católicos, dispuesta siempre a confesar la fe, quien debía salvar esos abismos y arrojarse contenta en brazos de un moro quizás el asesino de su padre, arrancando con este perjurio, solo propio de infames renegados, a la Iglesia una hija dilecta y al cielo un alma bienaventurada. En su interior, Isabel agradecía mucho el amor mostrado por aquel árabe que tantas palabras deleitosas le dijera y tanta fidelidad le jurara;. pero al mismo tiempo, cuando alguna propensión le inclinaba por algún camino hacia él ¡oh! sentía las campanadas de la oración, las espirales del incienso, los acentos del órgano, los destellos de las lámparas, los astros componiendo la corona de María, los ángeles bajando a traerle recuerdos de la bienaventuranza donde sus padres se hallaban después del terrible martirio; y al estrépito de todas estas ideas que zumbaban en sus oídos y volaban a su vista como si tuvieran voz y alas, prometíase y jurábase con promesas y juramentos inflexibles morir mil veces entregando su garganta, si era preciso, a las cimitarras mahometanas que claudicar en brazos de un protervo infiel, por ilustre y por amoroso que fuese. A tales pensamientos volvíase con amor su corazón hacia las perspectivas de una redención, posible a su cautiverio, de un rescate más o menos próximo pagado para su libertad y redención, de un canje quizás entre prisioneros que le permitiera reedificar el castillo de sus padres y vivir en él entre los suyos, defendiendo e ilustrando la vieja gloria de su Castilla y el ortodoxo dogma de su Iglesia. Cuando tales reflexiones pasaban por su mente, no hay que dudarlo, veía como personificación de todo aquello, la figura de Illán, el joven, el apuesto, el rendido cristiano, que se dejara cautivar para seguirla y que desde las mazmorras le dirigía todas las noches canciones suavísimas para recordarle su religión y su patria consagradas por aquel sacrificio, y holocausto enardecido en las llamas voraces de un amor verdadero.

Pero ¡ah! Zoraya no analizaba, no, bien el estado íntimo de su corazón propio en aquellos terribles instantes. Su conciencia no veía que las invocaciones tan repetidas e intensas a la religión de sus padres mostraban el recelo y el temor a un verdadero tropiezo en aquellos seductores sitios, y a una verdadera caída en brazos de su antiguo amante. Zoraya se volvía desolada con clamores luctuosos a los recuerdos vivos de su niñez y a las creencias santísimas de su religión, porque no encontraba fuerzas en la propia voluntad para resistir los halagos y para contrastar las promesas que le ofrecía y le presentaba con tan avasalladoras seducciones aquel extraño moro. No se lo había dicho ella en su intimidad a sí misma, por creer más fuerte la infeliz a su conciencia que a su corazón; pero al salir por el sueño letárgico de las frialdades del harén, donde solo Moraima era querida y adorable, a las tempestades ardorosas y fulgurantes de un amor intensísimo, su alma, sencilla y brillante mariposa, en aquel fuego inesperado se había consumido. Isabel amaba sin desearlo, sin saberlo, sin apenas sentirlo, sin imaginarlo siquiera, Isabel amaba en lo profundo e íntimo de su corazón al moro seductor.

No se lo decía ella misma de ningún modo a sí por temor horrible a convencerse y persuadirse de que sentía irremediablemente y por siempre tan criminal amor. Así llamaba los ángeles del cielo y los santos de la Iglesia y la sombra de sus padres en socorro suyo para que de sí misma la redimiesen y la salvasen. Y no bastándole con la religión cristiana, invocaba en aquellos combates la noble figura de Illán, y sus grandes sacrificios para que también acudiese a socorrerla y a darle con su socorro las resistencias necesarias contra las seducciones múltiples de su terrible amor. Pero Zoraya confundía los afectos creyendo que con mudarles el nombre, les mudaba la esencia y la naturaleza. En realidad tenía por Illán la gratitud que inspiran los grandes sacrificios y la noble amistad que nace de las estimaciones verdaderas, y de los aprecios profundos. Pero no tenía por Illán aquel amor que le inspirara el moro aparecido en las vías de su vida por tan súbita manera y echado a sus pies con tal y tan grande rendimiento. En el afecto que le había inspirado el enemigo había un amor más o menos oculto tras su conciencia religiosa; mientras en el afecto a Illán había una intensa y fraternal amistad que su conciencia religiosa quería en vano elevar a las alturas inaccesibles de un amor verdadero. Mientras Illán estaba lejos y se le aparecía circundado con las aureolas de tantos prestigios, entrando en las honduras del alma su imágen por las notas de melancólicos cantares conducida, podía creer que tal amistad se confundía con el amor; pero en cuanto Illán se presentase a Zoraya y ella le viese después de haber visto al árabe a quien deseaba odiar, bien pronto habría de comprender la esencial diferencia entre aquellos dos afectos diversos. Y Zoraya pensaba en Illán cuando Illán a su camarín se dirigía con aquel gran golpe de gente, que ya hemos en otras ocasiones mencionado, y que le acompañaba en el momento mismo de acercarse a la puerta hermosísima, tras la cual había de ver a su amada.

Ya lo hemos dicho. Una galería bellísima daba ingreso al camarín de la odalisca. En cuanto la puerta de la galería se abrió, apareciendo tras ella Illán, adelantado algunos pasos a todos sus compañeros, salió a la puerta del camarín Zoraya, que pudo ver al punto a su compatriota y al punto también por su compatriota ser vista. Un grito en el cual miles de afectos iban contenidos y encerrados, salió del pecho de Zoraya; y otro grito no menos espontáneo ni menos cargado a su vez de recuerdos y esperanzas también salió del pecho de Illán, asemejándose uno y otro a esos píos lanzados por las aves marinas en medio de la tempestad sobre los hirvientes oleajes. Illán retrocedió en el instante mismo de ver a Zoraya y dio a sus gentes la orden de no pasar tras las hojas de tal puerta. Cumplieron los soldados árabes la consigna con matemática exactitud, e Illán se dirigió fuera de sí hacia donde Isabel estaba, y cayó rendido por el grave peso de tanto placer a sus pies, sin poder apenas articular una sola palabra por el espasmo casi epiléptico de su natural alegría. Zoraya, por su parte, sintió renacer a la vista del joven que se había sacrificado gustoso en aras de su nefasta estrella y convenídose y conformádose por su causa con voluntario cautiverio, sintió decíamos el puro y fraternal afecto nacido en el hogar antiguo y dotado con todos los caracteres de una grande amistad engendrada en el seno de su rota y dispersa familia. La patria, la religión, el rey ausente, los pueblos cristianos, las legiones defensoras del señorial palacio, las almenas y torres de este antiguo nido en que su corazón se criara, aparecieron realmente a los ojos de Zoraya evocados por la presencia de Illán. Los sentimientos de uno y otro joven, pues, eran bien claros y se manifestaban con toda verdad en sus sendas actitudes. Illán, al ver a Zoraya, veía el objeto único de todos sus deseos; mientras Zoraya, viendo a Illán, veía tan solo el recuerdo austero de su fenecida familia. Pero llevados uno y otro joven por estas ideas mutuas y por estos mutuos sentimientos no supieron decir palabra ninguna sino después de haberse uno a otro largamente contemplado.

—Creo soñar —dijo Illán rompiendo primero el silencio.

—Sueño único de felicidad tras tantos días de amargura.

—Mas todo cuanto hemos padecido se puede dar por bien empleado al arribar tras los dolores de ayer a este increíble instante.

—¡Cuánto, Illán, habrás padecido en tu mazmorra!

—Sí; he padecido mucho, pero daba por buenos mis dolores aguardando siempre la suprema hora en que debía llegar a mis oídos el eco de tu voz y el acento de tu guzla recordándome la religión y la tierra de nuestros difuntos padres.

—Imagínate Illán por tu corazón el mío; imagínate con qué anhelo aguardaría yo todas las noches tu canción semejante a una plegaria que me recordaba el culto de la niñez y me reconciliaba todos los días con Dios a la hora de dormirme.

—Y además debía recordarte Isabel que un corazón palpitaba por ti en los abismos poblados de dolores terribles y que hasta ti subía un amor consagrado a idolatrarte por toda una eternidad y que no puede acabarse ni extinguirse como no se acabe y extinga el alma, quien do quier esté, ha de ser eterna y ha de guardar por tanto en sus senos este inmortal y cuasi divino afecto irrevocablemente unido a toda su vida como verdadero ser y esencia del ser.

—Illán —dijo Zoraya un tanto azorada y triste al ver aquella pasión ardiente y que se compadecía poco a la verdad con el afecto sencillo y tierno sentido hacia él por ella—, Illán cuéntame cómo has venido a este sitio.

—¡Oh! Me llamas, Isabel, ahora el pensamiento hacia el extraño lugar donde te veo. Yo mismo no sé cuánto ha pasado por mí ni sabría decírtelo. ¡Qué ropajes tan esplendentes; qué joyas tan ricas! Cualquiera diría que no sierva sino reina eras en Granada.

—¡Oh! —dijo Zoraya—. Cree que yo misma no puedo explicar cuanto ha pasado por mí; cree que, después de haberlo experimentado, ni lo alcanzo ni lo entiendo. Debe ser como decías antes, debe ser un sueño.

—Precioso camarín —exclamaba Illán, preciosísimo; con sus paredes bordadas indudablemente por huríes como dicen los poetas, y dicen verdad, porque solo manos celestiales y fantásticas pueden tender estas grecas de colores en el frío estuco, y bordar con estas líneas geométricas las aéreas alharacas.

—Sí; todo aquí habla del placer.

—¡Oh! No me lo recuerdes; no quiero pensarlo. Esos bárbaros te habrán creido vil instrumento de sus goces y...

—¡Calla Illán! No insultes así la sangre que llevas en tu cuerpo, y la religión que llevas en tu alma. Si tu Isabel hubiera perdido la integridad inmaculada y santa de su pureza entre los brazos de un árabe, no viviría como vive ahora en tu presencia, porque la hubieran aniquilado sin remedio el dolor con la vergüenza y estaría en el otro mundo al lado de sus padres.

—¡Ah! Lo creo, Isabel. Si no lo creyera, tampoco viviría yo en este bajo mundo. Sé que tu vida y tu honra van juntas, y sé que no pueden un punto separarse.

—Todavía tengo para mi defensa, los hábitos varios en mi juventud adquiridos; todavía sé combatir en las luchas tremendas de nuestra existencia y contrastar con algún esfuerzo los decretos irremisibles del destino. Y a todo estaba resuelta, menos a perder mis creencias en los infieles templos y a perder mi honra en los musulmanes serrallos.

—Lo sé Isabel; y ni un punto he podido yo dudarlo, que la duda tan solo hubiese acabado conmigo. Lo sé. Cuando abandoné la patria para seguirte y troqué una libertad cierta por un terrible cautiverio, sabía que ganaba el amor de tu corazón, premio debido a mi constancia; y que tú, cristiana, en la costumbre de ver a nuestros padres unidos y pareados como las palomas del cielo, no habías de resignarte jamás a entrar profanada y poluida en familias que se parecen a los perros y que solo sienten y poseen animales y bajos instintos. Así es que jamás he temblado por tu pureza sabiendo que solo podrías perderla con la vida; y aunque por ti he sentido mucho amor, no lo he acompañado con los celos.

—Encerráronme así que llegué a mi cautiverio en la torre de Comares adscribiéndome a las mujeres de Boabdil; y así he pasado mi cautiverio sin que mortal ninguno me requiriera y hablara de amores.

Como verá quien leyere, Zoraya decía la verdad, pero una parte de la verdad no más. Era cierto que nadie la requirió de amores en el serrallo de Boabdil, mas también cierto, que una vez fuera de tal serrallo, habíala requerido un árabe, cuyo nombre ignoraba ella, pero cuyo afecto no, afecto que ocultaba con sigilo a Illán por no amargar indudablemente con aquella nueva terrible las grandes satisfacciones de su gozosa entrevista. Illán por su parte, como el amor le poseía todo entero y a este amor acompañaba una ciega confianza en la virtud y en el cariño de Zoraya, tan seguro de ella, como de sí mismo, no sentía ni celos ni recelos, no sospechaba siquiera que pudiese aquella rosa bellísima ser arrancada del rosal de su virginidad por mano que no fuese su mano, y esta misma jamás a tanto se atrevería sino después de ungida y consagrada por la Madre Iglesia que da el sello, de un sacramento a los puros y eternales amores. De consiguiente, ni por la imaginación le pasó indagar la causa y motivo de hallarse en habitaciones distintas al palacio y retiro de Aixá y Moraima en aquellos momentos. Llegado a la presencia de Isabel en alas de los tumultos granadinos solo pensaba en los medios de ponerse pronto en cobro y ganar la frontera de los reinos cristianos, acompañado de la cautiva libre ya del cautiverio por las industrias de su inteligencia y los esfuerzos de su brazo. Así, pues, con la celeridad propia de los hombres en quienes dominan las artes de la acción, púsose a escudriñar el sitio donde se hallaba y a ver cómo tenía que arreglárselas para salir de aquel intrincado laberinto. En efecto, nada tan propicio a sus planes y tan feliz en su vida como libertar a Isabel de aquella cautividad, y llevársela por los campos granadinos al arruinado castillo para de nuevo recomponerlo y comenzar de nuevo a la sombra de sus altos soberbios torreones la titánica lucha con aquellos hijos del Profeta, cuya debilidad, aumentada por las contiendas diarias, no podía resistir mucho tiempo al bravo empuje castellano. Si el buen Illán no estuviera embargado por completo con el pensamiento y el propósito de redimir a Zoraya y de alcanzar nuevamente la patria, notara cómo aquella mujer, a quien quería con tanto amor, no participaba de sus ardores y no ponía en sus proyectos el concurso reclamado por las supremas circunstancias. Mientras Illán escudriñaba como hemos dicho aquel sitio, y veía los caminos más cortos y más fáciles para de su seno ahuyentarse, Isabel pensaba en otras cosas indudablemente, requerida por otros afectos incomprensibles a su inteligencia, pero de fuerza e imperio incontrastables sobre su voluntad. Illán por el contrario, juzgaba de Isabel por sí mismo, y no comprendía de ningun modo aquella extraña situación.

Y sin embargo, nada tan fácil de comprender como que Illán deseaba partirse inmediatamente, aun a riesgo de faltar a la conjuración urdida con sus compañeros árabes, la cual poco le importara después de haber encontrado a Zoraya; mientras Zoraya con toda su religión y todo su patriotismo y todo su deseo de volver al hogar paterno fundado y bendecido por la familia, persistía en quedarse allí aun a riesgo de que nuevamente la encontrara, el misterioso moro y la requiriera de profundos y vividos amores. Illán, que veía la tierra y la vida y los hombres y las mujeres por el prisma de su imaginación bienhadada y de sus honrados sentimientos, no podía ni sospechar siquiera en Zoraya el deseo de quedarse allí donde le faltaban su Dios y su patria; mientras Zoraya, si por lo que tenía de católica y por lo que tenía de noble y por lo que tenía de castellana, hubiera corrido tras Illán al descorrerse como se descorrieron por mano de éste los cerrojos de su prisión; por lo que tenía de mujer allí se quedaba fija y absorta en el pensamiento y propósito de aguardar al moro sin que lo comprendiera ella misma en el fondo ni quisiese creerlo. Parecíale, si examinaba su conciencia en estos rápidos juicios inspirados por circunstancias supremas, que lo natural y justo y lógico y honrado y religioso era irse para volver en armas con los suyos a tomar desquites seguros de tantos vejámenes horribles como los vencedores habían a su persona y casa y hacienda infligido; pero lo cierto es que una fuerza material incontrastable, invencible, superior a su conciencia y a su juicio, la retenía en aquel sitio donde algunos días antes no se hubiera parado y detenido ni un solo minuto. Imagináos que no sucede aquel encuentro con el amante rendido que tales cosas de amor le dijera, y Zoraya imitara las avecillas que presas en áureas jaulas, entre arbustos floridos y surtidores susurrantes colocadas, con toda suerte de próvidos alimentos mantenidas, por labios de rosicler halagadas, mecidas con suaves canciones y sonatas, bajo techumbres parecidas a cielos del Asia en serenas noches, respirando aires perfumados, en cuanto les abren la salida que conduce al movimiento y a la libertad abren sus alas, despiden sus gorgeos más dulces y toman el cielo azul infinito con vertiginosa celeridad, sin acordarse de los bienes dejados en su prisión, y mucho menos de los peligros corridos ya otras veces en la inmensidad vaga y celeste del aire. Así hubiera procedido, como tales avecillas Zoraya, días antes del sueño último y de la procelosa entrevista con el moro enamorado y reverente. Pero al llegar Illán y prometerle su libertad, aceptándola, queriéndola, no ponía todo el empeño necesario en realizarla y presentaba dilatorios argumentos que acaso podían impedirla. Y en efecto, al otro lado, lejos de allí, en otra torre separada por patios y cármenes acontecía la escena que vamos a referir, íntimamente unida y enlazada con la escena que ahora hemos referido.

Capítulo IV

Así como las gentes mandadas por Illán habían llegado hasta el cuarto de Zoraya, las tropas mandadas por Gezar habían llegado hasta el cuarto de Hacem. Ya hemos dicho la resuelta y noble actitud tomada por el Sultán granadino en tan supremo trance. Lejos de ocultarse, como hubiera hecho un cobarde, por los diferentes subterráneos de su palacio, irguióse con verdadera soberbia y aguardó a los tumultuados con verdadera tranquilidad. Sabía que desguarnecido el palacio de tropas suficientes a contrastar aquel aluvión caído sobre su corona, solamente le quedaba un recurso de salvación posible, la superioridad intelectual y moral que dan sobre amotinados y tumultuarios el valor propio y la confianza en el ejercicio sereno y resuelto del poder que da una eficaz autoridad. Si vuelve la espalda o corre, lo rematan; pero, retando al tumulto y sobreponiéndose al peligro, podía esperar con razón o someterlos del todo a sus órdenes o quebrantarlos por lo menos en sus resoluciones. Así llamó de pronto a los faquíes más cercanos y los puso en grupo a su derecha; volvióse a Venegas y ordenó que se levantase como vizir en una de las gradas de su trono; e irguiéndose luego en el sitio eminente reservado por las tradiciones y por las costumbres y por las liturgias cortesanas a su persona real, aguardó allí, como una estatua de piedra, según lo rígido y frío, el supremo desacato.

Las puertas se abrieron; y los amotinados entraron. Aquellas gentes de razas varias, unidas por el odio común al Sultán, ¡parece imposible! sintiéronse como dominadas por supersticioso respeto, en cuanto pisaron aquellas misteriosas y sacras estancias. Imagináos el triste libertino, que por los vapores de las orgías arrastrado, en el ansia de hacer algo extraordinario, correspondiente al vino que lleva en el cuerpo, algo capaz de interrumpir el hastío contraído por su alma en el agotamiento de todos los placeres, idea la profanación de los templos, donde ha rezado él mismo, y asaltos de monasterios, cuyas oraciones han llegado a sus oídos enviadas por las voces angélicas de las monjas que arrullaron su niñez y encendieron su fe primera, imagináoslo en la noche callada, encaminándose a cometer el nefasto delito; mientras no ve otra cosa más que su camino, tampoco ve otra cosa más que su resolución, y corre y avanza entre las sombras de la noche con la seguridad completa de no sufrir ningún desmayo; pero al llegar y encontrarse frente a frente del objeto ayer amado, y hoy próximo a ser herido y manchado por sus profanaciones, los recuerdos más caros de su infancia se agolpan a la memoria, los sentimientos más dormidos en su corazón se despiertan a una y en verdadero tropel dentro de su pecho, las sombras más olvidadas de su familia surgen como almas del otro mundo venidas; y las torres del monasterio crecen a sus ojos como si tocaran las cumbres del cielo; y el acento de la campana que suena a las altas horas de la noche retumba como una maldición suprema en sus oídos; y la retina de la triste lechuza o los graznidos del búho solitario parécenle muertos que se levantan de sus sepulturas y que van a cogerlo con sus manos de frío esqueleto, para sepultarlo en las que bajo sus pies bostezan a una en el sacro pavimento; hasta que, sudoroso con el sudor de las agonías últimas, pálido con la palidez de los cadáveres, aterrado de sí mismo, se precipita en las gradas del santo lugar que había querido maldecir y le pido perdón de hinojos por aquella su instantánea demencia.

Tal fue la impresión de los granadinos amotinados al encontrarse frente a frente de Hacem erguido en su trono. Aquellos sitios por donde habían pasado recordábanles casi toda la religión de su patria. Los altos muros, las soberbias torres, el ingreso en las mezquitas, las inscripciones que resaltaban sobre los arcos de herradura, las leyendas unidas a tantos sitios por la tradición consagrados ejercían a una en ellos el influjo que los templos ejercen sobre los creyentes. No en vano toma un pueblo del tiempo larga y tenaz educación monárquica; no en vano se acostumbra por tradiciones repetidas a considerar como una especie de dioses a sus reyes; no en vano enlaza en su memoria con el recuerdo sacro de sus fortunas y de sus adversidades el nombre glorioso de sus antiguas dinastías; toda esta grande tradición que parece olvidada, todo este prestigio natural que parece perdido en las mil incidencias terribles de la vida, vuelven cuando las circunstancias lo imponen con imperio, y ejercitan tanto sobre los individuos como sobre las muchedumbres aquella influencia que parecía por completo perdida y que saca su fuerza de lo más fuerte que hay en el hombre después de la naturaleza y que saca su fuerza de la honda y arraigada costumbre. El pavimento se movía como sacudido por un terremoto bajo las plantas de aquellos supersticiosos; las leyendas recordatorias de los más ilustres nombres dinásticos saltaban como si de las paredes todas ellas se desprendieran y volaran a guisa de fuegos fatuos, en direcciones opuestas; las sombras proyectadas por la historia penetraban por las rendijas de las creencias en los senos de aquellas almas creyentes y les decían que iban a profanar el templo de su culto y desacatar al representante sobre la tierra del Dios de sus padres.

Bien es verdad que Hacem había procedido como deben proceder todos cuantos quieran imponerse a las muchedumbres. Si en el ánimo de los jefes como Gezar, ya comprometidos y empeñados en el buen logro de aquella terrible conjuración cortesana, verdaderamente no podía el Sultán ejercer ninguna influencia, en el ánimo de las muchedumbres la ejercía por todo cuanto le rodeaba y por su propio valor personal. Allá iban los amotinados movidos por el viento de rebelión rugiente sobre todo el territorio granadino, pero no libraban al combate los odios, ni a la victoria los resultados que libraba Gezar. Éste, conspirador emeritísimo en pro de la supremacía de Aixá y de su Boabdil, se había visto acosado por múltiples persecuciones en su obra dificultosísima y herido por las múltiples heridas que trae siempre al combatiente un combate verdadero y a muerte. Él se había visto en las incidencias de tantas agitaciones como hacían zozobrar la corte de los nazaritas, depuesto de sus dignidades, apartado de sus compañeros, en dura mazmorra encerrado, perseguido como feroz alimaña; y dos instintos le guiaban, su propia defensa y la inevitable propensión al exterminio de sus terribles enemigos. No puede, no, apreciarse hoy, en la dulzura de nuestras costumbres y en los progresos de la libertad y de la justicia, todas las crueldades contenidas allá en las guerras cortesanas de Oriente. Los Omniadas, exterminados todos ellos, hasta los que solo tenían un cuarto de la sangre de tal familia en sus venas; los Abencerrajes, degollados sobre los pavimentos de la celestial Alhambra, dan una idea del terror en las cortes orientales reinante y de la saña con que se perseguían entre sí hasta exterminarse sin piedad los partidos contrarios. Ningún sentimiento humano entraba en tales porfías, muy semejantes a las que tienen allá en las entrañas de la naturaleza empeñadas las diversas especies que solo conocen el odio a las otras especies enemigas y solo buscan su daño, porque para vivir ellas necesitan de aquel horroroso exterminio.

—A él —grito Gezar—. A ese fementido tirano. Y señaló con su alfanje la persona del monarca erguido con toda majestad en su trono.

—¿A mí; a vuestro señor natural, a vuestro jefe y vuestro capitán en los combates, al intérprete de la santa palabra en los templos iah! os atreveréis vosotros sus vasallos, sus siervos, sus criaturas?

—Muera el tirano Hacem —gritó Gezar, mirando con miradas amenazadoras al Sultán y con miradas imperiosísimas al tropel.

—Nos ha vendido —exclamó a su vez otro de los jefes insurrectos.

—Y entregado casi a los cristianos —gritó un tercero.

—Y desaparecido de vuestra vista como un misterio —gritó un cuarto.

—Y abandonado Alhama —dijeron otros varios.

—No en verdad —respondió Hacem— convencido ya del triunfo suyo después que los rebeldes no habían sido a despedazarle osados como les mandaban sus jefes ebrios de rencorosas iras.

—Sí, sí, sí —gritaban los tumultuados primates, mientras la hueste silenciosa y absorta no hacía más que contemplar la estancia maravillosísima de aquel encantado palacio y la persona majestuosa de aquel soberbio monarca.

—Vosotros sabéis —dijo Hacem dirigiéndose desde lo alto de su trono a los rebeldes—, vosotros sabéis que peleamos como buenos en la recuperación de Alhama, y que solo rendimos nuestra cerviz a los decretos y a los mandatos de la fatalidad. Vosotros lo sabéis, veteranos curtidos en la guerra mejor que vuestros pérfidos seductores, incapacitados por su odio a mí de pelear honradamente con los infieles, metidos como están hasta la cintura en las trampas y en las celadas puestas por ellos mismos para derribarnos, hundirnos, y perdernos a todos.

Los que habían peleado en cien batallas y correrías con Hacem; los que le habían seguido por aquellos primeros años de su gloriosa juventud en requerimiento del combate y del triunfo cosechando glorias y despojos en abundancia, sintiéronse como representados por las palabras del Sultán y como heridos por los conceptos de sus jefes. Lo cierto es, que un rumor de aprobación salió de todos aquellos labios, y las indecisiones del primer momento iban ya inclinándose a una grande sumisión propia de la cultura que tenían y de los recuerdos que todos a una llevaban en el alma. Hacem, muy ducho en toda suerte de achaques políticos y penetradísimo por su experiencia del estado particular en que se hallaban las voluntades fluctuantes de los subvertidos, no trató por aquellas circunstancias de quedarse con la partida y volver las armas contra los mismos que las asestaran a su pecho, prolongó la situación seguro de hallar al fin natural de toda ella una favorable salida y un completo triunfo. Gezar y sus compañeros alcanzaron bien pronto a comprender que necesitaban de un esfuerzo varonil y supremo para derribar por tierra el monarca, muy zaherido por los rebeldes cuando estaba lejos y muy respetado así que se les apareció y se les impuso con su majestuosa presencia.

—No invoques, Hacem —le dijo descaradamente Gezar— no invoques títulos ya olvidados en nuestra memoria y ya desaparecidos de tus blasones. Tomaste a Zahara, es verdad; la tomaste con valeroso empuje; venciste a castellanos tan soberbios como los que habitaban las erguidas y ceñudas torres del fuerte inexpugnable Martos; pero después, te has metido en tu concha, y te has encerrado en tu alcázar, cuando más los granadinos hemos menester un jefe militar que nos defienda, y un monarca verdadero que nos gobierne y que nos salve.

Estas palabras, dichas con altísima entonación, volvieron a subyugar los ánimos flotantes de aquellas muchedumbres indecisas, y a inclinarlas, bien que con escasa inclinación, hacia el lado de los jefes rebeldes. Conociéndolo estos, pues en los combates los sentidos se aguzan mucho y la percepción mucho se afina también, volvieron a la carga con reconvenciones y argumentos solo posibles en las naciones tiranizadas, a la víspera de un material y guerrero combate.

—Las rentas están perdidas —decían unos.

—Los extremos occidentales de la vega están talados —decían otros.

—Alhama perdida —exclamaban estos.

—Loja terriblemente amenazada —los demás añadían.

—Los Ponces llenos de gloria —se murmuraba en esta parte.

—Los reyes católicos en Córdoba, para presidir la última grandiosa empresa contra nosotros.

—¡Ay de mi Alhama! —se oye por todas partes.

Gezar, viendo cómo volvía de nuevo a tomar cuerpo el tumulto apaciguado por las arrogantes palabras de Hacem, alzó de nuevo la voz con temerario arranque y dijo el pensamiento que animaba la conjuración en estos imprudentes y no bien meditados términos.

—Todos te queríamos y todos te acompañábamos, Hacem, cuando salías de tus tiendas con los sigilos del tigre, y te lanzabas sobre los infieles con los ímpetus de verdadero león. Ni una palabra te dijimos fuera de las dictadas por el acatamiento y la obediencia en aquellos días en que los turbantes de tu cabeza real se asemejaban a tempestuosas nubes, y los alfanjes mantenidos por tus poderosas manos a rayos asoladores. Aclamabámoste cuando volvías después de haber dejado una inundación procelosa en las tierras de nuestros enemigos, y te bendecían a una con las palabras del Corán varones, mujeres y niños. Todos estábamos contigo, cuando desengarzabas una ciudad de la diadema castellana o traías entre tus rehenes altos sacerdotes del altar y hermosas vírgenes arrancadas a los espléndidos palacios. El día en que la sombra del embajador Vera se deslizó por las columnas del patio de los leones, todos asentimos a tus palabras y todos sustentamos tu valeroso reto. Sangre te dimos en la toma de Zahara; y sangre a torrentes en el cerco nefasto de la incomparable Alhama. Estas cimitarras que de nuestros costados penden, cercenaron cabezas infieles a granel, y estas manos callosas pusieron las cercenadas cabezas en los altos muros de tus soberbias alcazabas para eterna recordación e imperecedero trofeo. Mas ahora que vemos tu pereza comparable solo a la inercia de un cuerpo muerto, ahora que junto a tu misma persona y en las gradas de tu mismo trono vemos como plantas parásitas en troncos añosos los renegados castellanos, ahora te decimos, que habiendo caído en la cuenta de necesitar otra voluntad y otro esfuerzo muy superiores a tu esfuerzo y a tu voluntad, hemos resuelto deponerte y sustituirte con la leona que ha descendido de las Alpujarras para bien de Granada, con Aixá y con el cachorro que lleva su sangre pura en el cuerpo y sus enérgicas enseñanzas en el alma, con tu hijo Boabdil, desde hoy mismo, nuestro jefe y nuestro soberano en Granada.

Nunca tal cosa dijera el inexperto conspirador. Sus amigos, mal seguros como hemos visto, no estaban unánimes en especificar la naturaleza del mal, y mucho menos el debido remedio. Querían estos deponer al Sultán; aquellos advertirle y mejorarle; los más exaltados, que siempre los hay en todas las agrupaciones, opinaban por deponerle y aun descabezarle; pero los más prudentes, verdadera mayoría en aquel entonces, no estaban por tales extremos y querían cambios de proceder y de pensar en el monarca, pero no cambios de monarca en el reino. Todos estaban acordes en el odio a Venegas, pero no todos estaban acordes en quién debía recoger su detestada privanza. Querían estos que Aliatar, el padre de Moraima, suegro de Boabdil, por ende, se hallase más cerca de Hacem; y querían aquellos que un jefe tan atrevido y arriesgado como el Zagal, ducho en todas las artes de la guerra, glorioso en victorias, capaz por su valor y por su renombre de armar y sostener un ejército, desempeñara una especie de lugartenencia en la monarquía, y participase de un fragmento, por lo menos, de aquella combatida corona. Boabdil y Aixá tenían escasos partidarios en las muchedumbres, aunque tuvieran muchos y muy valiosos en los jefes. Y como las muchedumbres no los amaban de ningún modo con aquel amor que inspira y hace llevaderos los mayores sacrificios, al oír la propuesta de Gezar, se convirtieron casi de súbito a la inevitable continuación de Hacem. Por tal motivo y razón escucharon atentos y gozosos la parte del discurso de Gezar que pintaba con vivos colores el contraste manifiesto entre las antiguas glorias y las recientes flojeras de Hacem: ahí, en esos períodos reuníanse con arte los motivos del irrespetuoso ingreso en la real estancia y condensábanse los antiguos, y en la sazón aquella enconadísimos agravios. Pero sus partidarios, que le miraban con verdadero entusiasmo, infundiéndole ardor con el centelleo de sus ideas en los ojos, llamáronse, como vulgarmente solemos decir, a andana, en cuanto Gezar alentado por el expreso asentimiento a la primera parte de su arenga, se arriesgó a entrar en la segunda, y soltó secretos en que solo estaban iniciados los principales jefes. Un sordo rumor de reprobación contundente, rumor tan expresivo como antes lo fueran aquellos de aprobación y de asentimiento, anunció el cambio rápido en las disposiciones de tan movido y movible auditorio. Hacem, cuyo ánimo pasara por una verdadera pasión oyendo reconvenciones de quien él imaginaba que le debía en su condición de vasallo hasta el respiro en el aire y el aliento en el pecho, con alegría singular holgóse, así que oyó la temeraria propuesta reveladora de dos cosas, del poco camino andado por las intrigas que urdieran allá en el harén mujer e hijo y del mucho arraigo que aún tenía su nombre propio y su autoridad real en los corazones granadinos. No era la muchedumbre tumultuada bastante astuta, pues la astucia no es cualidad jamás de las muchedumbres, para ocultar su disgusto; ni era en verdad Hacem lo inexperto que se necesitaría ser para desaprovechar aquella ocasión de vencer y hundir a sus propios enemigos presentada por la inexperiencia de su jefe principal en el angustioso momento de tan supremas competencias. Los dichos que habían corrido de labio en labio por el apiñado grupo, bien expresivos de la división que acababa de surgir donde más necesaria era la unidad, alentáronle a romper por todo y a salir de una situación ya insostenible.

Antes de que Hacem hablara, los diversos grupos como ya hemos dicho, se desahogaron, departiendo entre sí los varios individuos acerca de las temerarias proposiciones.

—Nada, por Alah, de mujeres —decían unos.

—Nada de muchachos —decían a su vez otros.

—Nuestro rey es Hacem —exclamaban los más.

—Necesitamos a la victoria moverle; no destituirle.

—Que se vayan los renegados, pero que se quede él.

—Nosotros creíamos al monarca muerto.

—Pues nosotros lo creíamos enterrado.

—Nos dijeron que lo habían visto subirse a la cumbre más alta de los montes alpujarreños para no volver jamás entre los granadinos.

—Y a nosotros nos dijeron que lo habían sus domésticos enterrado al pie del ciprés de la Sultana en los jardines del Generalife.

—Sí Hacem; no sirve que llames al moro de Loja cuya mirada penetrante y avizora lo mismo atisva los pabellones del enemigo a lo lejos, que defiende y preserva la entrada de nuestra vega.

—Ahí está el Zagal que quiere seguramente reinar y que sabrá conducirnos a la victoria.

—Ahí está el buen Aliatar, espejo de los caballeros musulmanes.

—La mujer que se quede allá en su harén cuidando recelosa de las odaliscas recatadas al apetito de Hacem.

—A Boabdil, fáltale tiempo y vida para el amor de su Moraima, con la que se halla unido y pareado, como las tórtolas en guisa de católico.

—Fuera el vizir.

—Muerte a los renegados.

—Gloria para el expugnador de tantas inmortales ciudades.

—Que Hacem nos mande.

—Que se esperece y sacuda su melena como tras la calentura el soberbio león.

—Albricias a nuestro rey.

—Nada de consentir femeniles ambiciones.

—Boabdil subirá indudablemente al trono, cuando su padre le haya industriado en los empeños varios y en los casos múltiples de la guerra.

—Que Alah conserve a quien Alah tiene designado en sus inexcrutables designios al trono de Granada.

Todas estas palabras varias en tumulto grandísimo, subían hasta los oídos de Hacem anunciándole cómo Gezar perdiera la partida y la ganara él. De consiguiente, aquel machucho y redomado rey, tan experto en las artes de la intriga como curtido en los combates de la guerra, cogió su ocasión propicia por el cabello y comenzó a dirigirse de esta suerte a los ya más aplacados que movidos muslimes.

—Comencemos —dijo Hacem— por las alabanzas debidas en todo trance al Dios a quien adoramos. Loemos al Creador, porque de su frente vienen día y noche, como de su voluntad fortunio e infortunio. Él prospera la simiente de trigo en los surcos del campo e ilumina la superficie de los astros en la inmensidad de los cielos. Él designa el dichoso a la dicha y el desastrado al desastre. Cuando él quiere, toda nuestra vida se torna en regocijos como los meses de la primavera se coronan de flores. Él me ha dado mi reino de Granada; mi asiento en el trono que no envidia los tronos del Yemen; las mujeres de mi harén, los caballos árabes que relinchan ahora en mis cuadras, los collares de mi garganta y las diademas de mis sienes, la púrpura que visto, y los camellos africanos que vienen cargados de presentes a hincarse con docilidad cerca de mi puerta. Bendito sea el Omnipotente Alah y tengamos todos como una sola voz para bendecirlo.

—Bendito, bendito, bendito —dijeron los musulmanes adheridos ya casi por completo a su rey como ganados por este habilísimo proemio.

—Dichas estas alabanzas que debemos todos a Dios, he oído la razón de vuestras conmociones; y las he oído con una paciencia indigna de mi sangre nazarita e impropia de mi regio ministerio.

—Piedad —gritó alguna voz acongojada por el terror que a todos los pueblos orientales infligía en aquel régimen de horrible despotismo la iracundia de los déspotas.

—Os quejáis de que Granada parece como dormida, y el Sultán como indiferente. ¡Ah! Este reino, último resto de tantas grandezas ismaelitas como en el suelo español se han levantado, no puede vivir en sus cimientos combatidos por el huracán a la continua, ni puede contrastar los formidables enemigos que llaman a sus puertas con redoblados golpes, sino suma en mezcla bien difícil ¡oh! la pujanza con la prudencia.

—Cierto, cierto —murmuraban las muchedumbres en voz baja, mientras Gezar sentía inclinarse la cabeza cargada de pensamientos tristes sobre aquel su pecho herido por dolores provinientes del peligro inmediato y cierto.

—Recorred —continuó Hacem— la historia de nuestros progenitores, y encontraréis cómo han tenido que mezclar tanto la prudencia como la fuerza en todas sus empresas. La noble familia de Arjona proviniente del feliz Saad, antiguo compañero del Profeta, parecía destinada por su pura sangre árabe y por su ortodoxia musulmana en los decretos de Dios a las mayores felicidades y a una obediencia más constante y más justa de la que Granada le ha prestado. ¿Quién sino mi familia, vencidos y arruinados los almohades, tuviera la fuerza indispensable para barrer de aquí a los codiciosos infieles y guardar en este rincón del Paraíso un santuario en España para el Corán arrojado de Zaragoza por Alonso I, de Valencia por el Cid Campeador, de Toledo por Alonso VI, de Sevilla y su río, de Córdoba y su Aljama por quien los infieles llamanFernando el Santo y nosotros debemos llamar Fernando el perro?

—Maldito, maldito —dijeron todos a una los muslimes.

—Cuando entró el primero de los míos, el grande y beneficioso Alhamar.

—¡Que Dios lo bendiga! —los muslimes dijeron todos a una.

—Cuando entró, iba diciendo, en Granada, la mañana del día primero del Ramadan en el año 635 de la égira, pululaban por estas tierras los infelices creyentes heridos por la desgracia y expulsos de las ciudades zozobradas en el naufragio común.

—Verdad, verdad —gritaron aquellos que ídos allí para derribar en el polvo al monarca, formaban ya en torno suyo como armoniosísimo coro.

—Vencedor por Dios —llamaron todas las lenguas al monarca primero de mi familia, cuya gloria pregonan estos muros por él fabricados y erigidos para espejo de las huríes del Paraíso y envidia de los poderosos del mundo.

—Muros que Dios prospere y embellezca más si cabe —gritaron los muslimes.

—Y a pesar de su fuerza y de su empuje tuvo el primero de los reyes nazaritas que ver con resignación la pérdida completa de Arjona, su hermosa patria, de Jaen, capital de un reino, y que asistir como vasallo a la toma de Sevilla, porque así lo había dispuesto Alah en sus decretos y así lo había escrito el hado en sus férreos mandamientos. Y el segundo entre los reyes granadinos Mahomad, se vio forzado por la necesidad a llamar contra rey tan débil como el décimo Alonso de Castilla, un compañero y aliado tan fuerte y poderoso como Yusuf el rey de los benimerines, teniendo que ceder al África ciudades tan importantes como Algeciras, y al cristiano, soberanías tan lloradas como la eminente soberanía sobre Murcia. Y aquel rey tercero que levantara en esta increíble Alhambra de Alhamar la hermosa mezquita donde se miran los ángeles del cielo, a pesar de su grandioso ánimo y de sus claros talentos que le dieran dominio imperecedero sobre las letras, dejó el trono por rebeldías de los walíes inquietos, que Granada no puede vivir en paz entre las codiciosas insidias extranjeras y las dementes perturbaciones propias.

—Justo, justo —gritaron los muslimes.

—Hasta un usurpador sufrimos entonces que se adurmiera sobre las esclavas costillas del pueblo, y fundara un imperio tranquilo si otro de mi raza y de mi gente, otro nieto de Alhamar, otro nazarita como yo no viniera y lo sitiara en este mismo lugar donde no tuvo más remedio que rendirse. Pues bien, este mismo vencedor de los usurpadores, ante cuyas banderas habían huído los maestres de Santiago, inmortalizado por aquella batalla en que murieron dos infantes de regia sangre católica, debelador en mil correrías de Huéscar, de Orce, de Baza, de Martos, vióse por los suyos mismos herido traidoramente aquí en este sitio donde murió asesinado quien jamás fuera vencido.

—¡Horror, horror! —dijeron los muslimes.

—A la salida misma de Málaga, en jardín consagrado por el recuerdo agradecido y unánime de todos los fieles, yace hoy enterrado el sexto rey de Granada cuyo ejemplo debía disuadiros de pensar en reyes niños, pues heredero del trono a los diez años, vio disuelto casi el reino entre las ambiciones de los walíes, las asechanzas de los cristianos, las guerras de los benimerines; y cuando pudo cabalgar y combatir y vencer, un bote de lanza lo derribó en la eternidad arrancándole al cariño de su pueblo. El nombre de Yusuf, llena como el nombre de Alhamar las paredes todas del palacio que habitamos los reyes de mi estirpe. Suya la puerta Judiciaria que parece fortaleza por su adustez y mirador por su belleza; suyas las estancias, donde los colores del Iris brillan más en las soñadas estalactitas y los surtidores cantan con más dulces melodías al caer sobre las tazas de alabastro. Nadie prosperó como Yusuf las artes nuestras, nadie a Granada enriqueció como él, pues parecía nuestra ciudad una hurí del Profeta ceñida con las joyas que le procuraran y le sirvieran los ángeles del cielo; nadie amontonó tantas riquezas en los bazares ni tantos pertrechos de guerra en las alcazabas; atento así a las arideces de la gobernación diaria como a los goces de la poesía y de la música; pero nadie tan desgraciado como él por lo mismo que fue tan grande; pues hallándose absorto en sus oraciones bajo la bóveda estrellada y celestial de nuestra gran mezquita, le mató un loco en cuya cabeza indudablemente se había condensado toda la horrible locura de Granada. La gloria del padre no preservó al hijo de las desventuras que parecen acompañar como sus sombras naturales a los reyes y príncipes nazaritas. Sus hermanos y aun sus hermanas le tendieron toda clase de celadas y amotinaron crueles en contra suya el pueblo. Cierta noche, hallándose descuidado en respirar las áuras y oír los surtidores de los cármenes, asaltóle infame conjuración, obligándole, para ponerse a salvo y en cobro ¡oh degradación! a ceñirse las túnicas de mísera esclava y pasar él, rey de los creyentes, en su fuga, por mercenaria y torpe prostituta. Alígero caballo le llevó desde nuestro palacio a Guadix, y desde Guadix a las puertas del África, donde halla después de haber atravesado el mar en cristianos esquifes, un destierro en el desierto, cambiado al poco tiempo nuevamente por el trono; y en el trono la desgracia pasada le prestó una suspicacia tan irremediable que veía conspiradores y conspiradores felices hasta en sus propios hijos, los llamados por el Corán a heredar su corona y proseguir su reinado. Y en efecto, aunque Yusuf, el primogénito no conspirara contra su padre, vióse como su padre perseguido por el hado adverso y puesto en mil circunstancias terribles por las conspiraciones ajenas. Sus tres hermanos pasaron la vida en mazmorras, pudiendo asegurarse que las habitaciones de sus cuerpos vivos, solo podían tener comparación cierta y exacta con los sepulcros reservada en este triste mundo a los cuerpos muertos. Sus vizires y sus médicos, fueron por sospechas decapitados. El propio hijo le impuso con desacato su voluntad, enviándole a correrías guerreras más procelosas que útiles, y el rey de Fez acabó con su vida, enviándole un traje de corte magnífico empapado todo él en sutiles y penetrantes venenos. Mojamad VII, fue un desgraciado a quien sucedió un cautivo Yusuf III, quien perdió la imperdible Antequera como su antecesor perdió también a Zahara por mí recobrada en los últimos tiempos con soberanos esfuerzos.

—Verdad, verdad —dijeron los amotinados.

—¿He de recordaros yo cuanto después ha pasado, si lo tenéis en la retina de vuestros ojos más aún que en la memoria de vuestras almas? ¿Os he de recordar los combates empeñados a muerte un día y otro día por abencerrajes y zegríes, disputándose, no el cuerpo, no, el cadáver de Granada? Recordad al Izquierdo, vuestro rey en Túnez; acordáos del Chico o Azaquir decapitado con gran gozo de nuestros comunes enemigos los infieles; acordáos del breve reinado de Yusuf hijo de Alsaul, quien parecía cortesano de vuestros conquistadores y no rey de los granadinos; acordáos de aquellos monarcas tres veces erigidos en sus tronos, y tres veces de sus tronos lanzados; acordáos de la fuga del hijo de Alhanaf; acordáos por fin, de mi padre Saad; y decidme si gentes que han visto en su vida tantos desastres, y que guardan tantas remembranzas terribles en su historia, sirviendo indeliberadamente y sin voluntad y sin conciencia la causa de sus propios enemigos los cristianos, hasta traerlos a estas puertas y esparramarlos por estas campiñas, decidme si pueden atizar el fuego de la discordia, venir en armas a mi palacio, desacatarme aquí, en presencia mía, herirme con gestos y con palabras el corazón, demandarme la entrega de reino tan zozobroso y por tantos enemigos amenazado a débil mujer y a mísero mancebo, sin ser por estos hechos merecedores de mi odio y reos de mi justicia.

—¡Oh, oh! —gritaban todos los otros aterrados por la furia de Hacem que horriblemente relampagueaba en sus miradas torvas, y en sus palabras siniestras, y tronaba en los repiques de su dentadura, y en los ronquidos de su garganta. El imperio cobrado por Hacem sobre los suyos y el terror ejercido por su persona sobre los amotinados, llegaron a tales términos y extremos, que unos se hincaban de rodillas como ante un Dios, otros lloraban con desaforados lloros a guisa de pobres mujeres, caían estos desmayados al miedo, tomaban la puerta y la fuga otros; mientras Gezar, acercándose a uno de sus compañeros en misterioso ángulo de la estancia le pedía por piedad que lo matase; y el compañero apiadado le clavaba su puñal en el corazón, a cuya puñalada se desplomaba exánime ante las gradas mismas del trono, y a los pies mismos del monarca que había querido destruir y perder.

Capítulo V

Hacem procedió en esta sumisión de los rebeldes con la exactitud completa de mirada y la fuerza incontrastable de voluntad que constituían la complexión material de su cuerpo y el carácter moral de su alma. Con la misma facilidad que había en aquellos momentos avasallado a los rebeldes presididos por Gezar, avasalló también más tarde a los rebeldes presididos y encabezados por Illán. Éste, absorto y atónito en contemplar a la mujer que adoraba, no se había curado ni del sitio donde consiguiera tanta ventura, ni de los peligros encerrados en lo extraño y supremo de su terrible situación. Ver a Isabel fue todo su anhelo, y después de haberla visto, hablar con ella de la fuga primero, del arribo al patrio suelo después, y por último de la casa que debían erigir y de la familia que debían fundar en los mismos sitios consagrados para ellos por la tradición y bendecidos en su memoria por la solemne sombra de sus padres. Illán, que había visto el fácil acceso al misterioso apartamiento de Zoraya deslumbrado, como todos los infelices heridos de grandes irreparables desgracias, por aquella súbita luz de felicidad inesperada, creíala eterna; y se preparaba, sin curarse de los peligros más o menos remotos, al goce de la buena ventura y al absoluto y constante olvido de la mala. En vano la realidad se le debía ofrecer en toda su terrible desnudez, enfriando aquellas encendidas ilusiones y aquellas improvisadas esperanzas. Cosa difícil salir del intrincado laberinto que forman los palacios orientales; burlar el celo y el recelo de múltiples guardias; descorrer los cerrojos de un serrallo; atravesar aquellos muros abiertos de tarde en tarde y de lejos en lejos por muy raros portillos y muy escasas puertas a cuyo ingreso y entrada se veían siempre hierros incontrastables y espesísimas verjas; recorrer todo el reino granadino por estrecho que fuese; llegar hasta unas fronteras azotadas por la guerra de continuo y tras las cuales había que levantar un castillo, grande fortaleza, por las competencias de aquella sociedad guerrera completamente arruinado y roto.

En verdad el mayor obstáculo, que se oponía en aquel momento a los planes de Illán y la mayor dificultad que debía superar su arrojo, estaban en la indiferencia irremediable de Isabel, quien allá en sus adentros, embargada por las inclinaciones hacia el moro sentidas, ni enardecía el ánimo de su compañero, ni cooperaba con el necesario entusiasmo a sus fines santísimos, ni tenía grande prisa por salir de aquel sitio donde la hechizara el amor. Cuando

Illán hablaba de la patria, de la Iglesia, de la familia cristiana, del suelo natal, aún solía Isabel experimentar los afectos enlazados naturalmente con toda su vida, que formaban como parte íntima de su alma. El suelo, el blasón, el Dios de sus mayores, el templo de sus sacerdotes, el timbre de sus privilegios, todo esto la exaltaba y por todo esto se hubiera partido indudablemente de allí aun a costa de sacrificar su corazón y en su corazón el amor. Pero cuando veía que por promesas antiguas más o menos expontáneas, por analogía de situaciones más o menos claras, por los primeros pasos en la carrera del cautiverio después del infortunio, por los abrigos dados en su corazón a las esperanzas de Illán, podía éste imaginarse y aguardar un amor correspondido, espantábase instintivamente Zoraya y comprendía que si en mucho su estimación apreciaba a Illán, el mártir de su deber, no lo querían de ningun modo sus varios e íntimos sentimientos como debe aquí en el mundo quererse al esposo y al amante. La comparación indeliberada entre el repentino dominio que tomó Hacem de su corazón aun contra su conciencia, y de lo mucho que de Illán su propio corazón la separaba, siquier forcejease contra tales inclinaciones la conciencia en su intimidad y en su interior, esta comparación habíale dicho sobradamente cómo el moro se había llevado su alma y no había podido llevársela el cristiano. Isabel se revolvía contra sí misma, lanzaba gritos de angustia requiriendo un auxilio del cielo a su debilidad, miraba tras las satisfacciones de aquella pasión el deshonor de su nombre con el anatema de sus padres, y no podía, sin embargo de todo esto, desamar al amado, ni amar al desamado. Pocas veces en la naturaleza humana se había visto con tanta claridad ponerse de un lado, patria, familia, honra, nombre, tradición, creencias, fe, mientras del otro lado se ponía solamente la fuerza del amor, contrastando esta fuerza única, todo lo que se hubiera creído más incontrastable y venciendo todo lo que se hubiera creído más invencible. No se conocía Isabel a sí misma, cuando todas estas cosas pensaba. No conocía ni su propia voluntad, ni su propio pensamiento. Imaginábase que allá, en el harén, la habían por fuerza cambiado, trastrocando su alma en los momentos de aquel sueño letárgico semejante de suyo al sueño de la muerte. Mirábase, palpábase; y veía por experimentación verdaderamente irrefragable, por voces de su conciencia verdaderamente irresistibles, que su alma y su cuerpo formaban la misma persona de otros tiempos, persona en todo consustancial consigo menos en el amor, pues ella, cristiana, hija de mártires, verdaderamente española por su temperamento y por su educación, había entregado los tesoros más apreciables de su ser y los recuerdos más vivos de su alma, nada menos que a un moro avasallador contra todos los mandamientos de su voluntad y contra todos los clamores de su conciencia. Luchaba con el cielo, y luchaba consigo misma, pero no podía vencer aquella fuerza invencible superior en todo al resto de sus fuerzas y que la tenía como enajenada de sí propia y puesta completamente a la merced arbitraria de un amor tanto más imperioso, cuanto menos racional y legítimo. He ahí el estado de conciencia y de ánimo en que Isabel se hallaba cuando el desarrollo natural de los sucesos diera como las apariencias de un sacrificio a lo mismo que resultaba realmente deseo y deseo incontrastable de su conturbado corazón.

Hallábanse Illán y Zoraya en la parte de coloquio referente al modo y manera de ganar las líneas fronterizas a Granada y acudir al castillo de Martos, cuando se oyó una grande algazara.

—¿Qué pasa por ahí? —preguntó Zoraya.

—No será nada —respondió tranquilo Illán que no recelaba ningún caso adverso tras la felicidad con que había conseguido acercarse a la presencia de su amada y de partir con ella tras tantos días de increíble separación y apartamiento.

—No asegures que nada sucede aquí en los palacios árabes, donde pasan a la continua y con tan grande regularidad cosas bien extrañas y bien extraordinarias por lo impensadas y por lo súbitas.

—Déjame de tales aprensiones. Cuando estaba como un cadáver encerrado en el vientre de la tierra, no podía imaginarme siquiera que viniese como un milagro esta resurrección y que pudiera encontrarme frente a frente de un ser tan amado como tú, ángel hermoso, a quien creía no tornar jamás a ver sino entre los celajes del sueño. Después de todo cuanto nos ha ocurrido, créelo, Isabel, créelo, ya no puede ocurrirnos caso ninguno adverso, por haberse cambiado completamente nuestra estrella y haber Dios grabado otro signo mas favorable a nuestra suerte allá en la inmensidad de los cielos.

—Illán —dijo Zoraya en quien se conservaba más cristiana la inteligencia todavía después de caer en las tentaciones de aquel amor sacrílego— Illán, tu inteligencia se ha contaminado con la inteligencia de tus compañeros en el cautiverio y hablas como si fueras moro. No, no rige por signos más o menos luminosos nuestra vida, no está escrita en caracteres de fuego nuestra historia por los espacios inmensos. Con la oración, podemos interesar a Dios en nuestro pro para que nos mande su gracia y nos acorra con su auxilio. Si el secreto de nuestro destino se guardara en los archivos de la eternidad, inscrito por una voluntad omnipotente y de un modo irrevocable, nada valdrían las oraciones nuestras y nada conseguiríamos en nuestro pro con actos meritorios y con el ejercicio de las grandes virtudes. Cree tú en nuestro Dios, y ten la seguridad completa de que hasta en los calabozos más hondos, y bajo los hierros más incontrastables, guardas y conservas tu libertad, y puedes obtener por tus oraciones, que Dios mismo esté a tu lado y te acorra y te sostenga con su misericordia.

—No me arguyas así. Empleé un modo de hablar como cualquier otro; pero sin darle fuerza ni alcance teológico. Harto sabes que voluntad, conciencia, entendimiento, razón, todo lo que hay en mí, pertenece a Dios, cuyo soplo vivificador me ha inspirado a la santa pasión que por ti siento y que reconozco y estimo uno de los mayores timbres de mi alma, como uno de los mas vivos goces de mi vida.

—Pero, Illán, mientras nosotros departimos aquí, algo extraordinario sucede a nuestro alrededor. ¿No sientes esos clamores que provienen de pechos enrojecidos por la ira y esas vibraciones de armas que resuenan como los estruendos siniestros de un verdadero combate?

—Isabel, suceda lo que quiera, mientras no llegue a nosotros.

—¿Y quién te ha dicho que no llegará?

—La suerte, favoreciéndome con su auxilio hasta traerme a este sitio.

—Fija Illán tu atención observadora en los ecos varios que nos trasmiten estas paredes.

—No adelantemos los casos adversos antes que sucedan.

—Pero quizá tu intervención podría evitar algun mal a ti ¡oh Illán! y a los que se han acercado aquí a este sitio contigo.

—Mi gente se halla con seguridad bien apercibida y yo por mi parte no me moveré, Isabel, de aquí hasta tener convenidas las últimas particularidades indispensables a nuestra próxima fuga.

—¡Fuga! —murmuró entre dientes Zoraya.

—¿Qué dices? —le preguntó Illán.

—Digo que...

—Di pues.

—Digo, que la fuga es cosa bien difícil.

—Créete que no hay dificultad invencible para un corazón resuelto.

—Estas paredes hablan.

—Que digan cuanto quieran después de habernos marchado nosotros.

—Estos pavimentos se hallan preñados de abismos.

—Que saltará nuestra voluntad cuando quiera.

—Nada tan receloso como el centinela musulmán.

—Pero nada tan fácil de huir y esquivar cuando hay la resolución de huirlo y esquivarlo. Levántate y sígueme.

—No podemos irnos así con tanta impremeditación y con tan escasa cautela sin exponernos a un terrible tropiezo.

—La voluntad vencerá los obstáculos.

—Si la voluntad tuviese la fuerza que tú crees, no estaríamos aquí nosotros ni un minuto, porque nunca hemos querido estar y sin embargo estamos.

—No me dirijas tales reflexiones.

—¿Por qué te molestan?

—Por ser tuyas me agradan como todo cuanto proviene de ti.

—Entonces...

—Me molestan, porque me parece que no tienes fe, no, en la salida venturosa de todos estos laberintos y en el inmediato logro de todos nuestros titánicos esfuerzos.

—Desengáñate Illán, cuando se ha padecido lo que padecemos nosotros, no se cuenta con la buena ventura, y se necesita el abono y la confianza de mayores cautelas.

—Pero cuando se ha caído tan bajo como aquella mi antigua mazmorra y se ha llegado tan alto como a este camarín ¡ah! no se duda de nada.

—Cuán pronto se dan a triste olvido las más negras desdichas.

—Lo peor de ellas sería que te diesen tanta desconfianza de la prudencia y tanto terror a tan buenas acciones como la de huir este cautiverio, y reedificar allende la frontera el castillo de nuestros padres.

—Acuérdate de lo sucedido a tal seguro, aunque lo defendían brazos tan atrevidos como tu brazo y lo escudaban pechos tan fuertes como tu pecho.

—Sí, pero Dios se cansa de atribular a los buenos alguna vez.

—Perdimos en solo un día el castillo que parecía inexpugnable por fundado sobre huesos de mártires, y la iglesia que parecía invencible como guarecida por alas de ángeles.

—Sí, lo perdimos todo; pero todo lo recobraremos. También habían perdido nuestros padres el territorio nacional y parecía que no estaban habilitados para de nuevo ganarlo cuando en la cueva de Covadonga, un viento del cielo sin duda hizo que las flechas infieles se volvieran a una contra los mismos que las asestaran y cayeran derribados sin vida y sin alma en el suelo que parecía pertenecer a sus conquistas.

—Sí; yo de Dios no dudo; yo dudo de los hombres. No desconfío del cielo; desconfío de la tierra. Si ahora hubiésemos de morir tú y yo, creo firmemente que tras nuestro martirio, y por razón de nuestras mismas desgracias, Dios nos acogería en su regazo y se habrían concluido para siempre tantas horribles penas. Pero desengáñate, cuando hemos de pisar tierra por tantas espinas erizada, y hemos de contender con gentes por tales y tan feroces odios movidas, y hemos de arrostrar las inclemencias de los elementos adversos con las inclemencias de tantas almas terribles y contra nosotros airadas, hay muchos y muy fundados motivos de tristes e inevitables recelos.

—Vuelvo a repetirte que tras lo acaecido en estos últimos días, con mi encierro en las mazmorras y mi resurrección aquí, no concibo dificultad que no se allane, resistencia que no se rinda, obstáculo que no se supere por una voluntad inquebrantable.

Y mientras Illán se daba con tal abandono a su confianza verdaderamente ciega en lo porvenir; y gozoso con el encuentro de su amada Isabel parecía olvidar cómo estaba en aquellos momentos mismos a la cabeza de una rebelión formidable, y por ende metido en los empeños de una guerra dudosa e incierta; mientras todo lo veía risueño y próspero en la reanimación de sus esperanzas, al soplo tibio de la inesperada ventura que convertía en risueña primavera llena de flores o de ilusiones su vida próxima y su próxima suerte; mientras así lo esmaltaba todo tomando por luz un relámpago, moría su compañero Gezar en las gradas mismas del trono de Hacem; y mandado por éste se apoderaba el favorito Venegas de las huestes mismas de Illán, y resolvía con la celeridad del rayo limpiar de gentes extrañas el palacio y volver corte y ejército a su primitiva normalidad por medio de tremendos castigos que procuraran horrorosos escarmientos. Cambiada la dirección de los sucesos, y siguiendo estos nuevo curso tan distinto del antiguo, no hay para qué decir cómo la realidad se volvería turbia, en tanto que las esperanzas de Illán se volvían cada vez mucho más dulces y mucho más risueñas. Venegas corrió del salón donde la palabra y el gesto de Hacem habían logrado tan expontáneo triunfo a la galería donde se hallaban apiñados los últimos rebeldes puestos en olvido por la súbita e inesperada felicidad de Illán, quien ya no quiso, encontrada Isabel, ninguna otra cosa que ver y oír a su amada, en la enajenación de su éxtasis. Dominados como era natural los menos, ya sabedores del desastre ocurrido a los más, Venegas cogió varios amotinados y fue con ellos a escudriñar los rincones del palacio para que no quedase rebelde alguno fuera de los alcances de su justicia y de los escarmientos de sus castigos. Ya lo tenía todo registrado con esmero y limpio de vencidos en totalidad, cuando uno de los más amenazados por el castigo delató a Illán, refiriendo, además de la parte por él tomada en la sublevación, sus antecedentes cristianos y hasta sus condiciones particulares de compañero en la cautividad y en la desgracia de Zoraya, sinolvidársele ni mucho menos en tal relato el amor a ésta profesado y por ella correspondido. No se atrevió Venegas, aun después del relato, a penetrar en la estancia de Zoraya sin permiso de Hacem. Mas faltóle tiempo, aun ya sabida la historia, para ir y contársela fielmente a su enamorado señor. Como todos los renegados, Venegas aborrecía mucho de corazón a los cristianos fieles, a los cristianos leales, a los cristianos héroes y mártires de su fe. Así puso, a fuer de taimado, empeño en provocar los celos del Sultán y exacerbarlos con verdadero exacerbamiento. Hacem, que todavía se conformaba con los desdenes de Zoraya cuando los creía inspirados por su fe religiosa, montó en cólera increíble al verlos inspirados por otro amor con el cual no contara en su empresa de rendir a Zoraya.

—¿Cómo? —exclamó— ¿ama esa mujer a otro y el afortunado vive todavía, cuando mi cólera se ha parecido en lo asoladora y fulminante al rayo de las nubes?

—Y conviene que viva —dijo Venegas.

—¿Cómo que conviene? Entre tus achaques te aqueja uno capitalísimo, el de mirar siempre las ideas y las cosas al revés de como yo las veo. Mi cólera es una chispa de fuego celeste que cae y mata con celeridad incalculable.

—Pero a tu cólera debo yo añadir mis atemperantes, cuando los creo dirigidos a procurarte mayor bien y dictados en tu servicio.

—Después de la suerte que le ha correspondido a Gezar...

—Dispensa que te interrumpa; debe corresponderle otra suerte a Illán.

—¿Al que no agradece mi generosidad que le ha dejado la vida y el ser? ¿Al que metido y enterrado en las mazmorras de mi Alhambra se conjura contra mi autoridad? ¿Al que ama lo mismo que yo amo y todavía no ha muerto? ¡Oh! Está en su habitación, quizá en sus brazos...

—Repórtate Hacem. Desconoces el soberbio natural de toda castellana y la confundes con los fáciles juguetes de tu harén. Ellos no caerán uno en brazos del otro aunque se hallen solos en el campo, y se amen como un mozo galante ama por ley natural a una joven hermosísima, sino después que su Dios haya bendecido y su religión legitimado ese amor.

—Entonces no me queda en el mundo a mí ninguna esperanza más que morir abrasado en este devorante fuego en que me quemo ahora.

—Imposible lo cree uno verdaderamente, cuando se considera la mujer en cuyos hechizos has caído y la religión a que pertenece.

—¡Oh! rabia —exclamó Hacem desesperado.

—Mas para vencer estos imposibles hay recursos, y sobrados, en la humana inteligencia.

—¿Qué recursos? Déjame de recursos. Para salir de todo esto, no queda otra puerta sino la violencia. Déjame pues de recursos.

—La sangre se ha subido a tu cabeza y te ha velado los ojos. No ves por ende con la debida claridad todo lo que yo veo ahora en este momento. Illán es un recurso.

—¿Cómo?

—No te ofendo, Hacem, no, con la sospecha de que a tus años y a tus desengaños has llegado a concebir por Zoraya una de las grandes pasiones que no se creen satisfechas en el tiempo y aspiran a la eternidad. No te ofendo con la sospecha de creer que deseas, además de la posesión del cuerpo, la posesión del alma de Zoraya.

—Será todo lo triste y ofensiva que tú quieras la sospecha, pero no sospeches que estoy como un vellaco de rendido y absorto en el amor a Zoraya. Créelo, porque así es verdad; créelo porque siento una pasión que no podía yo concebir se llegase a sentir jamás en las estrecheces del humano corazón y en las tristes asperezas del mundo.

—Pues bien, sea como quiera, lo primero, que debemos procurarnos, la satisfacción de tal amor, sin cuya satisfacción para ti no hay paz en el mundo, exige una cosa en esta presa de Illán, venida en tan favorable sazón a nuestras manos.

—Di lo que todo esto exige, y acaba pronto.

—Que lo cojamos como una prenda, y amenacemos no soltarlo, sino después que haya satisfecho Zoraya tu pasión y entregádose a tu arbitrio.

—Empiezo a ver claro.

—Amenazaremos a la cristiana con matar al cristiano si no se rinde a tu deseo y a tu deseo se rendirá; créelo.

—¡Oh! —exclamó Hacem enamorado de todos los caminos que condujeran al inmediato logro de su pasión y complacido con la idea de Venegas.

—Ya ves como no era tan descabellado el propósito ni tan loco el intento de éste tu siervo.

—Pero hay una dificultad, vizir, muy grande, que trastorna todos mis planes y contrasta todos mis propósitos.

—¿Cuál? Díla pronto.

—Yo no quiero que sepa Zoraya quien soy.

—¿De veras? ¡Y yo que creía tal noticia conducente a la derrota de sus resistencias y a la victoria de tu amor!

—Me tendrás por loco y mereceré tal juicio.

—Vamos, habla, concluye tus explicaciones.

—No quiero yo que Zoraya venga tentada por el demonio de la ambición a mis brazos, quiero que venga por el impulso incontrastable de su amor. Así deseo ardientemente su completa ignorancia de mi cargo, de mi estirpe, de mi dignidad, y alteza, de la corona que llevo, del nombre que me honra y me coloca en la categoría de los soberanos del mundo y me da eminente dominio sobre las criaturas.

—Pero dime, y perdona si resultan de mis observaciones cierto cargo de insensatez a ti.

—Habla como te pida el gusto. Yo he moderado siempre, y ahí está para mostrar mi aserto la duración de mi reinado, el silencio público de mis vasallos con la libertad entera de mis favoritos. Por consecuencia, no te recates y díme con libertad todo cuanto pueda venirte ahora y con motivo de mis caprichos a las mientes.

—Recapacita un poco y caerás de acuerdo conmigo. Zoraya se ve hoy en oriental palacio, circuida por las riquezas mayores con que puede soñar el humano desvarío, de consiguiente creerá por fuerza, por necesidad incontrastable un soberano y un soberano poderosísimo a su pretendiente.

—Crea lo que quiera, siempre habrá una diferencia grandísima entre la sospecha y la certidumbre. Muchos príncipes de la sangre hay que viven quizá con tanto lujo como yo. Además, no quiero que sepa como aquel que ganara su castillo e inmolara en el asedio a su padre, ahora es el rendido amador solicitante de sus incomparables favores. Si después de alzarse nada menos que la distancia existente hoy entre la iglesia y la mezquita se alza entre nosotros la sombra del padre inmolado por mí, créelo, Venegas, y no me juzgues insensato, los obstáculos crecerán y menguará mi esperanza.

—En esta segunda consideración me pareces más justo y más acertado. En lo demás, poco aguda y penetrante resultaría en mi concepto la inteligencia de Zoraya, si no comprendiese cómo la requiere de amores un potentado de primera categoría en Granada.

—Piense lo que quiera respecto a mí con tal de que no lo sepa en modo alguno a ciencia cierta. Casarse con moros principales cosa es que han hecho desde las hijas de los reyes hasta las bastardas de los obispos castellanos. La riqueza no tiene los atractivos del poder, siquier sea porque la supone a su vez el poder político entre sus prerrogativas, entre sus fuerzas, entre sus privilegios, entre sus prestigios. Cualquiera es rico, pero no es cualquiera en este mundo rey. Además, ¿quién sabe todos los recónditos senos de un alma? ¿Quién sabe si al conocer Zoraya mi dignidad y mi cargo, se atrevería, llamada y atraída por múltiples razones a fingirme un amor que no sintiera y precaverse de mi confianza en su persona y de mi abandono en su lecho para cercenarme la cabeza y lanzarla sobre las fronteras de mi reino a las plantas de sus altivos reyes? Créeme, la ignorancia de Zoraya respecto al cargo y dignidad que yo ejerzo podrá parecerte lo caprichosa que quieras, pero está fundada en mi conocimiento del corazón humano y en mi experiencia de las muchas desgracias y desventuras que acompañan irremisiblemente a los reyes en la mísera condición humana.

—Voy viendo que tienes razón.

—Y tanta.

—Mas considera una cosa, que al apresar ahora la persona de Illán, debemos por algún modo mostrar que disfrutamos sobre tal persona derecho de vida y muerte, pues resultarían si no ridículas nuestras amenazas.

—Hay medio fácil de cohonestarlo todo.

—Pues tú, que lo has arbitrado, tú dilo; Hacem, dilo en buen buen hora.

—Te diré. Todo el mundo sabe cómo el poder se divide y reparte y distribuye, siquier parezca uno entre innumerables personas en los palacios nuestros.

—Es verdad.

—La naturaleza misma de las cosas hace que no tengamos esa indivisible unidad absoluta de poder que nuestras leyes y nuestras costumbres inútilmente nos decretan.

—Es verdad.

—De consiguiente, un favorito, un ministro, un vizir, un privado, puede tanto y a veces más que un Sultán aquí entre nosotros.

—También es verdad.

—Preséntate pues allí en la estancia, y a fuer de vizir, dile que condenas a muerte el cuitado Illán y arráncalo sin piedad a la estancia donde tanta felicidad respirará en este momento y condúcelo a la más fría y oscura y sepulcral mazmorra. Tú podrás decir que por castellano y por católico te reservas el goce de infligirle una pena que merece quien no ha procedido como tú procediste al entregarte a la religión de Mahoma y al reconocer como verdadera patria tuya nuestra hermosísima Granada, la bendita de Dios. Y luego le dices a Zoraya que si quiere la vida del compañero y del compatriota y del correligionario, la pida por intercesión mía. Dirasle así, como yo soy un caballero principalísimo, de ópimas riquezas, de poderoso influjo, de sangre real si quieres, pero no el Sultán. Ocúltale mi dignidad, niégasela si ella consigue por tantos datos contrarios a mis intentos adivinarla, y cuéntale como yo deseo tan solo amarla y puedo, por deberme tú oro, lo que quieras, arrancarte la persona del preso a quien daremos libertad y mandaremos a Castilla, pues un enemigo más o menos, poco importa cuando hay en contra nuestra tal número y tan poderoso y tan formidable. Ve, corre, vuela pronto a la estancia de Zoraya y concluyamos por Alah este asunto.

Capítulo VI

No dejó Venegas que le dieran dos veces tal orden. Aceleradamente, y gozándose como todos los esclavos en las cortes de los déspotas, gozándose con orgullo en cumplimentar el ajeno deseo y hacer la voluntad ajena, personóse con gran pelotón de guardias en el mirador de Zoraya y comunicó a Illán la orden expresa e imperiosa de darse a prisión y pasar nuevamente a los sepulcrales calabozos. Imagináos un alma pura, que hubiese, mereciendo el cielo, entrado en las tinieblas infernales, y tras larga residencia en el centro de todos los dolores viese de nuevo con rapidez el cielo, y apenas visto, cayese de pronto en las antiguas tinieblas; imagináos un alma probada por estos cambios repentinos; y tendréis idea de cuánto sufrió en aquel minuto supremo Illán, cuya felicidad inesperada de algunos momentos, apareciéndose a sus ojos como definitiva y perdurable, le privó hasta de una defensa, que si no hubiera evitado, quizás sí disminuido la rudeza del golpe. Al sentir que Venegas se lo asestaba resultando para él tan terrible la mano de quien menos debía esperarlo en verdad, la mano de antiguo compatriota, volvióse airado contra ella, y la maldijo, ya que no pudo morderla y devorarla en la natural intensidad y rabia de su fortísimo dolor.

—¿Cómo, eres tú, perro renegado, quien viene a concluir con el hombre fidelísimo a la religión y a la patria? Más te valiera irte a los infiernos en busca de los demonios impacientes por devorar tus maldecidas carnes, que venir aquí, en presencia de los tuyos, a turbar los amores legítimos de dos almas puras, y a oponerte a la salvación de dos castellanos como tú nobles, pero no como tú perjuros e infames, no como tú, capaces de olvidar su religión y su monarca: crímenes aquí pagados con la deshonra eterna y en el otro mundo con la eterna mal andanza.

—Mira, Illán, estás en mis manos y no debes provocar mis iras. Si fuese yo el único de tu raza y de tu clase venido a tierra de moros para servir contra los cristianos, podrías con fundamento quizás argüirme de perjuro y maltratarme con tus soberbias y atrevidas palabras; mas vuelve tus ojos a lo pasado y encontrarás allí reyes, prelados, príncipes que buscan la sombra de los minaretes sevillanos y cordobeses y que pelean esforzadamente contra su religión y contra su patria. Un Sancho el Craso corre a pedir salud y a iluminarse con la ciencia y con el arte a las ciudades cordobesas; un Alfonso VI, recibe hospitalidad franca de los Almamunes en Toledo y en Sevilla de los Addibitas esposa para su lecho. El mismo Cid Campeador se pone a sueldo y servicio de los régulos syrios, berberiscos, yemenitas, que se alzan sobre las ruinas recientes del inmenso califato. Un hijo de San Fernando pasa el Estrecho, y se inscribe después de haber sido senador romano, y asentádose orgulloso en los consejos del Papa, entre los moros de Fez. El rey don Alonso X, cuando le faltaba la tierra para sostenerse, la luz para ver, el aire necesario a la respiración, traicionado por su propia prole, vendido por sus hermanos, sin obediencia en sus súbditos, sin armas que le acorrieran y salvaran, cuando solo tenía Sevilla contrastada por la rebelión de todos sus demás pueblos, encontró en el Sultán de los benimerines el auxilio que no había encontrado en el pecho de sus vasallos y la misericordia que no había visto en su madrastra, la Iglesia de Jesús.

—No blasféméis, Venegas —le dijo Zoraya—. No blasféméis contra la religión de vuestros padres ni pongáis las debilidades y flaquezas de unos pocos como una espesa y negra sombra extendida sobre la gloria y sobre la grandeza de todos, pues el perjurio de algún desalmado y el tropiezo de algún infeliz ¡oh! no pueden, no, contarse ante las hazañas de siete siglos y los sacrificios de innumerables generaciones.

—Lo he dicho, Isabel, y he dicho la verdad. Ese hombre se mete por todos los pudrideros de nuestra historia para encontrar crímenes que le sirvan de alguna excusa, y que le cohonesten a los ojos de su alma las propias infamias. Pero todas esas excusas causan sus remordimientos. Lo he dicho y vuelvo sobre todo ello; más tranquilo estarías en el infierno y por los demonios azotado que en presencia nuestra, pues allí ablandarías un poco tu dolor con la consideración de que te lo daba e infligía la justicia. Entre nosotros ahora, cargado de favores y grandezas ¡oh! sientes lo que no puede menos de sentirse aún por los más faltos de conciencia, sientes que tú eres la traición premiada, el vicio victorioso, el perjurio engrandecido y satisfecho, el mal reinando como debiera el bien reinar; y vuelves contra ti en las interioridades hondísimas de tu propio ser y te detestas y te maldices a ti mismo. No invoques ejemplos que te condenan y que parecen puestos ahí en la memoria humana, para que resalten más el triunfo y el sacrificio de los buenos. ¡Oh! Nuestra patria, desde las cumbres de Covadonga hasta los mares de Cádiz y desde las sierras de Gibraltar hasta los muros de Fuenterrabía, está empapada en sangre de nuestras venas que ha servido para extinguir al infiel desalojado de todas nuestras ciudades, roto en todos nuestros campos, y ahora tan solo recluido en este nido de águilas que pronto lo arrancaremos, a pesar de los esfuerzos de su valor y de las traiciones de tu perjurio, porque nos preceden aquí en la tierra vias triunfales cubiertas con los huesos de nuestros padres, y nos asisten desde los cielos altísimos las legiones sacras de nuestros innumerables mártires. Ya ves traidor, perjuro, renegado vil cómo resuenan estas bóvedas al eco de mi voz con los nombres de Jesucristo y de María, de Isabel y de Fernando, nombres que compendian en sus letras y en sus sílabas el recuerdo augusto así de la religión, como de la patria y que caen cual plomo derretido en tus fementidas orejas.

—Illán, Illán —dijo Zoraya volviéndose al joven cautivo, cuando éste hubo concluido y se pasó la fascinación ejercida por su heroica elocuencia.

—Te matarán, te matarán.

—¡Oh! No me importa si mueres tú conmigo confesando nuestra común patria y fe.

—Ya sabes Illán que no he dejado un punto de confesarla en el retiro de los harenes, y que me hallo resuelta completamente a sostenerla como sangre de mi sangre y espíritu de mi espíritu hasta el fin postrero de mis días. Cree, pues, que Isabel, de Solís no faltará jamás a la religión de sus padres.

—Confiésala conmigo en este minuto verdaderamente horroroso y en presencia de ese hombre verdaderamente malvado.

—Yo la confieso contigo; yo contigo declaro que creo en cuanto cree nuestra madre la Iglesia; yo amo a Dios más que a mí misma; yo espero salvarme por mis obras inspiradas en la religión cristiana y por los méritos de Cristo bajado desde los cielos para redimirnos y rescatarnos a todos; yo seré siempre la rica hembra de Castilla, la hija de Solís, la sierva primero de mi Dios, después de mis reyes.

—Ven ahora chacal, ven a cebarte con tus uñas aguzadas, con tus dientes feroces, a cebarte gozoso en las entrañas de estos cristianos que morirán bajo tu alfanje para despertar y vivir en el seno de otro mundo mejor y entre las jerarquías formadas por los sublimes coros de los serafines, de los ángeles, de los arcángeles allá en la eternidad. Tu rabia está de tal impotencia seguida y aquejada que matándonos, concluyendo ahora mismo con nosotros dos ¡ah! solo puede conseguir en su impotencia irremediable abrirnos para siempre las puertas del Empíreo. Anda, remátanos, concluye de un golpe con estos míseros cristianos, que todavía no habrán espirado cuando se hallarán merced a tu bautismo de sangre en presencia del Eterno.

—Illán —dijo Venegas, mirando al joven héroe con la traidora mirada propia de machucho tigre— Illán, jamás he pensado en uniros a Zoraya y a ti en la misma suerte.

—No la llames Zoraya; llámala como la llamaron sus padres, Isabel; y dale aquel cognomen jamás como el tuyo de Venegas manchado por la traición y por el perjurio. Como el desierto absorbe la lluvia sin refrigerarse a su contacto, el corazón tuyo, empedernido y cruel, absorbe las ideas y los recuerdos sin por modo alguno enternecerse a las sublimes evocaciones de religión y de patria. Illán soy yo, Isabel es ella, como tú eres Venegas, mal de tu grado, y como no renunciamos a nuestras creencias, no renunciamos tampoco a nuestros nombres.

—Quiera o no Isabel, han sellado su cuerpo con la marca de las mujeres árabes y le han puesto nombre señalado y bendecido en las tradiciones muslímicas; por consecuencia Zoraya pertenece como yo a la corte de los Sultanes.

—¡Oh! No. Entre nosotros hay diferencias que conocen los hombres y que aprecia Dios. La derrota de los míos háme traido hasta aquí, mientras a los renegados les traen su mala voluntad y su oscurecida conciencia. Tú has adorado el Dios de nuestros enemigos, mientras yo guardo intacta la fe de nuestros padres. Tú has entregado albedrío y razón a estos magnates sin empacho, mientras yo he conseguido arrancar alma y cuerpo a sus agudas garras. Pídote pues, pídote con verdadero derecho que no confundas alma con alma, ni apellido con apellido, ni creencias con creencias, ni a esta pobre mujer despojo de un terrible triunfo a bien subido precio comprado con quien abandonó la Iglesia de su religión, la casa de sus progenitores, la genealogía de sus recuerdos para venir a Granada y convertirse gustoso en cortesano de los Sultanes, implacables y feroces enemigos de la sangre que calienta nuestra vida y de la tierra donde yacen los huesos de nuestros mayores. Isabel de Solís será siempre cristiana y española; mientras tú Venegas, serás siempre traidor y renegado.

—¡Oh! Isabel, Isabel —dijo Illán volviéndose como extático a contemplar el rostro de su amada, que parecía transfigurado por aquellos sus grandes sentimientos. ¡Oh! Isabel! Más bella, más encantadora, mayor moralmente que al combatir en guisa de amazona por tu Iglesia y por tu castillo ante los árabes airados, me pareces aquí, sobre la tierra infiel, bajo las estalactitas cubiertas de blasfemias, en el aire balsámico de la sensualidad oriental y confesando a voces tu religión y siguiéndome a mi por los bordes oscuros del próximo martirio.

—Illán, ya te lo he dicho —exclamó con sorna Venegas, yo, en el deseo de atormentar a los que fueron ayer mis correligionarios y hoy son mis enemigos, he reclamado a quien podía dármelos, en virtud lo mismo de su derecho que de su poder, los dos principales cautivos españoles encontrados en las ruinas del castillo de Martos o sean Zoraya y tú. He decidido mandarte a ti al calabozo ahora, y quizás después al verdugo. En cuanto a Zoraya, he decidido retenerla en este camarín donde, como ves, parece una diosa, para luego disponer de su persona y suerte a mi absoluto albedrío.

No ha menester al lector seguramente que le pintemos y encarezcamos el terror que se apoderó del alma de Zoraya, en vista de las amenazas del renegado. Todo cuanto le atraía la presencia de Hacem, le repugnaba la figura de Venegas. El uno, al fin y al cabo, se presentaba delante, de sus ojos como un caballero musulmán fidelísimo a su religión y a su patria e impulsado por los deseos de un amor vehemente; mientras el otro se presentaba como un católico renegado, infiel a sus creencias, traidor a sus gentes, y solo movido por los deseos desordenados del sórdido lucro y del tirano poder. Hallarse a merced en aquel camarín misterioso, hallarse a merced completamente del moro a quien desconocía, pero en cuya caballerosidad fiaba, parecíale aún suerte próspera y bienhadada en comparación de la que podía resultarle de vendida y entregada por el hado a un traidor semejante, al infame Venegas. Así, en cuanto escuchó de sus labios la terrible sentencia que acababan de proferir contra los dos jóvenes, echóse a sus plantas, y dando un grito agudo exclamó.

—Piedad, piedad, piedad.

—¿La tenéis vosotros de mí —preguntó Venegas—, cuando me dais en cara todo cuanto hiere mi conciencia y rebaja mi nombre?

—Isabel —exclamó Illán, cogiéndola por el brazo y levantándola con furor del suelo, no te arrojes, no, a las plantas de tal hombre. Ya que has aparecido como un héroe verdadero en todas las ocasiones de nuestra vida, no te muestres mujer y mujer débil en esta suprema ocasión. No ruegues, amenaza, porque nuestro Dios, el Dios de Covadonga, el Dios de Calatañazor, el Dios de las Navas, está con todos nosotros sus fieles adoradores y no puede, no, prosperar los días de ese perro.

—Comprende Illán cómo nos encontramos en este momento pobres náufragos, al arbitrario y triste albedrío de ese hombre, sin más esperanza, sin más remedio que buscar en su apagado corazón los rescoldos fríos de antiguos sentimientos y las pavesas de extintos recuerdos. Déjame pues decirle que no lleve la crueldad con los suyos, con los que ayer fueron suyos, y de quienes tan solo ha recibido gracias y favor, el mismo favor de la vida y del ser, hasta los extremos horribles de separarnos para perdernos. ¡Oh! no lo hará. Una palabra suya puede abrirnos estas puertas, verdadero sepulcro, una orden suya puede asegurarnos vida y libertad, hasta las fronteras donde se levanta nuestra patria y se adora todos los días a nuestro Dios: que diga esa palabra, que haga esa señal; y nosotros nos salvaremos de la desgracia y él rescatará quizás ante la misericordia de Dios sus enormes culpas.

—No pienses tal en tu bondad innata, no lo pienses ni lo creas de modo alguno; míralo ahí con la cobardía del zorro sumada tristemente a la crueldad del tigre. Mira sus labios contraídos por la ira y sus ojos relucientes al centelleo siniestro de la traición que mata y de la codicia que deshonra y que vende. No le pidas al diablo acción buena y al infierno esperanzas válidas. Ese hombre maldito se quema ya en el fuego de los remordimientos sin consumirse para que dure toda una eternidad su tormento. Sus progenitores álzanse por la noche como sombras, y rodean su lecho y le miran con los ojos vacíos y cóncavos, y le hablan con las bocas desdentadas y cavernosas de sus esqueletos, preguntándole qué ha sido en su alma de la religión y de la patria. Sus hijos querrán mañana que les saquen de las venas toda cuanta sangre les haya él infundido; y sus descendientes de generación en generación trasmitiránse como un vínculo maldito el horror a su memoria eterna, indeleble, inextinguible mancha de su raza. En este mundo no le querrá ni el suelo donde ha nacido, ni el suelo por cuya posesión ha perjurado. Y en el otro mundo los ángeles se cubrirán el rostro al oír su nombre maldito en la hora del supremo juicio, y Dios le precipitará con desprecio al abismo eterno donde no querrán su compañía los mismos condenados por no mancharse con su contacto en el infierno.

—Basta de paciencia —exclamó Venegas. ¡Ah de mis guardias!

Los guardias se presentaron al llamamiento con rapidez asombrosa, como si del suelo surgieran.

—Maniatad a ese hombre.

Y lo maniataron al momento, sin que pudiese oponer el heroismo de Illán resistencias apreciables al número y fuerza de sus crueles enemigos. Un supremo adiós semejante al estertor supremo en terrible agonía surgió del pecho destrozado de aquellos dos infelices jóvenes heridos por la protervia de un español y de un cristiano.

—Ya estamos solos —dijo Venegas volviéndose a Isabel después que hubo ésta retenido un poco el amarguísimo llanto que la desgracia de Illán promoviera en su atribulado y herido ser.

—¡Oh! Yo no sé donde me hallo.

—Aquí, en este santuario hermosísimo donde seguramente no ha de faltarte cuanto de placentero y vivido pueda soñar el deseo.

—Placeres, vida sin la patria de nuestros mayores y sin la religión de nuestra fe. ¡Oh! No me hables de placer ninguno, después de haberme con tus propios labios hecho Venegas tan desgraciada.

—Perdona, perdóname. Si examinas todo lo sucedido en esta infeliz coyuntura, verás cómo resultan mi voluntad y mi conciencia juguete del destino.

—¡Oh! No excuses con ninguna fuerza extraña en cualquier modo a ti mismo, los propios inexcusables desvaríos. Por nada ni por nadie se pueden explicar crímenes, evitables fácilmente si la criatura se decide a preferirles la muerte. Quien puede morir antes que claudicar, no se justificará nunca de ningún acto.

Venegas suspiró tristemente al considerar la fuerza de todo cuanto Zoraya le decía en aquellos instantes verdaderamente críticos. Y Zoraya, por su parte, suponiendo con más o menos razón a Venegas quizá enamorado de su persona, cuando había dicho que la tomaba en propiedad como la migaja caída del festín de sus señores, que recoge un perro, extremó los argumentos expresivos de su firmeza en la voluntad a fin de disuadirle por completo si algún reflexivo intento de requerirla pasaba por su ánimo. Así, mirándolo de hito en hito, díjole con acento, en el cual resonaban la sinceridad y el sarcasmo artísticamente unidos, y con grande ciencia de la conversación, a lo extraño y singular de aquel extraordinario momento aplicada.

—Imagínate, Venegas, que movido por esa idea tuya de haber alcanzado, no sé por cuáles imaginarias cesiones, la propiedad absoluta de mi persona, te diera en mientes el capricho de tomar posesión. Pues no me lograrías, porque aún tengo dos recursos: primero matarte si para ello me daba naturaleza fuerzas; y después el segundo y supremo de matarme, al cual acudiría sin vacilaciones y sin repulgos.

—¡Oh! Está completamente Zoraya tranquila y serénate, porque ningún peligro de mi parte ahora te amenaza ni puede amenazarte. Mujer eres, bien capaz de sugerir por tu hermosura pasiones ardientes como el amor a corazones fríos como este corazón. Mas créete que hay aquí, en esta corte de la sensualidad y del placer, un alma que por ti suspira, y un príncipe que se halla rendido y encadenado a tus plantas. ¿Cómo quieres que pueda competir y porfiar con ellos, este misérrimo renegado, á quien vosotros mismos llamáis rebujo de la tierra, y que no lograría, sino atraerse iras, o menosprecios peores que iras aún, si fijase los ojos en tu persona? Nos llamamos privados, validos, vizires, ministros, lo que quieras, pero solo tenemos poder cuando servimos y complacemos la voluntad omnipotente de los déspotas a cuyo arbitrio nos hemos entregado y rendido. Por consiguiente, no temas de mí nada; y cree que si me han dado tu propiedad es tan solo para procurarse una próxima retrocesión y retroventa. Tú puedes conseguir lo que quieras, pues tengo precisas órdenes de cumplir tus deseos, como si fueran de suyo incontrastables mandatos. Habla pues, Zoraya, y serás inmediatamente obedecida.

—Pues mira, Venegas, ya sabes a ciencia cierta lo que yo con grande intensidad y viveza deseo.

—¿Qué deseas pues?

—Deseo; bien fácil es de averiguar, deseo la inmediata libertad pero inmediata, pronto, rápida, irrevocable del cautivo Illán.

—Se cumplirá tu deseo.

—Repítelo; porque no puedo creerlo. Tras tantas desdichas ¡ay! se hace duro creer en la dicha misma que tenemos ante los ojos y que aparece real o efectiva.

—Mas ya comprendes que para concederte yo esa libertad tan apetecida por ti del pobre Illán, he de pedir en cambio algunas concesiones verdaderas de tu parte.

—¡Oh! Entonces me has engañado, porque no resulta ni tan soberano mi deseo ni tan eficaz tu obediencia como antes me habías dicho.

—¿Qué quieres? Así las cosas de este mundo son. Me habré muy mal explicado, pero he dicho en suma que de ti, de tu voluntad, pende la suerte de Illán.

—¿De mí, de mi voluntad?

—Si tú accedes al deseo que otra persona, de quien ciertamente no te olvidarás ya, mostró aquí, en la hora de tu vuelta increíble al sentido y a la vida del sentido tras tu sueño letárgico, comprenderás una cosa fácil de comprender, que Illán vivirá sin duda libre de mazmorras y cadenas reintegrado en su hogar y en su patria.

—¡Oh! ¿Qué me dices?

—Zoraya, te digo lo que resulta de todas mis noticias; lo que se halla escrito en todos mis procederes; lo que poseo y tengo entre mis facultades. Illán será libre si tú quieres libertarlo; pero Illán morirá, y morirá esta noche misma, si tú resuelves quedarte por completo encastillada en tus crueles desprecios.

—Me hablas indudablemente a nombre del monarca mismo que reina en Granada, porque solo a nombre de un monarca omnipotente se puede hablar así.

—¡Oh! No. El monarca está embargado en múltiples deberes, y no tiene tiempo, no, para consagrarse al amor.

—Entonces ¿cómo puedes ofrecer la libertad, la salvación de éste o la vida y el ser de aquél? Solo un rey dispone así del mundo, y solo a nombre de un rey se pueden decir y hacer tales cosas. Tú eres aquí emisario franco y claro del Sultán granadino.

—¡Oh! Zoraya, dígote que de medio a medio te has equivocado. Pensando así, aplicas a este reino lo mismo que te han tradiciones y costumbres de tu reino en otras ocasiones enseñado. Aquí hay muchos poderosos y muchos magnates bajo la dirección de uno solo. Merced al quebrantamiento que las guerras civiles han traído, mermando la fuerza y destruyendo la unidad suprema del poder, miles de reyecillos surgen bajo las alas del rey singular y único y absoluto. No desconozcas la muchedumbre de magnates que mandan aquí donde tú misma, desde los apartamientos y retiros del harén, has podido enterarte de cómo imperan en la parte de soberanía caída por el fraccionamiento y ruina de todo, mujeres, cual Aixá y Moraima. Pues, si mandan mujeres, imagínate con qué imperio y con qué autoridad a su vez mandarán los que hayan prestado riquezas al poder empobrecido; los que hayan puesto algunos timbres de victorias reales en sus oscurecidos blasones; los que mantengan en la obediencia y en la sumisión a tribus indóciles y a territorios zozobrantes en la deshecha borrasca. No puedo, no, decirte quién sea el bastante poderoso y afortunado para perdonar y salvar en guisa de rey, cuando no pertenece a la categoría y a la estirpe de los reyes. Pero si no puedo, no, decirte quién sea, y sí asegurarte solamente que no es el monarca en modo alguno, puedo y debo añadir que su poder prestado llega, no obstante su carácter de préstamo, hasta disponer de muchas facultades que le habilitan para matar o redimir, según su grado, a ese mismo Illán, cuya vida tienes ahora en las manos y cuya muerte puedes tú misma decretar persistiendo en el desvarío de tus desdenes y de tus menosprecios.

—¡Dios mío! ¡Dios mío! ¿Se vio en el mundo situación como ésta? Para salvar a Illán tengo yo que perderme por toda una eternidad. Y si resisto, si en mi honor y en mi fe ¡ay! me aislo y encastillo, morirá el infeliz y morirá por mi culpa. Mas ¿cómo puedo yo, cristiana, española, rica-hembra, olvidar mi religión, mi sangre, mi honra, por la vida de un hombre que me agradecerá mucho más la muerte, sobre todo si le acompaño en ella, y muriendo a su lado y por su causa? ¡Morir! Término de todas nuestras penas, consuelo de todos nuestros dolores, puerto y seguro de todas nuestras tempestades, comienzo de la bienaventuranza, visión de Dios, la muerte quizá es el fin último de la humana desgracia y el comienzo de la eterna felicidad. Pero ¡Dios mío! ayúdame ahora en mi tristeza y dame con tu misericordia horror verdadero a la vida. Si yo pudiera morir, si por lo menos pudiera obtener de mi voluntad una repulsión verdaderamente invencible al aire que me vivifica y al Sol que me alumbra y a la sangre que me anima y al corazón que da sus redoblados latidos en el pecho, moriría en el seno de las mayores y más vivas satisfacciones humanas, contenta con mi suerte, y segura de dormirme tranquila en la virtud para despertar gozosa y serena allá en el cielo. Mas yo quiero vivir. Es más, yo no quiero despedirme de la vida sin haber amado y sin haber amado mucho. Todo cuanto no sea el amor con que sueño, me parece ajeno a mi destino. Pero sacrificarle a ese amor, todo lo que constituye mi ser, aquellas creencias íntimas y profundas sin las cuales no tendría yo alma; este nombre que me ufana y orgullece porque representa la gloria de cien generaciones heroicas alcanzada en los campos de batalla; la patria de cuya sustancia vivo, y en cuyo regazo deseo dormir el sueño de la muerte; si todo esto he de sacrificarlo al amor, no quiero, no, amar en el mundo y aguardo resignada la hora de mi muerte. Muramos Illán y yo juntos; muramos Illán y yo siendo así héroes y mártires de nuestra religión y de nuestra patria. Pero ¡Dios mío! Si en vano la conciencia quiere dominar a la voluntad y la voluntad impeler a la fuerza y la fuerza dirigir la vida; todos estos elementos reunidos álzanse a una contra mí en tropel, y resultan ahora en este combate más fuertes y más poderosos que yo misma con todos mis deseos y con todos mis ímpetus. ¿Y puedo disponer de Illán a mi antojo? ¿Puedo condenarlo a muerte sin misericordia? ¿Puedo privar a mi patria y a mi religión de un héroe? Yo debí haber muerto allá en el asedio de Martos para no pasar por esta grande angustia y no caer en este abismo. Resueltamente Venegas, mata como quieras y cuando quieras al pobre compatriota mío, destinado por su adversa suerte al martirio. Yo de ningún modo puedo entregarme a un moro, ni puedo, ni debo, ni quiero.

—Tu voluntad se habrá cumplido. Luchas y reluchas contra ti misma cuando estás vencida por tu corazón, y ardes en deseo de rendirte. Yo he comprendido por todo cuanto has dicho en mi presencia, por el combate que has con tanto esfuerzo en estos días terribles sostenido, por todo cuanto pasa y acaece, que no tienes fuerza bastante para vencerte a ti misma y que vas derechamente por el camino de una inevitable y suprema derrota. No luches más, Zoraya, no luches más inútilmente. Amas al moro y el amor ha cobrado su imperio sobre todo tu ser, y te ha vencido en esta singular batalla con una irremisible victoria. Tu pensamiento, tu recuerdo, tu afecto, tu fantasía son ya del moro. Después de haberle con tanta espontaneidad entregado lo que más en ti valía, no vaciles, no, en darle y entregarle de grado lo que menos vale. Ya eres suya por el alma, díselo con los labios. Si no lo fueras, ¿tendrías necesidad alguna de invocar tu fe, tu sangre, tu nombre, tu prosapia contra él? Te bastaría tu repulsión o tu despego. Al fin, después de haber maldecido tanto de mí, vas a ser también tú ornato de los árabes y diosa de los serrallos, como yo soy guerrero del Islám. y vasallo de Granada.

—No me insultes, Venegas; no me insultes. Acabemos de una vez. Muera Illán, puesto que así lo queréis. Mi conciencia, mi religión, mi honra, mi patria, me vedan ser del moro.

—Pues morirá Illán.

Y Venegas, dichas tales palabras, salió solemnemente del camarín de Zoraya y se entró en el cuarto de Hacem. Por más que las últimas palabras de la joven pareciesen firmes, categóricas, resueltas, llevábase Venegas consigo el juicio concreto de que Isabel estaba rendida; y así fue a comunicárselo al Sultán. Conocedor del corazón humano, y ducho en el difícil arte de impulsar y determinar los grandes afectos, ideó Venegas una especie de trama viviente, que debía darle resultados prontos, y que se los dio tales y como él allá en su imaginación los aguardaba. El camarín de Zoraya estaba en ángulo y desde su centro, vértice verdadero de este ángulo, descubríanse dos puertas, la una conducente a las habitaciones de Hacem, la otra conducente a patios que precedían los laberintos tristes y oscuros al fin de los cuales se hallaban las prisiones y los calabozos. Ideó, pues, que se levantara un patíbulo con su verdugo armado de la siniestra cuchilla, su tajo apercibido a recibir la amenazada garganta, su garfio para colgar la cabeza después de segada, todos los aparejos de la decapitación aguardando al mártir Illán que debería subir si era preciso hasta la cima de aquel improvisado calvario, demostrando la proximidad de su muerte; mientras al lado opuesto del ángulo aparecería brillantísimo Hacem, ebrio de pasión y de sensualidad, ofreciendo en sus brazos con la vida de aquel cristiano y de aquel compatriota el amor exaltadísimo, el amor eterno, el amor que llena toda la vida, el amor que rebasa de este mundo, amor incomprensible, goce del sentido, locura del seso, deliquio del alma, fuego del cuerpo, esperanza, dicha, felicidad, resumen y compendio del Paraíso, mar de suavísimas delicias en las cuales iban como a perderse y anegarse dos seres que solo de sí mismos necesitaban ya en el mundo y que debían prescindir en su exaltación y en su ventura de todo cuanto no fuese ya ellos mismos, ellos solos, ellos entregados el uno al otro en bienaventuranza superior a la prometida, por sus dos respectivas religiones. La traza dio todos sus naturales resultados. Isabel de Solís, aceptando su nombre de Zoraya, cayó en brazos del llamativo Hacem, a quien quería como a un amante, so pretexto de libertar a Illán a quien quería como a un hermano. Creyó la cuitada consumar un grande sacrificio, y en realidad hizo su gusto y cumplió su incontrastable deseo.

Capítulo VII

Pocas veces en el mundo se habrá visto un reo de muerte como Illán, que aceptase con tanto gusto el sacrificio y con tanto disgustó el perdón. A su perspicacia no se le podía ocultar cuanto pasaba lejos de allí, ni mucho menos cómo su cabeza iba de un lado a otro cual despreciable pelota jugada en las intrigas del serrallo, y en los empeños de aquellos febriles y desatentados amores que solían reinar por las sensuales cortes de los monarcas africanos. Si no hubiera su penetración adivinado lo que ocurría, hubiéranlo adivinado sus celos. Así, cuando cesaba el tormento continuo infligido por aquellos terribles sayones de las mazmorras granadinas y se veía sonreir algún asomo de misericordia y algún vislumbre de perdón, Illán se desesperaba presintiendo el subido precio a que se había pagado aquel terrible favor. Inútil, pues, decir cómo se holgaría su animo y se avivarían sus esperanzas al ver alzarse un cadalso para castigar, según sus inducciones propias, no tanto el crimen de la rebelión en él, como el crimen de la resistencia en Zoraya. La muerte le pareció un bienhadado presente, puesto que indicaba la pureza inmaculadísima de aquella mujer tentada por todos los halagos del harén y leal a su religión, a su patria y a su amor. Cuando le indicaron que se aparejase al trance último, examinó la conciencia con toda escrupulosidad, confesó mentalmente con toda exactitud las faltas de su vida, reconcilióse fervientemente con su Dios, y ofreció su tránsito del mundo éste al sobrenatural y divino, en holocausto para la prosperidad y para el bien de todo cuanto amara sobre la tierra. Lo firme de su paso, lo erguido y sereno de su frente, lo reposado de su respiración, la sonrisa de sus labios en el camino bastante largo desde las honduras del calabozo al patio donde había de consumarse inmediatamente aquel suplicio, toda la prestancia de su quieto y tranquilo ser, completamente resignado a perder la vida en tan temprana edad, todo revelaba un mártir purísimo de la fe y del amor que al martirio se acercaba sin miedo, pero también sin jactancia. ¿Cuál no sería su asombro, cuando llegó, y subido al tablado, la última oración dicha, plegadas ya las manos por los cordeles sobre la espalda, tendida la cabeza en el tajo, para que la cercenara el verdugo presente allí con su cuchilla en las manos, abrióse una puerta conducente a larguísima galería y en el término de aquella galería vio pasar a Isabel alzando sus brazos como si en pos de algún objeto se lanzara, y después entrar a Venegas devolviéndole aquella vida que ya no quería para nada, y dándole un perdón detestable a su voluntad y a su conciencia? Toda la calma que había tenido mientras creyó segura la muerte, perdióla por completo al saber que solo era seguro el perdón. Aquel cambio de suerte, aquel paso de Zoraya, la sonrisa infernal con que Venegas el renegado le había devuelto la vida, conmoviéronle de modo, que volviéndose al verdugo le dijo cómo necesitaba que se cumpliera la sentencia, y por lo mismo le pedía que su terrible ministerio ejerciera en aquel instante, resuelto como estaba en su voluntad inquebrantable a no admitir el perdón traído por el infame renegado.

No le valieron tales súplicas y se decretó implacablemente la vida, por los mismos caprichos y voluntariedades que antes se había decretado la muerte. Illán, tenaz y porfiadísimo a fuer de buen castellano, insistió una y otra vez con el verdugo para que lo rematase allí mismo, pues había pasado por todos los horrores de la más terrible agonía, y no contaba ni quería contar ya con la vida. El verdugo parecía como de piedra según lo inmóvil en su puesto y según lo sordo a los clamores de aquella víctima que pedía la muerte; pero Venegas, en cambio, rencorosísimo de suyo y deseoso de tomar algún desquite por las injurias que a su rostro escupiera en la postrimer entrevista Illán, díjole que viviera contento, pues ya podía comprender a cuánto y cuán caro precio se había pagado su vida. Tras este insulto, verdaderamente horroroso, a cuanto había el joven amado en su tormentosa existencia, tras esta confirmación de los terribles recelos que le atormentaran el corazón y la conciencia, viendo precipitarse desde los celajes de la bienaventuranza donde había creído llegar con ella por el martirio la mujer amada en brazos de un torpe infiel, y en los placeres de un serrallo infame, dolióse por tal manera de su terrible suerte y cayó con horror tanto en aquella sirte de crueles desengaños, que le asaltó un epiléptico ataque, al cual hubiérasele creído en trance de perder la vida sobre las tablas mismas del patíbulo y a los pies del cambiado verdugo.

Lleváronle de allí, no al calabozo, a rica estancia donde le tendieron con cuidado en mullido lecho. Al despertar de los terribles síncopes consiguientes a la sacudida de sus nervios y a las convulsiones de su corazón, encontróse rodeado por todas partes de siervos regios que le ofrecían regios presentes y le cuidaban con excepcional esmero. Pero ¡ah! que tal cambio en su estado y situación, amargó más y más su alma, quebrantada por tanta suerte de penas horribles, y agravó más y más la enfermedad material de que languidecía y de que se acababa su cuerpo. Las telarañas del calabozo parecían a sus ojos estalactitas luminosas cuando las comparaba con aquellas estalactitas brillantes de colores varios, y perfumadas por pebeteros bien olientes, pero en cuyos esmaltes de preciosas lacas, en cuyas figuras de complicadísima geometría tendíanse las telarañas donde iban prendidas las moscas venenosas que surgían como de un cuerpo muerto y podrido ¡ay! de la muerte y podre de su honra. Todo cuanto pudiese halagar los sentidos le rodeaba y todo servía para herirle con mortales heridas que le remataban, no el deleznable cuerpo, que le remataban el alma. Para mayor pena suya el bárbaro Venegas, por mandamiento del tirano Hacem, mandábale del serrallo baldío voluptuosas odaliscas, a fin de que despertaran a los sentidos de sus sueños, como si unos sentidos absortos en la contemplación de amada mujer; embargados por los efluvios de profundísimo afecto, pudiesen despertarse a ningún otro halago que no fuera el halago de la pasión única en cuyos piélagos se anega y en cuyos abismos se hunde, como para desaparecer, el corazón animado por un alma verdaderamente enamorada. Para Illán solo había en el mundo Isabel, que allí en el cautiverio representaba todos los objetos amados en la vida y perdidos en los azares de la guerra. Así, al hundirse la pasión aquella, se había hundido a sus ojos el ara y los altares de su Iglesia, el territorio de su patria, el hogar de su corazón, el puerto de sus penas, el refugio de su vida; y no le quedaba más asilo ni más puerto ni más asidero que la muerte. ¡Cómo devoraba el infeliz aquel negro pan de su mazmorra; mientras ahora no quería pasar ninguno de los manjares dejados a la cabecera de su lecho en áureos platos para su regalo! ¡Con qué gozo bebía el agua de los manantiales al pie de las colinas de Granada; mientras ahora le daba náuseas el rico vino español escanciado en copas orladas de rica pedrería! La traición de Isabel notificada por el traidor Venegas, sacábale de quicio y lo hacía creer en la decadencia de una patria que se levantaba tan alto y en la miseria de una raza que iba en aquel entonces a cumplir los mayores milagros de su historia. Pero así es de triste y desgraciada nuestra misérrima humanidad. Los diarios dolores, las impurezas continuas de una realidad amarga, los pequeños obstáculos que surgen a cada minuto como vapores mefíticos exhalados por los oleajes del tiempo, no les dejan ver a los grandes su propia grandeza; ni les dejan estimar la obra, donde cada día ponen una piedra diminuta, en toda su gigantesca excelsitud. Illán desconfiaba de su tiempo en los horrores de su dolor sin comprender cómo el mal, con tener tanta y tan terrible acritud cual tenía el sufrido y experimentado por su desgracia en aquellos momentos, el mal no resulta ni la totalidad de la vida, ni la totalidad de la naturaleza, ni la totalidad siquiera de las sociedades humanas; y que lo contrasta y que lo vence y que lo aventaja el bien y las consecuencias inmanentes del bien, cuya virtud trasciende a muchas generaciones y a muchos siglos en el inmenso seno de la historia. Mientras él se retorcía en su lecho de dolores, encerrado como en jaula, en palacio árabe, servido por manos que le ofrecían y presentaban todas las delicadezas de la vida, pero al mismo tiempo todos los horrores del deshonor y de la vergüenza; mientras él veía su Isabel, dechado de todas las perfecciones, en los harenes de un moro, como vil esclava, como sensual odalisca, como torpe manceba, y a este pensamiento estallaba su cerebro y a este dolor se abría y rasgaba en tiras su corazón, el tiempo estaba preparando la grandiosa epopeya de la reconquista final, a cuyas grandezas, a cuyas heroicidades, a cuyas victorias habían como de agotarse los humanos esfuerzos y de tomar la historia el aire y el vuelo de las más extraordinarias epopeyas que hayan podido componer los poetas y escuchar los pueblos. Él padecía como aquel a quien le descoyuntan los huesos en el potro de los tormentos; él lloraba como puede llorar una débil mujer cuando su heroismo excedía los límites de lo humano; él podía ver, en la traición de Venegas, y en el perjurio de Zoraya signos que de ningún modo tocaban a toda su raza; pero junto a estas desgracias y desventuras, debía descubrir las legiones angélicas de sobrenaturales héroes adelantándose a realizar allí, en los jardines de aquel Paraíso donde solo veían sus ojos una enroscada serpiente y a los pies de aquel palacio de la sensualidad lleno por un perjurio horroroso, el mayor de los milagros, la cúspide gloriosísima puesta por el esfuerzo español a la obra inmortal de nuestra gloriosa reconquista.

A pesar del estado álgido, en que la natural desesperación del joven castellano se hallaba por tantos y tan valederos motivos, siempre allá hervía, en su fondo leal y honrado, el horror invencible de todo corazón cristiano al suicidio y la esperanza de pelear y de morir por su religión y por su patria. En cuanto los primeros asaltos de la enfermedad física pasaron, los resortes enérgicos de la naturaleza moral volvieron a restablecerse, y el joven cristiano a pensar cómo le restaba aquí en el mundo solamente para consumir su vida en holocausto al Dios de sus mayores el empleo de todas sus fuerzas y la consagración de todo su ser a la guerra cristiana y santa contra el moro enemigo hasta desalojarlo del suelo de la Península y hundirlo por siempre jamás en los mares del África. No puede, sin embargo, desconocerse la índole de todo ser humano hasta el extremo de atribuir solo móviles religiosos y patrióticos al juramento prestado en aquella hora solemne por Illán de consagrarse a una cruzada perpetua. Grande su ánimo, clara su inteligencia, despegado su corazón de todo interés transitorio, su fe adscrita completamente a la religión católica, su cuerpo y su alma consagrada al terruño sacratísimo de la patria española, pero hombre al cabo, no podía excusarse de soñar con algún desquite que ablandara su dolor, y Granada se aparecía en aquel momento a sus ojos mucho más codiciable que antes, por guarida y reclusión de Isabel, que deseaba con anhelo abrir, a fin de buscarla en su seno y tomar de ella y de su amante, cualquiera que fuese, la más terrible venganza. Tomaba en aquel momento por colmo de crueldad en Zoraya el haberlo salvado, porque si en su corazón un átomo de piedad tan solo aquella mujer sintiera verdaderamente, ¡oh! evitárale, aunque lo matara con sus propias manos, el verla correr a precipitarse gozosa en ajenos brazos; el oírle a Venegas los apuñaladores sarcasmos; el saber que vivía y gozaba de la vida como un premio a él por la deshonra de su amada: cosas todas, que, sin haber de contar siquiera el dolor de los celos, resultaban superior en amarguras a todas las agonías y a todas las muertes y a todos los infiernos. Así, en aquel estado terrible de su ánimo, Illán solo se curó de ver por dónde saldría de Granada, yéndose bien pronto a unirse con la cruzada de los reyes Católicos en requerimiento de nuevo templo para su Dios, nuevas grandezas para su patria, y verdadera satisfacción para sí.

Él deseaba huir mientras Hacem y Venegas deseaban todavía más por su parte que huyera. Pero comprendían uno y otro que se hallaban por necesidad en el caso de aparentar deseo de retenerle para que no le costara tanto la gratitud por su libertad como le había costado de penas y dolores la gratitud por su vida. Illán, desconfiando ya de todo, celaba con cuidado las puertas, las salidas, los puntos de verdadera y fácil evasión, para ver si les interesaba o no a sus carceleros que huyese y negarse así a una libertad otorgada y graciosa, como se hubiera negado a conservar con semejantes caracteres la vida si le fuese posible renunciarla por propia voluntad sin faltar a Dios y sin faltarse a sí mismo. Comprendiendo los dos caudillos de Granada cuánto les iba en que la fuga de Illán se perpetrase pronto sin aparecer ellos autores o cómplices, continuaron rodeando al joven cristiano de cuantos atractivos podían ocurrírseles, y oprimiéndolo en términos de que no viese medio de salir y se persuadiera del interés que tenían ellos en su reclusión. Bien pronto se penetró el cautivo de que lo tenían allí encerrado por toda la vida, y de que no le quedaba otro recurso sino ganarse la libertad por medio de meditada y presurosa fuga. Buscando en su ánimo las razones del fortísimo encierro y de la dificultad a evasión, cayó en estas dos arraigadas convicciones: primera, que Hacem, informado y advertido de sus anteriores hazañas, recelaba de volver semejante jefe y caudillo a las legiones cristianas; y segunda, que Zoraya, deseosa de no ver divulgado su deshonor entre los suyos, retenía al joven allí para que no supiesen los magnates de Andalucía y los ricos-hombres de Castilla la mancha indeleble de una rica-hembra. Después que tales ideas penetraron hasta las entrañas de su alma, ya no pensó más que en procurarse medio de salir para defender a su patria y cumplir su venganza. Incorporóse de la cama donde había yacido tanto tiempo tras sus terribles accidentes, y estudió las salidas varias de su encierro con grande cuidado y actividad. Cuando una esclava se iba, seguíala, tratando de ver si acertaba por algún medio a irse con ella y escaparse. Estudiaba con atención los pasos de todos cuantos iban allí por algunos motivos o le servían de cualquier guisa en su cautividad. Pero las piedras del pavimento muy duras y compactas, las paredes muy espesas e impenetrables, las puertas muy pesadas, las rejas muy férreas, las celosías muy espesas, los cerrojos muy graves, las cerraduras muy complicadas, oponían obstáculos insuperables a todo conato y a todo propósito de fuga. Por consecuencia, Illán creyó que sus carceleros porfiaban mucho en retenerle, y acarició la idea de fugarse y huirse con verdadera invencible tenacidad, poniendo en ella el empeño, que, a fuer de castellano, ponía en todo sus intentos.

Pero no se dulcificaba su cautividad. Reteníanlo entre delicias sin cuento, como si los milagros de los cuentos persas se cumplieran y realizaran todos a una en la vida ordinaria. Los ajimeces, que sustentaban una guirnalda preciosísima, las aéreas rotondas ornadas de argénteas y celestes estalactitas, rompían a una en los cristales de colores y en los enverjados de oro la brillante luz diurna para condensarla después sobre los pavimentos de jaspes y las albercas de alabastro, resplandecientes cual esos globos que forma la Luna llena en los cielos meridionales al subirse por los espacios celestiales con majestad tras las crestas donde se reverberan y purpuran los últimos reflejos del día moribundo, compuestos por los últimos rayos del Sol poniente. Suaves músicas llevaban hasta sus oídos aquellas melodías árabes que anotan la vibración de los palmerales y de sus coronas, los susurros del manantial en el oasis, las voces del desierto, los ecos sonoros de la onda mediterránea cuando espacia su líquido celeste recamado por luces varias tanto de día como de noche allá en las áureas arenas de unas playas eternamente melodiosas y henchidas de inenarrable música. Todos estos halagos parecían al ánimo de Illán mucho peores que los tormentos de su anterior calabozo, aunque allí solo tuviera por lecho un montón de paja húmedo y podrido. Los placeres expresados por todos aquellos juegos de las fantasías orientales parecíanle a él en su desgracia y en su desesperación verdaderos sarcasmos. Un día, cierto descuido en la entrada de sus carceleros hizo que pudiera esquivar el cuerpo y creer llegada la hora de su libertad. Pero los centinelas le cogieron y le reintegraron por fuerza en aquella jaula hermosísima, cuya belleza incomparable solo servía para la terrible acrecentación de su martirio. Volvió, cuando ya se creía salvo, a caer en los abismos, y su dolor se asemejó al dolor del náufrago que toca ya con sus manos la nave donde se halla el salvamento y vuelve a hundirse con horror en los oleajes.

Así pasaron días y más días. Sus carceleros, a fin de distraerle y divertirle, idearon que le acompañara en su prisión alguno de los moros principales a quienes había conocido en sus conjuraciones, perdonadas después del célebre arrepentimiento y del sacrificio de Gezar por la misericordia de Hacem. Estos jóvenes leían libros caballerescos tanto árabes como cristianos; hablaban de los sucesos corrientes según las consignas aceptadas; y le proponían partidas de ajedrez que duraban mucho y que rara vez divertían, a pesar de su duración y de sus complicaciones, al espíritu del joven muy encaminado y muy absorto en la intimidad profundísima de su insondable y único pensamiento. El preferido entre todos sus amigos era Mehul, uno de los que Gezar prefiriera en la conspiración y de los que más pronto a merced de Hacem se rindiera en el palacio, alcanzando por esta rendición mayores y más subidos premios que todos los otros, así como confianza mayor y más subida también del Sultán y de su privado. En virtud de tal confianza, encargáronle ambos que se diera trazas para proponer con mucho cuidado a Illán una partida solemne de caza, en la cual pudiera, sin que sospechase la coartada, partirse a su antojo para Sevilla y libertarlos de su presencia, pues mientras allí estuviese, había de atraer por fuerza con los cuidados múltiples de Zoraya los múltiples celos de Hacem. Convino Mehul en ello y puso las trazas imaginables para evitar toda sospecha y hacer con grandísima verdad y acierto la fingida comedia. Primeramente, una vez ganada la confianza de Illán, refirióle mil burdas novelas, a cual menos verosímil, sobre su cambio de suerte y sobre su aquella extraña situación y estado, novelas dichas con un candor de verdad solo comparable al despego y al descreimiento con que Illán las escuchaba por su parte. Decíale que, al distribuirse los despojos de la fácil victoria, el caudillo había ido en suerte al hermano del Sultán conocido con el nombre de Zagal, y éste le había destinado, primero al patíbulo y después a la cautividad, cuando llegó a enterarse de que Illán era hijo de un caballero cristiano a quien él debiera la vida por haberlo perdonado pudiendo rematarlo en cierto singular combate. El movimiento entrevisto por Illán, el movimiento de lanzarse con los brazos abiertos Zoraya en ademán de gratitud, no se debía en el fondo a otra cosa, sino al indeliberado deseo de arrojarse a los pies del Sultán para darle gracias por haber devuelto la vida en aquel instante al joven preferido de su corazón, que jamás renunció ni podía renunciar a sus predilecciones por Illán. Oía éste, como es natural, cuanto lo murmuraban al oído en tales materias, pero no creía como era natural, en su estado también ¡oh! ni una sola palabra. Pero Mehul, después de contarle todas estas cosas, contábale muchas otras respecto de lo porvenir. Si el Zagal, su dueño, no le daba libertad, consistía en el propósito firme de retenerlo y reservarlo para un canje posible de los rehenes varios en aquellos encuentros continuos tan expuestos a mutuos apresamientos y cautiverios. Pero, así que hubiese un árabe de mucha cuenta que canjear, el Zagal ¡oh! lo canjearía por Illán, dándole a este libertad y patria. Illán, por su parte, oía, y aun escuchaba estas historias, pero sin prestarles ningún asentimiento. El amor, que guarda tantas y tan grandes revelaciones para los iniciados en sus misterios sublimes, habíale revelado la verdad entera de su caso, diciéndole como Zoraya, en realidad, había comprado la vida de Illán a cualquier moro principalísimo, quizás al mismo Hacem, a cambio de los favores de su amor. Pero si en esto la revelación no le marraba, marrábale mucho en las explicaciones dadas por su propio pensamiento a su mísero estado. Al llegar aquí, volvía con empeño a sus anteriores acuerdos y pensaba que Zoraya no quería la libertad del joven cautivo por miedo a la deshonra propia; y que Hacem no quería la libertad del joven guerrero, por fundado recelo de cuanto pudiera hacer su valor y su brazo en los esfuerzos y en los empeños varios de la guerra. No comprendía el cuitado que Zoraya, resuelta del todo después de haber tropezado y caído a quedarse allá en los senos de su nueva patria, no podía temer a un deshonor que difícilmente había de penetrar en los retirados rincones de su harén; y que a su vez el Sultán, comprometido a conservarle fielmente la vida con cuya conservación Zoraya cohonestaba mejor que con ningún otro pretexto la torpeza, tenía verdaderamente prisa de lanzarlo fuera, dándole su libertad sin que pudiera él nunca sospechar que se la concedía por motivos idénticos a los que le impulsaran ayer a concederle también la vida. Pero Hacem estaba como todos los verdaderos amantes aquejado mucho del mal de los celos, y la presencia de Illán en el palacio, solo servía para fomentarlos y recrudecerlos. Así es, que apremiaba mucho el Sultán a Mehul para que arreglase la inminente partida de caza con tal que no cayese de ningún modo el joven cristiano en las causas varias que la movían y la determinaban. Mehul siguió las instrucciones dadas por Hacem con la fidelidad y exactitud propias de un verdadero siervo y tales trazas y tales mañas supo darse para cohonestar el debido arreglo, que no infundió en el joven cristiano, completamente deslumbrado, sospecha ninguna de que pudiese allí tratarse únicamente su propia libertad.

Capítulo VIII

Los libertadores forzosos de Illán habían arreglado la caza en tales términos que a la primera salida no se verificase ni se pudiese verificar la fuga, con ánimo y objeto de quitar al caudillo cristiano toda sospecha. Pocos pueblos presentan las cacerías y las cazas tan ordenadas por la costumbre, como el pueblo musulmán. Todo cazador debía purificarse allí para emprender una partida verdadera de caza. En medio del tumulto que trae consigo esta batalla con los animales, guardaban los respetos debidos a las diversas jerarquías, y ningún subordinado se hubiese atrevido a disparar sus arcos o sus arcabuces antes que los superiores en mando, y ningún joven tampoco antes que los viejos. Las insolencias y las jactancias estaban prohibidas, porque, según los dichos de sus doctores, al valor le sienta como a ninguna otra cualidad en el mundo una corona de modestia. Todo valiente debe guardar un corazón tierno como los enamorados en la paz, y en la guerra un corazón de pedernal. Mehul, siguiendo estas antiguas tradiciones árabes, mandó a todos los cazadores, muchos en número, para cubrir apariencias y mostrar cuánto celaban al preso, mandó que nadie se adelantase a tirar, debiendo todos a una conceder preferencia incontrastable al cautivo, elevado casi a la categoría de huésped. Aparejóse todo lo necesario: sal, agujas, parrillas, asadores, calderas para condimentar las viandas esperadas, pues en toda verdadera cacería se alimentan los cazadores de aquello que cazan. Vistióse Illán como sus huéspedes quisieron, pues por todo pasaba con tal de proporcionarse la deseada fuga. Un traje de seda color de rosa, una túnica blanca, un peto argénteo, un casco férreo y damasquinado, dábanle marcial aspecto, como el apuesto de los caballeros mozárabes que, guardando todas las creencias católicas en su pecho, vestían a la usanza mora. En todo se mostraba su arte y su educación militar; en lo ágil, en lo apuesto, en la destreza para dirigir un caballo, en el manejo de los arcos, en la puntería certera, en la seguridad infalible de tocar con sus dardos el buscado blanco. Al momento de salir Mehul para continuar guardando todas las apariencias, propuso que nadie se apartara del grupo, a fin de que no le sucediese lo que al califa Ilichan, quien separado una vez de los suyos y errante por los oasis, topó con torvo beduino resuelto a matarle; o lo que le sucedió al rey Akraf cuando se quedó solo y armado por todo pertrecho de un palillo de tambor allá en Turutjá. La cacería se verificaba en sábado, como era de rúbrica en los árabes, según las lecciones y advertencias del gran legislador de la caza, Mahomet el Mangali. Los domingos eran para los árabes los días de comenzar todas las construcciones y todas las obras, porque Dios comenzó a extender los cielos en domingo. Los lunes para los viajes, los martes para las sangrías, los miércoles para las demás medicinas, los jueves para los negocios, los viernes para el amor. En la caza debía huirse de la estrella Kionan, o sea el planeta Saturno, estrella nefasta en la religión koránica. Todos estos augurios tuvo en cuenta Mehul para que fuese más propicia, fecunda y divertida la cacería dada en honor del cristiano Illán.

Eran de ver los cazadores adiestrados con toda ciencia, los monteros ceñidos con sus largas trompetas que les daban como serpientes de metal vueltas varias por todo el cuerpo, los halconeros con sus aves de rapiña en el hombro unos y otros en las manos, los caballos que piafaban orgullosos y movían sus cabezas con verdadero arte, los perros, de gruesa cola y ojos centellantes como el fuego, muy alimentados con harina de maíz y leche, muy dispuestos a perseguir la caza y traer las piezas obtenidas al pie del cazador. Mehul fue todo el camino encareciendo a Illán como buen árabe las ventajas de una cacería en África o en Asia sobre una cacería en Europa. No hay para qué decir cómo pintaría las ligeras gacelas perseguidas por los caballos del desierto y por los perros en tumulto; cómo encarecería el combate con los terribles leones, perseguidos muchas veces a pie por los más bravos y más arriesgados cazadores. Para cazar los tigres expresó los varios métodos usados entre las tribus nómadas, caza muy requerida entre los árabes, porque los sesos de tigre curan las enfermedades a la vista. Los cazadores de hienas en el Oriente saben que se puede penetrar hasta en sus cavernas y sorprenderlas hasta en el sueño con solo decir en voz alta estas palabras cabalísticas:»Duerme, la madre de Omar.» Los árabes aprecian mucho tal caza por creer que quien lleva una lengua de hiena en la espalda, fácilmente se libra de la mordedura de los perros.

Naturalmente, no hallándose los cazadores en los territorios donde tales cazas son posibles, tenían que resignarse a la persecución del ciervo, del gamo, del lobo, del jabalí, de los animales frecuentes en la Sierra Nevada. Para cazar el astuto lobo inventaron una industria muy singular, la de abrir hondas zanjas en tierra, ocultarlas con ramajes, y sobre los ramajes poner luego un cabrito, un borrego, cualquier otro animal que pudiera traer la deseada presa, que lanzándose con furia sobre su cebo, se precipitaba y caía en el hondo de la tierra, y se entregaba así al apresamiento predecesor de la muerte. Los árabes creen que colocada la cabeza de un lobo en lo alto de un palomar, jamás les acontece a las palomas daño ninguno. Igual empeño pusieron todos a una en la caza del jabalí, menos traidora que la caza del lobo y mucho más alegre. No quedaron las alturas en paz. Águilas vigorosas lanzaron a los aires para que les trajesen a las manos presas varias de inocentes pájaros. Mehul dio los consejos debidos a los cazadores, a fin de que no les sucediera el caso de Nazar el Curdo, que se vio en trance de muerte y a punto de ser perseguido y devorado por el águila que adiestraba él para perseguir y devorar a los pajarillos. Para que las águilas soltasen sus presas había necesidad de mostrarles una cabeza ensangrentada de corderillo recién muerto, cebo atractivo para su hambre voraz. Llevando águilas que solo se usaban raras veces y en cacerías excepcionales, no se necesita decir cuántas clases de halcones llevarían, cuando tan usadas eran estas aves de rapiña, lo mismo en tierras moras que en tierras cristianas. Veíanse halcones de Kibadjá, guardados tan solo para los reyes y príncipes, que suelen usarlos en cacerías de primer orden, pues su hermosura no puede compararse sino con su fragilidad y con su delicadeza, mostradas en aquel plumaje rojo y oro que le da el aspecto, como dicen los poetas orientales y han copiado algunos españoles, el aspecto de ramillete con alas. Además de tal especie soberana, los había roumeas, menos estimables por su corto aliento; francos, de muy difícil domesticación; dervenienses, cuyos ojos brillan como centellas, cuyos plumajes como regios mantos, y cuyas garras como si fueran de nácares o perlas. Todos estos animales por los aires, pendientes de lazos y cintas y cordones, en compañía de los caballos que piafaban, y de los perros que ladraban, y de los monteros que tañían los diversos instrumentos adscritos a sus respectivos oficios, y de los lobos que aullaban, y de los jabalíes que gruñían, formaban el discorde concierto que tanto anima los bosques y las selvas en los encuentros y en los empeños de caza.

Mehul miró a la salida muy de mañana el cielo; y como la estrella matutina brillase mucho anunció abundante caza. También miró conforme se iban acercando a Sierra Nevada el lado de la montaña que tenía más nieve y como fuera el Norte, sacó de tal pronóstico abundancia de caza. Al acercarse a una presa columbró un buitre, y el vuelo de tal pájaro le dio también favorables presagios. Además llevó la conversación de manera que solo se pronunciaran los nombres conducentes al completo logro de la fiesta. Y dijo, sacándolos de la misma conversación el de Salah o pacífico, Mansur o victorioso, Muvarek o bendito. A este fin refería Mehul cómo el gran fundador del Imperio Abasida no mandaba por sus montesinos, por sus cazadores, por sus halcones cuando salía de caza sino después de haber preguntado al primer viandante cómo se llamaba. Si éste por casualidad le contestaba con cualquier nombre propicio, seguía su camino, pero si le contestaba con cualquier nombre adverso y nefasto, dejábalo en seguida por la seguridad que tenía, según las palabras koránicas, de cuán estrecho es el nudo que ata y ciñe los acaecimientos prósperos con las palabras felices. He ahí, pues, porque Mehul dijo todas las fórmulas y procuró todos los augurios que podían prometer una caza feliz.

La montaña, sus desfiladeros, sus cumbres, sus majestuosas proporciones, el aire purísimo embalsamado con esencias campestres, los arroyos que de la nieve virgen se filtraban, la esplendente luz en los altos ventisqueros brillantísima y reluciente, lo sano del ejercicio vigoroso, lo atractivo del movimiento y del ruido, la carrera de tantos animales, el aleteo y gritar de las aves, el estruendo formidable de los mosquetes, la vibración de arcos y flechas, los clamores, el vocerío de unos, la gritería de otros, los ecos múltiples de trompetas, gaitas, cuernos y bocinas agrandadas por la repercusión de tantos y tan formidables riscos, todo esto no logró distraer ni un minuto la idea de Illán, fija con tenazfijeza en su fuga y en su venganza. Mil veces miró el camino por donde podía escaparse, y mil veces encontró al completo logro de su intento insuperables obstáculos. Como iba Mehul naturalmente industriado y mucho en el papel cuasi dramático a que le destinaran sus tiranos, el cuidado puesto en impedir la fuga de Illán resultó escrupulosísimo, al extremo de imbuir a este la idea, cada vez más arraigada y firme, de que no se pensaba por sus detentadores, cualesquiera que fuesen, darle de modo alguno la deseada libertad. Cuando la fiesta se acabó en la cual tomara mucha parte su cuerpo allí presente, pero ninguna su espíritu en otras ocupaciones embargado, mortal tristeza cayó con mayor espesura y con más negror que antes, cuando estaba encerrado, sobre su alma un tanto sombría de suyo por la fuerza misma del cruelísimo desengaño, en cuyas sirtes acababa toda su felicidad de romperse y estrellarse. Volvió, pues, a su retiro con una grande congoja proviniente del dolor que le causaba el desengaño sufrido al no haber puesto en obra la fuga tantas veces ideada y con tanto cariño querida.

Volvió, pues, a la uniforme y antigua monotonía su existencia. El camarín hermoso donde le recluían tornóle a parecer más horrible aún que las mazmorras antiguas, y el mullido lecho donde tendía su cuerpo mucho más duro y repulsivo que la podrida paja. Ninguno de los alimentos con tanta solicitud servidos, se le quedaba en el estómago por los excesos de la hiel estragado. Alguna que otra vez remojaba sus labios en el rojo vino de Andalucía, pero hasta bebida de suyo tan sabrosa le sabía como a vinagre y hiel en sus labios áridos y en su paladar amargado. Mas bien que una persona libre parecía una estatua inerte por lo frío, por lo rígido, por lo inmóvil, por lo silencioso. Jugaba maquinalmente al ajedrez por complacencia con los que iban a visitarle solícitos en su prisión, pero ni conducía el juego, ni ganaba partida ninguna, sino por la complacencia del jugador que tenía enfrente, y de cuyas combinaciones apenas se curaba en la triste absorción de su espíritu dentro de un solo pensamiento, la fuga impuesta por todos sus deberes, la fuga exigida por todos sus deseos en consecución de dos fines capitales; primero defender su patria, después cumplir su venganza. No sabía el cuitado gentil-hombre castellano cómo tales propósitos concordaban a una con los propósitos de sus carceleros, no lo sabía ciertamente. Mas, como el interés grande aguza mucho el entendimiento, idearon estos repetir tres o cuatro partidas de caza seguidamente y en la última proceder de tal modo y cubrir con tales apariencias la decretada suelta, que jamás Illán pudiese no ya conocerla, mas ni siquiera sospecharla. Rico Venegas en arterías y ficciones, como buen renegado, trazó el plan de su batalla juntamente con Mehul en condiciones tales, que ni el más precavido, cauteloso, doble y mal pensado, pudiese dar ni con el hilo de la intriga, ni con la trampa final del bien apercibido y bien aparejado desenlace. Veamos nosotros este nuevo caso capital en nuestra historia y contémoslo con la mayor brevedad y concisión posibles.

Hermoso día de caza. Los augurios consultados ninguno tan propicio. Todos los animales reunidos para gran diversión y recreo saltaban gozosos cual si por las venas les penetrase la brillante luz de una mañana primaveral incomparable. La sinfonía compuesta por los instrumentos de caza, uníase con el susurro de ramajes, manantiales, fuentes, áuras y aleteos. La naturaleza presentábase a fines de Abril con su corona de novia cuyas flores vertían a una mieles y esencias. Por muy entristecido que se hallara el corazón de Illán, aquella exuberancia de vida y aquel fuego de Abril contrastaban por ley natural un poco sus afectos, y si no le devolvían esperanzas y gozos por siempre acabados en los abismos de su alma, rejuvenecían su sangre viciada por el dolor, y facilitaba la respiración a su pecho tan profunda y hondamente quebrantado. La idea de huir al cautiverio y de buscar la libertad poséale con dominación absorbente y llevábale tras sí con soberano impulso. Mas no podía creer ya que su buena ventura le ofreciese ocasión propicia de huir y escaparse; cuando el número de sus acompañantes y el cuidado con que le acompañaban al fin y al cabo eran obstáculos insuperables a toda tentativa. Corrió la mañana sin que sobreviniese accidente alguno a variar los hechos naturales y las incidencias ordinarias de una partida tal como esta partida de caza. Después que almorzaron, sintiéronse algunos de los caballeros árabes fatigados y trataron de conciliar deleitable sueño sobre la verde alfombra en brevísima fiesta. Nada tan difícil a Illán como dormir, pues las penas de su corazón le tenían condenado a perpetua vigilia, y si dormía rendido por fuerza mayor y en obediencia imprescindible a las fatalidades orgánicas, veíase de continuo su triste sueño interrumpido y cortado por horrorosas pesadillas. Así no aceptó la invitación de los jeques granadinos, sus compañeros, a la siesta; y por lo contrario, invitó a Mehul para que recorriesen los sitios cercanos y ojeasen alguna caza. Mehul saludó en su interior calladamente aquella invitación como el medio más propicio y seguro de acabar la industriosa comedia con tanta arte urdida y disponer la fuga del cautivo. Emboscáronse, pues en alas de sus alígeros caballos que volaban como el viento por cañadas hondísimas abiertas en las plantas del solair de la nieve y dejaron muy atrás, pero muy atrás, toda su comitiva. Cinco jinetes iban y en profunda hondonada se habían metido. Altísimas peñas formaban como paredes o muros a un lado y otro del estrecho valle por cuyo fondo corrían arroyos recien destilados de las nieves buscando su río y sombreados por adelfas, cañaverales y tarajes. Nada tan solitario y apartado del mundo como aquellas inhabitadas orillas de soberbios torrentes despeñados por pedregosos lechos. Las águilas de vez en cuando formaban círculos en las alturas etéreas, las garzas, de árbol en árbol saltaban, y por los suelos corrían las liebres y conejos. Pero la soledad y apartamiento del mundo habitado hacían aquel sitio muy propio tanto para emprender fácil fuga como para ocultar al fugado. Veíalo así, con la vista fija en su propósito y en su pensamiento Illán, pero todavía dudaba por justo recelo a traicionar y perder a los mismos traidores contra él y formidables enemigos suyos. Dolíale allá en su alma la probabilidad muy calculable de un castigo procurado a Mehul cuando tantas distracciones Mehul por su parte le había procurado a él. Mas también parecíale duro y muy duro subordinar a esta consideración personal su libertad y lo que buscaba con mayor viveza en aquella libertad, el holocausto de todo su ser a la patria y la satisfacción de su venganza. No hay acción humana fuera de aquellas desinteresadísimas y puras, no hay acción humana en la política y en la guerra que se liberte y exima de favorecer a uno y dañar a otros por ley natural. Estaba en guerra con los árabes y Mehul debía resultar víctima primera en tal porfía. Ya iba precipitándose Illán reflexivamente hacia la resolución de apretar con sus espuelas al caballo los hijares y ponerse con prontitud en cobro ganando la más cercana frontera, como Dios le diese a entender, cuando un accidente imprevisto por él, pero arreglado con grande anticipación por Mehul, vino a darle completa libertad y a desenlazar aquel intrincado drama.

Las gargantas de Sierra Nevada se hallaban a la sazón llenas de bandidos, los cuales merodeaban por aquellos valles y descendían de vez en cuando a la llanura para depredar las propiedades ajenas y secuestrar las personas libres. Naturalmente aquellas partidas huían a los cazadores y a la caza cuando eran verdaderas y verdaderamente podían temer a la justicia, no cuando eran falsas como la que había urdido el joven árabe para descargarse de la pesada carga del joven cristiano. Componíase la ficticia partida, que debía secuestrar a Illán, de domésticos del mismo Mehul disfrazados y enmascarados en términos de que no pudieran conocerlos ni la madre que los parió. Habíase cabalgado mucho y muerto a caballo muchas piezas cuando llegaron a una hondonada circular, en forma de sartén, cuyo rabo era la misma estrecha calzada por donde habían allí penetrado. La frescura del sitio, después de los calores pasados en las cuestas y repechos sobre los cuales caía y rebotaba un Sol abrasador, prestaron a los cazadores el natural propósito de quedarse allí para descansar un poco a la sombra y tras el descanso beber agua fresca y pura de aquellos corrientes y rumorosos manantiales. Cuatro jinetes iban tan solos por tales sitios en aquel momento, Mehul y dos compañeros suyos con Illán. Desmontó este primero que todos, y poniendo sus rodillas en el suelo bajó la cabeza para beber en la linfa del arroyo. Apenas acababa de desflorarla, cuando se oyeron unos clamores grandísimos acompañados por nutridas y resonantes descargas. Los tres compañeros de Illán que no se desmontaran como este, huyeron a uña de caballo, y los recién venidos se lanzaron sobre la persona del cristiano como las aves carniceras se lanzan sobre sus presas. Condujeron, pues, desde allí el secuestrado a una hondísima caverna y representaron con exactitud admirable la ensayada comedia de resolver y decidir su muerte para ganar como buenos musulmanes favor en el juicio de su Dios y puesto en el Paraíso de su Mahoma. Según unánime convenio, Illán debía morir en la mañana del día siguiente. Condujéronle pues muy amarrado a próxima caverna y guardáronle allí tarde y noche. Illán creyó en su natural formalidad verdades las ficciones, y se dio por muerto. Pero no hubo de notar que los bandidos se guiñaban de vez en cuando el ojo y se sonreían con cierta irónica sonrisa. Unos se encargaron del jinete y otros del caballo cuidando a éste mucho mejor que a aquel. Y en efecto, llegadas las altas horas de la noche, todos se durmieron en la caverna y el joven cristiano pudo salirse de allí a hurtadillas. Si meditara un poco, extrañará mucho de hallar a la boca del sitio, donde lo habían recluido, su cabalgadura dispuesta y ensillada. No cayó en esta singularidad, y montando tomó la dirección del territorio cristiano con propósito en la voluntad y juramento en los labios, de volver allí para plantar la cruz en los torreones de Granada y tomar de Isabel una terrible venganza.

Capítulo IX

Zoraya comenzó por prometer tan solo coloquios de amor, y Hacem por aceptar coloquios de amor tan solo. Todos estos coloquios llegaron, por fin, a unir aquellos seres indisolublemente. Enardecidos por sus propias palabras, cayeron abrazados y se olvidaron en tales abrazos de toda otra cosa que no fuera su mutua felicidad. Hacem, después de sometida la rebelión, volvió a desaparecer del mundo. Seis lunas enteras pasó allá en el palacio encantado, sin penetrar en las torres de la Alhambra; sin ver a la sultana Aixá; sin oír la voz de los faquíes; sin leer las suras del Corán; sin consultar al cadí sobre los pleitos y sentencias; sin saber del vizir las cosas referentes al gobierno del reino. Todo el mundo extrañaba su ausencia. Unos decían que los cristianos le habían cautivado en atrevida correría; otros que las peris lo habían atraído a sus cavernas y hechizádolo con irremediables hechizos. Éste le creía muerto en duelo singular con el rey de Castilla, y aquél ido al África para pedir auxilio a Túnez o Fez en la triste agonía de su reino. Y eran tanto más de pensar todos estos desvaríos, cuanto que menudeaban las noticias de casos adversos a su corona y a su pueblo. Entre tantas quejas sobresalían las quejas de Aixá, que irritada por todo extremo, atribuyendo a pasatiempos amorosos las ausencias de Hacem, sentía juntamente vértigos de ambición en su desvariada cabeza y puñaladas de celos en su despedazado corazón. Pronta de suyo al odio y atenaceada por la envidia; queriendo ocupar el sitio altísimo de su esposo como más digno de su ánimo varonil y de sus austeras costumbres; ansiando privar al Sultán de una corona para transmitir el honor a su hijo y apoderarse ella del usufructo, reunía los padres de las familias nobles, los valíes de las ciudades amenazadas, los jefes de las tribus malcontentas, los corifeos de los barrios conmovidos, y los incitaba con ahínco al remedio de tanto abandono, poniendo a Boabdil en lugar de Hacem, con la seguridad de que en semejante mudanza se encontraba la salvación de todo el reino y la victoria sobre los infieles. Su humor era lo que los antiguos llamaban humor negro. Mujer avellanada y huesosa, no encontraba placer ni en la mesa, ni en el baile, ni en el juego, ni en las zambras. Una desgana continua y una melancolía profunda la disponían y aparejaban a correr toda clase de riesgos y desafiar toda suerte de peligros. Y como nada temía, y a nadie amaba, hacía de sus palabras un torrente de injurias, sobre todo al hablar de su fementido esposo. Aunque las desventuras sobrevenidas caían sobre el reino, casi le satisfacían por el odio invencible que sentía hacia el rey. Triste y taciturna, los párpados en continuo movimiento, fruncidas las cejas, lívido el color, febril la piel, pintado el insomnio en las ojeras, la hipocondría en la sonrisa, la hiel en los labios, atormentaba a todo el mundo; pero por un desquite digno de la justicia distributiva que reina en la naturaleza, se atormentaba mucho más a sí misma. Con qué colores pintaba la toma de Alhama, a cuyas cimas atribuía el destino que tuvo el Ararat en el diluvio: servir de asilo a la corona granadina en la espantosa hora del universal naufragio. Cómo recordaba los mil caballos y los caballeros salidos de Granada para recobrarla, volviendo grupas y dispersándose a la vista del pabellón cristiano, cual bandada de gorriones al movimiento de haraposo espantajo. Sus ojos lanzaban siniestros reflejos; sus dientes rechinaban con ruidoso rechinamiento; crispábanse sus puños y erizábanse sus cabellos al recordar los cadáveres muslímicos insepultos por los desfiladeros y enterrados en los vientres de los cuervos y de los perros. Sus narices roncaban con ronquidos semejantes al resuello de un moribundo, si evocaba el día terrible en que vio el Sol poniente reverberarse en las armaduras y lanzas cristianas, extendidas sobre Loja como arreboles relampagueantes en sangriento y tormentoso y encendido ocaso. Veíanse los riscos agrios, los abismos profundos, el resuello de los que subían por los desfiladeros, la lucha cuerpo a cuerpo entre los combatientes sobre rocas que se hundían y desplomaban, si a las anteriores narraciones juntaba la narración del asalto de los caudillos castellanos a las fortalezas granadinas. Oíanse caer los capacetes, quebrarse las lanzas, rodar las corazas, piafar los caballos desmontados de sus jinetes, si hablaba del desastre y rota de Lopera. Sollozaban todos con ella cuando sollozaba, más que con ternura de mujer, con entereza de guerrero, recordando la entrada de Hamet el zegrí en Ronda con sus gomeles heridos y mermados. Tanto furor crecía, enfureciendo a los demás, al mostrar aquel paraíso siempre amenazado, sus almazaras sin movimiento, sus ruzafas sin gente, sus alquerías en cenizas, sus cármenes talados, sus fuentes teñidas en sangre, sus fortalezas ruinosas, sus glorias eclipsadas, y un horóscopo siniestro pesando con terrible pesadumbre sobre todo el reino.

—Sí —decía con religioso acento— Hacem irá ¡oh! a reunirse con los réprobos en el infierno. Veráse consumada su perdición eterna. Las nieblas de perdurable noche cubrirán su rostro en el otro mundo y las manchas de perdurable oprobio ensuciarán su nombre en la humana memoria. Consumiránse sus huesos en las llamas perdurables y no tendrá con Dios ni un solo intercesor. Entonces no sabrá cómo librarse del fuego que lo devore. Cogedle, pues, ceñidle pesadas cadenas: que si dais sus entrañas a los perros en este mundo, dais al mismo tiempo su alma a los abismos en el otro. Condenado inapelablemente, querrá volver a la tierra para salvar sus ciudades y redimir sus culpas; pero le lanzarán con hierros encendidos en lo más hondo los genios del mal que guardan los avernos como guarda el hornero los hornos. Y le dirán que padezca por haber faltado a sus juramentos, puesto la mentira en lugar de la verdad y roto un cetro santo, entregando sus míseros fragmentos a los perros infieles. Y al verle morderse los puños, preguntaránle a una los guardadores del infierno si alguien le advirtió sus pecados, y él responderá que sí, pero que opuso a sus quejas sordera en los oídos, indiferencia en la mente, frío en el corazón, asco en el estómago. Así, confesará sus culpas más tarde, porque no habrá rescate para sus penas. Elevará al cielo sus plañidos inútilmente, porque una luz misteriosa le dirá que se prolongaron sus días para procurar su arrepentimiento y solo se obtuvo su reincidencia. Volveráse a los bienaventurados pidiéndoles del agua sagrada en que han lavado sus manchas, y no tendrá respuesta por haber ido tras los placeres mundanales, olvidado del juicio final. Y aunque trate de incorporarse, quedará tendido en su lecho de brasas toda una eternidad. Y un heraldo le dirá: maldición sobre el impío, que ha corrompido toda pureza y ha negado con sus hechos y sus ideas en su vida terrena la vida futura. Así es que todos cuantos se congreguen y conjuren para derrocarlo de su profanado solio no harán más que adelantarse al día de los castigos eternos y tomar sobre sí el ministerio de los rigores divinos. ¡Sus! pues, leones del desierto. Id seguidos de vuestras hembras y de vuestros cachorros a beber la sangre maldecida del tirano. Y le encontraréis en el lecho de sus inmundos placeres, de donde caerá herido por nuestras garras al lugar de los eternos dolores.

Estas palabras sembraban odios en los ánimos como las trombas siembran tormentas en los mares. Cada linaje sentía una ofensa reciente, la cual, a su vez, le recordaba un agravio antiguo. Poco duchos en cosas políticas imaginaban estos pueblos ocurrir a todos los males futuros con desarraigar los males presentes. Por ende cada jefe se iba a su hogar respectivo, y después de haber apurado cóleras amargas en las palabras de Aixá, las trasmitía airado al ánimo de los suyos tan abierto a las pasiones como el inmenso Sahara a los vientos. Y movidos de estas pasiones tumultuosas, requerían sus cimitarras y las probaban al par de sus arcabuces para el próximo tumulto, jurando no desistir sino por la muerte o por la victoria. Nada más fácil que todas estas guerras civiles allí donde cada hombre puede llamarse un soldado, a quien le dan las armas batalladoras casi al par de los sentimientos naturales; allí donde cada casa guarda el aspecto de una fortaleza almenada y aspillerada para la resistencia y para el ataque; allí, donde cada tribu compone una legión viviente y eterna que trasmite a todas sus generaciones de legionarios un acerbo común tanto de glorias como de desastres; allí, donde cada calle ofrece en sus tortuosidades y estrecheces facilidad indecible para la pelea; y cada plaza se trueca en campamento; y cada murado barrio, guarecido por cien torres y aislado por su foso, toma las proporciones de una gran ciudad militar; y desde las enseñanzas de las madrisás hasta las arengas de las aljamas adoban los ánimos para el odio y soplan en pechos fáciles de avivarse a la idea de los combates las crueles e indomables aspiraciones a una eterna guerra. No se necesitaba, pues, la calidad de astrónomo político para ver en los abismos y en los cielos de Granada las tormentas y las tempestades próximas a estallar con espantosos estallidos. En el sentimiento universal estaba que si la sublevación de Gezar se frustrara, debióse indudablemente a tener solo grande negación, el odio al tirano Hacem, pero en cambio una débil afirmación como era el mando de terrible oligarquía impopular por todo extremo en Granada, y más aún que impopular, incomprensible. Así Aixá movía mejor los asuntos que Gezar, prometiendo el destronamiento de Hacem, y tras la consecución de tamaño propósito su exaltación propia en la persona de Boabdil, obediente hijo, quien solo podría mandar bajo la tutela de su madre.

Capítulo X

Y mientras tanto, allá en la colina del Sol, con las huertas del Generalife al pie, con los cristales de Sierra Nevada a la espalda, con la estrecha vega del Darro a la derecha, con el ancho valle del Genil a la izquierda, con Granada al frente como una cortina pérsica de mil varios bordados, hacia el Norte los volcanes que parecen humeantes de la riscosa Elvira y hacia el Oeste las cordilleras que parecen nubes de la graciosísima Loja, en jardín de umbrosas alamedas regadas por mil sueltos arroyos y en palacio semejante a un oculto nido, liban sus amores los que podemos llamar ya reyes verdaderos de tan hermosas como alteradas comarcas. Seis meses han trascurrido de satisfacciones continuas, seis meses de desvaríos incesantes, seis meses de goces sin término, seis meses de arrullos sin tregua, seis meses de ensueños sin pesadillas, seis meses de delicias como no puede tenerlas iguales el paraíso mahometano; y Zoraya, que hasta ha renegado de su Dios por haber unido su vida con la vida de aquel hombre, no tiene curiosidad de saber, ni su apellido, ni su oficio, ni su posición, ni su estirpe. Y debemos decirlo en obsequio de su amor, todo lo creía de su amante, menos que pudiera ser rey de Granada, pues a un rey de Granada no le hubiera permitido su cargo tales ausencias. Tomábalo por noble de sumo valor y de suma riqueza; pero no lo tomaba por un monarca en realidad. Así nada preguntaba. Sabiendo que es feliz, no necesita saber la infeliz más. ¿Qué le falta? Los laureles y cipreses le dan sombra; los miradores alicatados y cubiertos de azulejos, albergue; las rosas de Alejandría y los jazmines de Damasco, aromas; los surtidores desatados en arroyos y las parleras avecillas, música; las hojas del azahar y del granado mezcladas con las ramas del terebinto y de la palmera, colores y matices; las nieves eternas, que toman esmaltes varios y las cimas metálicas que flamean a guisa de llama arrebolada, encantadores cuadros; las fuentes, frescura; la tierra, un amante; y el corazón, amor. El sitio que habita, como templo de su dicha, no tiene ni puede tener igual en nuestro planeta. Se extiende bajo el cielo más luminoso de la tierra, bajo el cielo de Andalucía; se riega con dos ríos, el uno de corrientes de oro y el otro de corrientes de plata, que confluyen al pie de la ciudad moruna; se adorna de colinas, donde en las cumbres cimbrean los verdiclaros pinos mezclados con los verdinegros cipreses, las flexibles palmas confundidas con los terebintos y los sicomoros, mientras por las laderas, colgados como canastillos de flores, verdean los pensiles y cármenes dignos de la encantada Syria; se encierra entre cordilleras níveas y volcánicas; se enriquece con acequias las cuales riegan desde las moreras productoras de lustrosa seda, hasta las pencas productoras de purpúrea cochinilla; se sanea con aires embalsamados de espliego y manantiales compuestos de aguas cristalinas y vírgenes; entre bosques levanta sus bermejas torres la Alhambra; entre florestas sus pintados kioskos el Generalife; entre muros aspillerados en forma de diadema sus granos de rubíes la entreabierta Granada, única rival de Damasco, en cuyo recinto se elevan las mezquitas con los coros de los muezines que saludan las horas santas del día, y pasan hormigueando por las encrucijadas los guerreros que vuelven de sus correrías o de sus ejercicios, o los fieles que se congregan para oír la voz de los alfaquíes y de los santones; lucen los dorados alminares contrastando con los surtidores parecidos a movibles columnas de cristal; el misterio se esconde en los ajimeces, en las celosías, en las ocultas rejas; al par que el cántico, manifestación del arte árabe por excelencia, henchido de ideas poéticas y acompañado por el laud y la guzla, vuela hacia lo alto, como al impulso de las tristezas infinitas del amor, que tanto se parecen, siendo principio de toda vida, a las infinitas tristezas de la muerte. Recorred el mundo entero y no encontraréis en parte alguna claro-oscuro tan singular; contrastes de tanto relieve, así en el campo como en la ciudad; el desierto y la floresta juntos, el ventisquero formándose todos los días y el volcán extinguido; los refinamientos de la arquitectura entre los encantos de la naturaleza; las selvas primitivas y los huertos cultivados con todas las perfecciones del arte; el sensualismo más epicúreo en la vida confundiéndose con los vuelos místicos y con los ensueños poéticos de las almas enamoradas; todas las crueldades de las guerras, tanto civiles como extranjeras, y todas las prácticas de la más singular y desinteresada caballería. Aún podéis formaros de aquello una idea; porque si han cambiado los actores, no ha cambiado el escenario; y no existe lugar alguno en la tierra tan parecido al edén soñado por los profetas. Zoraya desde una ventana de su palacio lo mira; porque Zoraya lo encuentra siempre nuevo. ¿Quién puede creer que de tan risueño Paraíso, va pronto a exhalarse torva nube de muerte? ¿Quién puede imaginar que del aroma de las flores, del vapor de las fuentes, del ether de tantos reflejos, del alma de tantas cosas bellas va pronto a surgir una tromba de odios, toda violencias, asolamientos, estragos? Perfumes como un pebetero debía exhalar la vega, y no cóleras; armonías como una guzla debía despedir la luz y no rayos de infinita ira; poesía sin fin debían dar aquellos palacios y no guerras sin tregua; que tanta y tanta vida parece divorciada de la muerte. Y sin embargo, si Zoraya, embebida en la contemplación del espléndido cuadro formado por el paradisíaco valle pudiera ver el interior de la ciudad, notara que se daban las gentes citas misteriosas y contraseñas extrañas; que se miraban los de la misma tribu como excitándose a una empresa común y los de tribus contrarias como disponiéndose a morir o matar; que este limpiaba sus armas, que aquel ensillaba su caballo, que el de más allá hacía recomendaciones a su familia como si la eternidad estuviera cerca; que todos se movían a impulsos del odio y se preparaban para una sangrienta guerra.

Desprevenida y descuidada la pobre joven, reconcentrábase en sí misma y hacía como examen de conciencia. Su amador, que no la abandonaba un instante, a sus pies tendido, en aquella sazón acababa de dormirse profundamente, después de haberle consagrado lánguidas miradas, llenas de ardiente voluptuosidad, y elocuentísimas frases henchidas de exaltado amor. Zoraya, pues, a virtud de esos estados del alma que dan algún vagar para convertir el pensamiento hacia sí mismo, escudriñar la conciencia y volver la vista atrás, miraba todo cuanto le sobrevenía con extraña mirada sin darse cuenta de todo su alcance ni presentir todas sus consecuencias. Y no dejaba de encontrar en los repliegues de su conciencia y en los giros de su idea algún tormento. Lo que realmente le atormentaba era un pensamiento tristísimo, el abandono de su fe. Así decía:

—Dios mío —renegué de ti con los labios y te conservo en el corazón. De la ruina de mi castillo, del incendio de mi hogar, de la desaparición de mis padres, del destrozo de mis altares, hubiese salvado la fe, que en la cautividad me consolaba más, mucho más que el pedazo de cielo visto tras las celosías y las rejas. Para arrancarte de mi vida sería necesario arrancarme esta sangre que me mantiene y esta carne que me viste, y el alma entera que me anima; porque tú, Dios mío, tú eres el alma del alma. En vano quiero lanzarte del pecho, vuelves a entrar con el aire que respiro; en vano desposeerte del corazón, vuelves a henchirlo con toda clase de grandes sentimientos en los cuales corre tu soplo creador y tu verbo vivificante. ¡Oh Virgen Madre! ¡Cómo huir a tu culto, como dejar de verte con tus flores en los pies, con tus estrellas en la frente, con tu divino hijo en los brazos, para aceptar un Dios implacable y sañudo, de guerras y combates, el cual se ha bebido en cruentos holocaustos la sangre de mis padres! ¡Dios mío! ¡Dios mío! Y este moro me idolatra. Este moro me redime de mi cautiverio para convertirme de sierva en señora de inacabables jardines y de encantados palacios. Este moro me ama con amor, que no volveré a encontrar jamás ni en el cielo ni en la tierra. Yo le llevaría, Señor, al pie de tus aras, obligándole a pronunciar tu nombre incomunicable y a confundir en el pecho con mi amor tu fe. Mas ignoro qué misterio le rodea, pues me dice que proclamar tu nombre y recibir la muerte sería obra de un minuto. Y darle la muerte, a cambio del amor que me profesa ¡oh! cosa cruel y horrible, realmente para maldecida por tu justicia y no perdonada jamás por tu misericordia. ¿Qué hacer, Dios mío, en esta pugna horrible entre mi corazón y mi conciencia?

Capítulo XI

Oyóse en la ciudad, cuando llegaba la favorita a esta serie de sus pensamientos tal vocerío, que Hacem se despertó azorado, miró a lo lejos con recelo y debió adivinar o presentir algo grave, pues cogiéndole a su beldad ambas manos, las besó con efusión, y diciéndole que pronto, muy pronto volvía, pasó por los fantásticos miradores, bajó por las largas escaleras, atravesó los pintados jardines, acercóse al seto del mágico sitio y entró en una inmensa estancia cercana a la puerta, diciendo:

—Venegas, mi vizir.

—¿Qué manda V. A.? —preguntó el vizir.

—¿Estamos solos?

—Solos.

—¿Nadie nos oye?

—Nadie.

—Necesito una suprema conversación contigo.

—Hable V. A.

—No quiero más tiempo la pesadumbre abrumadora del Estado.

—Cúmplase la voluntad de V. A.

—El amor me ha curado todas las ambiciones mundanales.

—Bendito sea Alah.

—Deseo pasar mi vida contemplando a mi sultana.

—Todos tus deseos tienen fuerza de leyes.

—Mi dicha es sin igual y no quiero compartirla con persona ni cosa alguna, porque me falta tiempo para gozarla.

—¿Y a quién vas a confiar el reino?

—¿Que te parece?

—¿Quizás a Boabdil?

—¡Oh! No. Mis astrólogos han dicho que está destinado a perderlo.

—¿Quizás a Aixá?

—Menos. Una mujer mandando en Granada, jamás.

—¿Quizás a tu hermano el Zagal?

—Buen guerrero; mal gobernador.

—¿Qué hacer?

—Conservar el nombre de rey para mí.

—Perfectamente pensado.

—Y dar la dirección de la monarquía...

—¿Á quién?

—Á ti.

—Bendito sea Alah y Mahoma su profeta. Cúmplase la voluntad de V. A. Los deseos de Hacem son órdenes para todos sus vasallos.

—Despide el harén.

—Cosa grave para la alcurnia de V. A. y para el estado de los ánimos.

—¡Oh! Siempre necesitado de contar con todo aquel que creo dominarlos a todos.

—No hay remedio. ¿Qué dirá el Sultán de Constantinopla, hoy califa de los creyentes, cuando sepa tu desprecio por las georgianas, enviadas en una de las galeras vencedoras del último de los Constantinos? ¿Qué dirá el Sultán de Fez si devuelves, o regalas o vendes las más bellas siervas engendradas por la ardorosa África, incomparables gacelas del desierto? ¿Qué dirá el Sultán de Túnez cuando sepa la poca estimación en que has tenido las más preciadas joyas? La fama de tu debilidad llegará a Egipto con tus mujeres egipcias olvidadas. No pienses tal, Hacem, no pienses tal: que si lo hicieras, creeríante cristiano tus vasallos y estábamos perdidos.

—Pues, a lo menos, repudiaré a Aixá.

—Ya debías haberla repudiado.

—Por repudiada. Notifícalo mañana en la Alhambra, pasado mañana en la ciudad.

—Tus deseos tienen fuerza de leyes.

Al llegar aquí, penetró en la estancia el esclavo predilecto de Hacem, después de la muerte del nubio; el esclavo georgiano se aproximó confuso. Al mismo tiempo que el esclavo georgiano, penetró estridente rumor parecido al eco de una tormenta.

—¿Qué traes?— preguntó Hacem.

—¿Cómo llegas hasta aquí con tanta irreverencia sin previo anuncio y sin permiso?— preguntó a su vez Venegas.

—Porque ya sabéis que soy un perro, y he preferido desacataros a perderos.

—¿Qué sucede?— preguntó Hacem.

—Que Granada está insurrecta— respondió el nubio.

—Se habrá levantado como suele el inquieto Albaicín contra los gomeles o los zegríes— dijo el Sultán alzándose de hombros.

—No; se ha levantado casi toda la ciudad.

—¡Cá!— respondió el Sultán.

—Aixá ha movido los ánimos.

—Ya sabrá Aixá quién es Hacem.

—Corre el rumor de que una hada siniestra ha resucitado a una esclava cristiana; y que esta esclava cristiana te ha traído aquí, para hechizarte primero, y luego convertirte a la religión de los infieles.

—¿Y hay quien crea semejantes majaderías?

—Las cree todo un pueblo— respondió el georgiano.

—Espantoso rumor se oye— dijo el vizir.

—Ya te he dicho que tienes el gobierno; sácame, pues, del apuro— dijo el Sultán al vizir.

—Pues comienza como de perlas mi reinado— exclamó el vizir.

—Algún mal ha de ir mezclado a tanto bien.

Y el Sultán dejó a sus interlocutores y se dirigió al mirador de su Zoraya.

Capítulo XII

Granada se conmueve hasta en sus cimientos con la desaparición del rey en tiempo de tanto peligro. Las palabras de Aixá trasmitidas por alfaquíes y santones, producen superstición grandísima en pueblo de natural supersticioso. Los astrólogos leen allá en los cielos sus señales; miran los adivinos las rayas de las manos; recitan los agoreros siniestros horóscopos; y todos caen a una en tristes y siniestras profecías. Ciérranse las puertas de los zacatines y ábrense las puertas de las alcazabas. Los atambores truenan como la tormenta; los atabales gritan como si de cada uno de sus gritos se desprendieran fulminantes iras. Aquí el pueblo escucha a un profeta que maldice; y allá a un ciego que canta elegías de profundísima tristeza. Cada granadino empuña un arma. Las torres se erizan de lanzas como para un largo sitio. El Albaicín resuena cual pudiera campamento grande ocupado por innumerables ejércitos. La plaza de Bibarrambla tiene todo el aire de un campo de batalla. Por aquí los abencerrajes hablan de su venganza, y despiden de los anchos pechos, encendidos a manera de fraguas, siniestros resuellos de muerte. Por allí los zegríes preguntan si aquel será el día último de su rey y de su reino. Por allá los almoraides, gomeles y gazules se esperezan y aprestan con la salvaje alegría de quien busca en el combate las satisfacciones del combate mismo. La tierra resuena con siniestra resonancia; las armas vibran con vibración que espanta; las miradas despiden relámpagos de ira; las voces de mando y los conjuros de rebelión producen un estruendo en el cual creeríais oír carcajadas de epilépticos y clamores de náufragos, y maullidos de cuervos, y respiración de voraces incendios, confundiéndose con rumor de nubes tonantes; la ciudad entera tiene el vértigo de la guerra y se resbala como una sola víctima por el borde oscurísimo de la muerte, al relucir de las cimitarras, al chasquear de los látigos, al correr de los bandos, al rugir de los mosquetes, al resollar de los odios, pues parecía haber llegado el día apocalíptico del supremo y último juicio. Imposible que en tal efervescencia no se empeñe inmediatamente el combate y que en tales combates no se pasee inmediatamente la muerte. Los bandos allí no luchan en pro de tal o cual causa, movidos de tal o cual razón, sino para desahogar el odio inextinguible sentido por cada cual contra su sendo enemigo. Así, éste cuenta la historia de sus contrarios y los execra y jura su exterminio; aquel saquea una casa y reparte sus tesoros como pudiera repartir rico botín de reciente correría; entra un faccioso en casa de su rival y degüella la familia entera sin perdonar ni las mujeres del harén ni los niños de pecho; corre un criminal y pega fuego al edificio que le parece señalado a la quema por recuerdos y sentimientos añejos; cada cual se apercibe a la ofensa y a la defensa; surgen las barricadas como cráteres de otros tantos volcanes; empéñanse las luchas parciales al arma blanca, a brazo partido, cuerpo a cuerpo; los combatientes respiran odios horribles, las matanzas siembran víctimas por todas partes, los heridos se quejan y los victoriosos rujen; lanzan sus últimos extertores los moribundos; y de montones hacinados de cadáveres salen como arroyos de sangre, iluminándose todo del chispear de los fogonazos y del relucir de los incendios, como si hubieran desentrañado al infierno para verterlo sobre la tierra. Y entre tanto Hacem y Zoraya, recostados en cojines de damasco, miran a Granada y el esplendor incomparable de su vega y de su cielo.

—Siempre ha sido el paraíso; desde hoy será el paraíso del amor.

Dice el Sultán.

—¿No oyes disparos? ¿No nos trae el aire gritos? ¿No vibran en tus oídos las lanzas? ¿No llega hasta ti un rumor siniestro?

Preguntó la favorita al Sultán.

—Algaradas de la ciudad, contiendas civiles frecuentes en sus barrios.

Respondió con verdadera indiferencia el Sultán, como si no comprendiese que todo aquel tumulto se dirigía contra el sitio en que estaba y contra la hermosura que tenía a su lado.

—Terrible cosa ser Sultán y encontrarse expuesto siempre a tales guerras; con el alma pendiente de un hilo; con la existencia propia vendida y vendida también la existencia de las personas queridas. ¿No es verdad que debe ser cosa difícil de soportar en los hombros la carga de un Estado y en las sienes el peso de una corona?

—Muy difícil. ¿Tú no quisieras ser Sultana?

—No.

—¿Por qué?

—Porque para ser sultana, deberías tú ser Sultán.

—Y si fuera yo Sultán ¿qué?

—Si fueras tú Sultán, tendría yo celos de Granada.

—¡Celos!

—¡Oh! Los tengo de la flor que hueles, porque me roba parte de tu aliento; y del ave que miras, porque me roba parte de tu mirar.

—Sois muy celosas, vosotras, las cristianas.

—Lo somos; y por eso no consentimos que el amor reservado para nosotras pueda compartirse con ninguna otra mujer.

—Miren la cristiana. Ya sabes que en la tierra no hay mujer ni en el cielo hurí capaces de competir contigo.

—¿Por qué, por qué no abrazar mi religión la cual nos uniría indisolublemente en esta y en la otra vida?

—Mil veces te dije que pedirme esto, equivale a pedirme la muerte.

Al decir semejantes palabras, el terrible fragor se aumenta y se acerca; a la puerta de la estancia, donde están los dos amantes, suenan fuertes golpes, y una voz grita:

—Sultán, Sultán.

—¿Quién me llama? —responde con verdadera indignación el Sultán.

—Hacem, Hacem —grita otra voz con angustia.

—Dios mío —exclamó Zoraya levantando los ojos al cielo—, ahora lo comprendo todo. Tú el Sultán, tú Hacem.

—Yo, yo; vida mía.

—¡Oh, Dios mío! Estoy perdida.

Y un sollozo horrible partía el pecho de Zoraya.

—¿Por qué? ¿Por qué? vida mía.

—Y lo revelas cuando ya no tiene remedio.

—¿Qué quieres?

—De saber que eras el Sultán, hubiese antes mil veces abierto mi pecho a la muerte que al amor.

—Ya no tiene remedio. El hado se ha cumplido inexorablemente en nosotros como en las últimas criaturas. Desde las eminencias del trono te vi en las mazmorras de la servidumbre y te amé. Has caído en mis manos y no puedes, no, de mi lado separarte, ni en esta ni en la otra vida.

—He ahí, Hacem, la causa de mi tristeza. En la ruina de todos los objetos caros a mi corazón salvóse como por milagro el culto al Dios de mis padres. La voz de mi conciencia me dice a gritos que por ese culto vamos en este mundo a la felicidad y en el otro mundo a la bienaventuranza. Soñé con hacerte cristiano para que ni la otra vida pudiera separarnos. Y ahora, comprendo con cuánta razón me decías que proponer el convertirte a mi creencia era tanto como proponerte el morir. Un Sultán, por motivos incontrastables, no puede ser lo que podría ser el último mahometano converso. Déjame llorar mi pena hasta enternecer, si fuera posible, las piedras de este pavimento. Déjame dolerme de haber puesto mi pensamiento en quien tiene a la continua embargado el suyo en cosa tan grande como el granadino reino. Déjame quejarme de que en mi corazón solo quepa el amor a ti mientras en tu corazón solo cabrá el amor de Granada. Déjame reconvenirme por no haber adivinado cómo tu grandeza jamás podría concederme el título honroso de esposa, sino el despreciable de manceba. Déjame herir con mis gritos el cielo, ya que en la vida nos separa un harén y en la muerte un sepulcro, y en la eternidad una creencia. Preferiría mil veces haberme encontrado en el camino de la vida al último jornalero de la Vega o al último mercader del Zacatin para amarlo con el amor que siento por el rey de Granada. En pobre cabaña podía estar siempre junto a mi amador, en estos inmensos palacios todo nos separa, desde la distancia material en nuestras habitaciones hasta la distancia moral en nuestras dignidades. Y luego, renunciar a que tengas mi fe es tanto para mí como renunciar a la prueba única de la intensidad de tu amor. Virgen, Virgen Madre, intercede con tu hijo y mi Dios para que perdone a esta cuitada.

Y al mismo tiempo que Zoraya decía estas palabras entrecortadas con amargos sollozos, la rebelión lanzaba lo más siniestros rugidos; y a la puerta de la cámara real se redoblaban los golpes y se oían llamamientos llenos de angustia al Sultán y a su autoridad.

—No puedo ocultarte cuanto sucede, Zoraya, por lo mismo que estoy decidido a morir a tu lado. Ese rumor que avanza, indica tempestuosa nube de cólera, próxima a descargar sobre mi frente. Granada cree que su rey, que su caudillo, que su defensor se ha pasado a la religión de esos nazarenos, cuyas palabras la ofenden, cuyas espadas la hieren, cuyas huestes la devastan. Y alzada en armas, viene aquí a pedir cuenta de este atentado a sus leyes, que de ser verdad, fuera grave siempre, y mucho más grave en estos días de dolor y desventura. Zoraya, nada podría complacerme tanto como seguirte, no ya en tus creencias, en tus supersticiones. Donde quiera que te encuentres, se encuentra el cielo contigo. Pero tienes razón, el destino me colocó en el trono. Y en el trono debemos nuestra voluntad y nuestra conciencia al pueblo. Abandonar su religión equivaldría a abandonar su corona. Abandonar su corona en esta edad de desgracia, equivaldría a una traición castigada por la historia con maldiciones horribles, tan horribles como las mismas penas del infierno. No solamente necesitas renunciar a toda idea de convertirme a tu fe, sino que para salvar mi vida, para salvar mi nombre, para salvar mi honor, necesitas, cuando esa puerta se abra, y esa turba ya incontrastable penetre por ahí, proclamar en voz alta que has renegado de tus creencias y que perteneces a la religión de mis padres.

—¡Oh! Jamás —gritó Zoraya, retorciéndose los brazos—, pídeme si quieres la vida, tuya es; pero no me pidas el alma, no me pidas una fe que solo pertenece a Dios.

—No insisto, Zoraya. Lo quieres; cúmplase tu voluntad. Habré pagado medio año de amor con el trono, con la vida, con la honra; no me parece caro. Te he propuesto optar entre tu conversión y mi muerte. Sea. Muramos.

Y Hacem se dirigió a la puerta que se bamboleaba. El rumor de la pelea crecía con espantoso crecimiento, porque el motín se aproximaba cada vez más al mágico palacio. Los gritos de la servidumbre, que toda entera temía un degüello implacable, redoblaban al compás que redoblaba la tonante voz de aquella tempestad. Zoraya comprendió todo el peligro en que su amado se encontraba y se dirigió a la salida de la estancia para detenerle. Mas Hacem, resignado a su destino, le respondió con amarga sonrisa,

—Deteniéndome nada consigues, sino agravar el peligro e impedir la defensa.

—Hacem ¿dónde vas?

—Si me hubieras oído a la victoria. Me desoyes y voy a la muerte.

—¿De veras? ¿Tu victoria consiste en mi conversión?

—En tu conversión.

—¡Oh! Perdóname. Pero...

—No me des más razones. El deseo de Zoraya prefiere la fe de sus padres a la vida de su esposo; pues cúmplase el deseo de Zoraya. Voy a morir; y me es dulce morir, vida mía, por tu satisfacción y tu paz.

—Hacem, Hacem, me matas.

—¿Qué quieres? Para los momentos supremos se necesitan las supremas resoluciones. Me resuelvo a morir. Solamente, oh Zoraya, te pido que, al espirar, dejes convertir a ti los ojos y beber en mi último suspiro tu aliento. Adiós. Voy a morir; pero no te separes de mi lado. Seguramente me sobrevivirás. Ningún árabe osará poner la mano sobre una dama como tú. Se lo impedirá, además de su propia generosidad, el temor al juicio de sus enemigos. Pero, ya que muero por ti, júrame no ser jamás de hombre alguno en la tierra.

—Moriremos juntos. Si no hay quien me mate, me mataré yo misma. Pero siento la muerte, no por el fin de una vida que desde hoy me será odiosa, sino por el principio de una separación que ha de ser eterna.

—No hay tiempo que perder; abramos.

Y Hacem abrió de par en par las puertas. Y en cuanto las abrió entraron el vizir y el esclavo georgiano con gran golpe de servidores y de esclavos. Y aún no habían entrado, cuando la pelea se esparció por el ameno jardín, asaltadas todas las murallas. Los enemigos de Hacem subían con ímpetu y los amigos de Hacem pugnaban por detenerlos. Cada paso costaba un combate y en cada combate morían a veces todos los combatientes, reemplazados en seguida por otros de refresco, no menos valerosos, no menos exaltados y no menos tenaces. Aixá y Boabdil, la mujer y el hijo de Muley, habían escogido el camino cubierto que conducía desde la Alhambra al camino de la quinta, creídos de que iban a recoger la codiciada corona caída de la frente altísima sobre la cual luciera hasta entonces. Poco después que los azorados servidores, entraban ellos airosos y triunfantes como quien corre a realizar una antigua venganza. En cuanto toparon con Hacem, Boabdil se retiró confuso, mientras Aixá se adelantó como una tigre, y mirando alternativamente al Sultán y a la favorita echó por aquella boca toda suerte de injurias.

—¿Con que el monarca de este reino abraza la religión de los nazarenos, convertido por la gracia de esa fregona que lavara mis tazas y barriera mi cuarto? No contento con entregar nuestro reino a las conversas cristianas, entrega nuestras almas a los demonios y al infierno. Venid, muslimes, decía volviéndose a cuantos la rodeaban, venid y veréis la muerta resucitada. Morir no sabe la perra, pero sabe matar. Como que ha clavado sus uñas de gata en el corazón de Granada. Como que ha prometido entregarnos a todos y ya nos ha comprado por unos cuantos besos en los lascivos labios de ese adúltero. Castigo a los malvados y venganza para Alah; o no hay ya ni granadinos ni Granada, ni muslimes en el mundo. Muley se ha casado con una cristiana y se ha convertido al cristianismo. Muera Hacem; viva Boabdil.

Los ojos de los mayores amigos del monarca centelleaban odio al verlo preso de una cristiana y próximo a convertirse al cristianismo. Los alfanjes lucían siniestramente en las manos teñidas de sangre. Las vociferaciones tomaban el estridor de amenazas. Muley Hacem, lo mismo que Zoraya, estaban bajo una sentencia de muerte, y todo dependía de aquel supremo instante. Los servidores más fieles del monarca temblaban a su lado: el tímido Boabdil se acercaba a ellos suspenso de las sendas miradas que le dirigían sus padres; Zoraya gemía junto a Hacem, que elevaba más la frente a medida que crecía el peligro; Aixá triunfaba, dando a su triunfo los visos de provocación y de insolencia congénitos a su altivo carácter y a su exaltado temperamento; los partidarios de esta mujer batalladora se conocían en la arrogancia y los partidarios de Muley en el desmayo cuando éste, movido de inspiración súbita, se adelantó y dijo.

—Granadinos, me he encerrado aquí para que vierais con vuestros propios ojos y tocarais con vuestras propias manos la familia que tengo. Enemiga la esposa del esposo, enemigo el hijo del padre, además de herir las leyes de Dios que les mandaban acatamiento a mi voluntad, hieren las leyes del reino rebelándose contra su natural monarca y señor. Así, me han calumniado y han hecho prevalecer entre vosotros la calumnia. Han dicho que yo tenía una mujer cristiana, cuando ésta mi mujer, si nacida en el cristianismo, ha abrazado la religión mahometana. Que lo confirme ella misma.

Y Hacem se volvió a Zoraya mirándola como puede mirar el náufrago la última esperanza de salvación. Y Zoraya adelantándose en medio de la estancia exclamó:

—Es verdad cuanto dice Hacem. Soy musulmana. No hay más Dios que Dios y Mahoma es su profeta.

Jubiloso grito recorrió en un momento desde la estancia del Sultán al jardín de los Alijares, del jardín de los Alijares al jardín del Generalife, del Generalife a la Alhambra, de la Alhambra a la Alcazaba, de la Alcazaba al Albaicín, del Albaicín a Bibarrambla, de Bibarrambla a toda Granada, de Granada a la Vega.

—Alfaquíes, santones, jueces, capitanes, ya lo habéis visto. Mi hijo Boabdil es rebelde. Debería darle muerte; le doy una prisión. Mi mujer Aixá es más rebelde aún. Debería perderla para siempre; me contento con repudiarla desde ahora y recluirla en la prisión de mi hijo. Muslimes, Granada por el Sultán Hacem y la Sultana Zoraya.

Y este grito se repitió por toda la ciudad y por toda la Vega, mientras iban Boabdil y Aixá a su dura prisión en la torre de los Siete Suelos.

Capítulo XIV

Y ardió en fiestas, a causa de las victorias amorosas de Hacem, Granada, que mil veces ardiera en fiestas a causa de las victorias guerreras. Cada barrio, así entre los vencedores como entre los vencidos, bien o mal de su grado, tuvo que festejar igualmente su victoria o su derrota, y que reírse y regocijarse a una en público por lo mismo de que, a la callada, se plañía en silenciosos reconcentrados acentos. La gran ciudad, palenque de triste y profundísimo duelo, se asemejaba en aquel entonces a inmenso teatro, donde los mismos combatientes en una batalla cruentísima tomaban el papel de actores en una farsa ridícula. Quedáronse las tiendas del Zacatín y hasta la posada de los genoveses sin sedería, por los innumerables gallardetes y banderolas que cada familia se vio constreñida necesariamente a colocar en florestas fingidas por las fachadas de sus casas; que lo hicieron las familias fieles a Hacem por satisfacer su entusiasmo y las infieles por ocultar su despecho. Limpiáronse las armas, todavía humeantes con la sangre recién vertida, para emplearse y esgrimirse todas ellas, en vanos simulacros y alardes. Procuráronse, así los pobres como los ricos aljabas, fajas, marlotas nuevas, en cuyos linos o brocados combinaron colores varios por singulares modos y esparcieron piedras o lentejuelas, según la categoría de su nacimiento o la importancia de su riqueza. Los alfanjes damasquinos, de cinceladas empuñaduras, de centelleantes hojas, de áureos tahalíes, de filigranadas vainas, de religiosas inscripciones y leyendas, brillaron en el escarnio, cual otras voces brillaran en la gloria. Salieron por calles y plazas las lanzas más preciadas, las cotas y coseletes más ricos, los jaeces más bordados, los trotones más guerreros. Y junto a estas insignias del valor, veíanse las insignias de la belleza, es decir, los femeniles cinturones cuajados de jacintos, las cofas bordadas de perlas, los atavíos que, demostrando el gusto de las mujeres, demuestran al mismo tiempo el refinamiento de la cultura. Competían los diversos blasonados bandos en alardes; y los más heridos porfiaban por mostrarse festivos en las fiestas. Así salieron a luz tantos motes y divisas. Los Nazaritas, pertenecientes a los reyes fundadores de la dinastía y constructores de la Alhambra, emparentados todos con Hacem; los Abencerrajes, que se imaginaban descender de los primeros auxiliares del Profeta; los Alnayares, que mantuvieran en Zaragoza y en Fraga y en Pamplona el empuje de Abarcas, de Berengueres y de Carlovingios; los Merisanes, que reinaran en Damasco y sostuvieran sobre sus hombros el califato de Córdoba compitiendo con los Abasidas de Bagdad y relacionándose con los emperadores de Constantinopla; los Gazaristas que aún destellan de su linaje los esplendores del nunca olvidado cielo de la Siria; los Zenetas bronceados por los ardores de África; los Gomeles, hijos naturales del desierto; los Gazulez de Gelulia, los Almoradíes de Tanger, requirieron a una sus más queridas armas, limpiaron sus mas empolvados blasones, enjaezaron sus más ligeros caballos, y salieron a cañas, justas, sortijas, zambras y torneos, como si Granada reposase en floreciente paz, ceñida de inmarcesibles victorias. Entre tantos blasones y timbres, no hay que decir campeó, cual campea la Luna entre las estrellas, el escudo de Alhamar, por todas partes visto en Granada, campo plata, que atraviesa barra diagonal celeste, a cuyo extremo abren sus fauces dos dragones, y sobre cuyas líneas hay una alabanza al Dios de los vencedores en recuerdo de aquella aparición celestial que guió los Almohades a mil victorias, tan funestas para nosotros los cristianos. Y si las aristocracias ostentaban tales preseas, la plebe, con menos lujo, pero con mayor algazara, enardecía las fiestas. Teniendo en poco las sabias leyes de Yussuf, que prohibían tales algaradas, y resucitando los festejos propios de la Pascua de Alfitra iban cuadrillas, encabezadas por tamboriles y dulzainas, de un lado a otro lado, entreteniéndose a una en tirar a cuantos encontraban al paso esencias, flores, frutas, chucherías y en danzar danzas, de una extrema violencia; mientras grupos de guitarreros producían melancólicos arpegios y compañías de juglares jugaban juegos vistosísimos. En una palabra, la ciudad pasaba de las guerras a las orgías, como suele pasar un borracho del extremo llanto a los extremos regocijos.

No hacía menos la corte. Hacem estaba tan loco de contento, por haberse unido a Zoraya, como por haber repudiado a Aixá; y quería que todo el mundo participase del estado de su ánimo. En cada casa real había una zambra diversa. Los nacidos no han visto nunca sarao semejante al sarao dado en tibia noche por los salones, por las galerías, por los huertos y jardines del Generalife. Imaginaos aquellos muros tapizados de rosas y jazmines; aquellas alamedas varias subiendo en espirales desde el riscoso pie a las armoniosas cumbres en la bienhadada colina; las puertas semigóticas realzadas con signos de poética bendición y adornadas con ajimeces de áureas celosías; los intercolumnios de alabastro, sosteniendo los arcos de herradura, sobre los cuales descansan las techumbres de alerce embutidas en marfil, nácar y metales preciosos; las salas de marmóreos pavimentos, de zócalos compuestos por brillantísimos azulejos, de paredes caladas entre cuyos alicatados se extienden alharacas de plateadas flores y líneas de oro macizo esculpidas y grabadas con poéticas leyendas y armoniosos versos; los arroyos que caen a las albercas por los pasamanos de las escaleras y que por los escalones suben a las alturas en cristalinos surtidores; los pintorescos kioscos, los recatados retiros; el mirador bellísimo, comparable a gruta formada de aljófares, oculto entre los bosques de limoneros y de granados; imagináos el Generalife teñido por los resplandores de millares de luminarias; poblado por parejas de hermosas moras y apuestos moros, cuyas miradas, al encontrarse, despiden chispas de amores; henchido por las armonías emanadas de ocultas orquestas que despiden notas las cuales diríanse despedidas por cuantos objetos os rodean, animado de la algazara formada por la leila y otras danzas moriscas, en cuyos giros el movimiento y el calor comunican los vértigos más deliciosos de la voluptuosidad y del placer; imagináos así el Generalife y decidme luego si ha existido ni se ha ideado jamás espectáculo alguno que de esa suerte encienda la sangre y exalte y enloquezca la mente. Aquí, en las sombras, descúbrense unos cuantos farolillos como aves luminosas venidas de otros mundos a columpiarse en las ramas de los encantados vergeles; allí, en las cascadas, desprendidas de lo alto a la ancha alberca, refléjanse resplandores tan sumamente intensos que los tomaríais por bajados del Sol, capaz de levantarse a un conjuro mágico en la media noche para iluminar tan delicioso sitio; más allá, en la distribución de los varios destellos, deslízase, como un rayo de Luna, que esparce poética tristeza, mientras en las salas, en las galerías, en los miradores, por los bordes de los estanques, por las tazas de las fuentes, corren, a manera de grecas fantásticas, innumerables luminarias de todos colores, que confundiríais con piedras preciosas conteniendo una luz sobrenatural en sus resplandecientes facetas.

Pues si absorta dejó a la corte este sarao, no la dejó menos la fiesta militar y naval, fingida por cuantos soldados había en Granada, los cuales reuniéronse, los de tierra, en varios vistosos campamentos por los alrededores de la Alhambra, los de mar en varias naves doradas que bogaban por la acequia de Alfacar, fingiendo todos tales alardes que nunca pueblo guerrero alguno se recreó con más plausibles y más gratos recreos. Pero, en verdad, los festejos que se llevaron la palma, fueron los festejos de cañas y sortijas, ideados como jamás ideara otros iguales en su larga historia la oriental y voluptuosísima Granada. La plaza de Bibarrambla, erigida sobre la espalda misma del Darro, al pie de la cuesta de los Gomeles, rebosa en gentes. Sus edificios se han renovado todos con mármoles recién bruñidos y compuesto y adornado con telas de seda ceñidas por vistosas franjas y sembradas de áureas lentejuelas. Los magníficos miradores, que podían competir por su color azul y sus estrellas de oro con el cielo mismo, aposentan preciosas moras que gallardean, ricamente adornadas, como pudieran gallardear las más nobles cristianas. Sus blancas gasas, su deslumbradora pedrería, los rayos de sus ojos, la voluptuosidad de sus sonrisas, campean entre las flores sembradas por do quier de igual suerte que las mariposas en los pensiles. Las músicas guerreras, mezcladas con los gritos populares, animan y enardecen la fiesta. Fingidla si podéis. Por las cuestas, por las azoteas entre las almenas, cerca, lejos, inmensas muchedumbres; por los miradores las bellas damas ataviadas con los más ricos encajes y ceñidas de piedras preciosas; en las tribunas, recién dispuestas al efecto, los magistrados y alfaquíes con sus altos turbantes, signos de sus respectivas dignidades; aquí un grupo de esclavos, cuyos negros rostros resaltan bajo sus tocas blancas y sobre sus túnicas rojas; allí, una legión de graciosos pajes y escuderos portadores de rodelas y escudos primorosamente esmaltados; por todas partes lanzas y espadas que brillan a la luz, banderolas y gallardetes que vuelan al viento; en el principal edificio de la plaza la reina y el rey sentados sobre sendos cojines de púrpura que resaltan entre los dibujos y las flores de las pérsicas alfombras; en la arena o redondel las diversas cuadrillas, ora un grupo de caballos blancos enjaezados de colores celestes, sobre cuyas sillas campean airosos caballeros vestidos de argentado tisú; ora un tropel de corceles del desierto que se enorgullecen con su carga de jinetes vestidos por diversa manera con terciopelo carmesí, todo recamado de bordaduras de oro; ya una compañía de soberbios brutos cordobeses sujetos por la fuerza de atezados africanos que en sus marlotas y aljabas verdes ostentan rico ramaje de plata rociado con menuda lluvia de aljófar; ya otra compañía de atigrados trotones que piafan al compás de la música y se ensoberbecen a los gritos de los preclaros nobles granadinos, los cuales visten por la moda asiática y recuerdan en sus turbantes la oriental Damasco; todos precedidos de heraldos y clarines, acompañados de vistosas divisas, con el blasón de su familia en el escudo y el regalo de su dama en el pecho; seguidos por palafreneros y esclavos, cuyo ministerio se reduce a tener del diestro toda una caballería de refresco mientras gallardean los jinetes de sin igual apostura y componen con cintas y lazos vistosas combinaciones de color y arriesgadas suertes de cabalgar, y empeñan escaramuzas cuyos encuentros, mas bien son vuelos que carreras y cuyas incidencias más bien peleas que juegos, y ensartan las sortijas a todo galope en las puntas de sus lanzas para depositarlas luego en manos de las preciadas beldades y romper mil cañas en arremetidas y defensas, y realizar todo género de alardes entre los sones de chirimías y dulzainas y añafiles propios para los combates y el clamoreo de aquella inmensa población embargada con los azares de las varias empresas tan parecidas en sus episodios a los peligrosos azares de la guerra.

Capítulo XV

Mereció llamarse la mejor, aunque también la más trágica, de todas aquellas fiestas, la que ideara Zoraya por cariño a su patria; un fingido torneo de cristianos, hecho entre moros, con toda la propiedad demandada por el conocimiento que había en Granada de nuestras costumbres, y por la multitud de arreos cristianos traídos, como despojos, en las continuas correrías. No era mucho que Zoraya imaginase ver este espectáculo fingido en recuerdo y culto de su patria ausente, cuando antes del poder y favor suyo, otro real espectáculo de este mismo linaje viera toda Granada con general asombro. Entre los caudillos cristianos descollaban don Diego de Córdoba y don Alonso de Aguilar, ya los hemos nombrado por su arrojo heroico en todas las empresas contra los moros. Pero si este odio común a la raza muslímica juntaba en uno a los dos caballeros, dividíanlos mortalmente los odios sentidos mutuamente por uno contra otro a causa de sus respectivos compromisos en las guerras civiles de Castilla. Subió a tales extremos su pasión, que el don Diego mandó a el don Alonso uno de sus farautes con reto, henchido de denuestos, para llamarle a singular desafío. Y no alcanzado liza franca y segura en los dominios del rey de Castilla, buscóla nada menos que en los dominios del rey de Granada. Muley Hacem picado de caballero y escrupuloso en leyes de honor, señaló albergue a los combatientes en su ciudad, y campo cerrado donde pudieran partirse el Sol y lavar con sangre sus mutuas inolvidables afrentas. Personóse don Diego en Granada, la víspera del día señalado, que era, sino miente mi memoria, el 9 de Agosto. Llegada la fecha, el rey se arrellanó en su mirador, las damas en sus ajimeces, el curioso pueblo en las avenidas, los magistrados del campo en la tribuna, y el caballero en la plaza, armado de punta en blanco. Y tres veces mandó a su faraute que llamara a don Alonso de Aguilar y tres veces el silencio respondió al llamamiento. Y cogiendo entonces un retrato del ausente, lo ató con ignominia a la cola de su caballo y lo arrastró con desprecio por todo el recinto de Bibarrambla. Un abencerraje, amigo de don Alonso de Aguilar, que presenciara las afrentas del caballero cristiano y la rechifla del pueblo granadino, tomó su caballo, requirió sus armas, y lanzándose a la arena, conjuró a Córdoba, para que, la adarga al pecho, la lanza en ristre, la visera calada, y las espuelas en los hijares de su trotón, le aguardase, porque iba resuelto a mantener por Aguilar el campo. Decidido estaba el caballero cristiano, y airado el caballero abencerraje, cuando, a una señal del rey, lanzáronse los alguaciles a cortar el paso a este, y. a entregarle nada menos que al verdugo, por haber roto las leyes de la caballería y hollado los fueros del honor. Intercedió Córdoba para que no le castigaran tan cruelmente, y obtenido el perdón, requirió una sentencia. Y se declaró que el caballero don Diego de Córdoba se había portado como tal, y vencido a don Alonso de Aguilar en abierto juicio de Dios. Copió el favorecido mil ejemplares de la sentencia, y los repartió en todos los dominios de la noble Castilla, trazandoademás muchos cuadros en representación de tamaña aventura. Y luego pidió una copia. Diéronla los jueces del campo, certificada por escribano. Y Córdoba la trasladó al pie del retrato de Aguilar, añadiendo estas frases: «Tal es mi enemigo.»

En tiempo de tales escenas fácil cosa a una ricahembra castellana idear en ciudad infiel un torneo cristiano; facilísima cosa a un Sultán granadino cumplir inmediatamente el capricho de su Sultana. La reina, en el suelo de la caballería nacida, gustaba por extremo de estos espectáculos caballerescos a la cristiana usanza. Así designó varias damas, para que armasen a los fingidos cristianos del torneo. Mucho, muchísimo murmuraron las moras, y sus familias, de estos proyectos, atribuyendo, por exceso de suspicacia indudablemente, a tales artificios el carácter de más vastos planos fraguados para cristianizar toda Granada. Pero los vasallos de Hacem no tienen más medio que optar entre la obediencia pasiva y la rebelión armada. Así aceptaron, aunque a despecho, sus papeles, y convinieron a una con los contrariados caballeros moros en obedecer todas las disposiciones impuestas por la mente de la voluntariosa sultana. Lo mismo hicieron los villanos elegidos para escuderos, aunque en su clase tenían más intensidad las pasiones, y por lo mismo, menos lugar los acomodamientos. Granada entera refunfuñaba de estas novedades al ver en ellas derogación injustificada de antiguos usos y tentativas peligrosas de mutaciones cristianas. Pero ningún obstáculo podía arredrar a una mujer caprichosa, ignorante de las preferencias de aquel pueblo suspicaz, y olvidada de las terribles rebeliones con que manchara el pie mismo de su lecho nupcial y los comienzos de su proceloso reinado. La corte de Granada tuvo tribunales femeniles de amor como pudiera haberlos tenido cualquiera antigua corte de Provenza. Todo estaba preparado, pues, para la teatral fiesta. Habíanse dado a los contendientes lanzas embotadas y llenas de signos castellanos y católicos. Los reyes de armas, con sus gorras ceñidas de varios plumajes, y sus dalmáticas recamadas de escudos feudales, acompañaban a sus señores; y los heraldos los precedían; y les seguían los escuderos y pajes vestidos a la española usanza. Tablados varios se improvisaban cubiertos todos de magníficos brocados tejidos en las ciudades españolas. Al son de cuernos de caza y al grito de pregoneros innumerables se anunciaron las solemnes peleas en palenque cerrado. Zoraya o Isabel, apareció rodeada de sus damas, las cuales llevaban todas en las manos los respectivos premios del combate, consistentes en joyas de inestimable valor, tanto por su rica materia como por sus primorosos y cincelados realces. Los jueces del campo se instalaron al pie de las damas, presididos todos por el Sultán, que hizo dar tan grande honor a la decantada ceremonia. En estrados aparte tocaban músicos escogidos. Cuando sonó la señal del comienzo vieron todos con asombro aparecer damas gallardísimas soportando en sus delicadas manos cadenas de oro, a las cuales iban ceñidos y atados los bravos caballeros. Y cuando ya los habían soltado en la arena con ademanes de cariñosa despedida, dábanles cualquier prenda de sus vestiduras, cualquiera de sus adornos, un lazo, un joyel, un collar, un zarcillo, un relicario, que ellos se colgaban al pecho con extremos ademanes de gratitud y profundos estremecimientos de amor. Así, las músicas suenan, los heraldos claman, las muchedumbres gritan, las nobles señoras ondean sus respectivas divisas, los caballeros montan sus corceles vestidos, de acero, se buscan con arreglo a las leyes de la caballería y pelean con arreglo al código del torneo, luciendo sus brillantes armaduras, sus capacetes de oro, sus plumajes de mil matices y flameando sus largas tizonas en combate porfiado, donde no sabe el ánimo qué admirar más, si el valor y destreza de los combatientes, o los animados grupos que forman en los encuentros y en las complicaciones de sus brillantes y atrevidos juegos.

Las gentes del pueblo no pueden sufrir aquel desacato a sus costumbres. Las cruces, que han visto aparecer en la vega con tanto horror, como los siniestros cometas en el cielo, campean por los espacios de Bibarrambla. Los cruzados, que han herido sus cuerpos, que han talado sus ruzafas, que han puesto mil profanaciones en sus mezquitas, aparecen, siquier sean disfrazados, en el recinto sacratísimo de la ciudad santa. Parecen a sus ojos, los mismos que han combatido en la Higueruela, y los mismos que han asaltado la riscosa Archidona y han vencido a la invencible Alhama. Aquellos cascos maldecidos, aquellos caparazones odiados, aquellas insignias siniestras, las adargas de infeliz memoria, las espadas tintas en sangre mora, las divisas cuyas ondulaciones han señalado el camino devastado de las devastadoras correrías, brillan, merced a la voluntad caprichosa de una vil nazarena, que acaso cree adormecer con sus hechizos el reino granadino lo mismo que ha hechizado y adormecido a su rey. Todos estos pensamientos corrían por la acalorada imaginación del pueblo y centelleaban en sus ojos, cuando apareció en medio de la plaza una inesperada figura que parece personificarlos. Es un caudillo moro, a caballo en un corcel blanco, seguido de varios jinetes, y que grita:

—A mi lado, granadinos, a mi lado, contra esta farsa cristiana y contra esta cristiana reina, precursoras de la pérdida de los muslimes y de la entrega de Granada.

—¡Boabdil! ¡Boabdil! —gritan los granadinos, Boabdil que ha roto las puertas de su prisión y ha venido a socorrernos y a procurarnos nuestra venganza.

Y un grito de «abajo Muley-Hacem, muera Zoraya», siguió a la aparición del jinete moro, acompañado de tal empuje, que sublevada hasta la guardia de los sultanes, tuvieron marido y mujer que montarse precipitadamente en un solo corcel, procurado por un último amigo, y echar a correr en rápida fuga hacia el castillo de Sobreña, en cuyos riscos dejaron caer la corona.

Capítulo XVI

Instalóse Boabdil en el hermoso alcázar de sus padres, y ciñó a sus sienes la preciadísima diadema de Granada. Pero, fiel a su temperamento, en obediencia fatal a leyes fisiológicas y morales incontrastables, antepuso el gozar al combatir. Y no en las estancias del serrallo, donde se reunían sus consejeros, en las estancias del harén, donde se reunían sus mujeres, presentábase con verdadera frecuencia. Su madre, Aixá, la horra, muy anhelante por combatir y gobernar, anhelo no cumplido bajo la dominación de su esposo, dábase a la satisfacción de sus ambiciones con desenfreno y regía el timón que las manos de su hijo abandonaban, como si fuera ella, débil mujer, un estadista y un soldado. La rápida fortuna de Boabdil, explicable tan solo por las alteraciones continuas que traía su profundo malestar a Granada, inspirábale gran confianza en lo porvenir, imaginando que por haber un pronóstico resultado a la postre cierto, bastaba con pronosticar de nuevo para salir de toda grave dificultad con acierto. Así dejaba que su hijo se perdiera en brazos del placer, mientras ella vivía contenta en los afanes y en los insomnios del gobierno. Boabdil, vuelto en alas de una inconstante fortuna desde su retiro alpujarreño a su palacio granadino, buscó en la victoria, no un trono resplandeciente, un mullido lecho, y gustó más de los brazos de su Moraima que de los alaridos de sus abencerrajes. Un camarín, empapado en todos los colores del iris; una cama blanda y mullida; la esencia voluptuosa exhalada del pebetero damasquinado; el concierto de las avecillas enjauladas unido a los pespunteos del moruno laúd; la sonrisa placentera y la mirada encendida de aquella esposa, en quien todos sus amores concentrara, bastábanle para su felicidad y no había menester, ni los cuidados del gobierno, ni los azares del combate. Por su parte Aixá tuviéralo en tal guisa mucho tiempo, holgándose con imperar y dirigir, si accidentes imprevistos no vinieran a turbarla en semejante holgorio y a traerle avisos ciertos de que necesitaba su voluptuoso hijo irse sin tardanza y animoso al combate, si había de conservar en sus sienes la no muy bien lograda corona de sus padres.

Habíanse retirado Zoraya y Hacem a bien alto y bien formidable castillo roquero de las Alpujarras, a fin de hallarse prontos a caer sobre Granada o sus arrabales así lo requiriesen aquellos cambios frecuentes de los partidos y aquellas fulguraciones tempestuosas de los pueblos. Hacem amaba el placer como Boabdil; amábalo cual suelen todos los hijos del desierto; idolatraba en verdad a Zoraya, como pudiera idolatrar su primogénito a Moraima; pero la voluptuosidad del amor y del harén estaba reunida en su complexión privilegiada con los impulsos al combate y con los desvelos del gobierno. Así, pocos días pasó en el ocio de su retiro; pues, regida Málaga por su hermano el Zagal, quien desconocía la reciente autoridad de su tierno sobrino Boabdil, y acataba la grande autoridad de su viejo soberano Hacem, fuese con premura éste a tal hermoso y fortísimo refugio de su quebrada diadema. Pocos espacios la tierra guarda en su amplio seno tan bellos como la región malagueña; nutrida por los manantiales que fluyen de las nieves eternas, y besada por las espumas multicolores que baten las brisas aromadas de azahar sobre las costas mediterráneas henchidas de luz y de armonía. Por las riberas, encarnadas como si el carmín las tiñese, y ceñidas por aguas tan celestes como si los esmaltes del cielo se hubieran en sus cristales disuelto; sobre colinas de matices violáceas, extiéndense alegres, entre Fuengirola y Velez, higuerales pomposos, ornados por aquellos pámpanos tan tiernos que destilan blanca leche, y ricos en aquellas frutas parecidas a flores, de pellejo ya morado, ya esmeralda, las cuales llevan corona de púrpura semi abierta, y gota de miel áurea, que ofrecen regalos múltiples, a gusto, vista y olfato en la sabrosísima y fácil madurez. Por otro punto, sobre los llanos de Cartama, al fluor del Guadalhorce fertilizados, los brazos de las parras cargadas con trasparentes racimos apóyanse, ya en los verdinegros olivos abrumados bajo el peso de las gordas aceitunas, ya en los almendros destilando bien olientes gomas y abriendo sus verdes zurrones para dejar caer al pie de su lustroso tronco aquellos leñosos productos guardadores de tan dulce gallón. Y no hablemos del nopal y sus espinas brillantes, de la pita y sus candelabros airosos, del girasol y sus circulares flores amarillas, de las adelfas y sus purpurinos ramilletes, de las moreras con hojas tan lustrosas y tan resistentes como la seda que producen. ¡Oh malagueñas cañadas, defendidas por castillejos y atalayas, que los rayos del Sol bruñeran a modo de corales; pobladas por muchedumbre de villas felices que cien alquerías circundan; vestidas por arboledas, que los manantiales de la lejana Sierra Nevada riegan; con las huertas de cidros y granados; con los montes bravos, y agrios ceñidos todos de castaños y encinas; con el mar al frente, surcado por las oscuras naves, ostentando sobre sus tablas y entre sus palos y cordajes las blancas velas; con las almenaras, sobre las cuales se cimbrea la palmera del desierto; con sus cementerios, cubiertos de blancos túmulos, que sombrean los cipreses y engarzan los mirtos; arriba, Gibralfaro y sus dentadas almenas y sus torres cuadrilongas o circulares destacándose como diademas de rubíes en los cielos azules; abajo, por un lado la grande Alcazaba, y sus puertas de bronce y sus estancias embutidas de marfil, y sus patios llenos de surtidores; por otro lado las Atarazanas con sus talleres náuticos y sus almacenes interminables; por todas partes, las mezquitas, ocultas entre los follajes de umbrosos jardines, coronadas por sus minaretes, donde los azulejos de metálico resplandor se incrustan, como para romper y rebotar la luz cual facetas múltiples de piedras preciosas, y extender por todas partes la magia y la hechicería del Oriente!

Unid a todo esto las alcaicerías con sus bazares, las alhóndigas con sus depósitos, los baños con sus bóvedas sembradas como de luminosas estrellas, los alcázares con sus pavimentos de mármol y sus artesonados de alerce, las juderías con sus santones y con sus sabios, los arcos finísimos de litúrgica herradura, los puentes guardados por fortísimos y airosos torreones, los haitás, o sitios de los clamores, donde convocaba el muecín o muédano los fieles a las plegarias, las plazoletas apercibidas para las zambras, las fábricas de las manufacturas prodigiosas en cuyos telares se urdían tisúes de oro y sedas, almangías o trajes de brocados, almocetas de lino, alfamares de terciopelo, el curtidero y tenería que adobaba las pieles y tafiletes de brillo deslumbrador, el horno en que se cuajaban los trasparentes vidrios, las alfarerías en que la incomparable arcilla malagueña tomaba todas las formas imaginables en porosas alcarrazas, en ollas embetunadas con arte grandísimo, en azulejos semejantes a joyeles, en jarrones de graciosa tracería, de asas geométricas, de toques azules parecidos a turquesas, de áureos o argénteos reflejos, y por último el puerto a que arribaban las orientales embarcaciones para llevarse higos secos, almendras dulcísimas, azucaradas pasas, zumos que sugieren sueños en el harén y aromas y esencias que embriagan a los voluptuosos hijos del Profeta.

La poesía destilaba inspiraciones en aquel sitio como destila mieles y cera la colmena. Amer cantaba con tal inspiración y en versos tan elegíacos a su amada, que sus canciones se repetían por oasis y aduares, entre beduinos y berberiscos, al son de las guzlas, tanto en los fatigosos viajes como en los placenteros ocios de las errantes caravanas. Las juderías engendraban allí hombres como Chemirol, a quien impugnara Santo Tomás de Aquino. Mahomet I, fue amigo del escritor Said; y Ovada, el gran poeta ilustró la corte de Almanzor. Zafilla, poetisa del siglo undécimo, llenó aquellos aires de suavísimos versos. ¿Pero a qué fatigar estas páginas con el peso de tantos nombres ilustres? Baste decir que los comentadores de libros sacros, no tenían número; que las altas torres ostentaban por las calladas y serenas noches intérpretes numerosos de los secretos del cielo; que las chimeneas de los alquimistas humeaban por do quier el vapor de las químicas misturas; que los matemáticos enseñaban el cálculo a discípulos innumerables venidos del África, y los naturalistas, las varias particularidades así de las flores del campo como de las aves del aire; que los profetas predicaban al ingreso de las mezquitas; que los músicos con sus varios instrumentos concertaban indecibles armonías; que legiones de peregrinos iban a su seno en pos de la virtud y de la ciencia y legiones de sabios salían de su seno, para explorar el mundo y traer noticias de regiones remotas tras viajes difíciles; que sus escuelas contribuían igualmente a la cultura del Magreb o África y al esplendor de Andalucía; que su nombre, con fulgores inextinguibles y deslumbrantes brillaba con brillo excepcional en los anales de la inmortal cultura hispano arábiga, junto al nombre de Córdoba y de Granada y de Sevilla y de otras imperecederas ciudades. De tal poderoso y rico centro llamaban al Sultán Hacem para que pudiera ejercitar así la fuerza de su brazo como la grande actividad y vigor de su poderosa inteligencia. Maldecido por su mujer Aixá, destronado por su hijo Boabdil, puesto en fuga por aquellos abencerrajes mil veces conducidos a los combates, errante de castillo en castillo y de breña en breña por los desfiladeros de las riscosas Alpujarras, cuando parecía conjurarse todo el Universo en daño suyo, aún le quedaba para resarcirse de tantos contratiempos, el valor y la fidelidad incomparables de la bella Málaga.

Bien pronto el terrible desastre conocido con el siniestro nombre de rota de Málaga vino a favorecer al infeliz Hacem, y a mostrar cómo no se consentía ni en las mayores desventuras a sí mismo, punto de reposo. Cualquier otro, que no hubiera sido él, bien desalentado por la ingratitud manifiesta de su pueblo, bien roto y vencido por los múltiples halagos de su corte y los muchos placeres de su harén hubiérase dado a epicúreo y tranquilo reposo, tanto más cuanto que lo iban pidiendo ya sus fatigas y sus años. Mas Hacem, parte por necesidad imprescindible de movimiento y de pelea, parte por empeño en mostrar a los granadinos cómo cambiaran varón fuerte por mozo afeminado y débil, salía diariamente a las comarcas cristianas en pos de luchas continuas y tornaba sobrecargado de trofeos y despojos a su feliz guarida. Con tales artes taló mil veces los campos inmensos que se dilatan desde las espaldas de Gibralfaro hasta el Peñón de Gibraltar. Una temeridad increíble de los cristianos, prestóle, si no a su persona y a su reinado en las historias, a su prestigio circunstancial de aquellos días, grandísimo renombre. Varios nobles andaluces, adelantados alcaides, maestres, habíanse reunido en Archidona con ánimo de combatir al implacable Hacem, que acababa de arremeter contra Teba y de desmantelar a Cañete. Algareaban de un lado, los moros, y no había otro remedio sino que algarearan por su lado los cristianos también. Y como quiera que hubiesen vencido a guarniciones, como la célebre de Alhama, y tomado reductos como los inexpugnables de Archidona, parecíales cosa fácil romper a una por tierra de Málaga, llevando talas a sus campos, incendios a sus alquerías, terrores a sus habitantes. Para marqueses como el heroico de Cádiz, para condes como el de Cifuentes, para alcaides como el de Antequera, para adelantados como el de Andalucía, para mesnadas como aquellas precedidas por adalides expertos, acompañadas por acemileros numerosos y compuestas en su mayor parte de almogávares invencibles, no había cosa tan fácil como acometer con impremeditación una terrible algarada sin salida. El maestre de Santiago, aconsejó amenazar a Málaga por el sitio inexplorable para los cristianos en aquella sazón de la Ajarxia, donde les brindaba el suelo feracísimo con abundantes despojos de guerra y de combate. Larga la distancia, fatigoso el camino, enriscada y fragorosísima la sierra, abrumador el fardaje, desproporcionado al número entre la caballería y la infantería, estrechas las cañadas y cruzadísimas de malezas, intrincados los matorrales, inaccesibles por los surcos que ahondaran lluvias recientes las veredas, yermos los campos y desprovistos de la codiciada ganadería, despobladas las habitaciones de donde se habían huido los habitantes o bien a sitios fortificados o bien a las cavernas de los brutos, tal expedición solo podía tener un luctuoso desenlace y solo podía contarse de seguro entre las nefastas rotas que de vez en cuando eclipsaban y oscurecían las conquistas cristianas. La intuición y el instinto de los moros alcanzaron bien pronto a comprender la difícil y peligrosa posición de los cristianos.

En efecto, mientras estos se hundían por los barrancos, en cuyas hondonadas iban bullendo las ramblas de madre salidas, por ser mes de turbonadas el mes de Marzo, los moros subían a las alturas como verdaderas águilas; y desde las alturas se aprestaban a lanzar todo cuanto pudieran mover sobre los desapercibidos cristianos. Cataratas de tierra, moles de gigantescos pedruscos, colosales troncos de árbol que mataban, en el ímpetu de su caída, cual rayos fulminantes de las nubes, lluvia espesísima de ponzoñosas saetas, cuanto puede amontonar el coraje de los montañeses erguidos sobre sus riscos en tropel, rodaba fragoroso con estallidos tonantes como de una tempestad infinita sobre las legiones cristianas. Jamás se notó ardor igual en las peleas entre las contrarias gentes de moros y católicos. Vióse a las recatadas mujeres del Islam salir de sus harenes armadas de espingardas y ballestas. Propietario hubo que abrasó los árboles de sus haciendas convirtiendo sus suelos en horno de cal solamente para consumir en el fuego voraz de las improvisadas hogueras a sus odiados enemigos. Tuvo la retaguardia, mandada por don Alonso de Aguilar, que retroceder ante los obstáculos promovidos a su paso y replegarse hacia donde se hallaban el marqués de Cádiz y el Maestre de Santiago con las principales mesnadas. El mar enfrente, las inaccesibles colinas humeando a la espalda, el aire cargado con una especie de pedrisco espantoso, las cañadas presa de voraz incendio, el moro ensoberbecido redoblando sus ataques, el mesnadero ignorante de la salida, tanta y tan grave complicación trajo una de las más espantosas y más nefastas catástrofes que recuerdan los anales de nuestra épica historia.

Aturdidos por el estruendo, acosados por el empuje de los contrarios, metióse la hueste nuestra en estrecho valle conocido con el nombre de Peñón, donde no le quedaba recurso alguno por estar su cabeza y sus flancos en poder de los sarracenos, más emperrados en combatir a medida que les halagaba y sonreía con mayores logros la victoria. Diríase nuestro ejército un montón de trigo puesto bajo una rueda de moler, según lo trituraba y convertía en polvo la lluvia de proyectiles desprendida con furor desde las inaccesibles alturas. En tan tremendo trance, acabó por completo el orden de formación, rompiéronse las leyes de la disciplina; las diversas jerarquías se confundieron todas en la catástrofe; no hubo ni voluntad para el mando en los capitanes, ni ánimo para la obediencia en los mílites; y aquella legión de audaces guerreros, tan altivos por su prosapia y valor como resplandecientes por sus recuerdos y por su gloria, convirtióse a una en manso ganado de resignadísimos borregos, prontos a la inmolación y seguros tan solo de la próxima irremediable matanza. No se podían valer los unos a los otros, entre las sombras de la noche solo interrumpida por el rojizo reverberar de los incendios, y entre las griterías de los moros acompañadas por el rumor de las flechas saliendo de las ballestas y por los tiros de las tonantes y fragorosas espingardas. Los freires del maestre caían yertos a su alrededor; el caballo montado por el marqués de Cádiz, precipitábase mal herido por las espantables y hondas estrechuras; los pendones ilustrados en cien combates viéronse caídos por las breñas; huyeron los héroes de las guerras, aquellos que jamás quisieran mostrar sus espaldas al enemigo. El pánico se apoderó de todos, y plañíanse los fuertes e invencibles como débiles plañideras alquiladas para llorar en los entierros. Moras completamente solas apresaron pelotones de soldados en armas. Cuando los alarbes corrieron a las pesquisas, encontraron gentes valerosísimas, que locas de dolor, les pedían de hinojos y sollozando la vida. Cuesta de la Matanza, denominóse desde aquel entonces el repecho de tal carnicería. De tanto ejército nada quedo apenas, pues los más murieron, los menos se dispersaron; y una parte considerable cayó cautiva, dando los nobles con sus rescates ocasión al Sultán Hacem para sumar mayores riquezas a las muchas que había recogido y atesorado en sus continuas algaradas.

Entre tanta desgracia y tanta desolación, solo un caudillo se mantuviera firme y de pie, tendiendo en torno suyo cuantos moros se habían arriesgado a desacatarle y herirle. Y quien así, en medio de aquel desastre, contrastaba el destino y conseguía con su firme voluntad superar a la misma Naturaleza contra los cristianos subvertida, no era otro sino Illán, resuelto, en su pasión por Zoraya, que le había costado toda la felicidad futura de su vida y de su ser, a terrible venganza. Castellano, católico, guerrero, Illán había peleado por su patria, por su religión hasta entonces; pero desde la terrible hora, en que Zoraya le abandonara por un mahometano, uníanse a todos estos móviles de guerra el móvil de su desquite. Suspiraba por subir a las torres de los palacios árabes en alas del combate, y entrando en el camarín, donde se hallara la perjura, decirle todo el mal que le hiciera; y mostrarle cómo, habiendo llegado hasta ella, cuando reina, llegaría a mejor cuando cautiva, resuelto como estaba, desde la jornada nefastísima de Martos, a consagrarse a su defensa. Quería con su voluntad incontrastable, ya que abandonara Isabel de Solís el nombre de sus padres, el sitio de su cuna, el culto de su Dios por un moro, llevarla en cautividad con sus hijos musulmanes al castillo de Martos, a las ruinas de su iglesia, para ver si le aterraban más aquellas piedras, de las cuales no había borrado el viento y el agua las señales de los incendios y de las matanzas, que su conciencia sin remordimientos. En tal estado y situación de animo, bien puede comprenderse, cómo Illán, quizá el único guerrero entre todos, que despreciaba la vida, no había encontrado la muerte. Los enemigos, con ese instinto que la propia conservación despliega de continuo en los supremos trances, diéronse de ojo para no llegar hasta donde se hallaba tan valeroso héroe, y él pudo, cuando ya todo estaba perdido volverse a la triste Antequera salvo y libre, llevándose consigo algunos espeados y heridos, a quienes había salvado con su esfuerzo y fortalecido con su ejemplo. Pero no retrocedió sin jurar, que volvería cien veces a ir donde hallase a Zoraya para realizar el único anhelo que ya le quedaba en la vida, su resuelta venganza.

Capítulo XVII

Encontrábase Aixá en el aposento cercano al patio de los arrayanes, donde solían los reyes de Granada celebrar sus audiencias, cuando le llega la noticia de lo acaecido en Málaga. Saberla, y nublarse la frente y los ojos de aquella mujer extraordinaria, obra fue de un minuto. Su gran talento comprendió en seguida cuán triste y nefasto resultaba el triunfo de los muslimes a su familia y a su gobierno. Dada la perplejidad completa del pueblo granadino, que sintiendo próxima su muerte, buscaba los más desesperados remedios, como todos cuantos individuos o colectividades se hallan a sabiendas en la última terrible agonía, cualquier afortunado por el acaso que pudiera presentar una sonrisa de favor en cualquier trance más o menos sangriento, de la política o de la guerra, sustituiría fácilmente al desdichado Boabdil, falto de timbres heroicos en su breve historia y de hazañas en su voluptuosa y joven vida. Lo mismo el viejo Aliatar de Loja, que llevaba setenta o más años de combate con el histórico enemigo de su raza, que aquel Zagal de Málaga, tan favorecido por la victoria, sin contar los héroes que trajera el oleaje de los hechos y la vuelta de Hacem, jamás de su corona despedido, cualquiera estaba en actitud propicia para ir en alas de la guerra incesante al palacio de los nazaritas y recoger en su pavimento, ayudado por la primera facción en armas invenida por casualidad al paso, la rota diadema de Granada. No se gobernaba, ni se pudo gobernar nunca en los reinos musulmanes con los títulos de la herencia solamente y con la posesión de un trono, cuyas raíces combatían los terremotos y cuya copa los huracanes, precisaba merecer el gobierno sosteniéndolo y conservándolo con la prudencia en los consejos y con la fuerza en los combates. Al saber Aixá la fortuna de su esposo en Málaga, y compararla rápidamente con la indolencia de su hijo en Granada, comprendió cuán horrible procela venía desde los Despeñaderos de Las Matanzas a la Cuesta de los Gomeles, y cómo necesitaba su hijo dar pruebas de un valor heroico, para contrastarla y para vencerla. A tal reflexión sucediéronse lógicamente y en tropel todas las resoluciones demandadas por lo grave de aquellas terribles circunstancias. Boabdil debía correr a la frontera cristiana y ganar una victoria sobre los enemigos del Profeta, no tanto para conjurar los progresos del pueblo castellano como para conjurar la soberbia del Sultán granadino. Por pocos recursos que tuviera, por pocas fuerzas con que contara, debía Boabdil acometer empresas guerreras, y triunfar, a fin de poner sobre su corona reciente y disputada los esmaltes de una victoria, sin la cual no llegarían a columbrarla sobre sus sienes los vasallos. Salir y salir pronto por cualquier camino para empeñar un combate fuese donde fuese, y con cualquier enemigo cristiano, por la casualidad en las fronteras más cercanas deparado, tal debía ser el propósito de Boabdil a toda prisa y a toda costa. Con aquella rápida ojeada propia de su inteligencia, con aquella prontitud tan reconocida en su voluntad, con aquella resolución de su enérgico temperamento, Aixá, persuadida ya profundamente de lo que debía intentarse y cumplirse, dirigióse a las estancias de su hijo, encerrado, no como ella en la sala de los consejos, encerrado en la sala de los placeres.

Pasó de uno a otro extremo del palacio, atravesando el patio de los Leones para entrar en el mirador de Lindaraja, verdadero santuario, donde pasaba la mayor parte de su vida Boabdil, en compañía de Moraima. Los alabastros de las tazas por donde las aguas clarísimas, provinientes de los manantiales níveos en hilos se destrenzan; los mármoles empotrados en las paredes y en los suelos de tan varios colores; los azulejos que compiten por brillo y esplendor con los aderezos deslumbradores de ricas pedrerías; las albercas engarzadas en mirtos, azuzenas y rosales ofrecen a la vanidad femenil espejos tan bruñidos como los venecianos cristales; pero Aixá no se miraba en ninguno, convertidos como tenía los ojos de su cuerpo y los pensamientos de su espíritu a la continua contemplación del combate, así guerrero como político, impuesto por el hado a su familia. Ciertamente no participaba esta de sus cavilaciones. Apenas había franqueado Aixá la puerta del salón, que se llama hoy de las Dos Hermanas por las marmóreas magníficas losas de su rico pavimento, cuando pudo advertir cómo el júbilo y el placer se paseaban por las encantadoras habitaciones de Boabdil. Sobre aquellos suelos que parecían bruñidos cristales; entre aquellas paredes altísimas, donde cal y piedra tomaban los colores y dibujos de orientales tapices; bajo las rotondas alzadas sobre zodiacos bellísimos de incrustadas leyendas, y parecidas, o bien a firmamentos fantaseados por la imaginación de un poeta delirante, o bien a las grutas donde se cuajan las perlas y se doran las estrellas y se carminan los rubíes y se enverdecen las esmeraldas; oíase la canción báquica del placer voluptuoso, acompañando, concertada con orquestas reclusas en las altas tribunas, el cadencioso baile de las odaliscas, semejantes a huríes descendidas del edén mahometano, que danzaran sobre la Luna llena en la inmensidad de cielos aromados por embriagadores perfumes. Aixá no pudo contener la manifestación de la contrariedad que lo causaba el estado tristísimo del reino, la vacilación del trono, la inminencia de nuevas guerras civiles y nuevas irrupciones cristianas, mientras los reyes legítimos y verdaderos de Granada se daban al placer y huían de la política, cual si rigiesen un Estado solidísimo y sólidamente puesto por la fortuna y por la Providencia sobre bases indestructibles y no sobre aquellos tumultuosos y encrespados oleajes. ¿Pero qué sabían la pobre reina mora y el infeliz rey Chico de cosa ninguna fuera de su amor? El rey Hacem lo menospreciaba, si no le aborrecía, en el entrañable odio profesado desde los primeros días de su matrimonio, a la implacable Aixá; y esta misma, fuera de su sexo casi por su energía y por su valor, fuera de la realidad por ambiciones desapoderadas, había tenido como secuestrado a su mayorazgo en el harén, recelando, taimada y traicionera, que si crecía en fuerza e inteligencia, quisiese corona y autoridad para él, no para su madre. En la historia del mundo solo hay un personaje que pueda compararse con Aixá, y es Livia, la mujer de Augusto, la madre de Tiberio. También Livia conspiraba contra su marido y contra la superioridad inevitable del esposo y del César, pero con más rebozo y con menos violencia que Aixá la Horra, sin duda porque Augusto le guardaba mayores consideraciones que las guardadas a su mujer por Hacem, y porque Augusto no se oponía de ningún modo a cuanto Livia tramaba con el propósito firme, al fin logrado cumplidamente, de que pasase la corona imperial a su idolatrado hijo Tiberio. Pero este, persuadido interiormente de que jamás reinara sin el resuelto auxilio de su madre, no podía sufrir el imperio de mujer tan soberbia y se ahuyentaba en todo lo dable a su influjo y sacudía todo lo posible sus tremendas imposiciones. Algo análogo de lo sucedido con Tiberio sucedía con Boabdil, aunque por bien opuestas razones y por bien contradictorios motivos. Mientras el César de Roma se quejaba por la triste nulidad a que las ambiciones de su madre lo condenaba, el Sultán granadino se plañía siempre que su madre lo incitaba con imperio a llevar su mano, o bien a la nominal corona que resplandecía en sus sienes, o bien al inútil alfanje que centelleaba en su costado. Así, al presentarse Aixá, indicando en su porte y en su mirada llevar negocios del reino al tabernáculo del placer, Moraima y Boabdil se conmovieron a impulsos del mismo sentimiento.

—¿Cantáis y danzáis? —preguntó la Sultana con aire de indignación a sus hijos.

—Matamos el tiempo —exclamó Boabdil tímidamente.

—Si dijeras matamos el trono, hablaras más a derechas —observó con acritud Aixá.

—El trono está bajo tus plantas todo entero —dijo Moraima y con la satisfacción completa de tus hijos.

—¡Bajo mis plantas! Pues lo siento vacilar y vengo a pediros que lo apuntaléis.

—Ordena, manda —murmuró Boabdil tímidamente.

—¡Oh! Si pudiera yo, en vez de ordenar, hacer, bien sabe Alah que cobraría este reino de todos sus enemigos, conduciéndolo a puerto.

—En tus manos he depositado mi voluntad, madre mía —dijo Boabdil..

—No basta eso... Precisa para mandar en el pueblo nuestro tener prestigio adquirido por el propio mérito que levantar sobre los privilegios heredados de nuestros abuelos, y no consienten de ningún modo las creencias o las costumbres árabes a mi sexo el poder alcanzado por mujeres como Semíramis en Babilonia, Debora en Israel, Cleopatra en Egipto. A lo más que puede aspirar una reina mora, cuando topa con marido rebelde como el mío, como Hacem, es a imperar sobre un vizir, como el que aterró a la cristiandad e ilustró a la morisma, sobre un vizir como Almanzor. Mil veces registrando las historias, me lamento y duelo de no haber nacido en aquel reino de las Amazonas, donde se cortan las mujeres un pecho para indicar fortaleza, y viven a caballo, blandiendo su lanza en perdurables combates.

—Ya lo creo. Hacem, mi padre, me confesaba que no reconocía en ti esposa para el harén sino copartícipe para el trono.

—Mas hay ciertos ejercicios prohibidos a las mujeres, y ciertos ministerios que no puede cumplir nuestro débil sexo. Y al llegar ahí necesito de ti, Boabdil, primogénito mío, necesito de ti.

—Pues dispón todo cuanto quieras.

—Sí, todo cuanto quieras —exclamó la bella Moraima, todo, menos que nos separemos tú y yo, ni por un minuto, Boabdil.

—Pues casualmente, a eso vengo, a separaros.

—No me digas tal cosa —exclamó la enamorada Moraima con profundo y verdadero dolor—. Más fácil es a un árbol vivir sin raíces que a mi corazón, a este ardiente corazón mío, vivir sin su esposo.

—Moraima, para conseguir tal desvariado deseo de no apartar a tu compañero del harén, debiste casarte con un cautivo, no con un monarca; y recluirte dentro de la tierra y sus entrañas, no en el palacio de los nazaritas erigido al poder y a la soberanía que piden los cuidados así de la pública gobernación como de la continua guerra.

—Mira, Dios lo ha querido. A la manera que ha pareado las avecillas inseparables en los aires, ha pareado las almas de tus dos hijos en el palacio; y no pueden apartarse de ningún modo sin morir o entristecerse como la tórtola viuda cuyos arrullamientos parten de pena y dolor nuestros corazones, por soñar con todas las tristezas de una desesperación lenta y dulce, mas, por su misma lentitud y dulzura, suicida. Piedad, Aixá, de tus hijos, piedad por Dios.

—Calla, Moraima —dijo Boabdil, reteniendo en su diván a la Sultana esposa, quien iba disponiéndose para lanzarse con verdadero arrebato a los pies de la Sultana madre, y pedirle de hinojos que alejara una separación quizás impuesta por regios deberes superiores a su amo.

—Debes quererlo apartado, si es necesario, de ti; pero poderosísimo y horro sobre su trotón de guerra, y bajo su corona de rey, y no perfumado aquí por los pebeteros, que tus manos atizan, para caer luego en el destronamiento, en el deshonor y en el sepulcro.

—Tiene razón mi madre. Soy rey de Granada, y el cargo que desempeño en el mundo, me impone deberes excepcionales así en los consejos de este palacio como en los empeños de la guerra.

—¡Oh! No. Tú solo tienes un deber, amarme. Tú solo debes curarte de un reino más espacioso que toda la comarca granadina, de mi corazón; tú has jurado consagrarte al harén como los derviches al convento; y prestarme culto como los sacerdotes a su Dios. Cuando te hablen de consejos, respóndeles que para los consejos guardas tus vizires; cuando te hablan de combates, respóndeles que para los combates guardas tus generales. Si quieres un generalísimo sin rival, llamemos a mi padre Aliatar, dispuesto en su Loja siempre a la guerra. Pero, ya que le dejas a tu madre toda la corona, consigue de tu madre todo el harén. Aixá, impórtanos poco la destrucción del reino a nosotros, con tal que podamos vivir bajo sus escombros abrazados. La partida reciente de Boabdil a Guadix, hubo de costarme la razón; su marcha hoy al combate me costará la vida.

—Alah se ha empeñado en castigar a su pueblo; y los juicios altísimos de Alah son inexcrutables y la voluntad soberana de Alah es inflexible. Dijo Aixá. Una Sultana de Granada, por cuyas venas corre sangre nazarita, quiere hacer del monarca y del esposo mueble fijo en el harén, como ese cojín donde se acuesta, o ese pebetero con que se embriaga, o el surtidor de los pavimentos, o el pajarillo enjaulado entre rejillas de oro. Boabdil no puede reducir la vida, que le concediera el cielo para bien de sus vasallos, a comer y beber y estar emparejado con su hembra como cualquier macho de cualquier especie animal reducido a comer y reproducirse. Aún si fueras una gacela, tendría tu marido que defenderte contra los leones o contra los tigres del desierto; si fueras una paloma tendría que disputarte a las garras del milano; eres una reina y ha de acudir a tu defensa en contra de los enemigos de su corona y en contra de los enemigos de su Dios. No hay otro remedio. Imposible que puedas tú despojarlo de sus alfanjes, de sus espadas, de sus escudos, de sus arreos, reduciéndole a vegetar aquí, cual arbusto de tus jardines para que sostenga tus goces y tus ilusiones. ¡Oh! Es un monarca y un guerrero. Lleva sobre su cabeza la pesadumbre de una monarquía, sobre su nombre la honra de una milicia, y no puede menos que reinar entre asechanzas, a cual más horribles, y combatir con enemigos a cual más implacables. Si le arrancas a este milano de las Alpujarras sus uñas, reiránse de él como de una gallina, y al poco tiempo se habrá extendido sobre su nombre tanto menosprecio que tú misma llegarás a detestarle y maldecirle rendida por la tristísima evidencia de que no puede, no, el deshonor ser amado en la tierra por ninguna verdadera mujer, y mucho menos si guarda la sangre de Aliatar en su cuerpo y pertenece por su nombre a la raza real de los granadinos sultanes.

—Moraima, tiene razón mi madre —murmuró con su natural reserva Boabdil.

—Podrá tenerla, si quieres, ante las leyes de vuestra ciencia o de vuestra política; no la tiene ante las leyes de mi conciencia, de mi naturaleza, de mi amor. El palacio de los Nazaritas, estimado en una maravilla hecha por los ángeles del Empíreo, me parece como vacía caverna de los desiertos cuando no lo habita conmigo mi Boabdil; pues las cavernas abiertas en los arenales del desierto habían de parecerme como el hermoso alcázar de los Nazaritas, si las habitara él conmigo. Esa corona que lo arrebata de mi lado y se lo lleva entre huracanes y tormentas a batallas, donde peligran su vida y su felicidad, esa corona yo no la quiero, pues sus preciosas piedras solo despiden rayos y centellas para herir mi corazón. Prefiero a un oficio que de mí lo separe, mendigar el pan de cada día por los aduares del desierto. La palmera sacudirá sus dátiles en las tortuosidades del camino; la fuente del oasis ofrecerá su frescor a nuestros labios; el Sol de África bruñirá las carnes de nuestros hijos hasta endurecerlas como el granito egipcio y permitir a su desnudez el paso por todas las estaciones y el desafío a todos los elementos; y apoyado Boabdil en mí contaremos a los viandantes compadecidos, al son de la guzla, en los arenales inmensos, cómo hemos dejado un trono y un reino a nuestras espaldas por no renunciar al amor. Y estoy segura de que no habrá honra como la nuestra en el mundo, ni seres más envidiados y bendecidos en la historia, que dos monarcas amantes, destronados por no haber querido en su pasión sacrificar ni un minuto de amor. Y así habremos coronado con un dolor eterno que compartirán cien generaciones, una elegía que repetirán de consuno, las artes y la historia de todos los pueblos, las desgracias mismas que tú crees fulminadas por el destino sobre la frente de nuestras razas y sobre el solio de nuestros mayores. Deja, pues, madre, a tu hijo en mis brazos, que se ceñirán a él como al tronco la yedra y no podrán jamás apartarse ni dividirse, confundidos como estamos por el amor y en el amor abrasados.

—Moraima, no delires. Todo extremo es vicioso, el amor que tú sientes por Boabdil, como el desamor a mí sentido por Hacem. Cuando viniste aquí sabías que penetrabas en palacio coronado por tempestades eternas y no en recatado nido de palomas arrullado por una paz perpetua. Tu marido es para el trono de la patria también, y no tan solo para el tálamo de su predilecta; es para la guerra con sus enemigos y no tan solo para el amor con su favorita.

—Justamente. Se atrevió a decir Boabdil, suspenso entre su madre y su esposa.

—Ahora mismo —añadió Aixá—, el deber lo reclama fuera de su palacio al campo de los combates. Ahora mismo se abre a sus pies una sima de que solo podrá huir y a la que solo podrá escaparse con felicidad saltándola montado en su caballo de guerra.

—No hables así, Aixá, no hables así Yo le dejaré montar ese caballo si me lleva en sus ancas y juntos caemos en el mismo precipicio.

—Ya sabes que no puede ser. Nuestras costumbres no lo consiente. Boabdil, tus enemigos acaban de ganar sobre los cristianos grande victoria en Málaga: tú debes correr al campo en demanda de otro análogo timbre, si no quieres que tal victoria sea tu eterna derrota, y tu definitivo destronamiento.

—Madre, haré lo que dispongas.

—Boabdil, ten piedad por Dios de tu esposa y de tus pequeñuelos —dijo Moraima, contemplando a Boabdil con una mirada tal como si quisiera en ella, en sus hondísimos senos, abismarlo y contenerlo contra el tirano imperio de su altiva madre.

—Déjalo cumplir con sus deberes, si no quieres verlo desgraciado en vida y maldito en muerte —Aixá exclamó, reconviniendo aún más con el gesto y con el acento y con el ademán que con el discurso a su tímida y atribulada nuera.

—Sí, déjame cumplir con mi deber —añadía Boabdil, pero sin moverse a ninguna decisión como, si obedeciera mecánicamente a su madre con la palabra, mientras con el corazón y pensamiento y voluntad permanecía como petrificado junto a su Moraima.

—Por Alah —dijo ésta, desprendiéndose del canapé oriental, donde se hallaba medio tendida, para caer a los pies de su implacable suegra—, por Alah, no permitas que Boabdil salga del palacio.

—Lo mando.

—¡Ay! mi corazón me dice cómo le aguardan hados bien adversos.

—No me importa.

—El amor me da visiones proféticas y presentimientos infalibles.

—No lo creo.

—Pues yo temo que tras esta salida no vuelva jamás a encontrar la entrada de su Alhambra.

—Pues yo creo que su cuerpo resplandecerá tras los combates como diz que resplandecen los cuerpos de los bienaventurados allá en el Paraíso y que su corona se compondrá de astros bienhadados por toda una eternidad.

—Creo más bien a mi corazón donde no entran las ambiciones humanas que al tuyo. Fíate, pues, de mis presentimientos, Aixá.

—Estás, Moraima, faltando a tus deberes de sultana, esposa, madre granadina, y Alah no puede prosperar tu pensamiento. Si hubiera casado a mi primogénito con una perra cautiva como Zoraya, no te diría jamás al oído las nefastas ideas susurradas por los labios de Moraima en este momento de prueba para todos los tuyos. Descíñete de sus brazos que te ahogan como serpientes y sigue la bandera del Profeta que te llama con sus colores. Cierra los oídos a todo reclamo que no sea el reclamo de tu conciencia y de tu deber. Y ve a combatir, Boabdil, por tu religión y por tu reino contra los infieles. Tu madre te lo ruega, pero Dios te lo manda, y la mujer que por un falso amor se opone a la voluntad manifiesta de Dios, será consumida, como una pobre arista en la inextinguible voraz lumbre del infierno. Boabdil, al combate, como Dios manda... al combate.

—Obedezco —dijo Boabdil, irguiéndose al imperioso mandato de su madre, y aprestándose a ir donde su madre lo enviara, sin dejar por eso de convertir los ojos compasivos al dolor de Moraima—: que la debilidad produce una sombra en la vida, sombra llamada incertidumbre.

—Por Alah te ruego, madre mía —dijo Moraima, tan resuelta de suyo como incierto su esposo—, por tu hijo por tus netezuelos, por todo cuanto puede tocar en el corazón de una mujer y de una madre, que no me arrebates mi Boabdil, porque tanto valiera quitarle al pecho su aire y al corazón su movimiento y su sangre. Yo, en los días de su ausencia me muero, y no consigo, con morirme, la insensibilidad y la inercia de los muertos. Coge un puñal y atraviésame compasiva el pecho. Abre las sepulturas de nuestro panteón y entiérrame dentro de cualquier tumba, muy preferible a mi lecho vacío y viudo. Yo nunca he querido, ni tronos ni coronas; solamente amor he querido, y solamente amor aguardo y espero del que hiciste mi esposo, no fortuna, no poder, no riqueza. ¡Oh! Si Hacem y tú os amarais como Dios manda, reinaríais ambos en Granada, y no tendría mi joven esposo que ahuyentarse a las delicias de nuestra pasión mutua para caer en los cuidados del gobierno real, o en los azares del combate cruel. Déjalo, pues, a mi lado; y nombra tú el vizir que quieras, y entrega el ejército al generalísimo que más te plazca. En ausencia de Boabdil mis días nublados por una tristeza perdurable, mis noches azaradas por un eterno insomnio, mis ojos por nubes de lágrimas oscurecidos, mis caldeadas mejillas, mis trémulas manos, los martillazos del dolor en mi corazón amante y del corazón en mi pecho destrozado, los ayes agudos con que partiré hasta las piedras de mi camarín; todo esto debe decirte cómo a muerte me condenas, arrancándome de mi lado al hijo, que para mi amor tan solo engendraste y pariste. Prefiriera no haberlo conocido nunca, no haberlo amado, si había de traerme su amor esta pena, que ahora me abruma con su horrible pesadumbre. Piedad, compasión de mi. Que me matáis los dos, tú, Aixá, por imperiosa; tú, Boabdil, por complaciente. Yo te veo volver muerto, en hombros de tus capitanes, atravesado el pecho por una lanza infiel; y no quiero pasar de ningún modo por tan terrible dolor. Tomad, vosotros la corona, cedednos a nosotros el descanso. Combatid, reinad. A mi esposo le basta con mi amor. Compasión por Dios, compasión por el cielo de mí. Aixá con imperio señaló a su hijo la puerta del camarín, que Boabdil atravesó con indolencia, mientras Moraima se desceñía con furor de su tocado y se mesaba como una plañidera los cabellos entre sus siervas entristecidas o llorosas.

Capítulo XVIII

Abril florecía en los arbustos cargados de mieles y de aromas; cantaba en los arroyos, por el deshielo de las níveas montañas engrosados; amaba en los nidos, sobre cuyas pajas y lanillas abrían sus alas y lanzaban sus gorjeos las aves en celo y en amor. Entre tantas palpitaciones de la vida congregábanse los ejércitos de la destrucción y de la muerte. Siete mil infantes, mil quinientos jinetes, apercibíanse a la marcha, mandados, en su mayoría, por caudillos abencerrajes, resueltos partidarios de Boabdil. Las fronteras de Córdoba eran el término de aquella expedición, a la cual fiaban multitud innumerable de sólidas esperanzas cuantos árabes creían presa a los cristianos de un terror natural a la herida cruenta de sus desventuras en Málaga. Eran de ver los grandes cuadros que componían las gentes militares aquellas, unos armados de piquetas, otros de lanzas, otros de arcabuces, todos de diversos aprestos, aquellos cuadros de matemática regularidad, sobre cuyas tersas superficies ondeaban enseñas y banderolas de gayos colores, y de ricas sederías. Los cintos de aquellos soldados, a los cuales iban suspensas tales armas blancas y cortas como las necesarias para luchar cuerpo a cuerpo; los turbantes, coronados por insignias heráldicas, que aumentaban el guerrero fulgor; los escudos del grandor de un hombre, adornados con claveteaduras áureas; todas sus preseas dábanles tanto marcial aspecto a estos héroes y mártires del infortunio como el atribuido a los que intentaron la conquista de nuestra península y vieron siempre abrirse las grandes alas del fausto y apetecido triunfo sobre sus cabezas orladas por los pueblos y por la historia de inmarcesibles laureles. Vulgares supersticiones enlazan la cobardía de los individuos con la decadencia de los pueblos sin motivo y sin razón, pues a veces han menester de mayor esfuerzo y heroismo las causas sin ventura que las movidas por esos airecillos favorables y prósperos de la tornadiza y ligera fortuna, tan ciega en el reparto de sus graciosos beneficios. Los atambores, las chirimías, los gritos de mando, las vibraciones de los armamentos, el piafar de los caballos, el resuello de los infantes comunicaban al aire cierto ardor conocido con el nombre de bélico entusiasmo. Una explosión de tal efecto salió en clamores varios, de aquella multitud, como salen de los nublados tempestuosos chispas tonantes, al presentarse Boabdil caracoleando en su caballo de guerra. Era este negro como la noche, y llevaba gualdrapas de purpurinos brocados semejantes a los arreboles del ocaso. Parecía que al bruto le constaba lo precioso y excepcional de su carga, según sus cabeceos, y el aire de superioridad con que abría las narices para recoger el aire y fijaba los ojos en los otros caballos al recoger el Sol. Maravilloso, en efecto, aquel apuestísimo jinete caballero en su resplandeciente silla de montura como asentado en la sede soberbia de ambulante trono; y seguido por una cohorte de mancebos, los cuales reunían todas las ventajas y todas las bellezas de aquella privilegiadísima familia, congregada en torno del postrimer asilo, que aún al Corán quedaba en esta nuestra Península predilecta de sus ardorosos corazones. Boabdil parecía uno de los ángeles combatientes, pintados por Mahoma en las Suras, según relucían las incrustraciones de oro en el fino acero damasquinado de su brillante armadura. El peto y espaldar, la bordada marlota, el casco de cuyo negro fondo surgían cual signos luminosísimos las deslumbradoras cabalísticas letras dábanle aspectos de un ser, a quien el nacimiento regio y el trono altísimo prestaran ventajas, no arbitrarias y de convención, propias y naturales sobre todos sus vasallos. Quien lo viese allí, en aquel instante, observaría cómo desdeñaba los armamentos y los alardes y las milicias, fijos los ojos, en el alto mirador de la reina, mirador suspenso, en guisa de oriental kiosco, sobre las orillas del Darro, porque allí, en aquel sitio, estaba Moraima, con el rostro pegado a las áureas celosías para ver a su amado y maldecir una vez más su odiada partida.

Los presentimientos de la reina mora comenzaron a cumplirse, cuando todavía no se alongara el esposo muy largo trecho del regio harén. Funestos augurios le seguían, parecidos a los cuervos, que aletean sobre un cadáver abandonado en solitario campo. Habían todos los sabios de la ciudad subido a sus torres con el fin de leer horóscopos relativos a Boabdil, y ninguno encontrara celeste signo favorable al cuitadísimo jóven. Así, cada día, divulgábase más el apodo siniestro de desventurado, sin dicha, con que le conocía su familia desde su desastradísimo nacimiento. Salía por la puerta de Elvira, donde le aguardaban para despedirlo muchos santones, de los que creen conjurar con sus plegarias la cólera del Todopoderoso, salía, y brillaba con extraordinario esplendor. Daban aquellos rayos, tan luminosos y ardientes del Sol andaluz, en su armadura, y al quebrarse por las brillantes líneas y repetirse sus fulgores varios en el acero, parecían circundarlo con enjambres numerosos de soles descendidos para ofrecerle homenajes de cielos distantes e ignorados. Así es que al verlo de tanto esplendor circuido, iban todos a profetizarle felices auspicios, cuando un signo, bien infausto, heló en aquellos sus devotos la sangre. El caballo, tan dócil y sumiso, que había llevado la carga de su amo con tanta docilidad y obediencia, espantóse al clamoreo de las muchedumbres, y desbocándose ciego, estuvo a punto de arrojarlo, y herirlo, y hasta quizás estrellarlo contra las gruesas piedras componentes de las espesísimas paredes. Pero si a él no le estrelló, por milagro, quebró la brusca sacudida en mil pedazos aquella lanza de los combates equivalente al cetro de los consejos. Los santones, reunidos, cual apuntamos arriba, para verlo partirse y escudriñar su fausta o infausta suerte, aquellos santones pasados a su bando tras las escandalosas escenas de Hacem y de Zoraya, habían cumplido todos los ritos necesarios a ciertas adivinanzas, y lavádose con todas las abluciones prescritas en la santa liturgia, y vestídose hasta las camisas de rito y perfumádose con los aromas koránicos a fin de merecer al cielo, sordo para los profanos, tras oraciones repetidas y hasta inoportunas, alguna revelación. Así, en cuanto vieron aquella señal adversa, lanzáronse a los pies del caballo, y deteniéndolo, pidieron a una todos con grandes clamores al Sultán que no continuara su camino, y se metiera dentro de bosque cercano, donde resplandecía la tumba de un Mahedi, sombreada por olivos y cipreses, a reconciliarse con Alah, y apartar de su coronada frente con múltiples y continuas plegarias los rigores de la divina justicia. Santón hubo que creyó ver sobre la erguida cabeza y la resplandeciente cimera del joven viva lechuza, torvo animal, en cuyos ojos siniestros se mete y oculta el diablo, al perseguir a los fieles para empujarlos hacia los abismos de la desgracia en esta vida, o del infierno en la otra. No fue mucho, pues, que pueblo granadino y clerecía musulmana se juntaran en común súplica, pidiendo al monarca con clamores varios el desentimiento inmediato de la militar expedición y el regreso al regio palacio para remitir a mejores auspicios el intento de reanudar tan arriesgadas empresas. Boabdil no escuchó súplicas; incierto antes de las resoluciones, cuando alguna tomaba, siquier cediese a un ajeno impulso, ni carecía de valor, ni carecía de firmeza. Perseveró, pues, en su propósito, y siguió su marcha, dejando en dolor indecible a los entristecidos agoreros. Mas apenas diera en su camino algunos pasos, cuando surgía otro nefasto augurio, corroborador del precedente. Una zorra de mirada inteligentísima, hocico agudo y alzado con aire de baladronada y desafío, piel reluciente comparada por los orientales al crepúsculo, cola muy erguida y peluda, se corrió, con la sorna peculiar a semejantes animalejos, entre las huestes del ejército, y atravesando bajo la barriga del caballo real, ganó, libre y salva, su madriguera próxima, ilesa de cuantas flechas le asestaran los cazadores soldados. En las supersticiones asiáticas ocupa la zorra entre los cuadrúpedos lugar semejante al del búho y el mochuelo y la lechuza, entre las aves. Confunden los agoreros su piel rojinegra con los arreboles del ocaso y le imputan tristezas de muerte. Síguenla en sus costumbres, y al verla tan taimada y traidora, enemiga del día y amante de la noche, acechando siempre al gallo que profetiza y anuncia las alboradas para concluir con él y con su serrallo de aves útiles al campo y al hogar, considéranla como poseída por completo del espíritu maligno y registran su presencia en cualquier ocasión y lugar entre los peores y más funestos presagios. Por consecuencia, entristecidos, a causa de los indecibles males que desencadenara el hado en aquella ocasión sobre los nazaritas, apenábanse cada vez más al observar cómo la rota lanza, el fantaseado mochuelo y la ligera zorra predecían grandes e irreparables desgracias.

No tardaron mucho, aunque todo parecía sonreír por el pronto al real caudillo. En Loja se le unió Aliatar, padre de Moraima, tan excelente de suyo en el valor, como ésta su hija, en la ternura. Podía llamársele al viejo moro engendro de la guerra. Cercano a cumplir un siglo, vigilaba, cabalgaba, combatía, como el más robusto mancebo. Su actividad había hecho de Loja fortaleza inexpugnable contra los cristianos, seguro y presidio de Granada. Bien lo probó el mismo rey católico, levantando el asedio, que inútilmente le pusiera con sus mejores huestes, y remitiendo el rendirla definitivamente a esfuerzos mayores y a más hueste. Al verlo salir, en brioso caballo, con todos los arreos militares cargado; de todas las armas seguido; por briosas huestes acompañado; creyeron los mílites de Boabdil ver la victoria en persona. El viejo les conjuró a pernoctar en Loja para componer más a sus anchas el plan de campaña, y allí en Loja pasaron la noche. Discurrieron mucho en ella, y optaron por emprender correrías seguras en tierra de Córdoba, desguarnecida y abandonada entonces a causa de los recientes reveses cristianos y de las diezmadoras matanzas. Aguilar, Cabra, Montilla, Lucena se ofrecían a su codicia, coronadas de vergeles, que podían talarse a mansalva; ricas en trojes y en apriscos, donde con fortuna depredar a usanza mora, y recoger en despojos ensangrentados cuantiosísimo botín. Sobrecogidas a la descuidada por el tropel inesperado tan crasas comarcas, difícilmente podrían escapar en bien a la nocturna maniobra. Las aves de rapiña por los aires, las bestias carniceras por los desiertos, el tigre que acecha traidor sus víctimas, el chacal que machaca entre sus dientes los cadáveres, el insaciable león, la cruel águila, no pueden compararse con los ejércitos fronteros, que arrasan, en guisa de voraz langosta, las tiernas y apenas recién espigadas sembraduras; roban los dóciles ganados, combatiendo, como fortalezas agrias y ceñudas, a los inermes apriscos; incendian los caseríos y las aldeas en piras, cuyo fuego todo lo extermina y cuyas humaredas nublan de rojizos vapores el más claro cielo, después de haber desolado la tierra; y apresan, y cautivan, y encadenan a los habitantes, hombres, mujeres, niños, llevándoselos a las mazmorras; o bien para esclavizarlos perpetuamente y adscribirlos a sus servicios, o bien para venderlos y traspasarlos en bazares y mercados de carne humana, que tal cortejo de crímenes lleva consigo la guerra y más en aquellos tiempos tristes y durísimos. Al grito de sus caudillos la gente granadina se sació y hartó, virtiendo unas veces la sangre humana con implacable crueldad, y cebándose otras veces en los campos hasta dejarlos yermos so los estragos del incendio. Cualquiera creería, viendo el terror de los españoles azorados y la insolencia de los moros triunfantes, oscurecida la buena estrella de los nuestros, y prosperado, como en los tiempos de aquel Hadyib, siempre victorioso, que se denominó Almanzor, los astros favorables a la morisma. Cuantioso resultó el botín recogido en tan procelosa correría de los sorprendidos cristianos. Baste decir que su distribución y reparto no dio margen a competencias y a quejas, pues todos allegaron más de lo que podían conllevar, y todos sintieron satisfechos hasta los mayores desapoderados deseos. Entonces los atrajo el abismo recatado tras las primeras ventajas. Y convinieron en que no bastaba con haber talado campos, encendido alquerías y villorrios, cautivado y muerto pobres campesinos; precisaba cualquier empresa que pudiera ser más arriesgada y útil, como la toma de una fuerte poblada ciudad o villa; y pensaron todos a una en Lucena, proponiéndose rescatarla del infiel con facilidad e inscribirla con orgullo entre las glorias del reciente reinado de Boabdil.

El ingreso de tan joven monarca y apuesto caudillo en los campos de Lucena podía compararse, usando el habla de Oriente, a la feliz aparición de próspero y favorable astro en tranquilo y despejado cielo asiático. Todo le había sonreído hasta el momento feliz de aparecer ante la ciudad codiciada; y ya iba tras tantos logros de múltiples deseos y tras tantas cosechas de buenos sucesos, riéndose del terror mostrado por los santones granadinos y de los siniestros presentimientos sufridos por el corazón de Moraima. En el rostro de Boabdil, curtido por el Sol y el viento, que borraran la palidez enfermiza proviniente del placer y del harén, trasparentábase aquella salud, nacida del ejercicio constante, y aquella satisfacción en consonancia con el deber observado y cumplido, que tanto cuadran a la majestad y a la juventud. Su belleza increíble se realzaba y crecía en aquel varonil oficio de combatir, tan opuesto a la indolencia de su anterior vida, toda ella gastada en goces y sueños, como ebrio de los orientales bebedizos, con que las artes mágicas habían puesto debida sustitución al vino vedado por los preceptos del Profeta. Diríase, por lo apuesto de su talante y lo vistoso de su traje, que iba en pos de fiestas y no de batallas, el joven Sultán. Traía marlota de riquísimo brocado azul realzada con áureas escamas y muy ceñida en el delgado cuerpo; un peto con damasquinas cinceladuras brillaba fulgurantísimo entre los pliegues de amplio alquicel, albo como el azahar; en el costado, y dentro de una vaina purpurina sembrada de piedras preciosas, pendía, suspensa de cadenas valiosísimas, a manera de cinturón, espada bien ancha, con empuñadura por tan delicado modo esmaltada de colores varios y de líneas geométricas unidas con letras cabalísticas que importaba un imperio; la cimera le resplandecía en la cabeza como resplandece la encendida luz en los discos de los soles; y una lanza, muy semejante al rayo que fulminan los dioses, en la diestra mano y una grande adarga sostenida por el brazo izquierdo y realzada por embutidos artísticos de metales varios completaban aquel rico traje militar tan vistoso y tan propio de su oficio y de su rango. Un poco antes de que principiara la terrible acometida, esquivado y oculto, con sus mílites, de noche a los rayos de la Luna en espeso bosque, Boabdil se dirigió a los primates de su ejército, a los que hoy llamaríamos, según usanza contemporánea, el Estado Mayor general de sus tropas, encareciéndoles cómo necesitaban todos confiar en él para mejor servirle, y servir al granadino reino, haciendo morder el polvo en aquella lid a los eternos enemigos de su corona y de su fe.

—Ya sabéis —dijo, que buscamos la verdadera vía, en obediencia fiel a los divinos mandatos, y con sujeción a la omnipotente voluntad e infalible sabiduría de Alah. No seamos jactanciosos hasta ufanarnos con esperanzas que pudieran marrar, ni tímidos hasta creernos rotos aun antes de comenzar las porfías por nuestras anheladas victorias. La bóveda celeste da vueltas a su antojo sobre nuestras cabezas y no podemos acertar con sus mudanzas y cambios. Muchas veces aparece como nuestro seguro y otras muchas como nuestro calabozo. Ya nos acaricia como el jazmín cargado de aromas en primavera; ya nos coge y mata como el anzuelo que de las aguas extrae al pez. No temáis las contrariedades primeras a nuestro intento con que podamos tropezar en el camino de combates abierto ante los ojos. Vuestra voluntad firmísima logrará sacudirlas y conjurarlas como sacude la guedeja del airado león las moscas incómodas que le pican y le molestan. Necesito yo un timbre que poner en la corona recogida recientemente de nuestras guerras civiles; y necesitáis vosotros una razón que alegar para pertenecer a un bando, el cual, si no compensa con victorias las discordias en nuestra ciudad mantenidas, habrá perpetrado el peor de los crímenes, el de alterar inútil y baldíamente a su patria. No podemos, no, tener timbre que presentar al pueblo granadino como la conquista de esta ciudad, adonde marchamos, y que se aparece a nuestros ojos como una segunda Córdoba, ciudad santa y hermosa, tan llorada desde los terribles días de su infausta perdición por todos los muslimes. ¡Sus! Al combate, seguros que Dios pelea por nosotros. Donde quiera que nos hemos presentado, el cielo nos ha favorecido con despojos remuneradores de nuestros esfuerzos. Sigamos, perseveremos, ya que nacimos para guerrear, en la seguridad completa de que, al reinstalar en nuestro reino ciudad tal como Lucena, quizás abrimos el camino a la reconquista de todo el territorio andaluz. Que Dios escuche nuestras voces y prospere nuestras vidas, pues nuestros enemigos bien descuidados están y bien ajenos al golpe que les aguarda.

No estaban de ningún modo tan desprevenidos como creía el joven rey, tan ajenos a cuanto en derredor suyo se tramaba. Casualmente Illán, en quien parecía como reunido todo el valor español, apenas escapara salvo al desastre de Málaga, cuando corriera por todas partes reanimando los corazones y encendiendo el general deseo de continuar la guerra santa. Sí, tras un cruel desastre la fibra española se remonta con fuerza tal que ni desesperación, ni aun desaliento, entra en el pecho de nuestra heroica raza. Parecían el Asia y el África trasladadas por los simounes del desierto aquende las aguas del Estrecho tras la rota del Guadalete; y pobres montañeses, levantados unos en las cordilleras que azota el Océano y la niebla cubre; levantados otros en el centro de los Pirineos, impidieron tal desastre a Europa, y colocaron, en guisa de faros espirituales, por las cimas y alturas, aquellas iglesias y aquellos monasterios, donde se hallaban como encerrados los restos de nuestra religión y de nuestra patria. Cien veces pudieron creer nuestros padres que la reconquista retrocedía en su curso y se disipaba en irreparables desastres; ya, cuando los Abderramanes resplandecían en su Califato de Occidente asistidos por los ejércitos más marciales del mundo; ya, cuando los Almanzores llegaban de triunfo en triunfo hasta la Basílica de Compostela y remitían sus campanas como lampadarios a la grande aljama cordobesa, en hombros de cautivos; ya, cuando los Almorávides inmolaban en los siniestros campos de Alarcos, cual inocentes víctimas de un sacrificio, a nuestros príncipes y magnates vencidos; ya cuando un Mahedi, educado en las madrisas de Andalucía y de Syria, purificaba la fe con sus plegarias al pie del Atlas y reunía los invencibles almohades, sojuzgadores de las primeras ciudades nuestras; ya en mil otras adversas ocasiones, al golpe de tan rudos y horribles contratiempos, capaces de paralizar la voluntad y extinguir la esperanza en otros menos fuertes, pero no en los destinados así a vencer con su esfuerzo las huestes vomitadas por África y Asia sobre la tierra europea y sobre la civilización evangélica, como a descubrir con su audacia mundos guardados cual impenetrables secretos en los inesplorados y misteriosos mares. Illán representaba verdaderamente la constancia española y pertenecía de suyo a la estirpe de aquellos ínclitos varones, que no contentos con borrar el mahometano fatalismo de nuestro suelo, y rehacer y reconstruir la patria, estaban destinados a completar la tierra con sus descubrimientos y a enaltecer con sus hazañas apenas creíbles los anales de la humana Historia. Respondiendo a su carácter y a su tradición, así que vio Illán cómo nada podía esperarse ya en Málaga, curados los heridos que pudo curar, satisfechas las necesidades múltiples que tras un desastre como aquel pueden satisfacerse, corrió por las comarcas cristianas, y por los castillos y las poblaciones fieles, no solamente a consolar los deudos heridos por las matanzas recientes, a rehacer los ánimos, y empujarlos tanto al combate como al desquite. Un misionero por sus predicaciones, un santo por sus virtudes, un héroe por su esfuerzo, un mártir por sus penas, un verdadero político en los consejos, un gran general en las batallas, noble por su cuna y plebeyo por la confusión de sus sentimientos con los sentimientos del pueblo, aconsejaba Illán la necesidad imprescindible de mantener la guerra santa en sus conversaciones privadas y en sus arengas públicas, yéndose luego el primero al riesgo para retirarse tras las batallas, o ganadas o perdidas, el último siempre. Bien es verdad que mientras a otros les movían tan solo en sus empeños el patriotismo y la fe, a él movíale otro resorte de mayor impulso como los desdichados amores de su pecho y el deseo vivísimo de presentarse ante la mujer amada victorioso, y darle alguna vez en rostro con sus traiciones a la familia, y a la religión, y a la patria. En el pecho de Illán solo había una cosa nefastísima, su sed insaciable de venganza.

Llevado por todos estos sentimientos había conseguido que señores y pueblos fronterizos al moro se hallaran aparejados, así a resistir una irrupción del feroz enemigo, como en tierras del enemigo a emprenderlas si les pluguiese. Lucena, pues, hallábase preparada, y perfectamente preparada, por los consejos de Illán, al golpe, bien viniera del rey granadino, bien del Zagal malagueño, bien del mismo Hacem en persona. Era la madrugada del 20 de Abril, cuando los escuchas, expedidos a los cerros que confinaban con el reino árabe, dieron señales de avecinarse inminente peligro. Apenas, en guisa de nefastísimos astros, ardieron las cumbres de los montes con las hogueras tenidas entonces por señales, el plañido vocinglero de las campanas, tocando a rebato congregó los habitantes de Lucena en sus respectivas porciones, de antemano designadas, que todos sabían adonde acudir, cuando los reclamase la necesidad en observancia de sus capitales deberes y en requerimiento de un sitio propio a defender sus casas y sus iglesias amenazadas. Mandaba el célebre Alcaide de los Donceles, y asistíale Illán. Aquel resistía mucho admitir el combate, no habiendo llegado los auxilios pedidos con toda premura, en tan supremo instante, al conde vecino, al de Luque; pero Illán le aconsejó no vacilar un punto, en la creencia de que alcanzaban la mitad por lo menos del triunfo todos cuantos confiaban con esperanza y fe alcanzarlo. Y cuenta que aparecía el enemigo muy formidable, aun a los menos recelosos y más esperanzados, por haberse partido en tres fuertes amenazadoras divisiones, mandada la una por el abencerraje Ahmed, la otra por el invencible Aliatar, y la mayor por el mismo Boabdil en persona. Sentimientos diversos rompieron en la gente ciudadana, como acontece, por necesidad inevitable, siempre que se congrega multitud numerosísima, en la cual han de arder por fuerza muchas varias ideas y agolparse muchos encontrados sentimientos. No había remedio: mientras unos se impacientaban hasta romper por todo, y decidirse a salir en tropel, otros retrocedían y esquivaban el peligro, recluyéndose dentro de sus casas, como dentro de cerrados panteones, a esperar en silencio y con resignación la muerte. Para casos tales son los grandes ascendientes. E Illán ejercía todo el que naturalmente los genios extraordinarios ejercen sobre los hombres y sobre los tiempos. Así con doble influjo alcanzó a refrenar el ánimo de los impacientes y a mover el ánimo de los desalentados, impidiendo que los unos se arriesgaran a salidas procelosas y los otros se perdieran para la común defensa en el terror. Su consejo dado al buen Alcaide de los Donceles y por éste seguido ciegamente, fue dejar sin obstáculo a Boabdil con los suyos moverse a su antojo y acercarse al objeto de sus maniobras, para que ofreciesen más pecho, por menor recelo, al ataque, y cuando estuvieran cerca y a tiro llover tal lluvia de flechas y balas sobre todos ellos, que no pudieran muchos contarla. Y sucedió como había Illán previsto y presentido. Los acometedores corrieron a una con tal precipitación, y aproximaron sus cuerpos con tal descuido, que tapias muy aspilleradas, murallas ceñudísimas, casas convertidas en fortalezas, todas a la simple vista de fuera desguarnecidas, despidieron tal fuego, y de tan próximo, que los diezmaron, obligándoles a un retroceso no menos violento y rápido que la feroz acometida. El asalto, por tan fácil y seguro tenido, se cambió en cerco, especie de retrogradación en la empresa y de ventaja para el cristiano con tanta furia en los primeros empujes acometido. Rabiosos de retroceder y pregonar su imprevisión arremetieron los árabes con viñas y olivares y huertas. Había para llorar viendo las cepas con sus verdes tallos, los olivos en flor, los almendros con sus frutas tiernas y verdes brutalmente desarraigados en minutos de aquel suelo, que trasformaban con sus raíces y convertían en incienso de aromas con sus absorbentes y delicadas fibras llenas de olorosos y sabrosísimos jugos. Después de tal desahogo reunió a los primates de su ejército el Sultán, demandándolos consejos necesarios en tal trance. Todos estaban maravillados con razón de la inesperada resistencia, y así aconsejaron el envío de un embajador, que amenazase altivo a los sitiados, y diese tiempo a los sitiadores para reponerse del asombro y concertarse al nuevo ataque. La embajada se partió con instrucciones, las cuales revelaban más fuerza y más vida en las lenguas que en las armas de los muslimes.

Tamañas intimaciones arrogantes ocultaban recelos y aun temores de los que todo lo fiaban a sorprender y desconcertar con las sorpresas a sus enemigos. Alejado de su reino temerariamente con hueste desproporcionada en verdad a la empresa, Boabdil se veía en el caso de conminar a los mismos a quienes ya estaba imposibilitado quizás de vencer. La terrible amenaza de un degüello hacía con aires de vencedor el cuitado Sultán, al punto mismo de iniciar un retroceso. El Alcaide de los Donceles, asesorado sabiamente de Illán, comprendiendo cuán intenso terror latía en las arrogancias de palabra usadas por los muslimes, entretuvo y prolongó con arte aquella inútil conversación diplomática, cuyos incidentes le daban hábil espera en la necesidad, por que pasaba, de aguardar indispensables refuerzos a sus poco nutridas compañías y a sus no bien pobladas fortalezas. Un leal defensor de la ciudad, que sabía el árabe a maravilla, por haber pasado largo tiempo cautivo en las mazmorras africanas, Argote, nombre ilustre por todo extremo en los anales del reino cordobés, tomó de traidor máscara, suscitando esperanzas de comprar por oro aquel pueblo que no podían someter los sitiadores a hierro. Así andaban de tienda en postigo varios y sendos ofrecimientos, chismecillos de mujeres más que retos o mensajes de soldados. Y el tiempo corría, y los refuerzos, en la plaza esperados, a más andar se acercaban. Cuando ya estuvieron ciertos los lucentinos de la llegada, rompió Argote los disfraces mal de su grado vestidos en ley de necesidad; y concluyó por anunciar al sitiador la inevitable inminente rota. En efecto, apenas acababa de notificar tal esperanza, cuando vítores y alaridos, exhalados por la ciudad, campanas echadas a vuelo con regocijo, atambores a fiesta sonantes, clarines agudos, músicas más del triunfo que del combate, llenaron los aires, y pusieron espanto y miedo en el atribulado corazón de los antes ensoberbecidos sitiadores. Así volvieron los ojos al rico botín allegado hasta entonces, y temiendo arriesgarlo, tomaron camino de Iznajar una bien explícita retirada en requerimiento y busca de la segurísima Loja. Los sitiados hubieran salido solos, pues ya tenían prestas las huestes, requeridas las armas, puestos a su cabeza los jefes, si las fuerzas no llegaran de súbito a marchas dobles, mucho antes de lo racionalmente aguardadas, y no trajeran consigo la certeza matemática del triunfo. Venían, en efecto, por un lado los de Cabra con su conde a la cabeza, que traía el pendón de su casa y el fausto de su corte; por otro lado el señor de Zuheros con su escuadrón de apuestos y aguerridos jinetes; por otro el Alcaide célebre de Porras, mandando las mesnadas brillantísimas del de Luque, a quien sus achaques impedían erguirse a caballo, y participar de una contienda, en la que, sumado al valor la simulación, alardearon poco desde un principio con el fin de engañar a los granadinos, y sugiriéndolos falsas ideas respecto de su número y de su importancia, retenerlos con una retirada lenta y exterminarlos a mansalva. Para mayor felicidad y logro de tal estratagema, caso raro en Andalucía, una espesa niebla ocultaba respectivamente a los dos ejércitos sus sendas maniobras y marchas. Pero los moros se hallaban en territorio enemigo, mientras los cristianos en su propio territorio; y los espionajes, y los escuchas eran para estos cosa mucho más fácil y ventajosa, dada su imprescindible necesidad en toda batalla. Supieron, pues, los lucentinos cómo Boabdil echara pie a tierra en el prado de Ara, y al borde casi de una colina, recomendando a los infantes el descanso, indispensable antes de marcha larguísima y encomendando a los jinetes el cuidado asiduo de todo el ejército y de los ricos despojos que constituían el cuantioso botín. En tales condiciones los dos combatientes se hallaban al comenzar lo más recio y lo más decisivo de su campal pelea.

Bien pronto se combinó la fuerza y se arregló la hueste, que debía primero acometer al enemigo y convertirlo de sitiador en sitiado. Sigilo y silencio precedieron a todas las maniobras, facilitando la estratagema. El valeroso Alcaide de los Donceles, y su asesor, o compañero, el mártir Illán, aparecían, ya lo hemos apuntado, como generalísimos o jefes primeros de todos aquellos pueblos en armas. Tras los dos, muy apercibidos y serenos, iban tercios recién llegados en auxilio desde Baena y doña Mencía. La consigna para el apercibimiento y la concentración se dio con tal claridad y firmeza que algunos caudillos de los más renombrados llevaban sus armas desnudas con orden de inmolar en el acto al mílite, que, ardoroso, gritase, para espantar a los contrarios; o que, impaciente, corriera dentro de las filas, en pos del combate cuerpo a cuerpo, y del botín tomado por sí, como solían frecuentemente los mesnaderos feudales en tan duros tiempos. Solo en el sitio señalado muy de antemano, y a la voz convenida, exhalaron aquellas legiones cristianas el grito de Santiago que corriera en alas de nuestras guerras por la reconquista desde Clavijo a Granada. Y así como las fragorosas voces hirieron los oídos de la hueste árabe, hirieron la vista los pabellones aumentados fantásticamente por los pliegues de la niebla, o por las alucinaciones del sentido. Aunque habían comenzado la retirada, tuvieron que detenerse, amenazados por la terrible aparición, para defender, ya la retaguardia cuasi prisionera según le iban a los talones, ya el botín casi abandonado según lo cerca que se hallaban los recién aparecidos. La caballería, que resguardaba con celo a los infantes moros, volvió grupas de súbito y aceptó el combate con ardor. Paráronse los nuestros a pie firme, y respondieron al empuje con una serenidad imperturbable, presentando un frente invencible. Dos ataques dieron a los nuestros; y en los dos quedaron imperturbables los atacados, como si fueran una masa inerte de puro resistente. Más superior el enemigo en fuerza y número, convenía dividirlo en pelotones, para vencerlo y sojuzgarlo en luchas parciales que sumaran una victoria total. Encargáronse de tal ministerio el gobernador de Lucena y el gobernador de Santaella, lográndolo con amagar al centro y romperlo por medio de tal amago. Entonces Illán cargó sobre su frente con arrojo, y llevó al enemigo la confusión y el desconcierto con facilidad. En vano gritaban los caudillos árabes a sus gentes para que sus ánimos se confortaran y sus ojos vieran la importancia y número del enemigo que tenían delante. Los abencerrajes tan solo y varios pundonorosísimos caballeros escucharon la consigna y obedecieron sus términos. Los demás, unos por asalteados en varias direcciones; otros, por celosos en guardar cautivos y riquezas; muchos por aumentar con la imaginación el peligro y creer mayor el daño; todos, por sorprendidos, comenzaron amilanándose a una y concluyeron cayendo en ese impensado pánico, tan mortal a los ejércitos, tan disolvente de su organización, y tan horrible para su fuerza y aun para su vida. Pero el pánico llegó a dispersión, cuando los señores de Zuheros y de Luque, por unas cañadas emboscados, todas ellas cubiertas de copudas y viejas encinas, dieron orden de tocar clarines italianos, de muy agudos sonidos, cuyos encontrados ecos debieron resonar en las orejas de los rotos y vencidos como la trompeta del Juicio final. Es lo cierto que, subido el pavor a extremos de verdadero enloquecimiento, los amilanados se trocaron en dispersos, y emprendieron rápida fuga, en la cual chocaban los unos con los otros, haciéndose mucho daño entre sí todos, como sucede siempre que a la disciplina y obediencia en el ejército suceden el desánimo y la dispersión. Las respuestas dadas por unos clarines a otros en el trance aquel, según anterior convenio, aumentaron mucho el pánico, y dieron mayores impulsos a la fuga. Entonces los españoles, persiguieron sin descanso, y acuchillaron sin piedad a los vencidos, por ese furor que da siempre a los vencedores la reciente disputada victoria. El campo de Lucena debió llamarse campo de matanza o de carnicería, por los cadáveres que poblaban el suelo, y los cuervos que poblaban el aire. Pocos ejércitos han dejado tras sí tantos muertos como el ejército de Boabdil. Pero ¿qué fue de éste, llamado por unos el rey chico, por otros el rey desdichado? ¿Qué fue de Aliatar? ¿Qué fue del abencerraje Ahmed? Vamos a verlo en el capítulo siguiente, puesto que habíamos consagrado este a la célebre batalla de Lucena.

Capítulo XIX

La caballería mora pudo salvar a Boabdil, arrostrando las embestidas de la gente cristiana con verdadera serenidad. Pero a las huestes comandadas por Illán y los dos alcaides, así el de Santaella como el de Lucena, uniéronse bien pronto las huestes de los dos señores de Zuheros y de Luque, por tan inesperada suerte aparecidos, que se dirían abortos de aquel atormentado territorio. Desconcertáronse todos los caudillos agarenos, a excepción de los dos que más arriesgaban en aquel encuentro, y que más podían temer de la derrota o aguardar de la victoria: Boabdil y Aliatar. Aquel que, según usanza de su gente cabalgaba muy airoso a la gineta, apeóse de su caballo herido al llegar a las márgenes del torrente Martín, tratando con grandísimo arrojo de vadearlo, al par que se defendía con tenacidad, y sustentaba palmo a palmo sus disputadas posiciones. Muchedumbres de soldados maltrechos, y caídos, bien a los golpes, o bien a las fatigas y al cansancio, se descubrían por todas partes, aumentando así la desolación del campo como las angustias del vencido. Boabdil trataba de sostenerlos y alentarlos hasta ver si podía restaurar con su moral sus fuerzas; pero todo en vano, porque ningún terror se asemeja en lo desatentadamente medroso al terror de un ejercito asaeteado del pánico. El rey moro tuvo, pues, que acogerse a unas zarzas y a unas adelfas, las cuales entretejidas, bella, siquier naturalmente, formaban como una especie de gruta, y ocultar allí su tristeza y su rota. En vano se ocultó. Las espléndidas vestiduras, a su cuerpo ceñidas; la vibrante lanza, tan análoga con el cetro, empuñada por su mano; la increíble armadura damasquinada y reluciente, como si hubieran embutido en ella los astros del cielo; tantos pregones de su poder y de su alcurnia, debían traerle codiciosos apresadores, ganosos de comerciar luego con tan rica e inesperada presa. Y sin embargo, nadie sabía quién era, pues difícil presumir tanto arresto en el débil rey moro llamado el infeliz y el chico. Terrible lucha cuerpo a cuerpo, cual pudiera en cerrado torneo empeñarse, hubo por algunos momentos entre Martín Hurtado, regidor de Lucena, y el rey de los moros, aquel rey desdichadísimo, sobre cuyo brazo pesaba la suerte del último reino musulmán, ya casi extinto en el seno de nuestra península. Según la mezcla de codicia y heroismo, que caracterizaba las grandes luchas de aquellos tiempos, súbita escaramuza entre los soldados cristianos estalló alrededor del recién cautivo moro. Viendo sus preseas, quisieron varios alzarse con tan valioso rehén y llevárselo en la porción de su pertenencia. Especialmente los soldados de Baena y de Cabra disputábanse con furor al moro. Uno, entre los principales mantenedores de aquella disputa, lo llegó a poner la mano sobre el hombro, y Boabdil se defendió noblemente con su puñal y su cuchilla de semejante atentado. Llegaran las cosas a mayores, si no viniera el alcaide mismo de los donceles, y echando rojo lazo al cuello de Boabdil, no le declarara buena presa perteneciente a todo el ejército, aun sin haber conocido la persona de quien se trataba, pues no acababan de cautivar los lucentinos un rey, no, acababan de cautivar un reino.

¿Qué se había hecho entre tanto de Aliatar? Aquel guerrero, que parecía uno con su caballo, y que vibraba las armas como los dioses sus rayos, no envejecido, a pesar de acercarse a un siglo; ni desmayado so la pesadumbre de tantas adversidades como probaban a los suyos en aquellos tiempos; antes erguido y fuerte, al modo y manera de los victoriosos y de los felices, parecía destinado aún por la naturaleza, empeñada en conservarlo, a defender Granada y Loja durante los últimos trances de sus gloriosas vidas y en los últimos arreboles de sus esplendentes historias. Recogiendo a los más animosos y a los más fuertes, Aliatar pasó el torrente que no había podido pasar Boabdil, y creyó encontrarse ya en cobro, por muy próximo a ganar aquellos territorios propios, requeridos con grandísimo empeño y aliento en su rápida carrera. Seguíanle a mayor abundamiento varios veteranos, curtidos en los combates de antiguo y dispuestos a sostenerle con arrojo y tenacidad en todas partes. Quien ha pasado por las tempestades que Aliatar pasara en su vida sin consumirse, créese invulnerable al hierro, incombustible al fuego, dotado por la naturaleza de una como segunda perdurable vida. Solamente, pensaba en aquel entonces Aliatar, solamente la presencia del Ángel de la Muerte podía en su camino detenerle, y solamente un decreto del hado en su empeño aniquilarle. Había dejado a su espalda Iznajar, sitio último, postrero límite, adonde llegaban aquel día las arremetidas del vencedor, detenido a cada paso por las solicitudes atractivas de los despojos.

Pero el cielo habíalo dispuesto de suerte que no se salvase nadie a sus iras manifestadas en todos aquellos trances tremendos. Apenas habían traspuesto el torrente, y creídose ya salvos, aparecieron armados de punta en blanco varios señores castellanos, los cuales, calada la visera, erguidas las agudas lanzas, clavadas las espuelas enlos ijares de sus corceles, arremetieron a los enemigos recién hallados, con ánimo de apresarlos, aumentando así la innumerable muchedumbre de valiosos cautivos. Pero muerto, y solo muerto, hubieran podido coger al anciano Aliatar, ilustre personificación, quizás la postrera, del empuje de su raza. Mandaba los caudillos cristianos Alonso de Aguilar, como el alcaide viejo e ilustre de Loja mandaba los caudillos musulmanes. Conociéronse uno a otro y se retaron, como si estuvieran solos, y en singular combate. A la palabra rendición modulada por Aguilar, contestó el moro con otro reto parecido a una blasfemia. Y tal respuesta no se había comunicado aún a los aires, cuando la tajante tizona del caballero castellano hiende, como un rayo despedido de tonante nube, la cabeza de Aliatar, quien, desceñido de sus armas, desarzonado de su cabalgadura, y magullado y malherido en todo su cuerpo, cae sobre las laderas del Genil, y desde sus pendientes agrias rueda con celeridad al cauce, hasta sumergirse a guisa de inerte piedra que las aguas arrastraron hasta unas rocas lejanas, donde pudieron ver, algunos días después, ya los fugitivos, ya los merodeadores, un cadáver cuasi comido por los buitres y por los perros; pero asiendo en su mano crispada por el dolor aquel áureo alfanje cuyas chispas brillaran por tanto tiempo, como próspera media Luna, sobre las sienes regias de Granada, preservándola y defendiéndola contra las asechanzas españolas.

Así acabó la batalla de Lucena, conocida con el nombre también de batalla del rey Moro. La brillante armadura de este, pasó a poder del alcaide de los Donceles, quien la tuvo mucho tiempo colgada en su enterramiento y panteón de San Jerónimo en Córdoba. Cinco mil moros perecieron en la deman da, entre los cuales, todos tenían por el más heroico al gran Aliatar, primero entonces entre los generales del reino. Mas no fue tan solo éste a la verdad entre los notables muertos. Murió también el alguacil mayor de Granada, el mayordomo de la Alhambra, y otra multitud innumerable de jóvenes pertenecientes a la flor y nata del desdichado reino. Veintidós estandartes se repartieron entre los vencedores, y flotaron bajo las bóvedas de nuestras iglesias. Al día siguiente se veían por do quier antiguas y ricas tiendas, tan hermosas como palmeras del desierto, algunas traídas hasta del Egipto y de la Syria. Los atambores y añafiles árabes sonaron en las calles de Lucena con regocijo, celebrando lo contrario de aquello para que fueron hechos, las victorias cristianas. Los pueblos primeros de la comarca celebraron fiestas religiosas; y los despojos fueron acompañados, principalmente aquellos que significaban alguna gloria o algún recuerdo, entre magníficas procesiones. Pagáronse a mil maravedises cada uno de los pendones tomados al moro. Los jinetes recibieron cuatro fanegas de trigo y una lanza; los infantes dos fanegas de trigo y una lanza. Empeñóse ruidosa y hasta bélica competencia sobre quién o quiénes tomaran al moro principalísimo, cuyo nombre y calidad ignoraban todos, noches después del combate. Los naturales de Cabra y los de Baena se arrogaban la primacía de tamaño hecho, al cual habían de sumarse, por necesidad, grandes y extraordinarias ventajas. Riñeran, más que disputaran, a no impedirlo sus jefes; y aun, para impedirlo, debieron estos industriarse de suerte que no aparecieran ellos jueces resolutores del empeñado litigio. Remitieron a Boabdil mismo la sentencia y le aseguraron que, pareciendo, por su apostura, persona tan principal, había de ser forzosamente caballero, y decir verdad, tal como se prescribe y manda en todas las religiones a todos los hombres. Allanáronse a esto los litigantes, aunque Boabdil no había pronunciado una palabra. Presentáronse primero los de Baena, y el cautivo no se movió, aunque le requirieron a una con verdadera insistencia para que dijese con verdad si eran ellos o no sus apresadores. Pero en cuanto entraron los de Cabra y Lucena, precedidos por Martín Hurtado, verdadero aprehensor de Boabdil, éste se levantó del cojín mullidísimo, en que se hallaba como acostado, y los designó con el ademán por sus verdaderos aprehensores. Así concluyó tan extraño litigio sostenido por una y otra parte antes de saberse quién fuera el cautivo.

Encerráronle, por fin, en la Torre del Homenaje, que velaba, como un avanzado centinela, por aquel tiempo, los castillos feudales. Aunque nadie sabía su nombre y calidad, todos adivinaban en él, en su talante nobilísimo, en su concentrada reserva, en su dignidad íntima, poder, grandeza, fortunas superiores: que la superioridad se delata siempre a sí, hasta por las minuciosidades múltiples de la vida, imposibilitada completamente de recatarse y encubrirse. Guardáronle, pues, los nuestros las consideraciones debidas por el vencedor al vencido, y lo recluyeron en estancias verdaderamente regias. Con delicadeza grandísima, no divorciada del heroismo, quizás compañera inseparable suya, trataron de que no se añorara por su ausente patria, ofreciéndole para su habitación, estancias compuestas y alhajadas al modo morisco. No podía costar mucho a los cristianos de tal tiempo este refinamiento con cautivo de tal monta. Por do quier penetraba en la vida española el oriental espíritu. Inútil asomarse allende la violácea Sierra-Morena para ver cómo el arte árabe pagaba tributo al cristiano y se unía con los triángulos del gótico y con los rosetones del plateresco, embelleciéndolos y realzándolos. Basta con pasearse por los sitios metropolitanos de nuestra iglesia y de nuestra monarquía, tanto en las dos Castillas como en Aragón, basta con pasearse por Toledo, Ávila, Segovia, Zaragoza. Los ajimeces de las Aljaferías; el azulejo empotrado en los zócalos de las paredes, alicatadas a guisa de venecianas blondas; las techumbres de oloroso alerce, con marfil y oro embutidas, en forma de guirnaldas donde se hubieran juntado a las perlas rosáceas del mar los asteroides brillantes del aire; las puertas, con arcos de graciosa herradura, festonadas por hiedra y por zarzas, en los jardines de la Galiana, henchidos de orientales romances; aquel sepulcro mudéjar fabricado en la catedral de Toledo, con todas las alharacas del gusto granadino, para velar el sueño eterno de canónigos o prelados, y que tiene masónicas fórmulas; aquella sillería oriental del convento de Ávila, bajo cuyas marmóreas losas duerme Torquemada, sillería sin un santo ni una cruz, toda revestida por maravillosa manera, con reproducciones mágicas de las flores del campo; las galerías del Taller del Moro y los tambores de la Puerta del Sol y los chapiteles syrios de Santa María la Blanca en las orillas del Tajo, semejantes, al extenderse bajo estos timbres asiáticos, a las orillas del Eufrates en las tierras del Asia; todo esto dice bien, cómo pasaban aquellos dos pueblos enemigos la vida, combatiéndose mutuamente con ardor e imitándose con fidelidad. Cual los nazaritas trazaban cristianas pinturas en el Patio de los Leones, ponían los nazarenos orientales diademas en las sienes de sus palacios, y echaban como chales de Persia magníficos alicatados en las paredes ciclópeas de sus fortalezas y castillos. Así Boabdil pisó alfombras de Asia como en su Alhambra; ocupó cojines moriscos, análogos a los gastados en su harén; vio pendiente allí en el alhamí, la guzla cargada de melodías semíticas; y rebosando agua fresca, sobre piedra de jaspes, el búcaro azul celeste; y despidiendo aromas el embriagador pebetero; y entonando coros las aves enjauladas en áureas pajareras; mientras la luz diurna, cernida por las celosías, trazaba en el pavimento, bruñido como un espejo, fantásticos arabescos; y los surtidores, después de alzarse a las estalactitas de un techo brillantísimo, volvían murmurando al tazón, abiertos en gotas diamantinas por los aires cargados de perfumes trastornadores y de suspiros dolientes.

Pero ¡ay! que si todo esto le aproximaba materialmente a su patria y a su raza, el encierro y reclusión entre aquellas magníficas paredes, el grito de los centinelas castellanos, el repique de las campanas cristianas, decíanle cómo había caído en poder de infieles, y cómo acaso había con él también caído su hermoso y esplendidísimo reino. La naturaleza y complexión de los semitas es de suyo muy dada ciertamente a la tristeza, de lo cual derívase acaso la melancólica mirada, con que muchas veces os pasma el árabe, y su propensión a elegías tan sublimes como las cantadas por los abditas sevillanos en sus destierros al África o por los profetas hebreos en sus duros cautiverios. Lo primero de que Boabdil se acordó en su desgracia fue del duelo que suscitaría en las gentes granadinas la noticia del nefasto desastre. Fingíase, allá en su retina exaltada por la fiebre, los centinelas de Loja, escudriñando los valles del Genil, para columbrar si venían o no en dirección opuesta con el curso de tan sacro río, los árabes resplandecientes de victorias y cargados con despojos capaces de abrillantar y exaltar aún más al reino granadino, especie de gigantesco escollo, a cuyas cimas habían llegado con sus penates y sus riquezas cien generaciones de náufragos. Pero ¡ay! bien pronto verían sobre los campos alegrados por la copia de colores, que ostenta en sus paletas Abril, acercarse, ya entristecidos, ya maltrechos, algunos dispersos, semejantes a esas aves, las cuales se apartan de sus bandadas y se van solas a las emigraciones, despidiendo lastimero grito. Y hasta las piedras les preguntarían a estos infelices por el monarca, por el general, por el santón, por el ejército entero, pueblo en armas, esparcido sobre las tierras cristianas con furia de tigre y disperso como una triste manada de ciervos. Y los interrogados no sabrían cómo contestar a tales interrogaciones y cómo decir lo que habían visto, los turbantes dispersos en la tierra empapada por todos sus poros de sangre; las adargas rotas a los mazazos del enemigo y agujereadas por sus disparos; los lanzones caídos en fragmentos como cañaverales tronchados por el huracán; los héroes de tantas victorias muertos en el seno de una tierra madrastra, sin entrañas siquiera para sus huesos, mondados por los picos del buitre y por los dientes del perro. Ya veía los santones vestidos de saco, y cubriéndose la cabeza con la ceniza del hogar apagado; y las mujeres, hendiendo con sus gritos los muros del harén, gritos lastimeros, que preguntan por el padre, por el esposo, por el mancebo nacido de sus entrañas y criado a sus tetas, extintos todos. A lo mejor, en medio de aquella desolación, se veía venir sin cabalgadura el caballo a quien le arrancaran su jinete, despavorido de dolor, y atronando los aires con sus relinchos salvajes, llenos instintivamente de amarguras y penas. ¡Ah! Cómo se asomaría la pobre Moraima, en su desesperación, por los ajimeces del mirador de la reina, y viendo llegar al mensajero de tan malas nuevas, caería sin vida ni sentido sobre los duros suelos, tan pálida y tan fría como la flor desmayada que cruel mano arranca del follaje y del tallo. Y por lo contrario, cómo Aixá, en su vigor, se mesaría los cabellos, y echando espumajos de hiel por sus labios y centellas de guerra por sus ojos, levantaría las manos al cielo en testimonio de no tomar un día de descanso sino después de haber tomado, a su vez, otro día de verdadero desquite, y apercibiéndose a combatir de consuno con los vasallos rebeldes y con los españoles vencedores. Su pensamiento y su recuerdo fijábanse ante todo y sobre todo en la predilecta de su corazón, en la favorita de su existencia, en la mujer amada con todos los amores y para la cual guardaba los afectos más puros de su corazón enamorado y tierno. Veíala como avecilla despojada de su pareja o de su nido, sin más consuelo que lanzar al viento la expresión siniestra de agoreros lamentos. Sus ojos, arrasados de lágrimas, no se apartarían ni un minuto de la corriente del Genil, que brilla serpenteando en la Vega, y que resultaba entonces, por los empeños de la fatalidad, como estrecho lazo entre los dos esposos apartados y ausentes. Las crestas de las montañas occidentales resplandecerían todas con los destellos de aquellas miradas amorosas, a cuya virtud se habían fundido en el férreo pecho más de un duro corazón guerrero. Y entonces recordaría la cuitada, como ella, ella sola, se opusiera con sus débiles brazos a la salida del esposo, acosado por mil funestos augurios, mensajeros de adversidades presentidas por aquella triste alondra, que sabía con intuiciones proféticas y anuncios maravillosos, adelantarse a los tiempos y penetrar en los recónditos senos de misterioso porvenir. ¡Ah! El olor de las rosas y de los jazmines hedirían a su olfato; y pareceríale un cementerio la regocijante Alhambra, despojada de su rey, como ella viuda de su esposo, y con tristezas inenarrables entristecida verdaderamente. Y siguiendo el curso vario de todos estos elegíacos pensamientos, Boabdil se cubría el rostro con las manos y se daba sin recato al torrente de sus lágrimas.

Los aprehensores del rey resolvieron ponerle bajo la custodia de Illán y encargar a éste que averiguara la prosapia, dignidad, nombre y cargo del preciado cautivo. La elección, en efecto, no podía tener más acierto a causa de los cumplidos sentimientos caballerescos del héroe y de su arte consumadísimo en hablar la sonora lengua del vencido. Entró, pues, en su oficio el castellano y católico, impulsado por móviles iguales a todos cuantos determinaron las acciones más hermosas y honradas y altas de su heroica existencia. Rabioso como el soberbio león de los desiertos en el combate, cuando ya tenía un enemigo a merced suya por la victoria, presentábase como el más misericordioso y benigno de los hombres. Así, las palabras más suaves partían de sus labios para no herir aquel corazón desgarrado por su derrota, y la más humilde actitud correspondía con su nativa generosidad. Presentóse, pues, delante de Boabdil, aún ignorando quién fuese, más bien como a recibir órdenes que como a darlas. El árabe, acostumbrado al trato de las gentes, vio en seguida el carcelero encargado de su custodia, y adivinó cuánta caridad encerraba su pecho, bajo la coraza medio rota y abollada en los mismos combates, donde le habían hecho a él prisionero y cautivo. Así, profundamente saludó a su preclaro guardián, no solo bajando la cabeza en señal de respeto, sino también tendiéndole con efusión la mano en señal de cariñoso afecto.

—Dios —dijo Illán en lengua árabe— reparte gratuitamente sus dones. Y unas veces da el triunfo a los de un pueblo y otras veces a los del pueblo enemigo, reservándose las causas de su elección en los designios inescrutables de su Providencia.

—Lo sé —díjole Boabdil— y te agradezco mucho que lo recuerdes ahora, cuando la fortuna te sonríe tanto a ti como a los tuyos, mientras nos agobia el infortunio así a mí como a los míos.

—Solo quien pierde a las borracheras de felices casos, que tanto desvanecen el seso, su razón y sus sentidos, puede olvidar los caprichosos cambios de la suerte.

—¡Con cuánta dificultad se asciende y con qué rapidez ¡ay! se baja! Tras el cielo azul se columbran llamas, en cuyos ardores y en cuyos rayos quemaríamos alma y cuerpo; mas no podemos ascender, faltos de alas, como si todo aquello que nos rodea, nos tirase de consuno hacia abajo y nos dijese cómo pasamos un momento de pie por la superficie del mundo, mientras dormiremos toda una eternidad tendidos con el sueño de la nada bajo las piedras del sepulcro.

—Todo cambia. En el mudar consiste de suyo toda la vida. Y cuando ansiamos un placer, creyéndolo miel perfumada para nuestros labios y para nuestro paladar, se torna en acerbas y acres amarguras.

—¡Ah! Es verdad. Mírame a mí; ayer acompañado por un ejército en armas, que cantaba victoria, y hoy metido en la cautividad material, donde mis recuerdos me abruman como la más pesada cadena. Bien es cierto, que do quier vuelvo los ojos, veo alguna ruina ceñida de zarzas, y habitada por buhos; alguna estrella trasmutada en cenizas; algún Sol, que ayer aparecía como punto de luz y hoy aparece como sudario de tinieblas. Vuelvo el pensamiento atrás y considero los reyes del Yemen devorados por las arenas del desierto; los anásidas y sus tablas donde se hallaban escritas las más sabias leyes, sepultados en la noche del olvido, componiendo con sus huesos, que soportaban el mundo, algún fuego fatuo; las riquezas de Karun, halladas ayer en los crisoles de su ciencia, y convertidas hoy en mísero estiércol que no sirve siquiera para el abono de una planta; los alcázares de Cosroes, compuestos por esmeraldas y oro, sirviendo con su desnudo esqueleto de fríos ladrillos para tomar el Sol a los mudos lagartos del Asia; la sabiduría de Salomón trastrocada en burla del mundo y en escarnio para él; acabados los huertos de Valencia, los jardines de Córdoba, las torres de Sevilla; las mezquitas hablando por las lenguas de vuestras campanas, los mimbares hechos púlpitos de vuestros doctores; y del hogar donde nos engendraron nuestros padres, vuestra la llave; y en el mirab donde guardábamos los libros de nuestro Profeta, metidos vuestros sacerdotes. ¡Oh! cristiano, has vencido mi cuerpo, el cual está hoy aquí a tu disposición, bien para que lo vendas al precio más conveniente a tus intereses, bien para que lo partas en pedazos y se lo des a comer a tus perros, has vencido mi cuerpo; mas no podrás nunca, nunca, nunca, vencer éste mi dolor, que habrá de acompañarme hasta más allá del sepulcro, do quier llegue mi alma en sus futuros destinos.

—No trato de poner a tus dolores tasa. Laméntate, cautivo, en buen hora, y plañete como deben plañerse los hombres en sus infortunios, después de haber ofrecido y haber derramado toda su sangre para evitarlos. Las leyes de la guerra son como las leyes de la fatalidad, muy superiores a todos nosotros, a tu voluntad y a la mía; pero después de haberte oído hablar así, permíteme creer que has rodado de muy alto y permíteme preguntarte con todo respeto por tu escondido nombre. Solo quien habla desde alturas inaccesibles al resto de los mortales puede hablar de igual suerte que tú has hablado y dolerse de sus infortunios en la sublime lengua por ti usada para dolerte de los tuyos.

—No quiero, no, cristiano, por más tiempo, esconderlo a tu natural investigación. El cedro del alto Líbano que, después de haber coronado la montaña de los proféticos oráculos se precipita vencido por los siglos a las profundidades invisibles, por cuyos abismos solo se oye bramar el torrente despeñado, no lleva tan solo su pompa de tallos y hojas y ramas, sino también las plantas parásitas que se han agarrado a su gigante cuerpo, y los nidos que lo habitan, y los insectos que lo avivan, y el polen que lo fecunda, y miles de seres que se alimentan de sus jugos. Pues bien, aquí me tienes; yo represento las razas, que salidas de los desiertos del Yemen, se han dilatado por Asia y por África y por Europa, desde las orillas del Ganges y los golfos pérsicos hasta los mares de Sicilia y de Grecia. Yo soy, añadió solemnemente, golpeándose con ambas manos el pecho, yo soy el rey postrimero de Granada, yo soy Boabdil.

—Permítame señor, V. A., permítame que de hinojos le hable, porque vencido en los combates o vencedor, enemigo o amigo de mi raza y de mi gente, personifica siempre lo que más respeta y ensalza un caballero castellano; personifica siempre la majestad real, que no se anubla ni eclipsa en la desgracia.

E Illán se puso de rodillas ante Boabdil hasta que se dignó éste levantarlo con sus propios brazos. Y después de haberle ofrecido reverentemente sus servicios y demandándole su venia, salió para comunicar a sus compañeros la presa que tenían entre las manos.

Capítulo XX

Inútil decir el regocijo con que los reyes cristianos recibirían la noticia del anonadamiento infligido por nuestras lanzas al triste y desdichado rey moro. Toda España, todas sus regiones, ardieron a una en la natural alegría, que procuraba, no solo el triunfo conseguido, el presagio de otros muchísimos valederos y fecundos. La cautividad inesperadísima de Boabdil, a un mismo tiempo destruía esperanzas en el ánimo de los mahometanos y agravaba discordias en sus últimas poblaciones y en sus maltrechas huestes. Hallábase, al recibir la noticia, Fernando en Córdoba, mientras Isabel en Castilla. La ausencia de la reina impedía tomar aquellas grandes resoluciones, militares y políticas, en las que todo lo intuitivo e inspirado provenía de la mujer, mientras todo lo maduro y reflexivo provenía del marido; contribuyendo así las sendas oposiciones morales e intelectuales, que ha puesto Dios en el alma y en el temperamento de los sexos, a la mejor dirección y armonía de aquel glorioso Estado. En cuanto Fernando supo lo acaecido, vio con fijeza todo lo que podía sacarse del acaecimiento para dividir más aún a los árabes y acelerar aún con mayor celeridad el anheladísimo y pronto desquite cristiano. Su primera disposición tendió, pues, a la seguridad completa del apresado en su poder, mandando la traslación a Córdoba con buena guardia, dirigida por el Alcaide inmortal de los Donceles, general en jefe de la batalla lucentina, y celada por el ojo avizor de Illán, el cual no se apartaba un punto del regio prisionero, trocado, merced a la dulzura, que tanto cuadra de suyo a los héroes, en amigo del mismo a quien debía celar. El tránsito desde Lucena y su castillo a Córdoba y sus alcázares no podía menos que resultar doloroso para el representante de aquella heroica raza, que consiguiera tantos lauros allí, en aquellos sitios llenos de recuerdos gloriosos, ungidos por la sangre de los suyos, resplandecientes con cien inenarrables victorias, y ahora depuestos del amparo de sus antiguos dueños y entregado a los infieles cristianos. El número de caballeros españoles, que armados de todas armas, vestidos con sus mejores preseas, blasonados con heráldicos escudos, testimonio de su alcurnia; ese número brillantísimo, que circuía y acompañaba, caracoleando en sus corceles, al cautivo, servía tan solo de ornato a la triste rota mahometana y de realce a la gloriosísima victoria católica. Algunas veces los reyes de Granada se habían dignado acudir a las capitales de Castilla, como Alhamar y otros, bien para suscribir un pacto, bien para prestar un homenaje, pero siempre libres y soberanos, gozando con orgullo de sus privilegios, y escondiendo la humillación en el esplendor de su lujo y en las apariencias de su autoridad. Pero, en aquel entonces, el rey granadino, aunque todavía cargado con su corona y con su cetro; aunque todavía dueño y señor de su hermosísimo reino, iba como un siervo, tanto más humillado, cuanto de más alto caído, sin corte, sin ejército, sin harén, sin consejo áulico, sin sacerdotes para sostenerle y dirigirle, víctima de tristísima desventura y atraillado con otros cautivos al trono de los que llamaba él, allá en su interior, implacables y protervos tiranos. Pero estos tiranos, aborrecidos con tan sañudos odios por la gente árabe, todavía tomaban precauciones a favor de la víctima, presentada por el destino como un holocausto a sus grandezas, y prescribían en leyes claras, con buen acuerdo, a todos sus vasallos respeto religioso al vencido, aunque perteneciese a religión tan aborrecida de todos ellos como la religión del Profeta, y llevase tintas en sangre castellana las manos. Perplejo, se detuvo algunos instantes el rey a reflexionar sobre si debía o no adelantarse con gran séquito en el camino para ver a su cautivo, dándole así apariencias de huésped. Pero se arrepintió bien pronto; y se recató a su vista en la presencia de todo el pueblo, para que solo se tomasen sus finas obsequiosidades por un refinamiento de bárbara crueldad.

Pusiéranle, pues, a buen recaudo en señorial palacio de Córdoba y bajo la custodia eficaz de una respetable y numerosa guardia. El cargo concedido primero a Illán por el afecto de sus compañeros quedó luego confirmado por la gracia y aprecio de su rey. Las angustias que a Boabdil causaba el espectáculo de todo cuanto le circuía no pueden referirse ni contarse. Imagináos un cristiano, que después de haber llegado al sepulcro de Cristo; un hebreo, que después de haber llegado al templo de Salomón; un ismaelista, que después de haber llegado al santuario de la Meca, se hallasen a una con que, teniéndolos cerca de sí, a los alcances de su mano y de sus ojos, no podían ver aquellos objetos de su culto, aquellos imanes de su amor, aquellos sitios consagrados por su religión, aquellos centros de su alma, y aquellas peanas de su Dios. Córdoba eclipsó a Damasco y a Bagdad en la memoria de los árabes. Por las regiones de Oriente, su nombre corría como el nombre de la vieja Samarcanda por las regiones de Occidente. Sus jazmines olían como aquellos que adornan las terrazas y azoteas de las sultanas asiáticas; sus terebintos y sus cipreses hallábanse consagrados en la fe semítica cual estarlo pudieran los cipreses y terebintos cantados por la profética judaica; sus palmas se entrelazaban con las palmas crecidas en Damasco y se ofrecían de incentivo a los héroes y de premio a los mártires; volaban sus canciones y su música por todos los harenes, lo mismo a las orillas del Darro que a las orillas del Nilo, y lo mismo a las orillas del Nilo que a las orillas del Eúfrates; en sus torres y en sus minaretes se habían posado las estrellas para contar secretos de los cielos y se habían visto subir a las alturas en cifras matemáticas, las fórmulas explicativas del Universo; en su califato, los Abderramanes habían fundado un imperio de Occidente como nunca lo viera el Oriente; al pie de sus cordilleras habían surgido palacios, como no los ideara la imaginación árabe para sus fábulas y cuentos; en sus madrisas habían resonado los comentarios más profundos a las leyes del Profeta; y cuando se quería cumplir un verdadero voto por gente musulmana, prometíase una peregrinación a la Zeca y sus santuarios, tan sacra como la Meca y los suyos, por las oraciones que desde sus arcos habían subido a Dios y por los milagros que a causa de su intercesión Dios había obrado por ella y para ella en la tierra. Boabdil soñó mil veces con la reconquista de Córdoba, ofrecida en desagravio a los manes ilustres de sus predecesores y de sus abuelos. Así, cuando cerraba los ojos como para mirar a su interior, en los momentos largos de completa y absoluta soledad, como viese con el espíritu que se hallaba en Córdoba, sin serle dado ni redimirla ni rescatarla, para devolverla con amor a los mismos que la poseyeran en otro tiempo con gloria, indignábase contra sí mismo; y rechinando los dientes, volvíase por todas partes a preguntar qué fuera de su ejército, compuesto por una juventud coronada de risueñas esperanzas; y al verla segada en flor, tendida por los surcos del camino, profanada y sin sepultura, partidos los escudos, rotas las lanzas, dispersos los turbantes, horrorizados los corceles que despedían humo de su cuerpo y relinchos de sus narices, semejantes a quejas, arrastrados por las aguas de un mísero torrente los blasones de cien estirpes moras, enfurecíase hasta dementarse y reclamaba con imperio al ángel que aniquila, pero que también alivia y consuela, el don a un tiempo nefasto y fausto de próxima y pronta muerte.

Conociendo Illán el estado abatidísimo del rey, procuraba por todos los medios imaginables distraerle y divertirle de sus íntimos pensamientos. Desde la hora y punto que llegó a Córdoba, no pensaba otra cosa Boabdil sino ver la grande Aljama, que fundó Abderramán, y engrandeció Almanzor. Aunque del pecho se le saliera el corazón y se pisara las entrañas bajo los propios pasos que le condujeran al templo de Occidente, cada vez Boabdil se conformaba menos con haber estado en Córdoba sin ver el santuario de sus padres. Así buscaba miles de industrias, que le diesen, por último resultado, el cumplimiento de tan ardoroso deseo. Cierta noche, mientras el ilustre carcelero le ayudaba caritativamente a pasar la enorme vigilia, jugando en su compañía, con apariencias de grande y solícito cuidado al ajedrez, Boabdil suspendió el juego, y trajo a las mientes popular historia de la fe puesta por cierto caudillo cristiano en la palabra de un caballero musulmán. Efectivamente, contábase que, andando por extraviados caminos, un gentilhombre andaluz, dio de manos a boca, en una grande soledad, con apuesto caudillo árabe, de suma riqueza y de alto linaje, según podía colegirse por su talante y por sus vestiduras. Llevóselo consigo y lo presentó, al dar varias referencias de los despojos ganados en los combates diarios, como rica presa de subido precio, por la cual podían pedir tanto él como sus camaradas cuantioso rescate. Al llevarlo en su compañía, y recluirlo en su fortaleza, notó que se quejaba el moro indeliberadamente y sin conciencia, mostrando, mal de su grado, en las mejillas candentes lágrimas, las cuales dejaban a una en el curtido rostro, rojo rastro de fuego. No podía un caudillo de raza tan ilustre y tan guerrera, como las razas musulmanas, llorar al impulso de fútiles motivos en guisa de cuitada hembra. Necesitábase que la pena fuese muy honda para que brotara por los ojos y cayera sobre la faz en lágrimas deshecha. Notólo el castellano y le preguntó qué tenía. Y entonces el cuitado moro, abriendo al aprehensor su corazón, le contó cómo iba en aquella noche a cumplir un juramento de amor prestado a hermosísima y joven mora, de cuya vida estaba pendiente la propia. Dolióse mucho el castellano de tal duelo, y le preguntócon cariño, qué podía, en tamaño trance, hacer por su alivio. No vaciló el árabe mucho tiempo para la respuesta, pues, a fuer de buen enamorado, tenía en su inteligencia trazadas todas las industrias conducentes al cielo de su amor. Y le dijo que por su fe, por su honra, por su alcurnia, por su Profeta, le dejara partirse, y ver a su amada, en la seguridad absoluta de un regreso prometido por las más sacras promesas y sancionado con las más religiosas invocaciones. Grandísima perplejidad cayó sobre la conciencia del cristiano al oír la pretensión del árabe. Presentado a sus compañeros de fatigas por el aprehensor; inscrito en la lista de los despojos aprovechables; puesto ya su rescate a precio; la fuga, consentida por el caudillo, podía traerle a éste seguramente la muerte. Y un joven musulmán e infiel, de corta vida y de ninguna historia, desligado por completo de las cadenas que lo ceñían al vencedor y encadenado por los brazos de una mujer idolatrada, su primera pasión, debía sentir poco deseo de cumplir su austera palabra y mucho de satisfacer su gusto sensual. Pero el castellano, en su altivez nativa, en su caballerosidad y en su nobleza, comprendió que si él dudaba del cumplimiento de aquella palabra, podía dar margen a que se le creyera incapaz de cumplir la suya, y sin decirle apenas cuánto arriesgaba en conceder la libertad pasajera y accidental a un cautivo, tomóle con solemnidad el juramento de volver y le concedió amplia suelta. Imagináos el moro arrancado al cautiverio; caballero en su corcel, que se diría, por lo rápido, alígero, devorando el espacio a su antojo; con el aire de la campiña en su pecho y la luz aumentada por su libertad en la retina; y fácilmente podéis comprender cómo no sentiría, no, grandes impulsos al cumplimiento de su palabra. Y luego, vedlo llegar a la vista del cercado querido, por un ajimez lanzar la escala de seda para precipitarse resuelto en brazos de su amada, sangre de su corazón, aire de su pecho, luz de su mirada, idea de su pensamiento, alma de su alma. Y cuando más rendida se hallaba esta, y más entregada con efusión a sus caricias, tener que decirle cómo había de volver y someterse a un vencedor en prenda pretoria, el que retendríalo para venderlo por públicos mercados, cual mísero despojo de la guerra. Parece que la naturaleza, en su pequeñez y contingencia, no puede cumplir estos actos de abnegación y sacrificio. Pues el moro los cumplió renunciando a la libertad, al amor, a la patria y a todos los bienes del mundo por servir su palabra; rasgo, que le valió el afecto de sus propios enemigos y un renombre inmortal en la historia. Pues bien, Boabdil no pedía que Illán le dejase apartarse del Gualdalquivir para irse a las orillas del Darro y abrazar a su Moraima, pedíale tan solo que le permitiese, allá en la silenciosa noche, cuando solamente velan los buhos y todavía no se han despertado las alondras, escaparse unos momentos a su regia prisión y entrar en el templo de sus padres, ofreciéndoles el holocausto de su martirio y el tributo de sus lágrimas. No podía Illán, a fuer de cumplido caballero, negarse a esta demanda, y solo pidió la venia de acompañarlo, prometiendo el dejarle solo bajo aquellos arcos y entregado en su soledad sublime al culto y religión de los antiguos recuerdos y de los propios pensamientos. No podía suceder de otra suerte.

Clara noche hacía en Córdoba y sus campos. La blanca Luna emulaba con sus plateados rayos la deslumbradora lumbre de un día verdaderamente andaluz. A sus destellos columbrábase la sierra, menos luciente y multicolor que al Sol, pero mucho más misteriosa, y por lo mismo, mucho mayor en el misterio y en las sombras. Podían distinguirse muy bien, a tal iluminación, los granados con sus rojas flores de los olientes limoneros con sus blancos azahares. Podía verse, con todo su bello dibujo, la palmera, ostentando sobre la recta columna de su tronco el cogollo de las verdes palmas, vibrantes al soplo de la dulce brisa, que descendía, por bocanadas de aromas perfumada suavemente, desde las cumbres cubiertas de tomillo, salvia, romero, alhucema y rosas, al valle poblado alegremente de viciosas florestas. No ha visto vegetación lujuriosa en Europa quien por desgracia suya no ha visto vegas andaluzas en Abril y Mayo. Los trigos, de colmadas espigas, y de purpúreas amapolas, y de amarillentos jaramagos; las habas ceñidas por sus flores de pétalos blanquecinos encerrados en oscura corola; el arbusto henchido de gomas, mieles, esencias; el seto rebosando savia; los inciensos de tantos cálices abiertos sobre las guirnaldas de follaje; los enlaces del castaño y del pino allá en las alturas con los mirtos y las adelfas orientales que bordan el torrente; la oliva oscura sobre los cactus del nopal erizado por espinas múltiples y del aloe con sus ramas erguidas en forma de candelabro; todo envuelto en exhalaciones de perfumes y en coros de avecillas trastorna el sentido con voluptuosidad, y hace que los jugos del campo penetren por las venas del cuerpo y presten grande impulso, así a los afectos como a los pensamientos del alma. Pues imagináos, en medio de tal vegetación, a orillas de su río, en hermosa noche de Abril, bajo la Luna plena, por los ruiseñores bendecida y aclamada en serenatas sin fin, a Córdoba la Sultana. Sus puentes parecen al argénteo de la Luna y al negror de las sombras como si fueran de marfil y azabache. Las almenas de sus muros, las agujas de sus torres, las crestierías de sus iglesias, los minaretes de sus palacios mudéjares, los arcos de sus patios moriscos, las rotondas de sus aljibes semitas, las azoteas de sus caseríos árabes, el culebreo de su río en la llanura, los terebintos de sus jardines, los cipreses de sus contiguos cementerios musulmanes todos profanados los grupos de sus palmeras levantándose tras los altos miradores cubiertos de celosías, las columnitas de sus ajimeces alicatados, realzábanse así al rayo de la Luna como al coro de los ruiseñores y de los cuclillos en aquella voluptuosísima noche. Naturalmente se respiraba con tal facilidad y se vivía con extraño regocijo en aquel suelo de verdaderas delicias, en aquel clima de suavidades y templanzas, en aquel edén de voluptuosidad que los caballeros Boabdil e Illán, a quienes seguiremos nosotros los pasos, iban como conducidos en alas de los tibios vientecillos, según lo rápido y ligero de su marcha por aquellas calles misteriosas. El cristiano había tomado la precaución de vestir a su prisionero y amigo por el modo español, y disfrazarlo con blasones de Castilla, y encubrirlo bajo una visera de tupido y áureo herraje, perfectamente damasquinada, y capaz de ocultarlo más aún que cualquier máscara. Con verdadero gusto había querido que Boabdil pudiese gustar de cuantas emociones apeteciera su pecho viendo la increíble aljama, primero en su exterior al rayo de la Luna, y después en su interior a los albores de aurora bien rosada y espléndida. Conforme se iba el Sultán granadino aproximando a la mezquita cordobesa, faltábale como su sentido natural, como su razón propia, como su espíritu íntimo, y sentía vértigos, cual si mirase desde alturas inaccesibles al oscuro fondo y sima de abismos insondables. La sangre le martilleaba en las sienes y casi casi quería como escapársele del corazón, cual sus ojos le saltaban de las órbitas. Illán, a fuer de caballero español, no igualaba nunca la distancia mediante de suyo entre un monarca, por vencido y humillado que se hallase, y un noble, por alto y rico y vencedor que fuera; y apartado siempre respetuosamente del prisionero, en aquella ocasión, se apartó mucho más, a fin de que pudiera fácilmente creerse como solo y darse sin rebozo en la soledad al culto de sus íntimos pensamientos.

—¡Oh, Alah! —exclamó Boabdil viendo la mole del templo agrandada por la mezcla de sombras y de luz en aquella espléndida noche—. Prospera los días de tus creyentes y haz que recobren por tu orden soberana cuanto han perdido por intervención del genio malo, resuelto a perseguirnos y a perdernos. Azazil, hermoso ángel, enviado por el Eterno a sembrar, como áureo trigo, los mundos luminosos en los surcos del espacio desierto, durante los primeros días de la creación universal, y que, no habiendo querido prestar homenaje al primero de los Profetas, al viejo Adán, cayó en los infiernos, donde pugna todos los días por volver a su prístina pureza, debió sugerirte con su idea y con su soplo el pensamiento, Abderramán, de levantar este grandioso templo, cuya sombra podía redimirlo y salvarle penetrando hasta dentro de las llamas eternas donde se abrasan los diablos y convirtiéndolas en lumbre celestial donde se doran los soles. Tus enemigos, los abasidas, te habían condenado a muerte segura entre los noventa omeyas, los noventa deudos tuyos, reunidos en banquete de alegría y degollados al filo de voraces alfanjes. Tú solo te salvaste, solo tú, entre todos los tuyos, atravesando a nado las aguas del Eúfrates divino. Quién te hubiera dicho, cuando ibas errante por el desierto infinito, sin cimitarra ni caballo, con la leche de camellas y el dátil de las palmas por todo alimento, las aguas del oasis por toda bebida, las copas de los árboles por toda tienda, fugitivo a la cólera de los califas usurpadores y a la rabia de los animales feroces, que habías de levantar sobre moles de granito este laberinto de intercolumnios y arcos y techos, donde las maderas de alerce y cedro y sándalo debían resplandecer embutidas con guirnaldas de marfiles, con ramos de perlas, con estrellas de oro, con iris de mosaicos multicolores, con hermosísimas entalladuras comparables solo a las puestas por los ángeles en los tronos del Eterno, allá por las cimas del Paraíso; quien te hubiera dicho esto, de seguro le creyeras loco y fascinado por terrible alucinación llena de fantaseados embustes. No, no fuisteis, no, Califas de Córdoba tan grandes por vuestras conquistas y por vuestras victorias; no resplandecíais en la Ruzafa, cuando los capitanes os llevaban atrahillados los negros del desierto y los blancos de Afranc;

cuando Bizancio y sus emperadores griegos, Aquisgran y sus emperadores latinos, expedían a vuestro palacio ricas y numerosas embajadas; cuando, allá en la fortuna próspera, desde las ciudades que se miran como en claro espejo en el Estrecho de Gebel-Tarik, hasta las ciudades que se miran en los ríos francos descendidos del alto Pirineo, os prestaban vasallaje; cuando extendíais vuestro imperio de mar a mar, desde la desembocadura del Guadalquivir hasta la desembocadura del Ródano; y teníais temblorosos en vuestra presencia a los Estados italianos, y sospechando Roma caer con toda su majestad y toda su grandeza, en vuestros harenes; cuando innumerables ejércitos saludaban las enseñas cordobesas e innumerables siervos besaban las huellas de vuestros pies; sino cuando alzásteis aquí esta selva de columnas, donde se guardaba el santo libro de los muslimes, y se oían resonar, a manera de fragorosos truenos en los cielos altísimos, las esplendentes suras del Profeta. Ya veo el vestíbulo, poblado de limoneros, donde corre, sonora y clara, la fuente de las abluciones; el alhamí, en que los fieles depositan sus babuchas para entrar con pies desnudos y lavados en el recinto sacro; la torre altísima, y sus esferas de plata y oro, y sus astrolabios de bronce, a los cuales tantos secretos confiaran los astros; las veinte puertas damasquinadas y relucientes, como si abrieran paso al Empíreo; los alicatados tan ligeros como grecas de aéreos encajes o como alas de brillantes mariposas; el suelo, por tan prodigiosa manera labrado, que se retratan en su brillante superficie las bóvedas y techumbres, al modo que se retratan los horizontes espléndidos en las albercas cristalinas; los millares de columnas, arrancados a todos los edificios del mundo y puestas aquí de hinojos como un coro de sacerdotes, encargados de sostener sobre sus cabezas el sacro templo de Alah y su Profeta; los dobles arcos, estos de oriental herradura, bizantinos aquellos, semejándose con sus pintadas cresterías a chales persas circuídos de caireles, y a una tienda esplendorosa de katay; las dobelas y archiboltas, los tímpanos y entrepaños, de caprichosas hojarascas, en que resplandecen los lotos indios, los acantos griegos, los lirios y los tulipanes árabes; el santuario precedido de ajimeces, que se asemejan a velos de áureas gasas formados por arreboles del Sol poniente y nubes encendidas en el ocaso, santuario embutido en leyendas cúficas, rematado por inmensa concha de nácares, llovido de piedras preciosas desparramadas entre follajes de plantas que diríais traídas de otro mundo a la tierra; la maxura, o el sancta santorum, cubierta de lapislázuli, que recordaba la Toba, o sea el árbol maravilloso, cuyas ramas componen el solio de Dios; y por todas partes, las innumerables lámparas componiendo como constelaciones en clara noche de Arabia; los pebeteros, despidiendo mirra o incienso; los fieles, vestidos todos de blanco y levantando los brazos a las alturas eternales; los santones repitiendo el nombre de Dios; con todo lo cual se forma y se condensa en los encendidos aires, como en los cielos de África y de Asia los lagos fantásticos y las selvas de vapores y de reflejos, una visión, tras la cual aparecen los arcángeles con sus cascos de luz; las huríes con su hermosura incomunicable; los Profetas leyendo en sus libros eternos; y hasta la faz, invisible a las criaturas, de nuestro divino Criador.

Por un momento Boabdil solo había visto la mezquita con los ojos de su espíritu, a pesar de tenerla delante. Las maravillosas descripciones, leídas en el seno de su palacio y guardadas en el fondo de su memoria, transportábanle al tiempo de la muslímica grandeza. Y así como le hacían olvidar su propio infortunio y su largo cautiverio, hacíanle olvidar también los cristianos signos puestos por los vencedores, allí, en la capital obra musulmana. Poco a poco la luz material del nuevo día vino a sacarle de su estupor, y a decirle cuánto habían cambiado los tiempos, y cómo el mirab de los suyos habíase reducido a un mero trofeo más de las victorias cristianas. La luz del alba le mostró los sepulcros de los adalides castellanos sobre los pavimentos hollados tantos siglos por las plantas de sus hermanos; el Evangelio puesto en los mismos sitios, donde se hallaba colocado antes el Corán; la Cruz entallada entre las leyendas cúficas; los arcos ojivales subiendo gallardos por alturas inaccesibles; las Vírgenes y los Santos reemplazando a las huríes que había él visto en la fascinación de sus recuerdos y de sus ensueños; los vidrios de colores iluminando el santuario de un Dios espiritual y humano, vencedor, no por haber inmolado con cimitarras cortantes a sus enemigos, sepultados en los campos de cien batallas, por haberse ofrecido en holocausto a los demás hombres, pasando por todos nuestros dolores y muriendo de nuestra misma muerte. Boabdil forcejeaba con furor bajo aquella triste realidad, sin querer ni conocerla, ni menos proclamarla. Delante de la victoria conseguida por nuestra fe, aún esperaba que aquel Dios suyo, eterno, infinito, omnipotente, predominase algún día sobre un Dios sujeto a las tristezas humanas como el Dios de los católicos. Acostumbrado a ver el santo de los santos, el fuerte de los fuertes, el sabio de los sabios, circuído por sus legiones angélicas de combatientes y victorioso en cien guerreras empresas, no podía, no, imaginarse que superara y venciese a este león del desierto, el mísero corderillo del Calvario. Pero bien pronto le sacaron de tales cavilaciones las campanas, que repicaban a Pascua florida; los sacerdotes, que decían y entonaban aleluyas y hosanas innumerables; los versículos del Evangelio, que subían sobre la techumbre de la grande Aljama y sobre las agujas de la catedral gótica para unir el hombre con el cielo e identificar el Verbo creador con la pobre criatura. Boabdil, por fin, reconoció, tras sus grandes alucinaciones, que prisionero él de los reyes castellanos y prisionera su Aljama de la catedral gótica, no quedaba esperanza ninguna para el Corán. Y calándose la visera y envolviéndose con cuidado en el rebozo de su manto, volvió de nuevo a su triste prisión y a su desapacible cautiverio.

Capítulo XXI

Inútil encarecer el terror que difundiría en la morada regia de los soberanos granadinos la noticia del desastre horroroso en Lucena y de la deshonrosa cautividad en Córdoba. Boabdil se lo había imaginado en su dolor, y descrítolo allá en las hondas reflexiones de su pensamiento. Pero lo real excedía en mucho a lo ideado. Moraima, la dulce Moraima, fue desde tal punto y hora como una especie de cadáver. Aquel corazón, de suyo tierno, apenas podría comprender cómo el destino la probaba en términos de haber reducido el esposo a esclavo y el padre a cadáver en tan horrorosa catástrofe. Así, desde que supo toda la verdad amarga de su tristísima suerte, no perteneció realmente a los vivos; casi perteneció a los muertos, sucediéndose un desmayo a otro desmayo, pero tan duraderos e intensos, que parecía en su rigidez y en su inmovilidad, como acabada y extinta. Si recobraba por algunos minutos la razón, era tan solo para volver a mirar su desgracia, y mesarse los cabellos con furia, y herirse la faz con sus propias uñas, y golpearse contra las paredes la cabeza como en busca de un supremo y consolador suicidio. Para mayor desventura, sus precoces amores le habían dado un hijo tan semejante al idolatrado padre, que parecía en sus pocos años Boabdil mismo; y su figura solo servía, en tal trance, para mostrar cuánta fue su felicidad en otro tiempo y cuánta en esta sazón su desgracia. Encerrados Moraima y Boabdil en el santuario de sus amores, en los perfumados harenes de su Alhambra sensual y voluptuosa; como entre Aixá y Hacem se dividían las grandezas y también los cuidados anejos al imperio, no comprendían cuanto pasaba en torno suyo, ignorantes de la tempestad, que conmovía, como los huracanes los cedros del Líbano, las fortísimas torres de su viejo palacio. Y habían creído, en su edénica ignorancia, que aquel primogénito, fruto cogido tras la primera flor de sus amores, hallábase predestinado por providenciales decretos a reinar con gloria y con provecho sobre la gente muslímica en el encantado rincón de la sin par Granada. Mas ahora, cuando Moraima veía entrar el hijo de sus entrañas en los camarines de su palacio, con la señal nefasta de adverso hado sobre la frente, perdía el sentido, y se quedaba, o como una demente, fuera de sí, o como una muerta, de rígida y de fría. Ningún reino podía tocarle ya, exclamaba en su dolor, al pobre infante, abandonado a horrible orfandad por la muerte de su abuelo Aliatar, por el cautiverio de su padre Boabdil, por la rota de los principales nobles granadinos, por la enemiga del viejo rey Hacem, por las ambiciones de Aixá empeñada en gobernar ella sola entre los remolinos del naufragio, por la indisciplina de los walíes resueltos a repartirse las últimas ruinas de aquel destrozado imperio, por la codicia de Zoraya que recogía las piedras preciosas desengarzadas del cetro nazarita para enriquecer el peculio de sus hijos, ni bien musulmanes, ni bien cristianos: horrible descomposición, muy propia de las gentes que se acaban y de los imperios que se extinguen. Así, aquella Filomena del amor, la encantadora Moraima, cuyos gorjeos, despedidos en otro tiempo desde las áureas celosías, llenaban de placer los espacios del mágico alcázar, parecía en este momento la triste imagen de una viviente dolorosa elegía, que lo llenaba todo con sus lágrimas y con sus sollozos, cual viuda o herida tórtola. En verdad la estrella de los muslimes, que se levantara nueve siglos antes por las orillas del Yemen, y que de un lado se corriera en alas de cien victorias al palacio de los persas en el Eúfrates y al templo de los antiguos dioses en el Indo; mientras de otro lado se posaba en las pirámides y colosos del sacro Nilo, en las ruinas de Sibaris y de Cartago, en las torres de Andalucía, en las llanuras de Provenza, en las costas de Sicilia, desde los senos del mar Jonio a los senos del golfo pérsico, empezaba entonces a hundirse allá en su ocaso y borrarse del horizonte de la civilización, personificando tal desventura histórica la triste y flaca figura de Boabdil. Con razón los ojos de aquella Moraima, tan regocijada y jubilosa en otro tiempo, ahora, en esta sazón tristísima, parecían dos manantiales de lágrimas.

No así la Sultana madre, Aixá. Ninguna tan herida como ella; pero ninguna tan animosa. En el palacio tenían todos un sentimiento de amor, estos al reino, aquellos al suelo granadino; tenían todos un sentimiento de odio, el horror a los conquistadores cristianos; pero Aixá un doble sentimiento, amor a Granada, y amor más intenso aún al poder; odio a los conquistadores cristianos, y odio todavía mayor al Sultán Hacem y a la Sultana Zoraya. Importándole mucho su reino y su culto, le importaban menos que su venganza. Prefería pactar con el infiel a pactar con el esposo. Prefería que se llevase la corona el rey de los cristianos a que se llevase la corona el padre de sus hijos. Para cohonestar la traición suya y los crímenes contra su propia gente, a que le arrastraban los celos del trono, por otro rey ocupado, y los celos del tálamo, por otra mujer ocupado a su vez, buscaba ciega los ejemplos de reyes muslímicos, que fueran cómplices de las conquistas cristianas, y evocaba la sombra del fundador mismo de su reino ido a Sevilla, cuando la Giralda se ceñía la cruz de Cristo y la sombra del gran Mahomet, auxiliado por las lanzas de don Pedro el Cruel, contra las rebeliones de sus propios vasallos muslímicos. Y a tamaña consideración, mil pensamientos varios, encaminados todos a complacencias con el vencedor, surgían de su acaloramiento. Lo que pudieran desear Fernando e Isabel, otro tanto les ofrecía de grado, con tal de recabar su hijo y seguir bajo su advocación reinando sobre Granada. ¿Qué podían desear los husmeadores de la muerte? Aixá contaba con tesoros increíbles todavía, y estaba dispuesta de suyo a entregárselos. Aixá tenía en sus manos la corona del reino, y estaba dispuesta sin vacilación a ponerla bajo las plantas de los vencedores, como un trofeo, con tal que le dejaran usufructuarla durante su vida y esconderla en su palacio al codicioso afán de Hacem y de Zoraya. En las mazmorras aún había cautivos que libertar para pago de alianza, y en los serrallos príncipes que ofrecer en rehenes, como prenda pretoria para cumplimiento de todo lo pactado. Aquel rapazuelo, primogénito de Boabdil y Moraima, tan hermoso como su padre, tan dulce como su madre, designábalo, con la frialdad propia de quien se cree personificación del Estado, al completo logro de sus desapoderadas ambiciones. Así, mientras los otros individuos de su familia, las mujeres y los niños especialmente, se consagraban a llorar aquellas irreparables desventuras, Aixá dictaba ofertas de pactos con los reyes Católicos; reveía los tesoros de sus arcas para contar los rescates presentables en dinero al afortunado vencedor; repesaba en sus fieles contrastes las piedras preciosas y las joyas riquísimas que podrían equivaler a moneda, y ofrecerse para la redención de su hijo; revistaba con sus vizires los hondos calabozos, numerando los cautivos cristianos, inscribiendo su alcurnia y calidad con ánimo de ofrecerlos en holocausto a la victoria y en remisión de la derrota; pues el primer afán suyo, al choque de tan tremenda catástrofe, consistía en captar de nuevo la persona del desdichado Boabdil y oponerla como un pabellón de combate al poder y al esfuerzo de Hacem. Mas no sabía lo que mientras ella maquinaba de tal suerte, discurrían sus dos ilustres rivales.

Después que la batalla de Ajarquia dio a las muslimes tantos ánimos, Hacem, bajo cuyo nombre y advocación se diera, dejó Málaga, la ciudad vencedora, en poder de su feliz hermano, el Zagal; y fuese con toda su familia, en pos de indispensable reposo, a los altos riscos y breñas, que forman como la falda inmensa de los montes alpujarreños, proponiéndose procurar allí aire puro al pecho y paz y sosiego al ánimo. Terrible, pero hermosísima soledad aquella. Por las hondonadas, que los torrentes, cubiertos de rojas adelfas, refrescan, las higueras unen sus copas pomposísimas con los verdes plumajes del airoso terebinto; y sobre los granados y los naranjales cimbrea su corona oscura la erguida y airosa palmera. Cada colina parece un misterioso incensario, no solo por los esmaltes recibidos en sus aristas del aire con tales colores arrebolado, por los aromas despedidos de la salvia, de la alhucema, del cantueso, del romero, del tomillo, de tantos arbustos olorosos y plantas perfumadas, a cuyos pétalos, cálices y corolas van en tropel, para pintarse las alas o para henchirse de mieles, así las mariposas como las abejas. Y no es tan solo ésta la delicia de tales amenos sitios. Aparte los aromas por do quier difundidos; aparte las regaladas frutas pendientes de los árboles; aparte las cabras monteses y los ciervos ligeros que por do quier corren; aparte los tropeles de insectos pintados y los coros de aves parleras y las constelaciones de luminosas luciérnagas en las profundas sombras y los aleteos y los susurros y la música de todos los seres componiendo una sinfonía incomunicable, ofrecen allí las fuentes, filtradas desde las altas nieves por los purificadores granitos a la honda cañada esas aguas refrigerantes, cuya virtud solo se aprecia en los climas encendidos por los rayos de un Sol ardiente, donde necesita, más que en parte alguna, el cansado habitante los claros manantiales de sus arroyos y las oscuras sombras de sus arboledas. Estas montañas ofrecen tantos contrastes, que apenas puede la vista humana, teniéndolos delante, abrazarlos y comprenderlos, pues como abajo, en las honduras, crecen aquellas plantas que necesitan del calor meridional y que se crían por África y por Asia, en los altos, en las cumbres y picachos, crecen los pinos alpestres, los castaños cargados con sus espinosos zurrones, y donde las nieves llegan a la eternidad, los helechos y los musgos del Polo frente a frente con las flores del trópico. Y no quiero, no, encarecer las altas cumbres cortadas, ya en bizantinas rotondas, ya en pirámides verdaderamente deslumbradoras como de lapislázuli, ya en conos truncados y circuídos de abismos como los astros de sombras, ya en fantásticos intercolumnios por donde las selvas entrelazan sus ramas, los torrentes despiden sus espumas y caudales en cascadas, las águilas ciernen sus gigantes alas en la inmensidad, mirando el nido inaccesible y persiguiendo la presa codiciada; mientras la luz diurna, que rebota en las facetas formadas por minerales o en los ventisqueros de sólido hielo, compone iris multicolores, horizontes fantásticos, nubes etéreas, perspectivas inacabables, juegos incomprensibles de matices varios, espejismos que arroban y extasían; pues bien puede asegurarse que la luz espléndida es como el alma madre de toda la naturaleza. Y allí, en tal cordillera inmensa, residen ahora, instante crítico de nuestra historia, Zoraya y Hacem, rodeados por el idilio de sus jardines y de sus campos que contrastan los abismos y los despeñaderos cercanos; teniendo sobre sus frentes las nieves eternas rodeadas a lo mejor de tempestades y rotas y desprendidas a veces en aludes tan fragorosos como las nubes tonantes; mientras allá lejos, en lontananzas apenas perceptibles, confundido con el horizonte, se columbra el mar azul, que baña con sus ondas coronadas de argénteas espumas, las arquitecturales riberas de África y Europa.

Allí habían edificado los reyes de Granada, Zoraya y Hacem, el silencioso y recatado nido, en que guardaban sus ya larguísimos y exaltados amores, que Alah bendijera con descendencia compuesta de dos jóvenes príncipes, en cuya suerte concentraba la madre todas sus ideas de continuo y en quienes vinculaba el padre, como hijos de un verdadero amor, todo su orgullo, hasta querer dejarles con su nombre y con su sangre, su autoridad y su corona. Hoy las varias subversiones de aquel siempre removido suelo y las cóleras y guerras de los hombres tan asoladoras como las plagas mismas del universo, hanse tragado el retiro de los regios amantes con tal voracidad, que ni siquiera los despojos y las ruinas, donde las zarzas crecen y los lagartos se calientan al Sol, quedan a la consideración del viandante. Pero, en cambio, la gran montaña, la maga, que los viandantes, desde lejos, aclaman como una especie de argéntea estrella caída de los cielos al planeta; y que los labradores tienen por la vida verdadera de sus campos, de sus plantíos, de sus sembraduras, puesto que fluye aguas límpidas y vivificantes; esa hermosísima sierra de las Nieves, lleva, en su más alto y agrio picacho, el nombre inmortal de Hacem, como para indicar con tan soberbio monumento, que tenía toda la grande altura y toda la sublimidad vertiginosa de aquel monte coronado por eternales ventisqueros. La mansión de los reyes recordaba el África y el Asia, como aquellas mansiones árabes que al gigantesco Atlas o al religioso Líbano se avecinan. Por ende, guardaba la forma de un aljibe, y tenía las azoteas y las paredes arregladas por tal modo, que mandasen a las varias albercas los rocíos y aguas del cielo. Un gran cuadrado, compuesto de terrosas murallas, con aspilleras en la cima y fosos en las bases, contenía la quinta, preservándola en aquellos bélicos tiempos de toda militar sorpresa. Desde los muros externos a las paredes varias de la casa, extendíanse grecas de mirtos y rosales, adornando, en guisa de brillantes marcos, los bordes marmóreos de profundos y cristalinos estanques; inmenso patio se abría en el centro de la casa, formado por dos galerías sobrepuestas, y todas ellas alicatadas y embutidas por el aéreo modo usual en los moriscos palacios; a un lado se veía fresca cisterna, y sobre la cisterna gallardeaban cuatro palmeras muy erguidas y muy bien hermanadas, cuyas palmas habían acompañado mil veces con sus vibraciones el pespunteo de las guzlas, el ritmo de las poesías y el eco de los suspiros; las ventanas, abiertas al patio interior, mostraban en sus verjas y en sus celosías misteriosas, en sus cortinas de sedas multicolores y varias, todos los celos del árabe por su hembra; un sitio recatado servía para las oraciones del Sultán, y un camarín, mejor dicho, una especie de gruta misteriosa, para los amores de la Sultana; en los pavimentos de jaspe tendíanse por aquí y por allá las alfombras de Persia; y junto a las alfombras de Persia los divanes y cojines de Damasco; el zócalo de azulejos abrillantadísimos, la pared alicatada y reluciente, la bóveda teñida con matices varios y sembrada con estrellas de marfil y oro, convidaban al goce de los sentidos y al desprecio del mundo en aquella sublime soledad. Todas las leyendas tendidas por los bordes alabastrinos de las fuentes, por las maderas olorosas de sándalo y alerce, por las grecas y alharacas áureas y argénteas, hablaban del amor, del placer, del goce y hasta del vino, con detrimento de las koránicas leyes y de las musulmanas costumbres. Al ver aquellas estancias, al respirar el aire puro y fresco de la montaña cargado de azahares y jazmines, al oír la música de tantos follajes y de tantos nidos como en aquel mes de Mayo murmuraban, ¡oh! nadie podía imaginar que allí mismo, en aquel edén, se recluía y encerraba entonces una grandísima pena, sí, una grandísima pena de mujer.

En efecto, Zoraya, recluída tras las celosías de un mirador, contemplaba el campo tan hermoso, cual pudiera contemplarse un campo de batalla, según el horror que su mirar traslucía. El alma humana suele fijarse, por una propensión inevitable, cuando está triste y apenada, en los objetos tristes; y cuando está jubilosa y alegre, por lo contrario, en los objetos alegres. Las fuerzas de creación y destrucción, coexistentes por necesidad en el universo, fatalmente sometido al amor y a la muerte. Así, la naturaleza nos ofrece por do quier, en la batalla del mal con el bien, ejemplos faustos o nefastos, los cuales, ya conturban, ya regocijan, el espíritu. Y entre tantos arbustos floridos, por los cármenes pintados, por las olorosas colinas, por las altas cumbres de donde fluyen copiosísimos manantiales, Zoraya, víctima de negros recuerdos y de trágicos presentimientos, veía tan solo aquello que significa el combate o la muerte; una rosa comida por las orugas en su propio tallo; un hormiguero aplastado por el viandante; un nido puesto en fuga por aviesos reptiles y arrebatado así al amor de su madre triste y plañidera; una tórtola sorprendida por el milano, que destrozaba en porciones palpitantes sus miembros, esparcía sus plumas y derramaba gotas de sangre por los aires llenos de alegría y de vida. No debemos, pues, extrañarnos de que la infeliz reina granadina recogiera sus pensamientos y sus recuerdos, como en examen interior, y mirara pasar por su conciencia los más siniestros espectáculos, así de lo porvenir como de lo pasado.

—¿Qué será de mí? —exclamaba en su angustia.

—Todas las grandezas, a que había fiado una compensación de mi perjurio, se desvanecen y pasan, parecidas a un sueño fatídico, anunciándome que acaso ya no me queda sino el castigo cercano de mi Dios, y la maldición inapelable con que condenan perdurablemente las edades todas, los grandes y protervos crímenes. Aquel amor, que un día se posesionó de mi corazón, sometiéndolo y cautivándolo, ha pasado con la edad y con las tristezas de una vida probada por dolores continuos. Aquel reino, en cuyo gobierno yo me holgué por tanto tiempo, hase venido a tierra, encontrándonos ahora como desterrados, y aunque dentro de su propio seno, constreñidos a huir del mundo, y sin hallar el camino a la fuga, porque realmente lo buscado y lo querido es huir de nosotros mismos. Olvidé mi patria, conspuí mi estirpe, renegué de mi Dios, y ahora me veo con los remordimientos más horribles en el alma no acallada ni por el sueño, y en vísperas de caer bajo aquellos mismos a quienes he traicionado y vendido. ¡Ay! Yo debo llevar la imagen del heroico y caballeroso Illán aquí en mi retina, según la veo por todas partes persiguiéndome y amenazándome. Bien es cierto que, fiel caballero católico y castellano, en la devoción a su fe y a su patria, no descansa un punto; y desde que lo despedimos, aparece por todos los encuentros de moros y cristianos, cada vez más heroico. Y aunque la heroicidad sea como su natural complexión y como su alma esencialísima, no se obran solo estas maravillas al aguijón de la fe religiosa y del amor a la patria: otros móviles quizá más extraordinarios le impulsan. Y este móvil primero ¡ay! debe ser aquel afán de venganzas y desquites, mostrado en su postrera entrevista conmigo, y que parecen facilitarle, según la pujanza de Castilla y la decadencia de Granada, todos los acontecimientos. No acierto a columbrar lo que pueda sucederme, cuando la religión de mi niñez y la gente de mi sangre pongan la cruz en los rojos torreones de la infiel Alhambra. ¿Dónde me ocultaré yo ese día? Paréceme ver ya el héroe castellano, el amante Illán; la espada en su diestra;

el casco resplandeciendo en su frente; alzada la visera de oro; vestido con las mallas de acero; el peto argénteo fulgurando chispas; los ojos fuera casi de las órbitas, a fuerza de mirar; encontrándome cara a cara, en los palacios recién conquistados; y al centelleo siniestro de recuerdos que han constituido su martirio, clavándome hasta la empuñadura en el corazón su puñal forjado contra corazones infieles en la tierra de mis padres. A tal pensamiento desvarío en términos que apelaría, si Dios no me tuviera de su mano, a la muerte. Imposible resistir al recelo de un fin semejante, y quizá merecido; pero mis hijos me retienen aquí en el mundo y me obligan a porfiar hasta darles fortuna y poderío en consonancia con su nombre y con su estirpe. Me lo confieso a mí misma yo, aunque no pueda, como en otro tiempo más feliz, decírselo a confesor ninguno, aguardando con calma de su absolución o de su consejo alivios a la conciencia y conjuras del remordimiento: desde que mis hijos crecieron, heme sentido ambiciosa con toda suerte de ambiciones, y he deseado arrancar al conturbado reino de su padre un fragmento, siquier mezquino, donde tallarles con tablas de naufragio las gradas de un trono. Sí, sí; los últimos esfuerzos de mi vida se consagrarán a esta obra.

Mientras discurría Zoraya de tal suerte, advertíanse, allá en el horizonte lejano, varios objetos movibles, que no podían verse y clasificarse con verdadera claridad, pues unas veces se asemejaban a bandadas de aves, y otras veces a tribus de cuadrúpedos, cuando, en realidad, eran jinetes, expedidos al palacio de Hacem, para notificarle todas las terribles nuevas llegadas, y moverle a idear y hacer algo por el remedio a tantos males. Bien pronto distinguió Zoraya que aquellos movibles objetos, acercándose a más correr, no eran, sino los portadores de noticias, y el corazón se le cerró aún más de lo que antes estuviera, y los afectos encontrados de su ánimo se le recrudecieron a una con terrible recrudecimiento. Bien había por qué; pues cada nuevo año y cada nuevo suceso le acercaban el momento, por ella tan temido, y en realidad tan temible, de un verdadero encuentro con Illán, reconviniéndola como la personificación del remordimiento, por el atroz perjurio, e infligiéndole terrible pero justo castigo. Un pelotón en armas, enviado por Venegas en persona y expedido a las Alpujarras desde las costas malagueñas por el Zagal, iba en requerimiento de Hacem, y desmontaba bien pronto, devorando el espacio a fuerza de cabalgar, en la puerta de su quinta.

No hay palabras con qué describir la inquietud horrible de Zoraya, mientras Venegas dirigía sus pasos al aposento de Hacem y le confiaba los sucesos ocurridos. Conocedora la Sultana, por su experiencia propia, de lo mucho que le dolía en su interior al Sultán, desde las voluntariedades múltiples de Aixá, toda inmixtión femenil en los negocios públicos, abstúvose de acudir a la entrevista con Venegas, y dominó su impaciencia. Mas no tuvo para qué usar los resortes de su voluntad mucho tiempo, a causa de que la puerta del camarín se abrió, apareciendo el rey en compañía de su vizir o ministro. Ya muy entrado en edad Hacem, conservó hasta el instante supremo de que vamos hablando, toda la prestancia y toda la fuerza de su florida juventud. Ni las canas de su barba, ni los surcos de su rostro, ni las arrugas puestas por el cuidado continuo en su entrecejo, dañaban a la robustez de aquel cuerpo y a la frescura de aquel cutis verdaderamente bellos y jóvenes. Pero al abrirse la puerta y aparecer a la vista de Zoraya, no lo hubiese conocido ésta, según lo demudado que iba. El rayo mata, y se concibe la muerte instantánea; mas no se concibe que una simple noticia sea como un rayo asesino, y haga envejecer a un hombre, como si lo trasmutaran de súbito en dos minutos. Lo cierto es que temblaba todo Hacem, como las ramas de un árbol sacudidas por los vientos; y había menester de apoyarse, como un ciego en las paredes, para no rendirse al peso de un dolor y no caerse derribado sobre los pavimentos. Los ojos se le habían ahondado en términos, que fosforescían allá lejos como los fuegos fatuos en las honduras de los sepulcros; los labios se le habían contraído en términos de parecerse a los labios de un difunto, en lo fríos o en lo rígidos, cual si llevaran ya en su color amoratado los vapores amarillos y blancuzcos del postrimer aliento; ni sus pulmones podían respirar, por lo que la palabra se le anudaba en la garganta y el ahogo le venía de suyo al pecho, con anhelos horribles de agonía y de muerte. Zoraya le vio con horror en aquel estado, y lanzó un grito de verdadera desesperación, pues en la estancia de su marido le dejara poco antes joven, y ahora le veía cadáver. Así, arrojóse a sus pies y le abrazó con efusión las rodillas, conjurándole a ofrecer más coraje al infortunio, cualquiera que fuese, pues nada sabía ella de lo que pasaba, y pidiéndole conformidad mayor con el hado, por ella y por sus hijos. Hacem, después que los partidarios de Boabdil sobrepuestos a su autoridad le despidieran tras el célebre torneo católico de Granada, no se había dado punto de reposo en combatir con verdadero coraje a favor de su religión y de su gente. Los campos de Algeciras, las cercanías de Gibraltar, los dominios de tanto duque guerrero como pululaban en la reconquista de Andalucía, viéronle mil veces pasar, en guisa de nube tempestuosa que asesta pedriscos y centellas. Luego, una vez ganado el triunfo increíble de Málaga y soterrada una parte de la nobleza bética en los campos luctuosos de la terrible Ajarquia, retiróse Hacem al sitio labrado en las Alpujarras, dando expresa orden, según añeja costumbre de los déspotas asiáticos, para que no le pasaran recado alguno y no le dijeran ninguna nueva, deseoso de consagrarse a las oraciones de su devoción y a los afectos de su hogar. Así pasó la salida nefasta de Boabdil, y la llegada terrible a Loja, y el caso ante tal ciudad ocurrido, y el cautiverio regio, y la muerte de Aliatar, y la ida del rey católico y del rey moro a Córdoba, sin que Hacem supiera una palabra; pues, cercado allí en las breñas, y manteniendo una incomunicación estrecha con las cercanías, como la que mantienen los fugitivos y aislados de una peste, ni su hermano el Zagal desde Málaga, ni desde Granada su mujer Aixá intentaron decirle cosa ninguna sobre cuanto pasaba en su triste y castigado imperio. Pero acababa de llegar lo más terrible para los muslimes, el convenio pactado por Boabdil con los reyes Católicos, y era preciso notificarlo al valeroso Hacem. Ocurría, pues, a esta necesidad la presencia de Venegas, mandado por el Zagal a las Alpujarras, y el sacudimiento producido por tal noticia en el ánimo de Hacem, lo acababa de maltratar y herir como habéis visto.

—Murió Granada —exclamó el viejo rey con acento ronco y profundo, cual maullido feroz de un tigre por los cazadores acosado.

Al oír Zoraya tal frase, acordóse de sus hijos, como se podría en cualquier naufragio acordarse una madre amante de los suyos, y se levantó del suelo a buscarles indeliberadamente y sin conciencia de lo que hacía. Mas una de las súbitas revelaciones, que culebrean por los nervios de las mujeres, las cuales tienen facultad misteriosa y hasta profética en su inspiración, detúvola de súbito, constriñéndola con imperio a inquirir del esposo con premura la causa de su dolor.

—Boabdil cautivo —dijo éste, contestando a las preguntas de Zoraya.

—¡Cautivo! —exclamó la reina con asombro, serenándose un tanto, pues tras tal cautiverio columbró lucros, ya que no coronas, para sus hijos.

—Más le quisiera muerto, que no deshonrado como está indudablemente a los ojos de todos los muslimes.

—Pero, ¿quién, quién lo ha cautivado? —preguntó Zoraya—. ¿Su madre Aixá, usurpadora como siempre? ¿Su tío el Zagal, cuya grande Alcazaba malagueña se levanta sobre los alcázares granadinos? ¿Sus walíes de Almería y de Guadix a la continua insumisos?

—Le han cautivado los cristianos —dijo Hacem— los perros cristianos, olvidando el origen y el nombre de sus dos interlocutores, Venegas y Zoraya.

—En este momento —añadió el vizir—, quizá cabalga camino de su ciudad y de su reino, en compañía del caballero Illán, a quien le han fiado su guarda y su custodia.

Cuando Zoraya oyó el nombre de su amante, sintióse como presa de un vértigo, y tuvo que agarrarse a la primer cortina cercana para no caerse derribada por la emoción sobre los mármoles del pavimento.

—¡Oh! —dijo Hacem—, ¿por qué no me has traído, Venegas, la noticia de su muerte?

—Porque tu hermano me impuso la obligación de comunicarte la verdad, y te la comunico.

—¡Cuán despiadado fue conmigo Alah, no arrebatándome la vida cruel que llevo, antes de llegar a este día nefasto!

—Pero veo —dijo Zoraya— que mientras tú, Hacem, hablas del cautiverio de Boabdil; tú, Venegas, hablas del regreso de Boabdil a Granada.

—Déjame sentarme —dijo Hacem— y nos contará Venegas todo aquello que yo he confusamente oído, y que ha penetrado, a guisa de sutil veneno, difuso en los aires, por todas las fibras de mi viejo cuerpo.

Los tres interlocutores se sentaron, cada cual en asiento conforme con su rango; y Venegas habló de esta manera.

—Cautivo por su temeridad Boabdil, corrió, en cuanto supo su cautiverio Fernando el taimado, en pos de su busca y de su vista. Como siempre que de tal rey se trata, vióse la benevolencia en todo lo aparatoso y externo, lo cruel en todo lo real y verdadero. No quiso humillarlo en ceremonias vejatorias, por lo mismo que iba redomadamente a desceñirlo de su autoridad soberana. Un gran consejo de magnates y potentados se reunió; y allí, so color, de oír a los demás, cumplió su propio propósito y su voluntad reflexiva. Don

Alonso de Cárdenas proponía el cautiverio indefinido, mientras don Rodrigo Ponce de León la inmediata libertad. Hallábase allí el heroico Illán laureado por su resistencia en Málaga, por su audacia en Lucena; y como, divididos los pareceres, equilibrábanse con sus contrarias fuerzas, puso en sus manos la suprema resolución Fernando. E Illán, conocedor, a causa de su cautiverio y de la parte que tomara en las rebeliones granadinas, del precario estado nuestro, aconsejó la suelta del príncipe, después de haberle arrancado un pacto, so color de amistad, que fuese la ruina y la deshonra de Granada.

Mientras Venegas refería estas cosas y modulaba estos nombres, asíase a su diván Zoraya, como si le faltase tierra bajo su cuerpo, y buscaba con la vista en los alamíes cercanos sus áureos pomos, llenos de orientales esencias, para conservar vida y sentido que se le iban por minutos.

Boabdil —continuó Venegas— decidió aceptar todo cuanto le propusieron, instigado por su ambiciosa madre; y lo primero que hizo, fue declararse vasallo de Castilla.

—¡Oh! No lo repitas —exclamó Hacem agarrando por el brazo al vizir, y sacudiéndolo como si fuera el verdadero culpado—. No vuelvas a repetirlo, porque desearía no saberlo, y que me tragaran los abismos, y que ardiera por toda una eternidad en los infiernos, pues no había de padecer tanto como padezco en este horroroso minuto. ¡Boabdil, Boabdil! ¡Malditos sus progenitores, aunque sean los propios míos; maldita la hora funesta en que vi a su madre; maldita la noche aciaga en que lo engendré; maldito el día en que vino a la tierra; maldita la sangre de sus venas; malditas las generaciones que legué a los futuros tiempos! ¿Dónde se halla el enviado Azrael, que no trae su aliento de guerra y exterminio, desde los abismos cerúleos, para consumir a Granada, aniquilándola de súbito e impidiendo el que la vea yo vendida por sus propios reyes?

—Y los cautivos cristianos —continuó Venegas— serán entregados a los reyes Católicos; y tributos, muy superiores a los que Hacem negara siempre, se le pagarán nuevamente; y podrá requerir, cuando quiera, servicios militares; y podrá tener Granada en feudo.

Hacem, no resistiendo más tiempo a tal relato, se quedó como muerto; y mientras Zoraya se volvía por todas partes en demanda de socorro, cual si fuera víctima de naufragios o incendios, Venegas, mirándola de hito en hito, le decía:

—Illán se vengará de nosotros con horrorosas y perdurables venganzas.

Capítulo XXII

—Parece un cadáver —decía Zoraya, dirigiéndose a Venegas, el cual preparaba órdenes y rescriptos, que presentar al Sultán Hacem, cuando recobrase la posesión de sí mismo, impidiendo el cumplimiento de pactos, tan traidoramente convenidos por el triste y desdichado Boabdil.

—No te maravilles, Zoraya, de cuanto pasa por Hacem. Los muchos desengaños, recibidos hace tiempo de su familia, no impiden que la sangre de Boabdil sea su propia sangre, y se desespere al verla deshonrada. Su hijo muestra cualidades contradictorias: ambición en la ociosidad, valor en el harén, deseo de reinar sin reino, aspiraciones a dirigir la raza muslímica en toda Granada, cuando cetro y alfanje se le caen a una de las manos, bajeza delante de sus eternos enemigos y altivez delante de su padre, perseverancia pero solo en la debilidad, y salidas bruscas de un capricho arbitrario, el cual parece tener incontrastables inclinaciones al abismo. Y en este rebajamiento moral ha firmado deshonroso convenio con los enemigos de su religión y de su patria.

—Sí, cierto —añadió Zoraya— muy cierto, mas por lo mismo, extráñame que, conociendo como conoce la complexión de su hijo, se haya extrañado tanto de tal nueva bajeza y recibídola como si no debiese aguardarla en realidad hace mucho tiempo.

—Nunca se cree lo adverso en toda su verdad, hasta que no se sabe por una dolorosísima experiencia.

—Y comprendo menos todavía que, al saber la traición, le haya entrado un dolor, capaz de paralizarle para toda grande resolución, a él tan resuelto; y lejos de hacerlo tantas veces hecho en otras ocasiones análogas, requerir sus armas, ensillar su caballo, vestirse la cota de malla, y lanzarse rápido al campo en busca del combate y del triunfo, caiga en esa especie de parálisis, y no piense, ni resuelva cosa ninguna, fuera de dolerse y llorar en este minuto de su vida, tan propicio al empleo de sus más altas y más fecundas facultades.

—El golpe ha resultado asaz fuerte, para que no le haya inferido esta dolorosa turbación, de la cual llegaremos a sacarle con alguna industria.

—Porque mira, Venegas, hemos renunciado a nuestro Dios, a nuestro pueblo, a nuestro nombre, y no es cosa de hallar el martirio por gentes, los cuales allá en el interior, no amamos, y por dogmas en cuya verdad no creemos. Yo tengo mi ambición propia, y mis hijos de sangre mahometana y regia, como instrumento para satisfacerla.

—De modo que Hacem se libertó de Aixá para caer en Zoraya.

—¿Y lo extrañas?

—No extraño, aprendo y observo.

—Entiendo tu observación; mas observa la diferencia. Mientras Aixá persigue con sus importunaciones al Sultán, yo jamás le digo una palabra, y me industrio de suerte que aparezca su propia voluntad, y no mi poderoso influjo, el agente de sus actos.

—Ya lo veo, ya lo veo.

—Pues bien, inhabilitado para el trono Boabdil por su traición, importa que mis hijos, engendrados en el único amor verdadero que sintiera en toda su vida el Sultán, ocupen ese trono, a cuya sombra nacieron, y sean los reyes únicos de la sin par Granada.

—Pretendiente nuevo tenemos en campaña, y pretendiente formidable.

—¿Qué quieres?

—Que veas como acaso pretendes tu perdición y tu ruina. La nave del Estado, por ti codiciada, no tiene tabla que se junte con otra tabla suya, pues, rotos los clavos que las unían, corre cada cual sobre las cimas de trombas, cuyos vorágines todo lo devoran y absorben.

—Pero déjame coger al menos parte del naufragio.

—Boabdil corre a Granada, llevando en su frente la deshonra y en su mano la discordia. El vulgo de poco seso, y menos responsabilidad, le aclamará, porque confundiendo la vida particular con la vida universal, cree de su deber sustentarlo por haber nacido y criádose a su vista. Pero, mientras tanto, los nobles de Loja, que han perdido por su temeridad al valiente Aliatar; los zegríes y gomeles de Ronda que ven ya ondear las banderas del Marqués de Cádiz por las perspectivas de sus horizontes; el Zagal de Málaga, que ambiciona también una corona, se repartirán los fragmentos del cuantioso despojo; y sobre cada pedrusco vomitado por la erupción, y sacudido por el terremoto, sabrán erigir diminutas monarquías, donde ufanos daránse aires de autoridad y apariencias de poder.

—¿Qué quieres? No en vano respira una el aire de la corte. Cuando se ha vivido por estas alturas, apréndese muy pronto, como no hay medio para los príncipes entre mandar o servir. Sus cabezas tocarán el oro de una corona o el leño de un cadalso. Aquí precisa humillará los demás para levantarse uno. Quien se resigna de grado a la humildad sucumbe sin remedio en el desprecio. Cuando nada tengan que temer o aguardar de ti, no te mirarán al rostro. Y mientras estés muy alto, imitarán los cortesanos a los poderosos, como imitan los micos a los hombres. Ya sabes que los amigos de Alejandro torcían las cabezas, porque llevaba el gran conquistador la suya siempre torcida; y que los criados del tirano Dionisio, tropezaban a una con todos los objetos en los salones y en las salas para en algo asemejarse a su dueño. Créete que la fortuna pide cortejo y cortejos. Quien desdeña requerirla de amores, no la rinde ni la goza jamás.

—Zoraya, todo eso está muy bien si pudieras alcanzar la certeza de que no llegarían los enemigos comunes a disputarte con sus lanzas el trono ganado para tus hijos. Pero mira con cuidado a los cuatro puntos del horizonte, y verás levantarse cuatro vientos contrarios a ese reino, con cuyo logro sueñas.

—Sí, adverso todo cuanto pasa, mas por lo mismo, invitando al ánimo a contrastarlo y combatirlo.

—Haré cuanto quieras en obsequio de tu plan, ya que nos une la común suerte con el apretado lazo de un común remordimiento. Pero atiende y observa cómo aquellos, a quienes hemos traicionado nosotros, nos asedian. El día menos pensado entrará Illán por esa puerta, pidiéndote cuenta de su felicidad, y conjurándote para que te prepares a la expiación y al castigo.

Zoraya, movida por esta invocación, se levantó de súbito del diván, donde se asentaba, y se llevó de golpe las dos manos a las sienes. Su cuerpo se puso rígido como el de aquellos pajarillos que fascinan las serpientes. Claváronse sus ojos en misterioso ser, que parecía presente allí, aunque inaccesible a la vista. Y una fascinación, verdaderamente singular, prestóle toda la inmovilidad y toda la pesadez de una estatua. Comprendiendo Venegas que tal efecto se había producido en Zoraya por la evocación del nombre de Illán, se levantó con presteza de su asiento, y asiéndola fuertemente del brazo, la sacudió para despertarla de aquel sueño mágico. Pronto volvió en sí la cuitadísima Zoraya, perseguida de obsesiones horribles, siempre que se le recordaba el perfecto caballero, a quien había hecho infeliz de toda infelicidad con sus apostasías y con sus perjurios.

—¿Cómo te encuentras? —le preguntó Venegas, en cuanto advirtiera que Zoraya podía ya con facilidad hablar.

—¡Oh! —respondió ésta, lanzando una especie de ronco aliento, en el cual envolvía huracanes de suspiros y nubes de lágrimas.

—Cobra la calma, porque lo anunciado todavía no es realidad, aunque pudiera serlo pronto.

—El nombre de Illán me aterra. Y yo creo que, no por temor a él, por temor a mis remordimientos. Traidora he sido con mi patria, infiel a mi Dios; pero aun faltando a estos sacros objetos ¡ay! a ninguno le falté como al rendido amador que me consagrara vida y alma sin rebozo en sacrificios y holocaustos sin término. Pero, si ahora vacilara en requerir la parte de fortuna y de poder aquistables para mis hijos, traicionaría también lo que no traicionan jamás ni las fieras, traicionaría mi corazón de madre.

—Pues necesitas prestarle al buen Hacem mucha vida y el antiguo vigor: que se halla como acabado y muerto.

—Yo le animaré sin decirle por qué y para qué le animo. Yo le moveré a presentarse por última vez en Granada, recogiendo la corona de sus padres a fin de dársela, no al Zagal ambicioso, no al Boabdil fementido, no al nieto deshonrado ya en la cautividad prematura, no, a los pedazos de sus entrañas, a la sangre de su amor, a los dos hijos de su preferencia y de su felicidad, a mis hijos, reyes verdaderos de Granada. Ambos se parecen a su excelso padre. Ambos tienen su vigor y su pujanza. Ambos han heredado el fuego sacro para los combates y el horror invencible a la deshonra. Viéndolos en el pie de su lecho, tan robustos y tan hermosos, no querrá dejarlos hundidos en la miseria, y les tenderá la corona imperial de sus abuelos, digna de sus sienes. Imposible, completamente imposible, que acepte Granada la concordia infeliz ideada por Boabdil, y que resultaría bien pronto súbita mudanza en su poder presente y ruina y deshonra en próximo inmediato porvenir. Se rebaja un rey; no se rebaja un reino. Y si nosotros buscamos los móviles que han impulsado mil veces al combate la voluntad enérgica del Sultán, y le han constreñido a tantas luchas y a tantas victorias apenas creíbles, defenderemos a Granada con ardor de todos sus enemigos, y la llevaremos a seguro puerto; cosa bien asequible con solo ponerla en manos de los dos jóvenes nazaritas, a quienes visiblemente se la confía el destino.

—Pero mira, Zoraya, el pecado cometido por nosotros contra nuestros padres, vuélvese ahora contra tus hijos. Esa, Granada, que destronó al Sultán Hacem por sus complacencias contigo y con tus gustos cristianos, quiere de seguro a los príncipes como nazaritas, pero los detesta como nazarenos. El nombre de su padre se borra y extingue tras la sombra proyectada por el nombre de su madre. Y no alcanzarán jamás los partidarios alcanzados por ese Zagal, a quien tú llamas ambicioso, y por ese Boabdil, a quien tú llamas fementido.

—No importa, no; tentémoslo y pronto. Las pasiones del pueblo cambian como los oleajes del mar. Nuestro principal agente, la voluntad verdadera de Hacem, necesita despertarse y se despertará. El viejo caballo de guerra tenderá su cola con su crin al viento, y erguirá soberbio sus orejas, así que oiga el clarín guerrero, incitándole a cien gloriosos combates. Vamos, pues, a moverlo, a encender su sangre, a iluminar su mente, a subvertir sus ambiciones, a que arrastrado al combate no podamos dudar ni un punto de la merecida victoria. Sígueme y animémosle para que regrese a Granada, recoja del polvo la diadema de sus padres, y la ponga sobre las sienes de sus hijos.

Muchas las instancias de Zoraya y Venegas al desesperado Hacem serían, cuando resolvió éste partirse a Granada, y presentarse allí, donde había devorado tantas penas, en porfía y competencia con su hijo. Bien pronto los añafiles de guerra hicieron retemblar aquel suelo idílico y sereno, que parecía solamente destinado a nutrir y aumentar la vida, ofreciendo espacio al fecundo laboreo de la feliz agricultura, y habitación a los agricultores. Oído el llamamiento de los añafiles, toda persona de armas y de guerra, existente allí, en aquel sitio, de las compañeras del Sultán, presentáronse con todos sus arreos de combatir y a caballo en sus ligeros corceles. No iba con aquel hombre ni la dominación fuerte, ni el poder supremo, ni la grande autoridad a Granada; iba la división, iba la discordia, iba la feroz anarquía que mata los imperios más fuertes y que disuelve las sociedades más antiguas. Sin embargo, el Sultán carecía, tras los estragos producidos en él por las noticias últimas, de aquella fuerza y de aquella energía militar, a las cuales debiera, en otros tiempos, tantos múltiples triunfos. Al verlo descender, encanecida su barba, trémulos sus nervios, descompuesto el semblante, cualquiera lo tomara más bien por un aparecido que no por un ser histórico y real. El bastón, que llevaba en las manos, más bien de sacerdote que de guerrero, contrastaba mucho con el cortante alfanje, que a la cintura ceñía. Cualquiera lo tomara por un profeta, descendido, como el viejo Elías, de las montañas, para decir y comunicar sus visiones religiosas, que no por un conquistador y por un monarca de razas tan valerosas y fuertes. Aquellos ojos, que relampagueaban y tronaban, entre las fulguraciones de los combates, parecían ahora, hundidos en lo más profundo del rostro, como dos cavernas, de las cuales fluyesen ríos de lágrimas. En otras ocasiones, la contrariedad le aguijoneaba, como sucedió tras la perdición de Alhama; pero ahora, no, ahora fatigado al peso de sus infortunios, herido por las grandes contrariedades que había probado en una existencia ya sin horizontes y sin esperanzas, puesto como fuera de sí por la deshonra vinculada en su nombre a causa del perjurio de su primogénito, inclinábase con fatales inclinaciones al sepulcro, en busca de un profundo sueño, de un eterno descanso, y de un perdurable olvido. Cuando tomó la vía de Granada, seguido por aquella sombra de corte, parecía un verdadero fantasma. Y sin embargo, allí en Granada se le volvían ya muchos de los que antes le abandonaran. Los pueblos enfermos cambian, en sus angustias y en sus agonías, de postura, como los individuos enfermos en su lecho de muerte. Los restos de la grande aristocracia granadina, sobre todo, aquellos que no guardaban el odio al Sultán, trasmitido por anteriores generaciones mártires, como los abencerrajes, iban de nuevo a buscarle para pedirle su formidable auxilio. La reacción a su favor, en tan alto grado había subido tras los errores del pacto con los reyes Católicos, que Aixá, recelosa y próvida siempre, abandonó las colinas hermosísimas de la Alhambra, pidiendo al popular Albaicín, refugio para su persona y base para el trono de su excelso, hijo. En efecto, los espacios próximos al palacio real de los monarcas nazaritas, sustentando los gomeles y los zegríes y los zenetes y los sirios, y tanta otra gente de pura sangre semítica y de pura creencia mahometana, sustentaban también una tradicional aristocracia, muy pagada de sus recuerdos y de sus privilegios, muy enemiga de toda complacencia con los infieles. Por consiguiente, allí estaban los enemigos naturales del convenio urdido por Aixá en Granada y sellado por Boabdil en Córdoba. Bien al revés el sitio conocido con la denominación de Albaicín. Allí estaba el populacho dispuesto a sostener todas las tiranías y a sufrir todas las servidumbres; allí los judíos, a quienes el mal trato, inferido lo mismo por la gente mahometana que por la gente católica, les desligaba de todo amor al imperio musulmán; allí los mozárabes, o sean las antiguas familias cristianas, residentes, tras la conquista ismaelita, y que permaneciendo ajenas a las discordias, no abrigaban muy cordiales sentimientos en favor de un gobierno como el mahometano, a quien habían obedecido mucho, pero no amado jamás. Únanse a esto los diversos oficios bajos y viles, así como las gentes malditas y puestas fuera de toda sociedad, aunque habiten dentro de ciudades muradas, y bien pronto se advertirán las varias levaduras de anarquía guardadas en el barrio escogido por Aixá, como seguro contra la soberbia de los nobles y a favor de la traición de su hijo. A mayor abundamiento había en lo que pudiéramos llamar cabeza del Albaicín, sobre sus colinas más escuetas, en los sitios defendibles por agrios y abruptos, un fuerte muy complicado y extenso, grande alcazaba, tras cuyas inexpugnables murallas podía sostenerse los más débiles con fácil resistencia. De tal geografía granadina deriváronse durante largos siglos aquellos bandos y encuentros y combates, exacerbados ahora todos ellos y recrudecidos por la grande agonía de un reino, a muerte condenado por los irremisibles decretos de un destino implacable.

Un ser divino, un verdadero enviado celeste, un genio sobrehumano, que desde las cumbres empíreas hubiera podido mirar los repliegues de nuestro planeta, encontrara en aquellos dos viajes de los dos reyes el anuncio indudablemente más cierto de la próxima ruina que amenazaba con próximas inminentes catástrofes al reino de los nazaritas. El Sultán Boabdil remontaba el curso de los ríos desprendidos de la Sierra Nevada, mientras el Sultán Hacem descendía por ese mismo curso, desde las breñas donde sus manantiales fluyen y sus respectivos nacimientos se originan; llevaba el uno en su derredor escolta como la caballería católica, por Illán comandada, mientras llevaba el otro africana caballería presidida por Venegas; impulsaba la vuelta de Boabdil una tan grande ambición como la de Aixá, e impulsaba la vuelta de Hacem otra tan grande ambición como la de Zoraya; y mientras el reino se dividía en fragmentos, como colosal montaña cuyas raíces el terremoto sacudiera, y cuyas cumbres a su vez mil volcanes en erupción tempestuosa; las dos mujeres pensaban tan solo en sus sendos propios hijos, creyendo con sublime, pero nefasta ceguera, que de todo cuanto allí se venía a tierra, de la indisciplina en el soldado, y de la soberbia en el vizir, y de las insurrecciones de los walíes, y de los tres o cuatro Estados surgidos con tanto estrépito en aquel tremendo caos, y de las fracciones en armas, y de las guerras en continuidad, y de las rotas sin vergüenza, y de las desmembraciones sin remedio, podían sus dos almas de madres aprovecharse y tallar tronos y dominaciones: insensatez comparable solamente a la de un náufrago, que oyendo silvar el huracán y la tormenta desde los abismos donde hubiera caído, con los oleajes golpeándole tremendos la cabeza, con las entrañas del Océano próximas a devorar su cuerpo, cogiese, por acaso, una tabla, y quisiera convertirla en tálamo de placeres o mesa de festines. Verdad o mentira, la tradición ha puesto en el personaje, más o menos fabuloso, que se denomina la Cava, el origen y la causa ocasional de nuestros dolores y desastres bajo la dominación sarracena. El nombre de Zoraya no lleva consigo un vituperio tan atroz. Quizás, cuando el moro errante por los desiertos de Sahara, que aún lleva colgada en el cíngulo, a sus riñones ceñido, la llave del hogar andaluz, recuerde, azotado el rostro por las arenas encendidas que levantan las bocanadas ardientes del Simoun, recuerde cómo tuvo su edén hermosísimo con aromadas colinas, con frescas y corrientes aguas, con cármenes floridos, con palacios fantásticos y fantaseados, con grutas de áureas estalactitas, y pregunte por qué y por quién lo ha perdido, quizás maldiga diariamente a Zoraya, como maldicen los romances castellanos y las tradiciones históricas nuestras a la sensual joven, que destruyendo en sus brazos el vigor del último rey godo, nos entregó debilitados y enflaquecidos, al muslímico poder, con cuyas fuerzas pugnamos durante siete siglos. En verdad, Zoraya interponiéndose con su amor en el reinado de Hacem, que parecía venido a restaurar la pujanza nazarita, quitóle todo el favor de la verdadera nobleza o aristocracia histórica, y lo enflaqueció en términos, con darle cristianas apariencias, sin por eso prosperar y servir su autoridad propia y su fe religiosa, que los muslimes le destronaron, y al destronarle, perdieron a un tiempo su fuerza mayor de soberano empuje y su fuerza mayor de tenaz y porfiada resistencia. Pero ¿qué decir de aquella otra mujer, de Aixá, la cual se creía en su orgullo como un general para los ejércitos, como un maestro para los faquíes, como un emperador para el Estado, coma una guía de todos y para todos? En tal extraña situación, aquella mujer, apasionada, como madre de su hijo, tomábalo por enseña y pabellón de todos sus propósitos e intentos, cuando, imprevisor en sus juicios, por naturaleza verdaderamente ciego, de alma sensual hasta la voluptuosidad y la molicie, valeroso pero sin tenacidad, arriesgado pero con mesura, indiferente a la misma diadema que sobre sus sienes llevaba, gran amador, gran esposo, hijo fiel de aquella madre imperiosísima, sin propia natural inteligencia, sin ascendiente verdadero y seguro sobre los demás; triste y angustiosa figura de irremediable decadencia, significaba tan solo el término y conclusión de la hermosísima Granada. Y aquellas dos mujeres, cuando los abismos todos a los pies de su Alhambra se abrían, y los huracanes bramaban por las altas cimas, derribando uno a uno todos los fuertes, a cuyo amparo se fiaba el imperio, combatían entre sí a muerte y se despedazaban, tomando una el alfanje de Hacem y la otra el alfanje de Boabdil o sus respectivos cetros, para esgrimírselos en tan gigantesco y colosal combate, sin consideración alguna, en sus violencias, ni a los sentimientos naturales de familia, ni a los intereses políticos de su Estado y patria. La pugna entre aquellas dos mujeres, pugna increíble, significaba la próxima, y ya irremediable rota de Granada en sus postrimerías.

Mas otra escena la indicaba mejor aún. Boabdil, padre, como suelen los árabes en la florida juventud; con primogénito, ya gallardo y apuesto, siquier mozo y casi niño, habíase visto precisado a entregarlo en prenda valiosa del cumplimiento de su palabra, y se despedía de tal pedazo de sus entrañas en la hora nefasta de recobrar su libertad y de volver al mermado y casi disuelto reino granadino. Intensísimas penas le costó la posesión y disfrute de un trono destrozado en mil pedazos; pero ninguna tan amarga como la que consistía y estribaba en la obligación de coger al primer hijo de su amor y entregarlo, contra su voluntad, al implacable y eterno enemigo de su gente, de su religión y de su imperio. Por un decreto del destino implacable, los dos Sultanes de Granada, hijo y padre, quienes pisoteando las leyes de la naturaleza, se aborrecían a muerte, lejos de amarse con recíproco amor, veíanse castigados en sus sendos primogénitos, los cuales aparecían heridos a una por irreparables desgracias, como el deshonor y el cautiverio. Escena luctuosa, en verdad, aquella: un rey, destronado y devuelto a su trono por obra y gracia de los más implacables enemigos; una libertad, amargada con la ponzoñosa levadura del propio rebajamiento; un hijo arrebatado a sus padres y puesto en los palacios cristianos como caución de pacto suscrito para perder y arruinar por siempre a la inmortal Granada. Comprendemos que Boabdil, cogiendo entre sus brazos al hijo de sus entrañas, llevándoselo a un lado con la venia de los caballeros cristianos; y en cuanto la distancia no permitiese oír a estos lo que decía él, hablárale cuitadísimo en estas graves palabras:

—Ven aquí, ven, hijo mío, y deja que tu desdichado padre te bese y te abrace, a ver si puede llevarse consigo en los labios tu alma, como tiene fijo en el corazón tu amor y en la retina tu figura. Me acuerdo aún del día, que a la vida viniste para mi regocijo, y oigo tu lloro que me apena hoy, cuando antes me halagaba como una canción melodiosa los oídos. Entonces, aquel día, cuando tus tiernas carnes parecían próximas a derretirse de suyo al fuego de mis besos; cuando yo te oía llorar, y buscaba en tus párpados cerrados la primera luz de tus ojos para mí, no podía, no, imaginarme, que aquel enviado del cielo a tanta felicidad y a tanta ventura, debía, por el hado adverso de su padre, caer pronto en mísera servidumbre y convertirse de príncipe regio, en cautivo humilde. Yo, saliendo de Granada, marchando temerariamente hacia Loja en competencia con las correrías de tu abuelo, yo solo he labrado mi desgracia y tu cadena. Pero no me culpes a mí, no, hijo mío, todo cuanto nos sucede ahora es obra de un destino implacable, al cual no podemos contrastar con nuestra voluntad particular. Dos nefastísimos astros sobre mi cuna y sobre mi nacimiento se juntaron, según mil veces he oído a mi padre vertiendo en ella los siniestros destellos de una irreparable y eternal desgracia. Así, no he intentado cosa en que no haya visto la mano del destino esgrimir sus armas contra mi corazón. Todos tienen padre amante, hasta los seresinferiores, y yo he tenido por padre un tirano. El cautiverio en los harenes, y la ponzoña del placer que solo ha contrastado con su amor tu madre, quitáronme desde los comienzos de mi juventud fuerza para los combates de la vida. Y este desmayo mío se complicó tristemente con las cábalas que formaban los astros en sus alturas contra mi persona, y que venían a decirme sin recato los más célebres astrólogos. Háme pasado a mí, salir en día sereno a la revista de mis tropas, y encontrarme con que las nubes del cielo se me venían encima como bandadas siniestras de aves carniceras, desatando un diluvio en cuyos torrentes corrí peligro de ahogarme y se ahogaron muchos de los míos. Así el pueblo me llamó Zogoibí, que quiere decir, desdichado. Y en efecto, la desdicha me sigue. Mis lanzas se quiebran en los pedruscos de mis propios alcázares. Todos los animales de mal agüero me persiguen. Enrédase la zorra en los pies de mi caballería, y aunque le asesten nubes de flechas y dardos, corre ilesa en demostración de que me ha herido a mí con sus augurios. Y cuando por la noche me cierro en mi tienda de Syria, y pongo mis almohadones de damasco sobre mis alfombras de Persia, rodeándome de todos los sortilegios que conjuran los hados adversos y sirven propicios a las felicidades humanas, como si todo contra mí se volviera, la estrella enemiga, bajo que nací, me contempla con horror desde los altos cielos. Y el búho se burla de mi suerte, mirándome de hito en hito con su mirar amarillento, y reconviniéndome con sus siniestros gritos. Yo, en mis esperanzas, te destinaba un trono y no un cautiverio. Te quería para dirigir a los hombres y no para servirlos. Te consideraba rey con corona, y no esclavo triste bajo la pesadumbre de incontrastable cadena. Y la mujer en quien te hube; y la estancia sellada con las barras de Alhamar en que naciste; y los regocijos, compañeros de tu natalicio; y las gentes puestas a tu merced; y las ofrendas múltiples de reyes y pueblos; y tu sangre, tan gloriosa; y tu estirpe gloriosísima, decían bien a las claras cómo te había engendrado yo en la ventura y para el poder. Ahora te arranco a las estancias de tu palacio mágico, a los obsequios de tus cortesanos fieles, a los brazos de tu madre idolatrada, cambiando tu libertad por la condición durísima del cautivo. Alah debió matarme, antes que constreñirme a tal desgracia. Tendrías razón, hijo mío, si maldijeras a tu padre, que tanto y tan de veras te ama. Pero el hado incontrastable, allá en los cielos, y no mi voluntad y mi albedrío, ha sido la parte principal de tu desgracia. No, no quiero verte; no, no quiero hablarte más. Tomo el camino, que se abre ante mi, para ver si al cabo y término encuentro para ti una corona, aunque no lo creo, pues víctima de la desdicha, y llamándome con razón el desdichado, no me queda más recurso en el mundo sino apurar hasta las heces todas cuantas amarguras constituyen la hiel de mi desgracia. Voime, voime, pues, y no te digo nada, porque me dan tentaciones de rasgar todo lo pactado y adscribirme como cautivo en lugar tuyo. Pero que Alah me condene, si no quisiera dejarte ahora todo mi ser en este beso.

Y besando a su hijo, que lloraba con sollozos, amarguísimos, lo apartó de sí con fuerza; y montando con rapidez, devoró el espacio sin volver atrás la vista.

¿Quién es Boabdil? ¿Acaso un fugitivo que huye a uña de caballo la persecución de sus vencedores? ¿Acaso un ladrón, mandando su cuadrilla o un jefe de asesinos a la cabeza de siniestra banda que debe pronto cometer un crimen, y se recata para no ser visto? Cualquiera de suposiciones tamañas cabría viéndole, sin reconocerle, antes de saber a ciencia cierta la realidad cumplida y verdadera. Podría creérsele un conspirador, un bandido, un criminal, según a todos los ojos esquiva su persona y a los oídos su nombre, antes que un rey, padre y tutor de su pueblo. Si es de día, busca los caminos más extraviados y los espacios más desiertos. Al topar con cualquier viandante de los frecuentísimos en todas las vías, aun las más recatadas entonces, destaca varios jinetes de su guardia; y los lanza sobre los descuidados y los desapercibidos, a fin de tenerlos apresados y lejos mientras frente a ellos pasa. En las horas de mayor concurrencia, ya la gruta en apartadas colinas abierta, ya la casa recatadísima tras murallas y árboles guarecen su persona y la separan de ojos avizores. Lo que más le complace y gusta es la noche con sus sombras, y en la noche la soledad espantosa como a los mal hallados con su prójimo y con su sociedad y con su tiempo. Como todo lo espera de la oscuridad y de las tinieblas, cual ave nocturna, corre, o casi vuela, por la oscuridad y por las sombras. En el silencio sepulcral, solamente se oyen los golpes de las herraduras en los pedruscos y la respiración de los jinetes fatigados a tan vertiginosa carrera. La compañía cristiana presidida por Illán, y encargada previamente de llevarle hasta ciertos lugares de su reino, le abandona; y ni siquiera entonces departe con los moros, que a su lado quedan, temiendo, toda pregunta respecto de la siega hecha por la hoz andaluza en las huestes musulmanas el día terrible de Lucena. Marchan, marchan, como seres fantásticos y sobrenaturales, como endriagos y duendes en las mágicas leyendas, requiriendo el regio palacio y esperando ganarlo al amor de las sombras. Por fin llega, tras larguísima caminata, y entra dispuesto a sostener allí bandera de división y de guerra. Su madre y su esposa le aguardaban a una con febril impaciencia. Cuando, al entrar, vio que habían tenido necesidad imprescindible de cambiar las maravillosas estancias de su Alhambra, por las ceñudas paredes y los altos muros de la triste Alcazaba, creyóse más prisionero que rey al término de un viaje con tanta celeridad emprendido para conseguir y recabar de nuevo una corona deshonrada por sus serviles sumisiones, rota en cien fragmentos, dividida entre los magnates de su familia como un despojo de guerra. Boabdil no hubiera conocido a Moraima: tan trasmutada la veía. Pasaron los tiempos del amor y de la bienandanza, reemplazados por tiempos de acerbidad y de amargura. Los seis meses, que habían corrido tan perezosamente desde la cautividad horrible de Boabdil hasta su regreso en aquella noche siniestra, dejaron huellas tales en la faz de Moraima, que parecía, no solo afligida, sino también vieja y decrépita. En el momento de ver a Boabdil, su esposo, tanta satisfacción, solo fue parte a evocar añejos recuerdos, horas de ventura pasadas, y compararlos por modo indeliberado e inconsciente con las tristezas y las deshonras de tal hora siniestra. Sobre todo, al verlo, al oirlo, dos imágenes se presentaron a la vista de Moraima, que le trajeron lágrimas amargas, la imagen de su hijo cautivo y la imagen de su padre muerto. Así, aquella entrevista, resultó naturalmente un verdadero mar de lágrimas. Lloraba, y a toda llorar, Moraima; lloraba, y a todo llorar, Boabdil. La cuitadísima, con acentos de tórtola triste, recordaba en aquellos instantes a un esposo poco propenso de suyo a los ejercicios guerreros, cómo había ella verdaderamente acertado, contrastando con tanto empeño la expedición aquella sin ventura. Y Boabdil, que abundaba en su propio sentido, atribuía también a la empresa tristísima el cautiverio de su hijo, el fin de su padre, el deshonor de su reino. Solo Aixá parecía como superior a todos los dolores humanos, y dispuesta con disposición resuelta y sistemática, en aquel supremo trance, a continuar la guerra sin término y sin fin, en que sus ambiciones la empeñaran, llevando como bandera su Boabdil. Así predicaba la fortaleza y sostenía el ánimo de todos con su varonil pujanza.

Bien lo habían menester, porque se acercaban horas terribles. Aún el rey Chico no había puesto los pies en su Alcazaba, cuando ya el rey Viejo lo sabía. Uno y otro recién llegados, éste de sus Alpujarras, aquél de su cautividad, aprestábanse al combate, cual si no tuvieran a su frente un enemigo común, resuelto a devorarlos, y para devorarlos con sobrada fuerza. Zoraya fue la primera en saber el caso del arribo de Boabdil y en acercarse a su esposo, conjurándole a que proclamara reyes a sus hijos en nombre de su amor. Hacem se levantó a la noticia, por más que ya le marraba la vista, devorada por el incendio de su dolor, cual si aun fuera joven, y corriese a tomar la fortísima Zahara o el castillo de Martos y a talar los campos de Algeciras y las cercanías de Alhama. Pero la pretensión de Zoraya le importunaba cruelmente, por lo mismo que su corazón de padre, y de padre amantísimo, le impulsaba con esfuerzo a lograrla sin encontrar medio alguno en lo humano. El día se avecinaba; y en vez de luz y vida estaba destinado a traer sombras y muertes. ¿Quién si alguna vez ha ido a Granada, no habrá notado el misterioso y poético Albaizin? Cielo bajo, le llaman los granadinos en las noches tranquilas de su estío, porque mirado, ya del Generalife, ya del Alcázar, con tantas ventanas abiertas y tantas luces encendidas, parece como una lluvia de astros sobre la tierra, como un horizonte cargado de luminarias que se hubiera venido al suelo. Situado allende las riberas del Darro, Sierra Elvira le protege desde lejos, y como que lo esmalta con la reverberación de sus conos volcánicos, cual esmalta el Vesubio a Parthénope. Las colinas del Monte Sacro que lo limitan al Oriente y las llanuras de la Vega o los boquetes de su entrada que lo limitan al Occidente, danle como hermosísimo deslumbrador marco de pinares, de palmas, de granados, de cármenes, de pensiles, donde lucen todos los esplendores de aquella luz y todas las galas de aquel suelo. Merecen verse los muros terrosos y rosados; los hogares muslímicos; las cisternas de Oriente; los patios con sus galerías fantásticas y sus surtidores brillantísimos; las torres ceñudas; los minaretes aéreos del rezador muhedano; los miradores, celosías y ajimeces, cortados aquí, allá por orientales florestas donde se combinan los mirtos con las adelfas y los candelabros airosos del áloe con las erizadas espinas del nopal. En aquel tiempo, conteníalo un cercado de muros, el cual estaba dividido, de trecho en trecho, por un ejército de torres que se dilataban desde la puerta conocida con el nombre de Monaica, hasta los extremos orientales de la colosal Alhambra. Pues bien, las torres de tal fortaleza y las torres del palacio regio, parecían, en aquel momento, dos ejércitos próximos a llegar a las manos, puesto que la luz del alba vino para mostrar los unos coronados por los partidarios de Boabdil y coronados los otros por los partidarios de Hacem. Éste, mandaba heraldos a sus aristócratas para concitarles a la guerra; y aquél repartía dinero entre las muchedumbres para concitarlas también a la resistencia. Granada parecía una ciudad furiosa, llena de verdaderos dementes. Los tambores, en tanto número eran, y con tal estruendo sonaban, que parecían como el trueno en las grandes tempestades. Los clarines, más que instrumentos de guerra, se asemejaban, según su estridor, a terribles apelaciones y gritos de los ángeles condenados y protervos, para que les siguieran los mortales al infierno. Vociferaban unas contra otras las muchedumbres; y llegaban a las manos hasta rendirse y exterminarse. Enrojeciéronse a una las piedras de sus calles; y en las plazas, y en las azoteas, amontonáronse los cadáveres a guisa de montones de estiércol en los campos. Por Boabdil estaban las muchedumbres sin armas, cuyas muchedumbres no sabían pelear, cual peleaban los atezados y aguerridos mílites de Hacem, pero sabían morir; y morían cual moscas. El vigor de la disciplina dio súbita cuenta de las muchedumbres; y la causa de Boabdil tuvo más resignados mártires que verdaderos héroes. El asedio asfixiaba ya en términos a éste, que recogiendo su familia, Moraima resignadísima, pero Aixá furiosa contra tal debilidad, huyó a uña de caballo y se refugió en Almería.

Capítulo XXIII

Desde un salón de su palacio miraba el infeliz Hacem la rota y herida ciudad, semejante a un cuerpo maltrecho y magullado, que mostrase a la vista horribles llagas. ¿Recordáis las riberas azotadas por los ciclones, donde se mezclan las arboladuras y las quillas y las tablas de naves náufragas con los ramajes de plantas desarraigadas y esparcidas en terrible desorden? Tal es el espectáculo presentado por la ciudad nazarita y sus alrededores al día siguiente de la catástrofe. Parece imposible que la cólera de los hombres llegue adonde no llega la furia de los elementos. Diríase que había sacudido un terremoto las raíces de aquellos torreones, según lo arruinados unos y lo ruinosos otros. Diríase que había envenenado la peste los aires, según los montones de cadáveres por doquier yacentes. Diríase que los volcanes apagados eruptaban de nuevo sus vapores sulfurosos y sus ardientes lavas, según las cenizas dispersas por todas partes y el negror de barrios enteros incendiados. Hacem no podía separar la vista, que iba poco a poco extinguiéndosele, no podía, de aquella ciudad, castigada por tantos y tan tremendos castigos. Orgulloso, pagado siempre del pueblo a que pertenecía, con la memoria muy llena de las antiguas grandezas, no se resignaba, no, a representar el nefasto instante de su decadencia y de su muerte, cuando allá, en su interior, escudriñándose con los ojos de la conciencia, reconocíase bastante fuerte y poderoso para sostener en sus hombros y con su alfanje otro más vasto imperio. Desde que supo el deshonor de su hijo, redújose a maldecir y a llorar. En el momento que describimos, acostado sobre un diván oriental, contemplaba con alternativas contemplaciones, ya la ciudad querida, ya el rostro de la Sultana predilecta, la nefasta española, ya el ceño de su primer vizir Venegas; y en tantas y tales contemplaciones, solo bebía dolor, amargo dolor, que le penetraba con su ponzoña mortal hasta en la médula de los huesos. Y sin embargo, Zoraya quería allí mismo, en aquel instante supremo, cuando ni se había secado la sangre de las calles, ni se había desvanecido el humo en los aires; y los cristianos, compañeros de Boabdil hasta el corazón de su reino, apenas habían vuelto hacia Córdoba; y el Zagal se aprestaba, desde los alcázares malagueños, a tallarse, como ya hemos dicho, un trono en las tablas del naufragio; que Hacem proclamase al mayor de los hijos, engendrados en sus entrañas, monarca del estruendo y del escombro. Para libertarse a tales obyurgaciones, enseñaba con su mano flaca, volviendo hacia ella los ojos casi extintos, en aquel ocaso de tanto imperio, en aquel acabamiento de vida tan preciosa, la ciudad náufraga en mares de lágrimas y sangre. Y a todo lo que se comprometía, en su desesperación y en su dolor horroroso, a todo, por complacencias con la dama que le trajera las únicas venturas probadas en su vida, y con el único ministro que descollaba entre tantos privados como allí pululaban, era a intentar la proclamación, cuando cualquier hueste a su nombre adicta y combatiente bajo sus banderas, alcanzase ventaja más o menos considerable sobre las huestes cristianas. Así, todos los días, en el mismo sitio se congregaban el Sultán, y su favorecida esposa, y su primer ministro para urdir y sostener análogas conversaciones. Los emisarios, que traían frecuentísimas noticias de la frontera y de los diversos sitios azotados por las continuas luchas, eran recibidos con anhelo sin

420

igual, a pesar de que traían siempre, a causa de la general adversidad que afligía con sus calamidades al reino, siniestras nuevas, bajo cuya impresión aquel gran guerrero se deshacía en lágrimas, y poco a poco, iba perdiendo la relampagueante luz de su avasalladora mirada.

—¿No hay —preguntaba con anhelo a Venegas Zoraya— no hay asomo alguno de consoladora esperanza?

—Ninguno —dijo Venegas.

—¡Ay! —exclamó Hacem— por complacerte, Zoraya, di orden a mis zegríes y gomeles de Ronda, invencibles, incontrastables, alígeros en lo rápidos y leones en lo fuertes, que descendiesen al llano y me ganasen una victoria para ponerla como de pavés a las plantas de tus hijos; y en efecto, los guerreros más audaces de mi reino han sido rotos en los campos de Lopera.

—¿Y sabes —preguntó Venegas a Zoraya— quién se ha distinguido más en esta contienda?

—No me lo digas —respondió Zoraya.

—Illán —dijo Venegas.

La Sultana se llevó las manos al rostro en cuanto resonó con siniestra resonancia nombre tal en su oído.

—Como que —añadió Venegas— los reyes Católicos le han alojado en su palacio regio; y el arzobispo de Toledo Mendoza, gran cardenal de España, no se ha desdeñado de ir a su encuentro en las puertas de Córdoba. El duque de Villahermosa, que lleva sangre real en sus venas; los condes de Aguilar y de Cabra, que tal número de hazañas cuentan en sus servicios; los comendadores de León, los obispos de Cuenca y de Jaén; los maestres de Santiago hánle servido como de acompañamiento y de pompa. Bajo rico solio, los reyes le aguardaban; en alta tribuna, saludábale melodiosa música; mientras veinte damas, vestidas con rozagantes brocados, y veinte garzones de los más ilustres, le festejaban bailando; y coperos y halconeros le servían en vasos de oro el vino de bienvenida.

—¡Ah! —el Sultán dijo tras aquel relato, interrumpido a cada paso por sus ayes, muy semejantes a los de un moribundo— ellos pueden holgarse a una en esas fiestas, porque les lleva cada emisario recién ido a sus palacios noticias de nuevas victorias; pero nosotros ¡oh! nosotros solo debemos llorar como mujeres, porque solo con duelos nos encontramos a cada paso y solo adversas noticias recibimos a cada instante. Aquella Zahara, que yo colgué, como una esmeralda, en la diadema del reino granadino, acaba de perderse, y de pasar al acerbo común de las conquistas castellanas. Así el Marqués de Cádiz ha recibido por esta reconquista el título de Marqués de Zahara.

—Tienes razón, Hacem. ¿Quién puede contar nuestras desgracias? Doce mil infantes, y seis mil caballos se han reunido en Antequera, para emprender la más asoladora tala que han visto los siglos. No ha quedado en Coin, en Almegía, en Cártama, ni las raíces de un árbol por los campos, ni la piedra de una quinta por las ruzafas. Los cielos claros de las malagueñas costas se han oscurecido al espeso humo; y las pobres madres moras han gritado, al ver arruinadas y hechas cenizas las viviendas de sus hijos, como gritan las gaviotas cuando se lleva el huracán sus nidos. Cuarenta días de terrible desolación y exterminio han dejado como un desierto de África los edenes más viciosos y más bellos de Andalucía. Aquella incomparable Alora, engarzada como un brillante regio en áureas colinas, a cuyos pies los palmerales y los naranjales se dilatan, ha caído en manos cristianas. Los pesadísimos cañones han acertado a subir donde solamente llegan las nubes, y desde allí, han puesto en aprieto a Setenil, a la inexpugnable Setenil, de quien dijeran los poetas que solamente podían llevársela en sus garras las águilas.

Después de tales coloquios, los sultanes y su vizir se apartaban unos de otros; y se iban cada cual a su estancia, llorando la terrible suerte de su raza y de su reino. Distinguíase, por sus reflexiones hondas y amargas, la infeliz Isabel de Solís, trocada en reina de moros por el destino adverso, y próxima en aquellos momentos a recibir el condigno castigo de su traición y de su apostasía. Musulmana en apariencia, católica en realidad, por su alto cargo reina, y por su nacimiento española, comparaba la suerte que le cupiera, quedándose como rica-hembra entre los suyos, con la suerte que le había cabido subiendo a uno de los tronos muslímicos. Y como en la desgracia, el recuerdo religioso de la dicha pasada solo sirve para el aumento de todos los dolores, veía su vejez triste, sus hijos siervos, por una causa cuya religión tenía y guardaba en lo más íntimo y en lo más profundo del alma. Así el pan suyo se amasaba con hiel; y las noches corrían entre las inquietudes y las zozobras del insomnio. Dominaba todos aquellos dolores un dolor supremo, la probabilidad terrible deverse algún día frente a frente con el hombre a quien debió hacer feliz, condenado por ella, en su desvarío y en su deseo de vivir, a perdurable infierno. Pero dejémosla en estos momentos hablar a ella misma; y oigamos con atención las reconvenciones íntimas de sus remordimientos.

—¡Oh! ¡Qué batalla he llevado tan penosa y tan larga! ¡Cómo el trono ha resultado para mí un suplicio, en que, día por día, me han mis verdugos infligido penas peores que cien muertes! Yo, castellana de raza y sangre, por castellana devota de la patria, de sus leyes, de sus costumbres, obligada por un hado cruel a regocijarme de todas sus adversidades y a dolerme de todas sus victorias. ¡En cuántas ocasiones, al relato de una batalla heroica, he sentido en mi alma despertarse con energía el alma de mis padres; y he tenido en los labios aplausos para lo que acongojaba en aquel entonces a quienes yo había sustituído por los míos! Mi corazón ha tenido una vida completamente adolorada por tales combates; e igual estado interior de perplejidad ha tenido mi conciencia. ¡Cuántas veces he apartado los ojos del cielo para no ver en sus esplendores y en sus grandezas al Dios de mis padres ¡Cuántas veces, en la mezquita, ocupando el sitio recatadísimo reservado a las reinas, al oír las suras del Corán que mis padres maldijeran de continuo, he creído ver a mis plantas abrirse, como la boca de un abismo, el infierno, para tragarme, y consumirme con horror en sus llamas eternas! No sé cuánto he luchado. A veces, la sombra de mi castillo arruinado, de mi santa iglesia incendiada, se me aparecían como en sueños, incitándome a cometer alguna traición muy sonada contra la gente mora, de cuya traición luego me retraía el amor de mi esposo y la mirada y la sonrisa de mis hijos. Si yo hubiera permanecido fiel a mi sangre, a mi religión, a mi patria, ¡cuánto me holgara y envaneciera hoy con esos triunfos, que la fama divulga, que la historia recoge atónita, y que resplandecerán allá en las cimas de la bienaventuranza con resplandor inefable, a los ojos de mis abuelos, consagrados, desde inmemoriales tiempos, a inacabables cruzadas con los moros! Pero reina granadina, esposa de un Sultán, madre de príncipes que llevan la sangre de Mahoma en sus venas, he tenido que contrariar con los deseos emanados de mi posición, los deseos emanados de mi naturaleza; y he visto por las noches levantarse de su marmóreo sepulcro gótico la sombra de mi padre a decirme cómo había renegado de toda su estirpe, había roto los blasones y rasgado los pergaminos de su casa; tan cruel, tan implacablemente cruel como una fiera. Y otras veces, de pronto, en las estancias mágicas, una bocanada como de incienso ha entrado por los ajimeces; las trompetas del órgano se han oído en las bóvedas; y la imagen de la Virgen María, con su corona de luz en las sienes, y sus peanas de ángeles en las plantas, se ha retratado por los aires... mas para maldecirme. Y lo que mayor espanto me causa es lo que temo ver de súbito, mañana quizás, o quizás ahora mismo, en los horribles desastres a que se halla condenado este imperio, la presencia de Illán, reconviniéndome, y quizás matándome. No llega emisario sin traer nuevos relatos de sus proezas. Él está en todas partes, y las armas de sus enemigos lo respetan. Él cae con frecuencia en las llamas, y resulta como el amianto de incombustible. La fe, la nación, sus reyes, sus padres, le impulsan a tanto combate; antes que todos le impulso yo y pelea un día y otro sin descanso para subir a este palacio de los nazaritas, y clavarme, después de haberme con furor maldecido, en las entrañas el puñal aguzado en cien combates. ¡Oh! ¿Qué será de mí? ¿Qué será de mis hijos? ¿Qué suerte nos depara el destino? Quizás me lleven atada codo con codo el día de su triunfo los cristianos delante de su ejército; y me obliguen a pasar por mi castillo; y me arrastren hasta el sepulcro de mis padres; para que oiga con mis oídos, atronados por las maldiciones, el anatema de mi raza en el sitio donde se meció mi cuna. Yo no quiero pensar estas cosas. Yo deseo que mis hijos me defiendan de todos estos horrores; y para que mis hijos me defiendan, pido a su padre que les dé la única fortaleza todavía de pie sobre tantos escombros; que les dé un trono. Y el trono de mis hijos tan solo puede dimanar de una victoria de su gente. Yo te la pido, yo te la pido ¡ah! pero no sé a quién pedírsela, si al Dios de mis ascendientes o al Dios de mis descendientes. Yo he abjurado de todas las religiones, cuando mi alma era por excelencia religiosa. Yo a cada instante creo en los aires oír la maldición de mis progenitores. Salvemos lo único que ya me resta en el mundo, salvemos a mis hijos. Voy a echarme nuevamente a los pies de su padre para pedirle con instancias que les decrete una corona con celeridad.

¡Inútil empeño! Los sucesos corrían desbocados, precipitando al gobierno granadino, roto en cien fragmentos, a la sima de su natural perdición. El Zagal, hermano de Hacem, y señor de Málaga, quería lo mismo, exactamente lo mismo que la Sultana, un trono para sí. Vencedor en el combate de la terrible Ajarquía, victoria última de los mantenedores del Islam sobre los mantenedores del Evangelio; este ruidoso triunfo le había ceñido esplendente aureola, y dádole influjo grande sobre sus conciudadanos. El pacto de Córdoba le trastornaba el seso y le sugería vivísimo deseo de infligir un castigo al desdichado pactante. No hablaba con faquí ninguno sin decirle cómo tenía por infiel y renegado a su sobrino Boabdil; ni con guerrero sin moverle a una expedición coronada con el goce de un seguro castigo decretado contra quien así vendiera su gente y perjurara de su religión. Boabdil, entre tanto, concitaba todas estas iras por su pereza y por su indiferencia. Los sucesos adversos, que acababan de amargarle, habíanle confirmado más y más en la idea de que un destino implacable le perseguía y le acosaba. La vista del inmenso poder alcanzado por los reyes cristianos, le afirmaba en la persuasión a no intentar nada contra quien así disponía de todo. Aquella residencia en Almería; bajo cielos más espléndidos aún que los cielos de Granada; junto a mares tan celestes y tan sonoros, convidábanle con seductora invitación a la indolencia. Poco a poco, el tiempo, el amor, habían cicatrizado las heridas terribles de Moraima, con lo cual volvían los dos esposos a las antiguas felicidades engendradas por sus exaltados y satisfechos amores. Almería era para Boabdil un placentero nido amoroso de goces y deliquios. En vano su madre Aixá le conjuraba con imperio, como siempre, a combatir y a gobernar. Mas, habiéndole concitado ella con sus furores a la guerra civil, y después de la guerra civil, a la fiera irrupción en las tierras cristianas, concluída con el cautiverio de Lucena y con el pacto de Córdoba, no quería Boabdil, ya escarmentado, librar mucho en la obediencia de otro tiempo a su madre, y se resistía, inerte, a todo pensamiento y a todo trabajo. El harén, el baño, el juego de ajedrez, el diálogo continuo con su esposa, el diván oriental en la estancia pintada de mil colores, la guzla y la poesía le devoraban todo su tiempo, que iba trascurriendo como un río sosegado a las orillas de aquel mar placentero. Y si Boabdil hubiera sido capaz de presentimientos, presintiera la tempestad que amagaba su frente. No podía, en suelo tan subvertido como aquel suelo, permanecer mucho tiempo sobre sus cimientos, la mansión de un príncipe y de un príncipe reinante. Por todas partes culebreaba el rayo y tenía necesariamente que alcanzarle y herirle. Mientras él veía las olas, y las escuchaba desde sus estancias; olía las flores y aspiraba sus esencias con voluptuosidad; dormía o descansaba tranquilo en brazos de la Sultana favorita; unos cuantos jinetes requerían el sitio de sus goces para interrumpirlos con sangrienta venganza. Quien hubiera visto a tales hombres notara sin esfuerzo cómo el odio y solo el odio podía mantenerlos y alentarlos en su vertiginosa carrera. Una conspiración terrible se había urdido contra Boabdil; y en esta conspiración entraban principalmente los faquíes. Cuando un pueblo pasa por desgracias tan grandes, como las desgracias del pueblo granadino, exáltanse las pasiones religiosas en su corazón; y al exaltarse tales pasiones, cobra natural influjo aquél que las guía o que las explota, el sacerdocio. Y los sacerdotes de toda Granada creían a Boabdil contaminado con la irreligión y con los infieles. Por consecuencia, diariamente pedían al Eterno, en sus oraciones, castigo para el Zogoibí, como diariamente procuraban alcanzar, por medio de sus actos, lo mismo que pedían en sus oraciones. El Zagal, herido, a fuer de musulmán, y ambicioso a fuer de príncipe, llevaba su conjuración hasta dentro de Almería, y empujaba el fanatismo de los sacerdotes a la sublevación. Avisados estos del día de su llegada con tiempo, acercáronse a las puertas de la ciudad con facilidad, y sin despertar ningún recelo. Imposible, por aquel entonces, cuando la guerra con todas sus consecuencias reinaba sobre la sociedad, que pudiera un conjurado entrar en las grandes poblaciones, si no le bajaban rastrillos y le abrían portones. Confiado en esto se presentó el Zagal, y no le marró la confianza. Los faquíes allí se hallaban, y los faquíes le franquearon el paso. Bien pronto llegó desde la ciudad baja, merced a sus caballos, bien pronto, al sitio más alto, donde resplandecía de lejos la fuerte Alcazaba. Otros obstáculos debía encontrar aquí en una guarnición fiel, si la fidelidad no se hubiera, como todo, quebrantado en aquella horrible decadencia. El buen alcaide, a quien Boabdil fiara su custodia, resistió cuanto pudo; pero no resistieron, antes se sublevaron, los soldados. La predicación faquí alcanzó hasta ellos; y la predicación presentaba como un renegado, como un amigo de los infieles, como un cómplice de los monarcas castellanos, como un fautor del total aniquilamiento de su reino, al pobre rey Chico, más infame por sus desgracias que por sus culpas. De consiguiente los soldados no quisieron oír la voz del deber, y despedazaron al buen alcaide, que les imponía obediencia. Sus miembros rotos, su cabeza lívida, su tronco despedazado, sus manos cortadas, cayeron al pie del Zagal, que pasando con la rapidez del rayo, caballero en su corcel, por los arcos de la puerta principal, entró en el patio, y preguntó a voces, entre los alaridos del tropel que le acompañaba y le seguía, por el mal granadino, por el protervo musulmán, por el traidor monarca, por el parricida hijo, que acababa de vender su religión y su patria. No se presentó Boabdil, pero se presentó Aixá.

—¿Dónde se halla —gritóle con furia el Zagal— tu débil cachorro, abortado para la perdición de su raza y traidor a su reino?

—Aquí no hay traidor, sino tú, fementido ambicioso vulgar, sin conciencia y sin entrañas, que llevas en la mano cortante alfanje para descabezar a Boabdil y en el cinto puñal agudo para clavárselo en el corazón al descuidado Hacem. Aunque mil traiciones te han abierto el portón de nuestra fortaleza; y estás ahí despidiendo rabia de tus ojos y armado de todas armas, no temo arrostrar tu coraje, ni caer bajo el peso de tu maldad, antes bien, te desafío y te conjuro, tigre maldito, a que despedaces el cuerpo de esta mujer sin ventura, y lo arrojes, si para tu gozo y tu ambición así lo necesitas, al voraz apetito de tus perros.

—Horra, mujer de Hacem, Sultana granadina, sangre de mi sangre, si no mirara todos estos varios títulos, y no los uniera en mi pensamiento a tu condición de mujer, ahora mismo probaras el filo de mi alfanje.

—Haces mal no esgrimiéndolo, porque la Horra como tú me llamas en reconocimiento a mi virtud, o habrá de agradecértelo; y si la dejas viva, no por el cariño, por el miedo que le tienes; enredaráse, como una serpiente del desierto, en los pies de tus ambiciones, y las derribará en el infierno seguramente.

—No escuchéis a esa mujer —gritó el Zagal, viendo que los suyos se impacientaban y estremecían al eco de tales insultos, provocaciones y amenazas—. Buscad al rey Chico, al Zogoibí acosado por un horóscopo escrito en el cielo con caracteres nefastos contra él, y traédmelo para que yo lo remate aquí, en presencia de la mujer que lo ha engendrado.

—Traidor, infame, protervo, perro infiel, sangre corrompida y corruptora, de condenado alma, del infierno racimo, ¿crees que vas a encontrarlo, porque ha querido la traición perderlo? Pues aún tiene su madre que lo guarezca, y su Granada que lo salve.

Mientras Aixá decía estas palabras, los moros varios, compañeros del Zagal, escudriñaban todos los rincones de la grande Alcazaba, en busca de Boabdil. Pero en vano, porque habiendo llegado su indolencia incontrastable al extremo de no salir del retiro procurado tras su cautiverio y sus guerras, pasándose la vida en contemplar, ora el cielo de su Andalucía, ora el mar de aquellas pintorescas costas, ora los ojos de Moraima, tenía caballos ociosos y de refresco, montando el más rápido con la celeridad prestada por las exaltaciones de sus nervios, y poniéndose pronto en cobro, lejos de aquel enemigo implacable y de aquel horroroso daño. Los emisarios aún pudieron abrir grande ajimez del patio y mostrarle al Zagal cómo corría el bueno de Boabdil, y se alejaba con varios de los suyos y se perdía en los últimos límites del horizonte. Algunos malagueños, destacados para detener la fuga, intentaron cortar el paso rápido, apresarlo cuando, ya no lo habían podido cortar, perseguirlo cuando ya no lo habían podido detener o apresar, mas ni sus cuerpos estaban de suyo tan ágiles como el cuerpo de semejante nervioso, ni sus caballos recién venidos de Málaga en carrera fatigadora podían competir de ningún modo con los caballos de Boabdil. Viendo este desengaño, enfurecióse con atroz y profunda ceguera el Zagal, arrojándose como todos los de su sangre, al ímpetu y al arrebato de su furor. No hubieron a las manos al pobre Boabdil; pero sacaron de las guaridas recatadas, en que acababan de refugiarse, a los principales y más conspicuos amigos y servidores de Aixá. La escena fue terrible; como que pasó una de las cruentas carnicerías comunes en aquel tiempo, y que nosotros no podemos comprender, dada la dulzura de nuestras costumbres. Un macero cogía con la mano izquierda furioso a tal vizir, y le descargaba la maza de hierro sobre las paredes del cráneo, haciéndole saltar los sesos, que se desparramaban por el ensangrentado pavimento. Dos o tres mílites, cegados por su cólera, saltaban al primer cortesano que veían inerme; y después de alancearlo sin piedad, y con sus lanzas cubrirle de anchas heridas todo el cuerpo, descabezábanlo, y dirigían, como si fuese una bala de cañón, la cabeza lívida y siniestra, todavía resollando, a los pies de la Sultana. Otros, más valerosos, no querían rendirse, y pugnaban por defenderse, matando con ardor a sus adversarios, y recibiendo la muerte con heroismo, entre los estremecimientos de la pelea. A veces, un tiro sonaba, y un hombre caía, mezclándose por siniestro modo los extertores del moribundo, el suspiro último lanzado en un segundo con las carcajadas epilépticas del rencoroso matador. Aquellos tiros secos, aquel relámpageo de los alfanjes voraces, el resuello de tanto luchador, los hedores de la matanza, los montones de cadáveres, la sangre goteando por las escaleras y remansándose por horrible modo en el patio; las cabezas de sus troncos apartadas; los troncos yacentes por allí todavía palpitantes; el ¡ay! de los heridos no bien rematados; los clamores y carcajadas de los asesinos; un corazón aquí mordido por tales perros; unas entrañas humeantes allá; el odio humano en todas partes, hacían que pareciese aquello algo semejante a lo que todas las teologías han ideado respecto del sitio convenido en los dogmas para teatro de los aborrecimientos eternos, respecto del infierno. Entre los asesinados hallábase un caballero abencerraje, a quien Aixá, distinguiera mucho por su valor y su constancia; como entre los moribundos estaba un príncipe de la sangre, Algete, a quien debía el Zagal amar, si para las ambiciones y para los odios hubiese algo respetable y sacratísimo en el mundo. Quien haya visto una leona de África, o una tigre de Hircania, encerrada en su jaula, y hambrienta con voraz apetito, cuando le ofrecen desde lejos un pedazo de carne chorreando sangre, o le disparan de cerca un tiro atronador, quien las haya visto en sus saltos, en sus movimientos, en sus rugidos, formaráse una idea de Aixá, la cual se clavaba las uñas y se mordía con los dientes, cual si quisiese prestar a su cuerpo, con estos arañazos y estas mordeduras, la rabia de su alma. En este punto insultaba con feroces insultos a uno cualquiera de los matadores; en aquel punto, sostenía con sus gritos el combate; ya se inclinaba sobre uno de los suyos para recoger el postrer suspiro; ya detenía los brazos amenazadores; y entre flechas, entre alfanjes, entre balas; teñida en sangre; con los sesos de varios muertos en las faldas; tropezando en la cabeza u hollando las tripas o el vientre de cualquier amigo, parecía la siniestra personificación de aquella discordia. Así, mantúvose, a pesar de tantas atrocidades, como vio; y de tantas furias, como la rodeaban, erguida y sin vacilaciones y sin estremecimientos y sin desmayos; hasta que, viendo aparecer en brazos de sus siervas a Moraima sin vida ni sentido, conducida por expresa orden del Zagal a una prisión del castillo, se cayó redonda en el suelo, como si hubieran despedido sobre su cabeza un rayo, junto al cuerpo del joven príncipe nazarita herido de muerte por tan terrible modo en aquella espantosísima catástrofe. El Zagal, viéndola en tal estado, mandó que la encerraran en una torre, aunque de mejor grado la encerrara por todo una eternidad en el sepulcro. Y luego que hubo asegurado así la familia de Boabdil bajo cien cerrojos en Almería, volvióse a Málaga en busca de fuerzas y recursos con que ir a Granada y ceñirse aquella corona, cuyos fragmentos resplandecían en las sienes de su sobrino y de sus hermanos.

La noticia de lo acaecido en Almería, llegó bien pronto al palacio real de los nazaritas. Y lo que no pudo el Zagal saber al pronto, lo supieron sus rivales granadinos, la fuga del rey a Córdoba. Zoraya comprendió como, libres sus hijos de semejante rival, y de tamaña rivalidad, aquel momento era el propicio, y cuasi único, para lograr sus ambiciones, llevando la corona de sus abuelos a los predilectos de Hacem. Con arreglo al sistema seguido ya en todas sus maniobras, muy diverso del que siguiera en casos parecidos Aixá, consultó con Venegas lo que debía, en tal supremo instante, intentarse para coger, como al vuelo, aquella corona real, que rodaba desde las sienes de sus ilustres poseedores a los más profundos abismos. Pero Hacem ya no pertenecía casi al mundo de los mortales, pertenecía de suyo al mundo de los muertos. El dolor le dominaba, con tal dominio, que le había rendido y acabado. Aquella naturaleza tan fuerte se deshacía en mares de lágrimas. El férreo general de tantos ejércitos, vencedor en tantas batallas, se fundía como blanda cera y lloraba como débil mujer. Poco a poco la luz se había extinguido en su vista, cual si quisiera el destino preservarle, por una espesa negra sombra, del espectáculo terrible presentado al mundo y a la historia por sus viejos dominios y por su ilustre familia. En el momento de llegar hablaba del infierno, murmurando suras enteras del Corán, y pedía los amuletos usados en todas las razas orientales, contra todos los maleficios. Citando los capítulos y hasta los versículos en que se decían anatemas o maldiciones contra los malvados, exclamaba:

—Yo, Alah, no he pertenecido a los infieles; ni guardado avariento las riquezas que me concediste. Por fementida soberbia, no he rechazado ninguno de tus mandatos como hacen los malditos. Yo merezco ángeles intercesores contigo. Mi rostro, que ha resplandecido en cien combates empeñados por tu revelación y por tu nombre, no debe llevar, por toda una eternidad, el velo de los réprobos, tan oscuro como la noche. El día próximo en que a mí se acerque, armado de su guadaña el ángel de la muerte, le diré cómo he prosperado tus obras y obedecido tus órdenes. En todas partes ¡oh! gran Dios, te he visto, y en toda mi vida héme curado cuanto he pedido según tus consejos del pobre, hasta entre los desvelos del trono. Pido, pues, hallarme a tu derecha en la otra vida: que no quiero volver a una tierra donde solo hallaría el dolor y el desengaño. Jamás he creído fábula, o quimera la resurrección de los muertos. Jamás he desdeñado las lecciones de los profetas. Óyeme, pues, Alah en vida, óyeme; pues mi pensamiento se abre a ti, al par que se cierran mis ojos; óyeme, y no me precipites en las hogueras eternas.

En cuanto hubo acabado esta invocación Hacem, díjole con recelo y con temor Venegas:

—Vengo a distraerte de tus oraciones para decirte, como Boabdil, nuevamente lanzado del reino por tu hermano el Zagal, se ha ido a tierra de castellanos y católicos en busca de socorro y auxilio.

Hacem, al oír esto, se llevó ambas manos a los ojos, y dejándose caer en el diván, estuvo algunos instantes como muerto. Sus dos interlocutores, lo mismo Zoraya que Venegas, respetaron aquel dolor, y no quisieron interrumpirlo, dejándole toda la solemnidad tristísima de los primeros momentos. Pero luego, viendo que se prolongaba el síncope, y que prolongándose, aparecería como confundido con el sueño de la muerte, le sacudieron y le gritaron clamándole a la vida. Cuando Hacem volvió en sí, tornóse a ellos, y les dijo estas palabras, después de alargar sus manos enflaquecidas y torpes.

—¡Ah! Perdí por completo la resplandeciente luz que animaba mis ojos. Ya no volveré a ver tu faz ¡oh! Zoraya; esa faz tan parecida en lo hermosa y triste al resplandor de la Luna llena. Muero antes de morir. Las sombras del sepulcro ascienden a mi cabeza, mientras la vida y su calor abrasan aún todo mi cuerpo. Ya no podré ver, ni las estrellas del cielo azul, ni los ojos del rostro tuyo, en cuya contemplación he pasado gran parte de mi vida. He muerto, he muerto para esta Granada, que no volveré jamas a ver. Las esencias de sus cármenes subirán a mi olfato; las columnas líquidas de sus surtidores y los coros armoniosos de sus aves regalarán mi oído; mas yo, que aumentara sus bellezas, que le ciñera nuevos jardines y nuevas flores a su corona, yo no volveré jamás a verla, como no te volveré a ver a ti, mi reina, mi Zoraya, con quien tantas veces la he confundido, identificándoos en el mismo amor. ¿Qué ha sido, Alah, de mi corona imperial? Aunque me llevo las manos a las sienes, no la toco, porque me la han roto en la frente los hados. Todo he podido sobrellevarlo, todo, menos que un hijo mío, sangre de mi sangre, traicionara la religión de sus profetas y la patria de sus padres. La muerte vino desde aquel día sobre mi cabeza; y esta noche tristísima, en que ahora me hallo envuelto, es tan solo el comienzo de la muerte. Ya no veré mis legiones, sus armas relucientes, sus maniobras heroicas, sus caballos rápidos, la mira donde se dirigen y la resistencia que aguardan; solo me toca ver una sombra tras de otra sombra, mares de tinieblas, caliginosa, perdurable noche. No me habléis, pues, de cosa ninguna en el mundo. Quien, por su desgracia, no puede mar al hijo primogénito, a causa del deshonor que le acompaña; ni ver a los hijos queridos, a causa de esta ceguera eterna, ¡oh! no debe vivir. Preparad los ritos de los muertos. Apercibid mi sepultura. A mí ya no me queda otra cosa, sino decir al ingreso de la eternidad:»Señor, que se cumplan tus decretos en la tierra y en el cielo.»

Mientras Hacem así hablaba, Zoraya y Venegas parecían como dos estatuas silenciosas y rígidas. El vizir miraba, en lo interior de su pensamiento, la insuperable dificultad que había para salvar el reino granadino de tantas catástrofes, y mucho más para conseguir lo deseado por Zoraya, la sustitución de los tres reyes por los hijos de la reina. Sin embargo, se atrevió a deslizar estas palabras y a sugerir estas indicaciones.

—Comprendo, Hacem, tu dolor, desde que Boabdil osara pactar con tus eternos enemigos; comprendo que la pena te haya oscurecido, siquier sea pasajeramente, los ojos; pero no comprendo que creas todo el reino derribado sin reparación alguna posible y toda esperanza perdida o sin remedio en lo humano. Bayaceto, el magnífico Sultán de Constantinopla, se apercibe a socorrerte, y tiene hoy en poder suyo Jerusalén y el Sepulcro de Cristo en ofensa de los cristianos; y tiene todo el imperio de los antiguos griegos con todo el imperio de Trevizonda; y tiene aquel señorío inmenso del Soldán de Constantinopla; y tiene la soberanía del Oriente. Avisado por la fama de que aquí agoniza en parte su religión y su imperio, háse propuesto acorrerte; y vendrá bien pronto con escuadra tal por el Mediterráneo, que huyan las naves cristianas como tímidas y míseras gaviotas. Lo que necesitas, mientras el dolor se aplaca en tu ánimo, y el día vuelve a tus ojos, y la posesión de tu espíritu a la voluntad soberana, es procurarte una representación que te personifique y te valga para combatir aún y vencer al cabo.

Acababa Venegas de pronunciar tales palabras, cuando un esclavo anuncia la llegada súbita de un emisario no aguardado, que trae importantísimas nuevas. Hacem, al saberlo, dícele a Venegas.

—Ese mensajero te dará las respuestas. No puedo yo cambiar en este reino de autoridad como hiciera otras veces conducido por la victoria, sin obtener el nombre mío un escarmiento de los cristianos. Entre con celeridad el emisario.

—¿Qué nueva ciudad se ha perdido? —le pregunta con grandes instancias Hacem, en cuanto le dicen que allí está el anunciado.

—Se ha perdido Ronda.

—Ya lo véis, Ronda, la más fuerte de todas mis ciudades; nido de águilas al cual no podían subir ni los mismos diablos; almacén de tantos y tantos despojos; seguro fortísimo de mi gente; refugio quizá de mis últimos días; postrera esperanza que se va. La defendía el Zegrí; la poblaban africanos gomeles; y sin embargo, se ha rendido.

—¿Quién —preguntó Venegas—, quién de los cristianos en tal empresa más se ha distinguido?

—El Marqués de Cádiz y el caballero Illán, que le acompañaba —contestó el emisario.

Al oír este nombre, se puso de pie Zoraya y se marchó con precipitación hecha un mar de lágrimas.

En efecto la sentencia del hado se cumplía inexorablemente. La muchedumbre imputaba la rendición de Ronda, su viejo seguro, a la incapacidad irremediable de Hacem, postrado por un decreto del cielo en su lecho de agonía. Gritos de inapelable destronamiento comenzaron de nuevo a llenar los aires de Granada y a hender los muros del palacio. Un faquí de los muchos que andaban por aquellos lugares en tal tiempo, dio voz al resentimiento de las muchedumbres, y como una manera de fórmula real a la idea escondida en su mente. Así, pues, dijo que, traidor Boabdil y moribundo Hacem, solo quedaba un recurso, la proclamación del Zagal. El pueblo hacía reyes con la misma facilidad que los deshacía y al Zagal proclamó. Una diputación granadina marchó a Málaga, y aunque tenía el taimado la voluntad pronta y fácil a recoger lo entonces ofrecido, aparentó extrañeza y opuso resistencia. Mas los múltiples ruegos vencieron pronto su aparatoso exterior, como las ambiciones allá en sus interioridades le habían de antiguo mostrado una corona para él en las desgracias y catástrofes de los suyos. Dejó a Málaga, y acompañado por trescientos jinetes lucidísimos, dirigióse a la soberbia capital de su agonizante reino. Alhama en su camino pudo indudablemente detenerlo, pues comandaba por su posición extraña y singular, el camino entre las dos ciudades. Mas un descuido le procuró un triunfo. Setenta cristianos andaban merodeando por aquellas cercanías, muy ajenos a que tal golpe de gente mora se hallase próxima. Descuidados sesteaban, unos a la sombra de los árboles, otros al borde tranquilo de los manantiales y de las fuentes. Nada más fácil sino que la vigilancia domine al descuido. El Zagal vio, con la mirada de los guerreros, cómo allí le aguardaba una carnicería que perpetrar en los cristianos, un botín o despojo que recoger con verdadera celeridad, y unos trofeos que presentar al pueblo granadino. Todo se cumplió a la letra. Murió una parte defendiéndose con heroismo, y otra parte cayó cautiva sin remedio, bajo la pesadumbre del número. Como tornaban de largas correrías los cristianos, acopiaran rico botín que todo él paró en manos del vencedor. Con esto deslumbró a Granada. Trofeos innumerables lo precedían como si hubiese dado una gran batalla; cabezas lívidas colgaban de los arzones y de las sillas dando extraño aire a los jinetes; y diez o doce caballeros de las órdenes militares, con sus mantos y sus cruces que los realzaban por tan extraño modo, iban encadenados en torno de aquel soberbio caudillo, a quien halagaba la fortuna en estos breves minutos propicios, para mejor perderlo y hundirlo y devorarlo. Inútil decir cómo aquel pueblo recibiría, con qué trasportes al vencedor, viéndolo rodeado de tales cautivos y de tantos despojos. Su hermano, al revés, no quiso aguardarle, y mientras por un lado, se veían las muchedumbres encrespadas, aclamando al nuevo rey, el viejo salía con toda su familia real a un destierro y a un retiro, donde lo aguardaba con impaciencia la muerte.

Capítulo XXIV

Hermosísimo sitio aquel, donde primero se refugiaran el viejo Sultán granadino y toda su familia. Sobre un ameno montecillo levantábase airoso palacio, y desde las puertas del palacio hasta las orillas del mar, escalonados en graderías mágicas, brillaban orientales jardines, regados por manantiales, que se destrenzaban en todas direcciones. No es posible decir la belleza de todos estos pueblos mediterráneos, que bordan las playas del granadino reino, con las Alpujarras, ceñidas de nieves, relucientes, al Mediodía, cual oscuros zafiros, a la tarde cual purpúreos rubíes, a la mañana plateados por las alboradas cual ópalos entre blanquecinos y rosados; con el mar celeste por cielo diáfano esclarecido; al borde áureo de las playas compuestas de arenales entre amarillos y rojos; con las vegas y cañadas cubiertas de palmas, olivos, granados, limoneros y toda suerte de plantas, las cuales destilan mieles, difunden aromas y ofrecen habitación así a los coros de parleras aves como a los enjambres de zumbadores insectos que pueblan los aires con sus deliciosas y suaves armonías. Allí, en uno de tales pueblecillos, a la vista de tan hermosas cordilleras y de aguas tan relumbrantes, llegaron el ciego Hacem y toda su familia. Zoraya no quería que se apoyara el viejo Sultán en hombro alguno, por bastarle su mujer y sus hijos. Desde los tiempos del Edipo griego no se había visto grupo tan triste y sublime como el de aquel rey destronado, ciego; con báculo en vez de alfanje; trémulo, cuando hiciera temblar a todos sus enemigos; amargado por las traiciones de los mismos a quienes engendrara; proscripto al capricho de un su hermano, que le debiera parte de su gloria y de su poder; apoyado en el hombro de una esposa predilecta, por quien todo lo había sacrificado y que no soñaba entonces tanto en los consuelos al esposo, como en las ambiciones de los hijos; y sin más refugio que aquel escollo, colocado entre los fragmentos de su reino, y verdadero sepulcro apercibido antes de su muerte a su dolor, pues quien pierde la luz de los ojos indudablemente pierde algo más amable que todo el calor de la vida. También Hacem podía preguntar, como el antiguo rey heleno, adónde había llegado y quién le sustentaba, para sustentar este inenarrable dolor en la tierra. También él podía decir cómo las miserias de su vida y las tristezas de su vejez, mezcladas con el recuerdo de su poderío y el sentimiento de su valor, le sugerían la virtud más difícil a quienes caen de tan alto, la beatífica resignación. Así, también él era un espectro de rey, llevando sobre su cabeza, desgreñada como la de un mendigo, una sombra de corona. Nada tan trágico y doloroso como este final de una existencia henchida por estos combates. Errante ahora en las vías del destierro, con tantas lágrimas regadas; devastado por las injurias del deshonor; falto del Sol de sus ojos y de la fuerza de su cuerpo; con una corona enmohecida en las sienes; con el cetro en báculo trocado; sin más compañero que su mujer desesperada y sus hijos próximos a caer en los abismos de irreparables desgracias; el destino le prueba bien cruelmente; y si fuera un poco misericordioso debía, por cualquier medio, acelerarle mucho la terminación de su vida. Los últimos cortesanos que le quedan, sus amigos, y aquella tierra sonriente parecen a una impelerle con grandísimo impulso a divertir sus penas, escuchando ya los suspiros cariñosos de los buenos afectos, ya las armoniosísimas cadencias compuestas por los conciertos y las armonías de todas las cosas. El dulzainero árabe toca su dulzaina en competencia con el coro de las aves; los ruiseñores le dirigen gorjeos desde las adelfas; y los pámpanos y los azahares le llueven su polen y sus esencias sobre la frente. Pero Hacem, en medio del dolor con que los unos le prueban y de los consuelos que los otros le ofrecen, ya no aguarda más que la muerte, como el bálsamo consolador de sus penas. Así huele con verdadera voluptuosidad los cipreses, porque han de nutrirlos sus cenizas, cuando sombreen el sepulcro donde perdurablemente duerma; y se agarra solemnemente a los sáuces, como si el inmenso tiempo, que corre por el inmenso espacio, fuese un río arrastrándolo contra su voluntad y quisiera guarecerse y salvarse de sus olas, asiéndose a los árboles funerarios, símbolos indicadores de la muerte. Ha hecho lo posible para que no se asentase una raza del Norte, los hijos de Castilla, en las tierras ilustradas por una raza del Mediodía, por los hijos del desierto. Los campos bienhadados, que ni el Sol abrasa ni la nieve hiela, en él han tenido un defensor incontrastable. De haberle seguido la fortuna, conservara las barras de Alhamar, lo mismo en los picos de las altas montañas que en los arenales de las celestes riberas. Los caballos se han movido a las espuelas de los jinetes guerreros, y las naves mismas bajo la dirección de los audaces pilotos para salvar a Granada, y no ha podido salvarla. Por eso no le queda más refugio, ni más esperanza que la muerte, y pídela con grandes instancias y a voces mientras lloran desolados mujer e hijos a sus plantas.

Pero Alah parece haberlo escuchado en sus inexcrutables designios. Era un día de los que al placer consagraba la hermosa y voluptuosísima Zoraya, creyendo que aún podían los placeres imperar en el cuerpo casi petrificado de aquel esposo, a quien otras veces animara ella con sus miradas profundas y con sus suspiros ardientes. No se hacía cargo la Sultana de que Hacem asistía inerte a todos estos espectáculos, más bien por indiferencia y por insensibilidad, que no por ninguna otra causa. Delicada y tiernamente la mujer predilecta se había procurado todo aquello que pudiese halagar los sentidos aún abiertos en su real esposo. Pomos de misteriosas esencias, pebeteros de aromáticas humaredas, ramos de flores bien olientes, aves canoras traídas de luengas tierras y enjauladas en redes muy espesas de oro, címbalos y flautas y crótalos y dulzainas y guzlas componiendo bien deliciosas armonías, versos de los primeros poetas, cantores semitas de verdadera dulzura, jóvenes egipcias que bailaban las antiguas danzas árabes al acordado compás, todo lo apercibía, y a todo contestaba el Sultán, como contestan los ídolos, a quienes les presentan religiosas ofrendas y litúrgicos obsequios. Mientras todo se movía en torno suyo Hacem pensaba en la inmovilidad e inercia del último sueño. Las voces y los instrumentos concertaban armonías sin fin, mientras él ponía el oído a la eternidad, estremeciéndose al estridente son de la trompeta que profiere maldiciones eternas. Y mientras de un lado Zoraya se complacía en aliviar la pena y en esclarecer la noche del esposo, de otro lado Hacem se complacía en acariciar esperanzas de perdurable paz en los únicos brazos, que la procuran ininterrumpida y honda, en brazos de la muerte. Cuando a lo mejor de la fiesta se hallaban los últimos cortesanos del monarca, y en lo más triste de su pensamiento éste, llamaron a la puerta del castillo unos emisarios del Zagal. Y bien pronto fueron introducidos, a virtud del tal nombre regio, en presencia de Hacem.

—Señor —dijo el que hacía cabeza de aquel grupo enviado desde Granada.

—¿Qué os trae aquí? —les preguntó Hacem.

—Señor... —murmuró de nuevo el enviado, notándose con facilidad que su encargo era por todo extremo embarazoso, y el ministerio a cumplir por todo extremo difícil.

—¿Os manda mi hermano el Zagal?

—Sí, Hacem; ya lo hemos dicho al pedirte la entrevista y audiencia.

—¿Todavía le mortifico aquí? Residía él en Málaga y yo en Granada; me arrojó de Granada. Fuíme a la riente Almuñecar, cuando él llegó a Granada; y me arrojó de Almuñecar a Salobreña. Estoy aquí ciego, inerme, sin más arma que un báculo, sin más reino que una colina, sosteniéndome sobre los hombros de mi mujer y de mis hijos, acompañado del vizir Venegas, que representa y personifica los recuerdos últimos de mi grandeza pasada, reducido a llorar con mis ojos vacíos las desventuras de mi gente por el hado condenadas irremisiblemente a ruina, y aún le molesto aquí. Dime, ¿ha resuelto por ventura lanzarme al África mi hermano?

—Al África, no, Hacem, mucho más lejos.

—¿Qué oigo? —exclamó Zoraya, volviéndose a los terribles emisarios—. ¿Traéis una sentencia de muerte? ¿Vais a matar al árbol copudo, que protegiera con su sombra no más el reino granadino? ¿Vais a destruir la última fortaleza que le queda en el mundo al Islam? ¿Vais a romper el cortante alfanje, que aún brilla como media Luna propicia, en los cielos de nuestra patria? Decrépito, ciego, moribundo, sin fuerzas, aún vale más él solo que toda vuestra nobleza y todo vuestro reino y todo vuestro ejército y todo vuestro sacerdocio y todo vuestro pueblo.

—Calle —dijo uno de los emisarios— calle la cristiana, que le ha perdido en el infierno de sus amores y arrastrádole a este supremo trance.

—Pues ¡oh! Si lo he perdido, muera yo. Ahí tenéis vuestras armas cortantes, y aquí tenéis mi pecho inerme y descubierto. Matadme si os place; pero no matéis a vuestro monarca y a vuestro general, el mismo monarca que os ha dado fuerza, y el único general que os ha dado victorias.

—Mira, Zoraya —dijo Hacem, dirigiéndose como a tientas al sitio donde resonaba la voz melodiosísima de su mujer—; no ruegues a estos tiranos. Humillas tu dignidad inútilmente. Con mayor facilidad ablandarías el corazón de una hiena que el corazón de un abencerraje. Traen su inapelable sentencia de muerte y la cumplirán rigorosos como se cumplen siempre los decretos del hado y del destino. Yo he nacido para que los míos me vendan, me deshonren y me maten. Mi mujer, la Horra, se ha pasado la vida en conspiraciones continuas contra su esposo; mi primogénito, Boabdil, se ha ceñido la corona que me pertenece y corresponde, sin fuerza ni ánimo para llevarla; y ahora mi hermano, a quien yo asistiera en todas sus empresas, y salvara en cien horribles trances, se vuelve mi verdugo y me inflige por su propia mano una sentencia de muerte. No roguemos, pues, muramos. Casualmente yo le pedía, cuando llamaban ellos a la puerta, yo le pedía en mi pensamiento y en mi espíritu al Todopoderoso, que pronto, muy pronto, mandase la muerte a visitarme, y me quitara de un mundo nefasto, donde solo habita la más negra desesperación. Déjame, Zoraya, morir en paz. Trae, trae tus hijos y los besaré con mis labios, y los bendeciré con mi palabra, pidiendo a Dios que no puede, no, en este trance supremo desoír a quien lo invoca, la felicidad serena en este mundo y la perdurable venturanza en el otro.

—Mas yo, Hacem, no puedo querer que mueras, no puedo, no, consentirlo, aunque solo me queden, para defenderte, mis débiles brazos de mujer. Cuanto has hecho en los últimos tiempos, lo has hecho por mí; páguelo yo todo, y exéntate con el holocausto mío de la muerte tuya, guardándote incólume para tu reino y para tus hijos, para tus hijos que te necesitan y que te adoran.

En efecto, los dos príncipes, interpuestos de rodillas entre su padre y los verdugos, ofrecían sus dos vidas por la de aquel, a quien se las debieran. Y hubieran ablandado a corazones capaces de algún sentimiento; pero no a los corazones de aquellos guerreros granadinos, empeñados en atroces y cruentísimas contiendas. La sentencia de muerte ¡ay! se había dado, y apremiaba su cumplimiento. Comprendiéndolo así la infeliz Zoraya, dirigíase con el esfuerzo, que presta la consideración de un trance tan cercano y tan tremendo a todas partes en busca de auxilio.

—Venegas, Venegas, decía, tú que conoces los misterios de todos estos palacios, los resortes que mueven la voluntad avasalladora de todos estos hombres, busca un supremo recurso; y sálvanos, pero sálvanos pronto.

—Por lo mismo, respondió Venegas, que conozco todo esto, dígote Zoraya cómo no resta otro recurso, que una resignación al decreto inexorable del hado. Estos príncipes forman a una con sus partidos bandadas cruentas, cual esas especies carniceras que hay en el Universo; y no se creen seguros de sí mismos, sino después de haber exterminado a la especie contraria.

—¿Pero aquí, preguntaba Zoraya, no hay una guarnición, y esa guarnición por fieles al Sultán compuesta, no tiene armas?

A esta interrogación abrióse la puerta de la estancia, que daba en aquel palacio al patio, y apareció la guarnición en armas y en formación correctísima. Verla Zoraya y tomarla por el asidero último de su esperanza, fue todo uno. Con esa resolución propia de su sexo, tan arriesgado en los momentos supremos de la vida como tímido en toda ella, Zoraya se dirigió al jefe de los guardias y lo conjuró a la defensa de su amo y señor en palabras vehementísimas. Pero el jefe quedó como petrificado, a pesar de que tantos ruegos, envueltos en tantas lágrimas, podían ablandar las piedras; y dijo no reconocer en aquel sitio más autoridad que la del Zagal, su rey desde Granada y la Alhambra.

—Entonces no hay esperanza, para la virtud, ni para la gloria refugio en este reino destrozado! ¡Qué angustia! ¡No solo por ver morir a mi esposo, por ver así atropellada la justicia!

—Que abran las cajas, recojan los tesoros, y trasládese todo, según las órdenes expresas del rey, a Granada, dijo el jefe de los emisarios a sus compañeros y subordinados.

—¡Que no pudiera, Zoraya, exclamó Hacem, recobrar la luz de los ojos para veros por última vez! Pero ya me oís, y sabéis que os aguardo allá donde no llegan estas tempestades, en el edén prometido a los fieles por nuestro Profeta.

Esta invocación a las creencias musulmanas heló nuevamente la sangre toda en el cuerpo de la reina, quien tocaba en tales trances el horror de su apostasía, pues, no era osada, ni a invocar con la conciencia su nueva religión, ni a invocar con sus labios la patria y vieja creencia llevada desde su nacimiento en las profundidades más íntimas del corazón y del espíritu. Así lloraba una y otra vez, lloraba, sin tregua y sin descanso; como quien ya no tiene, por una conjuración de circunstancias increíbles, refugio, ni en el mundo, ni en el cielo; y no puede aspirar, ni al auxilio de la Providencia, porque la Providencia, según todos los creyentes dicen a una, se mueve invocándola; y ella ignoraba en estos grandes momentos si debía invocar el Dios de sus labios o el Dios de sus creencias. Hacem estrechaba sus hijos y su mujer contra el pecho, cual si quisiera deshacerlos en los brazos y llevárselos consigo a la eternidad. Y cuando más fuera de sí, más en los trasportes de su cariño se hallaba, ora bendiciendo a éste, ora besando al otro, con sus manos crispadas asiendo las manos de Zoraya, el emisario da una señal; y seis esclavos nubios, negros como la noche, tan favorable al crimen, cada uno con un puñal en la mano, dirígense al sitio, donde se vela tal grupo de puro amor, y apartando la mujer a un lado, los hijos a otro, rematan al anciano, el cual muere sin lanzar una queja, pero cayendo sobre aquel pavimento con la majestad serena con que cae la encina secular, desarraigada por el tiempo, en los senos insondables del abismo. Los tesoros, la Sultana, los príncipes sus hijos, el vizir Venegas, fueron llevados a la torre de Comares y recluídos allí como pobres presos de Estado, viendo en su camino el cadáver de Hacem atravesado sobre un mulo, como si se tratase de un perro. La malquerencia del Zagal intentó arrojarlo en humilde sepultura, donde se perdiera, ya que no su memoria, su esqueleto; pero nunca le falta en este mundo al que ha propugnado mucho algunos devotos. Y los devotos del Sultán fueron en callada noche al cementerio vulgar, donde arrojaran los huesos queridos de su señor, y los recogieron a hurtadillas como si cometieran con aquel acto de verdadero culto una profanación, conduciéndolos nada menos que a las alturas de Sierra Nevada, los enterraron, dando al picacho más alto el nombre de Muley Hacem, que todavía conserva y todavía repiten todos los hombres en toda la redondez del planeta. Ningún sepulcro, ni los erigidos por los faraones a sus dinastías, les cuadra como cuadraba este sepulcro a tal gigante. Los astros le sirven de luminoso epitafio; las nieves eternas lo cubren con una tapa de ciclópeos diamantes; las aguas despeñadas le lloran a una con fragor sublime; las selvas le sirven de corona funeraria; el granito primitivo de lecho perdurable; las águilas con sus gritos feroces le dan aún como toques de combate; y las especies, que allí luchan y se devoran, le ofrecen espectáculos de guerra y holocaustos y sacrificios de sangre. La naturaleza lo había tallado en el mármol de los grandes hombres; pero la decadencia, imponiéndose a él, como a todos los hijos de su tiempo y de su pueblo, no le dejó ejercer aquellas grandes facultades, que chocando con insuperables obstáculos, rompiéronse fragorosas en mil menudos fragmentos. Si el esfuerzo, que puso en defender una raza decaída, una religión eclipsada, una patria moribunda, hubiéralo puesto en defender causa consonante con los humanos progresos ó con el espíritu de su tiempo, indudablemente, pasara de suyo al coro de los renombres inmortales. No lo quiso el trágico

441

hado, que pesaba sobre los suyos; y su valor y su pujanza resultaron al cabo tan adversos para el Corán como la debilidad y la inercia de Boabdil.

Encerrados Venegas y Zoraya con los dos infantes, hijos de Hacem, seguían desde la torre de Comares el curso de los sucesos con terrible ansiedad. Y no había para menos, dado que la tierra de

Granada, siempre subvertida, se deshacía bajo un diluvio de lágrimas y sangre, o se disipaba como el humo de una pira en los pliegues del aire. Boabdil había vuelto a la ciudad suya, después de haber ofrecido deshonroso vasallaje a los reyes Católicos, y hechóse con sumisión increíble su verdadero feudatario. Y mientras Boabdil entraba en su capital, moralmente conseguida ya por sus eternos enemigos, el Zagal constituía una especie de reino, que se dilataba desde las Alpujarras a las fronteras de Jaén y a los mares de Almería, conteniendo casi toda la parte oriental del reino, y contando con ciudades tan fuertes, ricas y hermosas, como Guadix y como Baza. La política de los reyes Católicos, merced al ojo avizor de Fernando, estaba matemáticamente calculada, y como la política la guerra. Lo más fuerte de aquel codiciadísimo dominio resultaba la enriscada región dirigida por el Zagal. De consiguiente había que darle de mano, y dirigirse a la parte más debilitada, y dirigirse a Occidente. La sumisión de Boabdil servía mucho a tal empresa. Bien hallado con la tranquilidad, no expediría ejército alguno, capaz de pisar los talones al sitiador de Málaga, clave de toda la región occidental, y clave indefensa tras la ruina y caída de Ronda y Velez Málaga. Naturalmente, socorriérala el Zagal desde sus dominios orientales; pero la interposición del reino granadino impedía que tales expediciones pudiesen intentarse y que los alfanjes suyos pudieran unirse con los alfanjes zegríes en defensa de Málaga. Esta ciudad se hallaba, por tal conjunto de circunstancias supremas, muy abatida y muy a los pies del vencedor. Sin embargo, el gran caudillo de Ronda, el célebre Hamet, y sus zegríes, y sus gomeles, y la gente venida, en grande número, desde las regiones africanas a su encrespado seno, la defendieron a una en maravillosa defensa, tanto más fuerte cuanto que resultó muy heroico el empuje, contándose los asedios a Málaga entre las epopeyas más gloriosas de nuestra reconquista. Los elementos varios de la vida y de la historia humana, intervinieron a una en ella con poderosa y activa intervención. No hubo el heroismo solamente de los guerreros, que probaron hasta dónde llega el humano esfuerzo en sus contiendas, hubo predicaciones de religiosos, profecías de astrólogos, maniobras de videntes semíticos despertando la superstición musulmana, héroes piadosos movidos por hechizamientos y revelaciones, hasta un faquí asesino que hirió a ilustre príncipe de Portugal, creyendo herir al rey de Castilla, encuentros varios entre pelotones armados, retos y desafíos cuerpo a cuerpo, empresas como las que han inmortalizado el nombre de los Ponces y de los Pulgares, todo un poema de glorias.

Con Málaga cayó una de las mayores fortalezas poseídas por el Islam en España; y una de las comunicaciones más fáciles y más abiertas entre África y Andalucía. Zoraya y Venegas, cuyo cautiverio no había cambiado por la presencia de Boabdil en Granada, pues tanto a éste le importaba como al Zagal celar aquella familia enemiga, enterábanse de todo cuanto sucedía, y con especialidad por irles más en ello, de todo cuanto sucedía entre los soldados y en el campo dirigidos por Illán. Y en efecto, junto a Ponce de León, junto a Hernando del Pulgar, junto a Gonzalo de Córdoba, entonces casi un niño, junto a Luís Portocarrero, junto al cardenal Mendoza, junto a todos aquellos héroes que han pasado en el Romancero inmortal de nuestros padres a componer como una especie de leyenda patria, como un santoral del heroismo y del combate, junto a todos ellos Illán mantenía con esfuerzo titánico, el nombre de su gloriosa familia y el dogma de su tradicional religión, ciñendo laureles, tanto más apreciables cuanto que los había y alcanzaba en su dolor, buscando algo más de lo por ellos ofrecido, buscando la palma del martirio y la paz del sepulcro. Tras la toma de Málaga vino una empresa de no tanta cuantía, pero de no inferior importancia. La ciudad, que al Norte más defendía el reino de Granada, era indudablemente Baza. Con tomarla, tomaba Castilla el centro, desde donde combatir ventajosamente a Guadix y Almería, con lo que hundíase, para no volver jamás a levantarse, la dominación del Zagal. Precisaba expugnar legiones de castillos inexpugnables, y todos quedaron rendidos. En vano comprendía la grande inteligencia militar del Zagal cuánto le importaba mantener Baza en su imperio. Pero acorralado en Guadix, no se atrevía el Sultán a descender, temiendo que le arrebataran aquel nido, a cuyo seno se habían acogido sus últimos partidarios. A pesar de tal indecisión, las Alpujarras enviaron a la defensa de Baza los más fuertes montañeses. Y lo mismo hizo la marina. Entre los héroes de la costa, descollaba Cid-Hiaya, gobernador de Almería, quien se recluyó en la ciudad con seis mil guerreros de refresco. Imposible mayor presidio en población como aquella. Sus defensores llegaban a veinte mil, y querían todos luchar, porque se asemejaba este último esfuerzo del Islam a una guerra santa.

Sita Baza en espléndida llanura, solo por un lado tenía cierta pendiente, cubierta de orientales jardines, los que ofrecían al par de increíbles delicias, formidable defensa. Quiso el rey poner allí, en aquellos vergeles cuasi fantásticos y soñados, sus reales; y le costó el intento un sacrificio tan horrible de sus curtidos héroes, que debió retirarse, dejando yerma la campiña y apestado el aire al empuje de los combates y a la podredumbre de los muertos. El nuevo real estaba, merced a la retirada, mucho más seguro que todos los antiguos; pero también mucho más lejos, y por lo mismo inhabilitado para seguir y apretar el sitio. Metidos los cristianos reino adentro, recelaban de su posición, y temían verse trastrocados por su mal de agresores en agredidos. Así hubo quien propusiera levantar el sitio, y salir de tan temeraria empresa. No lo quisieron, ni los soldados, ni los caudillos; y el sitio se continuó, levantando los sitiadores tal número de parapetos, trincheras, y fortines, que una ciudad nueva se formó en torno de la ciudad antigua, y un sistema de talas se siguió, que bien pronto los desiertos reemplazaban a los edenes. Entonces comenzaron los combates cuerpo a cuerpo. Todavía, en los blasones de los Pulgares se ve una lanza que los atraviesa de un extremo a otro extremo, y un castillo de plata rodeado por doce leones de oro en conmemoración de todas estas hazañas. El valor de aquellos héroes, entre quienes descollaba, como siempre Illán, cortó los víveres enviados a Baza desde Guadix; detuvo los refuerzos; y apretó un cerco verdaderamente imposible, valiéndose de la fe y del entusiasmo. Las salidas de los moros quedaban muy baldías por el esfuerzo de los cristianos. Sus emboscadas, tan hábiles y diestras, desligábanse por la grande habilidad castellana. En los combates singulares, habidos entre una y otra gente, siempre le quedaban las ventajas a los cristianos. El mundo católico entero les auxiliaba. Así el buen Cid-Hiaya iba perdiendo poco a poco la esperanza. Y había para perderla, porque los sitiadores construyeron casas de madera y hierro para los jefes, casas de paja y juncos para los soldados, y hasta un palacio para el rey, cuyo palacio resplandecía con tejas mudéjares, muy brillantes por sus tonos áureos y sus toques metálicos.

Cuando se vio en la ciudad empeño tal de sus enemigos, los jeques más prudentes y los faquíes más consumados menearon con dolor sus cabezas, diciendo que todo estaba perdido. Así el mismo Cid-Hiaya, demandó una tregua, lo cual equivalía en el fondo a presagiar la rendición. En efecto, a los pocos días, las proposiciones de Fernando se oían allí mismo, donde solo se habían oído hasta entonces los golpes de sus armas. Esa idea, tan arraigada en los musulmanes, de que auxilia siempre Dios al victorioso, habíales hecho comprender cómo el destino se inclinaba y propendía de suyo a los monarcas vencedores, invencibles por tal decreto de quien todo lo prevee, todo lo presiente, todo lo manda y ordena. El 4 de Diciembre de 1489, día de Santa Barbara, entró Baza en el dominio de Castilla. Y no solo se rindió la ciudad al vencedor, sino que Cid-Hiaya mismo, su defensor, se rindió a la fe católica, pasando a formar parte de la nobleza castellana. Verdes valles abiertos en las arrugas de Sierra Nevada, fortalezas erigidas en los picachos de las montañas alpujarreñas, pueblos semejantes a nidos apartados de águilas o a escondidas madrigueras de lobos, cayeron al peso de la común desgracia, y entraron en el imperio de las dos Castillas. No había ya remedio; el Zagal mismo estaba en el caso de darse a partido y de reconocer aquella soberanía, que no podía su brazo evitar. Al expirar el mes de Diciembre, ya un contrato nuevo se pactaba entre los reyes Católicos y el Zagal malagueño. Feudatario de los vencedores, dejábanle Alhamil en las Alpujarras, y las Salinas de Malea. Dos mil moros se llamarían sus vasallos; y cuatro millones de maravedises mantendrían su casa. Para mayor escarnio, llamaríase rey de Andaraja: que todos aquellos príncipes a una se pagaban del goce de vanidad tan ilusoria, cuando habían perdido sus cuantiosos y ricos dominios. En efecto, a cambio de tal vano título, entregó las dos mejores ciudades, que aun quedaban al reino; entregó, arriba Guadix, abajo Almería: de tal suerte se desvaneció también la monarquía del Zagal. Cuando Zoraya lo supo, lloró lágrimas amargas sin fin sobre la cabeza de sus hijuelos, y vio de nuevo a Illán entrando en la torre de Comares a tomar su ruidoso desquite. Tal temor aparecía tanto más fundado, cuanto que Zoraya columbraba siempre que subía, en sus esparcimientos, a lo alto de Comares, la Cruz de Cristo sobre los minaretes de Loja. La preservación de Granada, mientras la guerra extendía sus furores en todas direcciones, diéronle un aumento de prosperidad como aquel de su más vivo esplendor. La rosa del Islam se abría más bella que en tiempo alguno, en el momento de caerse y deshojarse para los islamitas, pasando a rematar y concluir la corona de nuestra España. El deshonor de su rey había valido mucho dinero a los vasallos. Grandes facilidades mercantiles, procuradas por los pactos deshonrosos, le habían devuelto su antigua riqueza. Luego, en la rota de tantas ciudades ilustres, los musulmanes más ricos veíanse obligados a pedirle a Granada un refugio y a llevarle sus tesoros en cambio. Hermoseábase la hermosa como para tentar más el deseo do los que la requerían y codiciaban. Cuando supo Boabdil que la monarquía de su tío el Zagal estaba derruida, no se acordó, en el furor anejo a toda venganza, ni del poderío de su raza, ni del esplendor de su fe; acordóse tan solo del desacatador de Almería y del asesino de su familia y de sus partidarios. Deseando comunicar su gozo a su pueblo, salió con grande aparato por las calles, montado en su corcel mejor, y seguido de pompa y de cortejo. Pero el pueblo no participaba de sus rencores personales, y presentía el desenlace final de aquella gran tragedia. Un grito de horror al Zogoibí, a ese príncipe sellado con el sello de la desdicha desde las entrañas de su madre, y un clamor de guerra y de combate resonaron en los aires. Granada se armó espontáneamente, y se puso bajo la dirección de un joven patricio guerrero, que se llamaba Muza, y que ardía en anhelo de pelear. No le quedaba, pues, a Boabdil más refugio que su propio eterno enemigo, aquel, que le atisbaba, para mejor devorarlo. Escribióle, pidiendo una protección indispensable, dada la cólera belicosa reinante sobre todos sus vasallos. Y Fernando, para no desmentirse nunca, le imputó con perfidia tal estado, a quien de ningún modo podía impedirlo, y le declaró la guerra. Veinte mil hombres rompieron por la Vega de Granada, bajo las órdenes del rey Católico, talándola sin piedad. El joven heredero de tantos dominios, el infante don Juan, destinado en los designios de su padre a unir las tres coronas en sus sienes, la corona de Portugal con la corona de Aragón y de Castilla recibió la orden de caballería en aquellos encuentros, sirviéndole de padrinos los Duques de Medina Sidonia y de Cádiz, a la vista de las torres Bermejas, donde se apagaban los arreboles últimos de la Edad Media y resplandecían los albores primeros de la Edad Moderna. El combate comenzó por una cruel estratagema. Cid-Hiaya, vestido de moro, y acompañado por legiones de moros, que llevaban cautivos a varios cristianos, pidió refugio a la guarnición del castillo de Roma, sitio principal de la Vega, y por estanegra traición recogió una preciada fortaleza. Cuando supieron esto los granadinos, y además que había ido el Zagal con los soldados y taladores del rey don Fernando, encendiéronse a una en ira, y tornaron sus ojos y sus manos a Boabdil en demanda sincera de reconciliación inmediata. El rey Chico, para sellar esta reconciliación, salió en son de guerra por las cercanías, y tomó a los cristianos el castillo de Alhendín. Todo se concluía, no obstante un triunfo como este, alrededor de Granada. El cielo se había tornado implacable contra ella y la sentencia del cielo debía sin remedio cumplirse. Ya no le quedaba más defensor que Boabdil, quien aparecía, si quier muy resuelto a vender cara su ciudad, más como un mártir que como un héroe. En cuanto al Zagal, no pudo aprovecharse, ni de la debilidad, con que deshonrara los últimos días de su vida, ni de la corona burlesca y triste, que pusiera como remate a su historia. En el mundo no se desmienten jamás, ni las leyes de la lógica, ni las leyes de la moral. Quien así a su patria vendiera, estaba destinado, en los designios providenciales, a un horrible castigo. Los últimos vasallos, que le procuraron sus traiciones, al poco tiempo de verlo en aquel diminuto reino, subleváronse airados en su contra, queriendo pasar, antes que por sus súbditos, por sus verdugos. A uña de caballo tuvo que dejarlos, pues si no los deja, la tierra de Andarax, ismaelita hasta las entrañas ¡oh! se abre y lo devora. El Zagal tuvo que cambiar sus valores inmuebles por valores muebles, y que recibir tesoros en cambio de dominios. Por quince millones de maravedises en moneda sonante vendió sus villas, sus tierras, sus valles, y embarcando todo cuanto acababa de recibir y todo cuanto había podido salvar de sus antiguas riquezas, embarcóse para Marruecos. El Soldán de Fez lo atrajo con promesas de amistad, y lo trató con crueldades y desquites de tirano. A causa de su proceder en Granada, confiscóle todas sus riquezas, y le quitó además la libertad, encerrándolo en oscuro calabozo. Allí pasó algún tiempo gimiendo, hasta que, un día, lo sacaron ¡infeliz! Bien podían haberlo dejado allí, siempre sepultado, antes que infligirle una pena tan bárbara. Cuando, si quier pobre y desvalido, se holgaba con ver la luz, recibir en su pecho el aire puro, y gozar la libertad, el rey de Fez mandó que lo abacinaran. Entiéndese por abacinar la terrible operación de abrasarle a un delincuente los ojos con una bacía de azotar, enrojecida grandemente al fuego. Cuando ya lo dejaron ciego, permitiéronle que caminara errante por los desiertos tingitanos. De oasis en oasis, de aduar en aduar; entregado a sus instintos; sin un pobre lazarillo siquiera; buscándose un camino con báculo recién cortado de los árboles; pidiendo limosna; sediento y hambriento como el postrero de los mendigos, llegó a Velez-Gomera; donde las gentes, de tal suerte le perseguían y le acosaban a denuestos y a golpes en cuanto solían enterarse de su terrible vida, que hubo necesidad imprescindible de ponerle un cartel en la espalda y otro en el pecho diciendo:»éste, que veis, es el desdichado rey de Andalucía, compadeceos de él.»Pues nadie se compadeció. Y hasta la muerte implacable tardó en llevárselo, para que supiese a ciencia cierta el resultado espantable de las traiciones perpetradas contra su Dios, contra su raza, y contra su patria.

Capítulo XXV

Era la madrugada gloriosísima del segundo día de enero de 1492. La nación, que siete siglos antes desapareciera borrada del mapa de las naciones latinas por el encendido aliento de los desiertos africanos, rehecha y resucitada, merced al valor y a la constancia de sus hijos, ascendía esplendente al zenit de su grandeza, y no solo remataba su indispensable independencia coronada por la unidad, sino que invenía en el planeta continentes y archipiélagos desconocidos, en el cielo constelaciones jamás vistas, como si el Criador le hubiera prestado su fuerza creadora y le hubiera trasmitido el don de los milagros. ¡Quién les hubiese dicho a los restauradores primeros de la nacionalidad española, quién les hubiese dicho a un Pelayo, a un Abarca, en sus breñas abruptas, en sus reinecillos semejantes a refugios de águilas, en sus primeros descensos al llano y correrías por las cumbres, cuando sus territorios no pasaban del manantial de algún río naciente, o del picacho de algún monte aislado, que aquellas rudimentarias y modestas monarquías estaban llamadas a confluir en una sola, que arrastrase al desierto líbico las ricas diademas ismaelitas y engarzara el Atlántico y el Pacífico, mares inexplorados, islas desconocidas, en el blasón de su grandeza! Por un lado, aquellos héroes, que bajaban del Pirineo, y que construían con sus piadosas manos San Juan de la Peña, llegando en tres siglos a recoger la marca hispánica, trazada por Carlo Magno, y a levantar la cruz en Zaragoza;

por otro lado, aquellos héroes de Asturias, de León, de Galicia, siguiendo las orillas del Miño, del Duero, del Tajo, del Segura y del Guadalquivir, hasta rescatar desde Santiago a León y Burgos, de León y Burgos a Toledo, de Toledo a Córdoba y Sevilla. ¡Cuántos esfuerzos heroicos, y sacrificios cruentísimos, y martirios indescriptibles, y combates giganteos en aquella guerra de siete siglos, donde así que respirábamos un poco, así que veíamos el claror de alguna ilusión, el horizonte de alguna esperanza, encrespábanse los espacios africanos y sus turbulentos mares de arena, enviándonos almorávides, almohades, benimerines, zegríes, abencerrajes, gomeles, a renovar su conquista y a remachar nuestra servidumbre! De Covadonga a Simancas, de Simancas a Clavijo, de Clavijo a Calatañazor, de Calatañazor a Toledo y Cuenca, de Cuenca y Toledo a las Navas, de las Navas al Salado, del Salado a Granada, ¡cuán épica historia, completada por las grandezas de aquellos Berengueres, de aquellos Alonsos, de aquellos Jaimes, de aquellos Pedros, que rescataron el ibero río de nuestros padres, que pusieron la cruz en Mallorca y Valencia, y que luego, de triunfo en triunfo, llegaron hasta Sicilia y hasta Grecia, extendiendo las hermosas islas mediterráneas, como ninfas y nereidas, en torno del carro de nuestras glorias! Y todo esto se corona, y todo esto se unifica, y todo esto se remata el día, no bastante celebrado, en que vuelve la más hermosa entre todas las españolas ciudades, al maternal regazo de su patria.

¡Oh vega de Granada! El español, que no sabe de memoria todo cuanto ha brotado en tus cármenes, desconoce a su patria. Como Venecia en el mar oriental de Italia, como Florencia en el centro de la bellísima península; Granada, la guerra de Granada, el sitio de Granada, la toma de Granada, representan la florescencia y la primavera del renacimiento español. En Granada Colón se despide para su viaje fabuloso; en Granada, Gonzalo de Córdoba se adiestra para sus guerras épicas; las competencias y luchas con los moros granadinos aceran a los Ponces que allá en su vejez descubren las corrientes del ignorado Missisipí, recibiendo por sus milagros el homenaje debido a un Dios entre las tribus de los primitivos indios; Granada inspira, ese romancero morisco, en cuyas asonancias se une al genio de los occidentales el genio del Oriente; en Granada trazan los grandes y maravillosos escritores latinos de aquel tiempo en la lengua de Cicerón las grandezas de su historia y las hazañas de sus sitiadores; al pie de las torres Bermejas, a la vista del maravilloso palacio mahometano, entre las florestas cubiertas de azahar donde los palmerales vibran y las rosas de Alejandría huelen, concluye la edad caballeresca, pero también los tiempos feudales, comienzan los Estados potentísimos, pero también los tiempos modernos. No se puede, no, volver la vista por ninguna de las manifestaciones del arte nuestro, sin que salte Granada como la perla oriental, que contiene todos los matices de nuestra inspiración. La cuna del teatro español que ha de rivalizar con los dos primeros teatros del mundo; los cuadros de Berruguete y de Gallegos que han de iniciar esta pintura tan espléndida, como nuestros horizontes; las capillas del Condestable y del Cardenal en la iglesia toledana, donde resplandecen las áureas conchas de Santiago sobre paños de púrpura y duermen los jóvenes de la familia de Albornoz muertos en el real de Granada con su tizona sobre su armadura, su cabellera cayéndole a raudales sobre los hombros, la espuela damasquinada en la bota de acero, y la gorra florentina recamada de pedrería en la cabeza recostada sobre los anchos almohadones; aquellas sillas del coro, que ostentan las conquistas más gloriosas talladas en madera, perpetuando los recuerdos imperecederos de vencedores y vencidos; aquel hospital de Mendoza, con sus fachadas y sus patios platerescos engarzando las grecas mudéjares en el gótico reluciendo sobre su ocaso y en el renacimiento grecolatino levantándose al zenit esplendoroso; San Juan de los reyes, la obra más esbelta y más airosa de la grande arquitectura eclesiástica, bordada con todo cuanto han podido idear de más bello los escultores, que parecían tener el secreto de ablandar la piedra y amoldarla entre sus dedos a todos los caprichos de la fantasía, San Juan de los reyes, por cuyos claustros vaga la sombra de Cisneros y de cuyo ábside penden las cadenas de los cautivos rescatados en esta campaña; tantos y tales recuerdos épicos hablan a todos los corazones patriotas y a toda la nación española de aquella su histórica grandeza, destinada indudablemente a crecer en la sucesión de los siglos, mostrando todo el heroismo de nuestra raza.

Era de ver aquel campamento. Para formarse una idea del esplendoroso lujo que lo decoraba, precisa ver los frescos de aquel tiempo, los cartones de Paulo Ucello reproducidos por Felipe II en el Escorial; o los cuadros de Van-Eyk, quien arribó hasta Granada en sus viajes; o las grandes figuras de la sacristía de Siena, dejadas allí por el pincel de Pinturrichio; los brocados

450

vestidos por damas y caballeros; los tisúes de oro y plata que no podía un puñal atravesar; las áureas bordaduras de artísticos realces; los plumajes traídos entonces por las expediciones lusitanas de Asia y de la India; las gasas orientales que servían a los bellos rostros como las sombras a las estrellas; el copioso encuentro de perlas en los mares, y esmeraldas en los montes por aquellas recién invenidas comarcas; el artístico gusto resucitado por pintores y escultores del seno de Grecia y traído al seno de Italia para irradiarse por Europa; estas ventajas de la civilización moderna, que se iniciaban entonces, véanse reunidas en el real de Granada, como en ninguna otra parte, gracias el esplendor mágico de nuestra hermosa patria. Imagináos las tiendas innumerables de brocados riquísimos, donde pendían los tapices de Arras con sus realzadas figuras; las alfombras de Persia que valían un imperio; las mesas talladas con todas las guirnaldas del deslumbrador Renacimiento; los platos áureos repujados en Florencia; los vasos de cristal de roca puestos sobre pies de oro lloviznados todos ellos con rocío de rubíes; las armaduras embutidas con toda suerte de metales preciosos; las adargas ricamente grabadas con los blasones de sus respectivos dueños; las lanzas parecidas a rayos del cielo por lo fulminantes; las espadas con sus empuñaduras de sin igual valor; los talíes sembrados de zafiros y ópalos; todas aquellas maravillas del arte, que parecían a una ensueños fantásticos de poetas y no realidades verdaderas del mundo. ¡Y en medio de tanto lujo, más propio para la molicie que para la guerra, cuánto valor y esfuerzo! Quien hubiese visto, por ejemplo, al marqués de Cádiz, vestido con su túnica mora de oriental tisú, ornado el pecho de venecianos encajes, pendiente del hombro capa de terciopelo negro bordada de oro, rojas calzas de seda indiana y zapatos de telas acuchilladas y con pedrería, la gorra de cintillo y plumaje a la cabeza, el cinturón de zafiros y esmeraldas al cuerpo, una especie de alfanje al costado y guantes con puños de metales preciosos, no le creyera ciertamente aquel vencedor en cien combates, que a los cuarenta y cinco años había saltado tantos muros, visto tantos pueblos y fuertes puestos a sus pies y rendidos a su brazo, hecho tantas campañas como los primeros héroes de la historia y como los primeros campeones de la guerra. Y allí, en aquel campamento, sucedíanse a las cenas las danzas, a las danzas los conciertos, a los conciertos los torneos, a los torneos los juegos de cañas y de sortijas. Mas, entre tantos placeres, no había ninguno como pelear y morir. Á lo mejor Fernando del Pulgar trazaba con la punta de sus armas en las puertas mismas de aquel paraíso musulmán el Ave María invocada todas las tardes, al morir el Sol, en el campamento, entre los repiques de la campana que llamaba con sus ecos a la oración y entre los destellos de las primeras estrellas que surgían, al comenzar las sombras de la noche. Otras veces, el célebre moro Tarfe, inmortalizado por nuestros romances, retaba los caballeros cristianos a singular combate y sostenía personal pelea. En mil ocasiones, Muza, el árabe, a quien más dolía la postración de su raza, iba en busca de la muerte para no ver la capitulación de su Granada. Y así alternaban los placeres con los dolores en aquel sitio, comparado y comparable a los asedios antiguos por su duración y por sus continuos y porfiados combates. Mas no tenía remedio, el destino decretaba la victoria de los cristianos, y los árabes debían rendirse, dado su fatalismo, a los decretos del destino. La capitulación se firmó, llegando, por fin, el día de la entrega, o sea, el 2 de enero de 1492.

En la víspera de tal acontecimiento, los reyes tomaron todas las precauciones indispensables para que no pudiese deslustrarse. Los pregoneros del campamento notificaron a voces cómo, al amanecer del día siguiente, debían hallarse las tropas apercibidas a la entrada y con sus mejores aprestos y arreos. También se dieron rigurosas órdenes a fin de que los caballeros y sus pajes y todas las gentes de pro se presentaran revestidos de sus mejores galas y ornados con sus más bellas preseas. No rayaba el alba por las altas y empinadas crestas, cuando los clarines confundían sus llamamientos con los píos y arpegios de las vigilantes alondras. El cielo tenía ese azul claro que presentan los horizontes meridionales si pica el frío, haciendo trasparentarse al aire. Las nieves de la sierra nunca relumbraron como aquella mañana, con tal esplendor, ni lucieron sus colosales facetas de diamante. Aunque riguroso el invierno, los muchos árboles, que no pierden la hoja en la dura estación, como cipreses, olivos, palmeras, limoneros, laureles, hallábanse realzados con gotas de rocío y bordaduras de escarcha. Nada tan hermoso como aquel amanecer, cuando los primeros rayos de luz rebotaban en las armas y en las armaduras de los cristianos, tendidos por la vega, y hacían resaltar los trajes y los turbantes multicolores de los árabes agrupados por última vez en sus torres y en sus torreones. ¡Qué contraste, Dios mío, el de las campanas, saludando, desde las torres de Santa Fe, al nuevo día, con los muhecines o muhedanos, por vez última, diciendo en luctuosos acentos, desde los minaretes de sus mezquitas, las alabanzas al Dios de los muslimes cercano a ser proscripto de aquel edén, hecho para placer de los suyos por las manos de las huríes y de los ángeles! Desde Santa Fe podía la vista contemplar aquel maravillosísimo espectáculo, nunca tan hermoso, como al salir la ciudad sultana de sus harenes para postrarse ante las aras de los altares católicos. Desde allí, desde el real de Santa Fe, podía verse a la derecha el valle inmenso, entre cuyas arboledas y plantíos culebrea el Genil; a la izquierda Sierra Elvira, y como acercándose a sus lavas frías, el tormentoso Albaicin, coronado con su formidable Alcazaba, y el Darro abriéndose paso entre colinas encantadas y por lecho de granito; al frente los cristales de la sierra, cuyas faldas, entre azules y rosáceas, entonaba la luz matinal; y más abajo de la Sierra, el Generalife con sus rotondas de porcelana y sus tejas de reverberaciones metálicas entre bosques de mirtos y de adelfas; el cerro más hermoso, el cerro de la Alhambra, poblado de sus innumerables torres, a las cuales han dado tintes, que llegan del rosa pálido al carmín rojo, los ardores del Mediodía, y entre tanta belleza, la ciudad como una granada que se hubiese abierto al caer de los edenes del cielo a los abismos del mundo.

Ya el Sol montaba de su oriente a su zenit, cuando el cardenal arzobispo de Toledo, Mendoza, llevando a su frente la cruz de plata, que debía erguir sobre Granada, como la irguiera sobre cien otros pueblos rescatados a la morisma, encaminábase con dos mil mílites de todas armas, equipados brillantemente, a posesionarse de la deseada conquista. Los trajes eclesiásticos de la comitiva, su propia roja púrpura cardenalicia, mezclada con las casullas de sus diáconos, caballeros en los litúrgicos mulos, al frente de un ejército en marcha, contrastarían hoy con todos nuestros sentimientos y todos nuestros gustos, pero no entonces, por tener cada prelado una parte de temporal poder, e ir anejas a sus facultades religiosas, ciertas prerogativas soberanas, sin las cuales no se concebía ninguna dignidad social ni aun al morir y espirar el feudalismo. Este Mendoza, el gran cardenal de España, más que bendecido, había guerreado en su vida. Los bastardos suyos constituían parte importantísima en aquella corte; y las rentas de su arzobispado como las mesnadas habían mil vecescontribuído, no solo a la reconquista cristiana, sino también a las guerras civiles, dispendiando aquellas y dirigiendo estas a medida de su gusto. Hasta en la muerte quiso tener un sueño violento. Como el cabildo toledano le negara sepultura en el altar mayor de la catedral, entró nocturnamente con varios alarifes, derribó la pared grandiosa de la izquierda, e instaló allí, adornada con todas las preseas paganas del renacimiento, su tumba, frente al paño donde los ángeles góticos, puestos sobre un bosque de botareles airosos, extienden sus alas áureas en el espacio, y producen tañendo con silencio, a la callada, múltiples instrumentos músicos, suaves melodías, cuyos ecos animan las estatuas yacentes de los reyes enterrados con sus coronas a la cabeza y sus cetros en las manos bajo sus blasones históricos; y las estatuas hieráticas de los santos y de las vírgenes que suben sobre alas y estrellas al empíreo; y las figuras destacadas de los vidrios multicolores que vuelan como ideales mariposas por los triángulos de la ojiva entre deslumbradores iris, a cuyos matices los ojos columbran las cimas de otro mundo mejor y alcanzan la visión beatífica del Eterno. Caballero feudal el gran Mendoza, la mano poderosísima de la monarquía lo refrenó como a todos los nobles de aquella edad, y lo impelió a una guerra en que perdía sus dominios el moro al par que sus privilegios el feudalismo. Por eso, cada paso que daba Mendoza en aquel momento, hacia el cerro de la oriental Alhambra, por la cuesta un tanto larga de los Mártires, no queriendo herir la susceptibilidad puntillosa del vencido moro, dábalo hacia un Estado nuevo, hacia un tiempo nuevo, hacia un nuevo ideal, que debían concluir con la Edad Media, y renovando el espíritu así en las artes como en las ciencias, así en la guerra como en la política, y así en el conocimiento de los cielos como en el conocimiento de la tierra, debía traer este moderno espíritu, el cual lleva cuatro siglos casi de un gradual desarrollo y todavía no ha llegado a la entera plenitud de toda su vida y a la completa extensión de toda su grandeza. El inmenso castillo de la feudalidad, que hundía sus raíces en el suelo, y llevaba sus torres del Homenaje con sus horcas para los plebeyos por las alturas de todos los horizontes, cuarteado a los retumbos y estallidos de la pólvora, iba definitivamente a hundirse y enterrarse allí, a la sombra del pabellón real, próximo adesplegarse con brío en la torre de la Vela para mostrar la supremacía de la unidad nacional sobre todas nuestras tierras con la supremacía del poder monárquico sobre todos nuestros viejos poderes.

Pero continuemos nuestra narración. Al llegar Mendoza con su hueste a la puente, por donde, sobre los fosos, debía pasar con todos los suyos a la fortaleza, dio de manos a boca con Boabdil, quien salía, seguido por un gran tropel de moros principales. Viéndole, veíase la imagen misma del desaliento. Aunque apuesto y erguido de suyo, la pesadumbre del dolor inmenso le hacía como encorvar las espaldas. Aunque joven, pues apenas alcanzaba treinta años, tenía demacrado y arrugadísimo el rostro como un viejo, merced a la tensión de su pensamiento en todo el sitio y a los surcos abiertos por las penas en las noches últimas. Aunque de un color moreno, el insomnio le había vuelto como verdoso, y diluído unas moradas ojeras en torno de aquellos sus negros y profundos ojos, hundidos a la sazón y muertos. Por su negra barba se veían blanquear varios cabellos blancos y por los tendones rígidos del cuello se notaba el esfuerzo empleado para reprimir y ahogar los amargos y violentos suspiros. Sus labios se caían con menosprecio como a quien, atenaceado por una grande aflicción suprema, no le va nada en la vida ni aguarda nada del mundo. Maldecido por el hado adverso, en ciertos momentos creía cumplir una especie de ministerio divino en la observancia y en el cumplimiento de sus fatales decretos. Mas realmente no podía sobreponerse a su dolor. Así que se imaginaba solo, y creía que nadie le miraba, quedábase rígido e inmóvil como el frío de la muerte. Una languidez, en la que se notaba con el desmayo del espíritu el desmayo del cuerpo, apoderábase de todo su ser y sin que pudiese impedirlo el empeño y el esfuerzo propios, suspiros hondos y amargos salían de su despedazado pecho. El grupo formado por él y por los suyos junto al cardenal y su comitiva, tenía todo el color de los grupos orientales. Turbantes de mil colores, acusando la dignidad y estirpe de aquellos que los ceñían; alquiceles de blanquísima lana y marlotas de bordados realces; túnicas al cuerpo ceñidas por talíes de pedrería; damasquinadas adargas, embutidas en oro y plata con leyendas koránicas; gualdrapas tunecinas, que relumbraban maravillosamente; arreos vistosísimos y apropiados al color de los caballos; bandas e insignias; todo el esplendor de aquella ciudad refinadísima, desplegábase ahora, en el momento mismo de acabar su vida e iniciarse los tristes y últimos funerales debidos a su muerte. El sitio de la escena denominábase Abaul, y sobre aquel sitio campeaban, de un lado airosa mezquita, y de otro lado la

455

torre célebre de los Siete Suelos. Viendo venir el cardenal de Toledo a los primates granadinos, tan humillados, no pudo menos que dirigirles algunas palabras muy discretas y reservadas, pues, la misma natural conmiseración a la desgracia podía creerse un rebajamiento infligido al antiguo poder y fortuna. Bajaba Boabdil en busca de los reyes, cuando encontró al cardenal; y anheloso indudablemente de romper su pecho, y desahogarlo con alguna expansión y alguna confidencia, díjole al prelado:

—Vais a ocupar esos alcázares, en que nací y en que debiera yo haber muerto. Tomadlos a nombre de los esclarecidos reyes, a quienes aquel, que todo lo puede, ha querido entregarlos, parte por los merecimientos suyos, y parte también por los pecados nuestros.

En estas palabras, conservadas por la historia, descúbrese desde luego cómo el fatalismo ismaelita, poderoso para mover al combate y a la guerra, también es poderoso para infligir una conformidad y una resignación a la desgracia, que hace perdurables y casi eternos los estados tristes del alma en los individuos, y los decaimientos y las postraciones en los pueblos.

Pocos pasos después encontró Boabdil al rey don Fernando, acompañado por brillante comitiva. Una legión de pajes con sus dalmáticas bordadas de realce le precedían a pie, abriéndole camino en aquella procesión triunfal hacia la cumbre de su gloriosa conquista. Los primeros ricos-hombres de Castilla y Aragón, montados en sus corceles de fiesta, y vestidos con sus preseas de gala, circuían al monarca, llevando tales blasones e insignias, cortes tan lujosas, banderas tan varias, maceros tan blasonados, que parecían el grupo aquel un ejército de verdaderos reyes. Fernando se había vestido su traje regio, y el rojo manto con vueltas de armiño cubría casi el caballo, mientras las coronas innumerables de su casa y familia se notaban prendidas en abreviadas pero relucientes joyas a su espléndida gorra cubierta de plumajes. Boabdil, por lo contrario, vestía de negro, traje conforme con su dignidad y situación, llevando un capacete de acero damasquinado a la cabeza con leyendas propias de su rango, y esparcidos por todo el cuerpo aquellos amuletos orientales, cuya eficacia no había visto jamás, pero en cuya virtud y fuerza confiaba el cuitado, aun después de sus irreparables desgracias. Boabdil quiso apearse al ver a Fernando, y aún sacó el pie de su estribo para bajar y ponerse de hinojos ante quien le había roto y humillado; pero le detuvo un imperioso además del monarca cristiano. Entonces, conturbado el rey Chico por aquellas muestras de afecto y benevolencia, pidió con grandísimo encarecimiento besar la real mano; pero Fernando le dijo como se usaban aquellos homenajes de vasallo a señor, pero nunca entre iguales. Acercó entonces Boabdil su caballo al caballo del aragonés, y tendiendo con grandísimo empeño la cabeza, besóle con ardiente ósculo en el derecho brazo. Cuando ya hubo cumplido este acto de cortesía, que imaginaba impuesto por el vencimiento al vencido, palpóse con presteza el cinto y creció su amarillor al encontrar lo que buscaba, las dos principales llaves de la ciudad mágica, las dos llaves que abrían las dos puertas de aquel paraíso, donde lanzaban el espíritu mahometano y la mahometana cultura sus últimas fulguraciones, su resplandor postrimero. Al entregar las dos llaves, Boabdil debió creer que daba con ellas las mezquitas de su Dios, los sepulcros de sus padres, la honra de su raza, y debió maldecirse a sí mismo por la mala hora en que Hacem lo engendrara y por la mala estrella que presidiera desde los cielos a su nacimiento, designándole para que acabara en sus manos la obra milagrosa de Muza y de Tarik, los restos del Imperio que habían los Abderramanes y los Almanzores impuesto a toda España entre la maravilla y asombro de todo el Universo. Cuando ya se había desprendido Boabdil de sus llaves, después de un vértigo, como si la vida se le acabara y se le fuera, volvió a excusar su desgracia con los decretos de la Providencia, y volvió a imputar al destino aquella irreparable catástrofe. Los tres axiomas del Islamismo, que paralizan la más firme voluntad, gastando los resortes motores de la vida humana, o sean, las grandes libertades; los tres flotaban sobre aquel grupo de árabes destinados a hacer entrega solemne de su patria incomparable a los enemigos implacables y eternos. El santón, vestido con túnica de lana blanca, entre cuyos pliegues parecía como una estatua funeraria, rozando el suelo con sus mangas perdidas, y envuelta la cabeza en el turbante de lino análogo a la tiara de nubes que la montaña ciñe a su cumbre, no quería explicarse la causa de tamaña ruina y exclamaba:»Dios lo sabe». A su vez el guerrero, que llevaba todavía su cota de malla en el cuerpo, su escudo en el brazo, la vibrante lanza en la diestra y al costado el corvo alfanje, viendo su valor y sus medios, conformábase con arrinconarlos a un lado, sin haberlos esgrimido bastante, con esta frase fatalista:»Dios lo puede todo». Y Boabdil, que representaba la fuerza de aquel Estado, la voluntad unánime de aquel pueblo, el poder de aquella sociedad tan ilustre y grandiosa en otro tiempo, al ver cómo las torres del palacio de sus mayores se desvanecían a su vista y cómo la corona de Alhamar, en los edenes granadinos recluida trescientos años frente a las victorias cristianas, se caía de sus sienes, en vez de revolverse airado contra la suerte y luchar aún con porfía, exclamaba: «Dios lo quiere». Cumplida la entrega de las llaves; preguntó Boabdil por el caballero que debía gobernar, bajo la noble advocación de los reyes Católicos, a Granada, y como le indicaran ser el conde célebre de Tendilla, don Íñigo López de Mendoza, dirigióse a él, y sacándose una sortija de oro con preciosa piedra que al dedo llevaba, le dijo esta frase conservada también por la historia:

—Con este sello se ha gobernado Granada. Tomadlo para que la gobernéis vos y Alah prospere vuestro poder más que ha prosperado el mío.

Siguió el Zogoibí su camino de amargura; y después de haber encontrado al cardenal Mendoza en la puerta de los Siete Suelos y al rey Fernando por las alturas de San Sebastián, encontró a la reina Católica en Armillas, dentro ya de la Vega, y camino del real de Santa Fe. Vestía Isabel como Fernando, su traje de gala, y asentada en su caballo como en un trono, lucía sobre sus sienes aquella corona, que bien pronto debía ser la corona de dos mundos. Su hijo, el infante don Juan, vestido con oriental riqueza, y relumbrante de pedrería, caracoleaba en su corcel a la derecha, mientras a la izquierda se veían las infantas ornadas con trajes caprichosos y ricos, en que se combinaban los brocados florentinos con las gasas y los tisúes árabes. Una muchedumbre de mozos nobilísimos y de damas componían su corte, y aumentaban, si era posible, su esplendor. Por un sentimiento de natural delicadeza, los reyes habían convenido en que allí se compensaran las tristezas del vencido con un acto verdaderamente grato a su corazón. El joven primogénito, que desde los pactos cordobeses había estado como prenda en poder de sus enemigos, fue puesto allí mismo en libertad y entregado por Isabel a su padre. Boabdil, a pesar de sus grandes angustias y del esfuerzo que le costara traspasar las llaves de su ciudad al vencedor, no vertió una lágrima siquiera, y ahogó mil veces con valeroso esfuerzo los suspiros escapados a su roto pecho. Pero entonces, en aquella ocasión, viendo a su hijo, al hijo de Moraima su amada, fruto de sus primeros amores, flor en que se perpetuaba y rehacía su vida, renuevo de su ser; y, a pesar de todo esto, quien más perdía en aquel acto, el más castigado aunque por su inocencia el menos culpable, nacido en el trono y puesto en el duro trance de contentarse con triste destierro al África, lejos de aquel paraíso fundado por sus gloriosos abuelos, rompió todos los diques al dolor, abriendo de par en par las puertas del respeto a sí mismo y de la consideración a los demás que hasta entonces habían como retenido y refrenado las amargas cataratas de su llanto. Cubriendo su cara con la cara del pobre primogénito, lloró a todo llorar sobre ella; y desahogó así un tanto su pecho y sus ojos. Esta escena tierna impidió que dirigiera el rey moro a la reina Isabel aquellas frases, que había dirigido antes al rey Fernando y al cardenal Mendoza, pues los caballeros castellanos abreviaron el dolor abreviando la trágica escena. Y en efecto, el adelantado de Cazorla, bajo cuyo poder pusiera el rey cristiano al rey Chico, le invitó a continuar hasta Santa Fe, donde, según las instrucciones recibidas, alojóle con grandísima cortesía y regalo, en la tienda del Cardenal, según lo convenido.

El día iba creciendo; y la cruz, llevada por Mendoza en sus manos, con el fin de coronar y rematar la historia de siete siglos, no aparecía en las cumbres y adarves del palacio mahometano. Isabel, que aguardaba con impaciencia verla, engañó este deseo, primero esperando la entrevista de Boabdil, y después con la entrevista. Así, en cuanto el rey moro pasó, y no tuvo ni objeto ni asunto con que pacientarse y en que distraerse, volvió a fijar la vista en las torres, y a sentir disgusto por el recelo de si podía suceder un contratiempo cualquiera en aquella grande ocasión al insigne cardenal Mendoza. Los moros aparecidos por todas partes en las primeras horas de la mañana, curiosos y anhelantes por ver al ejército cristiano desplegar sus huestes y lucir sus armaduras, conforme la cruz iba entrando so aquellos arcos orientales, iban ellos desapareciendo para enterrarse dentro de sus casas, como dentro de un sepulcro. Granada parecía una ciudad sin habitantes, entre diez y once de aquella milagrosa e inolvidable mañana de su rescate. Y las horas pasaban, y la cruz no se veía relucir sobre las torres Bermejas, bañadas por un Sol, que iba majestuosamente subiendo a su zenit. Imaginaba, ya Isabel, en su impaciencia, que la capitulación no se había cumplido, y que había llegado el cardenal a ser víctima de alguna emboscada. Pero, a eso del mediodía, sobre aquel torreón, que se denomina la Vela, el signo de la Cruz apareció relumbrante, como un astro diurno, que compitiera con el Sol brillantísimo; y al verlo relumbrar allí, en la fortaleza más alta y más hermosa del Corán; rodeado por el fuego místico de tantos martirios y por las almas innumerables de tantas generaciones heroicas; todos los soldados y todos los magnates, reyes, príncipes, obispos, ricos-hombres, cuantos sentían la fe católica y la patria española en su pecho, se pusieron de hinojos sobre la tierra, cruzaron sus manos, y al son místico de las trompetas y de los clarines trocados en trompetas y clarines de un órgano inmenso, entonaron piadoso Te-Deum, el cual parecía salir del seno de toda la nación, que había combatido siete siglos por su independencia y unidad santísimas, desde Covadonga hasta Granada. En aquel día sublime hubo también una resurrección. Los sepulcros se abrieron y resucitaron los muertos. Sí, quinientos cautivos repitieron en sus mazmorras el Te-Deum de la Vega; y cuando éste no había concluido todavía, salieron en libertad, entonando los cánticos de su religión y poniendo sus cadenas rotas en los altares de la patria. Desde los tiempos de las Navas, en que los diez mil negros de la Nubia y los cien mil almohades del Atlas huían al ímpetu de las tropas españolas entre las sombras de aquella noche, solo interrumpidas por los reflejos del incendio, y el gran Miramamolin, que había soñado con ir desde Tremecen a Toledo, y desde Toledo a Roma, huye despavorido al desierto dejando su tienda y su Corán; desde aquella noche no se había oído un Te-Deum como éste, sacro y solemne cántico religioso, cuyas estrofas sublimes significaban el rescate de nuestra libertad y la coronación y perfeccionamiento de nuestra patria.

Capítulo XXVI

En todas las escenas descritas, en todas las hazañas puestas por obra y que han a una cantado las estrofas de nuestros romanceros y las páginas de nuestra historia, Illán tomó la considerable parte a que le daban derecho sus esfuerzos y sus servicios. Cualquiera que observe la epopeya inmortal de esta campaña granadina, echará de ver cómo la empezaron los nobles y como la concluyeron los reyes. Pues bien, lo mismo en la una que en la otra fase, no dejó Illán de pelear un punto, asistiendo a las heroicas incidencias del sitio puesto por Fernando a Málaga, igualmente que a la serie de batallas cuyo término y coronamiento fuera la toma de Almería, Guadix y Baza, cuya totalidad indicaba ya el camino triunfal conducente desde tales murallas a las torres Bermejas. Y no hablemos de la vega y del sitio final, do en porfía y competencia nuestro héroe con los Ponces, Pulgares, Portocarreros y Córdobas, abrió mil heridas en aquellos pechos heroicos y en aquellos fuertes inexpugnables. Bien es verdad que si patria y religión entraban, como tantas otras veces hemos dicho, en sus proezas, todavía entraban más los impulsos incontrastables del amor y hasta el deseo de una indispensable venganza. No queremos decir cómo se impacientaría el joven castellano, a medida que se acababa el sitio, por ver a la dama, causa única de las felicidades y de las desgracias por él sentidas en este bajo mundo. Zoraya y sus hijos, Venegas y sus deudos, habían sido confinados todos en la torre de Comares por el Zagal tras la muerte de Hacem. Y en la torre de Comares los dejaron presos así Aixá como Boabdil, y en la torre de Comares se hallaban al caer el granadino reino en manos de los monarcas españoles.

Ocupaba la reina viuda de Hacem un precioso camarín, allá en lo más alto de la torre. Aunque prisión dura tenía por dentro todas las bellezas de las más hermosas estancias árabes. Hallábase, pues, la Sultana como las canoras y nerviosas aves, a quienes dan sus dueños para consuelo del espacio perdido y del mirto y del rosal abandonado, áurea pajarera en que crecen flores y arbustos. Allí había ido viendo un día y otro día desmoronarse la nación ismaelita, después que la dejara su esposo huérfana, primeramente por la ceguera que le causaron sus penas, y después por la muerte que le infligieron sus rivales. Unida con los vínculos de su matrimonio y de su ambición a la fe del esposo, no se había separado nunca enteramente ni del culto a la religión ni del amor a la patria de sus padres. Imagínense cómo vería subir los cristianos por la cuesta de los Mártires, ondear los pabellones rematados por el signo de la cruz, y cómo escucharía los salmos de los cautivos al salir libres de sus mazmorras, cual los resucitados de sus sepulcros, y el Te Deum de los ejércitos, que parecía convertir la morisca vega en catedral inmensa. Tal vez, entre los varios personajes de Granada, ninguno experimentase afectos de suyo tan opuestos y contrarios, como los que Isabel de Solís experimentaba. Todo árabe debía dolerse y todo cristiano alegrarse de tan memorable fecha. Pero Zoraya se dolía, por cuanto le tocaba del poder árabe, y se regocijaba en mezcla muy confusa de afectos, por cuanto aún tenía de cristiana y española. Por un lado el odio a la familia de Aixá recibía cierta satisfacción suprema con su destronamiento, y por otro lado, en aquella catástrofe, se iban también las últimas esperanzas de un trono para sus hijos. Y como tantas veces hemos asegurado, aunque nunca fuese ocasión de recordarlo cual ahora, lo que más temía Zoraya era la presencia de Illán reconviniéndola. Y no se hizo esperar mucho. Amigo del cardenal, subió a la torre de la Vela en compañía suya, y en cuanto puso allí la cruz de plata, que remataba la reconquista, fuese a la torre de Comares Y entró en la estancia de Zoraya. Verlo esta y taparse con ambas manos el rostro, fue obra de un minuto. Y en cuanto Illán despidió un suspiro, dejóse caer ella sobre una de las otomanas, lanzando un ¡ay! que contenía en su estridor muchos remordimientos.

—Ocúltame tu rostro, Isabel, y no vea yo la vergüenza que lo enrojece y el remordimiento que late vivo y eterno en esa vergüenza.

—Illán, el hado, solo el hado, explica mi delito y tu desgracia.

—¡El hado! No hables, no, cual si fueses de veras musulmana. Por excusarte a mis ojos no reniegues de la religión tuya nuevamente. Si hubieras tenido un asomo de conciencia y de razón, antes que matarme a mí, antes que deshonrar tu glorioso apellido, antes que desconocer tu fe, hubieras muerto mil veces, encontrando a éste tu esclavo y a tus padres con las palmas de los mártires en las cimas de la gloria; cuando, ahora, una eternidad insondable, inextinguible, te apartará de todos ellos para siempre, porque tú estás condenada, y condenada irremisiblemente a la maldición de todos los siglos en esta vida y al infierno en la otra.

—¡Oh! ¡Cuán pronto y con qué facilidad se juzga de los más terribles sucesos! ¿Quieres que una débil mujer tenga complexión de mártir y héroe, cuando todo, su delicadeza, su debilidad, su ternura, la inclinan a huir del dolor y a dejarse arrastrar en la suave corriente de los incontrastables placeres?

—No me digas eso, Isabel, no me lo digas. Para lo que se necesitó, no la complexión de un héroe, la complexión de un tirano, fue para destrozarme con los celos como me destrozaste, y en vez de inferirme la muerte, puesto que todo poderosa eras, condenarme a una vida como esta, en la cual, después de haber apurado todas las afrentas, viéndote correr a los brazos de un Sultán voluptuoso y bárbaro, he sentido los inenarrables dolores, tanto más crueles cuanto que no han acertado a compadecerse de su víctima y han querido que viviera y viviera largos años en este tormento. ¿Por qué, di, por qué no me mataste?

—Pues por salvar tu vida lo sacrifiqué todo, mi nombre, mi religión, mi patria.

—No aumentes, Isabel, lo enorme de tu crimen ahora con lo torpe de tus excusas ligeras. Tu sangre venenosa te llevó a olvidarlo todo para caer en brazos del malvado brutal que incendió la iglesia de tu Dios, que profanó la tumba de tus abuelos y que inmoló a tu padre sobre las ruinas y el incendio de un castillo levantado por su fe y por su heroísmo.

—No me lo recuerdes, Illán. Apiádate de mí. Si vieras cuántas veces, aquel humo ha oscurecido los cielos de Granada, y aquel incendio ha emponzoñado las esencias exhaladas por mi pebetero de Oriente, y aquella sombra de mi padre muerto se ha entrado por estos camarines deliciosos, y fijando en mí los ojos huecos, me ha traído un remordimiento, mucho más desgarrador y mucho más cruel que todos tus dolores.

—¡Oh! ¿Qué has conseguido, mujer, con tu traición? Los cristianos te detestarán eternamente y no podrás entrar en las iglesias, donde te criaste, sin ver los santos en sus altares y las estatuas yacentes en sus sepulcros, volverse para maldecirte.

—Basta, por Dios, Illán. Saca tu puñal del cinto y clávalo en el corazón que aquí tienes, pero no me digas esas cosas, no me des esas puñaladas, las cuales, al fin y al cabo, no matan, cuando yo deseo morir.

—Y los muslimes —continuó diciendo Illán, como si fuese la conciencia de Zoraya— los muslimes, que habían hallado en Hacem el héroe, capaz acaso con su esfuerzo de contrastar a los cristianos, te dicen a una que tú lo perdiste, que tú lo hechizaste, que, incitando y concitando contra su persona los odios del pueblo con tu amor de cristiana y de infiel, encendiste a la postre con tu soplo de Parca, esas guerras civiles, en cuyos odios y en cuyos empeños hase hundido a tus pies el reino de Granada.

—Mira, Illán, todo cuanto me dices, también me lo dice mi conciencia, y con decírmelo muy alto igualmente que muy de continuo, no me atenaza y muerde aquí en el corazón como tu palabra y tu acento. Muy criminal he sido, pero más desgraciada todavía que criminal. Y ahora no puedo mirar a mis hijos sin acordarme que los ha engendrado el verdugo de sus abuelos; ni entrar en una mezquita, donde me dirán que yo lo he perdido todo; ni entrar en una iglesia, donde me dirán que todo lo he perjurado; ni pedir auxilio al Dios de los católicos, al Dios de mis padres, al Dios de mi alma, por haber torpemente reinado con sus enemigos, y mucho menos al Dios de mi esposo, al Dios de mi palacio, al Dios de mi corona, porque me dirá ser causa de la dispersión y ruina de sus creyentes y fulminará sobre mi cabeza implacablemente sus iras. ¿No te parezco aún bastante castigada?

—No, para el mal que me has hecho. Yo había soñado con que tu amor me sirviese de guía y estrella en el mundo; con que levantaran mis brazos la fortaleza derruida por Hacem, poniendo allí tu trono de rica-hembra y tu tálamo de esposa mía; con que tuviéramos una descendencia noble, honrada, feliz, la cual continuase nuestra guerra con empeño, aumentando el blasón de sus progenitores. Y por ser una reina granadina, por entrar en un harén oriental, por ceñirte una diadema que han maldecido a una dos pueblos y que llevarás como una mancha de afrenta sin remedio hasta la consumación de los siglos, me has dado a mí el infierno en vida y te has metido tú en el infierno por toda una eternidad.

—Illán, Illán, por Dios; yo no puedo sufrir tanto tiempo esa lluvia de fuego, que me abrasa la sangre y me calcina las carnes. Si vienes a tomar venganza de cuanto contra ti haya hecho esta débil mujer, tómala de súbito y no me atormentes y martirices por tan cruel manera. Si vienes a infligirme un castigo, inflígelo pronto. La víctima tiende el cuello para que lo siegues con tu espada.

—¡Castigo, desquite, venganza! ¡Oh! ¡Cuán poco me conoces todavía! Cuando he vuelto cargado de laureles, tanto más fáciles de recoger cuanto que yo no buscaba en ellos la gloria, sino la muerte, al real de Santa Fe, hanme preguntado los reyes que premio para mí pedía, y les he pedido heredamientos grandes y cuantiosos para ti en este reino, a fin de que te creas aún Sultana, y el título y la dignidad y las preeminencias y las rentas de infantes de Castilla para tus hijos. Yo solo vengo a despedirme. Yo solo vengo a decirte que, acabada la guerra santa en Castilla, vóime ahora mismo sin armas, sin arreos, sin blasones, con el sayal por toda vestidura y el báculo por toda defensa, en pos de Palestina, donde buscaré un sepulcro para mi cuerpo cerca del sepulcro de mi Dios. Y en esta penitencia de todos los días, en esta peregrinación hacia la muerte, cuando el cilicio se clave aquí en mis carnes más hondamente y el desierto me pruebe con todos sus horrores ¡ah! de mi pecho saldrá una oración en los alientos de tan horroroso martirio, y esa oración pedirá, ofreciéndome yo en holocausto, que Dios te perdone, y alguna vez apiadado ¡ay! de mí que merezco toda su piedad, te mande al mismo lugar donde yo esté, allá en la otra vida. Porque yo, sobre todas las cosas de este mundo, hete querido a ti. Yo no veía sino por tus ojos, yo respiraba con tu aliento, mi ser estaba en ti como está el cuerpo en los espacios y el ángel en los empíreos. Yo maldigo tu traición, pero no puedo detestar tu persona. Si me quedara un minuto, créome a mí mismo, en esta locura, capaz de hacer por ti con mi religión y con mi patria, lo que con tu religión y con tu patria hiciste tú por la corona de Hacem. No soy poderoso a defenderme del poder mágico, hechicero, que sobre mí ejerces, y me voy, me voy a Palestina en busca de un sepulcro. Y creo, que sepultado allí, bajo un sudario de arena, se habrá perdido todo, sí, todo, menos tu recuerdo. Adiós, adiós. Hasta la eternidad en que nos encontraremos si el Eterno escucha mis plegarias y acepta mis holocaustos y martirios.

Y mientras Illán se iba para Tierra Santa, Isabel de Solís, enjutos los ojos y risueño el rostro, llamaba con grandes voces a sus hijos y les decía cómo acababan de ser nombrados infantes de Castilla. Egoísta por los días de la juventud; más egoísta durante la madurez de su vida; en el egoísmo envejeció hasta morir impenitente.

Al par que la Sultana recogía tales restos de fortuna y de poder, cedidos por la sublime abnegación del hombre a quien traicionara tanto como a su religión y a su patria, los muslimes, o sea, la familia y servidumbre de Boabdil, apercibíanse a dejar el sitio predilecto de su corazón en la tierra, el soñado alcázar de sus padres. En tanto que subía el cardenal Mendoza la escala de la Vela, Aixá, Moraima, las mujeres del harén, los príncipes de la sangre, los santones y faquíes del palacio dejaban aquellas estancias, donde tantas veces vieran la palabra felicidad grabada en las estalactitas de sus techos, al son de las brisas y de las guzlas, al olor de los pebeteros y de los rosales. Ninguno de aquellos infelices, ninguno, se daba cuenta de lo que les sucedía; pero a todos les pasaba lo que a la flor desgajada del tallo, lo que al tallo desgajado del tronco, lo que al tronco desarraigado del suelo. Imagináos los judíos arrancados a Jerusalén y conducidos al cautiverio de Babilonia; los helenos expulsos por los tártaros de la península y de las islas que a una esmaltaran todos ellos con los cinceles de sus artes y poblaran también con las mariposas de sus inspiraciones y de sus ideas; imagináos los pueblos todos, a quienes un destino adverso condena en sus decretos a dejar el suelo donde se quedan los sepulcros de sus padres y donde se han mecido las cunas de sus hijos, pues ni los trenos de Jeremías, llorando la ciudad viuda y solitaria; ni los elegíacos lamentos del clepta viendo su tierra en los lejos del horizonte desde las extranjeras montañas; ni el plañido de los abditas sevillanos, comparando su río aromado de azahares con las arenas del desierto y sus palacios encantados con las tiendas del aduar, y sus jardines inacabables con el oasis estrecho y pobre, pueden compararse al llanto y al sollozo de los granadinos, abandonando aquella tierra de fuego templada por las nieves, aquellos jardines de Asia regados por manantiales, fuentes y arroyos clarísimos, aquella puerta del Edén, tras la cual columbrábanse las prometidas huríes y ante la cual se anticipaba el ánimo los goces prometidos en el Paraíso por su religión. Así los unos iban a dar el adiós último a tal ajimez, que les recordaba un sueño de amor; los otros a tal mezquita, bajo cuyas bóvedas habíancreído recibir revelaciones del cielo; casi todos a los patios voluptuosos, a las albercas cristalinas, a las celosías recatadas, a los alhamíes multicolores, donde naturalmente dejaban arreboles de su alma y de su vida. El viejo santón, reflexivo y solemne, aún podía recatar sus grandes dolores y ver aquella catástrofe con ojos enjutos y parecidos a esas nubes del estío, las cuales relampaguean y no llueven. Pero los jóvenes de condición guerrera, creyendo que aún podían vencer al destino, lanzaban toda suerte de maldiciones por aquellas sus bocas cubiertas con espumas de hiel; y las pobres mujeres, incapaces de recatar sus sentimientos, proferían en alaridos tales, que poblaban como una tempestad aquellos aires cargados con las evaporaciones de tantas lágrimas no disipadas por los clarines y por el Te Deum de la victoria.

Al fin, precedidos todos aquellos infelices de largas recuas, sobre las cuales iban sus tesoros más ricos y sus muebles más amados, emprendieron el camino desde Santa Fe a la Taa de Orgiva, donde iban por el pronto, dando a la ciudad las espaldas. El paso era lento, como de quien huye al objeto amado. Un silencio profundísimo siguió naturalmente a las primeras explosiones y estallidos del dolor amargo. La comitiva, con haberse depurado y reducido todo lo posible, formaba, por su número y por su importancia, como un pueblo. Y este pueblo se unía indisolublemente, por la inteligencia y por el corazón, a la tierra, que iba dejando atrás mal de su grado. El hombre, como compendio de todos los seres, pertenece también a los minerales y a las plantas, y necesita, como éstas, respirar el aire y absorber el jugo de la natal atmósfera y de la tierra natal. Y los fugitivos se creían unos con aquel suelo predilecto; por eso todos los ojos se atristaban como las luces al extinguirse, y todas las frentes se caían hacia abajo como las flores al secarse. El paladar no quería otros frutos que los frutos de aquellos huertos, ni otras aguas que las aguas de aquellos manantiales. El pensamiento se fijaba por modo intuitivo en que hasta el polvo de las vías recorridas se formaba con átomos desprendidos de las generaciones muslímicas allí enterradas. Cada cual pensaba en el sitio consagrado por algún bendito recuerdo, por alguna escena familiar, por la sombra de un ser querido, por la reminiscencia de la vida pasada, por un sollozo, por una oración, por una lágrima. Imposible saber todo cuanto nos une con el terruño a que nos hallamos adheridos hasta después de abandonarlo y de perderlo. Boabdil, iba pensando en todas estas cosas, conforme se iba dirigiendo a su triste destierro. Caballero en el corcel árabe, que montó para salir de Granada, precedíale su primogénito, a caballo también, y a sus dos lados se veían su madre y su mujer, igualmente silenciosas y entristecidas. Quizá por la vez primera de su existencia, Moraima no ponía los ojos en Boabdil, sino en todos los objetos, de que la separaba su marcha. Por fn, al caer la tarde solemne de aquel día terrible, llegó la corte granadina, como en tropel y confusión, al célebre boquete conocido con el nombre de Padul y que separa los valles alpujareños del valle regado por Darro y por Genil. El Sol se iba poniendo tras los montes de Loja. Sus últimos rayos daban destellos de lapislázuli a la sierra Elvira, bruñidos de cristal veneciano a las cumbres nevadas, arreboles rosáceos a los cármenes bordados de nopales, a las torres ceñidas de crestarías, a las mezquitas coronadas con rotondas de porcelanas, a los kioskos del Generalife medio escondidos entre los bosques de mirtos, adelfas y cipreses. El cielo espléndido, el Sol fulgurante, las montañas encendidas como volcanes, la vega inmensa dilatándose hasta donde la vista se dilata, las colinas pobladas por torreones parecidos a corales gigantescos, la ciudad atravesada por el Darro y lamida por el Genil, entreabierta y hermosísima como la fruta de su nombre, los arreboles de aquella tarde, las púrpuras de aquel ocaso, las armonías compuestas por la mezcla del susurro de las arboledas con el rumor de las brisas, los aromas embriagadores, las perspectivas inacabables, embellecíanse, como a porfía, para despedirse y separarse de aquellos sus reyes y señores, los cuales habían completado las grandezas del Universo con las inspiraciones del arte. Boabdil, al volverse instintivamente para separarse de aquel suelo, vio de un lado el pico de Muley Hacem, donde reposaba su padre, de otro lado el hijo de sus entrañas engendrado para tanto paraíso pero sin poder poseerlo, y uniendo a los recuerdos profanados las esperanzas desvanecidas, que cubrían como de duelo aquella tierra milagrosísima, dijo adiós a Granada y lanzó un amargo sollozo que hubiera partido las piedras. Pero no partió el corazón de Aixá, quien, guardando su indómita naturaleza y su complexión incontrastable hasta el fin de aquella tragedia, díjole:

—Llora como mujer lo que no has sabido guardar y defender como hombre.

Y desde aquel entonces llámase a este sitio EL SUSPIRO DEL MORO.

FIN

Libros a la carta

A la carta es un servicio especializado para
empresas,
librerías,
bibliotecas,
editoriales
y centros de enseñanza;
y permite confeccionar libros que, por su formato y concepción, sirven a los propósitos más específicos de estas instituciones.

Las empresas nos encargan ediciones personalizadas para marketing editorial o para regalos institucionales. Y los interesados solicitan, a título personal, ediciones antiguas, o no disponibles en el mercado; y las acompañan con notas y comentarios críticos.

Las ediciones tienen como apoyo un libro de estilo con todo tipo de referencias sobre los criterios de tratamiento tipográfico aplicados a nuestros libros que puede ser consultado en Linkgua-ediciones.com.

Linkgua edita por encargo diferentes versiones de una misma obra con distintos tratamientos ortotipográficos (actualizaciones de carácter divulgativo de un clásico, o versiones estrictamente fieles a la edición original de referencia).

Este servicio de ediciones a la carta le permitirá, si usted se dedica a la enseñanza, tener una forma de hacer pública su interpretación de un texto y, sobre una versión digitalizada «base», usted podrá introducir interpretaciones del texto fuente. Es un tópico que los profesores denuncien en clase los desmanes de una edición, o vayan comentando errores de interpretación de un texto y esta es una solución útil a esa necesidad del mundo académico.

Asimismo publicamos de manera sistemática, en un mismo catálogo, tesis doctorales y actas de congresos académicos, que son distribuidas a través de nuestra Web.

El servicio de «libros a la carta» funciona de dos formas.

1. Tenemos un fondo de libros digitalizados que usted puede personalizar en tiradas de al menos cinco ejemplares. Estas personalizaciones pueden ser de todo tipo: añadir notas de clase para uso de un grupo de estudiantes,

introducir logos corporativos para uso con fines de marketing empresarial, etc. etc.

2. Buscamos libros descatalogados de otras editoriales y los reeditamos en tiradas cortas a petición de un cliente.